한국
현대
소설사

1

1890~1930

지은이 **조남현**

1948년 인천에서 태어나 서울대학교 국문과를 졸업하고 1983년 서울대학교에서 문학박사 학위를
받았다. 1973년『동아일보』신춘문예 평론 부문에 당선되어 등단했다. 계간지『소설과 사상』의 주
간과 월간지『문학사상』의 주간으로 활동했다. 저서로『문학과 정신사적 자취』『지성의 통풍을 위
한 문학』『삶과 문학적 인식』『우리 소설의 판과 틀』『풀이에서 매김으로』『한국문학의 저변』『한
국문학의 사실과 가치』『1990년대 문학의 담론』『비평의 자리』등의 평론집과『한국 지식인소설
연구』『한국 현대문학의 자계』『한국 현대소설 연구』『한국소설과 갈등』『한국 현대소설의 해부』
『한국 현대문학사상 연구』『한국 현대문학사상 논구』『한국 현대소설유형론 연구』『한국 현대문
학사상 탐구』『그들의 문학과 생애, 이기영』『소설신론』『한국 현대작가의 시야』『한국 현대문학
사상의 발견』등의 학술서가 있다. 현대문학상, 김환태평론상, 대산문학상, 대한민국 학술원상 등
을 수상했다. 현재 서울대학교 국문과 명예교수로 있다.

한국 현대소설사 1
1890~1930

초판 1쇄 발행 2012년 12월 21일
초판 2쇄 발행 2017년 3월 15일

지은이 조남현
펴낸이 주일우
펴낸곳 ㈜**문학과지성사**
등록번호 제1993-000098호
주소 04034 서울 마포구 잔다리로7길 18(서교동 377-20)
전화 02)338-7224
팩스 02)323-4180(편집)   02)338-7221(영업)
전자우편 moonji@moonji.com
홈페이지 www.moonji.com

ⓒ 조남현, 2012. Printed in Seoul, Korea.
ISBN 978-89-320-2370-0 94800
ISBN 978-89-320-2369-4(세트)

한 국 현 대 소 설 사

1

1890~1930

조 남 현 지 음

문학과지성사

2012

머리말

　젊은 시절부터 평론이나 논문이나 책을 쓸 때 '문학사적 맥락'이란 것을 잠재의식처럼 간직해온 편이다. 내 경우, 문학사적 맥락은 때로는 법칙으로 때로는 양심으로 작용하기도 했다. 문학사적 맥락은 한 작가나 작품이 지닐 법한 위상의 윤곽을 잡아준다. 개별 작가나 작품에 대한 '논(論)'이 '사(史)'로부터 인정을 받아야 하는 것은 아니지만 자문을 구하는 것은 바람직하다. 문학사를 잘 알지 못하면 평론은 말할 것도 없고 논문도 논의 대상을 납득하기 어려울 만큼 과찬하든가 과소평가하는 경우를 빚어낼 수 있다. 문학사에 대한 지식과 이해에 근거를 둔 문학사적 맥락은 개별 작가나 작품에 대한 평가와 해석의 행위에 지렛대 역할을 해주기 마련이다.

　여러 선행 문학사나 소설사가 보여주고 있는 것처럼, '문학사적 맥락'은 기본적으로 문학사가가 만든다. 나도 문학사가가 되고 싶다는 도전적인 생각은 젊었을 때부터 품어왔다. 거의 20년 전에 소설사 서술이란 장기 과제의 첫걸음을 떼는 기회를 가질 수 있었다. 출판사 고려원에서 1992년 겨울호로 창간한 계간지 『소설과 사상』 제9호(1994년 겨울호)부터 제25호(2000년 가을호)까지 14회 동안 '한국 현대소설사'를 연재하던 중 출판사가 문을 닫음에 따라 잡지가 종간되었고 연재도 중단되고 말았다. 1939년과 1940년에 걸쳐 신문에 연재되었던 유진오의 장편소설 『화상보』와 이기영의 장편소설 『대지의 아들』을 논한 것으로 일단 끝맺음했다. 7년 후 『학산문학』 2007년 봄호와 여름호에 1930년대 말엽의 소설과 1940년대 전반기의 소설을 논한 글을 실었으나 이번에는 내 사정으로 연재를 중단하고 말았다.

내 나이 오십대가 지나가면서 과연 나의 주저는 무엇인가 하고 자문하게 되었고 나도 모르게 한숨을 쉬곤 했다. 연내 탈고를 목표로 삼고 2007년 여름방학 때부터 본격적으로 원고 정리에 들어갔으나 시간이 가면서 오히려 작업량이 늘어나는 느낌이었다. 탈고가 예정보다 훨씬 늦어진 가장 큰 이유로 『한국문학잡지사상사』의 집필 기간과 겹친 점을 들 수밖에 없다. 이것 못지않게 큰 이유가 또 한 가지 있다. 일단 연재본을 저본으로 하여 막 원고 정리에 착수했을 때 가졌던 문학사관을 포기하면서 작업량이 엄청나게 늘어난 것이다. 개화기 소설 가운데 소설로서는 미숙하고 결격인 신문 연재본이나 잡지 게재본을 논하기 시작하면서 1급 작가와 작품이 중심이 되는 일종의 영웅사관을 포기할 수밖에 없었다. 개화기부터 1940년대 전반기까지를 대상으로 하여 작품을 대폭 추가해서 읽고, 작품론을 쓰고, 이미 쓴 작품론도 대대적으로 고치는 행위가 앞뒤 없이 뒤엉키게 되었다. 물론 연재본이 없었더라면 소설사 기술이 가능하지 않았겠지만 연재본이 부분부분 걸림돌이 된 것도 부인할 수 없다. 연재본을 보완하는 정도로 안 되겠다고 판단되면 원점으로 돌아가 작품을 다시 읽고 다시 논한 것도 적지 않았다. 원본을 텍스트로 하여 찾고, 읽고, 인용하는 데도 시간이 많이 걸렸다.

여러 해에 걸친 집필 과정에서 과연 소설사 기술을 완성할 수 있을 것인가 하는 막막함에 빠지기도 하였고 작품들을 정독하고 핵심을 추려내고 작품들을 일정한 기준에 따라 묶고 적소에 배치하는 고달프기 짝이 없는 일은 전적으로 내가 할 수밖에 없다는 외로움을 절감하기도 하였다. 소설사의 대상이 된 작가들이 경제난과 검열난 속에서 참담한 표정으로 글 쓰는 모습이 저절로 떠오르곤 했다.

우리 소설사는 여러 작가들의 공동 작업으로 이루어진 소산이다. 여러 작가들과 작품들에 대해 1차적으로는 우열 평가에 따른 선택 행위를 중심으로 접근하였고 2차적으로는 배제보다 수용의 태도를 앞세워 근접할 수 있었다. 되도록 많은 작가들의 많은 작품을 읽으면서 소설사는 소수의 1급 작품으로만 엮일 수는 없음을 깨닫게 되었다. 그동안 현대문학 연구자들로부터 제대로 된 관심을 받지 못했던 작가들, 예컨대 강노향, 김광주, 김정한, 박노갑, 백신애, 석인해, 이무영, 이주홍, 전무길, 정비석, 최독견, 최인준, 함대훈, 현경준 등과 같은 작가들의 여러 작품들이 한국 현대소설사를 보다 의미 있는 공간으로 만들어줄 것으로 판단하게 되었다.

10여 년 전에 한국 현대문학 연구자가 지녀야 할 태도를 「날카로운 예술학과 따뜻한 한국학의 만남」(『문학과 교육』, 1999년 겨울호)이라는 글로 제시한 적이 있었던 것처럼 '날카로운 예술학'으로 1급의 작품들을 중심에 놓고 '따뜻한 한국학'으로 2급의 작품들을 그 주변이나 저변에 놓아야 온전한 소설사가 될 수 있을 것이다. 소설가가 자신의 시대고의 정수와 비극적 체험의 결정체를 담아놓은 소설 작품들이기에 소중히 다루자는 뜻을 살려 중요한 부분은 되도록 인용 제시하는 태도를 취했다. 한국어에 관련된 자료를 보여주겠다는 취지도 살리기 위해 인용문은 첫 발표 당시의 원문을 그대로 제시하고자 했다. 서양 이론의 맹목적 추수로, 또는 비평사나 사상운동사를 도그마로 취하는 태도로 개별 작품을 훼손하거나 왜곡한 적은 없는지 성찰이 필요하다는 생각도 했다. 바라건대 『한국 현대소설사』가 오늘의 독자와 작가에게도 말을 건넬 수 있는 역사, 문학이론이 배양되는 역사, 인문학이나 한국학을 공부하는 사람들이 한 번쯤 참고하는 역사가 되었으면 좋겠다.

『국민문학』 수록의 친일적 일문단편소설이란 공통점을 지닌 최재서의

「보도연습반」「수석(燧石)」, 한설야의 「영(影)」, 이광수의 「가천교장(加川校長)」 등을 번역하여 보내준 일본 도야마 대학교 와다 도모미 교수에게 감사드린다. 한창 제 공부하느라 바쁜 때임에도 자주 귀중한 시간을 내주어 연재본의 복원, 작품 연보·작가 연보와 찾아보기 작성, 작품의 원문 찾기, 주요 자료 복사 등의 작업을 해온 정주아 교수와 김명훈 군! 정말로 고맙다. 장성규, 유승환, 장문석, 이민영 군의 도움도 컸다.

2010년 5월에서부터 2012년 11월까지 여러 차례에 걸쳐 매우 복잡하고 실로 손이 많이 가는 교정지를 보냈음에도 잘 반영해주고 치밀하게 처리해준 이근혜 부장과 이정미 팀장을 비롯한 문학과지성사의 관계자 여러분에게 감사드린다.

이 책을 쓰면서 이따금 나의 근원에 대해 그리워하곤 했다. 그 근원에 자리하고 계신 내 아버님과 전광용·정한모 선생님의 영전에 이 책을 바친다. 늘 따뜻한 눈길로 지켜봐주시는 어머님, 각자 정진에 여념이 없을 제자들, 결혼해서 성실하게 각자의 길을 걷고 있는 자녀들, 예쁘고 총명하게 커가는 손녀 단이에게 이 책이 내 나름대로 부끄럽지 않게 산 표증이 되길 바란다.

막막함과 고달픔은 덜어주고 힘과 사랑은 늘려주었던 아내 김영애(金英愛)에게 이 책을 보낸다.

2012년 관악산 자락에서 끝 학기를 보내며
조남현

차례

1권

2권

일러두기

1. 반복해서 등장하는 작품의 제목은 발표 당시의 표기대로 한 번 기록하고, 이후에는 현대
   어로 표기하였다.
2. 한글과 한자가 병기된 제목인 경우 괄호 안에 한자를 병기하였다.
        예) 조유종(自由鐘)
3. 신문과 잡지명은 현대어로 표기하였다.
        예) 독닙신문 → 독립신문
4. 인용할 때는 작품 발표 당시의 원문을 그대로 옮겼다.
5. 각 장에서 처음 나오는 작가명은 한자를 병기하였다.
6. 부록에서는 작품과 출처에 따로 표시(「 」『 』)를 하지 않았다.
7. 찾아보기에서는 작품명을 현대어로 표기하였다.

제 1 장

소설사 서술의
의미와 방법

1. 소설사의 역사철학적 함의

한국 현대소설사의 상위 개념은 한국문학사다. 한국 현대소설사는 한국 문학사를 시기와 장르의 면에서 한정해놓은 것이다. 한국 현대소설사는 개화기에서 그 기점을 잡는 현대를 대상으로 잡은 것이면서 동시에 소설 양식의 변화와 전개 과정을 제시한다. 모든 문학 장르를 그것도 통사(通史)의 형태에 담아놓은 문학사에서부터 개별 장르를 그것도 단대사(斷代史)의 형식에 실은 문학사에 이르기까지, 여러 형태의 문학사가 간행되었던 것처럼 문학사는 씌어질 수 있다.

그러나 이는 어디까지나 관습적인 통념이나 편견이지 당연한 생각은 아니다. 문학사 서술은 필요하지 않다고 주장하는 이론가도 있고 제대로 된 문학사를 쓰는 것은 가능하지가 않다고 주장하는 이론가도 있다. 예컨대 엘리엇T. S. Eliot이 「전통과 개인적 재능」이란 유명한 글에서 남긴 "호메로스에서 시작되는 유럽 문학 전체의 동시적 존재와 동시적 질서"[1]는 문학사의 필요성을 간접적으로 부정한 것이 된다. 엘리엇은 한편 한편의 문제작이 추가되면서 끊임없이 새롭게 재편되는 유럽 문학의 총체적 구조를 생각했고 이를 새로운 시각으로 제의했다. 총체적 구조니 동시적 질서니 하는 것은 이미 역사를 넘은 것이라고 할 수 있다. 문학적 현상은 특정 원형이 반복해서 현현되는 것이라는 주장을 핵심으로 한 노스럽 프라이Northrop Frye류의 신화비평도 시간의 흐름에 따른 변화에 대한 호기심을 감소시킨 것으로, 문학사 기술의 필요성을 부정한 것에 가깝다.

소설사 기술을 대할 때 소설 한편 한편의 본질적 국면에 제대로 접근하면서 동시에 제대로 역사기술을 해내고 있는 것인가 질문하게 된다. 국내외를 막론하고 소설사 중에는 역사기술에 너무 신경을 쓴 나머지 소설 작품을 본질적으로 다루지 못한 결과를 빚어낸 것도 있고, 반대로 소설 한편 한편을 귀중한 자료로 취급하다가 균형을 찾지 못한 채 본격적인 역사기술에 실패하고 만 것도 있다. 또 소설을 사상이나 사회사의 자료로 취급하는 수준에서 더 나아가지 못한 채 작품이나 작가들을 시대순으로 늘어놓는 데서 끝내고 만 것도 적지 않다. 그런가 하면 각 시대의 명작들에 대한 감상과 해설을 시대적 선후로 늘어놓는 것쯤으로 소설사를 썼노라고 자임하는 경우도 보게 된다. 에드먼드 고스Edmund Gosse, 조지 세인츠버리George Saintsbury, 올리버 엘턴Oliver Elton, 히폴리트 텐Hippolyte Taine, 루이 카자미앙 Louis Cazamian 등의 문학사 저술을 일별한 뒤 르네 웰렉은 대부분의 주요한 문학사는 "문명사가 아니면 작품 비평의 모음"이라고 하면서 전자는 '예술'의 역사가 아니고 후자는 예술의 '역사'가 아니라고 하였다.[2] 결국, 문학론다운 문학론과 역사기술다운 역사기술을 고루 갖춘 문학사 기술은 말처럼 쉽지 않다는 것이다.

1) Thomas S. Eliot, *Selected Prose*, Penguin Books, 1965, p. 23.
2) René Wellek & Austin Warren, *Theory of Literature*, Peregrine Books, 1963, p. 253. 이 책은 모두 19장으로 구성되었는데, 마지막 장은 문학사의 기능과 기술 방법을 논한 "Literary History"이다.

역사를 기본적으로 어떻게 보느냐에 따라서도 소설사 기술의 가치나 방법에 대해 달리 인식하게 된다. 사관(史觀)에 따라 소설사의 존재 가치가 다르게 나타난다. 예컨대 역사를 발달의 과정으로 보는 사람들은 앞 시대의 소설들보다는 후대의 소설들이 무엇인가 나은 점이 있지 않겠냐는 고정관념에 빠져들 것이며 만일 이러한 고정관념에 맞지 않는 문학 현상이 나타날 경우 당황하게 될 것이다. 문학사가들은 말할 것도 없고 일반 독자들마저도 소설에 대해 좋고 나쁨을 가리며 높낮이를 매기려 하지만, 객관적인 성적표는 나올 수 없다. 소설은 상품이 아닌 예술품이므로 그냥 비슷한 수준의 개성이 낳은 산물이라는 견해도 있을 수 있다. 이렇게 되면 예술품에서 예술품으로의 시대적 이행을 '발전의 논리'로 파악하는 것은 억지가된다. 과거가 현재보다 늘 저급했다거나 무가치했다고 판단하기 어렵게 된다. 이렇게 되면 '고전'에 대해 적절하게 설명할 길이 막히고 만다. 특히문학사의 경우, 변화와 발전을 동일시해서는 안 된다.

역사는 어떠한 모양으로 진행되는가? 윌리엄 드레이는 『역사철학』에서 선적 모형linear pattern, 순환적 모형cyclical pattern, 혼돈의 모형chaos pattern 등세 가지 패턴을 제시하였다.[3]

선적 모형은 역사란 어디론가 향해 진행되고 있는 것을 뜻하는 것이긴 하지만 대개 단선적인 형태를 취하면서도 그 선이 잠시 끊어지거나 곡선으로 나타나 순환 모형이나 혼돈 모형과 구분하기 어려울 때도 있다. 그런가 하면 선적 모형은 전진형과 후퇴형으로 나누어지기도 한다. 앞으로든 뒤로든 어디론가 가고 있다는 생각은 문학은 발전하는 것이라는 생각으로 이어질 수도 있다. 물론, 발전론을 전적으로 잘못된 견해라고 하기는 어렵다.

---

3) William H. Dray, *Philosophy of History*, Prentice-Hall, Inc., 1964, pp. 64~66.
　드레이는 이성적 논증rationalistic arguments을 중심 개념으로 한 헤겔의 변증법적 사관이나 형이상학적 사관, 도전-응전challenge-and-response을 중심 개념으로 한 아널드 토인비의 경험 사관, 신학적 도그마를 중심으로 한 라인홀트 니버의 종교 사관 등을 예로 들었다.

문학의 경우, 정신이나 이념의 발달은 상정하기가 어려워도 기법의 발달은 인정할 수도 있기 때문이다. 비선적 모형은 전통단절론이나 혁명의 논리로 구체화되곤 했다. 전통단절론은 현재나 미래를 믿지 못하겠다는 표시이며 혁명의 논리는 과거를 근본적으로 부정하거나 극복해야 한다는 주장 위에 서 있다. 우리의 고전문학과 현대문학은 전통단절론에서 완전히 해방된 것은 아니다. 그런가 하면 독창성의 논리에 근거한 반대의 미학이요 비연속성의 개념으로 연결하여 볼 수 있다. 실제로 일반 역사 속에는 연속적 측면과 단절의 측면이 있기 마련이다. 앞 시대의 현상과 뒷 시대의 현상이 인과 관계나 영향 관계로 연결되는 경우가 있는가 하면, 서로 모순을 일으키는 경우도 있으며 앞 시대가 뒷 시대의 극복 대상이 되는 경우도 얼마든지 있다.

순환적 모형은 역사는 다음의 시대와 사람들 사이에서 일정한 현상이 끝없이 재현되거나 반복되는 것을 의미한다. 역사반복설은 역사철학에서 상식화된 견해의 하나다. 우리 현대소설사에는 반복되는 것들이 실제로 적지 않다. 일례로 시대에 따라 창작 여건이 달라진다고는 하나 작가들의 창작 동기는 여전히 휴머니즘에 바탕을 두고 있는 점을 지적할 수 있다. 동서양을 막론하고 전통적인 소설 주제는 선과 악의 갈등이라는 통설은 역사반복설을 뒷받침해준다. 현실 초월의 태도와 현실 참여의 태도 사이의 대립은 1920년대 이래 우리 문학사에서 거듭 나타나고 있는 현상이다. 이러한 대립은 역사와 미학의 대립으로, 개인적 자아의 문학과 집단적 자아의 문학의 갈등으로 또 이른바 순수와 참여의 충돌로 표현되기도 한다. 1920년대와 1930년대에는 민족파와 계급파의 대립으로 나타나기도 했고 민족개량주의와 무력 투쟁주의의 갈등으로 표출되기도 했다. 이러한 문학적 이념의 대립은 1930년대 후반과 1940년대 전반기에 지하로 들어갔다가 8·15 해방을 맞으면서 생사를 건 싸움으로 재현되었다. 한국의 현대문학사처럼 보수/개화, 점진/급진, 우/좌, 순수/참여 등의 대립이 오래 지속되었던 문학사도 드물 것이다. 소설의 제재도 반복되는 것이라고 볼 수 있다.[4] 문학사는 기본적으로 변화의 과정을 적는 것이라는 인식에 서 있었던 웰렉도 제재유한론을 긍정했기에 제재사를 가장 비문학적인 것으로 파악했다. 이 외에도 소설사의 경우, '로망스 반복설'을 들 수 있다. 로망스 반복설은 문학사는 발전의 도식이라는 관념을 부정하는 것이 된다. 로망스 반복설은 어느 시대든지 저급의 오락소설이나 대중소설은 일정 부분 있기 마련이라는 인식의 산물이다. 명작이나 문제작은 변화의 패턴을 보이고 저급소설은 반복의 패턴을 보인다. 소설사 기술은 양자를 구분해내는 것이라는 인식을 얻을 수 있다.

혼돈의 모형은 이성사관이나 필연사관의 대립개념으로 볼 수 있다. 전쟁, 혁명, 재난 등과 같이 우연성, 폭력성, 비합리성 등을 역사의 최고 변수로 인정한다는 것은 역사는 선대 현상과 후대 현상 사이에 기본적으로 인과 관계나 상관성이 결여되어 있다는 주장을 뒷받침해준다. 물론 역사는 연속성과 불연속성으로 이루어진 것이기는 하지만 이 경우에는 불연속성에 더 크게 주목할 수밖에 없다. 또한 혼돈의 모형은 역사는 정상적이며 자연스러운 이행이나 변화로 이루어진 것이라는 관념을 근본적으로 부정한다. 우리 개화기소설은 고전소설로부터 자연스럽게 이행된 결과만은 아니었다. 물론 이인직, 이해조, 최찬식류의 소설은 서사담론의 면에서는 고전소설로부터 승계한 점이 많으나 주제 면에서는 반봉건이나 친일개화의 경향을 지녔다. 반면 을지문덕이나 이순신을 주인공으로 한 신채호류의 역사소설은 국가 위기의 상황을 영웅대망론으로 타개하고자 하였다.

소설사적 기술을 통해서 무엇을 알 수 있는가. 웰렉은 문학사의 첫째 임무를 "전통 안에 각 작품의 정확한 위치를 잡아주는 것"이라고 하였고 "두 작품 혹은 그 이상의 작품들의 관계를 연구하는 것"이 그다음의 임무라고

---

4) 졸저, 『소설신론』, 서울대 출판부, 2004, pp. 200~201. Alice R. Kaminsky는 "On Literary Realism"에서 인간의 삶의 보편적 명제를 원죄의식, 죽음과 죽음에 대한 공포, 본능과 욕망, 폭력, 갈등, 범법, 환경의 영향, 불평등, 영원성과 신, 언어 등 10가지로 요약했다.

하였다.[5] 이는 앞서 논한 드레이가 역사가의 임무를 "사실 정립to establish the facts"과 "사실 이해to understand them"라고 주장한 것[6]과 통한다. 웰렉이 사용했던 '전통'은 신고전주의자들처럼 엄격하게 해석할 필요는 없다. 이때의 '전통'은 시간 개념보다 국가나 민족이란 공간 개념으로 바꾸어 볼 수 있다. 한 존재의 본질을 파악하는 방법으로는 그 존재의 역사를 살펴보는 것과 다른 존재와의 관계 속에서 파악하는 것이 있다. 결국 웰렉은 개별 작품의 위상과 가치를 정확하게 알기 위해서 문학사를 쓴다고 주장한 것으로 확대 해석할 필요가 있다. 기본적으로 형식주의에 기울었던 이론가인 만큼 그에게는 작가보다는 작품이, 배경보다는 작품 그 자체가 더욱 소중한 것으로 다가왔을 것이다.

우리는 소설사 기술을 통해서 작가들과 작품을 알게 될 뿐 아니라 개별 작가들과 작품들의 위치와 등급을 알 수 있게 된다. 같은 소설사라고 하더라도 어떤 형태를 취하느냐에 따라 또 어떤 사관을 취하느냐에 따라 알 수 있는 내용은 달라진다. 가령 주제사로서의 소설사는 주제의식이 강한 작품을 높게 평가할 것이고 형식사로서의 소설사는 기교가 뛰어난 작품을 일급의 작품으로 올려놓을 것이다. 물론 대다수 소설사는 주제와 형식의 조화의 성취도에 주목해왔다.

고전소설이 발전적으로 계승되어오던 중 계몽 의지를 중심으로 한 시대적 요청을 받으면서 여러 가지 서사 양식이 나오게 되었다. 고전소설(현실성 결여)—신문소설 문답체(리얼리즘 획득, 이야기성 결여)—역사·전기서(거대서사 지향, 허구성 결여)—잡지게재소설(단형화)—단행본(이야기성과 허구성 획득)과 같은 전개 과정을 제시해볼 수 있다. 이 과정에서 레너드 데이비스가 근대소설의 출현 방법으로 제시한 진화형the evolutionary

---

5) René Wellek & Austin Warren, 앞의 책, p. 259.
6) William H. Dray, 앞의 책, p. 5.

model, 삼투형the osmotic model, 합성형the convergent model[7]이 모두 일리가 있음이 확인된다. 진화형은 근대소설은 고대소설이 발전한 결과라는 인식으로, 삼투형은 소설은 사회나 사상의 큰 변화의 산물이라는 인식으로, 합성형은 소설 양식은 종합문학적인 양식이라는 인식으로 정리된다.[8]

2. 소설사의 구성 방법과 형태

종합적인 문학사든 개별 장르사든, 자료 제시에 머물든 자료를 추상화하고 확대 해석하여 사상사를 지향하든, 소설사에 어떤 내용을 담을 것인가 하는 문제는 쉽게 해결되지 않는다. 명작에 대한 논의를 나열해놓은 형태에 머물든 중간 수준의 작품까지 망라하여 한 나라나 민족의 문학 외연을 넓히려 한 것이든 소설사의 구성 방법은 난문에 가깝다.

문학에서 형식적 요소를 중시했던 로널드 크레인은 (1)주제subject matter, 신화myth, 교리body of doctrine, (2)표현 기교special technique, (3)전통 요인effective tradition, (4)장르genre와 통념convention과 법칙rules, (5)제작 동기specific end, artistic problem, (6)일반적 욕구general desire 등 여섯 가지 구성 요소를 들었다.[9]

크레인은 (1)의 예로 자연 현상, 아서 왕 전설, 낭만적 사랑의 개념 등과 같은 예를 들었거니와 (1)은 사상, 정신, 이데올로기, 관념, 혼, 이미지, 상징, 의식 등으로 나타난다. 한국 현대소설사가 반영했거나 생산해낸 거대 사상들은 다음과 같이 정리된다. 개화기: 계몽주의didacticism, 진보주

---

7) Lennard J. Davis, *Factual Fictions*, Columbia University Press, 1983, pp. 2~7.
8) 졸저, 『소설신론』, p. 38.
9) Ronald S. Crane, *Critical and Historical Principles of Literary History*, The University of Chicago Press, Chicago, 1967, pp. 33~34.

의evolutionism, 애국사상patriotism, 현실 부정의 태도negativism, 저항주의.
1910년대 : 식민통치colonialism, 계몽주의, 이상주의idealism, 순응주의
conformism. 1920년대 : 문화정치, 감상주의sentimentalism, 반항주의antagonism,
마르크스주의Marxism, 아나키즘anarchism, 민족주의nationalism, 서정주의
lyricism, 리얼리즘realism. 1930년대 : 새것주의neophilia, 모더니즘, 중도주의,
주지주의, 보수주의conservatism, 민족주의, 패배주의defeatism, 허무주의
nihilism. 1940년대 전기 : 도피주의escapism, 과잉적응주의hyper-conformism, 정
적주의quietism. 1940년대 후기 : 분파주의sectionalism, 선전주의propagandism,
사회주의, 자유주의 등.[10) 여기에 개화기의 사상으로는 노예제도 폐지론
abolitionism, 야만성barbarism, 교리문답catechism, 반계몽주의obscurantism 등을
1920년대의 사상으로는 행동주의activism, 유미주의aestheticism, 이타주의
altruism, 논쟁적 태도controversialism, 복음 전도evangelism, 인습타파주의
Ibsenism, 반적응주의non-conformism 등을 1930년대의 사상으로는 이타주의
altruism, 병약함invalidism, 간결체laconism, 순응주의conformism 등을 1940년대
전기의 사상으로는 동화 작용anabolism, 경건한 태도pietism 등을 추가할 수
있다. 관념이나 이데올로기로 표현되는 이런 주의들은 대체로 현실반영론
의 소산으로 여겨지지만 소설은 생산이라는 인식의 산물로 볼 수도 있다.

크레인은 (2)의 예로 서간체 소설, 상징적 표현 등을 들었거니와 한국
현대소설의 경우, 뤼시앵 골드만Lucien Goldmann이 그의 저서 『소설사회학』
Pour une sociologie du noman의 중심 개념으로 내세웠던 상동론homology이나
발생론적 구조주의The Genetic-Structuralist Method로 설명할 수 있다. 이 두가지
키워드는 소설 구조와 사회집단의 정신적 구조의 동질성이나 소설 형식과
집단의식의 조응성을 주장한다. 서야 한다. 형식사나 기교사에 관심을 집

---

10) 졸고, 「한국문학의 주제사 문제」, 『한국 현대문학사상 논구』, 서울대 출판부, 1999, pp.
    43~44.

중하는 사가들도 주제관여적이거나 주제시사적인 형식사를 생각하지 않을 수 없다. 크레인은 (3)의 예로 밀턴의 초기 시라든가 세르반테스의 창작 방법을 들었거니와 (3)은 전통을 찾기 위해 또는 전통을 의식하고 문학사를 쓰는 태도로 이어진다. 전통은 의식주의 문제에서부터 생사관, 세계관에까지 넓게 걸쳐 있는 개념이다. 전통이 불변적인 것이라는 관념은 갖지 않아야 하겠지만 과거와 현재가 동시적 질서로 묶이려면 과거는 현재에 영향을 줄 수 있고 또 현재를 끊임없이 간섭, 조종할 수 있는 능력을 지녀야 한다. 이러한 능력은 곧 고전이란 형식을 통해서 구체화되기 마련이다. 1920, 30년대에 사회주의를 표방하면서 결국은 세계주의를 지지하는 것이나 다름없었던 이기영 · 한설야 · 김남천 등과 같은 프로작가들이 카프 해체 이후 장편소설 속에서 개인사나 가족사를 기술하는 가운데 우리 풍습과 제도의 복원과 강조에 힘쓴 것은 주목해야 할 사실이다. 전통은 물려받는 것이 아니라 찾아내고 만들어내는 것임을 입증해주었다.

크레인은 (4)의 예로 탐정소설이나 서부소설 등과 같은 소설 유형을 들었거니와 한국 현대소설사의 경우, 웰렉이 가장 문학적인 문학사로 보았던 장르사의 하위 개념인 소설 유형사를 뼈대로 볼 수 있다. 한국 현대소설사에서 실제로 나타나는 주요 소설 유형으로는 가정소설 · 계몽소설 · 신문소설 · 관념소설 · 대화체소설 · 대중소설(개화기), 전기소설 · 역사소설 · 대중소설 · 대화체소설 · 단편소설(1910년대), 빈궁소설 · 경향소설 · 지식인소설 · 농민소설 · 노동소설 · 예술가소설 · 간도배경소설(1920년대), 도시소설 · 농촌소설 · 역사소설 · 동반자소설 · 생산소설 · 심리소설 · 대중소설 · 세태소설 · 풍속소설 · 전향소설(1930년대), 친일소설 · 여급소설 · 농민소설(1940년대 전반기), 이념소설 · 자기성찰소설 · 행동소설 · 반공소설(1940년대 후반기) 등을 들 수 있다.[11] 소설유형론이 중심이 된 소설사는

11) 졸저, 『한국 현대소설 유형론 연구』(개정판), 집문당, 2004, p. 19.

한국 현대소설의 성격을 새로운 각도에서 파악하게 해준다. 어떤 시대에는 주로 어떤 소설 유형이 작가들 사이에서 쓰어졌는가에 따라 작가들의 사상이나 관심사의 방향을 짐작할 수 있다. 의식이 형식을 통해 드러난다고 하든 의식이 형식을 결정짓는다고 하든 장르는 박제된 단순한 껍질로만 볼 수는 없다. 장르는 단순한 그릇이 아니다. 그것은 어떤 모양으로든 의식이나 사상과 연결되어야 한다. 크레인은 (5)의 예로 종교에 봉사하기 위해 시를 쓰는 것, 소설에서 대화체를 많이 쓰는 것을 들었거니와 일제 강점기에 생성되고 전개되어온 한국 현대소설이니만큼 창작 동기는 예사롭게 보아서는 안 된다. 여기에는 종교의식, 계몽 의지, 민족의식, 순응주의, 투쟁심 고취 등이 포함될 수 있다. 창작 동기 외에 일반적 욕구로 독자 반응, 문학제도, 문화적 욕구와 분위기 등을 들 수 있다.

「조선신문학사론서설」(『중앙일보』, 1935. 10. 9~11. 13), 「개설신문학사」(『조선일보』, 1939. 9. 1~26, 10. 5~31), 「개설조선신문학사」(『인문평론』, 1940. 11, 1941. 1~3) 등을 통해 문학사 기술을 시도했던 임화는 「개설신문학사」를 쓰고 난 직후 「신문학사의 방법」이라는 글을 써서 문학사의 기술 원리와 방법을 체계적으로 설명할 기회를 가졌다. 그는 문학사의 구성 요소로 '대상' '토대' '환경' '전통' '양식' '정신' 등 여섯 가지를 들었다.[12] '대상' 항은 한문학도 포함시켜야 한다는 주장을 담고 있고, '토대' 항은 마르크시즘의 '물질적 토대'론을 복창하였다. 임화는 전형적인 연결주의자요, 역사주의자이다. 그는 "신문학사는 조선의 근대사회사의 성립을 토대로 하야 형성된 근대적 문화의 일형태인 만큼 신문학사는 조선근대문화사의 일영역임을 부단히 의식하면서" 경제사 · 정치사 · 농업사 등의 자본주의 발달사와 민족운동사 내지 각 계급의 관계사라든가 시민의 역사가 근간이 되어야 한다고 주장하였다. 그에 의하면 사회사는 토대요, 정신사

___
12) 『동아일보』, 1940. 1. 13~20.

는 배경이 된다. '환경'은 H. 텐의 '종족' '시대' '환경' 같은 3대 문화 결정 요인설에서 빌려온 것으로, 이 중에서 신문학에서의 환경 연구는 비교문학 적 방법이 중심이 되어야 한다고 한 것은 임화의 날카로운 눈과 솔직한 태 도를 잘 입증해준다. 조선의 신문학은 일본을 중개자로 하여 서양문학을 배운 결과이기 때문에 일본의 영향도 경시할 수 없다는 것이다. 여기서 조 선인에게 서구 문학의 양식을 가르쳐준 것은 일본의 창작과 번역이라는 이 식문학론(移植文學論)이 나오게 된다. 그는 '전통' 항에 대해서도 신문학은 한 문을 벗어나 '언문 문화'로 복귀한 데서 전통과 관계를 맺기 시작한 것이라 는 특이한 견해를 펼쳤다. '양식'을 설명하는 자리에서는 문학사나 비평은 문학의 형식과 내용의 통일물을 연구하는 것으로 비평사는 작품이나 작가 의 역사를 연구하는 데 "중요한 안내자"라고 하였다. 여기서 임화가 문학 사의 여러 형태 중 비평사를 가장 중시하였음을 알게 된다. 물론 각 시대 의 작가나 작품에 대한 현장 비평은 문학사를 엮는 데 중요한 자료가 된다. 임화는 비평은 문학사의 선구라고 하면서 양식의 설정은 비평의 최후 과제 이면서 동시에 문학사의 최초 과제라고 하였다. 양식사(樣式史)를 문학사의 가장 중요한 분야로 본 것은 특이한 견해는 아니다. 임화는 양식사를 문학 사의 주요 형태로 인정하기는 하면서도 문학사는 결코 양식사에 머물러서 는 안 된다고 조언하였다.

文學史는 外面的으로는 언제나 이 樣式의歷史다 모든 通俗的文學史가 이 樣式의歷史를 記述하고있다. 그러나 樣式의歷史는 그實精神의歷史의形式에 지나지 안는다.

樣式歷史를 뚫코 들어가 精神의歷史를 發見하고 못하는것이 언제나 科學 的歷史와 俗流文學史와의 分岐點이다.

文學史는 藝術史의 對象일뿐만아니라 實로 思想史 精神史의 對象이기도 하기때문이다.[13]

마르크스주의자 임화가 양식사에 머무르는 것을 속류 문학사로 본 것은 형식주의자 웰렉이 장르사를 가장 전도유망한 문학사로 본 것과는 대조적이다. 신소설론에서 더 나아가지는 못했지만 임화의 소설사 기술이나 경향소설·세태소설·내성소설 등과 같은 여러 소설유형론은 양식론적 시각과 형식론적인 안목이 거둔 성과라고 할 수 있다. 이처럼 임화는 해방 이전에 헤겔, 마르크스, 텐, 딜타이 등으로부터 문학사의 원리와 방법을 배워 왔다. 그런 가운데 정신사로서의 문학사를 도달점으로 놓고 보았으며 사회사·경제사·계급투쟁사 등의 도움을 받을 필요가 있다고 하였다. 이식문화론을 바닥에 깔고 있으면서 일본으로부터 받은 영향을 비교문학적 방법으로 접근해야 한다고 본 것은 폭넓은 안목이요, 과학적인 태도라고 할 수 있다. 「신문학사의 방법」과 같은 글은 문학사 서술의 경험이 없이는 나오기 어려웠을 것이다.

작가, 작품, 문학적 경향, 문예사조, 문학 운동, 문학 집단 등과 같은 문학사적 사실들이 나타나게 되는 원인으로는 어떤 것이 있는가? 크레인은 민족성national character, 시대의 분위기나 감수성temper or sensibility of the age, 한 사회나 집단적 사고의 광범위한 움직임the broad movement of society or of collective thought, 지배계급 정신의 주류the dominant spirit of the ruling class, 심오한 심리적 진화의 특정한 계기the particular moment of a profound psychological evolution, 특정한 포괄적 세계관의 유행the prevalence of a certain all-inclusive Weltanschauung, 문화와 문명의 일반적 조건the general conditions of culture and civilization[14] 등을 제시했다. 이는 텐이 문학의 배경적 요인으로 거론한 종족·시대·환경 등 세 가지를 확대한 것처럼 보인다. 지배계급의 주된 정

---

13) 위의 신문, 1940. 1. 19.
14) Ronald S. Crane, 앞의 책, p. 52.

신은 피지배층이나 지식인이 품는 정신과 마찬가지로 의식이나 사상이나 시대정신의 한 형태라고 할 수 있다. 한 사회의 움직임이나 집단적 사고의 움직임도 사상이라고 불린다. 한 작품이 보여주는 한 시대나 집단의 사고를 찾는 것도 중요하지만, 동시대의 작품들이 드러내는 시대적 사고나 집단적 사고도 주목해야 한다.

주제사는 문학사를 좁게 몰아갈 가능성이 있기는 하지만 문제사, 사조사, 형식사, 장르사 등 여러 형식을 통해 나타날 수도 있고 사상사, 사회사, 풍속사, 생활사, 종교사 등과 겹치거나 긴밀하게 연결될 수도 있다. 이런 과정에서 작품은 새롭게 해석될 수 있다. 주제는 흔히 문제작으로 평가되는 단일한 작품을 통해 발현되기도 하지만 동시대의 여러 작품들을 통해 공분모의 형식으로 추출될 수도 있다. 여러 소설 작품들 사이의 공통된 주제나 문제나 모티프를 추려내는 작업은 작품들이나 작가들 사이의 연관성을 더욱 강화해주며 바로 이런 연관성은 주제사로서의 필연적인 근거가 되기도 한다.

주제사로서의 문학사는 개별 작품들에 대한 충실한 연구를 통해 귀납된 주제들로 짜여야 한다. 하늘에서 떨어진 주제에 작품을 끼워 맞추는 식이 되어서는 안 된다. 땅에서 올라가는 주제사이어야 한다. 주제사로서의 문학사나 주제사 중심의 문학사는 작가나 작품으로부터 추출된 주제들을 모으고, 틀을 짜서 오히려 역사, 사회사, 사상사, 풍속사, 종교사 같은 주변사 쪽으로 체계나 자료를 빌려줄 수 있어야 한다.[15]

문학사가 단순한 연표 제시의 수준이나 작품론을 연대별로 늘어놓은 수준에서 벗어나 역사를 쓴 사람과 읽는 사람들에게 그리고 오늘의 문인들에

---

15) 졸고, 「한국문학의 주제사 문제」, p. 51.

게 도움을 줄 수 있으려면 문학사는 좀더 적극적인 태도로 기술되어야 한다. 결론부터 말하자면, 역사기술은 비평 작업과 함께 이루어져야 한다. A는 X로부터 비롯되었다는 역사가의 접근 방법은 A는 X보다 낫다는 비평가적 접근과 단순히 협조하는 정도가 아니고 아예 하나가 되어야 한다는 것이다. 로버트 웨이만Robert Weimann은 「문학사에서 과거의 의의와 현재의 의미Past Significance and Present Meaning in Literary History」에서 이러한 역사가의 태도와 비평가의 접근법의 조화를 주장하면서 작품의 존재라는 과거 세계와 그 작품의 수용이라는 현재 세계의 일치와 충돌이 문제가 된다고 하였다. 역사가는 작품의 과거성에, 비평가는 현재 체험으로서의 작품성에 더 주목한다. 이 두 가지 접근 방법은 '형성사Entstehungsgeschichte'와 '영향사Wirkungsgeschichte'로 양극화된다고 하였다. 그 작품이 현재에 어떤 의미를 주는가에 대한 인식이 없는 과거의 역사기술은 아무 의미가 없다. 마찬가지로 과거의 의미에 대한 탐구가 없이는 현재의 의미에 대한 인식도 부적절한 것이 되고 만다. 따라서 비평으로서 문학사의 대상은 필연적으로 복잡할 수밖에 없다. 그러한 문학사는 기원genesis과 가치value, 발전과 질서에 다 관여한다. 그뿐 아니라 과거의 산물product로서의 작품과 현재의 경험experience으로서의 작품에도 관여한다.[16] 비평가로서의 역사가와 역사가로서의 비평가의 자세로 문학사를 작성한다는 것은 문학의 두 가지 기능즉, 사실 제시 기능/계몽의 기능, 모방적 기능/도덕적 기능을 행사하는 것으로 볼 수 있다. 소설사는 비평 작업과 제휴해야 한다는 태도는 기존의 평가 체계를 거부하는 것이 된다. 선행 소설사와 비슷한 평가와 해석을 꾀한 소설사의 의미는 감소할 수밖에 없다.

베네데토 크로체는 「보편사 반론Against Universal History」(1941)이라는 글에

---

16) Ralph Cohen, ed., *New Directions in Literary History*, Routledge & Kegan Paul, 1974, pp. 54~57.

서 헤겔의 역사기술 방법론을 '근원사'와 '반성사'로 이분했다. 근원사는 사실들의 정리 그 이상으로 나아갈 수는 없는 것이라는 인식을 보여주는 데 비해 반성사는 일반사 · 실용사 · 비판사 · 특수사로 사분해 볼 수 있다고 하였다.[17] 일반사는 한 민족 · 국가, 전 세계의 사건들에 대해 다양한 원천으로부터 지식을 받아들여 정리하는 것을 말하며 실용사는 역사를 도덕적, 정치적 반성으로 기술하는 것을 가리킨다. 비판사는 전통의 진리와 믿음을 설명하는 것을 뜻하며 특수사는 예술사, 종교사, 과학사, 문학사 등 특수한 분야의 역사를 적은 것을 의미한다. 문학사는 기본적으로는 특수사에 드는 것이기는 하지만 위에 말한 의미의 여러 역사 형식을 지니기도 한다. 일반사의 한 장면이 될 수도 있고 비판사에 흡수될 수도 있다.

소설사의 상위 개념인 문학사에는 여러 가지 형태가 있다. 문학사는 주제사의 형태로 나타날 수도 있고 형식사나 제재사나 장르사로 나타날 수도 있다. 뿐만 아니라 사조사나 기교사나 모티프사로 구성되기도 하고 정신사Geistesgeschichte나 문제사Problemgeschichte나 영향사의 골격을 취하기도 한다. 물론 이러한 문학사의 형태는 단일한 형태로 나타나는 것은 아니다. 소설사의 경우 주제사는 정신사나 모티프사 또는 문제사와 비슷한 형태로 나타나기도 하고 형식사를 통과하는 수도 있다. 소설사는 사상사나 정신사로 상승하기도 하고 소재사에 머물기도 한다.

독자 중심의 수용사Rezeptionsgeschichte나 영향사Wirkungsgeschichte를 새로운 문학사의 형태로 제시하였던 H. R. 야우스는 웰렉과는 달리 장르사에 큰 기대를 걸지 않았다. 야우스는 실증주의가 한계에 부딪힌 나머지 정신사에 자리를 내주고 다시 이념사Ideengeschichte나 개념사Begriffsgeschichte의 형태를 통해 철학사의 암영에서 헤어 나올 수 있었던 과정에 주목한다. 야우스는

---

17) Benedetto Croce, *Philosophy, Poetry, History*, Oxford University Press, 1966, pp. 51~56.

문학사가가 객관성 이상Objektivitätsideal에 충실해서 이미 판단이 끝난 걸작 Meisterwerke의 규범에 고착되고 새로운 작품에 대한 판단은 다른 사람에게 맡겨버릴 때 두 세대 뒤로 물러서게 된다[18]고 하였다. 말하자면 실증주의는 '구조 이전'에 관심을 집중시킨 나머지 '구조' 그 자체에는 소홀해질 수 있다는 것이다. 실증주의는 정신사로 연결될 때라야 작품의 부분 해명에서 전체 해명으로 나아갈 수 있다.

정신사는 한국 문학사가들 사이에서 매력 있는 말로 통하고 있지만 그 외연과 내포가 분명하게 정리될 수 있는 것인지에 대해서는 회의적인 분위기이다. '정신'이라는 말 자체가 모호성으로 가득 차 있기 때문이다. 정신사는 철학 용어 사전에서 이념과 세계관의 역사라든가 시대정신의 변천 과정으로 정리된다. 정신사는 철학사상사, 지성사, 관념사, 문제사 등으로 대치되기도 하며 정신사로서의 문학사는 문학사상사로 불리고 있다.『문예학연구방법론』에서 실증주의, 현상학적 방법, 사회학적 방법, 구조주의적 방법 등과 함께 정신사를 하나의 독립된 연구 방법론으로 보는 마논 마렌-그리제바흐는 정신사는 정신과 역사가 결합된 용어라고 사전적으로 풀이하면서 "정신사는 정신의 한 경지인 '이념'과 역사의 기본 바탕이자 소재인 '사실성'이 결합되는 과정Verbindung der Ideen mit dem Realen이다. 정신사는 이념과 사실의 결합을 뜻하면서 존재와 사유, 역사성과 초역사성, 시대성과 시대초월성 등의 갈등을 반영한다"[19]와 같이 깊이 있는 설명으로 나아간다. 기본적으로 대립 개념을 접합하고 있는 이 설명을 확대하면 정신사로서의 문학사는 문학과 역사와 철학의 화합을 기대하는 것이 된다. 초월 작품에 반영되는 존재, 문학작품에 선행된 사실들, 역사적 사실, 문학을

---

18) Hans Robert Jauß, *Literaturgeschichte als Provokation*, Suhrkamp Verlag, Frankfurt am Main, 1970, p. 147.
19) Manon Maren-Grisebach, *Methoden der Literaturwissenschaft*, Francke Verlag München, 1975, pp. 23~25.

삶의 일부분으로 규정하는 내재성, 주어진 것에 대한 경험, 문학을 결정짓는 필연성과 인과성 등을 실증주의적 사고의 특징으로 삼는 데 반해 정신사적·이념적 사고는 문학이 만들어낸 사상, 문학 작품에 구현된 이념, 초시간적 본질, 문학을 형이상학으로 규정하는 초월성, 창조적인 것으로서의 정신, 문학을 자율적인 것으로 만들어주는 자유 등으로 성격화된다.[20] 이처럼 정신사적 형태는 구호는 화려하지만 구체화 방법은 결코 쉽지 않은 면을 보인다.

한국 현대소설사를 기술하는 작업은 다음과 같은 선행 문학사 기술 작업에 힘입을 수밖에 없다. 개화기에서 신경향파문학까지를 다룬 근대 편과 프로문학에서 해방 직후까지를 다룬 현대 편으로 구성된 백철의 『조선신문학사조사』(수선사, 1947/백양당, 1949)는 '한국 현대문학 연구'를 시작하게 만든 문학사 서술이다. 이 문학사가 취한 태도는 실증주의, 역사적 상대주의, 이식사관, 비평사적 안목 등으로 정리된다. 백철이 서구 사조를 원칙으로 보면서 한국문학사를 "소화불량의 역사" "미숙성의 역사"로 파악한 것은 오랫동안 통설이 되어오다가 1970년대 이후로 부정되고 극복되기 시작하였다. 백철은 어느 문학사가보다도 카프 중심의 프로문학에 대해 큰 관심을 보였다. 해방 이후에는 해방 이전 문단에서 활동했던 문인들이 회고담이나 측면사 형태로 문학사를 기술한 것이 여러 편 발표되어 현대문학 연구자들에게 소중한 기초 자료를 제공하게 되었다. 김동인의 『문단 30년의 발자취』(『신천지』, 1948. 3~1949. 8), 박영희의 『초창기의 문단측면사』(『현대문학』, 1959. 8~1960. 5), 김팔봉의 『한국문단측면사』(『사상계』, 1956. 8~12), 홍효민의 『한국문단측면사』(『현대문학』, 1958. 9~1959. 2), 김팔봉의 『나의 회고록』(『세대』, 1964. 7~1966. 3), 박영희의 『현대조선문학사』(김윤식, 『박영희 연구』 부록, 1989), 백철의 『문학사화』(동서

---

20) 위의 책, p. 28.

출판사, 1965) 등을 통해 연구자들은 한국 현대문학의 실상과 의미를 제대로 알게 되었다.

조연현의 『한국현대문학사』(성문각, 1969)는 머리말에서 자료의 빈곤과 월북작가의 행적 취급 곤란을 문학사 서술의 장애 요인으로 들었다. 사회사 · 사조사 · 잡지사 · 문단사 · 운동사 등이 혼재되어 있는 이 문학사는 신문학사의 특성으로 시간적 후진성, 시대적 미숙성, 근대와 현대의 혼잡성, 정치적 암흑성과 국토 양단 등 네 가지를 들어 부정적 측면을 보다 크게 부각시키는 결과를 가져왔다. 김우종의 『한국 현대소설사』(선명문화사, 1968)는 해방 이전 소설을 대상으로 한 것으로, "근대화운동과 신소설" "춘원과 민족주의" 등 총 6장으로 구성되어 있는데, 분량 면에서는 1920년대 소설이 가장 큰 비중을 차지한다. 이 소설사에는 전기비평, 문단사, 잡지사, 사조사 등 여러 시각이 교차되어 있다. 프로문학을 다룬 제4장은 프로문학을 평가 절하하였고, 1930년대 소설을 다룬 제5장은 1930년대 작단의 5대 양상으로 주조의 공백, 각개의 분산 활동, 순수문학의 전성, 대중 작단 형성, 무능파의 도태와 세대 교체 등을 꼽음으로써 객관적 평가에 근접하였다.

이재선은 해방 전 소설을 대상으로 한 『한국 현대소설사』(홍성사, 1979)에서 한국 현대소설사를 제대로 다루기 위해 고전소설도 다독하고 정독한 흔적을 드러낸다. 이재선은 소설사를 사회사나 문화사의 반영으로 보는 데서 멈추지 않고 문학 특유의 역사로 보고자 하였으며 작품의 내재성을 존중하고 재래의 역사적 객관주의가 지닌 도식성을 배제하려고 했다. 이재선은 사회사적 방법, 주제사적 방법, 역사주의적 태도 등의 문제점을 인식하면서 형식주의 방법이라든가 미학주의적 태도로 보충하였다. 이 소설사도 냉전 체제 아래서 어쩔 수 없이 카프, 프로작가라든가 월북작가를 축소해서 다루었거나 부정적인 시각으로 기울었다. 이재선은 이 소설사의 속편 형식으로 『현대한국소설사 1945~1990』(민음사, 1991)을 써 내었다. 이

소설사는 "소설은 인간의 삶의 열림과 그 확산을 위해서 시대적 상황에 대응하여 열림의 가치를 표현하는 문학의 형태"라는 그 특유의 "열쇠의 시학"을 입론으로 취했다. "열쇠의 시학"은 그가 이미 『한국 현대소설사』에서 견지했던 '미학과 사회성의 상보성'으로 연결된다. 『현대한국소설사 1945~1990』에서는 해방기부터 1990년대까지 시간적 이행에 따른 소설의 변화와 45년 동안을 동시대로 놓고 나타나는 소설 유형론이 중첩되었다.

김윤식과 정호웅이 공저한 『한국소설사』(예하출판사, 1993)는 개화기에서 1980년대까지의 소설을 다루었고 해방 이후의 북한 소설까지 대상으로 삼았다. 이 소설사는 작품사를 지향하면서 소설사는 "내적 형식"의 역사라는 전제에서 출발하였다. 이때 "내적 형식"이란 형식화된 내용을 뜻하는 것으로 이 책은 "소설사적 의미가 큰 작품은 새로운 내적 형식을 창출한 작품이며 중심 작품과 그 아류작들을 하나로 묶는 것은 곧 공통된 내적 형식"이라는 인식을 보여준다. 이 책이 해방 이전 소설을 대상으로 하여 취한 대표작 견인주의, 선별주의, 해석주의 등은 해방 이후 소설을 대상으로 했을 때도 지속되었어야 했다. "우리 소설의 생성과 발전 과정을 밝히기 위해서는 한말 이후 존재하는 모든 서사문학 양식들의 형성 과정과 그 생성 요인을 밝히고 그 양식들 사이의 상호 연관성을 찾아내 그 양식들의 발전사를 구성해야만 하는 것"이라고 저술 동기를 밝힌 김영민의 『한국근대소설사』(솔, 1997)는 1890년대에서 1910년대 말까지를 시간대로 하는 문학사 양식이므로 단대사(斷代史) 형식의 문학사 서술이라고 할 수 있다. 단대사는 깊이를 자랑하는 역사 서술이 될 가능성이 높은 것임을 김영민은 입증해 보였다.[21]

---

21) 선행 한국 현대소설사에 대한 보다 자세한 검토는 졸고, 「한국현대문학연구의 역사」, 『한국 현대작가의 시야』, 문학수첩, 2005, pp. 276~93에 있다.

3. 『한국 현대소설사』의 서술 정신과 방법

첫째, 되도록 많은 소설을 읽었다. 과거의 문학사 기술이나 소설사 기술에서 월북작가의 소설, 수준 이하의 소설, 무명작가의 소설 등의 이유로 정독, 분석, 해석의 대상에서 제외되었던 소설들을 가급적 많이 읽었다. 사관을 초월하여 사실 탐구가 역사기술의 대전제가 되어야 하는 것처럼 소설사 기술의 대전제는 작품 다독이라는 인식을 실천에 옮기고자 했다. 작품의 다독에서 본격적인 탐구행위가 시작된다.

둘째, 대상 작품의 객관적 평가에 힘썼다. 이를 제대로 이행하기 위해서는 텍스트의 언표적 의미로서의 의미meaning의 파악을 전제로 한 후, 다른 정신, 다른 시대, 보다 큰 소재와 이질적인 가치 체계 등과 같은 보다 큰 문맥과 언표적 의미를 연결짓는 가운데서 나타나는 의의significance를 찾아야 한다.[22] 모든 작품들은 의미를 찾는 해석의 대상이 되어야 소설사에의 편입 여부를 평가받게 된다는 것이다. 그러나 '역사는 해석'이란 말이 가리키는 것처럼 역사 기술은 문제작을 새롭게 작성하고 논하는 것이어야 한다. 이제 우리 현대소설사는 비평사의 그늘에서 벗어나야 하고 독자반응사의 자장에서 벗어나는 방향으로 기술되어야 한다. 비록 발표 당시에는 주목받지 못했거나 또 발표 직후에 지금까지 제대로 평가되지 못했더라도 소설은 종합문학 양식이라는 시각에 서면 적지 않은 작품이 문제작으로 재조명될 수 있고 기존의 작품에 대한 격하 작업과 격상 작업이 자연스럽게 따라오게 된다. 이런 태도는 일류 작가의 삼류작보다는 삼류 작가의 일류작을 선택하는 행위로 구체화되기도 한다.

---

22) Eric D. Hirsch, *The Aims of Interpretation*, The University of Chicago Press, 1976, pp. 2~3.

셋째, 소설은 종합문학의 양식이라는 인식을 용인하는 데서 출발했다. 1930년대 말과 1940년대 초에 걸쳐 김남천은 소설과 평론에서 소설은 종합문학의 양식임을 거듭 주장했다. 그의 소설 「등불」(『국민문학』, 1942. 3)의 주인공 '나'는 회사원이자 소설가로 어느 것 하나도 놓칠 수 없는 입장에 있다. "인문사 주간 족하"라는 편지에서 '나'는 시간에 쫓겨 소설인지 아닌지 모르는 글을 겨우겨우 썼다고 하면서 "본래 소설은 시나 수필이나 논문이나 희곡 아닌 모든 것 우에 붙이는 허물없는 이름 같아서, 문단의 습속에 숨어 이것도 소설 축에 넣어 보리라 생각했습니다"(p. 107)고 변명한다. 이미 김남천은 「종합문학의 건설과 장편소설의 현재와 장래」(『조광』, 1938. 8)에서 "시와 단편과 희곡과 수필과 일기와 논문까지를 합류하여 일체를 이룬 장편"(p. 180)을 지향해야 한다는 장편소설 개조론과 종합문학론을 제기한 바 있다. 이러한 종합문학론은 일찍이 개화기부터 그것도 단편소설에서 실천에 옮겨진 바 있다. 소설사는 소설과 역사를 어떻게 보느냐에 따라 그 넓이와 깊이가 달라지게 마련이다. 대다수 소설론자들처럼 허구성이나 예술성에 매달려 소설 양식을 좁게 보는 경우와 프라이가 『비평의 해부Anatomy of Criticism』에서 노벨/로망스/해부/고백의 상위 개념으로 내러티브를 두었던 것처럼, 또 로버트 스콜즈Robert Scholes와 로버트 켈로그 Robert Kellogg가 『내러티브의 본질The Nature of Narrative』에서 서사적 양식을 경험적 서사/허구적 서사로 대별하고 이어 경험적 서사는 역사적 서사와 모방적 서사로, 허구적 서사는 낭만적 서사와 계몽적 서사로 나누었던 것처럼 소설을 서사로 등치시킬 경우는 실로 큰 차이를 빚어낸다. 소설을 좁게 볼 경우 소설사는 선택과 배제의 원리에 따라 가치의 대열을 제공하게 될 것이며 소설을 넓게 볼 경우 소설사는 종합과 포괄의 법칙에 따라 사실의 대열을 제시하게 될 것이다. 소설사를 통해 역사라든가 풍속사를 가늠해볼 수 있고 사상사라든가 비평사를 짐작해볼 수 있긴 하지만 결국 소설사는 어떤 역사로도 대치될 수 없다.

넷째, 작품과 작품의 관계에 주목하여 의미단위를 만드는 데 힘썼다. 시대별로 작품들을 묶는 것은 가장 기본적인 의미단위라고 할 수 있거니와 성격이 비슷한 작품들을 하나로 묶어내는 것은 보다 고차적인 의미단위를 제시하는 것이 된다. 여러 작품들을 동일 범주로 묶어내는 방법으로는 여러 가지가 있으나 여기서는 일단 편견없이 개별 작품을 정독한 끝에 공분모를 찾아내는 방법을 취했다. 기본적으로 작품과 작품은 서로 경쟁 관계에 있으면서도 어떤 작품은 다른 작품에게 원인이 되거나 전형이 되기도 한다. 작가 개개인은 원치 않겠지만 개별 작품들은 동일한 시대나 유형이나 주제나 형식이라는 상위 범주로 돌아가기 마련이다. 비유적으로 말하자면 소설사는 1급 작품들의 독창과 2, 3급 작품들의 합창이 어우러진 마당이라고 할 수 있다. 문학사 기술에는 걸작들에 대한 논의를 연대기식으로 늘어놓는 방법, 위대한 작가의 삶의 궤적과 작품을 연결 짓는 방법, 가치평가를 유보한 채 사실 나열에 머무는 방법 등이 있지만, 개별 작가나 작품을 일정한 기준에 따라 범주화하고 분류하고 성격화하는 방법도 있다. 이러한 상위 단위로 소설 유형론과 반복 모티프론을 예시할 수 있다.

다음과 같이 우리 현대소설사를 주요 소설유형사의 시각에서 정리할 수 있을 것이다. 신소설 · 정치소설 · 신문소설 · 관념소설 · 가정소설 · 대화소설 · 엽편소설 · 장회소설(1900~10년대), 경향소설 · 대중소설 · 1인칭소설 · 지식인소설 · 예술가소설(1920년대), 농민소설 · 노동자소설 · 도시소설 · 역사소설 · 세태소설 · 통속소설 · 장편소설 · 전향소설 · 신변소설 · 심리소설(1930년대), 전향소설 · 이념소설 · 농민소설 · 방랑자소설 · 친일소설(1940년대 전기) 등[23]과 같은 유형들은 동시대의 여러 작가들이나 작품들을 하나의 범주로 괄호 치면서 시대정신을 드러내 보이든가 집단의식을 제시하기도 한다. 물론 유형사적 시각은 작품들 사이에 엄존하는 높낮

---

23) 졸저, 『한국 현대소설 유형론 연구』, p. 42.

이를 표면화하기 어려운 점이 있긴 하다.

개화기소설에서 1945년까지의 소설에서 반복해서 나타난 모티프로 옥살이 모티프, 귀농 모티프, 만주 이주 모티프, 인텔리 무능 모티프, 니힐리즘 모티프 등이 있다.[24] 모티프를 넓게 보면 모든 소설 유형은 필수 모티프가 반복되어 나타난 결정체라고 할 수 있다. 『한국 현대소설사』에서는 주요 반복 모티프를 금광 모티프, 만주 이주 모티프, 야학 모티프, 옥살이 모티프, 폐결핵 모티프, 전향 모티프 등으로 정리하고 그 해당 목록을 작성하여 부록으로 제시했다. 물론 우리 현대소설사는 이외에도 여러 가지의 반복 모티프를 보여준다. 주의자소설, 농민소설, 노동자소설 등과 같은 소설 유형은 주의자, 농민, 노동자 등과 같은 인물 모티프를 중심으로 한 소설들이 일정한 유형을 이룰 정도로 많았다는 것을 의미한다.

다섯째, 한국 현대소설은 한국 현대사나 사회 또는 한국인에 대한 가장 정확하면서도 충실한 담론이라는 인식에서 출발했다. 이러한 인식은 어떤 소설이든지 이데올로기를 담고 있다는 인식으로 이어진다. 이때의 이데올로기는 '신앙화된 사상' 정도로 이해하면 된다.

"이데올로기와 소설"이란 부제가 달린 『반항하는 소설들』에서 데이비스는 "소설은 삶을 그리는 것이 아니라 이데올로기에 의해 표현된 그대로의 삶을 그린다" "이데올로기는 자신에 대하여 또 자신을 위하여 소설을 쓰는 문화적 형식이다" "소설은 이데올로기를 주입하는 행위자가 되어가고 있다"[25] 등과 같이 비슷한 내용의 주장을 거듭하고 있다. 그는 선학들의 견해들을 두루 참고하는 가운데 이데올로기에 대한 다각도의 정의를 꾀하였다. 이데올로기는 하나의 문화가 그렇다고 믿는 것, 실재하는 것에 반대되는 것으로서의 열망, 바로 이 두 가지가 합쳐져 구성된다고 정의 내린 것

---

24) 졸고, 「반복 모티프의 주제관여 양상」, 『한국 현대문학사상 논구』, pp. 53~66.
25) Lennard J. Davis, *Resisting Novels*, Methuen, 1987, pp. 24~25.

은 데이비스 자신이었다. 비록 평이하게 서술되기는 했지만 다음과 같은 대목은 새로운 소설관이라는 반응을 충분히 얻을 수 있다.

소설은 이데올로기 때문에 의미를 갖게 된다. 소설들은 이데올로기들을 구현한다. 소설들은 이데올로기를 전파한다. 소설들은 이데올로기 덕분에 존재한다. 그리고 소설의 기원은 이데올로기의 근대적 개념이 막 시작된 그 때에 찾을 수 있다.[26]

테리 이글턴Terry Eagleton이나 페터 지마Peter Zima와 같은 이론가의 "이데올로기 편재론" "작은 이데올로기론"을 따르면 소설은 이데올로기의 표현 양식이라는 인식은 리얼리스트들만의 전유물이 될 수 없다.

소설은 이데올로기의 표현 양식이라는 명제는 소설은 현실 반영을 꾀하는 한편, 현실 극복이나 개선의 방안을 모색한다는 의미도 담고 있다. 본 소설사는 기본적으로 반영론을 지지하면서도 작가들이 힘든 현실hard times을 만나 그를 뚫고 나가려 하거나, 뛰어넘으려 하거나, 바꾸어보려 한 시도와 그 흔적에 주목하고자 했다. "작은 이데올로기"론으로도 우리 현대소설은 얼마든지 새롭게 해석되고 의미화될 수 있다.

같은 작가라고 하더라도 소설 양식에 대해 저마다 다른 인식을 지니는 것으로 나타난다. 소설 양식에 대해 신채호는 역사기술 대체 양식이며 문학과 역사와 철학을 통합한 서술 양식으로, 이광수는 자기주장이 강한 논설의 연파적 양식으로, 이기영은 사회주의와 일의 사상에 대한 강론으로, 이상은 심층심리의 기록으로, 김유정은 생활의 기록으로 여겼다.

여섯째, 날카로운 시선과 따뜻한 눈길을 교차시키는 가운데 작품 하나하나의 핵심을 건져내는 데 힘썼다. 핵심이 담겨 있는 부분을 드러내고 인용

---

26) 위의 책, p. 25.

하는 것에서 논의를 시작하기도 하고 끝내기도 하였다. 인용문을 정독하다 보면 해당 작품의 얼개나 벼리를 자연스럽게 감득하게 될 것이다.

　일곱째, 어떤 인물을 주인공으로 하든지 모든 소설 유형은 현실 부정을 행사한 것과 현실 극복책 제시를 꾀한 것으로 나눌 수 있다든가 현재를 직시하는 데 멈춘 것과 미래를 바라보려고 애쓴 흔적을 드러낸 것으로 대별된다는 인식에서 출발하였다.

개화기 서사 양식의
다양성과 혼종성

1. 총론

　개화기소설은 역사적 사건들로부터 긍정적 · 부정적 영향을 받았지만 소설은 당대의 사건이나 상황에 최소한 양심적 리얼리즘이나 성실한 리얼리즘으로 반응을 보이는 것이라는 통념을 충분하게 실현하지는 못했다.

　개화기의 기점을 어디로 잡느냐에 대해서는 개인별, 학문 분야별로 차이가 있을 수밖에 없다. 주요 사건을 추리면 다음과 같다.[1]

　고종 즉위, 흥선대원군 정권 장악(1863. 12), 병인양요(1866. 9), 동학교주 최제우 대구에서 사형 집행(1864. 3), 47처만 남기고 전국 서원 철폐(1871. 3), 신미양요(1871. 5), 운양호 사건(1875. 8), 병자수호조약(1876. 2), 최시형 『동경대전』 간행(1880), 박정양 · 어윤중 등 신사유람단 일본 시찰(1881. 1), 미국 · 영국 · 독일 등 수호 조약(1882. 4), 임오군란(1882. 6), 인천항 개항, 태극기를 국기로 정함(1883. 1), 동래에서 민

---

1) 이만열 엮음, 『한국사연표』(개정판), 역민사, 1996, pp. 142~95.

란(1883. 5), 박문국 설치하고『한성순보』발간(1883. 10), 궁중에 발전기 설치하고 전등 사용(1884. 10), 김옥균 · 박영효 · 서재필 등이 주도한 갑신정변(1884. 10), 선교사 언더우드 · 아펜젤러 광혜원 설치(1885. 4), 아펜젤러 배재학당 설립(1885. 8), 노비 세습제 폐지(1886. 1), 여선교사 스크랜턴 이화학당 설립(1886. 10), 아펜젤러 정동교회 창립(1887. 4),『신약전서』완간(1887), 제임스 스콧『영한자전』간행, 찬송가집 간행(1892), 함경도 북청 · 영흥 · 회령 · 종성, 평안도 강계 · 성천 · 함종, 황해도 재령, 강원도 정선 · 인제 · 고성, 전라도 광양, 경기도 개성 · 인천 · 수원 · 안성 · 양주, 경상도 예천 · 통영, 제주도 등 전국 각지에서 여러 가지 이유로 민란 발생(1887~93), 박광호 · 손병희 등 동학교도 40여 명 교조신원(敎祖伸寃)을 위해 광화문에서 상소(1893. 2), 동학교도 2만여 명 충청도 보은과 전라도 금구에 모여 척왜척양(斥倭斥洋)의 기치 아래 농성(1893. 3), 일인들『한성신보』창간(1894. 1), 갑오농민전쟁 발발(1894. 1), 김옥균 암살(1894. 2), 농민군 전주성 점령(1894. 4), 청일전쟁 전개(1894. 6), 동학 농민군 전국 각지에서 재봉기(1894. 9), 전봉준 체포(1894. 12), 홍범 14조 제정(1894. 12), 전봉준 등 농민군 지도자 처형(1895. 3), 유길준의『서유견문』일본에서 간행(1895. 4), 명성황후 시해(1895. 8), 단발령 단행(1895. 11), 개국 505년의 연호를 건양 원년으로 정함(양력 1896. 1. 1), 항일 의병 전국 각지에서 봉기(1896. 1), 서재필『독립신문』창간(1896. 4), 서재필 · 윤치호 등 독립협회 결성(1896. 7), 한성은행 설립(1897. 2), 연호를 광무로 고침(1897. 8), 황제 즉위식 거행하고 국호를 대한제국으로 고침(1897. 10), 서울 광교에 최초의 서점 회동서점 개점(1897. 12), 손병희 동학 3대 교주 취임(1897. 12), 서울 종현성당(명동성당) 준공(1898. 5), 동학 2대 교주 최시형 처형(1898. 7), 순국문 일간지『제국신문』창간(1898. 8), 주시경『국어문법』간행(1898), 영학당(英學黨) 고부에서 봉기(1899. 5), 일본 영화 전국 순회공연, '활동사진'이란 용어 유포(1899), 한강철교 준공, 경인철도 개통(1900. 7), 『신약성서』 완역(1900. 12), 전국 각지에서 화적·민란·의병 활동(1900~04), 한국 최초의 상업적 실내극장 협률사 개장(1902), 제1차 하와이 이민 출발(1902. 12), 황성기독청년회(YMCA) 창립(1903. 10), 황제용 자동차 미국에서 구입(1903), 『대한매일신보』와 『코리아 데일리 뉴스』 발간(1904. 7~1910. 8), 일진회 조직(1904. 9), 제중원(세브란스 전신) 낙성식(1904. 11), 멕시코 이민 1천여 명 출발(1905. 3), 이준·양한묵·윤효정 등 헌정연구회 조직하여 일진회에 대항(1905. 5), 경부철도 개통(1905. 5), 이용익 보성전문학교 설립(1905. 9), 한일협상조약(을사보호조약) 체결(1905. 11), 민영환 자결(1905. 11. 30), 손병희 동학을 천도교로 개칭(1905. 12), 박은식 『유교구신론』 간행(1905), 윤치호 중심으로 대한자강회 조직(1906. 3), 휘문의숙·숙명여학교 개교(1906. 5), 천도교에서 『만세보』 창간(1906. 6), 최익현·안병찬·신돌석 등 항일 의병 봉기(1906. 3~6), 최익현 대마도로 유배, 단식으로 아사(1906. 12), 서북학회 발기(1907. 1), 대동학회 발기(1907. 3), 헤이그 밀사 사건(1907. 6), 호남학회 창립(1907. 7), 고종 양위 발표(1907. 7), 정미 칠조약(1907. 7), 신문지법(광무신문지법) 제정(1907. 7), 연호를 융희로 고침(1907. 8), 전국에서 항일 의병 봉기(1907), 장응진 동경에서 『태극학보』 창간(1907. 8), 안창호 흥사단 조직(1907. 12), 단성사·장안사·연흥사 개설(1907), 기호흥학회 설립(1908. 1), 의병장 이강년 체포, 신돌석 피살(1908. 7), 이인직·박정동 연예장 원각사 개설(1908. 7), 최남선 『소년』 창간, 동양척식회사 설립(1908. 12), 신채호 『독사신론(讀史新論)』과 『을지문덕』 간행(1908), 안중근 하얼빈 역에서 이토 히로부미(伊藤博文) 사살(1909. 10), 이재명 이완용 자격(1909. 12), 1907년 8월~1909년에 항일 의병 전사자 수 16,700명, 부상자 36,770명으로 집계.

일제는 한일병합을 강행하기 전에 신문지법(법률 제1호, 1907. 7. 24), 보안법(법률 제2호, 1907. 7. 27), 출판법(법령 제6호, 1909. 2) 등을 공표했다.[2] 한국 소설과 직접 관계가 있는 신문지법의 조항으로는 "제10조 신문지는 매회 발행에 앞서 먼저 내부 및 그 관할 관청에 각 2부를 납부해야 한다" "제11조 황실의 존엄을 모독하거나 국헌을 문란 혹은 국제 교의를 저해하는 사항을 기재할 수 없다" "제21조 내부대신은 신문지로서 안녕질서를 방해하거나 풍속을 괴란(壞亂)케 한다고 인정될 때는 그 발매 반포를 금지하고 이를 압수하며 그 발행을 정지 혹은 금지할 수 있다" "제36조 본법의 규정은 정기 발행의 잡지류에도 준용한다" 등을 들 수 있다.

집회·결사의 자유를 근본적으로 통제하는 보안법은 "제4조 경찰관은 가로나 기타 공개된 장소에서 문서 도서의 게시 및 분포 낭독 또는 언어, 형용, 기타의 행위가 안녕질서를 문란시킬 우려가 있다고 인정될 때는 금지를 명할 수 있다" "정치에 관하여 불온한 언어·동작을 하거나, 타인을 선동·교사 또는 이용하거나 혹은 타인의 행위에 간섭함으로써 치안을 방해하는 자는 50 이상의 태형 10개월 이하의 금옥 또는 2개년 이하의 징역에 처한다" 등의 처벌 조항을 골자로 한다.

출판법은 "제2조 문서·도서를 출판하고자 하는 때는 저작자 또는 그 상속자 및 발행자가 연인(連印)하고 고본(稿本)을 첨가하여 지방장관(한성부에 있어서는 경시총감으로 한다)을 경유하여 '내부대신'에게 허가를 신청해야 한다" "제5조 제2조의 허가를 얻어 문서 및 도서를 출판할 때에는 즉시 제본한 2부를 '내부'에 납부해야 한다" "제11조 허가 없이 출판한 저작자·발행자는 하의 구별에 의하여 처단한다. 1. 국교(國交)를 저해하고 정체(政體)를 변괴(變壞)하거나 국헌(國憲)을 문란케 하는 문서나 도서를 출판하는 때는 2년 이하의 역형, 2. 외교 및 군사의 기밀에 관한 문서나 도서를 출

2) 이영철 엮음, 『시민을 위한 사료 한국근현대사』, 법영사, 2002, pp.80~91.

판하는 때는 2년 이하의 역형, 3. 전 2호의 경우 이외에 안녕질서를 방해하거나 풍속을 괴란하는 문서나 도서를 출판하는 때는 10개월 이하의 금옥" "제13조 '내부대신'은 본 법에 위반하고 출판한 문서나 도서의 발매 또는 반포를 금하고 해당 각판 인본을 압수할 수 있다" 등의 조항을 중심으로 한다. 출판과 언론의 자유를 근본적으로 제한하는 이러한 법률과 법령은 일제하의 한국 작가들에게 내내 '검열난'이라는 이름으로 기능하여 한국소설의 위축과 왜곡을 초래하였다.

1906년에는 이인직이 「혈의 누」(『만세보』, 1906. 7. 22~10. 10)와 「귀의 성」(『만세보』, 1906. 10. 14~1907. 5. 31)을 연재했고, 이해조는 「잠상태」(『소년한반도』, 1906. 11~1907. 4)를 연재했다. 1907년에 장응진이 「다정다한」(『태극학보』, 1907. 1~2) 등 단편소설 4편을 잡지에 발표했고, 이해조는 「고목화」(『제국신문』, 1907. 6. 5~10. 4) 등 2편을 연재했다. 1908년에 신채호는 『대동사천재제일대위인 을지문덕』(광학서포, 1908. 5) 등 2편의 신문연재소설과 단행본을, 이인직은 『은세계』(동문사, 1908. 11. 20) 등 3편의 단행본을, 이해조는 『구마검』(대한서림, 1908. 12) 등 6편의 창작집과 번역소설집을 발표했고, 안국선은 소설집 『금수회의록』을 발표했다. 1909년에 신채호는 「동국거걸 최도통」(『대한매일신보』, 1909. 12. 5~1910. 5. 27)을, 이광수는 일문소설 「사랑인가」(『백금학보』, 1909. 12)를, 이해조는 신문연재소설 「현미경」(『대한민보』, 1909. 6. 15~7. 11)을 발표했다.

2. '소설'과 '신소설'의 거리

개화기소설은 발표 매체에 따라 신문에 실린 것, 잡지에 실린 것, 단행본으로 나온 것 등으로 갈라진다. 이 중에서도 이인직(李人稙)의 『血의 淚』

(광학서포, 1907), 『鬼의 聲(上)』(광학서포, 1907), 『鬼의 聲(下)』(중앙서관, 1908), 『銀世界』(동문사, 1908) 『雉岳山(上)』(유일서관, 1908), 김교제(金敎濟)의 『雉岳山(下)』(동양서원, 1911), 이해조(李海朝)의 『鬢上雪』(광학서포, 1908), 『驅魔劍』(대한서림, 1908), 『ㅈ유종(自由鐘)』(광학서포, 1910), 『紅桃花(上. 下)』(유일서관, 1908, 1910), 『枯木花』(박문서관, 1908), 『鴛鴦圖』(동양서원, 1911), 『花의 血』(보급서관, 1912), 안국선(安國善)의 『禽獸會議錄』(황성서적업조합, 1908), 최찬식(崔瓚植)의 『秋月色』(회동서관, 1912), 『金剛門』(박문서관, 1914), 김필수(金弼秀)의 『警世鐘』(광학서포, 1908), 김교제의 『顯微鏡』(동양서원, 1912), 신채호(申采浩)의 『大東四千載第一大偉人 乙支文德』(광학서포, 1908), 유원표(劉元杓)의 『夢見諸葛亮』(광학서포, 1908), 구연학(具然學)의 번안소설 『雪中梅』(회동서관, 1908) 등과 같은 단행본들은 그동안 한국 현대소설사 기술에서 가장 가치 있는 자료로 다루어져왔다.

양적인 면 한 가지만 보더라도 단행본류는 신문 게재본이나 잡지 게재본보다 '소설'다운 면이 있다. 이들 단행본들은 최소한 오늘날의 단편소설 정도의 길이를 보여주었다. 당시의 신문이나 잡지에 실린 작품들 대다수는 양적인 면에서 소설 이전이요 주변 양식이라고 하지 않을 수 없다. 이를테면 1900년대에 발표된 소설로 장응진(張膺震)의 「月下의 自白」(『태극학보』 13호, 1907. 9), 노인규(盧麟奎)의 「農家子」(『장학월보』 1호, 1908. 1), 심상직(沈相直)의 「晩悟」(『장학월보』 2호, 1908. 2), 육정수(陸定洙)의 「血의影」(『장학월보』 2호, 1908. 2), 진학문(秦學文)의 「요조오한(四疊半)」(『대한흥학보』 8호, 1909. 12), 이종린(李鍾麟)의 「모란봉」(『천도교회월보』 1호, 1910. 8), 「可憐紅」(『천도교회월보』 4호, 1910. 11) 등은 당시로서는 시대를 앞서가는 문학적 상상력과 비범한 통찰력과 표현력을 보여주었다고 하더라도 길이가 지나치게 짧아 소설로서 최소한의 무게를 지니지 못하였다. 물론 길이가 짧은 것들이라고 해서 무조건 등외사료(等外史料)로만 몰아가서는 안 되겠지만 지나치게 짧은 길이가 서사 양식의 최소한의 구성력을 감당할 수 없는 것도 사실이다.

단행본들이 상당수가 '신소설'이라는 이름으로 불렸던 것에 비해 신문이나 잡지에 실린 작품들은 '신소설'보다는 '소설'이라는 이름으로 더 많이 불렸다. 단행본으로는 가장 먼저 나온 이인직의 『혈의 누』는 전년도인 1906년 7월 22일~10월 10일에 『만세보』에 연재되었을 때에는 '소설'이라고 명기되었던 것이 단행본으로 나왔을 때에는 겉표지에 '신소설'이라고 적혀 있다. 제목 옆에 "신소설"이나 "신소설(新小說)"이라는 명칭이 병기되었던 것으로 『혈의 누』 이외에 『귀의 성』 『자유종』 『牧丹屛』 『은세계』 『牧丹花』 『추월색』 『九疑山』 『玉壺奇緣』 『馬上淚』 등이 있다. 이인직의 『치악산』 상편은 제목 옆에 "연극신소설(演劇新小說)"이라는 명칭이, 민준호(閔濬鎬)의 『行樂圖』에는 "가뎡신소설"이라는 이름이 붙어 있다. "연극신소설"은 장르의 성격을, "일선어신소설(日鮮語新小說)"은 표기 방법을, "가뎡신소설"은 작품의 무대나 소재를 일러준다. '신소설' 대신 "최근소설"이라는 이름을 쓴 이해조의 『고목화』와 같은 작품도 눈에 뜨인다. 『귀의 성』의 경우, 겉표지에는 "신소설 뎨일권"이라는 표기가 붙어 있고 본문 제일 앞장에는 "소설(小說)"이라는 명칭이 붙어 있다. "銀世界"라는 제목은 '銀'자는 '新'이라는 아주 조그만 글자로 '世'자는 '演'이라는 아주 조그만 글자로, '界'자는 '劇'이라는 깨알 같은 글자로 구성되어 표기된 독특함을 지닌다. 『은세계』의 장르적 성격이 연극에 가까운 만큼 이 작품을 단순히 소설로만 보지 말고 연극 대본으로도 보아달라는 요구가 숨어 있다.

이 외에도 작품 제목 옆에 그 작품이 속할 법한 소설 유형을 밝혀놓은 것들이 있다. 『설중매』는 "정치소설"로 불렸고 김용준의 『雙玉笛』은 "뎡탐소설"로 불렸다. 그런가 하면 당시로서도 삼류작 취급밖에 받지 못했던 이해조의 『月下佳人』에는 "애정소설(哀情小說)", 선우일의 『杜鵑聲』에는 "애원소설", 김교제의 번역소설 『飛行船』에는 "과학쇼셜"이라는 이름이 붙어 있다. '신소설'은 정치소설·애정소설·과학소설 등과 같은 소설 유형보다는 분명히 시대적으로 한정되어 있기는 하지만 내용상으로는 포용 범위가 넓은 것으로 볼 수 있다. '신소설'이라는 용어는 일반적인 소설 유형의 용어들보다는 객관성이 약한 것이 사실이다. 정치소설이나 과학소설과 같은 유형은 시대를 초월해서 또 나라를 뛰어넘어 나타날 수 있는 이론적 장르로서의 성격이 강하다. 이에 비해 우리의 역사적 장르로서의 성격이 강한 신소설은 고전소설과는 다르거나 새로운 소재와 주제와 형식으로 1890년대에서 1910년대 사이에 신문이나 잡지에 발표되었거나 단행본으로 간행된 소설로 정리된다.

개화기에는 『한성신보』(漢城新報, 1886∼1904년에 작품 게재), 『대한일보』(大韓日報, 1904∼06), 『대한매일신보』(大韓每日申報, 1905∼09), 『황성신문』(皇城新聞, 1906∼07), 『제국신문』(1906∼07), 『만세보』(萬歲報, 1906∼07), 『경향신문』(京鄕新聞, 1906∼10), 『대한민보』(大韓民報, 1909∼10) 등의 신문들에서 1회 게재되거나 분재되거나 연재된 소설 형식의 글들을 많이 찾아볼 수 있다. 여러 달에 걸쳐 오랫동안 연재된 소설로는 백운산인(白雲山人)의 「女英雄」(『대한일보』, 1906. 4. 5∼8. 29), 「返魂香」(『대한일보』, 1906. 4. 27∼8. 28), 「鄕향老로訪방問문醫의生싱이라」(『대한매일신보』, 1905. 12. 21∼1906. 2. 2), 「국치젼」(『대한매일신보』, 1907. 7. 9∼1908. 6. 9), 「神斷公案」(『황성신문』, 1906. 5. 19∼12. 31), 굉소생(轟笑生)의 「病人懇親會錄」(『대한민보』, 1909. 8. 19∼10. 12), 빙허자(憑虛子)의 「小金剛」(『대한민보』, 1910. 1. 5∼3. 6), 흠흠자(欽欽子)의 「禽獸裁判」(『대한민보』, 1910. 6. 5∼8. 18), 「히외고학(海外苦學)」(『경향신문』, 1910. 3. 25∼10. 21) 등이다. 이들 장편연재소설들은 대체로 일별할 가치가 있기는 하지만, 작품의 길이와 작품의 질이 정비례한다고는 말할 수 없다.

개화기의 신문들 중에서 작품의 길이에 관계없이 가장 많은 작품 편수를 소개한 것은 『경향신문』이다. 이 신문은 1906년 10월 19일자로 창간한 이래 1910년 한일병합 직후까지 '쇼셜'란을 고정란으로 두어 50여 편의 작품을 소개하였다. 이들 작품들은 모두 작자가 밝혀져 있지 않다. 20편의 작품들이 단 1회로 끝나고 만 정도의 길이를 보여주었고, 「破船密事」(1908. 7. 3~1909. 1), 「해외고학」같이 매일 연재된 것은 아니었지만 6개월 동안 연재된 것도 있다. 오늘날의 콩트나 단편소설의 골격을 유지하는 작품들로는 「밋은 나무에 곰이 퓌다」(1907. 10. 18~11. 1), 「동전 서푼에 쇼쥬가 혼통」(1907. 11. 22~12. 6), 「지간만흔 도적놈」(1908. 1. 24~2. 21), 「쟝흔 일」(1909. 11. 26~12. 24), 「모로는 것이 곳 소경」(1910. 1. 7~2. 25) 등이 있다. 나머지 20여 편은 2~4회 정도의 길이로 되어 있다.

『경향신문』에 게재된 소설들은 국내의 시대와 공간을 배경으로 하거나 국내 인물들을 주인공으로 한 설화에서 따온 것이 주류를 이룬다. 「지물이 근심거리」(1907. 1. 11), 「미얌이와 기얌이라」(1907. 2. 1), 「님금의 ᄆᆞ음을 용케 돌림」(1907. 11. 8), 「쇠가 무거우냐 새깃이 무거우냐」(1907. 11. 15), 「온 텬하에 무어시 뎨일 강하랴」(1908. 2. 28~3. 13), 「ᄆᆞ음을 곳게 가질 일」(1908. 5. 22), 「ᄃᆞ람주와 호랑이」(1909. 2. 19) 등과 같이 이솝우화나 서양 설화에서 따온 것이 있다. 나머지 40여 편은 우리 설화를 각색하거나 패러디한 것으로 볼 수 있다. 『경향신문』은 천주교 계통의 신문이었던 만큼 이러한 이야기들을 통해서 자연스럽게 기독교 교리를 선전하려고 했던 것으로 볼 수도 있다. 국내를 배경으로 하거나 외국을 배경으로 한 것 중 '선'이나 '진'을 주제로 한 것으로는 「쇠가 무거우냐 새깃이 무거우냐」 「온 천하에 무엇이 제일 강하랴」 「군ᄉᆞ련습시에 살인력력」(1908. 3. 20~4. 24), 「마음을 곧게 가질 일」 「쟝관의 놀음 곳헤 큰 젹션 싱겨」(1909. 4. 16~23), 「뛰는 즁에 ᄂᆞ는이도 잇다」(1909. 6. 21), 「우는 눈물은 죄악을 씻는다」(1909. 5. 28~6. 11), 「사롬은 몬져 그눈을 볼것이라」(1909. 6. 18), 「담대홈이 춤호반」(1909. 6. 25), 「의기남자」(1909. 7.

30~8. 6) 등이 있으며 신소설이나 현대소설의 기본 요건의 하나인 시대적 관심을 부분적으로라도 드러낸 것으로는 「법은 멀고 주먹은 갓갑지」(1908. 1. 17), 「꿩과 톡기의 깃븐 슈작」(1908. 5. 1~8), 「묘호 계교」(1910. 3. 4~18), 「해외고학」 등이 있다. 종교 선전 신문의 성격을 지니기도 한『경향신문』은 '소설'이란 말을 민담·우화·전설 등을 포괄하거나 대치하는 용어로 사용했다.

『만세보』에서는 이인직이 작품 제목을 달아놓는 대신 "단편"이라고 했던 것을 보게 된다. 1907년 1월 1일자에 실린 「白屋新年」에는 "단편소설(短篇小說)"이라는 이름이 붙어 있다. 『제국신문』의 경우, 제목도 없고 작자 미상인 채 그냥 "소설(小說)" 또는 "小소說설"이라고 한 것을 보여준다. 첫번째 '소설'(1906. 9. 18)은 바보 신랑이 첫날밤에 겪는 위기를 재치로 넘기면서 그 후 남편을 공부시켜 대문장가로 만든 어느 한 부인의 이야기를 들려주며, 두번째 '소설'(1906. 9. 19~21)은 한씨 성을 가진 한 사람이 자기 집안이 가난하다는 이유로 구박하는 처조부를 꾀를 내어 골탕 먹인 후 땅을 얻는다는 이야기를 들려준다. 세번째 '소설'은 부유했다가 몰락한 유생에게 잘살았을 때의 유생으로부터 전날 은혜를 받았던 여사당이 은혜를 갚는다는 보은담의 일종이다. 이 세 편의 '소설'들은 고소설이나 설화의 한 대목을 들려주는 데 머물고 있다.

『제국신문』에 실린 「正己及人」(1906. 10. 9~12), 「報應昭昭」(1906. 10. 17~18), 「殺身成仁」(1906. 10. 22~11. 3), 「智能保家」(1906. 11. 17)에는 "소설"이라는 이름이 붙어 있다.

『대한매일신보』의 경우, 「국치전」「매국노」(1908. 10. 25), 「디구성미리몽」(1909. 7. 15~8. 10), 「미국독립사」(1909. 9. 11~1910. 3. 5), 「동국에 뎨일영걸 최도통전」(1910. 3. 6~5. 26)에는 "소설"이라는 명칭이 붙어 있고 「報應」(1909. 8. 11~9. 7) 한 편에만 "신쇼셜"이라는 이름이 붙어 있다. 이백옥이라는 인물이 아들을 잃고 나서 장사하며 떠돌아 다니던 중 선행을 하여 아들을 찾게 되고 많은 재물도 취하게 되고, 다시 그 부자와 사돈을 맺게 된다는 이야기를 들려주는 「보응」은 우연구성이 두드러진 점이 눈에 거슬린다. 그리고 작품 매회 서두에 "젹션ᄒ면여경이잇고 젹악ᄒ면여앙이잇ᄂ니라"고 하여 창작 의도를 솔직하게 드러내고 있어 "소셜"에 드는 작품들보다 의식 면에서나 형식 면에서 진전된 것이 한 가지도 없는 결과를 가져온다. 「보응」은 첫 회 서두를 다음과 같이 작가의 친절한 해설로 꾸미고 있어 작품을 작가가 의도한 방향으로만 읽고 풀이하게끔 만든다.

이글뜻을 ᄒ셕홀진디 금을엇어서 본쥬를 차쟈주고져ᄒ다가 인ᄒ여 ᄌ긔의 일헛던 아돌을찻고 형슈를 풀고져ᄒ다가 인ᄒ여 ᄌ긔의ᄉ랑ᄒᄂ쳐를 일헛ᄂ지라 이거슬 볼진디 셰상애 다만 하ᄂ님이 우희계시샤 션ᄒ고 악ᄒ거슬 숨히신즉 분명히 속일수업다ᄒᄂ 뜻이러라[3]

이를 보면 「보응」의 이야기는 미리 다 제시된 셈이 된다. 배경도 새롭지 않고 작중인물도 시대적 의미나 사회적 가치를 지니지 못하였다. 오히려 주제나 시대적 가치는 「국치전」이나 「동국에 제일영걸 최도통전」에 못 미친다. 「보응」은 "구소설의 가장 두드러진 특징의 하나인 권선징악형의 범주를 벗어나지 못하고 있다."[4] 결국 『대한매일신보』에서의 '소셜'과 '신소셜'의 차이점은 찾기 어렵다.

이에 비해 『대한민보』는 '소설'이라는 명칭과 '신소설'이라는 명칭을 작품에 알맞게 가려서 사용한 편이다. 도화동은(桃花洞隱)의 「花愁」(1909. 6. 2~3), 무도생(舞稻生)의 「花世界」(1910. 1. 1), 「祥麟瑞鳳」(1910. 6. 2)에는 "단편소설"이라는 이름이 붙어 있고, 신안자(神眼子)의 「顯微鏡」(1909.

---

3) 『대한매일신보』, 1909. 8. 11.
4) 宋敏鎬, 『韓國開化期小說의 史的 研究』, 一志社, 1975. p. 58.

6. 15~7. 11), 백학산인(白鶴山人)의 「萬人傘」(1909. 7. 13~8. 18), 일우
생(一吁生)의 「五更月」(1909. 11. 25~12. 28) 등에는 "소설"이라는 이름이
붙어 있다.

신안자 즉 이해조의 「현미경」은 나이 서른의 기골이 장대하고 미목이 청
수하지만 벼슬은 하지 않은 채 독서로 소일하며 때를 기다리는 한희녕이란
양반을 주인공으로 설정하였다. 오길이란 하인이 술에 취해 단골 사기장수
를 가볍게 때린 것을 대신 사과하는 의미에서 한희녕은 사기장수에게 깨끗
한 의복을 내준다. 같은 동네의 유명한 협잡꾼인 자칭 임진사는 한희녕을
찾아와 사기장수가 자기 집에서 죽었다고 꾸며대어 돈을 받아내고 송장을
자기네 선산에 묻게 한다. 그러나 얼마 후 임진사가 관아에 고변하여 한희
녕은 붙잡힌 몸이 되지만, 죽었다고 하던 사기장수가 나타나 임진사가 사
기 친 것이 들통 나게 된다. 작중의 맨 앞부분에서는 당시의 정세를 우승
열패론이 세계를 지배하는 것으로 암시하면서 주인공이 영웅적 자질을 발
휘할 때를 기다리는 것으로 서술하였다.

가삼에 태평양바다를 용납홀만ᄒ야 우승열패(優勝劣敗)의 동셔대세(東西大
勢)가 눈압에 벌어잇지마는 고금을 물론ᄒ고 큰영웅이잇셔 큰사업을ᄒ자면
무슈흔 젹은영웅이 잇셔야 마암과 갓치성취ᄒᄂᆫ법이어날 인심이 효박ᄒ야 자
긔와 동지쟈는 별로업고 시긔쟈만 만흔지라 호연히 귀거래부(歸去來賦)를불
으고 보녕 쳥라동(保寧靑蘿洞) 자긔시골집으로 내려와 글을읽고잇셔 샤회의진
보되기를 기대림이니 근일의 산림이니학쟈니 ᄒᄂᆫ 소극뎍(消極的)으로 셰상
을 샤졀ᄒ고 산중에 칩복ᄒ야 사상이 날로부패ᄒ야 고린내가 더럭더럭나ᄂᆫ
무리와ᄂᆫ 갓흔날리약이ᄒᄂᆫ것도 불가ᄒ더라[5]

---

5) 『대한민보』, 1909. 6. 16.

임진사는 어떠한 인물인가. 임진사는 안면도에서 살다가 서울로 가 각궁 배지를 위조하여 섬 백성들의 전답을 빼앗는 사기 행각을 저지른다. 이에 마을 사람들이 붙잡아 화형을 시키려고 하자 손이 발이 되도록 용서를 빌어 살아나서는 못된 짓을 계속한다.

간신히 살아나셔ᄂᆞᆫ 동학당을 솜여가지고 그 백성들을 모죠리잡아다가 생쥬뢰롤 붓셕붓셕 틀어가며 면답도쌔앗고 우마도쌔앗스면셔도 유위부족ᄒᆞ야 집에불까지 싸노키도ᄒᆞ더니 급기동학이 관군에게 해ᄒᆞ야 괴슈이ᄒᆞ로 허여질 디경이되닛가 엇더케슈단을 부렷던지 관군에 투탁을ᄒᆞ야 안팟벽을 쳐셔 뎌 의동모롤 차례로포박을ᄒᆞ며 비단동모ᄒᆞ던 도당뿐안이라 말ᄒᆞ마듸만 졔게불쾌히ᄒᆞᆫ사람이면 모다동학여당으로 무흠ᄒᆞ야 암상도 ᄒᆞ고 포살도ᄒᆞ던 임진사이어날[6]

임진사는 동학을 자칭하여 백성들의 재산을 닥치는 대로 빼앗아다가 나중에는 관군의 앞잡이가 되어 자기 동료들을 붙잡아 들이고 동학 여당(餘黨)을 잡으러 다닌다. 무고한 백성들도 마음에 들지 않으면 동학 여당으로 몰아 붙잡거나 죽이거나 하였다. 임진사는 같은 작가 이해조의 2년 후의 발표작 「화의 혈」(『매일신보』, 1911. 4. 6~6. 21)에서 동학 관련자를 색출·선무하는 임무를 맡았으나 온갖 전횡을 일삼은 끝에 감옥에 가는 리시찰로 다시 태어났다.

「만인산」은 내부대신 민판서에게 청탁을 넣어 국장이 된 한주사가 고을 수령들을 착취하여 모은 재산을 첩인 해주집에게 다 가져다주자 해주집이 전답을 사들이는 데 혈안이 되는 것으로 시작한다. 기어이 한국장과 해주집은 신문과 연설로부터 공격당하고 경무청에서 감시받게 된다. 해주집이

---

6) 위의 신문, 1909. 7. 7.

한국장에게 외직으로 나가서 예봉을 피하라고 조언하자 한국장은 민판서에게 부탁하여 밀양 군수로 나아가게 되지만 백성을 착취하는 버릇은 고치지 못한다. 한군수는 자신을 전국 제일의 청백리로 신문에 보도하게 하고 심복을 시켜 거리거리에 선정비를 세우게 한다. 선정비가 사흘이 못 가 백성들에 의해 개천에 틀어박히게 되자 이번에는 만인산(萬人傘)을 세우도록한다. "만인산이라ᄒᆞᄂᆞᆫ것은 만사람이 열복ᄒᆞ야 그한사람을 머리에 이고져ᄒᆞᄂᆞᆫ뜻으로 빗나고갑진 비단으로 일산을만드러 애민션졍의공덕을 삭이고 그아래만사람의셩명을 렬록ᄒᆞᄂᆞᆫ것이라"고 설명되어 있다. 그런데 "이죠오백년리에 만인산 엇은 사람이 불과 몃사람쑨이라 대단히 희귀케 넉이더니 이근래에ᄂᆞᆫ 청백리가 엇의셔 터졋ᄂᆞᆫ지 만인산이 비오ᄂᆞᆫ날 박쥐우산보다 못지안이ᄒᆞ게 흔ᄒᆞ야 진실로 션치ᄒᆞᆫ 슈령은 만인산생기ᄂᆞᆫ거을 돌오혀 슈치로 넉이거날"[7] 한군수와 민판서는 자기들이 강제로 만인산을 세우게 한 것을 오히려 자랑스럽게 여긴다. 전형적인 탐관오리 고발소설인 「만인산」을 통해 19세기 말 관리들의 부패상을 짐작하게 된다. 「만인산」은 리얼리즘의 값진 성과로 평가될 수 있다.

「오경월」은 금주산 아랫마을에 "바랑지고 총대멘 사람들이" 쳐들어와 박좌수 집 새 며느리를 잡아간 뒤 보낸 편지를 받고 박좌수가 2천여 금을 간신히 마련하여 금주산 속을 찾아 들어가는 것으로 시작된다. 박좌수를 안내하던 의병이 일본 헌병의 총에 맞아 죽으면서 두어 시간 동안 교전이 벌어지자 박좌수는 놀라서 하산한다. 작가 일우생은 박좌수 며느리를 볼모로 잡아가 군수전(軍需錢)을 내라고 한 존재를 "의병"이라고 명토를 박는다.

의병이라ᄒᆞᄂᆞᆫ것은 우으로 나라를위ᄒᆞ고 아래로 인민을구홀 됴흔목적으로 힘을혜아리고 시셰를삷혀 참된형셩으로 ᄒᆞᆫ번부르매 백식짜라셔 지나ᄂᆞᆫ바에

7) 위의 신문, 1909. 7. 30.

츄호를범치안코 이르는곳마다 반가이맛게ᄒ여야 의병이라는 의ㅅ자에 뜻이 합당타ᄒ갯거날 근일에소위의병이라는무리는 힘도업고 시셰도몰으고 다만 동리를소탕ᄒ고 행인을로략ᄒ던 젹당들이 재나만난듯이 셩군작당ᄒ야 일홈 됴흔 의병긔치를 압세우고 량민을 늑입ᄒ고 부녀를겁탈ᄒ며 낫이면산곡에 업데잇고 밤이면촌리에 횡행ᄒ는무리들이라[8]

이 작품은 의병의 본뜻은 긍정적으로 밝히면서도 의병을 자칭하는 무리가 양민을 괴롭히고 부녀자를 겁탈하는 일개 도둑 떼로 전락해버린 현실을 제시한다. 일본 헌병이 쳐들어오자 박좌수 며느리 양씨의 미색을 탐낸 의병 한 명이 양씨를 백운산 밑 제비울 근처로 데려가고 양씨는 정신을 차리고 탈출하여 산속으로 들어간다. 박좌수가 군수전 2천여 금 때문에 의병간련(義兵干連) 혐의를 받아 일본 헌병에게 조사받는 과정에서 지각 있는 한 헌병이 양씨를 납치해 간 의병을 뒤쫓는다. 지은이는 아예 "의병놈"이라는 호칭을 쓰며 일본 헌병들에 대해서는 의병이 숨어 있었던 그 마을을 "이놈의 동리가 의병의 굴혈이니 그대로 두지 못ᄒ겟다"고 하며 토색질을 하는 것으로 그린다. 작가는 의병과 일본 헌병을 모두 부정적으로 그린 양비론을 취했다.

비리의토색을ᄒ니 불상ᄒ도다 그백셩들이여 일년내 바람비를 무릅쓰고 박면박답에 농사를지어 것치렁베셤이나 쎠러드려노은것을 소위의병이라는쟈들은 군슈미내라고 늑탈을ᄒ여가고 몰각흔헌병등은의병간련이라 토색을ᄒ야 로약을물론ᄒ고 류리개걸홀디경이 모죠리되니 엇지흔심ᄒ고 칙은치 안이ᄒ리오[9]

8) 위의 신문, 1909. 11. 28.
9) 위의 신문, 1909. 12. 17.

박좌수도 자칭 의병과 일본 헌병 사이에서 계속 시달린다. 박좌수는 동네 사람들과 함께 며느리를 찾아 나선 과정에서 의병으로부터 "이놈 잘만 낫다 군슈전가져오라닛가 일병불너대고 이놈이 나라팔아먹던 오젹칠젹보다 심장이 더 흉칙흔놈이야"[10]라는 소리를 듣는다. 의병은 박좌수의 몸을 뒤진 끝에 돈이 한 푼도 없는 것을 알자 매질을 한다. 마침 근처에 있던 며느리가 박좌수에게 와서 빨리 도망가자고 하는 것으로 끝이 나는 이 소설은 의병을 노략질이나 일삼는 도둑 떼로 그리기는 했지만 일본군에 대해서도 마냥 긍정적으로만 그린 것은 아니다. 그리고 신소설의 공통된 한계인 우연구성을 답습한다. 깊은 산속에서 며느리와 시아버지가 조우했다는 것은 우연구성으로 돌릴 수밖에 없다.

그런가 하면 꾕소생의 「병인간친회록」에는 "풍자소설"이라는 명칭이, 「絶纓新話」(1909. 10. 14~11. 23)에는 "골계소설"이라는 명칭이 달려 있다. "신소설"이라는 규정이 달려 있는 작품도 4편이나 된다. 빙허자의 「소금강」(1910. 1. 5~3. 6), 수문생(隨聞生)의 「薄情花」(1910. 3. 10~5. 31), 흠흠자의 「금수재판」(1910. 6. 5~8. 18), 벌가생(伐柯生)의 「鏡中美人」(1910. 8. 27) 등이 그것이다. 구체적으로 누구를 가리키는 것인지 알 수는 없지만 지은이의 이름이 드러난 것도 하나의 특징이라고 하겠다. 「소금강」은 탐관오리에게 재물을 빼앗아 가난한 사람들에게 나누어 주는 금강단이라는 의적 떼를 다룬 것으로, 임오군란 주동자는 서간도로 건너가서 황무지를 개간하고 산업을 일으키는 한편 군대를 양성하여 외국 병사를 막아 낸다. 작가는 '활빈당'이 만들어진 과정과 취지를 이렇게 설명한다.

임오년을당ᄒ야 정령의불공평홈을보고 군요를 이루켯다가 망명객이되야

---

10) 위의 신문, 1909. 12. 21.

사면팔방으로돌아단이여 동지쟈 슈십명을 모아 년치를짜라 형뎨를뎡ᄒ고보
개산속에 근거디를 두어 로략질ᄒ기로 일을삼으나 이는재물에탐욕을내여 사
람을죽이고 촌에불질너 무단이재산을겁탈ᄒ는것이 안이라 각박ᄒ행위와 괴
휼ᄒ슈단으로 온당치안이케 치부집과ᄒ 가혹ᄒ형벌과 탐학ᄒ정치로 백성의
기름을 쌀아가는관리를 차례로겁박ᄒ야 불상ᄒ사람과 가난ᄒ동리를 구계ᄒ
기로 목적을삼으니 비리의재산가진쟈는 밤에잠을편히못자고 자로놀나되빈한
ᄒ인민들은 돌오혀한영을ᄒ야 그도당을 활빈당(活貧黨)이라 일컷더라[11]

「소금강」은 도적 모티프를 취하는 점에서는 리얼리즘을 성취한 것이며
간도에 가서 이상향을 건설했다는 이야기를 들려주는 점에서는 낭만적인
색채가 짙다. 이처럼 의적을 주인공으로 한 소설이 1910년대에 나온 것은
현실 부정이나 극복을 꾀한 창작 의도의 구현으로 보아야 한다. 「박정화」
는 박참령이라는 인물이 첩의 탈선과 교활함을 다스리려다 결국 실패하고
만다는 범상한 사건을 설정하였다. 이 소설은 이야기 자체는 낡은 것이기
는 하나 그 이야기를 이끌고 가는 방식은 새롭다. 구성, 인물 창조, 문체
등이 구소설에서 확실하게 벗어난 것으로 보이기 때문이다. 「금수재판」은
이미 제목에서 암시되는 바와 같이 여러 동물들이 모여 자신들의 피해자로
서의 측면을 부각함으로써 인간 사회를 간접적으로 풍자하거나 비판하는
소설이다. 이 자리에는 기린, 앵무, 토끼, 개, 여우, 호랑이, 원숭이, 까
치, 솔개미, 봉황, 제비, 기러기, 개미, 벌, 파리 등이 모여들었다. 이 소
설은 「금수회의록」 「경세종」 「만국대회록」 등과 함께 개화기 우화소설이라
는 범주를 만들어내었다.
　이처럼 「소금강」 「박정화」 「금수재판」 등의 '신소설'은 본처가 벼슬아치
인 남편에게 버림받으면서 겪는 정신적 고통과 가난을 다룬 「화수」, 매관

---

11) 위의 신문, 1910. 1. 11.

매작·축첩·착취 등을 일삼는 세도가의 몰락 과정을 그린 「만인산」, 한 양반이 옹기장수를 살해했다는 혐의를 뒤집어썼다가 벗어나는 사연을 들려주는 「현미경」 등에 비하면 몇 가지 앞서 나아간 점이 있다. 첫째, '시대'라는 것에 눈을 뜬 점을 지적할 수 있다. '소설'이라고 불리는 작품들 속에서 다루어진 사건들은 대체로 시대를 초월한 것들이며 공간적 배경도 뚜렷하지 않은 편이다. 둘째, 대상이 시대이건 위정자건 인간 사회이건 비판정신이 강하게 드러난 점을 지적할 수 있다. 개화기의 「홍길동전」이라고 할 수 있는 「소금강」이나 「금수회의록」의 후신이라고 할 수 있는 「금수재판」은 현실 비판의 성격을 강하게 지닌다. 「소금강」은 유토피아소설이라고 할 수 있을 만큼 현실을 부정하거나 뛰어넘으려는 의욕이 분명하게 드러나 있다. 「금수재판」은 우화소설이며 풍자소설이다. 우화소설이나 풍자소설도 현실부정, 현실극복의지를 바탕에 깔고 있다. 셋째, 정직한 묘사를 꾀한 태도를 엿볼 수 있다. 「소금강」을 통해서는 당시 백성들이 얼마나 가난하고 비참한 생활을 했는지를 엿볼 수 있고 「박정화」에서는 극도로 불안한 사회 속에서 한 여인이 자신의 욕망을 어떻게 성취해가는지를 알게 된다. 넷째, 소설 양식에 대한 기본 관념이 차이가 나는 것을 발견할 수 있다. '소설'군에 들어가는 작품들은 소설 양식을 대체로 재미있는 이야기 정도로 여기는 경향이 강한 반면, '신소설'군에 드는 작품들은 시대의식을 반영한다. 전자가 민담에 가깝다면 후자는 거대서사를 지향한다. 다섯째, 서술방법 면에서 '신소설'군이 진일보한 점을 들 수 있다. 「소금강」 「박정화」 「금수재판」은 묘사정신을 살려내면서 필연구성법을 지향했다.

『태극학보』1907년 1월호와 2월호에 실린 소설 「다정다한」에는 리얼리즘소설의 번역어라고 할 수 있는 "사실소설(寫實小說)"이라는 이름이 붙어 있다. 지은이가 백악춘사 즉 장응진으로 되어 있고 국한문혼용체로 되어 있으며 전부 7장으로 나뉘어 있다. 주인공 삼성선생은 구학문을 부정하고 "今古의活學問과外國의新知識을隱然自修함으로" 경무국장이 되고 만민공동회를 해산시키라는 상부 명령을 거부하여 목포 경무관으로 좌천되고 거기 가서도 태형에 반대하고 미신 타파에 앞장서 오히려 백성들의 원성의 대상이 되기도 한다. 그는 면직되고 난 후 국민학교를 세우려다가 일본협회 사건이니 가사건축 사건이니 하는 혐의로 체포되어 감옥에 들어간 후 『천로역정』을 읽고 감화되어 기독교인이 된다. 삼성선생은 자기 한 몸보다는 국가와 사회와 백성을 더 많이 생각하는 지사적 존재였으나 보수적인 상관과 백성들의 오해를 사 오히려 영락한 존재가 되고 만다. 개화주의자인 삼성선생이 하는 일이 전부 성공한 것으로 그려졌더라면 이 작품은 오히려 시대를 왜곡한 것이 되어 '사실소설'이라는 이름이 어울리지 않게 되었을 것이다.

3. 이야기 양식의 활용을 통한 사회담론 생산

1897~99년 사이에 발행되었던 『조선그리스도인회보』『독립신문』『매일신문』과 『제국신문』의 "론셜"란을 보면, 오늘날의 논설과는 다른 방법으로 구성되어 있음을 발견하게 된다. 아예 서사성으로 일관한 것도 있고 부분적으로 서사성을 빌려온 것도 있다. 두 신문의 "론셜"에 제목은 붙어 있지 않다. 당시의 다른 신문에서도 "소설"란도 아니고 "론셜"란도 아닌 곳에서 소설 양식을 취한 경우가 없는 것은 아니다. 『독립신문』이나 『대한매일신보』 같은 역사적 의의가 큰 신문에서는 "론셜"란을 대개 논증이나 설명의 양식으로 채웠다.

『조선그리스도인회보』에서는 '노웨'라는 나라의 콘라드가 해적에게 붙들려 종노릇하고 있을 때 어려서 정성껏 키웠던 학의 도움으로 구제된다는 이야기를 들려주어 시은(施恩)과 보은의 의미를 일깨워준 「콘으라드가 환가한 일」(1897. 3. 31), 우물 안 개구리의 설화를 들려준 다음, 겸손한 자세로 학문을 널리 배워 개명하고 진보한 나라를 만들어야 한다는 충언을 한 「됴와문답」(1897. 5. 26), 품종이 좋지 않은 산나무를 과복 동산에 옮겨 심고 정성껏 가꾼 다음 우수한 품종의 실과나무와 접붙여 좋은 실과를 많이 얻었다는 이야기를 들려주면서 회개의 중요성을 일깨워준 「악한 나무에 됴흔 가지를 접붓치는 비유라」(1897. 6. 16) 등을 볼 수 있다. 『대한그리스도인회보』[12]에는 형상도 없고 소리도 없지만 전지전능하고 지극히 거룩한 대주재 즉 하나님을 깨달아가는 과정을 아셰아 서편에 있는 나라로 설정하여 제시한 「아셰아 서편에」(1898. 3. 9), 신라 유리왕 때 인관과 서도가 면화솜과 곡식을 물물교환 하였다가 물건들이 원래 주인에게 돌아가는 일이 벌어지자 상호 양보의 미덕을 발휘하여 왕에게 포상받은 일이 있었는데 최근 대한국에 와서 비슷한 일이 그리스도교인들 사이에서 생겼다고 하는 「고금에 드문 일」(1898. 3. 23), 가난하지만 즐겁게 살던 사람이 부자에게 재물을 받는 조건으로 노래를 끊고 살았으나 도무지 즐겁지 않아 부자에게 재물을 돌려주고 즐겁게 산다는 「재물이 마음을 슈란케 함」(1898. 4. 27), 동양 세계 각국의 뱀 관련 설화를 소개한 「배얌이야기」(1898. 7. 20) 등이 발표되었다.

『조선그리스도인회보』나『대한그리스도인회보』의 논설은 서사성을 이용하여 기독교 교리의 전달 효과를 높였다. 「츈음을 앗김이라」(1897. 9. 29~10. 6), 「구습을 맛당히 버릴 것」(1897. 10. 6), 「남을 참소하는 이는 제몸이 몬져 망함」(1898. 5. 18), 「사랑하는 거시 사람을 감복케함」(1898. 5. 25), 「밝은 거울을 보시오」(1899. 10. 25) 등은 서사 양식을 이용하여 교훈담의 전달 효과를 끌어올린 공통점을 보인다. 『그리스도신문』의 논설 (1897~1902) 가운데는 「을지문덕」(1901. 8. 22), 「원텬셕」(1901. 8.

---

12) 1897년 12월 8일자로 『조선그리스도인 회보』가 『대한그리스도인회보』로 바뀌었다(김영민 외 엮음, 『근대계몽기 단형 서사문학 자료전집』 상, 소명출판사, 2003, p. 35).

29), 「길재」(1901. 9. 5), 「김유신」(1901. 10. 31~11. 7) 등 문인과 장군을 가리지 않고 우리 조상의 모범적인 업적을 소개한 것도 있다.

『독립신문』 논설 중 하나는 "엇던 유지각한 친구에 글을 좌에 긔재하노라"(1898. 2. 5)로 시작하여 긔생이란 사람의 방축에 사는 고기들을 수많은 어옹들이 탐낼 때 백로가 와서 저 산 너머 큰 연못이 깊어 살기 좋다고 유혹하는 말을 듣고 물고기들이 다투어 나가다가 모두 죽게 되자 게와 여러 어족들이 백로를 물어 죽였다는 이야기를 들려주었다. 이 이야기는 백로를 진실치 못한 개화꾼으로 비유하여 열강의 공격 앞에 무방비 상태인 백성들이 있기도 하지만 게와 같은 선각자도 있음을 일깨워주었다. 이런 비유담은 안국선의 우화소설 「금수회의록」의 앞선 형태에 해당된다. 어떤 유지각한 친구가 글을 지어 보낸 것으로, 울창한 소나무 숲에 사물목이라는 나무와 그를 보호하는 철남생이라는 풀이 생겨나 병들고 황폐하게 되어 이를 도끼로 베어내고 뿌리를 캐내어 없애야겠다는 각오를 밝힌 것(1898. 3. 29), 조지 워싱턴의 사적을 소개한 것(1898. 2. 22), 독일 철혈재상 비사맥(비스마르크)의 생애를 소개한 것(1899. 10. 31)도 있다. 짧기는 하지만 이러한 위인전은 국내외 인물을 대상으로 한 훗날의 위인전의 씨앗이 된다.

『독립신문』의 논설은 문답체나 대화체가 주류를 이룬다. 문답체나 대화체는 소설이 갈등 관계를 그린 것이라는 공식을 압축해서 보여준다. 비슷한 시기 다른 신문의 논설들이 단일 화자가 나와 비유적 성격이 강한 이야기를 전달하는 방식을 취한 것과 대조적이다. 「시사문답」(1898. 10. 28~29)에서는 상목재와 대신 한 명을 대화 상대자로 설정한다. 독립협회 회원들이 정부를 공격하고 대신들에게 압력을 가하자 상목재는 대신의 비위를 거슬리지 않으며 자연스럽게 정부의 개혁을 유도하였다. 「병뎡의리」(1898. 11. 23)에서는 인화문을 지키는 병정들이 정부가 보부상 패에 부당하게 처사하는 것을 나무라는 뒷공론을 하고, 「엇던 친구의 편지」(1898.

11. 24)에서는 유람 경험이 많은 상목재와 셩이생이 상투를 틀고 망건 쓰는 대한 사람의 풍습을 같이 비판하고 여자들을 10세 이상만 되면 집에 가두는 풍습도 비판하고 있다. 제목과는 달리 상목재의 일방적인 연설로 되어 있는 「상목지문답」(1898. 12. 2)은 상목재가 대한 사람은 서양 사람에 비해 범사를 알고자 하지 않는 성품, 모르고도 배우고자 하지 않는 성품, 알면서도 행하지 않는 성품, 부끄러워 묻고자 하지 않는 성품이 강해 나라가 뒤처지게 되었다고 하였다. 「공동회에 대한 문답」(1898. 12. 28)은 유지각한 사오 인이 모여 공동회에 대해 토론한 것 중 중요한 것을 추려놓은 것으로, 기본적으로 공동회를 옹호하면서 정부에 대해서도 비판보다는 우호적인 대안을 제시하였고 임금에게도 건의하였다. 「힝셰문답」(1899. 1. 23)에서는 서울 행세꾼과 시골 구사객(求仕客)이 만민공동회와 보부상 패를 화제로 삼아 이야기하다가 만민공동회를 논죄하는 상소를 올리면 출세할 수 있다는 데 합의한다. 「외국사람과 문답」(1899. 1. 31)은 대한 사람은 상하·남녀·노소를 막론하고 속이기 잘하고 약속도 잘 안 지킨다는 한 외국인의 주장을 들려준다. 「신구문답」(1899. 3. 10)에서는 신학문을 배운 사람이 구학문만 한 사람에게 우주 생성·만유인력·자전 등을 설명한다. 학교와 신문사의 필요성을 강조한 「자미잇는 문답」(1899. 4. 15~17), 시골 사람과 서울 사람이 신문의 기능에 대해 찬반 의견을 나눈 「경향문답」(1899. 5. 10), 외국 학문을 공부한 선비가 풍수사상을 비판한 「외국학문에 고명한 션배 하나이」(1899. 10. 12), 독일 재상 비스마르크의 행적을 적은 「덕국재상 비사막씨는」(1899. 10. 31), 시골 사람이 서울 사람과 만나 벼슬아치와 토호의 횡포를 지적하면서 서울이 물질과 정신 면에서 완전히 개화된 듯이 말하는 서울 사람의 말을 반박한 「어느 시골 친구 하나이」(1899. 11. 2) 등이 있다. 「어느 시골 친구 하나이」에서 시골 사람이 제시한 당시의 사회현상론은 개화기소설이 정면에서 다루어야 할 '현실'의 단면이다.

시골 로형의 뭇는 물을 디답 아니 홀수 업스나 시골 사롬의 사논 정경을 의론홀것 곳흐면 기화인지 수구인지 도모지 알수가 업논것이 사롬 다니논 길을 수츅 흐기논 고샤 흐고 동리마다 인구가 점점 희쇼 흐야 묵은 짜이 만히 잇고 나려 오논 관찰소와 군슈들은 공평흔 신쟝졍은 소미 속에 집어 넛코 무명 잡셰 독봉흐여 무죄흔 부민들을 셩화 곳치 착거 흐야 쥰민 고틱 일삼으니 이것도 기화인가 간리(間里)에서 힝역 흐던 토호(土豪)질 군관 무단(武斷)흐던 것들은 년젼 동학 란리에 쥐 숨듯 간곳이 업더니 근일에 츠츠 쇼리를 펴고 횡힝흐며 얼는 흐면 양비 대담흐기를 량반이 죽으면 아죠죽나 동학 여당 아모 샹놈 이졔야 셜치혼다 흐고 경향에 츌몰 흐여 협잡이 무쌍 흐니 이것도 기화인가 젼에 업던 금광 들은곳곳마다 셜시 흐야 슈쳔명식 모히여셔 빅셩의 분묘와 뎐토를 무음디로 헐고 파니 이것도 쏘흔 기화인가 히마다 가을이면 외국 사롬들이 각 항구에 비를 디고 각쳐에 잇논 곡식을 모도 다 무역 흐여 가논 고로 년소논 흉년이 아니엿만논 곡가논 고등 흐야 실업흔 빅셩들이 더구나 살수가 업게 되니 이것도 쏘한 기화인가 어츠어피에 시골셔논 도시 견딜수가 업거니와 셔울셔논 무엇이 걱졍이뇨

벼슬아치들의 가렴주구, 동학 여당 토벌을 빙자한 협잡질, 금광 열풍으로 인한 백성들의 전토 파괴, 무리한 곡식 수출로 인한 곡가 폭등 등이 당시의 '현실'을 교직하고 있다고 지적한다.

유식한 시골 사람의 권유에 따라 무식한 서울 사람이 세상을 알기 위해 신문을 보기로 했다는 「셔울 북촌 사논 엇던 친구 하나이」(1899. 11. 27)도 당대의 한 실상을 보여준다.

『협셩회회보』(1898. 3. 26)의 '내보'는 남초 사는 최여몽이 죽었다가 다시 살아나 명부에서 나갈 때 피골만 남은 송우암·허미수·이율곡·이월사 등과 같은 노인들로부터 자손들더러 더 이상 우리를 팔아먹으며 살지

말라고 전해주라는 것을 듣고 깨어나니 죽은 지 사흘이 되었다는 이야기를 들려주었다.

『매일신문』의 여러 "론셜"들도 서사 구조를 취하여 주제 전달에 효과를 거둔다. 서울 사는 서생이 어느 마을에 들어가 보니 그 마을 사람들이 우물물을 먹고 전부 미친 것을 알게 되었다는 내용의 논설(1898. 4. 20)은 비유담으로 해석되기에 충분하다. 도량과 지식과 재산을 겸비한 한 노인이 나이를 생각하지 않고 계속해서 일하는 것을 보고 어느 소년이 감탄한다는 내용의 논설(1898. 7. 21)은 교훈성이 지나치게 강하고 단편적이어서 소설이라고 보기 어려운 면이 있다. 발가락에 종기가 나서 고생하고 있는 청구 노인이 실은 여러 군데가 아프다는 비밀을 털어놓는 논설(1898. 7. 23)의 기자는 노인의 병력을 빗대어 당시 우리 대한의 정형(情形)을 인상 깊게 설명하였다. 안 아픈 곳이 없다는 것은 당시 우리나라가 골병이 들었음을 뜻하며 이의 한 예로 경성이 어느덧 외국 사람의 손아귀에 들어갔음을 제시한다. 이때의 서사성은 위기에 처한 우리의 사정을 효과적으로 알리는 한 방안으로 기능한다. 튼튼한 나무가 여러 썩은 나무들 가운데 있더니 마침내 못된 기운이 뻗쳐와 점점 시들어가게 되었다는 내용의 논설(1898. 7. 25)도 비유담으로 활용될 수 있다. 양주 땅의 한 노인이 깊은 병이 들었다가 두 아이들의 지극한 간병으로 쾌유하게 되었다는 이야기가 들어 있는 논설(1898. 7. 27)도 있다. 이 논설에서 노인이 몸 전체가 안 아픈 데가 없다는 것은 당시 우리나라가 쇠망의 길을 걸어가고 있음을 일러준 것이며 아들 열두 명 중 십 형제가 학문도 없고 성질도 우둔하고 술과 노름으로 일삼으며 친환을 걱정하지 않은 데 반해 나머지 두 아들이 지극정성으로 간병에 힘써 노인의 병도 낫고 다른 십 형제도 개과천선하게 되었다는 서사는 소수 우국지사들의 희생적인 노력을 찬양하면서 그에 큰 기대를 걸어보겠다는 것을 뜻한다.

신진학이라는 인물과 구완식이라는 두 친구가 의견 다툼하는 대화를 나눈다는 논설(1898. 7. 29)도 발표되었다. 신진학과 구완식이라는 명명법부터 비유적이며 상징적이다. 원래 구씨 집안은 대대로 명문거족이었으나 벼슬도 못하고 사업도 하지 않아 집안이 몰락해버리고 만다.

신씨가 말 ᄒᆞ되 그디가 지금 이 쳐디에 안져 셔 례긔 만 닉지 말고 ᄉᆞ물 샹에 유의 를 ᄒᆞ야좀 나셔 셔 넣니 놓고 비호 면 그더 픔질 에 얼마 아니 되야 ᄉᆞ업 도 능히 홀 것이오 ᄒᆞ다 못 ᄒᆞ면 무슴 춰리 라도 ᄒᆞ야 집 안을 좀 도라 보지 글만 닐그 면 무슴 도리 가 잇ᄂᆞ뇨 ᄒᆞ더 구씨 가 정식 ᄒᆞ고 디답 ᄒᆞ되 딕 말슴 이 무슴 말슴 인지 알수 가 업고 량반의 ᄌᆞ식 이 아모리 죽게 되엿 기로 쟝ᄉᆞ란 말 이 무슴 말이 며 ᄉᆞ업 이라도 다 조슈 ᄒᆞᄂᆞ디 셔 되는 것이 지 넣니 노ᄂᆞ 사롬 이라고 다 ᄉᆞ업 을 홀 리가 업ᄂᆞ 지라

예기만 읽지 말고 경제 공부도 하라는 신씨의 충고에 구씨는 양반 자식이 어찌 장사를 할 수 있느냐고 반박한다. 이에 신씨는 구씨를 향해 썩은 나무라고 한다. 비록 중간에 사건의 기복은 없지만 신진학과 구완식이 엮어내는 이야기는 서사적 기술의 필수 요건의 하나인 갈등 표출은 충분히 보여주었다. 이 글의 필자는 처음부터 개화주의 노선에 서 있는 것으로 볼 수 있다.

나무를 국기(國基)에 비유한 논설도 있다(1898. 11. 9). 남산에 사는 어느 친구가 초당 앞에 있는 세 아름이나 되는 나무를 가리키면서 북촌의 어느 세도가에게 저당 잡혔다가 찾아와 보니 많이 상했는데 치료책이 없겠냐고 묻는다. 여기서 나무를 잘 보호해주면서 가꾸자는 것은 국가의 기초를 튼튼히 하자는 것을 뜻한다.

이 외에 『매일신문』에서는 은둔 철학을 주장하는 주인과 지식인의 현실 참여를 고집하는 객의 대화 내용을 전해주는 논설(1898. 11. 8), 샹목자가 우리나라 이곳저곳을 돌아다니며 혼란과 무질서를 확인하고는 당시 정부

의 책임론을 제기한 논설(1898. 12. 13), 개화주의자를 공격하는 논설 (1898. 12. 14) 등을 찾아볼 수 있다. 우리나라의 무질서와 혼란을 지적한 논설(1898. 12. 13) 가운데는 당시 민요(民擾)의 의미를 올바르게 인식하지 못한 것도 있다.

갑오 이젼에 졍부졍령이 문란ㅎ여 팔도 삼빅 삼십칠쥬에 민요 안이난 고을이 멋치 못 되엿슨즉 이러 ㅎ고야 빅셩이 엇지 싱명 지산을 보전 ㅎ리오 그럼으로 동학당이 챵궐ㅎ여 사직이 위틱홀번 ㅎ엿고 갑오 이후로 졍치를 경장 ㅎ엿슨즉 맛당히 여졍도치 ㅎ여 나라를 공고 ㅎ고 챵셩을 안보할지니

어옹과 초부 두 사람이 영웅호걸 지망생을 비아냥거리며 유유자적한 무욕의 생활을 함께 예찬하는 대화를 나눈 논설(1898. 12. 22), 무슈옹이라는 사람이 물고기를 기르며 물고기들이 노는 모습을 보고 즐거워하다가 미꾸라지 한 마리가 물속을 어지럽히는 것을 보고 놀라면서 일어탁수라는 옛말을 떠올리게 되었다는 논설(1898. 12. 29), 관물옹이 온갖 꽃을 심어놓고 완상하다가 대나무와 솔나무에게서 절조를 느끼게 되었다고 한 논설(1899. 1. 11)도 있다. 그런가 하면 여러 날에 걸쳐 연재소설을 쓰듯 긴 분량을 취한 논설(1899. 2. 21~25)도 있다. 아들 열을 둔 어느 노인이 서쪽으로 마주 보이는 집을 본떠 아들들에게 집안일을 분담시켰다. 서편으로 마주 보이는 집안은 부유한 데다가 아들들이 가사를 분담하고 부모 형제가 화목하고 날로 흥왕한다. 그런데 노인의 아들들은 제 할 일은 하지 않고 서로 미루고 다투고 한 나머지 집안을 엉망으로 만들게 된다. 그 노인은 아들들을 불러 꾸짖고 가르쳐보았으나 허사였다. 이웃집 젊은이가 와서 한 수를 가르쳐주었으나 노인의 아들들은 반감을 품고 오히려 그를 새것만 좋아하는 자로 몰아버린다. 결국 그 노인의 집은 새롭게 일어날 기회를 놓치고 만다. 이 논설에서 집안을 다스리는 데 실패한 노인은 당시의 '대한'을

비유하며 서편으로 마주 보이는 집은 '서양'을 뜻하고 한 수 가르쳐주려 하는 젊은이는 개화주의자를 상징한다. 이상의 논설의 내용은 굳이 비유나 상징으로 해석하지 않아도 자립할 수 있는 이야기를 담고 있다.

소경과 귀머거리를 등장시켜 신세 한탄을 하도록 하고 좋은 약이 서양으로부터 흘러들어왔으나 워낙 값이 비싸 우리와는 관계가 없다고 하면서 우리 대한의 상등인 중에 정신적으로 귀먹은 자와 눈먼 자가 부지기수라고 탄식한다는 내용의 논설(1899. 3. 16)도 있다. 이야기로서의 재미를 끝부분에 가서 의미로 전환한 것도 있다. 옛날 어떤 사람이 딸 삼 형제를 두었는데 큰딸이 시집갈 때 그 어머니는 여자는 정절이 제일이니 절대로 옷을 벗지 말라고 가르친다. 어머니 말대로 한 큰딸은 시집에서 쫓겨나고 말았고 언니와는 반대로 첫날밤에 신랑보다 먼저 자기가 옷을 벗어 던진 둘째 딸은 신랑이 괴이하게 여기어 가버리고는 다시 오지 않는 결과를 맞는다. 셋째 딸은 신랑이 옷을 벗기는 대로 맡겨 별 탈 없이 살게 되었다. 논설의 끝부분은 큰딸은 완고파를, 둘째 딸은 급진개화파를, 셋째 딸은 시대의 변화에 맞추어가는 점진개화파를 비유하는 것으로 정리하였다.

> 희라 지금 완고라 ᄒᆞ고 스스로 직희ᄂᆞ 자ᄂᆞ 큰 ᄯᆞᆯ의 고집홈이요 기화의 졸업ᄒᆞ엿다는 자ᄂᆞ 둘지 ᄯᆞᆯ의 과히 능홈이라 긋히 ᄯᆞᆯ의 즁도 쓰ᄂᆞ 거시 기화에 먼져 ᄭᅢ다른자라 헐거시니 그러헌즉 ᄭᅢ를 ᄶᆞ라 맛당호 거슬 지으며 풍속을 좃차 변통ᄒᆞᄂᆞ거시 올흘쥴노 아노라[13]

'나'와 객이 문답하는 형식을 취한 논설도 있다. 농사짓기 힘들어 벼슬하겠다고 한 객은 농사짓는 것이 힘들고 배곯기 일쑤라는 이유를 제시했다. 이에 '나'는 그대가 벼슬해서 배부르고 편안하게 살면 그 시간에 백성

---

13) 『매일신문』, 1899. 3. 20.

들은 배고프고 수고해야 한다고 반론을 편다.

『제국신문』에 실린 "론셜" 중 서사적 구조를 취한 것이 적지 않다. 파사국 임금이 산에서 고기를 구워 먹으려 할 때 신하들이 백성들로부터 소금을 공짜로 얻어 오려는 것을 보고 세상의 큰 폐단은 다 조그만 잘못에서 비롯되는 것이라고 꾸짖은 일을 소개한 것(1898. 9. 30), 어느 서생이 산속 깊은 곳에 사는 백운거사를 찾아가 기독교를 전도받고 온다고 한 것(1898. 12. 17), "향일에 엇더흔 션비류칠인이 흔곳에 모히여 약간 비반을 베풀고 졍회를 담론ᄒᆞᄉᆡ"로 시작하면서 삶은 한가하게 지낼 필요가 있다고 한 다음, 죽림칠현 같은 것을 만들자고 하고 이 세상에 대해 개탄도 했다가 걱정도 했다 하면서 "졍치가 문명ᄒᆞ고 빅셩이 안락ᄒᆞ야 국가의 부강홈이 오쥬에 유명ᄒᆞ리니 우리들도 �를기다려 셩텬ᄌᆞ를 보좌ᄒᆞ고 태평락을 노리ᄒᆞ쟈ᄒᆞ더라"(1898. 12. 22)로 끝난 것도 있다. 이 선비들은 소극적이며 이기적인 태도에서 벗어나지 못하고 있다. "일전에 엇더흔 친구가 셔로 슈작ᄒᆞᄂᆞ 말숨을 드른즉 가장 이상ᄒᆞ기로 좌에 긔지ᄒᆞ노라"와 같이 시작하면서 여러 사람이 우리나라 사람들의 잘못된 점을 비판하는 자리를 보여준 논설(1898. 12. 24)도 있다. 이 자리에서는 대한 사람의 병통으로 고루한 점, 말이 앞서는 점, 떼 짓기 좋아하는 점, 남에게 잘 속는 점, 호가호위하는 점, 욕심이 많은 점 등을 들었다.

"고집"이라는 노인과 "박람"이라는 젊은이를 내세워 토론하는 장면을 보여준 논설(1899. 3. 15)도 있다. "고집"이라는 노인은 부정적으로, "박람"은 긍정적으로 묘사되어 글쓴이가 기본적으로 개화주의자임을 알게 된다. "고집"은 견문도 고루하고 지식도 별로 없으면서 글 읽을 마음과 농사나 장사할 마음은 있지마는 방책이 서 있지 않은 인물로 그려져 있다. 게다가 "고집"은 아들들에게 우리 조상 하던 일만 그대로 따라서 하라고 가르친다. 이팔청춘에 위인이 활발하고 학문도 많고 재주와 덕이 겸비하여 실천력이 있는 "박람"은 "고집" 노인을 비판한다. 특히 조상 하는 대로만 하라고 자식들을 가르친 것에 대해 통박한다. 첩첩산중에 사는 화전민 부부가 게으르고 버릇없이 커가는 자식을 소금장수에게 맡겨 효도와 경제생활을 배우게 한다는 내용을 담은 논설(1899. 4. 12)도 있고 강태공·장자방·제갈공명을 자부하는 한 시골 학자가 늘 당파 싸움을 걱정했다는 일화를 소개하며 19세기 말 조선에서 노론·소론·남인·북인·운현·민족·각 열강 등의 국내외 세력들이 그야말로 생사를 걸고 싸우고 있음을 개탄한 논설(1899. 5. 20)도 있다.

관원들이 부자들에게 아무 죄고 갖다 씌워 재물을 토하게 하는 현실을 개탄하면서 김의지란 사람이 난봉꾼에게 돈을 꾸어 주지 않자 그 난봉꾼이 친구의 딸 자살한 것에 연루시켜 고소하여 김의지가 급기야는 관찰사에게 많은 돈을 갖다 바치고 풀려났다는 내용을 들려준 논설(1899. 10. 28), 성정이 곧고 바르며 삼한갑족 출신이긴 하나 슬하에 자식이 없는 재상을 점점 쇠약해져가는 대한으로 비유한 논설(1900. 2. 20), 김춘추가 백제국에게 빼앗긴 신라국 대야성을 찾기 위해 원병을 요청하러 갔을 때 뇌물로 유혹한 고구려 신하 선도해가 들려준 「별주부전」처럼 행동해 살아나게 되었고 훗날 이것이 화근이 되어 고구려가 패망했다는 교훈을 들려준 논설(1900. 3. 30), 여기저기 살을 베어 여러 어부들에게 주어도 죽지 않는 "만보"란 고기의 사연을 들려주면서 당시 백성을 만보로 알아 끊임없이 백성들의 고혈을 짜는 권력자를 비판한 논설(1900. 5. 9), 독충에게 물려 상처가 깊어지고 고통이 커지나 백약이 무효이고 어떤 의원도 치료하지 못한다는 에피소드를 제시하여 몸=임금, 마음=임금, 피부와 핏줄=백성, 독충=소인배로 비유함으로써 간세배를 경계한 「旅窓話病」(1900. 6. 11~13) 등을 주목할 만하다. 한 과부가 동네 양반으로부터 남편이 진 빚이라고 하여 문전과 16세 된 딸을 바치라는 소리를 듣고 관가에 호소하나 힘이 없어 실패하고 만다고 한 논설(1900. 6. 19)에서는 특히 갑오 이후에 시골에서 감사나 수령이 돈냥 있는 사람에게 동학 여당이니 불효부제의 혐의를 걸어 돈을 뜯어내고 금광파원 · 우세파원 · 선세파원 · 역답파원 등 각색 파원이 백성들을 착취하는 현실을 고발하였다. 현실을 직시하는 안목의 소산인 이런 내용은 몇 년 후 이인직의『은세계』,[14] 이해조의『화의 혈』같은 신소설에서 동학 여당(東學餘黨) 모티프와 탐관오리 모티프 같은 주요 모티프의 하나로 어렵게 나타난다.

어느 여인이 산속에서 어린아이를 옆에 앉혀놓고 빨래하다가 호랑이를 만나 놀라서 황급하게 도망갔는데 정작 아이는 가만히 있다는 이야기를 담은 논설(1900. 7. 20)의 기자는 이 아이가 용기가 있어서 그런 것이냐 아니면 어리석어 그런 것이냐고 질문한다. 호랑이가 열강을 어머니가 대한의 위정자를 아이가 백성을 비유하고 있음을 알 수 있다. 기자는 다음과 같이 우리나라 위정자들을 공격하면서 세계 열강들의 동향을 서술하였다.

슯흐다 사룸이 위티ᄒ고 급흔일이 눈압혜 박두 ᄒ엿거늘 방비홀 싱각도업고 모피홀 싱각도 업고 다만 구복지계나 싱각ᄒ여 공명부귀 취ᄒ기를 여전히 ᄒ고 당을 지어 권리 싸홈ᄒ기를 티평시졀갓치 ᄒ게드면 지각이잇셔 그럿타 홀넌지 용밍이잇셔셔 그럿타 홀는지 알슈 업거니와[15]

이 외에도 시골 사람과 서울 사람이 만나 회포를 풀면서 문답하는 형식을 통해 당시의 서울 사정과 시골 사정을 비교하게 해주는 논설(1900. 12. 17~19)도 있다. 경제 · 정치 · 사회가 급변하고 있음을 지적하면서 서울

---

14) 다음 논문을 주목할 필요가 있다.
　　김종철,「『은세계』의 성립 과정 연구」,『한국학보』51, 1988.
　　김영민,「신소설『은세계』연구」,『매지논총』7, 1990.
　　이상경,「『은세계』재론」,『민족문학사연구』5, 1994. 7.
　　田尻浩幸,「신소설『은세계』와 일본 정치소설—「설중매」의 영향관계를 중심으로」,『어문연구』88, 한국어문교육연구회, 1995. 12.
15)『제국신문』, 1900. 7. 20.

사람은 특히 회사라는 새로운 제도가 악용되는 현실과 서양의 정치 침략과 경제 침탈이 점점 심화되어가는 현실을 직시하여야 한다고 하였다. 이에 시골 사람은 시골대로 도둑이 창궐하고 광산이다 금점판이다 해서 못되게 변해간다고 개탄하였다. 장부일언중천금이란 말의 사례를 바보 온달과 평강공주의 설화에서 찾는 논설(1901. 1. 23), 음력으로 새해를 맞아 신라국 자비왕 시절 백결선생의 일생을 소개하면서 청빈과 예술정신을 기리는 논설(1901. 2. 16), 인도국 걸인이 어렵게 모은 쌀 한 병에서 시작하여 재산을 불려가는 공상을 하다가 쌀 병을 깨뜨린다는 설화, 옹기장수가 옹기 하나를 팔아 부자가 되는 공상을 하다가 그나마 옹기를 깨버리고 만다는 설화를 제시하여 근면과 인내가 치부의 지름길임을 강조한 논설(1901. 2. 28), 노옹 송백거사와 노파 매화노고가 이곳저곳 고담준론하고 돌아다니면서 특히 교육의 중요성을 강조하는 논설(1901. 4. 5), 개나 코끼리가 사람을 살려낸 내용의 외국 설화를 들려준 논설(1901. 4. 11), 토호와 협잡으로 악명 높은 관인이 동학군에게 쫓길 때 그 아버지를 잘 돌보아주었던 이웃 친구를 동학군 평정 후 오히려 중상모략하고 돈을 달라 하는 식으로 배은망덕하는 태도를 끝까지 고치지 않는다는 이야기를 들려준 논설(1901. 7. 27) 등이 있다.

『조선그리스도인회보』의 논설은 서사성을 활용하여 기독교 교리를 중심으로 한 교훈담과 을지문덕 · 김유신 · 길재 등의 전기를 더욱 실감 있게 제시하였고『독립신문』은 문답체나 대화체를 자주 취해 당시의 현안들에 접근하였다.『매일신문』의 서사적 논설은 개화주의를 견지하며 시대 반영에 힘을 썼고『제국신문』의 서사적 논설은 완고파와 탐관오리를 공격하는 데 힘쓴 정치소설적 형태를 자주 보여주었다.

'소설'이라고 불렸든 '신소설'이라고 불렸든, 또 신문에 게재된 것이든 단행본으로 나온 것이든 소설 작품들이 본격적으로 나온 것은 1900년대에 들어서였다. 1900년에 들어서기 바로 직전인 1898년과 1899년에는 앞에서 살펴본 바와 같이 "론셜"이 현대소설 양식의 탯줄로서의 의미를 가졌다. 물론 1900~10년 사이에 여러 신문과 잡지를 통해 발표되었던 소설들 자체도 외형 면에서나 내용 면에서나 소설이라고 하기 어려운 것들이 적지 않았던 것처럼, 신문 논설에 담긴 이야기도 엄격한 의미에서 소설이라고 하기에 어려운 것들이 훨씬 더 많은 것이 사실이다. 신문 논설에 담긴 이야기들 대부분이 서사적 양식의 요건들을 제대로 갖추지 못했다고 할 수 있다. 인물이 등장하지 않는 것, 길이가 매우 짧은 것, 묘사나 성격 창조라고 할 만한 것이 전혀 없는 것 등과 같은 소설로서는 결격 사유라고 할 만한 것들이 쉽게 발견된다. 논설 속의 이야기들 대부분이 굴곡이나 반전이 결여된 구성을 취하는 것도 사실이다.

그러나 이 당시 논설의 필자들이 서사적인 서술 방식에 크게 의존했음은 부정할 수 없다. 이는 논설가들이 서사적인 글이나 소설 양식의 효능을 잘 알고 있었다는 의미가 된다. 논설의 필자들은 소설을 쓰고 싶어서 이야기를 만들어낸 것이 아니라 자신이 주장하는 바를 좀더 설득력 있게 전달하고 싶은 나머지 서사적 양식을 취하였던 것이다. 이미 연의체나 전기체가 입증해준 것처럼 서사적 양식은 어떤 사실이나 이치를 가장 구체적으로 전하기도 하고 실감 있게 전하기도 하며 아름답게 윤색하기도 한다. 이 당시의 논설들 가운데는 완전히 소설 양식으로 대치된 것도 있고, 소설 양식을 내포한 것도 있고, 소설 양식을 잠시 빌려온 것도 있다. 대체로, 소설 속으로 논설이 들어간 것으로 보기보다는 논설 속에 소설이 들어간 것으로 보아야 한다. 논설이 집이라면, 소설은 방이라고 할 수 있을 만큼 논설은 이야기를 포용한다. 이런 논설은 서사적 논설로 부를 수 있다. 이와 반대로 소설이 집이 되고 논설이 방이 되면 그것은 작게는 관념소설이요 크게는 해부의 양식이 된다. 한 편의 논설에서 이야기가 훨씬 더 큰 비중을 차지하고 진리 전달이나 주장이 오히려 주변적인 것으로 되어버릴 경우, 논설과 소설의 상하 관계는 역전될 수도 있다.

『제국신문』은 1906년에 들어서면서 짧은 설화를 소개하는 데 목표를 둔 '이어기담(俚語奇談)'이란 난을 두었다. 학동들이 잔꾀를 내어 서당 선생을 과부와 연결해준다는 내용(1906. 7. 12~16), 힘이 장사이면서 머리가 좋은 시골 호반이 힘만 센 재상 집 문객과 씨름할 때 꾀를 내어 이겼다는 이야기를 통해 힘이나 용맹보다는 지식이 우위에 있다는 주제를 들려주는 것 (1906. 7. 17~23), 평양의 한 사람이 미천하여 대접을 잘 받지 못하는 것을 한탄하다가 선화랑 감사의 총애를 받으면서 횡포가 심한 기생들에게 폭력을 행사하여 감옥에 가고 벼슬아치들의 비리와 부패를 질타하는 연설을 하여 매 맞고 돌아온 이후로 지독하고 무서운 사람으로 소문이 나게 된 것을 최대한 이용하여 기생들로부터 돈 수만 냥과 쌀 수십 석을 거두게 되었다는 내용(1906. 7. 28~8. 7)이 있다. 이 이어기담의 끝 부분은 "우국자 평론하야 왈 사람에 행세함이여 내 일신의 고단함을 생각지 아니하고 죽기를 겁내지 아니하고 일을 하야가면 비록 나라 일이라도 성공하지 못할 일이 업슬 줄을 가히 알겟도다"(1906. 8. 7)와 같이 되어 있는데, 이는 '이야기 제시＋평가'라는 고전한문소설의 구성 방법을 이어받은 것으로 볼 수 있다. 결국 『독립신문』『매일신문』『제국신문』 등에 실린 서사적 논설은 고전소설과 이인직·이해조류의 신소설 사이의 징검다리라는 큰 의미를 갖게 된다.

4. 역사서·위인 전기 간행을 통한 소설 기능 확대

20세기가 열리기 시작하였으나 국운이 점점 쇠망의 길로 내달았던 1900년대에 소설은 다양한 매체를 통해 여러 형태로 독자의 눈앞에 놓이게 된다.

소설은 넓게 보면 경험적 서사the empirical narrative와 허구적 서사the fictional narrative로 대별된다. 현실 관찰과 서술의 충실성으로 설명되는 경험적 서사는 다시 '역사적인 서사the historical narrative'와 '모방적 서사the mimetic narrative'로 나누어지고 작가의 상상력에 중점을 두는 허구적 서사는 '낭만적 서사the romantic narrative'와 '계몽적 서사the didactic narrative'로 갈라진다. 전기나 자서전은 경험적 서사에 속하는 것이기는 하지만 전기에서는 역사적 충동이 자서전에서는 모방적 충동이 지배한다. 경험적 서사는 진을 추구하고 허구적 서사는 미나 선을 추구한다.[16] 1900년대에는 이인직, 이해조, 최찬식, 안국선, 김교제 등에 의한 신소설처럼 허구적 성격이 강한 작품들이 다수 간행되었는가 하면 경험적 서사 양식이라고 부를 수 있는 것들도 다수 출간되었다. 건국사나 독립사를 중심으로 한 외국 역사서나 국내외 위인의 전기와 같이 경험적 서사 양식의 하위 개념인 역사적 서사에 속하는 책들이 앞을 다투어 출간되었다. 대체로 번역서인 이러한 책들은 이인직 · 이해조류의 신소설보다는 몇 년 앞서 출간되기 시작했다.

외국 역사서를 기록한 것으로는 『中日略史合編』(일학부日學部 편집국 집역輯譯, 1898), 『俄國略史』(영인英人 감비적闞斐迪 저술 중 초역著述中抄譯, 일학부 편집국 집역, 1898), 『波蘭末年戰史』(일본 삽강보澁江保 저, 현채玄采 발跋, 어용선魚瑢善 역譯, 1899), 『中東戰紀』(미국 임낙지林樂知 심정審訂, 청국 채이강蔡爾康 고敲, 황성신문사, 1899), 『美國獨立史』(일본 염천일태랑鹽川一太郞 저역, 김가진 제題, 황성신문사 번간繙刊, 1899), 『法國革新戰史』(일본 삽강보 저술, 황성신문사 번간, 1900), 『埃及近世史』(황성신문사 번간, 현채 제, 1905), 『法蘭西新史』(편집 겸 발행자 현채, 1907), 『越南亡國史』(월남 망명객 소남자 술, 지나 양계초梁啓超 찬, 번역자 한국 현채, 주시경, 역술 리상익, 박문서관, 1908), 『比律賓戰史』(역술자譯術者 보성관 번역원 안국선,

---

16) Robert Scholes & Robert Kellogg, *The Nature of Narrative*, Oxford University Press, 1966, pp. 13~15.

1907), 『意大利獨立史』(한국 김덕균 연역演譯, 1907), 『瑞士建國誌』(광동廣東 정철관공鄭哲貫公 저, 한성 박은식 역술, 인쇄소 대한매일신보사, 1907), 『世界殖民史』(일본 산내정료山內正暸 원저, 한국 이채우李埰雨 역술, 1908), 『中國魂』(지나인 양계초 저, 한국 숭산인嵩山人 장지연 역, 1908), 『英法露土諸國哥利米亞戰史』(유길준 역술, 대한황성광학서포 발행, 1908), 『普法戰記』(발행자 현공렴, 1908) 등이 있다.

『중일약사합편』은 권 1과 권 2는 중국사기를, 권 3과 권 4는 일본사기를 현토체(懸吐體)로 기술한 것으로, 중국사기와 일본사기의 중간에 12쪽의 부록을 넣어놓았다. 부록의 소제목은 청국세계(淸國世系), 청국판도, 청국제도, 황제의 존함과 과거법, 조세, 회교와 야소교, 중국의 존대와 자유주의 등과 같이 되어 있다. 『파란말년전사』는 제1편 발단(3장), 제2편 파란 분할의 근인이라 기일(其一)(4장), 제3편 파란 분할의 근인이라 기이(其二)(4장), 제4편 파란 제1회 분할이라(4장), 제5편 파란 제2회 분할이라(4장), 제6편 파란 제3회 분할은 곳 파란의 멸망이라(4장)로 짜여 있다. 이 책의 맨끝은 "後世史氏가斯他尼斯羅王을評ᄒ야 曰~噫라不幸호波蘭國이며可憐ᄒ고薄命호波蘭人이여ᄒ엿더라"와 같은 역사가의 평가로 채워져 있다. 이렇듯 서사의 내용을 역사가의 이름을 빌려 해석하고 평가하는 것은 조선조 후기의 한문 단편에서 자주 볼 수 있었던 방법이다.

『태서신사』는 모두 24권으로 이루어진 한문체 기록으로, 영길리(英吉利), 법국(法國), 덕국(德國), 오지리(奧地利), 의태리(意太利), 아라사(俄羅斯), 토이기(土耳基), 미리견국(美利堅國) 등을 다루었다. 이 중에서도 영국에 대하여 물가·형률·군령·노비·궁민·예절·학교 등의 항목으로 나누어 자세히 다루었다. 『중동전기』는 임낙지가 지어 조선 궁내대신과 중국의 총리아문총변장경과 일본 주(駐)상해 영사관에게 각각 1권씩 주었다. 이 책의 내용은 주로 일본·조선·중국 사이에 오고 간 외교 문서와 군주들의 칙령으로 이루어졌는데 좀더 구체적으로는 일본 외무대신 조회(照會) 등 12편으로 이루어진 권 1, 청황칙유(淸皇勅諭) 등 2편으로 된 권 2, 조경기(朝警記) 1~12 등 13편으로 된 권 4, 이등대신 내조(伊藤大臣來照), 조선대군주폐하 서묘문(誓廟文) 등 27편으로 된 권 5, 청일한병화추본궁원설(淸日韓兵禍推本窮原說) 등 6편으로 된 권 6, 치안신책(治安新策) 1~3으로 된 권 8, 주조일아사신약조(駐朝日俄使臣約條) 등 15편으로 이루어진 속편 권 2, 영국의원조선론(英國議院朝鮮論) 등 9편으로 이루어진 속편 권 3 등과 같이 짜여 있다. 본격적인 서사 기록과는 거리가 있으나 조선에 관한 기록이 여러 곳에서 산견되어 주목할 필요가 있다. 예컨대 권 1에 들어 있는 「주청일사소촌수태랑조회(駐淸日使小村壽太郞照會)라」에서는 "오작中國은舊章을悉照ᄒᆞ야朝鮮을明指ᄒᆞ야屬國이라ᄒᆞ고日本은그屬國이아님을固執ᄒᆞ야兩不相下ᄒᆞ니 (중략) 中國이朝鮮에出兵홈은不過東學黨을彈壓ᄒᆞ야朝鮮一隅地에王業을偏安케 ᄒᆞ고자홈이오日本의出師홈은朝鮮의舊病根源을祛ᄒᆞ야朝民을安케ᄒᆞ며곳東方大局을保全코자ᄒᆞ야"[17]와 같이 일본의 출병을 합리화하는 구절을 볼 수 있으며 권 4에 들어 있는 「朝警記 一」에서는 다음과 같이 동학당의 행태를 부정적으로 기술하고 네 가지 명의(名義)를 객관적으로 제시한 것을 찾아볼 수 있다.

朝鮮은箕子故道라淸國에稱藩ᄒᆞ지三百年에不侵不叛ᄒᆞ더니光緒二十年甲午三月間에東學黨魁首崔時亨이猝然히全羅道古阜에셔稱亂ᄒᆞ니衆이五六萬이라首蒙白巾ᄒᆞ고手執黃旗ᄒᆞ며地方官三人을殺ᄒᆞ거눌轉運使趙弼永이聞警遽遁ᄒᆞ니亂民이官穀數千石을掠取ᄒᆞ고軍械를收集ᄒᆞ며四個名義를立ᄒᆞ니一은 不殺人不殺物이오二는忠孝雙全과濟世安民이오三은倭夷를逐滅ᄒᆞ고聖道를澄清ᄒᆞ며四는驅兵入京ᄒᆞ야權貴를盡滅ᄒᆞ고紀綱을大振ᄒᆞ며名分을立定ᄒᆞ야聖訓을以從ᄒᆞ리라ᄒᆞ고[18]

---

17) 『중동전기』, 권 1, 황성신문사, 1899, p. 11.
18) 위의 책, 권 4, p. 2.

『미국독립사』의 서(序)와 발(跋)은 짧은 한문체로 표기되었고 13절로 된 본문은 현토체로 되어 있다. 『중국혼』은 "소년중국설" "가방관자문(呵旁觀者 文)" "중국적약소원유(中國積弱溯源諭)" "과도시대론" "논중국여구주국체이동 (論中國與歐洲國體異同)" "논중국금일당이경쟁구화졸(論中國今日當以競爭求和卒)" 등 으로 구성되었다. "소년중국설"에서는 중국은 노대국이 아니라 소년국이 라 하였고 "가방관자문"에서는 당시 중국인을 혼돈파, 위아파(爲我派), 오 호파(嗚呼派), 소매파(笑罵派), 포기파, 대시파(待時派) 등으로 나누었다. 이 러한 분류는 개화기에서 일제 강점기의 한국인들에게도 적용시켜 볼 수 있다.

외국인의 전기를 적은 것으로 『伊太利建國三傑傳』(역술자 신채호, 교열 자 장지연, 발행자 김상만, 1907), 『比斯麥傳』(역술자 보성관 번역원 황윤덕 黃潤德, 1907), 『愛國婦人傳』(저작자 숭양산인, 발행자 김상만, 1907), 『羅 蘭夫人傳』(대한매일신보사 발행, 1907), 『愛國精神』(법국애미아납法國愛彌兒 拉 원저, 이채우 역술, 장지연 교열, 주한영 발행, 1908), 『미국대통령짜퓌 일트젼』(현공렴 편찬 겸 발행, 1908), 『普魯士國厚禮斗益大王七年戰史』(역 술자 유길준, 발행자 김상만, 1908), 『聖彼得大帝傳』(역술자 김연창金演昶, 교열자 신채호, 발행자 김상만, 1908), 『夢見諸葛亮』(저술자 유원표劉元杓, 교열자 홍종은洪鍾檼, 발행자 김상만, 1908), 『拿破崙戰史』(역자 유문상, 발 행소 의진사, 1909), 『富蘭克林傳』(저작자 이시후李始厚, 발행자 김용준) 등 이 있으며 우리 조상의 전기를 적은 것으로는 『대동사천재제일대위인 을지 문덕』(저술자 신채호, 교열자 변영만, 발행자 김상만, 1908), 『姜邯贊傳』(우 기선禹基善 편집, 박정동朴晶東 교열, 1908), 『崔都統傳』(1909～10), 『水軍第

---

19) 『愛國精神』『越南亡國史』『伊太利建國三傑傳』『瑞士建國誌』『乙支文德』『李舜臣』『夢見諸葛 亮』 등이 금서 조치되었다.
　　박경식, 『일본제국주의의 조선지배』, 청아출판사, 1986, p. 139.

一偉人 李舜臣』(1908), 『淵蓋蘇文傳』(1909) 등이 있다.[19] 역사서와 전기는 1908년에 가장 많이 출간되었다. 1908년이라 하면 1905년의 을사보호조약, 1907년의 정미(丁未) 7조약 직후이며 1910년의 합병이 이루어지기 직전이다. 그 무렵 전국 각지에 대한자강회(1906), 서북학회(1908), 기호흥학회(1908) 등과 같은 학회가 우후죽순처럼 생겨남에 따라 학회지도 많이 간행되어 애국계몽운동이 활발하게 전개되었다.

이러한 역사서와 전기는 정통의 소설 양식이라고 하기는 어렵다. 위기를 극복한 외국의 사례, 나라를 세운 과정, 망국의 원인과 과정 등을 그린 역사서, 장군이든 정치가든 국내외 위인의 전기를 번역하거나 서술한 책들이 비슷한 시기에 집중적으로 나오게 된 배경을 살펴보는 것이 중요하다. 위기를 극복한 경우든 강대국을 만든 경우든 그 외국 자체에 관심이 있었던 것은 아니었다. 외국 역사서들은 당시 우리의 형편을 정확히 통찰하게 하면서 위기사의 극복 방안을 일러주는 감계(鑑戒)의 기능을 행사했다.

당시의 전기들은 『이태리건국삼걸전』에서의 마치니, 가리발디, 가브리, 『비사맥전』에서의 비스마르크, 『애국부인전』에서의 잔 다르크, 『五偉人小歷史』에서의 알렉산드로스 대왕, 워싱턴 대통령, 표트르 대제 등과 그 외 나폴레옹, 프랭클린, 프레데릭 대왕같이 나라를 세웠거나 나라를 크게 발전시킨 장군이나 정치가, 나라를 위기에서 구출한 진정한 애국자 등을 대상으로 삼았다. 우리 조상으로는 외침을 당했을 때 한결같이 나라와 민족을 구한 장군들을 내세웠다. 이는 당시 나라의 앞날과 민족의 장래를 걱정하던 사람들이 영웅 대망론(待望論)이라든가 힘 대망론에 빠져 있었던 증거가 된다. 연개소문, 을지문덕, 강감찬, 이순신 등과 같은 무인이요 영웅에 관심이 집중되었다. 이들의 전기를 쓴 사람들은 제2의 을지문덕과 제3의 이순신이 점차 식민지화되어가는 이 나라에 메시아로서 한시바삐 와주기를 고대하였다. 외국 역사를 대상으로 하든 인물을 대상으로 삼든 역자나 저술자에게는 역사적 사실과 인물의 생애 자체가 중요한 것은 아니었다.

그 책 속에 과장이나 거짓이 조금 들어가 있어도 국가와 민족을 진심으로 걱정하는 마음을 불러일으키기만 하면 되었다. 영웅 대망론의 분위기를 짙게 풍길 수 있었다면 이미 그것은 역사서를 뛰어넘어 문학이 된 것이다.

당시에 가장 많이 읽힌 『월남망국사』[20]는 월남 망명객 소남자(巢南子)가 짓고 중국의 양계초(梁啓超)가 편찬한 것을 현채, 주시경, 이상익 등이 번역하여 각각 다른 책을 낸 것이다. 이 책의 편찬자인 양계초나 번역자들은 서문 · 부록 · 끝말 등에서 중국이나 조선의 장래를 크게 걱정하면서 일본의 제국주의 근성을 노골적으로 지적하였다. 주시경 번역본은 1900년대 당시 역사서나 전기의 번역본이 대개 국한문혼용체를 취하던 것과는 달리 순국문체로 되어 있으며 띄어쓰기도 제대로 되어 있다. 이 책의 머리말에서 박문서관 주인 노익형은 "젼일에 잘못홈을 극히 뉘웃치고 새일을 극히 힘쓸 싱각은 도모지 업시 내 조션만 내 조션이 되기를 ᄇ라니 이는 텬리에 업는 일이라 텬리에 업는 일이야 엇지되기를 ᄇ라리오" 하면서 당시 조선 사람 상하 인민을 다 꾸짖고 나서 다음과 같이 『월남망국사』의 번역 간행 의도를 밝혔다.

월남이 망호ᄉ긔는 우리의게 극히 경계될만혼일이라 그러나 이제 우리나라 사람들이 무론 귀쳔남녀로쇼 ᄒ고 다 이런일을 알아야 크게경계되며 시셰의 크고 깁흔 ᄉ실을 ᄭᄃ라 우리가 다엇더케ᄒ여야 이환란속에서 싱명을 보젼홀지 싱각이 나리라 이럼으로 한문을 모르는이들도 이일을 다 보게ᄒ랴

20) 다음 논문들을 주목할 필요가 있다.

정환국, 「근대계몽기 역사전기물 번역에 대하여—『월남망국사(越南亡國史)』와 『이태리건국삼걸전(伊太利建國三傑傳)』의 경우」, 『대동문화연구』 48, 2004.

최박광, 「『월남망국사』와 동아시아 지식인들」, 성균관대 인문학연구소, 『인문과학』 36, 2005.

이종미, 「『越南亡國史』와 국내 번역본 비교 연구—玄采本과 周時經本을 중심으로」, 중국인문학회, 『중국인문과학』 34, 2006.

고 우리 셔관에서 이갓치 슌국문으로 번역호여 전파호노라[21]

이 책은 월남이 어떻게 프랑스 식민지가 되었고 또 얼마나 심하게 탄압받고 살았는가를 알아 일본의 식민지로 전락해가는 조선을 구해낼 수 있는 방도를 찾자는 데 그 목표를 두었다. 양계초는 바로 자신의 조국 청국의 현재와 장래를 걱정하였고 조선의 역자와 발행자인 주시경, 이상익, 노익형 등은 "조선의 조선"이 아닌 "일본의 조선"이 되어가는 현실을 크게 우려하고 있었다. "일본의 조선"론은 실제로는 양계초가 쓴 말이다. 주시경 번역본에는 양계초가 지은 「나라를 멸하는 새법」「일본의 조선」 등의 글이 부록으로 붙어 있다. 이 글에서 양계초는 일본의 식민지로 전락해가는 조선의 운명을 자기 나라 일처럼 우려했다. 양계초는 조선 백성보다는 정부를 훨씬 더 강도 높게 비판한다. 이미 양계초는 「을ᄉ구월 일 음빙실 쥬인 량계쵸 서」에서 일본이 조선을 정복하는 과정을 구체적으로 서술한 바 있다.

일본 각신문에글ᄋ딕 이를 란민이라ᄒ나 공변된 눈으로보면 죠션사람이 이갓흔 ᄆ음도 업스면 곳즘싱이라 엇지 죠션사람을 칙망ᄒ리오 이의 일본 사

---

21) 주시경 번역, 『월남망국사』 서문, 박문서관, 1908, p. 3.
   주시경 번역본의 내용은 다음과 같다.

   을ᄉ구월 일 음빙실 쥬인 량계초 셔
   첫지는 월남이 망ᄒ 근본과 실샹
   둘재는 나라망홀재 분ᄒ여 이쓰던 사람들의 소젹
   셋재는 법국사람이 월남사람을 곤ᄒ고 약ᄒ게ᄒ며 무식ᄒ고 어리석게ᄒ는 졍샹
   넷재는 월남의 쟝릭
   ○ 월남과 교셩훈일 법국이 교셩훈일
   ○ 나라를 멸ᄒ는 새법
   ○ 일본의 조선
   지나 량계쵸 지음

82

람의 젼졔ᄒ는 졍칰이 날노심ᄒ여 그 군딕로 민회두령 원셰성을 잡고 인민이 임의로 회ᄒ지못ᄒ게ᄒ며 임의로 글을박여 젼파치못ᄒ게ᄒ며 황성신문과 뎨국신문을 일본 경찰관이 미리 살펴보고 한귀졀이라도 일본힝위 비방ᄒ는말이 잇스면 곳금단ᄒ여 죠션사람의 감졍이 점점 더 일어나게ᄒ며 ᄯ 일본졍부가 죠션닉졍을 곳친다ᄒ고 지졍권과 군졍권과 외교권을 다배앗스니 이 세가지가 업스면 망ᄒ나라와 무엇이 다르리오 ᄯ 소위챠관이라ᄒᆷ은 영국이 이급에딕ᄒ 졍칰과 무엇이 다르리오 그러나 더욱 가쇼ᄒᆺ것은 이급은 챠관ᄒ다가 지졍권을 일엇거니와 죠션은 지졍권 일흔후에 챠관ᄒ엿스니 슬프고 슬프도다 이것이 죠션의 멸ᄒᄉ긔라 이것을보면 일본은 한 일본이어ᄂᆯ 대만과 죠션을 딕졉ᄒ는것이 이ᄀᆺ치 판이ᄒ니 그 연고를 가히 알지니라 월남과 죠션을 이ᄀᆺ치 ᄒ거든 하물며 두렵긔가 월남과 죠션보다 십배되는 우리 쳥국이리오[22)

변영만의 서문, 이기찬의 서문, 도산 안창호의 서(敍)가 붙어 있으면서 무애생(無涯生) 신채호가 지은이로 되어 있고 변영만이 교열자로 되어 있는 『대동사천재제일대위인 을지문덕』은 변영만·이기찬·안창호가 쓴 서(序), 범례, 서론(緖論), 제1장 을지문덕 이전의 한한관계(韓漢關係), 제2장 을지문덕 시대의 여수형세(麗隋形勢), 제4장 을지문덕의 의백(毅魄), 제7장 을지문덕의 무비(武備), 제10장 용변호화(龍變虎化)의 을지문덕, 제11장 살수대풍운의 을지문덕, 제15장 무시무종의 을지문덕, 결론 등으로 구성되어 있다. 이기찬의 서에서는 『을지문덕』의 창작 의도, 서술상 특징, 독서 효과 등을 논하면서 "然이나我國은支那의文化가輸入된以後로人人마다拜外熱이極熾ᄒ고卑我癖이固結ᄒ야乙支文德과如ᄒ大英雄은夢中에도不思ᄒ고다만管葛費拿의輩만日로謳歌홈에至ᄒ니我民族의衰退ᄒ原因이엇지此에不在ᄒ가"[23)와

22) 위의 책, pp. 14~15.

같이 한국인의 배외열과 자기비하 습벽을 꼬집었다. 여기서 관갈비나(管葛費拿)는 관중·제갈공명·비스마르크·나폴레옹을 합쳐놓은 것으로 당시 한국인들의 입에 가장 많이 오르내린 존재들이다. 안창호는 이 책은 조국의 명예로운 역사를 들어 비열한 자들을 깨우쳐주기 위해 쓴 것이며 선민의 위대한 사업을 기려 국민의 영웅 숭배심을 고취하고자 한 것이라고 했다. "熱誠的冒險的의古人往蹟을描畵ㅎ야二千年後第二乙支文德을喚起홈이니"[24]와 같이 집필 의도가 뚜렷하다고 하였다. 범례에서는 "乙支文德에關ㅎ事蹟을精搜廣探ㅎ야無漏로自負ㅎ눈바"라고 하여 이 책이 역사서술에서 출발한 것이라고 하였다. 신채호는 서론(緖論)에서 "無涯生이曰" 하는 식으로 극화되지 않은 화자를 제시하면서 "武功이文治만못하다"는 통념에 뿌리를 둔 상문사관(尚文史觀)과 "仁者는작은것으로큰것을섬기는법"이라는 사대주의 풍습을 비판함으로써 자신의 사상과 사관의 골자를 밝혔다. 서론의 끝에 가서 일본이 원에 이긴 역사를 두고두고 시와 소설로 찬양하는 태도는 을지문덕과 같은 영웅을 말살하려고 드는 것으로 "過去의 英雄을寫ㅎ야未來의英雄을招ㅎ노라"[25]고 서술 의도를 밝혔다. 역사서술의 거울과 계율로서의 기능을 최대한 발휘해보자는 것이다.

제1장은 고구려 동명왕 이래 영양왕 때까지 한국과 중국은 대등한 세력으로 서로 침공하였다고 주장하였고, 제2장은 을지문덕을 출장입상하던 인물로 그려놓았고, 제3장에서는 백제와 신라가 고구려를 정벌하기 위해 이민족을 불러들인 일을 나무라면서 2천 년 전의 고구려를 20세기의 영국으로 비유하였고, "제5장 을지문덕의 웅대한 지략"에서는 "을지문덕주의"라는 신조어를 "所以로乙支文德主義눈敵이大ㅎ야도我必進ㅎ며敵이强ㅎ야도我必進ㅎ며敵이銳ㅎ던지勇ㅎ던지我必進ㅎ야"[26]라고 설명했고 토지가 크

---

23) 신채호, 「序」, 『을지문덕』, 대한황성광학서포, 1908, pp. 1~2.
24) 위의 책, pp. 3~4.
25) 위의 책, p. 7.

다거나 병사와 백성이 많다고 그 나라가 강한 것은 아니라고 하면서 오직 자강자대자(自強自大者)가 있으면 그 나라가 강대해지는 것을 을지문덕주의로 일컫는다고 했다. 제5장은 "乙支文德主義난何主義오曰此卽帝國主義니라"[27]라고 끝맺었다. 제6장은 을지문덕의 외교력을 뛰어나다고 하는 이유를 설명했고 제9장은 여러 역사기술에 근거하여 수나라가 을지문덕에게 요수·요동성·평양성·살수 등지에서 대패했음을 일러주었다. 제10장에서는 을지문덕이 우중문에게 보낸 한시를 인용하면서 을지문덕을 사신·전장(戰將)·시인·재상·정탐가·외교가 등 여러 모습으로 현신하였다고 했다. 제12장에서는 살수대첩을 서술하면서 을지문덕의 공적을 보다 구체적으로 기술했으며 "강토개척주의"를 완수하지 못한 것을 아쉬워했다고 했다. 제13장에서는 『삼국사기』『동사강목』『동국명장전』『동국통감』『여지승람』 등에서 을지문덕에 관한 기술을 돌아보고 그 소루함을 깨달아 『대동사천재제일대위인 을지문덕』을 서술하게 되었다고 하였다. 제15장에서는 을지문덕을 표트르 대제·넬슨·비스마르크 등과 견줄 수 있되 김춘추와는 상대가 되지 않는다고 하였다. 결론에서는 아무 대비책이 없어 임진란을 당한 선조와 당시의 왕과 신하들을 조소하면서 일본에 대해서도 냉소하는 빛을 감추지 않았다. 그러고는 "吾一今也에乃知커라其國國民의勇㤼優劣은專혀其國의一二先覺英雄에鼓舞激勵의如何롤視ᄒ야進退ᄒᄂ바로다"[28]라고 하였다.

『수군제일위인 이순신』[29]은 서론, 이순신의 성장 과정(2장), 이순신의

---

26) 위의 책, p. 30.
27) 위의 책, p. 30.
28) 위의 책, p. 79.
29) 錦頰山人의 『水軍第一偉人 李舜臣』은 국한문혼용체로 『대한매일신보』(1908. 5. 2~8. 14) "偉人遺蹟"란에 실려 있다. 위인전이 연재되는 중간에 1908. 6. 11~10. 24의 "쇼셜"란에 금협산인 저술, 패서생 번역으로 『슈군의 데일 거룩ᄒ 인물 리슌신전』이 연재되었다. 이 소설은 순국문체로 되어 있다.

출신과 그 후의 곤란(3장), 오랑캐를 막던 조그만 싸움과 조정에서 인재를 구함(4장), 이순신이 전쟁을 준비(5장), 부산 바다로 구원하러 간 일(6장), 이순신과 옥포전(7장), 이순신의 제2전(당포)(8장), 이순신의 제3전(견내량)(9장), 이순신의 제4전(부산)(10장), 제5전 후의 이순신(11장), 이순신의 구나(12장), 이순신의 수감 전후 집과 나라의 비참한 운수(13장), 이순신의 통제사 재임과 명량에서의 대승첩(14장), 왜적의 말로(15장), 진린의 중도의 변함과 노량의 대전(16장), 이순신의 반구와 그 유한(17장), 이순신의 제장과 그 유적과 기담(18장), 결론(19장) 등의 내용으로 구성되어 있다. 제1장 서론에서는 일본과 대적한 인물 중 우리 민족의 명예를 대표할 만한 인물로 고구려 광개토왕, 신라 태종왕, 김방경, 정지, 이순신 등 다섯 명을 꼽을 수 있으나 "시대가 가깝고 유적이 소상하여 후일의 모범되기가 가장 좋은 이는 이순신이라" 다루게 되었다고 하였다. 이러한 창작 동기는 이 책을 위인소설이나 영웅소설로 태어나게 한다. 제17장은 1598년에 이순신 장군의 상여를 붙들고 남녀노소 가림 없이 통곡했던 장면을 제시하면서 다음과 같이 장군의 은덕을 기렸다.

　　우리의 싱존홈은 공의힘이며 우리의안거홈도 공의 힘이오, 우리의 음식의 복은 공의 주신 바―며, 우리의 금슬화락홈도 공의주신 바라 우리가 혼번 니러나며 혼번안고 혼번 노래ᄒ며 혼번 우는거시 막비공의 은턱이어늘, 우리눈 공의은턱을 일호도 보답지못ᄒ고 공의 칠년동안 우리를위ᄒ야 로고ᄒ던 력소를 도라보건딕 엇지 비참ᄒ지아니리오 이는 인민이 공을위ᄒ여 가히 통곡홀거시 둘이오 공이 칠년전에 죽엇슬지라도 우리눈 이란에 다 죽엇슬거시며 (중략) 허다훈 풍상을 바다우헤서 격다가 칠년젼징이 결국되는날 로량에니 러러 몸을 맛첫스니 오호―라 공은 필연 샹뎨씨셔 보내신텬소로 슈군의 영문으로 ᄂᆞ려오샤 그 슈고ᄒ심과 그 흘니신피로 우리의 싱명을 밧고와 구제ᄒ신후에 홀연히 가셧스니 우리빅셩이 리츙무공에딕하야 이 졍이 업기가 어렵

도다.[30]

장군의 은덕을 상제가 보낸 천사의 수준으로 그리고 있어 이순신 장군은 절대적인 영웅으로 부각된다. 제17장에 와서 위와 같이 이순신의 업적은 추상적으로 요약되었지만 이 17장은 4장에서 16장까지의 상세한 서술 태도의 연장선에 있는 것이기에 자연스러운 배치로 보인다. 신채호는 17장에서 드러난 것과 같은 영웅소설을 내보이기 위해 4장에서 16장까지를 전쟁소설 · 전투소설 · 역사소설 · 정치소설로 처리해놓았다. 제19장 결론에서 이순신이 강감찬, 정지, 제갈량, 한니발보다 완벽하고 뛰어난 존재임을 강조하면서 이순신을 영국의 넬슨 제독과 함께 고금동서 수군계의 두 위인이라고 한 것도 『수군제일위인 이순신』의 영웅소설적 면모를 입증해준다. 제18장은 제목이 "이순신의 제장과 그 유적과 그 기담"으로 되어 있는데 『선묘중흥지』『영암군지』『제만춘전』『호남기문』『이충무실기』등 여러 문집을 원용해 온 것과 같이 역사소설 · 실록소설 · 설화소설의 색채를 드러낸다. 신채호는 제19장 결론에서 다음 대목을 통해 역사소설은 현실을 우회적으로 공격한 것이라는 통념을 깨뜨린다. 어떤 당대 소설보다도 독자들을 잘 깨우치고 슬프게 만들 수 있다는 것이다.

대뎌 슈군의 뎨일유명호 사롬이잇고 텰갑션을 창조호 나라으로 오눌날에 니르러 뎌 군의 ㄱ쟝 쟝호나라와 비교호기눈 고샤호고 필경 나라이라눈 명식 좃ㅊ 업서질디경에 쌔졋스니 나눈 뎌 멧빅년뤼에 빅셩의 긔운을 ㅎ 그며 빅셩외 지식을막고 문치의 소샹을 주던 비루호 졍치킥의 여독을 싱각호미 혼이 바다ㅅ 물과곳치 깁도다 이에 리슌신젼을지어 고통에쌘진 우리국민에게 젼포호노니 무릇 우리션남션녀눈 이것을 모범홀지어다

30) 『대한매일신보』, 1908. 10. 6~7.

하ᄂᆞ님쯰셔 이십세긔 태평양에 둘재 리슌신을 기ᄃᆞ리ᄂᆞ니라[31]

　신채호가 역술하고 장지연이 교열하였고 "제1절 삼걸 이전의 이태리형세"에서 "제26절 이태리의 대일통(大一統)이 성홈"까지를 본문으로 한 『이태리건국삼걸전』의 서론(緖論)과 결론은 신채호가 썼다. 신채호가 서론 첫머리에서 "無涯生이 曰 偉哉라 愛國者며 壯哉라 愛國者며 愛國者가 無흔 國은 雖强이나 必弱ᄒᆞ며 雖盛이나 必衰ᄒᆞ며 雖興이나 必亡ᄒᆞ며 雖生이나 必死ᄒᆞ고 愛國者가 有흔 國은 雖弱이나 必强ᄒᆞ며 雖衰나 必盛ᄒᆞ며 雖亡이나 必興ᄒᆞ며 雖死나 必生ᄒᆞᄂᆞ니"라고 주장한 것처럼 애국자의 출현을 고대하는 데서 가장 중요한 발간 동기를 찾을 수 있다. 결론은 "新史民曰~"과 "無涯生이 曰~" 하는 식으로 병치되어 있어 고전한문소설의 구성 방식을 이어받은 것으로 보이기도 한다. 저자가 숭양산인 장지연으로 되어 있고 순한글체이며 "신쇼셜"이라는 이름이 붙어 있는 『애국부인전』은 잔 다르크의 애국자로서의 면모를 그린 후 이 기록의 맨 끝 부분에 가서 "슬프다 우리 나라도 약은ㄱ튼 영웅호걸과 이국충의의 녀ᄌᆞ가 혹 잇는가"[32] 하고 묻는다. 속표지에 잔 다르크의 초상화와 잔 다르크가 많은 사람들을 모아놓고 연설하는 장면의 그림이 들어 있으며 본문이 8회로 구성된 『애국부인전』은 매회 끝 부분에 작가가 직접 나서서 사건을 의미화하고 평하는 글이 있다. 예를 들면 제7회의 끝은 "졍히 이 일기 녀ᄌᆞ가 이국셩을 고동흔디 빅만 무리가 뎍국물리칠긔운이 쓸치도다"[33]같이 장지연이 작품에 적극 참여하고 있음을 보여준다.

　특이한 것의 하나는 제2회에서 프랑스 아리안 성이 영국군에게 함락 지경에 이르렀을 때 법국 대장 비호로 공작의 심정을 그리며 당태종의 백만

31) 위의 신문, 1908. 10. 24.
32) 『愛國婦人傳』, 황성광학서포, 1907. p. 39.
33) 위의 책, p. 27.

대군을 물리친 양만춘 장군, 수양제의 백만 대군을 계책을 세워 물리친 을지문덕 장군, 거란군 30만 명을 물리친 강감찬 장군 등의 충의를 본받아야 할 것이라고 프랑스 사람들에게 권고한 대목이 들어 있는 것이다. 『나란부인전』도 순국문으로 표기되어 있고 번역자가 끝 부분에 가서 나란부인이 프랑스의 자유의 선각자이며 혁명의 지도자임을 대한 동포도 본받아야 한다고 나라 사랑의 정신을 강조하였다.

박은식은 스위스의 영웅 빌헬름 텔(維霖楊露)을 소개한 『서사건국지』의 서문에서 이 책을 읽는 사람들은 애국사상과 구민휼심이 솟아오르는 것을 느끼게 될 것이라고 하면서 이러한 전기가 소설 양식 못지않게 사람들의 지혜의 진화에 도움이 될 것임을 확신하였다.[34] 이미 박은식은 서문의 맨 앞줄을 "夫小說者는感人이最易ᄒ고入人이最深ᄒ야風俗階級과敎化程度에關係가甚鉅ᄒ지라"와 같은 소설 효능 확대론으로 장식하였는데 그 근거로 우리 조선에는 「구운몽」과 「사씨남정기」를 비롯한 몇 가지를 빼놓고는 선본(善本)이 없다는 점을 제시하였다. 또한 박은식은 국한문혼용체가 일반 독자들에게 잘 읽힐 수 있는 것이라고 암시하였다. 그리고 "異日我韓도彼瑞士와如히屹然히列强之間에標置ᄒ야獨立自主를鞏固히ᄒ면我同胞의生活이便是地獄을離ᄒ고天國에躋홈이니豈不樂哉아此目的을達코저ᄒ면惟是愛國熱心이打成一團에在ᄒ다ᄒ노라"와 같이 애국심의 조성이라는 독서 효과가 있을 것이라고 하였다.

이처럼 전기나 역사서의 번역은 교훈의 성격을 강하게 내보였다. 동서양 여러 나라의 과거사를 조선의 현재 파악과 미래 개척을 위해서 모델이나 참고 자료로 삼고자 하는 태도가 나타났다. 『중일약사합편』『파란말년전사』『미국독립사』『세계식민사』 등과 같이 일본인이 원저자이거나 역자인 경우도 적지 않았다. 그 당시 일본은 제국주의적 행태를 보일 만큼 국운이

---

34) 『瑞士建國誌序』, 1909, p. 3.

상승하는 때였다. 따라서 일본인이 발전 모델로 생각하는 국가와 조선이 거울로 생각하는 국가는 다를 수밖에 없다. 일본이 다른 나라를 지배했거나 지배하고 있는 나라를 모델로 생각한 데 반해 조선은 식민지 상태에서 벗어나 당당하게 독립 국가로 성장한 나라를 거울로 삼았다. 전기나 역사서의 국내 역자로는 장지연 · 현채 · 신채호 · 안국선 · 주시경 · 박은식 · 유길준 등이 있었다. 이들은 유학을 배우고 자라 나중에는 개화주의자가 되어 대한자강운동을 펼쳐온 공통점을 지닌다. 문체는 국주한종체(國主漢從體)나 국한문혼용체로 되어 있는데 이상익이 역술한 『월남망국사』나 주시경이 번역한 『월남망국사』는 순국문체로 되어 있다. "화설 오백여년 전에 구라파주 법란서국 아리안성 디방에 한 마을이 잇스니 일홈은 동이러라"와 같은 대목에서 볼 수 있는 것처럼 소설을 시작하는 방법은 고대소설과 같으면서 순한글체를 사용한 것도 있다.

1898년에서 1908년 사이 집중적으로 간행된 외국 역사서와 위인전은 소설사의 보조 자료에 지나지 않지만 우리의 소설 양식의 외연을 넓혀주었을 뿐 아니라 소설 양식의 역능을 구국의 참고서라는 수준으로 끌어올렸다. 이처럼 우리 현대소설의 한 줄기는 소설 양식과 역사기술이 긴밀한 관계를 맺는 데서 시작되었다. 1910년대에 들어서면서 소설과 역사서술과 전(傳)은 분화되었다고 할 수 있다.

5. 신문게재소설의 다양성

(1) 해부의 양식과 로망스 양식의 병존(「신진사문답기」~「신단공안」)

『한성신보』 이래 1900년에서 1910년 사이에 『대한일보』 『대한매일신보』 『황성신문』 『제국신문』 『만세보』 『중앙신문』 『경향신문』 『대한신문』 『대한민보』 등의 신문들이 소설을 실어놓았다. 『대한일보』에는 7편, 『제국신문』

에는 12편이, 『대한민보』에는 11편이 실려 있다. 『경향신문』에 실린 것까지 합하면 신문에 발표된 소설은 120여 편 정도로 이 중 무서명의 작품이 90여 편이나 된다. 나머지 30여 편도 본명이 밝혀진 것보다는 필명으로 제시된 것이 좀더 많다. 『한성신보』와 『경향신문』에 게재된 소설은 모두 무서명이며 『대한매일신보』와 『제국신문』에 게재된 소설은 대부분 무서명으로 되어 있다.

『한성신보』에는 「申進士問答記」(1896. 7. 12~8. 27), 「紀文傳」(1896. 8. 29~9. 4), 「郭御史傳」(1896. 9. 6~10. 25), 「醒世奇夢」(1896. 11. 6~18), 「李正言傳」(1896. 11. 22~30), 「趙婦人傳」(1897. 5. 19~6. 5), 「孀婦寃死害貞男」(1897. 1. 12~16), 「冤魂報仇」(1896. 12. 6 음~), 「無何翁問答」(1897. 1. 22~24) 등 20편 가까운 소설이 실려 있다. 『한성신보』[35]는 일본인들이 일본 외무성의 지원을 받아 한국을 문화적으로 침략하기 위해 1894년 11월 6일에 창간한 것이다. 이 소설들은 이야기 내용이나 구성 방법 또는 제목 붙이는 방법이 고대소설과 유사하다는 점, 작자 미상인 점, 교훈보다는 재미에 치중한 점 등을 공통적으로 내보였다.

「신진사문답기」는 경상도 안동의 신장군 충당공 자손인 신진사가 일본에 가 10년 동안 공부도 하고 유람도 하고 돌아와 친구인 이학자와 토론성 대

---

35) 정진석, 『인물 한국 언론사』, 나남출판. 1995, pp. 103~06.
　　『한성신보(漢城新報)』는 1895년 2월 17일 아다치 겐조(安達謙藏)가 창간하였는데 주한 일본 공사관의 보조를 받으면서 일본의 한국 침략을 선전하는 역할을 수행했다. 『한성신보』는 1895년 10월 8일에 저지른 명성황후 시해 사건의 비밀 본거지로 활용되었다. 주한 일본 공사 미우라 야고로(三浦梧樓)의 지시를 받은 아다치 사장은 신문사 사원들과 검객들을 지휘하여 명성황후를 살해한 후 이튿날 신문에 이 사건을 대원군이 일으킨 것이라고 책임을 전가하였다. 그러나 이 사건은 일인들이 저지른 만행임이 숨길 수 없는 사실로 드러나 일본 측은 불리한 국제 여론의 예봉을 피하기 위해 아다치 사장, 구미모토 시게아키다(國友重章) 주필, 기쿠치 겐조(菊池謙讓), 고하야카 히데오(小早川秀雄) 편집장 등 신문사 관계자들을 비롯한 관련자 50여 명을 일본으로 소환하여 히로시마(廣島) 지방재판소의 예심에 회부하였다. 히로시마 지방재판소는 이듬해(1896) 1월 증거 불충분이라는 이유로 관련자 48명 전원에 면소 판결을 내리고 석방하였다.

화를 나누는 것을 중심 내용으로 한다. 제목이 "신진사문답기"인 만큼 이 작품의 주인공은 친일주의자 신진사다. 이학자는 이충무공의 후손으로 위인이 중후관대하고 문장덕업이 일세에 유명한 존재다. 두 사람은 관포지교와 같은 사이이기는 하나 친일과 반일이라는 상반된 태도를 지닌다. 신진사가 일본을 조선 개화의 모델로 삼아야 한다고 주장하는 반면 이학자는 직접 서양을 모델로 하는 것이 좋겠다고 주장한다. 이학자가 이충무공의 후손답게 임진란으로 인한 조선인의 원한을 상기시키자 신진사는 임진란은 일본이 승리한 것이 아니니 원한을 품을 필요가 없다고 반박한다(1회). 이학자가 개화는 서양에서 직접 배우면 된다고 하자 신진사는 "기화라 ㅎ 는것슨 세상을 기명코쟈 ㅎ는 것시라 샹고의 희호셰계처럼 빅셩이 안기업 락기토ㅎ야 불샹왕닉ㅎ고 살어도 됴흐련마는"과 같이 개화의 뜻을 설명하면서 일본을 모델로 하면 시간과 수고를 절약할 수 있다고 하고 일본 사람들은 공자의 도와 서양의 기예를 절충한 장점이 있다고 한다(2회).

신진사는 일본은 문명국으로 배울 것이 많고 통상이 불가피한 만큼 지피지기해야 한다고 하면서 동아시아는 단결해야 한다고 주장한다. 이학자가 조선인의 함원론을 내세우며 차라리 태서 숭배(泰西崇拜)가 낫다고 하자 신진사는 일본의 흥왕하는 기세와 일본인의 표리부동하지 않으면서 곡직을 다투는 자세를 치켜세운다(3회). 신진사는 청국과 아라사를 비난하면서 조일 간에 외양·태도·복색·언어 등의 면에서 비슷한 점이 많다고 하고 청일전쟁은 "인명을 허다히 허비ㅎ며 지물을 누억만거익을 덜어셔 십비ㄴ 큰 청국을 거셔 물니치고 됴션의 쟈쥬독닙홀 긔초를 열어준" 것처럼 조선을 위한 것이라고 한다(4회). 이어 신진사는 일본은 부국강병하며 문명국이고 서세동점을 막아내는 힘이 있으며 유학과 서학을 절충할 줄 아는 국가라고 주장한다. 그러자 이학자는 일본은 조선을 위하는 척하지만 속셈은 다른 데 있다고 반론을 편다(5회). 신진사가 일본을 의심하지 말라고 하면서 일본은 다른 나라를 인도하고 개명시키고, 이웃 나라와 친근하고, 법령과 덕화가 멀리 미쳐 높은 대접을 받고자 한다고 하자 이학자는 "죠션이 피폐ᄒ기를 기ᄃ려셔 무위이화로 저의 것이 되기롤 ᄇ라는 것시라"고 일본의 속셈을 들추어낸다(6회).

신진사는 "문명기화가 엇지 글짜 뜻과 다름이 잇스리요 죠졍의는 형졍과 문물이 볽그며 셰샹에는 빅공과 샹고가 열니고 인심과 풍속이 화ᄒ는 것슬 일음이니" "대져 문견이 만허셔 지혜가 ᄇ르며 열녁이 만허셔 사업을 이루는 것시 문명기화라"와 같이 문명개화를 정의한 후 일본 모델론을 굳이 피하려는 이유를 모르겠다고 하고 오늘날은 국제주의며 약육강식의 시대인 만큼 그에 적응하는 힘을 길러야 한다고 하면서 외국과의 통섭이 없어 빚어지는 조선의 문제점을 지적한다. 그러고는 "국부병강ᄒ자면 쟈연이 샹고를 힘 셔 저물을 늘이고 공장을 권ᄒ야셔 긔계를 일으킨 연후에야 국부병강을 ᄇ라볼 터이니 다시는 문닷고 외국사롬을 ᄅᆫ을 슈 업슨 즉"과 같이 외국과의 통상이 부국강병의 출발점이라고 주장한다(7회). 이학자가 서양을 직접 본받으면 되지 않느냐는 질문을 여러 차례 하자 신진사는 입헌군주제를 대표적인 예로 들면서 일본은 서양의 긴요한 것만 추려놓았다고 강변한다. 대표적인 예로 일본의 입헌군주제를 들었다(8회). 이학자가 조선에서 일본의 병제라든가 국법을 배웠으나 한 가지도 이로워진 것이 없다고 하자 신진사는 나라를 큰 그릇에 비유하면서 문제점 해결은 순서도 있고 경중도 있는 만큼 어찌 해롭다고만 하느냐고 반박한다(9회).

이학자가 "저의 임군을 위ᄒ면 남의 임군도 위홀 것시여놀 팔월사변은 젼고의 업는 피역ᄒ 즛슬 법ᄒ엿스니 일로써 보면 셩풍과 힝사가 그에셔 더한 독홀 슈가 업고 츙셩과 효도는 아지 못ᄒ는 무리라"고 슬며시 명성황후 시해 사건을 언급하며 일본인의 패역성을 지적하자 신진사는 일본의 일부 당류가 그런 것이니 일본인 전체를 욕할 수 없다고 궤변을 늘어놓는다(10회). 신진사는 "저의 나라 ᄉ업을 위ᄒ야 쥭기롤 도라보지 아니ᄒ 츙셩"을 "엇지ᄒ야 우리마음에 쾌ᄒ도록 졍법을 ᄒ여줄 리치가 잇스리요"라고 일본

편을 들면서 "소위 광도지판[36)]이라고 ㅎ야셔 십슈삭증계된 것만 ㅎ여도 우리나라를 디졉흔 모양이니 형은 깁히 싱각ㅎ여보라"고 한다. 이학자가 우리는 어떻게 설치(雪恥)하느냐고 문자 신진사는 십백 년 후에도 할 수 있는 것이며 나라가 강해지면 저절로 설치하는 법이라고 한다(11회). 신진사는 재물이 사람을 사람 되게 하는 근본이라고 주장한다(12회). 이학자가 우리 성현들은 예로부터 절용의 덕을 갖추려 했다고 하자 상공업 발달은 말할 것도 없고 교육입국론도 재물이 있어야 된다고 한다(13회). 이학자가 단발령에 반대하자 신진사는 인심이 경동하는 데는 변복과 단발이 제일이라는 식으로 옷의 실용적 기능을 강조한다(15회).

이학자가 "대저 빅셩이 리에 나ᐤ가는 것시 맛치 물이 낫진디로 나ᐤ가는 것ᄀᆺ흔 즉 가라치지 아니ㅎ여도 자연이 될 것시오"와 같이 주장하고 국치병강만 하면 남에게 수모받지 않느냐고 하자 신진사는 "졔일 급흔 것슨 지졍이니 농상과 공장과 샹고를 일으켜셔 지졍을 홍황케흔 연후에는 국가의 가쟝 큰닐이 군병"이라고 하고 이학자가 외국 교섭이 해가 많다고 하자 신진사는 외국 교섭에서 가장 중요한 것은 신의라고 한다(17회).

「신진사문답기」는 『한성신보』를 발간하게 된 일인들의 저의를 잘 대변해 준다. 일본은 조선을 도와주려는 것이다, 조선은 서양의 문물을 압축한 일본의 문명개화를 본받아 부국강병·교육입국·상공업 발달 등과 같은 문명개화를 시도해야 한다, 을미사변은 일본인의 입장에서 보아야 할 시각도 있으며 일본 정부에서는 히로시마 재판을 통해서 이 문제를 성의 있게 처리하고 있다 등과 같은 신진사의 주장은 『한성신보』의 입장을 대변하였다. 「신진사문답기」는 개화기소설 중 명성황후 시해사건을 언급한 유일한 소설이라는 의미도 있다. 「신진사문답기」가 취한 문답체는 1898년과 1899년에 집중적으로 나타났던 『독립신문』 논설란의 문답체보다 빨리 나온 데다 규

---

36) '각주 35)'를 참고할 것.

모도 큰 편이다. 「신진사문답기」는 객관적 탐구를 꾀하는 대화와 토론의 외형을 취했지만 내적으로는 일본의 정한론(征韓論)을 합리화한 일본 선전을 꾀한 것이라고 할 수 있다.

「무하옹문답」은 두 아들에게 극진한 효도를 받는 칠십 넘은 무하옹이 상처한 슬픔을 이기지 못해 허영산에 올라 인생무상을 되뇔 때 오유자라는 한 노인이 나타나 죽음은 그 누구도 막을 수 없는 것이라고 하면서 천지인 삼재 중 지리(地利)가 가장 중요하다고 주장하는 것으로 시작한다. 무하옹은 조상의 누백 년 된 음덕이 제일이라고 하면서 빚을 많이 지고 자살하려는 사람들을 선조가 살려내어 그 자손인 김씨가 잘되었다는 이야기와 선조 할아버지가 신부가 소경인데도 거두어들여 그 후손들이 복을 받아 잘산다는 이야기를 들려주면서 인리(人利)가 더 중요하다고 주장한다. 다시 오유자는 중국의 예를 들어 지리의 중요성을 강조한다. 이에 무하옹은 부인의 산소 자리를 가려내어 정중하게 매장하는 방법을 일러주며 그 이유를 자세히 설명해준다. 「신진사문답기」와 「무하옹문답」은 제목이 일러주는 것처럼 토론의 성격을 지닌 '문답기' 형식으로 되어 있다. 이러한 문답기는 잘못된 생각과 행동을 밝혀내고 고치자는 데 그 목적의 하나가 있다.[37]

「기문전」은 일본 기주 가전포 사람인 문좌위문(文左衛門)이 국왕으로부터 상도 받고 또 장사해서 많은 돈을 벌어 여러 사람들에게 베풀었다는 이야기를 들려준 것으로 일본 남아의 호쾌한 모습을 그려낸 것이며 「곽어사전」은 윤주 땅의 곽소옥이 결혼한 날 계모의 지시를 받은 노비에게 죽음을 당하자 그 아버지 곽부옹이 후처와 그 소생 삼 남매를 죽여 복수하고 중이

---

37) 존 스튜어트 밀, 『자유론』, 서병훈 옮김, 책세상, 2005, p. 48.
　"인간은 토론과 경험에 힘입어 자신의 과오를 고칠 수 있다. 경험만으로는 부족하다. 과거의 경험을 올바르게 해석하자면 토론이 반드시 있어야 한다. 잘못된 생각과 관행은 사실과 논쟁 앞에서 점차 그 힘을 잃게 된다. 그러나 사실과 논쟁이 인간 정신에 어떤 영향을 주기 위해서는 그 정신 앞으로 불려 나와야 한다. 사실 스스로가 진실을 드러내는 경우는 거의 없다."

되었고 소옥의 처 장씨가 낳은 종운은 과거에 급제하고 어사가 되어 각 지방을 순시하던 중 조부를 만나고 훗날 대사마대장군이 되어 나라를 외적으로부터 구한다는 내용으로 되어 있다. 뒷부분은 『삼국지연의』의 영향을 받았음을 드러낸다. 「이소저전」은 경상도 김산군의 한 처자가 혼인을 약속한 남자가 병이 들어 부모가 허락하지 않자 남복을 하고 그 남자 집에 가서 병구완을 하여 낫게 하고 나서 결혼한다는 내용이며 「성세기몽」은 주색잡기로 알거지가 된 한 남자가 돈 많은 과부를 만나 호화롭게 살던 중 여인이 지네로 변해 자기를 잡아먹으려는 꿈을 꾸고 놀라 방랑의 길을 떠난다는 내용이며 「이정언전」은 전라도에 사는 이제운이란 사내가 과거 보러 가던 중 한 미인을 만나 하룻밤을 같이 지내고 다시 돌아오겠다는 약속을 지키지 못한 후 몰락하고 그 여자는 다른 곳으로 결혼하여 아들 삼 형제를 과거 급제시킨다는 내용이다. 「가연중단」은 영남 땅의 놀기 좋아하는 한 서생이 글과 노래가 비범한 여인을 만나 새벽까지 놀다가 헤어진다는 이야기를, 「이씨전」은 충청도의 한 가난한 양반이 서울로 이사를 가 돈 많은 여인을 만나 첩으로 삼고 아내와 한집에서 산다는 이야기를, 「김씨전」은 양반집 부인이 남편이 공부하러 간 절의 승려와 눈이 맞아 남편을 죽인 것이 들통 나 자살한다는 이야기를 들려준다. 『한성신보』에 연재된 것 중 가장 긴 「조부인전」은 중국을 배경으로 하여 왕한림의 아들로 장원 급제하여 한림학사가 된 남편을 둔 미모와 재주가 뛰어난 조상서 딸이 자기를 탐내는 서호길, 한국청, 노위려 등 여러 남자를 무찌른다는 내용으로 되어 있다. 「상부원사해정남」은 감사의 아들을 사모하는 한 청상이 뜻을 이루지 못하고 상사병으로 죽고 만다는 내용이다. 그 후 그 청상의 혼백은 감사 아들이 하는 일마다 방해하여 몰락하게 만든다.[38]

38) 「기문전」~「상부원사해정남」의 내용은 한원영, 『한국개화기 신문연재소설연구』, 일지사, 1990, pp. 235~56를 참고했다.

고소설이나 설화소설의 수준을 보여주는 『한성신보』에 게재된 소설들의 소재 선택도 치밀한 계산 끝에 나온 것으로 볼 수 있다.

중국이나 일본을 배경으로 한 소설은 武勇談으로 일관된 군담소설이나 영웅소설에 속하나, 한국을 배경으로 한 소설은 소위 男女相悅之詞로 민족의 양속과 미풍을 저해하고 민족적 위신을 훼손시켜 우리가 부도덕하고 퇴폐적인 미개한 민족임을 은연중에 널리 알리어 민족 정기를 말살하려는 일본 제국주의의 侵略企圖의 일환에서 된 소설이 대부분이다.[39]

『한성신보』에 실린 소설은 순국문체이기는 하나 쉼표를 과다하게 사용한 흔적을 드러낸다. 소설이 읽는 대상으로 넘어가지 않고 듣는 대상에 머물고 있었던 것으로 추측할 수 있다.

1904년 3월 10일에 창간된 『대한일보』는 「灌頂醍醐錄」(1904. 12. 10~?), 일학산인(一鶴山人)의 「一捻紅」(1906. 1. 23~2. 18), 금화산인(金華山人)의 「龍含玉」(1906. 2. 23~4. 3), 백운산인(白雲山人)의 「女英雄」(1906. 4. 5~8. 29), 「斬魔劍」(1906. 4. 18~26), 「返魂香」(1906. 4. 27~8. 28) 등을 수록한 바 있다. 『한성신보』의 소설들이 무서명으로 일관했던 것과 달리 몇 작품은 지은이가 밝혀져 있기는 하나 전문적인 작가의 것으로 보기는 어렵다.

「관정제호록」은 재능이 비범한 한 공자가 화개산, 매화산을 구경하고 소낭자와 백년가약을 맺고 다시 탐승의 길에 올라 능운자(凌雲子)라는 소년으로부터 보물과 같은 세 권의 책을 받았다가 일쌍미인에게 빼앗긴 후 여러 존재와 맞서 싸운 끝에 능운자의 도움을 받아 다시 찾게 되기까지의 과정을 적고 있다. 이 소설은 제1회와 2회는 순국문체로 표기되었다가 그 이후

---

39) 위의 책, p. 264.

는 현토체로 바뀌었다.[40] 이 작품은 주제, 무대, 구성, 인물 설정 등의 면에서 설화의 수준을 벗어나지 못했다. 이야기가 현실성도 없을뿐더러 의미를 지니고 있지 못하다.

「일념홍」은 서언과 16회로 된 회장소설(回章小說)이며 현토체 소설이다. 제1회 애춘원상목단 양가장산옥랑(愛春園賞牧丹 揚家庄産玉娘)에서 제15회 방술객보고의 유국내진장관(訪術客報高義 遊國內盡壯觀)과 같이 매회 6언 2구로 된 소제목이 붙어 있다. 서언에서는 "故로 兹述顚末而爲好事者傳之ᄒ며 且爲愛讀一粲ᄒ노라"고 하여 소설이 현실성이 적고 진지함이 떨어지고 있음을 암시하였다. 「일념홍」의 줄거리는 다음과 같다. 애춘원 지역의 양씨 노파는 소년이 현신한 꿈을 꾸고 임신한다(1회), 양노파가 낳은 일념홍은 기생이 되었으나 노래만을 판다(2회), 일념홍이 오대산 악사에게 거문고를 배우고 삼청동에 집 짓고 금보집을 만든다(3회), 25세의 부유 자제 이정이 일념홍의 거문고에 시로 화답하다가 백년가약을 맺었을 때 여색을 좋아하는 대관이 출현한다(4~5회), 대관이 부하를 시켜 일념홍을 잡아 오려 했으나 실패한다(6~7회), 이정과 가까운 술객이 보석 반지를 찾아주고 주한 일본 공사와 의형제를 맺는다, 황객의 모함으로 순사들이 살인죄 혐의로 이정을 체포하고 고문했으나 주한 일본 공사에 의해 구출된다(9회), 대관 집 사람들에게 끌려가던 일념홍은 일본 순사에 의해 구조된 후 일본 공사의 주선으로 일본 유학을 가게 된다(10회), 일본 공사의 활약으로 석방된 이정이 일본에 가 해군대학교를 졸업한다(11회), 이정은 러일전쟁에서 큰 공을 세우고 일념홍은 유럽 유람하고 귀국한다(12회), 이정과 일념홍이 금의환향했을 때 대관은 러시아 군대의 첩자로 활동하던 중 일진회원 한 명을 살해한 혐의로 교수형당한다(13회), 이정 부부는 일본 공사에게 치사한 후 여러 사업을 추진한다(14회), 두 남녀는 정부로부터 훈장을 받

---

40) 위의 책, pp. 270~71.

는다(15회), 두 남녀는 칭송을 받으며 전국을 유람한다(16회).

러일전쟁에서 공을 세우고 돌아온 후 이정은 벼슬자리에는 나아가지 않고 은행·사립학교·동양도서관·사립병원·활판소·구락부 등을 설립하고 잡지를 간행하여 계몽사업을 펼치며 청년자제 3백 명을 뽑아 일본·영국·미국 등 3국으로 유학을 보내는 것으로 그려진다. 이정은 장군·사업가·정치지도자·사회사업가를 겸힌 영웅적 존재로 나타난다. 이정은 전기나 역사서의 지은이들이 그토록 갈망했던 영웅이긴 하지만 친일개화론자인 데다가 현실성이 약하다는 한계를 드러낸다. 주인공 일넘홍도 교육사업에 치중하는 것으로 나타난다.

又設女學校ㅎ고募集靑年婦人千餘人ㅎ야熱心敎育ㅎ며設置業會社ㅎ며設紡績所ㅎ야種桑養蠶ㅎ며植棉紡絲ㅎ야歲收十萬元利益金ㅎ야以備女學校之經費ㅎ니不出數年之間에女子學問이冠于東洋이라.[41]

이 소설의 끝 부분에서 이정이 한 일과 일넘홍이 한 일은 몽상에 가깝다. 이 소설의 전반부에서 남녀 주인공이 태어나 성장하는 과정이라든가 여주인공 일넘홍이 기생이 되어 수난 받는 과정 등도 로망스적 색채가 짙다. 그러나 이 소설은 후반부에 가면서 『대한일보』에 연재된 소설에서는 유례없이 새로운 시대를 의식하고 사회라는 것을 깨닫게 되는 식으로 근대소설적인 면모를 드러내고 있다. 남주인공 이정이 홍랑을 차지하려는 대관의 모함을 받아 국사범으로 몰렸을 때부터 일본 공사가 절대적인 협력자helper요 교사적 존재로 나타난다. 조선인 남녀가 일본 공사의 주선으로 일본에 유학 갈 수 있었고 국내에 와서도 큰 사업을 펼칠 수 있었던 것으로 그려 놓은 만큼, 「일넘홍」은 일본인을 미화한 소설이라고 할 수 있다. 일본 공

---

41) 『대한일보』, 1906. 2. 16.

사를 절대적 협력자이자 지원자로 그린 점에서 이인직의 「혈의 누」의 앞줄에 선다. 금의환향하여 일본 공사를 만나 "살아있는 부처님" "각하의 공명정대함이 밝은 해와 같다" 등과 같이 극찬한다. 일본 공사를 주인공을 개선시키는 자나 보호자로 그려놓은 반면 조선 대관은 위협자나 악인으로 그리고 있다. 이랑과 일념홍의 적대자인 대관이 백성들의 재산을 빼앗고 일진회 회원을 살해한 것 때문에 잡혀 평리원에 수감되고 술객에 의해 옛날의 죄상까지 더해 교수형에 처해졌다는 내용은 「일념홍」을 공안소설의 유형에 들게 한다.

「용함옥」은 중국을 배경으로 한 것으로 「관정제호록」이나 「일념홍」처럼 서두에 소제를 제시한 30장의 회장체소설로 되어 있다. 중국 절강 땅 왕각노의 아들 용(龍)이 부모 심부름으로 2만 냥을 싣고 오다가 창모의 꾐에 빠져 재물을 다 날리고 죽을 뻔했을 때 기생 옥단의 도움을 받아 돈을 도로 찾고 용은 과거를 뉘우치고 열심히 공부하여 장원 급제한 후 어사가 된다. 그 후 무고하게 옥에 갇힌 기생 옥단을 구해주고 옥단의 기지로 반군 토벌에 대공을 세우고 마침내 부마가 되고 옥단은 공주가 된다는 이야기다. 「여영웅」은 이부시랑(吏部侍郎) 이영도의 딸 형경(炯卿)이 태어날 때부터 남자 같아 8세부터 남장하고 다니면서 부모 사별, 장원 급제, 한림학사 승차, 반군 정벌, 남만 군사 정벌, 여러 나라 시찰, 미개한 섬 개화시키고 왕으로 추대, 독립국으로서 외국과의 통상 등의 과정을 거친다는 내용으로 되어 있다. 이 소설도 「일념홍」처럼 고대소설적인 요소와 신소설적인 요소가 부자연스럽게 교합된 경우로, 전반적인 현실성이 없는, 허망한 영웅소설이라고 볼 수밖에 없다. 「반혼향」은 무서명의 한글로 된 회장소설로, 명문가 자손 위붕이 장원 급제하였으나 어렸을 때 정한 배필 운화소저(雲花小姐)가 아버지의 방해를 받자 자살하고 만다. 이에 위붕은 혼자 살기로 결심한다. 상제가 이를 딱하게 여겨 운화를 재생시켜 몸은 송자벽의 딸로 혼은 협서부인의 딸로 다시 태어나 마침내 위한림과 결혼하게 된다. 「참마검」은 필명으로 연재된 국문소설로, 회장체가 아니다. 중원 곽대공은 학문이 우수하여 과거를 보고 오는 길에 오장군의 제물로 바쳐진 처녀를 구하기 위해 오장군의 팔을 자른다. 오장군은 돼지의 본색을 드러낸다. 곽대공은 처녀를 측실로 삼게 된다.[42] 이상의 작품들은 중국을 배경으로 하여 권선징악의 주제를 드러낸 로망스라고 할 수 있다.

『대한매일신보』에는 「쇼경과 안즘방이문답」(1905. 11. 17~12. 13), 「鄕老訪問醫生이라」(1905. 12. 21~1906. 2. 2), 「靑樓義女傳」(1906. 2. 6~18), 「車거夫부誤오解해」(1906. 2. 20~3. 7), 「디구셩 미러몽」(1909. 7. 15~8. 10), 「보응」(1909. 8. 11~9. 7) 등의 소설이 실려 있다.

「소경과 앉은뱅이 문답」과 「거부오해」는 거의 금기시되었던 당시의 정치적 상황을 다루면서 풍자소설로 나아갔다. 두 작품은 기본적으로 토론체의 골격을 지닌 「신진사문답기」와 『독립신문』의 「~ 문답」체 논설의 연장선에 선다. 그런 만큼 두 작품이 정통 소설 양식에 들어가는 것인가 하는 의문은 털어버리기 어렵다.

『대한매일신보』의 "시사 문답"이라는 고정란에 들어 있는 「소경과 앉은뱅이 문답」에는 소설이라는 표지가 없다. 실제로 인물과 대화만 있지 사건이라고 할 만한 것은 없다. 「소경과 앉은뱅이 문답」은 소경과 앉은뱅이 사이에서 오고 간 대화의 내용을 펼쳐 보인 것으로 두 불구자는 당대의 정치·사회·경제 등 제반 현상에 대해 두루 언급한다. 전황(錢荒), 관료의 부패, 매관매직, 껍질 개화, 미신, 망건 유해론, 상업 발달 필요성, 우리 민족의 굴종적인 성격, 정부 대관들의 사대주의, 매국 대신, 한일 신조약 비판, 통감부 비판, 독립의 참된 의미, 치국의 원리, 신문사의 재정난, 진짜 소경과 앉은뱅이, 민족 단결의 필요성 등과 같이 1890년대와 1900년대

---

42) 한원영의 『한국개화기 신문연재소설 연구』(일지사, 1990)의 pp. 274~85에 소개된 「용함옥」 「여영웅」 「반혼향」 「참마검」의 줄거리를 참고로 했다.

의 사회적 풍경화를 비판적 어조를 섞어 제시하였다.

우리나라에는 정신적인 소경과 앉은뱅이가 너무 많다는 주장으로 끝부분이 채워져 있다.

> 소위완고라슈구라허는분네들은문명세계의말하게드면언필칭예전의는그런것져런것다업셔도
>
> 국틱민안허엿다하야죠흔말듯지도안코죠흔것보려고도아니하니귀와눈이잇다혼들무어시유죠흔가귀먹어리소경이라홀만하고소위학ᄌᆞ니산림이니허는분네들은공ᄌᆞ왈밍ᄌᆞ왈허며시문을구지닷고산고곡심유벽쳐에초당을지어노코두무릅흘ᄉᆞ러안져ᄌᆞ칭왈도학군ᄌᆞ라ᄉᆞ문뎨ᄌᆞ라하야별노빅리밧글나가보지못허고무경셰월을허송하니
>
> 가위써근션비라홀만하야안즘방이나다름이무엇인가허다셜폐허랴며는입이압파홀슈업셔딕강말일셰[43]

새로운 세계를 알려고도 보려고도 하지 않는 수구파나 완고배들을 소경이나 귀머거리라고 부르고 공자와 맹자를 찾으면서 자칭 도학군자라고 하는 부류를 앉은뱅이라고 하였다. 육신상의 소경과 앉은뱅이는 정신상의 소경과 앉은뱅이를 한껏 조소하고 비판하고 있다. 소경과 앉은뱅이라는 호명은 정신적인 불구자들을 향해 비판의 화살이 되어 날아가고 있다. 또한 두 작품은 속담이나 격언을 빈번하게 사용하여 풍자의 효과를 올리는 방법도 쓰고 있다. "속담에이른바닝슈마시고니슈시는모양이지"(1905. 11. 18), "속담에상말노ᄀᆡ가돈이만으면명쳠지라"(1905. 11. 18), "속담에이른바ᄉᆡ오는딕딕곱ᄉᆞ등이오콩심은데콩나고팟심은데팟난다"(1905. 11. 22), "속담에일은바망건이히여지면셕슝이라도간난허여보인다ᄒᆞ니"(1905. 11. 24),

---

43) 『대한매일신보』, 1905. 12. 10/12. 12.

"속담에무당이졔굿못흐다는말잇지안은가"(1905. 11. 26), "진소위입향슌속이라는말이올타허며"(1905. 11. 29), "여보게속담에허기를남의굿에춤춘다는말은잇지마는"(1905. 12. 7) 등과 같은 속담을 골고루 배치하여 비문학적인 단어들이 유발할 수 있는 경직성과 건조함을 희석하는 효과를 거둔다. 속담은 당의정설(糖衣錠說)로 설명되는 전통적인 문학 기능을 압축적으로 보여준다. 속담의 적극적 원용은 신소설 전반의 특징이거니와 이러한 특징은 신소설이 아직은 고전소설의 서술 방법을 완전히 극복하지 못했음을 일러준다. 고전소설의 특질 중의 하나는 속담이나 상언의 빈번한 인용과 활용에서 찾을 수 있기 때문이다.

「소경과 앉은뱅이 문답」의 특징 또 하나는 국망에 대한 탄식과 현인군자 출현의 기대감이 깃들어 있는 "ㅅ쳔년오랜나라어이흐들망홀숀가오빅년놉흔종ㅅ뉘라셔바라볼가 셔산에지는히는다시도라올나오고동히로가는물은궁진흠이업스리라현인군ㅈ가어느쌔에 업다하며란신젹ㅈ가미양득의허단말가흥망성쇠는ㅈ고로무상흔 즉사룸의알바아니로다력산에밧갈기와위슈변에고기낙기는 고인의힝젹이니우리도 오호에비를쎠여ㅅ풍계우에불슈귀ㅎ여볼가"[44] 같은 노래 가사를 소개하는 것으로 끝낸 데서 찾을 수 있다.

「소경과 앉은뱅이 문답」이 장황하다고 할 정도로 여러 분야에 걸쳐 원칙론과 현상론을 이야기하는 데 비해 「거부오해」의 인력거꾼은 자신의 무지에 따른 오해를 드러내는 수법을 취한다. 그는 "정부 조직"을 "정부 조집(마소의 먹이)"으로, "시정 개선"을 "시정 개산"으로, "통감(統監)"을 "통감(通鑑)"으로 오해하였다. 「거부오해」의 지은이는 인력거꾼의 능청스럽기까지 한 무지를 이용하여 "정부 조직" "시정 개선" "통감"같이 큰 것, 무거운 것에 내재된 허위를 고발하고 있다. 독자들은 무식한 인력거꾼을 보고 실소하지만 동시에 시정 개선, 정부 조직, 통감 등의 개념이나 존재에 대해

---

44) 위의 신문, 1905. 12. 13.

냉소하게 된다. 자신을 실소의 대상으로 삼아 위정자들을 조롱거리로 삼겠다는 저의를 지니고 있다. 「거부오해」는 비록 길이는 짧지만 언어 풍자의 본보기가 된다. 인력거꾼은 자신의 무지를 확인하면서 인력거를 끌고 "산첩첩슈중첩이라 산이놉파만장이니 그산을넘쪼ᄒ면스다리를노을만못ᄒ도다 만일에 스다리도 놋치안코 한거름도것지안코 다만 산이놉다ᄌ탄ᄒ면 명일이 금일이오 명년이금연이라 하월하일에 그산을 넘어간다긔필홀가"[45]라는 자탄가를 노래하고 있다.

「향로방문의생이라」는 시골에서 큰 부자였다가 망해버린 한 노인이 서울에 와서 의생을 만나 잔을 놓고 대화하는 내용을 소개하고 있다. 「소경과 앉은뱅이 문답」에 이은 문답체 서술이다. 노인과 의생은 당시의 정황을 병든 상태로 파악하는 시국담에서 출발한다. 노인이 정부 대관도 병들었고 일진회도 병들었다고 하자 의생은 정기산이라든가 청심환 같은 약을 먹이면 충군애국과 정치개명 등의 사상이 생겨날 것이라고 하였다. 그러자 노인은 그 정도의 처방으로 다스리기에는 병이 너무 깊다고 탄식한다. 이처럼 당시의 사회를 병자 대하듯이 다각도로 진단하고 올바른 처방을 강구하는 데 서술 목표를 두었다. 중간에 의생이 3·4조가 한 행이 된 것이 두 행이 모여 한 연을 이룬 창가의 형식으로 회포를 펼치는 것도 특이하거니와 병적 상태에 대해 대증 요법과 원인 치료를 병행 제시한 것도 주목할 만하다.

나라의병들음이 이러케급ᄒ써에 긴요ᄒ약봉지를 차셔업시더져노와 화계를 연구안코 홈부로쓰게드면 병이졈졈 깁흘지니 병근을돌일손가 국력을발달코 ᄌᄒ게드면 민력을붓잡아야될터이오 민력을붓잡으랴ᄒ게드면 농공상업권면 ᄒ야될터이오 농공상업권면코ᄌᄒ게드면 교육에힘을써야될터이오 교육을힘

45) 위의 신문, 1906. 3. 6.

쓰고ㅈ ㅎ게드면 학교를확장하야될터이오 학교를확장코ㅈ하게드면―(중략)
무어시안이될가 텬시가불힝ㅎ다 국운이불길ㅎ다 텬시국운타슬말고 졍부디신
일심되고 디소인민단쳬되야 일심단쳬셩을 모고 기과ㅈ신ㅎ게드면 문명진취
이것이오 시졍기션이것이라[46]

의생이 제시한 학교 확장→농공상업 권면→민력→국력의 발전단계론은
교육과 산업의 발달을 중심으로 한 실력양성론을 설파한 것에 지나지 않
는다.
여기서 노인에 비해 의생은 나라의 장래에 대하여 낙관적인 태도를 취하
여 정부 대신들이 의원의 입장이 되어 병세를 잘 파악하고 병근을 잘 다스
리면 앞으로 다 잘될 것이라는 생각을 드러내었다. 「향로방문의생이라」는
노인과 젊은 의생이 나라의 현재와 장래에 대해 의견을 개진하는 문답체를
취하였지만, 견해 차이가 분명하게 드러나 있어 토론체와 연설체를 흡수한
것으로 볼 수도 있다. 이 무렵『대한매일신보』는 '―문답' 형식의 시사 토
론을 자주 내보였다. 예컨대, 길에서 만난 두 사람이 시골이나 서울이나
평양이나 가림 없이 모두 살기가 힘들다고 하면서 일본에서 통감이 나오는
현실을 맞게 되었으니 예수를 믿어 여러 가지 효험을 얻어야 한다고 하며
미국이 예수를 믿어 강국이 되었다는 내용을 담은 「路上問答」[47]을 볼 수
있다.
「청루의녀전」은 설화나 고소설적인 색채가 짙은 작품이다. 25세로 풍채
가 좋은 배생이 "각국물화를교환ㅎ여상리를도모홀ㅊ로"[48] 호조에서 돈을
빌려 중국에 무역하러 갔다가 북경 청루의 한 미인에게 빠져 돈을 다 날리
게 되자 그 여인은 배생을 가엾게 여겨 배생을 따라 청루를 벗어난다. 배

46) 위의 신문, 1906. 1. 23.
47) 위의 신문, 1906. 1. 4.
48) 위의 신문, 1906. 2. 6.

생의 일행은 모두 장사로 돈을 벌었으나 배생만 빈털터리가 된 채 그 여인을 데리고 나온 것이다. 압록강을 건너는 배 안에서 자기를 1만 냥에 팔아도 좋다고 한 그 여인은 정작 배생이 그렇게 하자 투신자살하고 만다. 화자는 "슬푸고가련토다이미인의신세여그절기와의기는가히천고경열에부인을붓그릴바 업셔후인에모범이되려니와빅싱의위인과힝수를보게드면엇지가통코가셕지안으리오"⁴⁹⁾와 같이 동정심과 배신감을 표출하였다. 그 미인이 어느 뱃사공의 꿈에 나타나 자기 몸에 딸린 보배를 취하고 자기 시신을 묻어달라고 한 말을 실행에 옮겨 그 사공은 부자가 되었으나 배생은 여자도 황금도 다 놓치는 결과가 되고 만다. 이 소설은 조선조 후기 소설이나 전(傳)의 양식에 나오는 것처럼 작품 말미에 평(評)을 달아놓았다. 배생을 향해서는 눈앞의 작은 이익을 탐하다가 큰 의리를 저버렸다고 하고 그 미인은 마음과 행동이 가히 본받을 만하다고 평하여 여자의 절개나 열의 덕목을 강조한 것으로 보이기도 한다. 「청루의녀젼」과 마찬가지로 「보응」도 고대소설적인 플롯과 인물과 사건으로 짜여 있다. 이에 반해 「지구셩미래몽」은 대한 사정(大韓事情)을 걱정하는 우세자와 인도의 멸망을 슬퍼하는 대사가 천국과 지옥을 오가면서 조국의 앞날과 지구의 미래를 걱정한다는 이야기로 꾸며져 있다.

1898년 9월 5일에 창간되고 국한문혼용을 기본 표기법으로 한 『황성신문』에는 「神斷公案」(1906. 5. 19~12. 31)과 「夢潮」(1907. 8. 12~9. 17)가 실려 있다. 작자가 밝혀져 있지 않은 「신단공안」이 백화문으로 서술된 반면, 반아(槃阿)가 지은 것으로 되어 있는 「몽조」는 순국문체로 되어 있다. 「신단공안」의 문체는 한문소설의 말기 형태에 해당된다.⁵⁰⁾

「신단공안」은 이미 제목에서부터 귀신같은 해결 능력으로 결말을 맺는

---

49) 위의 신문, 1906. 2. 15.
50) 宋敏鎬, 『한국 개화기소설의 사적 연구』, 일지사, 1975, p. 67.

공안소설임을 암시한다. 이 작품은 내용상으로는 공안소설이지만 형식상으로는 "第二話 老大郞君遊學 慈悲觀音托夢" "第三話 慈母泣斷孝女頭 惡僧難逃明官手" "第四話 仁鴻變瑞鳳 浪士勝明官" "第五話 妖經客設齋成奸 能獄吏具棺招供" 등 7개의 이야기가 모여 있는 회장체소설 또는 연작소설이다. 이 7개의 이야기는 각각 숙종 때의 진주성내, 정조 때의 진안군, 순조 때의 공주군, 인조 때의 평양, 영조 때의 나주, 성종 때의 경북 순흥군, 철종 때의 충주 감물면을 시공간적 배경으로 삼기는 하나 1, 2, 3, 5, 6화는 번안소설[51]이라고 할 수 있어 4화와 7화에 비해 자료적 가치가 떨어진다.

제4화의 주인공인 평양 출신의 김인홍은 서울 낭사 생활을 청산하고 귀향했으나 가난을 벗어나지 못하게 되자 부자인 이모부의 집을 빌려 평양면의 명의 이군웅을 데리고 와 의료 행위를 하게 하여 많은 돈을 벌게 한 후자기는 거액의 밥값을 청구하여 수천 냥을 차지한다. 작중에서 평가자 역할을 맡은 계항패사(桂巷稗史)는 김인홍이 협잡배가 되었다고 비난하고 청천자(聽泉子)는 김인홍에게 속은 명의 이군웅의 어리석음을 지적하였다. 거부로 알려진 대성산의 영원사 주지 해운대사에게 돈을 빌려달라고 했다가 거절당하자 해운대사를 탈주범으로 오인하도록 곤경에 빠뜨려 석방 조건으로 2만 꿰미의 돈을 쓰게 만들었다는 이야기를 전하고 청천자는 산승의 어리석음을 책망하고 계항패사는 해운대사가 세상을 위하는 일을 하지 않아 화를 당했다고 한다. 닭을 봉황이라고 속여 판 닭장수를 관가에 연결시켜 6백 냥을 물려받는다는 에피소드, 10만 냥 받고 대동강 수급세가 있는

51) 한기형·정환국, 『역주 신단공안』, 창비, 2007, p. 10.
　　1～3화는 『포공안』의 작품 「아미타불강화」 「관음보살탁몽」 「삼보전」 등을 개작한 것이다. 주지하듯이 이 『포공안』은 조선 후기에 『포공연의』란 작품으로 번안되어 읽히기도 하였다. 그리고 5, 6화는 중국 공안류의 하나인 『당음비사(棠陰比事)』에 수록된 「자산지간(子産知姦)」 「이걸매관(李傑買棺)」 등과 그 모티프가 같다. 따라서 이 다섯 작품은 대개 중국 공안소설에서 그 출처를 확인할 수 있는 것들이다. 그러나 4화와 7화는 전래의 구비 전승에 기반을 둔 것으로 각각 「봉이 김선달」과 「꾀쟁이 하인」이 환골탈태한 예이다.

것처럼 속여 판 사건, 이군응을 모시고 와 아내의 병을 고치고 과거의 잘못을 용서받고 명마를 건네준 사건이 이어진다. 그러다가 김인홍은 평양 관아에 사기꾼으로 몰리게 되는데 나이 든 관리가 김인홍은 남을 속이더라도 탐관오리와 인색한 부자들만 속인 것이며 또 사기 행각은 자기 개인의 출세나 치부를 위한 것이 아니었다는 취지로 김인홍을 변호한다. 주문형과 조평남 처가 간통하여 주문형 처를 죽인 사건을 김인홍이 해결하여 평양 서윤을 도와주었다는 사건담은 국내 설화를 재료로 한 제4화마저도 공안소설로 밀어 넣게 만든다.

제7화는 노비 어복손의 교활함을 인정하면서도 상전인 오영환이 어리석고 몽매함을 지적하는 계항패사의 말을 인용하면서 시작한다. 이어 시공간적 배경을 제시하고 오영환과 그 자식 놈이 어리석고 멍청하여 집안일이 모두 교활한 종놈의 손아귀에서 놀아났다는 이야기의 요점을 제시하고 있다. 그리고 "蓄奴婢는 是東方惡習이니 是固不可不立法禁斷이라"(1906. 10. 10)는 청천자의 말을 인용하여 어복손이 남의 집 노비로 태어난 것에 한을 품었다고 하였다. 어복손은 스스로 어리석은 것처럼 가장하여 말 한 필을 몰래 팔아치운 일, 냉면이 먹고 싶어 콧물을 떨어뜨린 척한 일, 오진사로 변복하여 기생 일지홍의 환심을 사고 화대를 주지 않아 오진사를 곤경에 빠뜨린 일, 과거 시험 보러 가는 오진사 일행의 짐을 빼돌리고 도둑맞은 척한 일을 저지른 것으로 그려진다. 특히 나라의 실세 이조판서를 어복손이 뛰어난 언변으로 감복시키고 가까이하면서 오진사를 모략한 데는 어복손의 깊은 한이 작용했다고 볼 수 있다. 작중화자는 다음과 같이 양비론적 입장이나 어복손의 편을 드는 태도를 보인다.

또 이놈이 재상을 찾아오는 것은 고만고만한 세력을 얻어 오진사를 압도하기 위해서가 아니며, 한 관직을 얻어 오진사를 능가하려는 것도 아니었다. 그에게는 다만 가슴 한 켠에 품은 소회가 있었으니, 그 소회란 무엇인가. 아무 년 아무 날에 이미 한 번 오진사에게 자신을 속량해줄 것을 간청했다가 진창 욕만 먹은지라 그 일을 마음에 새기고 있은 지 이미 많은 해가 지난 상태였다. 어찌하여 저 멍청한 서생은 '세노'란 두 글자를 잘못 믿고 사람을 가축인 양 여겨 끝내 제 손에서 놔줄 생각을 하지 않으며, 어찌하여 이 교활한 종은 주인이 한 번 꾸짖은 데에 한을 품고 속이는 일을 재주인 양 여기고 끝끝내 마음을 돌리려 하지 않는단 말인가 (1906. 11. 19)[52]

청천자가 노비를 부리는 사람들한테 경고한 것을 소개한 후, 작중화자는 "이놈이 재상을 찾는 것은 다른 뜻이 있어서가 아니었다. 이 재상의 말 한 마디로 자기의 이름자를 노적에서 빼내는 것이었다"[53]고 어복손의 언행을 부정적으로 본다. 천민마저도 친구가 되려 하지 않고 늙은이가 되어도 아이들이 친구처럼 불러댄다는 식으로 어복손이 노비의 삶을 하소연한 것을 청천자는 "어복손이 전후로 저지른 일을 보면 하나하나가 사람으로 하여금 머리털이 서게 하는 것이다. 다만 위의 몇 줄로 노비의 슬픈 심경을 서술하는 부분은 자구마다 침통하고 서글프도다. 오호라, 다 같은 사람이되 혹은 착한 사람이 되고 혹은 악한 사람이 되는 것은 자연의 이치이거니와, 모두 사람으로 누구는 상등이 되고 누구는 하등이 되는 것도 자연의 이치란 말인가?"[54]라고 반문하게 한다. 그러나 어복손의 교활함은 멈출 줄 모른다. 오진사가 어복손을 처치하라고 처자에게 일러놓은 편지를 중간에서 입수하여 사위 삼으라는 내용으로 바꾸어놓는다. 오진사의 딸 연옥을 속여 능욕한 어복손은 오진사의 명에 따라 자루 속에 갇혔다가 빠져나와 몇 달후 용궁 이야기를 하여 오진사가 처자 권속을 거느리고 용담으로 빠져 죽게 만든다. 어복손은 진산군에서 의료 사기를 치다 걸려 수령에 의해 정체

---

52) 위의 책, pp. 342~43.
53) 위의 책, p. 343.
54) 위의 책, p. 348.

가 밝혀지고 충주로 보내져 처단된다. 이처럼 공안소설로 귀결되는 제7화
도 "처음 화는 남에게 미치지만 결국 자신에게 되돌아오나니, 오호라 경계
하지 않으랴!"라는 청천자의 말로 끝나 권선징악의 창작 의도를 드러낸다.
공안소설은 권선징악의 태도를 좀더 강화한 것으로, 힘없는 사람들의 바람
과 기대를 반영하여 낭만적이며 이상적인 내용으로 꾸며놓은 소설이라 하
겠다. 제7화에는 작중 사건이나 인물의 성격과 행위 등에 대한 크고 작은
평가가 많이 나온다. "계항패사씨왈"이니 "청천자왈"이니 하는 식으로 된
것이 15개 정도, "평왈" 하는 식으로 된 것이 40개 정도, 아무것도 없이
괄호 치고 평한 것이 근 60개 정도가 된다. 이를 보면 소설 양식은 인간
행위에 대한 평가서라고 주장할 수 있을 만큼 감계로서의 역사서술과 구별
하기 어려운 것이 된다.

(2) 개화사상 고취와 현실 비판(「몽조」 ~ 「병인간친회록」)

1907년 8월 12일에서 9월 17일까지 연재되었던 반아(槃阿)[55]의 「몽조」는
새로운 시대가 낳을 법한 인물을 설정했다든가 작중 사건이 당시의 현실
속에서 충분히 개연성을 지닌다든가 사건의 전개 방식이 자연스럽다든가
하는 점에서 충분히 주목할 만한 작품이다. 모두 24장으로 되어 있는 이
소설의 줄거리는 다음과 같다. 유림 출신으로 일본에 가서 정치학을 공부
하고 돌아온 한대홍은 귀국한 후 사회 개혁 의지를 실천에 옮기려다 대역
죄로 잡혀 사형을 당하고 만다(1, 3, 5장). 한대홍의 부인은 한대홍의 친
구인 박주사를 통해서 남편의 유서를 받는다(2, 4장). 부인은 아들 증남과
딸 간난이를 데리고 빈한한 살림을 꾸려간다(6~12장). 부인은 추석을 맞
아 남편 묘에 성묘하고 온다(13~16장). 여자 전도사가 집에 찾아와 부인

---

55) 최원식, 「반아 석진형의 「몽조」」, 『한국계몽주의문학사론』, 소명출판, 2002, pp. 286~91.
    최종고의 「반아 석진형」(『사법행정』, 1984. 5, pp. 83~90)을 결정적 근거로 삼아 반아는
    석진형(1877~1946)임을 밝히고 그 연보를 소개하였다.

에게 야소교를 전도한다(17~23장). 작가가 이 작품에서 말하고자 하는 바를 요약해서 전한다(24장). 이 작품은 한대홍의 인물됨과 개혁 의지와 사형, 부인의 가난한 생활, 기독교 교리 전달, 작가의 교훈 등 네 가지로 나뉜다.

거꾸로 24장부터 보면 작가 반아는 동시대를 지식인으로서는 처신하기 매우 어려운 것으로 인식하였다. 왜냐히면 작가는 한대홍을 전적으로 긍정만 하는 것도 아니며 그렇다고 수구파를 지지하는 것도 아니기 때문이다. 작가는 24장에서 이 세상에서 제일 불쌍하고 가엾은 사람은 "자긔의 잡은 싱각을 이르기 위ᄒ야 이 세상의 이러혼 풍죠를 거슬너 노는 ᄉᆞ름"이라고 하였다. 개혁주의자로서의 뜻을 이루지 못하고 사형당한 한대홍을 가리키는 말이다. 「몽조」는 바로 한대홍같이 나랏일을 생각하느라 가사는 돌아보지 않은 대승적이거나 이상주의적인 인물을 제시한 소설이다. 그런가 하면 「몽조」는 한대홍과 반대되는 자리에 서 있는 사람들 즉 기회주의자와 이기주의자에 대해서는 비판을 아끼지 않았다. 세상의 풍조를 불어오는 대로 받으면서 모진 일과 목적 있고 뜻있는 일은 다 피해 가는 사람을 제1류 행복가라고 비꼬았고 시비선악 구별 없이 물덤벙술덤벙 내 잇속만 챙기는 사람을 제2류 행복가라고 하였다. 제24장은 고대소설까지 올라갈 것도 없이 바로 같은『황성신문』에 2년 전에 연재되었던 「신단공안」에서 볼 수 있었던 것과 같은 결말 부분으로, 이 부분에서 작가는 작중 사건과 인물에 적극 개입하였다.

「몽조」에서는 한대홍이 사형을 앞두고 그 부인에게 보낸 유서를 삽입함으로써 한대홍의 인물됨을 잘 알게 해주거니와 서간체소설의 특질도 잘 보여준다. 서간체는 작가나 작중인물의 생각을 가장 잘 표출하는 서술 공간이 된다. 이때의 서간체는 토론체와 마찬가지로 노스럽 프라이가 말한 '해부'의 서사에 들어간다. 한대홍은 유서에서 부인과 자식에 대한 개인적 감정은 접어둔 채 개화주의, 독립의 필요성, 진보 이념 등에 대해 강론한다.

일직이 바다 밧게놀아 우리나라이 청국에 속방이되야 긔반을 벗지못ㅎ고
세계에 병신구실홈을 분이녁여 동양에 몬져열인이웃나라와 셔로손을 잇슬고
세계여러나라틈에 드러가 한가지반렬에 참녜ㅎ기위ㅎ야 정치를기혁ㅎ야 국
가의긔초를 든든히ㅎ고 퇴셔신세계의문명을 드리여 인민동포형뎨의지식뎡도
를 널이고져ㅎ얏더니 세상에 조흔일은 마가만타홈과갓치 하날의리치와 스롬
의일이 어그러짐이만아 일은이루지못ㅎ고 도로혀 한갓 죄의일홈만 씨고 옥
속에셔 여러히를 지니는동안에 이로말히기 어려온형벌과 이로말히기 어려온
고싱을 다 지니다가 박는날은 스형의집행을 당히야 다시 이세상에 잇슬수업
는 황텬긱이 되깃시니 실푸다.[56]

한대홍은 고대소설에서 자주 볼 수 있는 좌절한 영웅의 범주에 들어간
다. 「몽조」는 이 외에도 여러 곳에서 한대홍의 비범한 면모를 드러내 보였
다. 작가는 2회에서 유서의 내용을 소개한 다음 3회와 5회에서 한대홍의
계몽주의자로서의 면모와 비범함을 강조하는 데 힘쓴다. 화자는 "세상이
쑴인지 쑴이 세상인지 세성에 슬푼일도 만코 악챡한 일도 만치마는 이 한
디홍씨의 죽은일과 그 부인의 당혼 일갓치 악챡ㅎ고 불상ㅎ고 가얍신일은
이세상에 쏘다시 업시리로다"[57]와 같이 노골적으로 독자들의 연민과 공감
을 유도한 후 한대홍을 "일직이 히외에 놀아 신문명공긔를 마시고 나라에
도라와셔 아모죠록 되도록 힘자라는디로 죽드록 자긔의 먹은쑷을 일우고
져ㅎ야 열심으로 샤회를 기량ㅎ고 정치를 기혁코자ㅎ야 옴막스리초가집은
밤먹고 드시는 쥬막으로 알고 시골 셔울 단이면서 밤낫업시 열심ㅎ던공노
는 조금도업고 도로혀 역적이니 디역이니ㅎ는 디죄명을 씨고"[58]와 같이 연

56) 『皇城新聞』, 1907. 8. 13.
57) 위의 신문, 1907. 8. 14.
58) 위의 신문, 1907. 8. 14.

민을 섞어 묘사하는가 하면 "경학(經學)으로 말ᄒ면 사셔삼경이며 과문(科文)으로말ᄒ면 아직 육문(六文)이 다 능ᄒ다홀수는 업지마는 시(詩)와 부(賦)는 남의손 빌지아니ᄒ고 자작자필(自作自筆)홀만흔 문력(文力)으로 일직이 큰 뜻이 잇셔 동으로 일본나라에 놀아 정치학(政治學)을 졸업(卒業)ᄒ고 열어히 만에 본국(本國)에 도라와셔 다만 나라를 붓쓸기로 쥬의ᄒ고 다니다가"[59]와 같이 송(頌)의 형식을 섞어 묘사한다. 한대홍에 내한 직섭 간접의 묘사를 종합해 보면 한대홍은 "개화혁신단체인 독립협회의 멤버를 모델로 한 듯한 경국제세형(經國濟世型)의 인물"[60]로 규정된다. 비록 개혁하려다가 실패하기는 했지만 한대홍의 개혁주의자로서의 학습 내용이라든가 사상적 취향을 통해 작가가 생각하는 참된 개화의 방법론을 짐작할 수 있다. 보수주의와 개화사상이 조화를 이루어야 진정한 개화가 가능하다는 주장은 동시대 소설들이 신교육 · 신문물 · 해외 유학 등을 맹신하는 풍조를 보여주는 것과 차이를 드러낸다.

이 작품은 기독교의 교리 선전과 설명에 많은 지면을 할애한다. "명동 교당"에서 나온 "뎐도 마누라"가 「누가복음」을 들고 와 전도하는 장면이 큰 비중을 차지한 점에서 기독교 프로파간다소설로 비칠 수도 있다. 이런 판단에의 유혹은 한대홍 부인이 기독교 입교 제의에 대해 완곡하게나마 거부 반응을 보이는 점에서 무력해진다. 전도의 장면은 남편을 잃은 부인의 크나큰 설움을 음각하기 위한 장치로 볼 수도 있다. 「몽조」는 어느 래디컬리스트가 종국에는 기독교에 귀의하여 사회사업과 전도사업에 일심으로 종사하기까지의 사연을 들려주는 「다정다한」(『태극학보』, 1907. 1~2)에 비해서는 기독교 선전소설로서의 성격이 약한 편이다. 한대홍의 부인이 기독교에 부분적으로 공감은 하면서도 끝내 기독교 신자가 되지 않는 것은

---

59) 위의 신문, 1907. 8. 16.
60) 李在銑, 『韓末의 新聞小說』, 춘추문고, 한국일보사, 1975. p. 31

남편이 외래 사조를 공부하고 그를 행동의 지침으로 삼았다가 희생당한 것에 무의식적으로 반발하는 것으로도 풀이된다.

1898년 8월 10일에 창간되었으며 순국문체를 쓴『제국신문』은 제목이 없이 그냥 "소설"이라고 한 작품을 몇 편 소개하였고, "소설"이라는 표시가 붙어 있는「正己及人」(1906. 10. 9~12),「報應昭昭」(1906. 10. 17~18),「犬馬忠義」(1906. 10. 19~20),「殺身成仁」(1906. 10. 22~11. 3),「智能保家」(1906. 11. 17) 등의 단편들을 실었다.

무표제소설로는 다음과 같은 것이 있었다. 영남 안동 땅에서 한 여인이 무식하고 순진한 신랑을 10년 동안 절에 가 공부하도록 뒷바라지하여 나중에 나라에 큰 공을 세우게 하고 똑똑한 아들 낳아 잘 키웠다는 소설 (1906. 9. 18), 평양 외성 땅의 가난하고 무식한 한씨가 김좌수 집 손녀와 반대를 무릅쓰고 결혼하여 온갖 구박을 받고 야반도주하여 부부 사이를 갈라놓으려는 김좌수의 의도를 이용하여 부자도 되고 김좌수 신임도 얻게 되었다는 소설(1906. 9. 19~21), 경상남도 문경군에 사는 오유생이란 선비에게 은혜를 입은 사당이 몇 년 후에 우연히 오유생을 재회하여 결혼한 후 전라도 동복으로 가 3년 동안 술집을 차려 미색으로 손님을 끌어 많은 재산을 모으고 남편을 포함한 동네 사람들과 헤어지고 떠나간다는 소설 (1906. 9. 22~10. 6)도 있다. 이러한 소설은 구성상의 묘미를 살려 재미와 교훈성을 안겨준다.

「정기급인」은 어린 시절의 홍판서가 겪은 일과 황재상이 주인공인 이야기로 꾸며져 있다. 도둑이 들어와 오히려 돈 일곱 냥을 놓고 갔을 정도로 홍판서네는 어렸을 때부터 가난하였다. 소년 홍판서는 일곱 냥을 찾아가라고 방을 내걸었고 도둑은 크게 뉘우친다. 도둑이나 소년 홍판서나 선의의 기인에 들어간다. 황재상은 도둑 소년이 잃어버린 물건을 돌려주어 소년이 장사하여 크게 돈 버는 계기를 마련해준다. 나중에 부자가 된 도둑은 황재상에게 찾아와 보은하였고 그 아래서 무변(武弁)을 지낸다. 이 소설은 말미에 성선설에 입각한 '평'을 달아놓았다.

두 개의 이야기로 된 「보응조조」는 남에게 악한 짓을 한 사람은 죽어서도 복수를 당한다는 이치를 확인시켜준다. 후자의 이야기는 돈 때문에 다른 사람을 물방앗간에서 죽인 살인자가 그 망자의 제삿날에 물방아에 찧게 된다는 내용으로 되어 있다. 두 이야기의 말미에 달린 평은 이 세상에 보복하는 이치가 분명히 있음을 일깨워주었다.

「견마충의」는 주인을 보호하다가 죽은 동물을 소재로 한 세 개의 이야기를 들려준다. 영남 땅의 한 부인이 한 남자에게 겁간당할 때 남자가 만진 손목과 젖을 베어내고 죽은 것을 개가 보고 관원에 호소하여 범인을 찾아내어 복수하고 죽는다는 이야기, 경상도 선산에 의구총이 세워진 사연, 산속에서 범을 만난 주인을 구하기 위해 범과 싸우다 죽은 소의 이야기로 짜여 있다. 이 소설은 끝에 가서 사람의 지혜와 능력을 다하지 않는 우리나라 형세를 보면 부끄럽기 짝이 없다고 하였다.

「살신성인」은 노비의 배은망덕한 악행을 원인적 사건으로 설정했다. 현풍 땅에 사는 곽씨 부인은 해산이 임박하였으나 먹을 것이 없어 옛날 종이었던 만득을 찾아가 종문서를 돌려주고 그 대신 전량이나 얻고자 했으나 만득은 자기의 과거 신분이 들통 날까 봐 곽씨를 죽인다. 곽씨 부인의 아들은 장성하여 복수의 길을 떠나게 된다. 곽동은 만득이 누구인지도 모르고 그의 딸과 결혼한다. 만득이 곽동의 신분을 알아차리고 그를 죽이려 할 때 곽동의 처가 신랑의 옷을 대신 입고 죽게 되자 만득은 살인죄로 처벌받게 된다. 아버지의 살인 행위를 막기 위해 딸이 희생당하는 아이러니가 빚어진다. 인과응보의 이치와 여인의 열(烈)의 덕목을 일깨워준 복수담이라고 할 수 있는 이 소설은 기본적으로 설화의 수준에서 더 나아가지 못하였다. 작가의 감정적 개입이 자주 나타나는 것은 대표적인 로망스적 잔재다. "깁흔 밤에 곽씨를 죽여 그 압 련못에 던지니 누가 곽씨의 원억히 슮은 일을 알니요"(1906. 10. 22), "슮흐다 곽씨가 쑉절업시 황천고혼이 된 후에"

(1906. 10. 23), "슯흐다 곽동의 소회논 잇지만은 졸디에 뜻은 닐을 슈 업고"(1906. 10. 25), "슯흐다 곽씨의 신셰가 쏘한 쟝추엇지 될논지 하회를 볼지어다"(1906. 10. 31) 등에서 볼 수 있는 것처럼 작가는 이 소설의 이해와 감상의 방향을 적극적으로 유도한다. 「지능보가」는 제목이 잘 암시하는 것처럼, 조감사가 자기 아우가 강동 현감으로 있을 때 그 하인이 잘못하여 죽은 신랑의 부인이 복수심으로 가득 차 자기 아우를 죽인 사건을 나라에 장계하여 오히려 부인의 절행을 널리 알림으로써 자기 집안이 망할 수도 있는 것을 잘 막아냈다는 이야기를 들려준다. 조감사와 그 아우 조현감의 형제애는 말할 수 없이 두터웠으나 조감사는 더 큰 것을 지키기 위해 동생이 피살된 아픔을 감내한 것이다. 이 여인은 조감사의 일련의 태도를 보고 감복하여 층계에 머리를 부딪쳐 자살한다. 복수심을 포용심으로 바꾸어 멸문의 위기를 사전에 잘 막아낸 유례가 드문 인물을 등장시켰다.

『제국신문』에 실린 소설들은 한글로 표기되어 있어 독자들에게 친근감을 주지만 대부분 작품들이 내용 면에서나 구성 면에서나 고전설화나 고대소설의 수준을 벗어나지 못하였다. 제목이 붙어 있는 소설들은 은혜와 보은, 악행과 처벌의 대응 관계를 보여준다. 새로운 시대에 대한 각성 같은 것은 찾기 어렵다.

1906년 6월 17일에 창간되자마자 소설을 실은 『만세보』에서는 이인직(李人稙)[61]의 「단편」(1906. 7. 3~4), 「혈의 누」(1906. 7. 22~10. 10), 「귀의

---

61) 졸고, 「부국담론의 언론인, 합방론의 행동주의자(이인직론)」, 『한국현대작가의 시야』, pp. 43~72 요약.
　　이인직(1862~1916)은 1900년 2월에 한국 정부 관비 유학생으로 일본 동경 간다(神田)에 있는 동경정치학교에 청강생으로 들어간다. 거기서 훗날 통감부 외사국장으로 한일병합의 막후 교섭자가 되었던 고마쓰 미도리(小松綠)를 만나게 된다. 정치학교에서 정치와 문명을 배우는 한편, 한국 공사관 추천으로 미야코 신문사의 견습기자가 되어 1901년 11월부터 1903년 5월까지 신문 제작과 기사 작성을 해보았다. 이때 「입사설」「몽중방어」「설중참사」「한국잡관」「한국실업론」「한국신문창설취지서」 등의 논설과 「과부의 꿈」이라는 소설을 발표했다. 일찍이 과부가 된 30대 초반의 양반 부인의 슬픔을 그리는 데 힘쓴 이 소설은 삼년상,

성, 상」(1906. 10. 14~12. 29), 「귀의 성, 하」(1907. 1. 8~5. 31) 등과 같은 문제작들을 만나게 된다.

이인직의 「단편」은 제목이 없는 소설이다. 「단편」 앞에는 "소설"이라는 표시가 있다. 『제국신문』에는 제목이 없이 "소설"이라고 표시하거나 제목과 함께 "소설" 표시가 있는 작품들이 실려 있다. 『대한민보』에서는 "소설"이라는 표시 옆에 소설의 표제를 달았다. 이렇듯 제목 옆에 "소설"이라고 표시한 것은 이인직의 경우가 시기적으로 가장 앞섰다고 할 수 있다. 이인직의 「단편」은 벼슬자리 하나 하기 위해 유력자에게 줄기차게 뇌물을 갖다 바친 한 양반이 그 유력자가 몰락하면서 같이 망하게 되고 급기야는 첩한테도 냉대를 받는다는 내용으로 되어 있다. 당시의 탐관오리나 부패한 양반의 몰락 과정을 중심사건으로 하고 있어 이 내용 자체는 시대상을 담은 것으로 볼 수 있다. 「단편」은 표기법이나 서술 방법의 측면에서도 새로움을 시도하여 내용과 잘 어울리게 하였다.

기본적으로 국한문혼용체를 쓰면서도 가급적 한자 사용을 억제하는 점도 당시의 신문연재소설이 한주국종체(漢主國從體), 현토체, 순국문체 중 어느 한 가지를 택하였던 현실에 비추어 보면 낡은 것이라고 하기는 어렵다.

불가삼생설, 매장 선호 등과 같은 조선인 특유의 제도와 관념을 일본 독자들에게 알리려는 의도가 있었다. 이인직은 『소년한반도』 1호(1906. 11)부터 5호(1907. 3)까지 「사회학」에서 스펜서와 같은 외국 학자의 말을 인용하여 '사회'에 대한 새로운 개념을 소개하였고 사회학의 주요 대상인 사회단체는 진화론, 경쟁, 자연도태설의 지배를 받는다고 하였다. 이인직은 1904년에 러일전쟁이 일어나자 일본 육군 제1군 사령부의 통역으로 약 3개월간 종군하였다. 그 후 친일단체인 일진회에서 1906년 1월 6일부터 발행한 『국민신보』의 주필을 2월부터 6월까지 맡아보았다. 『만세보』가 1906년 6월 17일자로 창간됨에 따라 사장은 오세창이, 주필은 이인직이 맡아 논설을 전담하였고 1906년 7월 3일과 4일에 국초라는 이름으로 「소설단편」을 발표하였다. 이완용 내각의 지원을 받아 1907년 7월 8일에 창간된 『대한신문』의 주필로 일하다가 1907년 12월에 중추원 부찬의로 임명된다. 1907년에서 1910년까지 이인직은 조중응, 이완용과 함께 『대한매일신보』로부터 자주 또 혹독하게 공격당한다. 고마쓰와 두 차례 만나 한일병합을 추진한 이인직은 한일병합 후 1911년에 경학원 사성이 되었고 1916년 12월 2일에 그가 평소에 신앙하던 일본 천리교 식으로 이완용, 조중응 등과 같은 거물들이 참석한 가운데 장례가 치러졌다.

이인직은 표기를 한글로 하려고 한 것이 아니라 언어 자체를 한글에서 취하고자 하였다. 당시의 한글체가 아직도 껍질만 한글인 데 비해 이인직은 몸뚱이 자체를 한글로 바꾸려 한 흔적을 남겼다. 그러면서 한자 옆에는 아주 조그만 활자를 써서 한글로 음을 달아주고 있다. 이는 일본어 표기법에서 영향 받은 것이다. 그리하여 이 소설은 "이小說소설은國文국문으로만보고 漢文音한문음으로는보지말으시오"와 같이 유례를 찾을 수 없는 말로 서두를 뗀다. 띄어쓰기도 물론 안 되어 있지만 읽는 이를 그만큼 강하게 의식하였다. 또 한 가지 주목할 것은 명명법이다. 이 소설에서는 "주인공"이라는 호칭도 나오는데 이 주인공에 해당되는 인물은 "옥권자(玉圈子)"로 명명되고 있다. 이 소설도 서술 쪽으로 무게 중심이 가 있기는 하지만 묘사에도 힘썼다. 당시의 소설들이 대체로 행동 묘사는 취하지 않는 데 반해, 이 소설은 외양 묘사는 말할 것도 없고 행동 묘사에도 힘을 기울였다. 관념적이며 추상적인 서술도 많이 극복된 편으로 구어체에 눈을 뜨고 있으며 언문일치를 위한 노력을 게을리하지 않았다.

宦海에常風波라그勢도가, 박귀니監司ᄒ기바라든眼은鶴좃쓴기울쳐다보듯
ᄒ다
    세월이갈슈록, 물졍이변ᄒ야, 兩班의풀긔는露마진單衣갓치졈졈쥭어지고
紅피셔슬은近來全黑洋服시쳬에紅피가언졔불것던지痕跡도업고, 검칙칙ᄒ던
慾심도졈졈쥴어져셔四等守令이라도원名色이라.[62]

이 소설의 분량은 글자 수만 계산하면 2백 자 원고지 20장 정도로, 실제로 이 작품을 읽어보면 무엇인가 이야기를 하다 만 것 같다. 방 안에서 주인공은 첩의 눈치만 보고 밖에서는 상노 아이가 중얼중얼하는 것으로 끝이

---

62)『만세보』, 1906. 7. 4.

나는 것을 보면 바로 같은 7월에 「혈의 누」를 연재한 이인직의 작가적 역량이 의심스러울 정도다. 이렇게 된 데는 그럴 만한 이유가 있다. 소설 「단편」이 실려 있는 『만세보』 제6호와 7호는 현전하나 8, 9, 10호는 낙장이기에 작품의 전모를 알 수 없다는 점이다.[63] 그러나 현존하는 대로 이 소설에서 제시된 중심사건 즉 매관매직하는 양반의 몰락이라는 사건은 충분히 살려낸 것으로 볼 수 있다.

1909년 6월 2일에 창간되어 1900년대 말에 「화수」 「현미경」 「소금강」 「병인간친회록」 「경중미인」 등 여러 유형의 소설을 연재한 『대한민보』에서는 "신소설"이라는 표시가 붙어 있는 「소금강」(1910. 1. 5~3. 6)과 「금수재판」(1910. 6. 5~8. 18)과 "풍자소설"이라는 표시가 붙어 있는 「병인간친회록」(1909. 8. 19~10. 12)을 주목할 필요가 있다. "소설"이라는 표시가 붙어 있는 작품들보다 「소금강」과 「금수재판」처럼 "신소설"이라는 표시가 붙어 있는 작품들이 새로운 시대와 삶을 적극적으로 다루고 있으며 또 실제로 소설로서의 성취도도 높은 편이다. 유토피아소설이며 영웅소설이며 간도소설이라고 볼 수 있는 「소금강」, 1908년 2월에 발간된 안국선의 「금수회의록」을 모델로 한 것이라고 할 수 있는 「금수재판」에 대해서는 앞 장에서 논한 바 있다. 「병인간친회록」은 「금수회의록」이나 「금수재판」과 같이 연설체이자 토론체를 통해서 제대로 현실을 진단하고 알맞은 처방을 제시하고 있다.

「병인간친회록」은 모임의 중요성 강조, 병인간친회 취지서, 임시 회장으로 청명관야 모 씨 선출, 서기로 벙어리 선출, 반벙어리와 체머리장이 규칙 제정 위원회원으로 피선, 각언기지(各言其志) 방법으로 토론하기, 절름발이 · 애꾸 · 언청이 · 곰배팔이 · 앉은뱅이 · 난쟁이 · 귀머거리 · 배부장이 · 혹부리 · 장님 · 대머리 · 무턱이 · 안팎곱사등이 순으로 웅변, 종합 및 결

63) 朱鍾演, 『한국근대단편소설연구』, 형설출판사, 1979, p. 36.

의, 만세 삼창 등의 순서로 구성되어 있다. 꾕소생이라는 지은이가 아예 '풍자소설'이라고 규정하는 것처럼 이 소설에서는 당시의 우리 사회와 상황에 대한 풍자 의도를 쉽게 확인해 볼 수 있다. 여기서 각 병신들은 호칭의 내력을 소개하고 이어 자신에 대한 일반인들의 통념을 뒤엎어버리는 고사를 소개한 뒤 동시대인들을 자기보다도 못한 병신으로 표현하면서 비판하는 방법을 쓴다. 가령 절름발이에게서는 더 출세하기 위해 갈 데 못 갈 데 가리지 않고 싸다니는 양반이나 관료, 말하자면 '처세의 절름발이'를 비웃는 소리를 들을 수 있고, 언청이에게서는 "나 모르게 돈 처먹고 시치미 떼는 놈을 언청이 만들고 싶다"는 자조적인 외침을 들을 수 있고, 앉은뱅이에게서는 '두 팔 갖고' 외세를 제대로 못 막아내는 놈들이 한심하다는 욕설을 들을 수 있다. 그리고 귀머거리는 정직한 일에 귀 어둡고 허탄한 일에 귀 밝으며 학문에는 귀 어둡고 계집질에는 귀 밝은 청년 자제들을 공격하며, 장님은 학문에 힘쓰고 지식을 넓혀 천하대세를 살필 줄 아는 사람이 되어 부디 '마음의 장님'이 되지 말라고 충고한다.

이 소설에 등장하는 병신들은 동일한 방법과 내용으로만 연설하는 것은 아니다. 예컨대 둘째로 등장하는 애꾸는 두 눈으로 굽게 보는 것보다는 외눈으로 곧게 보는 것이 낫다는 주장을 일관되게 펼친다. 그는 "두 눈을 가지고도 당연히 국가 샤회에 리로울 것은 하나 못 보고 밤낮 본다는것이 기생 삼패 골패 투전 화투 등을 보는"(11회) 사람들을 비난하고 부도덕한 방법으로 돈을 모아 부자가 되었으면서도 자기밖에 모르는 것은 두 눈 갖고도 세상을 제대로 못 보는 것이며 가난한데도 국가나 민족에 이로운 일을 하는 것은 외눈으로나마 이 세상을 제대로 보는 것이라고 비유하였다. 출세주의자, 배금주의자, 매국노, 부랑청년, 게으름뱅이, 이기적인 부유층 등을 비판 대상으로 삼았다.

그러나 이 소설에 등장하는 인물들이 옳은 소리만 하는 것은 아니다. 예를 들면 앉은뱅이가 일본군이 "소위 의병"을 탐지하는데 달아나지 않으면

안 죽일 것을 공연히 겁이 나서 도망가다가 의심을 사서 죽는 한국인이 많다는 식으로 말하게 한 것은 작가가 일본의 검열을 의식한 때문이라고 볼 수 있다. "요사이 쥬서드른 문자로 진보(進步) 진보ᄒ며 두껍이 쌤만흔 식견을 가지고 안하무인(眼下無人)으로 나외에 ᄯᅩ 누가 잇스리 ᄒ고 함부루 싸단이다가는 가랑이만 씨어지리다"(16회)라는 발언도 긍정적으로만 받아들일 수는 없다. 「병인간친회록」은 여러 연사들이 등장한 연설체요 토론체로, 「신진사문답기」, 앞 시대 여러 신문들의 문답체 논설, 「금수회의록」 등의 연장선에 서게 된다.

이 외에도 『독립신문』에서는 「협회와 재판장의 문답」(1898. 8. 27), 「청황과 일신의 문답」(1898. 10. 21), 「시ᄉ문답」(1898. 10. 28~29), 「청국형편 문답」(1899. 1. 11), 「외국 사룸과 문답」(1899. 1. 31), 「반샹론란」(1899. 3. 10), 「신구문답」(1899. 3. 10) 등과 같이 논설란을 문답체로 채운 글들을 찾아볼 수 있다. 이러한 문답체는 갈등이 두드러지게 나타나는 존재들을 한자리에 앉히거나 찬반양론이 분명한 이슈들을 뽑아 그 원인·현상·해결 방안 등을 제시한다. 개화기의 소설 양식의 단초는 당시의 논설을 서사성을 살려 쓴 것과 문답체로 쓴 것에서 찾을 수 있다. 이야기의 형식을 지닌 것은 고전소설을 계승한 것이며 문답체catechism로 쓴 것은 시대적 요청에 부응하여 태어난 형태다. 이야기의 형식은 로망스에서 노벨로의 이행 과정을 보여주며 문답체는 사회 담론의 한 형태로 해부의 방법을 취하였다.

1900년대의 신문게재소설은 고대소설이나 설화의 테두리를 벗어나지 못한 것들이 양적으로는 주류를 이루었다. 「소경과 앉은뱅이 문답」「거부오해」「몽조」, 이인직의 「단편」, 굉소생의 「병인간친회록」 등과 같은 이 시기의 문제작들을 보면 현실 통찰·현실 해부·현실 비판 등이 근대소설의 기본 요건임을 깨닫게 된다. 우선 시대니 사회니 현실이니 하는 것에 눈을 뜰 수 있어야 리얼리즘 중심의 근대소설의 대열에 드는 것임을 위와 같은

1900년대의 몇몇 작품들이 입증해준다.

『경향신문』에는 「정쇼의 불긴」(1906. 11. 30~12. 7)부터 「해외고학」(1910. 3. 25~10. 21)까지 약 50편의 소설이 발표되었다. 국내를 시간적 배경이나 공간적 배경으로 삼은 소설은 「친구 심방ᄒ다가 몰을 일헛네」(1907. 12. 20~1908. 1. 3), 「법은 멀고 주먹은 갓갑지」(1908. 1. 17), 「군ᄉ련습시에 살인러력」(1908. 3. 20~4. 24), 「쒱과 톡기의 깃븐 슈작」(1908. 5. 1~8), 「빈딕도 량반은 무셔워ᄒ다니」(1909. 1. 8), 「술에 미첫고나」(1909. 2. 12), 「죠션은 량반이 됴하」(1909. 2. 5), 「곤장맛고 벼슬 써러졋니」(1909. 3. 19~26), 「용밍ᄒ 장ᄉ 김쟝군」(1909. 5. 14), 「우는 눈물은 죄악을 씻는다」(1909. 5. 28~6. 11), 「사롬은 몬져 그눈을 볼것이라」(1909. 6. 18), 「담대한 이 츰 호반」(1909. 6. 25), 「휘황찬란ᄒ 일」(1909. 7. 2~9), 「규즁호걸」(1909. 8. 20~9. 3), 「젹션지가에 필유여경」(1909. 9. 10~17), 「장ᄒ일」(1909. 11. 26~12. 24) 등 30편 정도나 된다.

「친구 심방하다가 말을 잃었네」는 강원도에 의술이 용한 이진사가 김생원네 왕진 가서 말을 잃었다가 도로 찾는다는 이야기를, 「법은 멀고 주먹은 가깝지」는 남원 고을 지리산에서 강아지가 계곡 아랫물을 먹는 것을 보고 호랑이가 너 때문에 내가 마시는 윗물이 흐려진다고 시비를 걸면서 강아지를 잡아먹었다는 이야기를 들려준다. 이런 이야기를 들려준 다음 화자는 비도덕적인 강자를 비난하는 평을 달고 있다.

참혹ᄒ도다이강ㅇ지의일과말이ᄉ리에당연ᄒ건마는강약이부동ᄒ야필경원통히싱명을일는디경ᄭ지되엿고요시세샹일도이와굿ᄒ야잔악ᄒ사롬은일이올코말이당연ᄒ되권셰잇고쥬먹힘이뎡뎡ᄒ면무경위ᄒ게덥허누르고눔의토디가옥을쎄앗고싱명ᄭ지죽이니한심ᄒ시더로다[64]

「꿩과 토끼의 기쁜 수작」은 강원도에서 온 토끼와 충청도에서 온 꿩의 대화를 기록한 것으로, 자기네들이 산에서 자유롭게 사는 이유를 "의병일병이산포슈들의총을다쎄아와갓스니포슈들이총이잇서야우리롤잡지" 하면서 꿩이 총소리를 듣고 놀라자 토끼는 의병과 일병이 서로 총질하는 것이라고 하였다. 그러면서 토끼는 한국 의병 영세불망비와 일본 병정 영세불망비를 국한문 두 기지로 세울 필요가 있다고 하였다. 이 작품은 의병과 그를 토벌하려는 일병을 다 긍정적으로 보는 것으로, 당시로서는 보기 드물게 양시론적 입장을 취하였다.

「빈대도 양반은 무서워한다네」는 강원도의 한 주막에 든 양반에게 달려든 빈대들이 양반 피가 독해 많이 죽었는데 그다음에 군수가 숙박했다 가고 난 뒤 빈대들이 살이 통통하게 오른 것을 보고 주막 주인이 군수를 양반 사칭한 상놈이라고 욕한다는 내용을 통해 양반풍자소설을 일구어냈다. 「조선은 양반이 좋아」는 가난한 양반이 평소 자기에게 도움을 준 김동지 집에 만 냥을 빌려갔다는 가짜 계약서를 내밀어 관에서 승소하자 장난한 것이라고 하면서 가짜 계약서를 돌려준 후 오히려 김동지에게 평생 도움을 받으며 살았다는 내용으로, 양반의 잔꾀와 특권을 일깨워준다. 「곤장 맞고 벼슬 떨어졌네」는 공주 사람 우상중이 호랑이를 맨손으로 때려잡고 이괄의 난 평정 때 활약하여 경상도 우수사로 진급했으나 작첩하는 바람에 그 아내가 남편의 임지로 가서 남편에게 곤장 40대를 치고 칼로 수염을 자른 것을 보고 이완 통제사가 파직했다는 이야기를 들려주었다.

「여중군자」는 윤판서의 첩이 된 용인의 김양촌 류씨 집 딸이 머리를 써서 나중에 윤판서 집 정실이 된다는 내용, 「장관의 놀음 끝에 큰 적선이 생겨」는 양주 목사 이연원이 가난한 김좌수 집 딸 다섯 명을 꾀를 내어 한꺼번에 시집을 보낸 선행을 하여 집안이 대대로 번성했다는 내용, 「용맹한

64) 『경향신문』, 1908. 1. 17.

장사 김장군」은 김덕령 장군이 자기 장인을 죽인 종놈들에게 복수한다는 내용으로 되어 있다. 「담대한 이 참 호반」은 남대문 밖 가난한 선비 집에 전염병이 돌아 9명이 죽었을 때 허정승이 호반을 시켜 장례를 치르게 하고 자기도 시체로 변장하여 호반의 담고력을 시험한다는 이야기를, 「의기남자」는 한 영남의 선비가 산길을 가다가 외딴집의 처녀를 위협하는 종놈을 죽인 다음 의남매를 맺고 자기 남동생과 그 처녀를 결혼시킨다는 이야기를, 「규중호걸」은 진주 병영 관노로 있다가 속량되고 전주 감영 이방의 딸과 결혼한 후 부인의 충고대로 임진란에 뛰어들어 대공을 세웠다는 이야기를, 「장한 일」은 숙종대왕 시절 고양군 김참봉 집 머슴인 문성심이 양반집 딸과 성례하고 아내의 말대로 절에 가서 열심히 공부한 후 알성 급제하여 10년 만에 귀향한다는 이야기를 들려주었다.

『경향신문』 소재 소설 중 악행을 다룬 것으로 「믿은 나무에 곰이 피다」 「친구 심방하다가 말을 잃었네」 「지간 만흔 도적놈」 「틱우근신(擇友勤愼)」 「이인 소외를 엇어」 「뛰는 즁에 누는 이도 잇다」 「모르는 것이 곧 소경」 등이 있다. 특히 「모르는 것이 곧 소경」은 풍헌 김한선이 소경인 리춘갑을 세 차례나 크게 속인다는 이야기를 들려주면서 리춘갑 아내의 말을 인용하여 "모든사룸은히터와됴치못흔옛성질을속히고치고학교에가브즈런히공부ᄒ야문명흔나라의됴흔본을밧아모든일에눈이어둡지말것이로다"라고 문명개화를 촉구하였다. 양반 비판이나 풍자를 드러낸 것으로는 「법은 멀고 주먹은 가깝지」 「빈대도 양반은 무서워한다네」 「무식ᄒ면 그러치」 「조선은 양반이 좋아」 등이 있다. 현명한 아내상을 그린 것으로는 「곤장 맞고 벼슬 떨어졌네」 「여즁군자」 「규중호걸」 「도량 넓은 쳐녀」 등이 있고 용맹을 주제로 한 것으로는 「용맹흔 장사 김장군」 「사람은 먼저 그 눈을 볼 것이라」 「담대한 이 참 호반」 「젹은 나라헤는 이인이나 명장이 업나」 등이 있다.

위의 소설들 가운데서 현대소설에 가장 근접하는 것은 맨 마지막에 연재되었던 「해외고학」(1910. 3. 25~10. 21)이다. 이 소설은 한일병합 몇 달

전에 연재되기 시작하였다가 병합 후 두 달 만에 끝났다. 10여 년 전에 경성 북부 자하동에 사는 김관영은 어려서부터 공부하기 좋아하여 소학교를 1등으로 졸업하였으나 부친도 세상을 떠나고 가세도 기운 데다 우리나라에는 중학교가 없어 일본 유학을 결심하게 된다. 관영은 여러 양반들에게 돈을 빌려 15원을 마련한 다음 1년 동안 장사를 하여 77원으로 불리고 어머니와 외삼촌에게 누이와 남동생을 부탁하고 인천에서 순양함에 무임 승선하다 적발되었는데 딱한 사정을 들은 함장에게서 여러 가지 편의를 제공받는 행운을 맞게 된다. 일본 문사에 도착한 관영은 우다 여관에 들어가 잡일을 하면서 야학을 다녔으나 16세 된 주인 딸이 계속 음해하여 여관 생활을 그만둔다. 여기서 이 소설의 화자는 관영을 칭찬하면서 그를 본받자고 한다. 어머니의 답장에는 관영의 누이 옥순이 남촌 사는 이병사의 손자와 혼인하기로 했다는 소식이 들어 있다. 우다의 소개장을 받고 상야 상점을 찾아가던 관영은 우연히 재회한 함장의 소개로 중촌 소장 집의 서생으로 간다. 여름 방학이 되어 귀국하던 도중에 들른 우다네 집에서 자기 사위가 되어달라고 하자 관영은 어머니의 허락을 받아 오겠다고 대답한다. 관영은 우다의 딸은 마음에 들지 않으나 우다를 보면 결혼 약속을 하지 않을 수가 없다고 생각한다.

관영) 나가 일본게집은 아니엇어 살기로 쇽작뎡을ᄒᆞ엿ᄂᆞᆫ디 이일이 이러케 될줄은 뜻밧기여요

부인) 그러면 엇지ᄒᆞᄂᆞ냐 사셰이 ᄀᆞᆺ히 되엿슴즉ᄒᆞᆯ 수 업지

관영) 외국게집을 다리고 살면 불편ᄒᆞᆫ 일이 업지 아니ᄒᆞ여요

부인) 불편ᄒᆞᆫ 것 무엇 잇ᄂᆞ냐

관영) 집안 흉나기는 쏙 됴치요

부인) 우리나라 게집은 그러치 아니ᄒᆞ냐 저되기에 돌녓지

관영) 암만 싱각ᄒᆞ여도 우다의 은혜를 싱각ᄒᆞᆫ즉 허락 아니ᄒᆞᆯ 수 업서요

부인) 그러치잘싱각ᄒ엿다[65]

병합 직후에 연재된 이 대목은 상징적이다. 이 소설은 함장, 우다 여관 주인, 중촌 소장 등 일본인의 은혜를 여러 차례 강조하였는데 위의 인용문이 이를 가장 잘 나타내주기 때문이다. 일본인이 아니면 공부도 할 수 없고 돈도 모으기 어렵다는 인식은 이미 이인직의 「혈의 누」에서 잘 나타난 바 있다. 다시 일본으로 건너가 대학을 졸업한 후 우다의 딸과 결혼하고 거액을 받아 근 10년 만에 아주 귀국하게 된 관영은 자기에게 학비를 준 사람들에게 돈을 다 돌려주는 일을 잊지 않는다. 관영은 일본인의 시혜는 말할 것도 없고 같은 조선인의 시혜도 잊지 않고 갚는 태도를 분명하게 드러내고 있다.[66]

6. 학회지게재소설과 애국계몽운동 참여(「다정다한」)

1900년대에는 『조양보』(1906년 6월 창간), 『대한자강회월보』(1906년 7월 창간), 『태극학보』(1906년 8월 창간), 『야뢰』(1907년 2월 창간), 『대한

---

65) 위의 신문, 1910. 9. 9.
66) 한원영은 『한국 개화기 신문연재소설 연구』(일지사, 1990, pp. 294~95)에서 각 신문연재소설의 흐름을 다음과 같이 정리했다.
　『한성신보』: 일본의 수월성을 내세워 親日 · 崇日로 독자를 유도하는 동시에 성도덕의 저속화, 퇴폐화를 기도함.
　『대한일보』: 親日 · 崇日的인 소설에 환상적 무용담, 로망형의 소설 주축.
　『대한매일신보』: 국민의 각성 촉구, 국권 회복, 민족의 자주독립 역설.
　『제국신문』: 충, 효, 열, 의, 신 등 유교 윤리에 입각한 권선적인 교훈.
　『황성신문』: 사필귀정, 자주독립 등으로 민족 계발.
　『만세보』: 親日 · 崇日과 개화 계도.
　『경향신문』: 사랑과 착하게 살라는 기독교 정신을 표방한 교훈.
　『대한민보』: 부정부패한 사회 개혁과 국가 재건.

126

유학생학보』(1907년 3월 창간), 『기호흥학회월보』(1908년 8월 창간), 『서북학회월보』(1908년 6월 창간), 『대한흥학보』(1909년 3월 창간) 등의 잡지가 간행되었다. 이들 잡지들은 학회지이거나 사회단체 기관지로 대체로 길이가 짧은 소설들을 실어놓았다. 이들 잡지에 발표된 소설은 대략 50편 정도로 집계되는데 30편 정도는 이채우(李埰雨), 이기(李沂), 홍필주(洪弼周), 이규철(李奎澈), 송욱현(宋旭鉉), 이해조(李海朝), 윤태영(尹泰榮), 이승교(李承喬), 노인규(盧麟奎), 심상직(沈相直), 육정수(陸定洙), 이규창(李揆昌), 민천식(閔天植), 심우섭(沈友燮), 유병휘(劉秉徽), 이원백(李元伯), 원용진(元容晋), 이승환(李昇煥), 이원성(李源聖), 성낙윤(成樂允), 최남선(崔南善), 이광수(李光洙), 윤성선(尹聖善), 안영수(安暎洙) 등과 같이 본명이 밝혀진 작가들이 발표하였다. 이 중 이승교, 이규철, 육정수, 심우섭, 이광수 등이 2편을 발표하였다. 나머지는 백악춘사(白岳春史) 포자생(抱子生), 은우생(隱憂生), 몽몽(夢夢), 운암산인(雲庵山人), 색은자(索隱子), 벽라생(碧蘿生), 이장자(耳長子), 봉황산인(鳳凰山人) 등과 같은 필명으로 되어 있다. 이 중 2편 이상 발표한 작가로는 나중에 본명이 장응진(張膺震)으로 밝혀진 백악춘사, 진학문(秦學文)으로 밝혀진 몽몽, 이기(李沂)로 밝혀진 이장자, 이종린(李鍾麟)으로 밝혀진 봉황산인 등이 있다. 장응진은 『태극학보』(1906. 8~1908. 11)의 발행인을 맡았고 이종린은 『천도교회월보』(1910. 8~1937. 6)의 편집인을 맡았다.[67]

1906년 9월부터 1908년 11월까지 통권 26호를 발행한 『태극학보』는 일본 동경에 있었던 태극학회의 기관지로 일반 독자들에게 "투서"를 권하면서 "제반 학술과 문예, 사조(詞藻) 등에 관한 투서"는 환영하되 "정치상에 관한 기사"는 일절 수납하지 아니한다고 하였다. 이 짤막한 투서 광고 하

---

67) 졸고, 「한국 근대소설의 형성과정과 작가의 초상」, 『한국 현대문학사상 탐구』, 문학동네, 2001, p. 17.

나로 미루어 보더라도 당시 소설의 소재 선택이 근본적으로 제한되어 있음을 알 수 있다. 단편소설 현상 공모를 처음으로 실시한 것은 『장학월보』였다. 이 잡지는 창간호인 1908년 1월호 말미에 있는 "장학월보 발행 규칙"의 제1조에서 "일반 학문을 장려하며 문학계를 찬조한다"고 하였으며 제12조에서는 일반 학계를 장려할 방침으로 논설, 소설, 사조, 작품 등을 현상 모집한다고 하였다. 그리고 제26조에서는 "소설은 인(人)을 풍자ᄒ거나 사(事)를 비유홈을 부득ᄒ며 순국문(純國文)으로 홈"이라고 하였고 제35조에서는 "논설소설(論說小說)은 1행 20자 30행 이상 50행 이내로 홈"이라고 하였다. 『태극학보』가 정치적인 내용을 다룬 논설이나 문예는 안 받겠다고 한 것과 『장학월보』가 풍자적인 것과 비유적인 것은 취할 수 없다고 한 것은 표현 자유의 제약을 의식한 것으로 소설 소재 선택의 폭을 제한한 예가 된다.

지배자나 위정자는 소설이 정치소설이나 풍자소설로 구현되는 것을 가장 경계하였다. 소설의 길이를 신문의 한 회분 길이인 6백 자 내지 1천 자로 제한한 것도 창작 의욕을 억제한 것이 된다. 당시의 신문에서는 본격적인 소설이라고 표방한 것은 짧으면 며칠, 길면 몇 달 동안 연재했다. 1906년에서 1910년까지 옛날이야기, 서양의 우화, 동서양의 일화 등을 단 1회로 소개하였던 『경향신문』에서 이 정도의 짧은 길이의 서사 양식을 많이 찾아볼 수 있다. 따라서 『장학월보』의 편집자는 소설을 단순한 읽을거리나 들을거리 정도로 생각한 것에서 멀리 벗어나지 않는다. 기본적으로 1910년대까지 신문이나 잡지는 단편소설 혹은 소설의 길이를 오늘날과는 비교가 안 될 정도로 짧게 보았던 것으로 나타난다. 예를 들면 1916년 12월 3일부터 8일까지 5회에 걸쳐 "신년 문예 모집"을 광고한 『매일신보』는 2백 자 원고지 약 7매 정도를 요구하였고, 1917년 5월부터 1918년 9월까지 발간된 『청춘』은 현상문예 공고에서 12매 정도로 제한하였다.

『대한자강회월보』는 여러 목차 가운데 '소설'이라는 항목을 설정해놓았다. 이 항목 아래에 짤막짤막한 옛날이야기들이 소개되어 있다. 안협군 김씨 집안의 일화(1906. 7), 진안군 김씨 일화, 장수군 한 사람 이야기 (1906. 9), 호남 강진군 유숙 선생 고사(1906. 10), 광해군 때 이이첨 이야기(1906. 11) 등 설화집에서 흔히 볼 수 있는 민담·일화·고사와 같은 것들로 '소설'이라는 이름이 힘에 겨운 그런 이야기들이다. 그런가 하면 1907년 2～4월호에서는 '소설'이라는 항목에서 박지원의 「허생전」을 한문현토체로 바꾸어 소개하고 1907년 5월호에서는 한기준의 「외교담」을 실어놓았다. 처음에는 소설의 범주를 좁게 또는 유치한 수준에서 잡아놓았으나 나중에 가서는 소설을 논설의 대명사로 볼 정도로 아주 넓게 잡았다. 이 잡지 편집자들은 시간이 가면서 소설 양식을 바르게 인식할 수 있게 되었다.

1900년대에 나온 잡지 중에서는 『태극학보』가 문제 소설을 가장 많이 소개하고 있다. 당시로서는 상상하기 어려운 이름인 "사실소설(寫實小說)"을 제목 옆에 걸어놓은 백악춘사(白岳春史)[68]의 소설 「다정다한」은 그만큼 주목할 만한 내용으로 꾸며져 있다. 장응진이 어떤 의도로 "사실소설"이란 명칭을 썼는지를 알아내기는 쉽지 않지만 실제 사건을 그려낸 소설이란 뜻이나 '전'이라는 뜻으로 볼 수 있다. 장응진은 1907년에 「다정다한」(1～2월호), 「春夢」(5월), 「월하의 자백」(9월호), 「魔窟」(12월호) 등 네 편을

---

68) 張膺震(?～1950)은 창간호(1906. 8)에서 16호(1907. 12)까지 『태극학보』의 편집 겸 발행인으로 활동했다. 이 기간에 「다정다한」 등 네 편의 소설을 발표하는 한편, 「아국보통교육론」「공기설」(제1호), 「인생의 의무」「화산설」(제2호), 「진화학상 생존경쟁의 법칙」(제4호), 「과학론」(제5호), 「심리학상으로 관찰한 언어」(제9호), 「교수와 교과에 대하야」(제13호) 등과 같이 인문, 사회, 자연과학에 이르기까지 많은 논설을 발표했다. 장응진은 최광옥, 김지간 등과 같은 몇몇 태극학회원과 함께 신민회에 가입하여 1911년 일제가 조작한 '105인 사건'에 연루되어 122명이 재판받는 과정에서 징역 7년형을 선고받았으나 1913년에 고등법원에서 주모자급 6명이 5～6년 징역형을 받고 나머지는 모두 무죄로 풀려나는 대열에 끼게 되었다. 그 후 장응진은 교육자, 교육이론가로 활동했다.
   졸고, 「논설가, 이야기꾼, 투사를 거쳐 교육자로(장응진론)」, 『한국현대작가의 시야』, 문학수첩, 2005, pp. 116～52 참조.

『태극학보』에 발표하였다. 「다정다한」은 1년 전에 발표된 이인직의 「혈의
누」보다 길이는 훨씬 짧지만 작중 사건의 규모와 의미는 오히려 크다. 「혈
의 누」도 시대나 역사에 큰 관심을 갖는 거대서사를 지향하기는 했지만
「다정다한」만큼 완결성을 보여주지 못했다. 이 점 한 가지만으로도 「다정
다한」의 소설사적인 의미는 충분하다.

주인공 삼성선생이 관련된 사건들은 대체로 역사적 성격을 지니는 것으
로, 중심사건은 삼성선생의 경무국장 시절, 목포 경무관 시절, 일본협회
관련 혐의로 3년간 수감 생활 등 세 가지로 정리된다.

(가) 當局에셔는百方手段으로民會를解散코져ㅎ되民會에셔는當局의處置를
益々憤慨ㅎ야人民과當局間에軋轢이日甚ㅎ니此時城中景光은怪雲이慘憺ㅎ고
殺氣가騰々ㅎ야不知瞬刻間에腥風血雨의活劇을演出홀듯ㅎ더라─夜警務局長
에게通知가急下ㅎ되卽刻으로巡檢幾百人을領去ㅎ야民會를屠戮ㅎ라ㅎ거눌先生
이沈思拒曰口來分付는決不許聽이라ㅎ니畢也當局에셔局長을招入ㅎ는境에至ㅎ
더라先生이政府에들어가如此히殘虐無道의政令은到底執行치못홀緣由를滔홀
히抗辯出來ㅎ니[69]

(나) 先生이此牌長의答을問畢ㅎ고慨然嘆曰如此혼官憲과 如此혼行政이都是
法令을腐敗케ㅎ며人民을苛酷케ㅎ는原因이라ㅎ고卽時監理와交涉ㅎ야該條文을
卽日노撤破ㅎ고先生이數多役夫를一齊招集後에諄々曉喩曰今日該條文은旣爲
破棄ㅎ엿스니너희等은다시牌長等의不法혼苦刑을不受홀뿐만아니라만일牌長輩
中에依前頑習을不改ㅎ야不法行爲를敢行ㅎ는者有거든卽時余의게告訴ㅎ라[70]

---

69) 『태극학보』, 1907. 1, p. 47.
70) 위의 책, pp. 48~49.

(다) 先生이大呼曰神罰은我自當ᄒ리라ᄒ고卽時役軍과巡檢을率去ᄒ야該神
堂을燒棄ᄒ니人民이戰兢相目曰今次警務官令監은天主敎人이아니면耶蘇敎人
이라고소문이浪藉ᄒ더라如此히先生이到任ᄒ이來不過月餘에部下를撫服ᄒ며
舊習을一掃淸新ᄒ고人民保護의實을益擧ᄒ더니蹉홉다木浦人民의否運인지時
代潮流의所襲인지此未前의好警務官이一朝依願免本官이되엿다고[71]

　(가)는 삼성선생이 경무국장으로 있을 때 상부로부터 만민공동회를 도
륙하라는 명령을 받고 이행하지 않아 소환당하는 내용으로 되어 있다. 장
응진은 (가)의 앞부분에서는 독립협회와 만민공동회가 어용단체인 황국협
회의 사주를 받은 보부상들의 습격을 받아 일대 타격을 받은 사실을 제시
한다. 독립협회, 만민공동회의 존재와 보부상 만민공동회 습격 사건은 엄
연한 역사적 사건인 만큼 (가)는 서사보다 역사기술에 가깝다. 서사적 서
술이라기보다는 역사기록에 가깝다고 할 정도로 사실 제시에 치중하였다.
부하 순검들 사이에서 삼성선생은 민회 회원이 결국 다 우리 부모 형제이
기 때문에 민회 도륙 명령을 거부한 것으로 인식되고 있다. 삼성선생은 백
성과 뜻을 같이하기 위해 관의 명령을 거부한 점에서 개화주의자나 민중주
의자의 길을 택한 것으로 평가된다. (나)는 삼성선생이 일반 백성들에게
불리하게 제정된 법조문을 폐기해버린 업적을 남겼음을 기록하였다. 역부
패장이 한 역부를 60대의 태형을 가해 사경으로 몰아간 것을 보고 역부패
장이 조문을 악용한 것을 확인한 후 감리사또가 교섭하여 해당 조문을 파
기하였다. 일반 역부들에게 칭송을 들은 삼성선생은 이번에는 자기 월급
을 가난한 부하 순검들을 구제하는 데 쾌척하여 존경의 대상으로 떠오르게
된다.
　(다)는 삼성선생이 목포 경무관 시절에 관민을 가릴 것 없이 신당을 받

---

71) 위의 책, pp. 49~50.

들어 미신을 믿는 폐풍을 타파한 것 때문에 일부 백성들에게 비난받는 것이 화근이 되어 목포 경무관에서 밀려나게 된 사연을 제시하였다. 삼성선생은 공직에서 밀려난 후, 교육사업에 전념하여 소학교 신축사업을 하던 중 '일본협회' 사건 연루 혐의를 받고 체포되어 수감된다. 좌천, 의원 면직, 피체, 수감 생활 등과 같은 시련은 삼성선생으로 하여금 존 버니언의 『천로역정』『신구약성서』 등을 탐독한 후 기독교를 믿기로 결심하게 만든다. 이 소설의 화자는 작품의 끝을 "先生은至今도一身을救世에自委ᄒ야傳道事業에熱心從事ᄒ내다아멘"[72]과 같이 맺고 있어 삼성선생이 기독교 전도사가 된 것을 해피 엔딩이나 개선의 경우로 본 것이 된다.

삼성선생은 독립협회와 만민공동회 편에 섬으로써 개화주의자가 될 수 있었고, 사형법(私刑法)을 폐지함으로써 인권주의자가 될 수 있었고, 신당파괴를 강행함으로써 합리주의적 세계관의 신봉자가 될 수 있었으며 소학교 건립을 통해서 실천적인 교육입국론자가 될 수 있었다. 실천가와 행동주의는 당시 대부분의 논객들과 마찬가지로 작가 장응진의 이상이요 목표였다. 이 소설의 화자는 삼성선생의 편을 드는 것을 억제하지 않았다. "先生은原來品性이卓越ᄒ고志氣가豁達ᄒ야"[73] "先生은慈愛心이多하고同情이深홈으로",[74] "磋홉다木浦人民의否運인지時代潮流의所襲인지此未前의好警務官이一朝依願免本官이되엿다고",[75] "嗚呼라黑雲이慘憺하고前路가杳茫ᄒ다先生의運命!"[76] 등과 같은 구절은 화자가 삼성선생의 긍정적 면모를 한껏 부각한 것이거나 삼성선생의 시련이라든가 불행에 노골적으로 연민을 표시한 것이다. 삼성선생이 실천적인 사상가요 이데올로그인 것처럼 「다

---

72) 위의 책, 1907. 2, p. 54.
73) 위의 책, 1907. 1, p. 46.
74) 위의 책, p. 49.
75) 위의 책, p. 50.
76) 위의 책, p. 51.

정다한」은 압축된 사상소설이요 대서사가 된다.

이어, 장응진은 「춘몽」과 「월하의 자백」을 발표하였는데 두 편 다 문제작의 범주에 넣을 만하다. 「춘몽」은 한 동경 유학생이 춘기 시험도 끝난 어느 화창한 봄날에 산꼭대기에 올라가 산하를 내려다보면서 인생, 인간, 쾌락, 활동, 신앙 등의 개념을 깊게 생각하다 절벽에서 떨어지며 꿈에서 깨어나는 내용을 기록해놓은 것이다. 이 작품은 국수한종체의 표기법을 취하여 화려하면서도 시적인 수사법에 의탁한 가운데서도 사실에 근접하는 묘사주의로 한 걸음 더 나아간 에세이소설이다. "쌈젹놀나씨여보니 夜天은고요—호데, 一穗寒燈은, 微光을四壁에빗처잇고"[77]라는 구절에서 확인할 수 있는 각몽의 장치는 「춘몽」이 소설 양식임을 일러주는 거의 유일한 근거가 된다. 이 작품은 작중인물의 내면 묘사에 힘쓴 흔적을 군데군데 펼쳐놓았다. 작중화자이면서 주인공인 '나'는 산 위에 올라가 발아래 펼쳐진 장관을 보면서 '천지'나 '무한'과 같은 개념을 떠올리고 '인생'과 '존재'의 덧없음을 깨닫게 된다. 그리고 삶은 번민 · 고통 · 비애 · 우한(憂恨)을 본질로 한다고 하면서 사람들은 부귀 · 명리 · 성예 · 주색 · 부세영락 등을 추구하는 것으로 이를 잊어버리려 한다고 하였다. 작중화자가 산속에서 차례차례 "肉身의快樂을求호라" "勇氣를發호라, 不然호면, 惡魔의窟에陷호리라" "活動호라, 活動은네의生命이라" "信仰호라, 信仰호는者는幸福이니라"[78] 네 가지 소리를 듣게 된다고 기술한 데서 「춘몽」의 내성소설적인 성격을 확인하게 된다. 작중의 '나'가 자신의 이성을 만족시키는 신앙을 갈구하는 점에서 「춘몽」은 「다정다한」의 연장선에 놓을 수 있다.

「춘몽」이 시대를 초월한 개인의 고뇌에 찬 내면세계에 관심을 집중시킨 반면, 「월하의 자백」은 한 노인의 사회적 존재로서의 양심과 회한에 관심

---

77) 위의 책, 1907. 3, p. 37.
78) 위의 책, p. 43.

을 기울인다. 오늘날의 콩트 정도 길이에 지나지 않지만 무게는 단편소설에 손색이 없는 이 소설은 "本是半島國貴族門中의獨子兒로발이흙을드듸지아니ᄒ고錦衣玉食에生長ᄒ야"로 순탄하게 벼슬길로 나아갔으나 토색질과 협잡질을 일삼고 권력을 남용하여 무고한 사람들을 괴롭혀 "畢竟衆怨의焦點이 되야民擾를當"해 자리에서 밀려나고 아들을 잃고 나중에 마누라는 갓난아이를 데리고 자살해버린다는 극적 구성을 보여준다. 이러한 극적 구성은 모든 것을 잃어버린 주인공이 처절하게 고백하고 참회하고 통곡하다가 끝내 바다에 투신자살하고 마는 결말을 빚어낸다. 이 소설은 처음부터 끝까지 주인공인 노인이 부패한 관리로서의 과거를 참회하는 내용으로 이루어져 있는 만큼 고백체소설이요 자기성찰소설이라고 할 수 있다. 「월하의 자백」에서 적극적으로 참회하는 화자요 주인공인 '나'는 「은세계」에서 최병도의 재산을 착취하고 그를 죽음으로 내몰았던 강원 감사의 전형이라고 할 수 있다. 화자이자 주인공을 '아'로 내세우면서 '아=악마'라고 냉혹할 정도로 자기를 성찰하는 대목은 이 소설의 정채가 된다. 탐관오리가 몰락을 받아들이면서 진실하게 참회한 끝에 자살하고 만다는 이야기는 개화기소설에서는 유례를 찾기 어렵다. 다음과 같은 부분을 보면 「월하의 자백」은 「다정다한」과 마찬가지로 '압축된 큰 서사'라고 할 수 있다.

○○年分에니가名色이牧民의職에在ᄒ야不孝이니不睦이니奸淫이니事無事— 니ᄒᄂ種種虛担無根의罪名으로境內의富豪를網拿ᄒ야 無名ᄒ數多金錢을討索 貪饗ᄒ고아즉도虎狼의心이不足을感ᄒ야暴陽에셔膏汗을흘이면셔男負女戴로 勤勞力盡ᄒ야艱辛히朝夕의生活을持去ᄒᄂ저可憐ᄒ殘民에게다이놈의私腹을 充ᄒ랴고再度의法外收斂을强制執行ᄒ다가畢竟衆怨의焦點이되야民擾를當ᄒ 엿지[79]

79) 위의 책, 1907. 9, p. 45.

고관대작의 자손이면서 전형적인 탐관오리가 민요를 당하여 몰락하고 처자도 다 잃고 만다는 사건은 「다정다한」의 사건들만큼 역사적 사건의 범주에 들어간다. 귀족 출신, 부정부패, 백성 탄압, 민요, 집안 몰락, 자살 등 일련의 모티프는 이 소설을 큰 서사로 끌어올린다. 「다정다한」의 삼성 선생과 「월하의 자백」의 노인은 민요를 만나 버슬자리에서 쫓겨나는 점은 같으나 쫓겨나는 원인은 다르다. 두 인물은 기독교에 의탁한다는 공통점을 보이지만 기독교로부터 받은 영향의 내용은 같지 않다. 기독교는 전자의 작품에서는 주인공이 선교자가 되게 하지만 후자의 작품에서는 주인공을 참회와 고백 그리고 자살 행위로 내몬다.

「마굴」은 6개의 한문체 소제목 아래 본문이 한주국종체로 되어 있으며 2 개의 긴 대화 장면으로 나누어진다. 목을 매고 죽은 신랑의 시체가 발견되자 마을 사람들이 사망자의 신원, 사망 원인, 범인의 정체 등에 대해 대화를 나누는 장면과, 윤군수가 죽은 신랑의 손위 처남인 신장손, 신장손 모친, 신장손 누이 등을 문초하는 장면으로 나뉜다. 이처럼 「마굴」은 대화소설의 외형을 내보일 뿐 아니라 범죄소설적 사건소설의 방법과 추리소설적 전개 방식을 취한다. 윤군수는 외국 사정에도 밝고 명석하고 국민들을 위한 정치도 잘하고 관리들의 악습도 뿌리뽑아버리곤 하는 내용의 완벽한 인물로 그려져 있다. 또 작중화자는 살해범인 신장손과 그 모친과 누이동생을 성격화하는 데도 필요 이상으로 감정을 노출한다. "이殘惡호 申哥놈의母子가錢帶로, 그可憐혼新郎의목을잘나慘殺호고" "申哥의母子女三人이如此히共謀호야新郎을 죽이기짜지는惟一邪慾에, 눈이어둡고, 心臟이變호야禮義東邦의前無혼慘劇을敢히作行호고서도"[80] 같은 구절들은 작가의 선악관이 뚜렷하다는 점을 일러주기는 하나 선악 대비 방법이 단순하다는 점도

---

80) 위의 책, 1907. 12, p. 52.

드러낸다. 「마굴」은 장웅진 작품 가운데서는 가장 늦게 발표된 것임에도 가장 수준이 떨어진다. 이 작품은 고대소설의 잔재인 영웅소설의 색채와 반봉건적이고 합리적인 사회를 꿈꾸는 작가의 소망과 감상이 낳은 공안소설의 색채가 합성된 것이라고 할 수 있다.[81]

이규철의 「無何鄕」(『태극학보』, 1908. 5)은 봄에 세 친구가 우에노 공원에 놀러 갔다 와서 한 학생이 꿈속에서 유학을 떠받드는 한 노인을 만나 유교를 중심으로 한 보수주의적 연설을 듣고 갑갑해하다가 깨어난다는 이야기다. 여기서 노인은 동방예의지국으로서의 풍속에서 과거 시험 제도까지 폐지되고 만 현실을 지적하고, 신학문의 무가치함을 강조했고 학교 교육이니 사회 교육이니 하는 말이 없었어도 국태민안하였다는 주장을 하면서 과거 시험 제도의 부흥을 주장한다. 이 지은이는 수구파들의 견해를 한번 들어나 보자는 태도를 보였다.

"一週工課修盡이라日曜春光探訪코져竹杖麻鞋短瓢子로大森八景園에드러서니"로 시작하여 "精神을收拾ᄒ야短歌一曲으로旅窓에歸來ᄒ야잔잔흔灯불아리夢事를싱각ᄒ니異常코奇妙ᄒ다探景一夢이이뿐인가"[82]로 끝이 나는 포우생(抱宇生)의 「莊園訪靈」(『태극학보』, 1908. 6)은 콩트 정도의 길이로, 문답체에 꿈의 장치가 결합된 작품이다. 꿈속에서 한 주일 공부를 끝내고 나라의 운명과 민족의 장래를 생각하며 한반도 태백산에 가서 한 노인을 만나 대한의 현재 사정과 그의 구제 방책, 신교육의 효과적 방안, 젊은이들의 국방책 등에 대해 고견을 듣고 의견을 나누기도 한다. 노인은 학교 교육을 효과적으로 수행하기 위한 다섯 가지 방안을 제시하며 젊은이로서 장래의 의무를 수행할 자격을 갖추는 데 필요한 것을 박애, 지성(至誠), 용단,

---

81) 이상 장웅진의 소설에 대한 논의는 졸고, 「논설가, 이야기꾼, 투사를 거쳐 교육자로(장웅진론)」, 『한국현대작가의 시야』, 문학수첩, 2005, pp. 141~52에서 중요 부분을 추려놓은 것이다.

82) 『태극학보』, 1908. 5, pp. 49~54.

선수비밀(善守秘密)이라고 제시하기도 한다. 이처럼 「무하향」과 「장원방령」은 논설의 성격을 강하게 지닌다.

김찬영(金瓚永)의 「老而不死」(pp. 48~51)라는 부자간의 대화체에서 아버지와 아들은 각각 구학문과 신학문을 대변하는 존재로 나타난다. 아버지가 신인의 조화, 통감, 천운 등을 강조하며 서당교육을 받을 것을 강요하자 아들은 과학, 화륜차, 문명, 기계, 학문 재신론, 단발, 선상 등을 내세우며 맞선다. 이 대화를 기록한 기자는 아버지가 평생을 수전노로 잘못 살아온 것이라고 비판하여 신학문을 지지하는 아들의 손을 들어준 결과를 보이게 된다. 이장자(耳長子, 李沂)가 쓴 「巷說」은 일본의 청년 '타랑'에게 '차랑'이 중국과 한국을 다녀온 소감을 밝히는 것을 담고 있다. 차랑은 중국에 대해서는 혁명의 기운이 감도는 것으로 평가하지만 한국에 대해서는 부정적으로 말한다. 차랑은 중국 사람은 지식 정도는 비루하나 생활 능력은 열국에 못지않은데 "韓國은原來實業이不振홈으로生活界困難이 目下에時急ᄒ거늘所謂此國의有志士라ᄂᆞᆫ者들이實力은硏究치안코曰敎育曰團體라고皮面으로만習讀ᄒᄂᆞᆫ것"(p. 53)과 같이 지사들의 실천력 결여를 비판하였다. 또 재산가나 문벌가는 공익사업에는 관심이 없고 운 타령만 하면서 저절로 열매가 열리기를 바라고 있다고 하였다(p. 54).

『야뢰』에서는 윤태영의 「六盲撫象」(1907. 3)과 이승교의 「山齋夜話」(1907. 4), 「爭道不恭說」(1907. 6)을 소개하였다. 「산재야화」는 개화의 의미와 방법론, 교육입국론, 신문잡지론, 단발령, 의복제, 징병제, 전선, 상업 등의 문제에 대해 산촌사람이 질문하고 구미 유학생 출신이 대답하는 형식을 취하였다. 「육맹무상」은 "골계소설"이라는 부기가 붙어 있는 것으로 맹인 여섯 명이 한 가지 물건을 만지면서 코끼리, 송곳, 뱀, 고목 등과 같이 다르게 판단한다는 에피소드를 제시하여 "신학문"의 전체 상은 파악하지 못한 채 한 부분만 보고 제멋대로 주장하는 현실을 풍자하고 있다. 「쟁도불공설」은 유학을 숭상하는 정부인이 기독교를 향해 공격하는 것에 대해 기독교 신자인 부인이 반박하는 형식을 취한 것이다. 정부인이 천주교나 야소교를 향해 "無君君臣臣父父子子之道라ᄒᆞ거든 忠孝룰 何以言之며 正道眞理룰 何以言之오"라고 하자 기독교 신자인 부인은 성서를 읽으면 이런 걱정은 할 필요가 없으며 무조건 믿으면 된다고 반론을 편다. 또한 이승교는 「論奴婢」(1907. 6)라는 논설에서 미국의 노비제도를 예시하면서 노비가 대물림되는 일이 있어서는 안된다는 진취적인 주장을 폈다.

『장학월보』에는 노인규의 「農家子」(1908. 1), 심상직의 「晩悟」(1908. 2), 육정수의 「血의影」(1908. 2), 「水輪의 聲」(1908. 4), 이규정의 「영웅의 혼」(1908. 3), 심우섭의 「枕上有覺」(1908. 4) 등이 실려 있다.

노인규의 「농가자」는 6백 자로 된, 띄어쓰기가 전혀 안 된 순국문체 소설이다. 아버지로부터 반씩 물려받은 땅을 갖고 사는 막난이 갑덕이는 가난하고 순둥이 을덕이는 부자로 산다. 을덕이의 제안으로 땅을 바꾸어도 결과는 마찬가지였다. 노인규는 이러한 에피소드를 제시하면서 말미에 가서 조선조 한문소설처럼 평을 달아놓았다. "딕져학문과교육도챽녀권면ᄒᆞ야일취월장ᄒᆞ면기명진보의실효가엇지이와갓지아니ᄒᆞ리오"와 같은 끝 구절을 보면 이 소설은 순둥이 을덕이처럼 열심히 노력하면 잘살 수 있다는 식의 교훈성이 지나치게 강한 작품이 되고 만다. 심상직의 「만오」는 「농가자」보다는 조금 긴 약 1천 자 가까이 되는 길이로 되어 있다. 띄어쓰기가 전혀 안 된 순국문체 작품으로 「농가자」와 다른 것이 있다면 꿈을 장치해 놓았다는 점이다. 이 작품의 첫 줄은 "사람이욕심이만흐면반다시망하나니옛젹에만오생(晩悟生)이라하는사람이잇셔"로 되어 있고 마지막 줄은 "더욱학문을심써마음을발니하고욕심을젹게하더라"로 되어 있어 그 내용을 일찍이 털어놓은 셈이 된다. 만오생은 평소에 물고기처럼 노는 것을 좋아하였으며 벽파선생의 무욕심 철학을 귀담아듣지 않았다. 어느 날 만오생은 물에 빠져 물고기가 되어 향기 넘치는 미끼를 먹다가 낚시꾼에게 걸려 토막나려는 순간 잠에서 깬다. 그 후 그는 벽파선생의 말대로 욕심을 내지 않고 살기로 한다. 육정수의 「혈의 영」은 「만오」보다는 조금 긴 1,100자 정도로 되어 있고 앞의 두 작품과 띄어쓰기 면에서나 문체 면에서나 같다. 이 작품은 「만오」처럼 꿈을 장치해놓았고 여기에 대화체를 쓰고 있다. 승객들이 기차를 타고 오면서 독립 만세, 자유 만세, 교육 만세, 실업 만세 등을 외치는 장면을 서술해놓았을 뿐이다. 그나마 경운이라는 인물이 설정되지 않았더라면 이 작품을 소설로 부르기는 어려웠을 것이다. 남자 승객들은 서세동점(西勢東漸)을 찬미하면서 독립 만세와 자유 만세를 외쳤으며 여승객들은 평등주의를 찬미하며 교육 실업 만세를 외친다.

> 독립은영웅열사의상(賞)
> 자유는호걸남아의상
> 교육은유지청년의상
> 실업은진직국민의상이라더셔특셔하엿는디나이이십되락몰낙혼남녀승긱들
> 이사방모자에독립즈유교휵실업을혼모퉁이에하ᄂ식쓰고태극긔를흔드러[83]

경운은 대한 혼을 소리 높이 외치다가 잠이 깬다. 남녀 승객들이 신문명의 산물인 기차를 타고 살기 좋은 세상이라고 만세를 부르는 것은 현실과 거리가 있다. 위의 인용은 10년 전에 『독립신문』에 실렸던 창가류를 연상케 한다. 충군·애국·단합·협동의 덕목을 강조하였다. 1890년대의 애국가류와 독립가류는 이상주의의 소산으로서의 성격이 강했다. 이 소설은 1890년대의 애국가와 독립가가 산문으로 바뀐 느낌을 준다.

『서북학회월보』에는 골계생(滑稽生)의 「狡猾혼 猿猩」(1909. 10), 이장자(耳長子)의 「甲乙問答」(1909. 10~11), 「인력거군수작」(1909. 12) 등의 작품이 실려 있다. 「교활한 원성」은 원숭이가 뒤 밑에 털이 없는 내력과 게 다

---

83) 『장학월보』, 1908. 2, pp. 31~32.

리에 털이 많은 내력을 재미있게 이야기한 것으로, "기자왈" 하는 식의 평이 달려 있다. 1909년 10월호의 "談叢"란에는 이장자의 「甲乙問答」이 소개되어 있다. 갑과 을은 한국 사람들은 생활영업이 별로 없다는 점에 동의하면서 을은 농공상실업을 천시하는 풍조와 양반들이 잔민(殘民)의 재산을 강탈하는 제도를 비판한다. 갑과 을은 이제는 법률이 바뀌어 대다수 양반들이 집문서라든가 가구를 갖고 전당포를 들락거리면서 겨우 생계를 꾸려가고 있음에도 일부 양반들은 여전히 사치에 젖어 있다고 입을 모아 비난한다. 우시자(憂時子)는 「갑을문답」(1909. 11)에서 주로 을이 묻고 갑이 대답하는 형식을 취해 경성 내 인민, 지방 인민, 농민 모두 굶주림에서 벗어나지 못한 나머지 의병이나 폭도로 전락하게 되었다고 지적하였다. 갑이 일제히 단체력으로 교육 방면에 힘써서 농업개량이든지 상업진흥이든지 공업발전이든지 하지 않고는 살아갈 수가 없다고 하자 을은 그 말이 맞기는 하지만 어느 세월에 교육을 시켜 농공상 발달을 꾀할 수 있겠냐고 하였다. 이에 갑은 아무 일도 하지 않고 앉아서 죽을 수는 없지 않느냐고 반문한다. 의병과 폭도의 입장에서 그 발생 원인을 헤아려보는 현실인식도 주목할 만하고 현실 극복 방안을 적극적으로 제시한 것도 긍정적으로 평가할 수 있다. 이러한 문답체는 길이도 짧고 서술 형식도 정통 서사체에서 벗어나 있기는 하지만 리얼리즘의 시각을 취했다는 의미를 지닌다. 이장자의 "가담(街談)"(1909. 11)이라는 문답체 서사는 유의유식해왔던 양반들의 생계가 막막한 형편을 들려준 것과 한 군수 첩이 아들이 유학 간 사이에 며느리에게 도둑질과 서방질 혐의를 뒤집어씌워 그 며느리가 견디지 못하고 자살한 이야기와 호열자에 걸려 시구문 밖으로 내버려진 남편을 정성껏 치료해주어 회생시킨 한 첩의 경우를 동시에 들려준다. 「田舍의 歎」(1909. 11)이라는 제하의 「갑을문답」에서 우시자는 농민들이 과중한 세금 때문에 먹고살 것이 없어 결국 폭도가 되고 만다는 비밀을 털어놓는다. 그런가 하면 "담총(談叢)"난에서 지언자(知言子)가 '숭고생(崇古生)'과 '개화생(開化生)'이

단발흑복의 문제를 갖고 서로 자기네 생각이 옳다 하는 식으로 벌이는 공방전을 기록한 것도 있다.

(崇古生)이曰 子의言과 如홀진딘 先王의 文物을 一朝掃地ㅎ고 夷虜의陋僞를 侵染無餘코자ㅎ니 可謂寒心혼事이로군

(開化生)이曰 先王의文物을 掃地케홈은 我와子가 責이一般이라 그러혼陳談利用厚生의 三者롤 善히發達ㅎ면 子의髮도可히 保有홀期望이有ㅎ나 萬의 一形式이나 是守ㅎ면 毛髮은 姑舍ㅎ고 身體롤 保全홀日이 無홀듯ㅎ니 速히 精神차려 急히홀일붓터 만저ㅎ고 斷髮이니 黑服이니 글언말은 차츰두엇다가 ㅎ면 조홀듯ㅎ녀[84]

「인력거꾼 수작」은 인력거꾼끼리 끼니도 제대로 잇지 못하는 가난한 신세를 한탄한다. 1910년 1월호에 실린 「갑을문답」에서 이장자는 완고파와 개화파를 내세워 신교육에 대해 찬반 토론하는 장면을 설정하고 있다.

(甲)신학문에 무슴뜻이 잇눈지는 모르지마는 벌듯지안든 소리는 만이 외우데 무슴츄상적이니 구체적 文明적이니 필요니 난장이니 新學問속에눈 전혀 그짜웨 말만 잇나.

(乙)이 사롬 그것은 릴본사롬들이 서양서적을 번역혼짜닭에 우리나라 문자과는 좀달지마는 뜻은 한가지니 자니보눈것과 갓치 요시 汽船 汽車롤 제조ㅎ는 학문이 구학문에 잇나 그뿐인가 各種機械로 오놀랄 편리ㅎ게 인민싱활을 보조ㅎ눈법이 다신학문에 잇는것이 아닌가 그러ㅎ고로 신학문을 비와야 혼다고ㅎ눈것이로세[85]

84) 『서북학회월보』, 1909. 12. p. 46.
85) 위의 책, 1910. 1. pp. 40~41.

그런데 이때의 「갑을문답」은 "가담(街談)"이라든가 "담총(談叢)"이라는 항목 아래 실려 있다. 「인력거꾼 수작」도 "가담"이라는 제하에 실려 있다. 1910년 1월호의 「갑을문답」은 "담총"이 맨 위의 제목으로 "가담"이 그다음 항으로 나와 있다. 이때의 필자들은 문답체가 소설 양식으로는 부족하기 때문에 담총이니 가담이니 하는 소설의 옛날 이름을 부여했으며 소설 양식을 제한해서 보았다.

다음으로 몽몽[86]의 「쓰러져 가는 딥」(『대한유학생회회보』, 1907. 5), 「요조오한(四疊半)」(『대한흥학보』, 1909. 12), 봉황산인[87]의 「모란봉」(『천도교회월보』, 1910. 9), 「가련홍」(『천도교회월보』, 1910. 12) 등을 주목할 필요가 있다.

「쓰러져가는 집」은 노름에 미친 한 사내가 부인이 극구 말리는 것도 뿌리치고 집안 물건을 다 내가다가 마침내는 집까지 날리고 만다는 이야기를 들려준다. 이 소설은 오늘날의 콩트 정도의 길이로 띄어쓰기는 안 되어 있고 순국문체로 표기되어 있다. 비슷한 시대의 잡지에 실린 소설들에 비하면 대화의 주객이 명시가 되지 않은 점, 인물 성격이 잘 드러나는 점, 사건의 기복이 나타나 있는 점 등이 고대소설보다는 앞서 나간 것이라고 할 수 있다.

「요조오한」은 같은 시대의 잡지게재소설들 가운데서는 시대성이 두드러진 편이다. 사상적 갈등을 중심사건으로 설정하고 있다. 지은이 진학문은 「쓰러져가는 집」에서는 순한글체를 사용한 반면, 이 작품에서는 한자와 국어를 비슷하게 섞어 쓴 국한혼용체를 보여준다. 여기서도 띄어쓰기는 하지 않았다. 「요조오한」은 일본에 유학 왔으며 평소에도 입장 차이가 분명했던

---

86) 朱鍾演, 앞의 책, pp. 47~48. 夢夢은 秦學文으로 추정된다.
87) 『천도교회월보』의 발행인이었던 李鍾麟을 가리킨다.

두 조선 청년이 시국·예술·사상 등에 대해 토론하는 것을 서술했다. 이
소설은 함영호라는 학생이 거처하는 4첩 반 이층 방 안 서가에 꽂혀 있는
책들을 묘사하는 데서 시작하였다. 이 부분의 묘사는 "壁에는勞役服을 입
은쏘오리씨와바른손으로볼을버틘투우르꿰네브의小照가 걸녔더라"에서 끝
이 난다. 일본에서는 이미 1910년에 고리키를 숭배하는 분위기가 있었다.
이 소설에서 함영호는 온건한 인물로, 재군은 "激烈한 時代新潮에어린몸
이 쓰며 잠기며 苦生한" 인물로, "지난해여름에 時代의 犧牲이 될양으로
匆匆히 本國으로 도라가 한구석에 숨어잇서 音信까지 渺然하던" 인물로 묘
사된다.

「個性의 發揮는 지금나의 希望欲求의 全體인데 이 생각은 은제까지도 變
함이 업슬것갓소」하고 蔡는虛無主義로서 社會主義로 돌아오든 말, 自然主義
로셔 道德主義로 돌아오든말과 밋 文藝上으로서는 寫實主義를 盲信하든일이
쑴갓다하고 로맨틱思想에도 取할것곳 一理가잇는것과 主義그것이 매우 우수
우나 그러나 아직까지 무엇이든지 사람이 客氣를 가져야하겟단 말을 다한
뒤에 (중략)[88]

주인공 '채(蔡)'는 이데올로그요 래디컬리스트라고 할 수 있다. 그런데 이
소설의 화자는 은근히 함영호의 편을 든다. 끝까지 함영호는 채에게 설득
당하지 않으려고 애를 쓴다. 함영호가 본국에 다녀온 채에게 본국 형편에
대하여 묻자 채는 "赤子匍匐入井"의 형편이라고 비유적인 표현을 쓴다.
「모란봉」은 한마디로 천도교 상제의 권능을 간증한 종교소설이요 프로파
간다소설이다. 대대로 천도교를 믿기는 하나 가난하게 살고 있는 한 집안
의 며느리가 정화수를 길러 갔다가 떨어뜨린 물동이에 광명이 넘친다는

---

88) 『대한흥학보』, 1909. 12, p. 28.

종교 찬미의 내용을 들려주기 때문이다. 순국문체를 썼고 대화 부분과 지문 부분이 구분되지 않는다. 「가련홍」은 김의관 댁이 몇 년 만에 천일옹을 찾아와 그동안 살아온 이야기를 나누는 것으로, 과부가 된 김의관 댁이 개가하였으나 결국 사기 결혼한 것으로 드러나 참회하고 가버린다는 내용으로 되어 있다. 이때의 천일옹은 하늘의 이치나 심판의 기능을 강조하는 천도교의 정신을 대변하는 존재이기도 하다.

1900년대의 잡지게재소설에서는 장응진의 「다정다한」「월하의 자백」과 진학문의 「쓰러져가는 집」「요죠오한」 등을 문제작으로 꼽을 수 있다. 다른 소설가들과 소설들이 내용 면에서나 서술 방법 면에서나 아직도 고대소설이나 설화의 범위에서 나아가지 못하는 반면 「다정다한」과 「요죠오한」은 근대적 의미의 이데올로그를 설정했으며 「월하의 자백」과 「쓰러져가는 집」은 새로운 시대를 적극적으로 인식하는 인간상을 제시하였다. 「다정다한」은 기독교에 귀의하는 인권주의자이며 교육입국론자를, 「춘몽」은 니힐리스트를, 「월하의 자백」은 자기반성 하는 부패 관리를, 「무하향」은 교육철학자를 주인공으로 내세웠으며 「쟁도불공설」은 기독교를 공격하였으며 「혈의 영」은 서세동점론과 평등주의를 적극 지지하였다.

7. 소설 유형의 확대와 주제의식의 강화(「자유종」~「금수회의록」)

개화기에는 대화체·토론체·연설체 등의 형식을 통해 사회 담론을 제시하거나 독자들을 계몽하고자 한 작품들을 여러 편 만날 수 있다. 「신진사문답기」(1896), 「소경과 앉은뱅이 문답」(1905), 「향로방문의생이라」(1905~1906), 「다정다한」(1907), 「몽조」(1907), 「병인간친회록」(1909) 등 신문·잡지에 발표되었던 작품들이 『금수회의록』(안국선, 황성서적업조합, 1908), 『몽견제갈량』(유원표, 광학서포, 1908), 『경세종』(김필수, 광학서포, 1908), 『자유종』(이해조, 광학서포, 1910) 등 당시의 이름난 작가들이 쓴 작품들로 이어졌다. 이는 연설체·대화체·토론체 등과 같은 서술 방법이 작가의 필요에 의해서든 단순한 시대적 요청에 따라서든 소설사의 중심부로 들어오게 된 것을 의미한다.

이 작품들은 '누구와 누가 서로 만나 개화기 사회 담론에 대해 의견을 나누었다'는 줄거리를 공유할 뿐, 전통적인 소설 양식이 요구하는 사건, 기복적인 플롯, 스토리 라인 등을 지니지 않은 공통점도 내보인다. 「금수회의록」「경세종」「금수재판」은 의인화된 동물을 내세움으로써 문학적 표현 양식에 접근할 수 있게 되었으며 「소경과 앉은뱅이 문답」「거부오해」「병인간친회록」은 불구자나 못난 인간을 초점화자로 내세워 풍자 효과를 배가시켰다.

개화기소설들 가운데서 변이태에 해당하는 작품들을 포괄하는 소설 유형으로는 정치소설, 우화소설, 몽유록계소설, 토론체소설, 연설체소설, 대화체소설 등이 있다. 「신진사문답기」「소경과 앉은뱅이 문답」「거부오해」「몽견제갈량」「요죠오한」은 대화체소설로, 「금수회의록」「경세종」「금수재판」 등은 우화소설로, 「금수회의록」「몽견제갈량」 등은 몽유록계소설로 묶어볼 수 있다. 대화체소설에서 대화를 나누는 인물들과 연설체소설에서 연사로 등장하는 병자들이나 동물들은 모두 '목격자로서의 화자' 또는 초점화자focalizer의 역할을 한다. 내레이터들 사이에서 의견 대립이 빚어지거나 갈등이 드러나는 일은 거의 없다.

한일병합 직전인 1910년 7월에 전작소설로 간행된 이해조(李海朝)[89]의

---

[89] 졸고, 「애국계몽운동가·작가·유교주의자(이해조론)」, 『한국현대작가의 시야』, pp. 73~94. 개화기에 가장 많은 작품을 써낸 이해조는 1869년 2월 27일에 경기도 포천에서 태어나 1927년 5월 11일에 포천에서 세상을 떠났다. 그의 할아버지 이재만은 대원군과 운명을 같이한 왕손이었으며 아버지 이철용은 고향에 화야의숙을 세웠고 양주에 일성학교를 설립한 교육자이자 계몽운동가였다. 이해조는 『소년한반도』에 「잠상태」라는 소설을 발표한 이래 애국계몽운동가·학회지 편집인·신문기자·교육자·소설가로 뚜렷한 활동상을 보여주었다.

「자유종」[90]은 '토론소설'이란 부기가 붙어 있는 것처럼 토론체 형식을 취하면서 순국문체로 표기된 점 등의 외형상 특징을 지닌다. 「자유종」은 같은 작가의 「홍도화」(1908), 「구마검」(1908), 「원앙도」(1911)처럼 전작소설이다.

태평시대에는 숙부인으로 불렀다가 지금은 가련한 민족의 일원일 뿐이라고 자기를 소개한 리매경의 생일날 신설헌, 홍국란, 강금운 등 세 여성이 초대되어 술잔을 나누면서 벌인 토론의 내용을 기록한 것이 「자유종」의 내용이다. 이 네 명의 여성은 화이부동(和而不同)의 분위기를 보여줌으로써 이성적 차원에서의 갈등 표출이라는 토론의 성격을 잘 보여준다. 이 네 여성은 모두 13번 발언한다. 신설헌은 1, 3, 6, 10번째 발언을 하고 리매경은 2, 8, 11번째 발언을 하고 홍국란은 5, 7, 13번째 발언을 하고 강금운은 4, 9, 12번째 발언을 한다. 첫번째 발언은 신설헌이 인사말을 한 부분으로 이 부분을 빼면 신설헌도 나머지 세 사람과 마찬가지로 세 번 발언한 셈이 된다. 문제는 발언의 길이다. 발언이 가장 긴 점에서 홍국란은 이해조의 입장과 사상을 전달해주는 인물이라고 할 수 있다. 홍국란은 한문폐지론, 평민의 국문 편향적 태도, 위정척사론, 적서차별 관념 등을 비판하면서 영웅대망론 · 유교사상 · 자식공물론 등이 떠받치는 애국사상을 펼쳐

그는 1907년 2월에 철도 차관 상환을 계획으로 유지 신사들이 단체 결사한 광무사 발기인으로 참여하였다. 이해조는 제국신문사 기자로 활동하면서 『제국신문』에 소설 「고목화」 「빈상설」 등을 연재하였다. 그는 1907년 대한자강회 후신인 대한협회에 가입하였고 1908년에는 기호흥학회에 가입하여 월보 편집원, 겸임 교감 등의 일을 맡아보며 「윤리학」 「학계의 건망증」 등의 논설을 발표했다. 병합 후 총독부 기관지인 『매일신보』에 들어가 간부로 활동하면서 「화세계」 「월하가인」 「화의 혈」 「구의산」 「소양정」 「춘외춘」 「탄금대」 등의 소설을 연재하였다. 1920년대에 대동사문회, 유도진흥회 등 친일 유교단체에 가입해서 활동했다.

90) 다음 논문을 주목할 필요가 있다.
조동구, 「「자유종」 연구」, 『연세어문학』 14~15, 1982.
전기철, 「개화기 논설 · 토론의 문학화 고─「자유종」을 중심으로」, 『숭의논총』 14, 1990. 7.
최성윤, 「이해조의 「자유종」에 나타나는 교육구국론의 의미와 한계」, 한국문학이론과비평학회, 『한국문학이론과 비평』 11, 2001.

보인다.

그러나 이해조는 크고 작은 문제에서 한 가지 주장으로만 일관했던 것은 아니다. "일본을 발전 모델로 삼아야 한다"(신설헌, 강금운), "자식은 한 부모의 소유보다는 공물로 보아야 한다"(리매경, 홍국란), "유교 자체보다는 유교에 종사하는 사람들의 태도가 더 문제다"(홍국란, 강금운), "여성들은 더욱 적극적으로 교육을 받아야 한다"(신설헌, 강금운), "유교가 동양 제일의 종교다"(홍국란, 강금운), "자식 교육이 가장 큰 사업이다"(신설헌, 리매경) 등과 같은 주장은 최소한 두 인물의 제창의 형식으로 나오기 때문이다. 이러한 주장은 대부분 이미 1905~10년 애국계몽주의자들의 논설을 통해 표출된 바 있다.

사상가를 지향하는 논객으로서 이해조의 특징은 거리가 있는 생각들이나 아예 대립되는 의견들을 병치해놓은 데서 찾을 수 있다. 이해조는 토론 참가자들 각자가 대립된 의견을 제시하거나 모순되는 상황을 제시하는 방법을 쓰게 하면서도 최소 두 인물들 사이의 견해차를 드러내는 식으로 서술하는 방법을 취하였다. 이해조는 신설헌을 통해서는 개화파의 정당성을 주장하고 리매경을 통해서는 개혁파를 비판하는 양면성을 보여준다.

(셜헌) 그말숨이 미오좃소 나는 어졔밤에 대한뎨국 조쥬독립흘씀을 꾸엇소 활멸샤라흐는 샤회가잇는디 그샤회즁에 두당파가잇스니 하나는 조활당이라흐야 그쥬의인즉 교육을확장흐고 상공을연구흐야 신공긔를 흡슈흐며 부픽샤상을 타파흐야 대포도 무셥지안니흐고 장창도 두렵지안니흐야 국가의몸을 밧치는소업을 이루고자홀시 그말에 외국의뢰도 쓸디업고 한두기영웅이 혹 국권을 만회흐야도 쓸디업고 오즉견국 남녀쳥년이 보통지식이 잇셔셔 조쥬권을 회복흐여야 확실히 완젼흐다 흐야 학교도 셜시흐며 신셔젹도 발간흐야 남이 밋첫다흐든지 못싱겻다흐든지 조쥬권 회복흐기에 골몰무가흐나 그당파에 슈효는 젼샤회에 십분지숨이오

하나는 ᄌ멸당이라ᄒ니 그쥬의인즉 우리나라가 이왕이디경에 ᄲᅢ졋으니 졔갈공명이가 잇스면 엇지ᄒ며 격란ᄉ돈이가 잇스면 무엇ᄒ나 십승지디 어디 잇노 피란이나 갈가보다 필경은 셰샹이 바로잡희면 그ᄶᅥ에야 한림직각을나니노코 누가ᄒ나 학교ᄂᆞᆫ 무엇이야 우리마ᄋᆞᆷ에ᄂᆞᆫ 십더셩원님으로 죽ᄂᆞᆫ디도 ᄌ식을 학교에야 보니고십지안타 소위신학문이라ᄌ것은 모다 쳔쥬학인데 우리네 ᄌ식이야 혈마 그것이야 비호겟나.

ᄶᅩ물리학이니 화학이니 뎡치학이니 법률학이니 다무엇에 쓰ᄂᆞᆫ것인가 그것을 모를ᄶᅥ에ᄂᆞᆫ 셰샹이 티평ᄒ엿네[91]

신설헌은 개화파를 자활당이라고 하였고 수구파를 자멸당이라고 하였다. 천주학·물리학·화학 등과 같은 신학문을 배우지 않으면 멸망하고 말 것이라는, 어조는 강하지 않지만 뜻은 단호한 주장이 깃들어 있다. 이에 질세라 리매경은 양반집 부인답게 반상 등급 벽파론을 분명하게 비판한다.

(리매경) 무론아모나라ᄒ고 샹즁하등샤회가 업ᄂᆞᆫ것은안이나 그러나 국가질셔를 유지ᄒ랴면 불가불 등급이잇셔야 물란ᄒ일이 업거눌 우리나라 경장대신들이 량반의폐만 싱각ᄒ고 량반의공효ᄂᆞᆫ 싱각지못ᄒ야 졸디에 반상등급을 벽파ᄒ라ᄒ니 누가ᄉ쾌치 안이ᄒ겟소마는 국가질셔의물란은 량반보다 더심ᄒ자만으니 엇지뎡치가의 슈단이라고 인뎡ᄒ겟소

지금 형편으로 보면 량반들은 명분업ᄂᆞᆫ셰샹에 무슨일을 조심ᄒ리오 그힝셰가 젼일량반만도 못ᄒ고 샹인들은 요사이 량반이 어디잇셔 비록 문쟝이된들 무엇ᄒ며 도학이잇슨들 무엇ᄒ나ᄒ야 혹 목불식뎡ᄒ고 쥰쥰무식ᄒ 금슈갓ᄒ류들이 제집에서 졔형을욕ᄒ며 졔부모에게 불효ᄒ디도 동닉량반들이말ᄒ면 팔둑을 쏨니며 ᄒᄂᆞᆫ말이 시방무슨량반이 ᄶᅡ로잇나 니ᄌ유권을 왜샹관이

91) 『자유종』, 광학서포, 1910, pp. 34~35.

잇나 닉즈유권을 무슨걱졍이야[92]

반상 등급 벽파론 비판은 경장대신으로 상징되는 개화파에 대한 정면 공격의 성격을 지닌다. 신분제에 폐단이 없는 것은 아니나 이것이 급격히 무너지면 국가 질서가 무너져 국망에 이르기 쉽다는 주장을 들을 수 있다.

신설헌이 자주독립과 그에 필요한 힘의 양성을 급선무라고 제기한 것에 비해 친정이나 시집이나 삼한갑족인 리매경은 국가 질서 유지를 제일 중요한 현안으로 파악하였다. 신설헌과 리매경 사이에서 간취되는 '실력양성론/질서유지론'은 개화파와 수구파의 이념 대립을 상징적으로 보여준다.

또한 「자유종」은 한문 폐지 찬반론을 병치해놓았다. 문자에는 정신이 실리는 것인 만큼 한문을 배우면 우리 정신을 갖추기 어렵다든가 한문은 아무리 오랫동안 공부해도 전문 지식을 갖추기 어렵다든가 하는 강금운의 주장은 "사략 통감으로 졔일등 교과셔를삼으니 즈국졍신은 간듸업고 즁국혼만길너셔 언필칭좌젼이라 강목이라ㅎ야 남의나라 긔쳔년 흥망셩쇠만의론ㅎ고 닉나라 빈부강약은 꿈도안이꾸다가 오놀 이디경을ㅎ얏소"[93]와 같은 신설헌의 주장을 강화해놓은 결과가 된다. 강금운은 "닉나라 디지와 력소를 모로고셔 졔갈량젼과비소밀젼을 쳔번만번이나읽은들 현금비참ㅎ 디경을 면ㅎ겟소"[94] 하는 의문을 표시하면서 비참한 지경을 벗어나기 위한 공부는 '자국 교과서'를 통해야 한다고 강조한다. 그러자 홍국란은 한문을 없애면 더욱 무식해질 수밖에 없다는 이유를 들면서 강금운의 한문폐지론을 반박한다. 홍국란은 한문폐지론이 무조건 잘못이라고 주장한 것은 아니다. 그녀는 50년간의 점진적 폐지론을 대안으로 제시한다. "만일 졸디에 한문을 업시ㅎ랴면 남의집이라고 몸만 나오ᄂᆞᆫ것과 무엇이다르오 남의집은 쥬인이

---

92) 위의 책, pp. 32~33.
93) 위의 책, p. 6.
94) 위의 책, p. 9.

잇서 혹 니여노라고 독촉도ᄒ려니와 한문이야 뉘가 니여노라 ᄒᄂ말이 잇소 셔셔히 형편을보아 폐지홈이 가홀것이오"[95]라는 주장에서 볼 수 있는 것처럼 이해조의 생각은 홍국란의 한문필요론과 점진적 폐지론에 기울어져 있다.

작중의 인물들은 공자나 유교 자체는 대체로 긍정한다. 신설헌은 "사ᄅᆷ마다 대셩인공부ᄌᆞ 안이어든 엇지 싱이지지ᄒ리오"[96]라고 하였고 홍국란은 "우리동양 뎨일종교ᄂᆞ 세계의 독일무이ᄒᆞ신 대셩지셩ᄒᆞ신 공부ᄌᆞ안이시오 (중략) 사람되ᄂᆞ도리를 가ᄅ치시니 그셩덕이 거룩ᄒᆞ시고 융셩ᄒᆞ시며 향념ᄒᆞ시ᄂᆞ ᄆᆞ음이 일광과갓ᄒᆞ사 귀쳔남녀업시 다비취이것마ᄂᆞ"[97] 하는 식으로 공자를 긍정하는 태도를 보여준다. 작중의 여러 인물들이 한결같이 공자의 존재와 유교의 가치를 긍정하는 점은 이후의 이해조가 유교단체에서 활동하리라고 쉽게 예견하게 만든다. 그러나 홍국란은 공자를 칭송하면서도 서당 교육 담당자나 향교 관리자 등과 같이 유교에 종사하는 사람들의 행태는 부정적인 시선으로 보았다. "뎌무식ᄒᆞᄌᆞ들이 교육과 종교ᄂᆞ 버리고 제소만 위ᄌᆷᄒᆞ다ᄒᆞᆫ들 셩현의마음이엇지편안ᄒᆞ시릿가"[98]에서 볼 수 있는 것처럼 강금운은 공자에 대해서는 아는 것도 하나 없이 공자님을 팔아먹고 사는 무리의 행태를 지적하면서 공자님이 살아 계셨으면 이러한 자들은 벌을 받았을 것이라고 하였다. 「자유종」에서는 유림 세력이 보여준 종교 부패와 교육 부패를 여러 곳에서 반복 지적하고 있으나 이해조는 유교의 마지막 파수꾼 노릇을 했다. 비록 친일 유생 단체이기는 하나 말년의 이해조는 1920년대에 대동사문회라든가 유도진흥회에서 활동한 바 있다.

이처럼 이해조는 「자유종」에서 노골적인 찬반론의 수준까지는 나아가지

---

95) 위의 책, p. 13.
96) 위의 책, p. 5.
97) 위의 책, p. 15.
98) 위의 책, p. 18.

못하였지만 몇 가지 의견 대립의 장면을 제시함으로써 당시 한국 사회의 당면 과제와 한국인들의 삶에 내재된 병리 현상에 대해 효험이 큰 처방을 다각도로 모색할 수 있었다. 「자유종」은 여러 가지 현안들에 대하여 상반되거나 서로 어긋나는 견해들을 병치함으로써 일방적으로 자기 의견을 강요하는 형식으로 귀착된 연설체 작품들이나 대화체에 속하는 그 어느 작품들보다도 정화하면서도 객관적인 사회의식과 역사의식을 열어 준 것으로 평가된다.[99] 이해조는 성호 이익, 이퇴계, 송나라의 구양수, 청나라의 양계초 등 동양 사상가의 이론을 교과서로 삼아 당시 한국 사회의 문제점을 동양적 사고를 빌려 해결하려는 의지를 드러내었다.[100]

「자유종」에 비하면 「몽견제갈량」은 작중 인물들 사이의 대화 분위기와 내용이 대화체라고 하기에는 다소 부적합하다. 작중의 제갈량이나 밀아자(蜜啞子)가 한 번 발언하는 길이가 지루할 정도로 긴 데다 시간상으로나 공간상으로나 당시의 우리 현실과는 너무 동떨어진 내용이 큰 비중을 차지하고 있기 때문이다. 제갈량이 밀아자에게 설교하고 강의하는 목소리가 「몽견제갈량」을 지배한다. 밖으로는 제갈량과 밀아자가 대화를 나누는 형식을 취해놓고 속으로는 문어체를 유지함으로써 틀과 속이 제대로 어울리지 못하는 결과가 나타났다. 이 작품에서는 밀아자가 독일사를 읽다가 낮잠에 빠져든 것으로 되어 있어 꿈은 욕망의 대리 충족이라는 학설이 입증된 셈이다. 즉 밀아자는 위기에 빠진 나라를 구하려는 마음에서 영웅을 대망하여 「독일역사」를 펼쳐 들었고 그러던 중 잠이 들어 제갈량을 만나 이야기

---

99) Anatol Rapoport, *Conflict in Man-Made Environment*, Penguin Books, 1974, pp. 175~76.
　　토론은 사상이나 이념의 차원에서 빚어지는 갈등 형태로, 상대방을 갈등 관계에서 동맹 관계로 바꾸어버리는 힘도 지니며, 또 다른 갈등 양태인 '싸움'과 '게임'이 행동의 선에서 진행되는 데 반해 토론은 말로써 자극을 계속해서 받는 것이다. '싸움'이 이드의 차원에서 표출되는 것이라면 토론은 초자아의 차원에서 전개되는 것이다.
100) 「자유종」에 대한 논의는 졸고, 「애국계몽운동가 · 작가 · 유교주의자(이해조론)」, pp. 87~93의 중요 부분을 추려놓은 것이다.

하는 꿈을 꾸게 된 것이다. 이렇게 보면 이 작품에서 꿈의 장치는 필연적인 것일 수밖에 없다. 이에 비하면 입몽과 각몽의 단계를 설정한 「금수회의록」의 경우, 동물 우화의 형태 한 가지만 취해도 문학적 장치를 한 셈이 되어 꿈의 장치는 불필요한 것이 되기 쉽다.

안국선(安國善)[101]의 『금수회의록』은 1908년 2월에 초판 발행되고 같은 해 5월에 재판 발행될 정도로 높은 판매고를 기록하였고 당시로서는 유례없이 두 달 가까이 계속 광고되기도 했다. 광고 문안에서는 이 소설이 '골계소설' '연극적 소설'임을 명시하는 동시에 우화소설·토론소설·윤리소설·풍자소설 등에 들어갈 수 있음을 암시하였다.

이 작품의 끝 부분은 여덟 금수들이 인간을 성토하는 연설을 하고 여기에 인간 내레이터가 촌평을 달아 인간 세계를 향해 반성을 촉구하는 내용으로 채워져 있다. 이처럼 안국선은 적극적으로 작가적 개입을 꾀하였다. 소설의 말미에서 화자가 노골적으로 이야기 전달 의도를 들려주는 것은 '소설=이야기+이야기에 대한 평'과 같은 구성 방법을 보여준 고소설을 따른 것이라 할 수 있다. "셔언" 부분과 말미의 '촌평' 부분을 빼버렸더라면

---

101) 졸고, 「이론과 실제를 겸비한 정경지식인(안국선론)」, 『한국현대작가의 시야』, pp. 95~110.
　　안국선은 1878년 12월 5일에 태어나 1926년 7월 8일에 경성부 다옥정에서 세상을 떠났다. 아들 안회남이 1937년 1월호 『조광』에 발표한 안국선 전기소설 「명상」에 따르면 안국선은 구한말에 정치운동을 하다가 전라남도 진도로 귀양 가 섬 색시와 결혼하여 안회남을 낳았고, 귀양이 풀린 후 대동전문학교에서 교편을 잡는 한편 탁지부에서 일하였다. 한일병합 후에는 금광과 미두를 하다가 가산을 탕진하여 말년을 기독교에 의지하면서 어렵게 보냈다. 안국선은 자신이 창간한 『야뢰』에 「응용경제」 「국채와 경제」 「풍년불여흉년론」 등 여러 편의 논설을 발표하였다. 안국선은 1907년 말에 『정치원론』을 편술하였고 1908년에는 대한협회에 가입하여 평의원으로, 기호흥학회에 가입하여 저술원으로 활동한 바 있다. 안국선은 1908년에 남달리 많은 논설을 발표하였다. 『대한협회회보』에 「정당론」 「회사의 종류」 「민법과 상법」 「고대의 정치학과 근대의 정치학」 「정부의 성질」 등을 발표하였고 『기호흥학회월보』에는 「정치학」 「고대의 정치학」 등을 발표하였다. 1909년 말에는 국고과장으로 발령받기도 했다. 한일병합 후 안국선은 안경수의 친자인 안익선과 법정 싸움을 벌인 바 있다. 1908년 2월에 『금수회의록』이 초판 발행되고 1908년 7월에 『연설법방』이 신간 광고된 점에서 안국선의 사상적 거점은 『금수회의록』에서 찾아야 한다.

우화소설의 모범이 되었을 것이다.

「금수회의록」 하나만 보면 안국선은 작가보다는 논설가에 가깝다. 그는 자신이 쓴 서사 양식이 비현실적인 내용으로 읽히는 것이 두려워 동물들 사이에 인간을 배치하는 어색한 장면을 연출하고 말았다. 안국선은 「금수회의록」을 쓴 그 무렵에 「국채와 경제」(『야뢰』, 1907. 4), 「정치가」(『대한협회회보』, 1908. 8) 등의 논설을 발표했으며 1907년에는 『연설법방』이라는 책을 낸 바 있다. 「금수회의록」은 개화기의 정치경제적 현실에 대한 깊은 이해와 관심이 안국선으로서는 능숙한 연설체에 얹혀서 나타난 형상이라고 할 수 있다. 「금수회의록」은 "기독교적 이상주의를 표방한 것"[102]으로도 볼 수 있을 만큼 로버트 스콜즈류의 낭만적 서사에 가깝다.

「금수회의록」에는 안국선의 사상적 방향과 근거를 알려주는 인명과 책명이 많이 나타난다. 인명은 예술가 · 학자 · 사상가의 인명과 역사적 인물의 이름으로 대별해 볼 수 있다. 전자의 인물로 백낙천, 삐이루(미국 조류학자), 리의부(당대 문인), 이소푸, 공자, 맹자, 포박자 등이 나타나며 후자의 인물로는 도척, 안자, 증자, 효무제, 왕망, 단, 진문공, 요, 순, 하우, 완건, 소진, 장의, 아담, 이브, 추호(송나라 사람), 조고, 조조, 유형, 왕사, 양자, 진희왕, 초희왕, 굴평, 곽무자(진나라 사람), 양위(진나라 사람), 예수 씨 등이 보인다. 책명으로는 『본초강목』『전국책』『잠학거류서』『산해경』『논어』『맹자』『시전』 등이 보인다. 이처럼 안국선은 어려서 서당에서 수학하고 성인이 되어서도 한시를 많이 쓴 사람답게 동양의 고전에 대해 해박한 흔적을 분명하게 남겼다.

안국선은 기독교에 이념적 근거를 둔 것으로 평가된다. 「금수회의록」에 자주 나타나는 '하나님'은 동양의 '천'의 개념보다는 기독교의 천주의 개념에 가깝다. 금수회의의 개회 취지는 하나님이 만물의 창조주임을 강조하고

---

102) 조신권, 『한국문학과 기독교』, 연세대 출판부, 1983, p. 190.

'하나님'의 뜻, 영광, 법, 천사 같은 말을 키워드로 삼은 만큼 안국선이 기독교에 뿌리를 두고 있음을 분명하게 드러낸 셈이 된다. 이어 등단하는 금수들도 한결같이 하나님을 언급하는 것으로 그려진다. 폐회사에서는 "사롬이 써러져서 즘생의 아리가 되고 즘생이 도로혀 사롬보다 샹등이 되얏스니 엇지ᄒ면 조흘고 예수씨의 말삼을 드르니 하ᄂ님이 아직도 사롬을 ᄉ랑ᄒ신다ᄒ니 사롬들이 악ᄒ 일을 만히 ᄒ엿슬지라도 회개ᄒ면 구완 잇ᄂ길이 잇다ᄒ얏스니 이 세상에 잇ᄂ 여러 형졔ᄌ미ᄂ 깁히깁히 생각ᄒ시오"[103] 같이 예수님의 말씀을 인용하여 기독교의 중심 개념의 하나인 '회개를 통한 구원'을 강조한다.

그러나 「금수회의록」은 기독교 프로파간다로만 기울어진 것은 아니다. 안국선은 기독교를 우리 사회의 현실을 직시하고 과제를 환기해주는 조명 장치로 활용한다.

　　제일석 까마귀 반포지효(反哺之孝): 불효자, 신여성, 게으른 자, 협잡꾼 비판

　　제이석 여우 호가호위(狐假虎威): 배외주의, 제국주의, 무력주의, 성도덕 문란 지적

　　제삼석 개구리 정와어해(井蛙語海): 수구파, 개화파, 열강, 탐관오리 비판

　　제사석 벌 구밀복검(口蜜腹劍): 군주제 지지, 이중인격자 비판

　　제오석 게 무장공자(無腸公子): 매국 대신, 훼절, 몰주체성 비판

　　제육석 파리 영영지극(營營之極): 간사한 인간, 골육상쟁, 물욕, 낡은 생각 비판

　　제칠석 호랑이 가정어맹호(苛政猛於虎): 학정, 폭력 비판

　　제팔석 원앙새 쌍거쌍래(雙去雙來): 조강지처 버리는 자, 재가하는 여인,

103) 안국선, 『금수회의록』, 황성서적업조합, 1908, p. 48.

성적 문란 현상 비판

안국선은 특정 대상만을 공격 대상으로 삼은 것도 아니며 특정 이데올로기에 편향되는 태도를 취한 것도 아니다. 그는 어떤 존재든 또 어떤 이념이든 가리지 않고 통찰의 대상으로 삼았고 비판의 대상으로 삼았다. 이러한 통찰과 비판의 기준 중 하나는 하나님 사상에서 찾을 수 있고 또 다른 하나는 「금수회의록」에서 조심스럽게 표출된 충효사상의 뿌리인 유교적 윤리관에서 찾을 수 있다. 안국선은 금수만도 못한 인간 현실을 개탄한다.

(가) 지금 셰샹 사롬들은 당당한 하나님의 위엄을 빌어야 홀터인디 외국의 셰력을 빌어 의뢰ᄒ야 몸을 보젼ᄒ고 벼살을 엇어ᄒ려ᄒ며 타국사롬을 부동ᄒ야 졔나라를 망ᄒ고 졔 동포를 압박ᄒ니 그거시 우리여호보다 나흔일이오 결단코 우리 여호만 못ᄒ 물건들이라 ᄒ옵니다 (손벽소리텬디진동) 쏘 나라로 말홀지라도 대포와 총의 힘을 빌어서 남의 나라를 위협ᄒ야 속국도 만들고 보호국도 만드니 불안당이 칼이나 륙혈포를 가지고 남의 집에 들어가셔 지물을 탈취ᄒ고 부녀를 겁탈ᄒᄂ거시나 다를거시 무엇잇소[104]

(나) 사롬들은 좁은 소견을 가지고 외국 형편도 모로고 텬하대셰도 살피지 못ᄒ고 공연히 셔들며 무어슬 아ᄂ톄ᄒ고 나라ᄂᄂ다 망ᄒ야가것마는 썩은 싱각으로 갑갑ᄒ 말만 ᄒᄂ도다 쏘 엇던 사롬들은 졔나라안에 잇셔셔 졔나라 일도 다 아지 못ᄒ면셔 보도듯도못ᄒ 다른 나라 일을 다 아노라고 츄쳑더니 가증ᄒ고 우숩듸다[105]

---

104) 위의 책, pp. 16~17.
105) 위의 책, p. 21.

(다) 사롬들은 디낫에 사룸을 쥭이고 지물을 쎄아스며 죄업눈 뵉셩을 감옥
셔에 모라너허셔 돈밧치면 내여놋코 셰업스면 죽이눈 것과 님군은 아모리
인자ㅎ야 샤젼을 ㄴ리드리도 법관이 용소ㅎ야 공평치못ㅎ게 죄인을 조종ㅎ고
돈을밧고 벼살을 내여셔 그벼살훈 사롬이 그 미쳔을 쏩으려고 음흉훈 슈단으
로 졍소를 쌔다롭게ㅎ야 뵉셩을 못 견디게ㅎ니 사롬들의 악독훈 일을 우리
호랑이의게 비ㅎ야보면 몃만비가 될눈지 알수업소[106]

(라) 가마귀 쳐럼 효도홀줄도 모로고 개고리 쳐럼 분수직힐줄도 모로고
여호보담도 간샤ㅎ고 호랑이보담도 포악ㅎ고 벌과갓치 졍직하지도 못ㅎ고
파리갓치 동포 ᄉ랑홀줄도 모로고 창ᄌ업눈 일은 게보다 심ㅎ고 부졍훈 힝실
은 원앙새가 붓그럽도다[107]

(가)는 사대주의나 제국주의를, (나)는 무지하기 짝이 없는 인간을 고
발하며 (다)는 법과 정의가 무너져 내린 현실을 개탄한다. (라)는 효, 분
수 지키기, 평화, 정직, 동포애, 지조 등과 같이 여덟 금수 연사가 주장한
내용의 골자를 추려 보인다. 「금수회의록」보다 몇 달 늦게 간행된 『연설법
방』은 안국선이 창작한 것으로 보이는 "청년 구락부에서 하는 연설" "정부
의 정책을 공격하는 연설" "학교의 학도를 권면하는 연설" 등 8개의 연설
을 실어놓은 것으로, 「금수회의록」의 여덟 금수의 연설과 내용상 겹치는
부분이 적지 않다. 「금수회의록」이 대체로 국가 위기, 제국주의, 무력주
의, 사회 윤리 등과 같은 큰 문제에 관심을 갖는 거대담론을 보여주는 것
과 달리 『연설법방』은 좀더 작고 구체적인 담론을 보여준다.[108]

---

106) 위의 책, p. 40.
107) 위의 책, p. 48.
108) 「금수회의록」에 대한 논의는 졸고, 「이론과 실제를 겸비한 정경지식인(안국선론)」, pp.
110~12의 중요한 대목을 추려놓은 것이다.

유산객들이 서로 만남(1장), 금수 곤충이 친목회 개최(2장), 양회장의 취지와 설명(3장), 연회석의 차서(4장), 폐회(5장), 촬영(6장) 등 총 6장으로 짜여 있고, 사슴·원숭이·까마귀·제비·올빼미 등 열네 동물이 연사로 등장하는 김필수의 「경세종」은 「금수회의록」보다 기독교적인 색채를 더욱 짙게 드러낸다. 이 작품은 기독교문학의 한 예라고 할 수 있다. 이 작품에서 양회장은 성서의 「창세기」 「묵시록」 「시편」 등의 한 부분을 인용, 소개하였고 원숭이는 이사야의 말과 엘리야라는 선지자의 행위를 소개했다. 「경세종」에서는 같은 시대의 소설들과 마찬가지로 많은 속담을 인용하지만 성서를 중심으로 한 서양의 명언·고사·에피소드에서 정신적 준거를 마련하고 있다. 그러나 「경세종」은 여기서 끝나지 않고 미국, 유럽 여러 나라, 브라질 등의 전래 민담을 들려주어 서사 양식에 근접한다. 이처럼 「경세종」은 기독교 사상의 전파와 흥미있는 이야기의 제시라는 작가적 충동이 조화롭게 공존하였다.

  내러티브는 크게 경험적 내러티브와 역사적 내러티브로 나눌 수 있다고 한 스콜즈와 켈로그의 『내러티브의 본질』(1966)에 토대를 두어 이들 작품들의 성층을 분석해보면 「금수회의록」은 계몽적인 것(연설체를 통한 현실성과 당위성 제시) + 낭만적인 것(의인법과 꿈의 장치) + 역사적인 것(동서양의 고사와 잠언 다수 원용)으로, 「자유종」은 모방적인 것(개화기 한국 사회의 문제점 적극 제시) + 계몽적인 것(상반된 의견의 제시를 통한 객관적 사회 인식 유도)으로 구성된 것이라고 할 수 있다. 개화기에 토론체나 연설체나 박식을 자랑하는 소설들, 다시 말해 변격의 서사 양식에 속하는 작품들은 두드러지게 '계몽적인 형태'에 경사된 것으로, '낭만적인 형태'는 가장 적게 내보인 것으로 나타난다. 그런가 하면 대개의 작품들에서는 '모방적인 것'과 '역사적인 것'이 대등한 비중으로 어울려 있다.[109]

  ---

  109) 졸고, 「개화기소설 양식의 변이현상」, 『한국 현대소설연구』, 민음사, 1987, p. 91.

8. 시대 인식과 이념 갈등의 미메시스(「은세계」~「화의 혈」)

개화기는 전쟁, 정변, 군란, 민요(民擾) 등으로 점철된 시기였다. 임오군란, 갑신정변, 청일전쟁, 러일전쟁, 동학, 의병 항쟁 등과 같이 국가 정체성을 뒤흔들어놓은 사건들이 줄지어 발생하였는데, 오늘날 이런 굵직한 사건들이 지니는 의미는 당시의 평가와는 같지 않거나 아예 반대로 전도된 경우도 있다. 동학과 항일 의병의 경우, 필연적이며 당위적인 사건이었다는 오늘날의 긍정적 평가와는 달리 당시에는 정부와 무지한 백성들과 보수적인 양반들은 단순한 민란 내지 민요로 파악하는 경향을 보였다. 1910년도 전후에 단행본으로 나온 소설들이 의병이나 동학의 문제에 침묵하거나 왜곡시킨 것은 정부의 태도에 암묵적으로 동조한 것으로 볼 수밖에 없다.

동학에 관련된 문제를 다룬 것으로 이해조의 「화의 혈」(1911), 김교제의 「현미경」(1912), 안국선의 「공진회」(1915), 작가 미상의 「한월」 등이 있다. 의병을 다룬 소설로는 이인직의 「은세계」(1908), 안국선의 「공진회」, 최찬식의 「金剛門」(1914) 등이 있다.

「공진회」는 당시 우리나라가 각종 난도들에게 시달리고 있었음을 지적한 것으로, 안타고니스트인 유승지가 철원 제일 부자로 평소에 실인심하여 동학군에게 붙잡혀 재산을 다 빼앗기고 만다는 사건과 그 유승지에게 가난하다는 이유로 혼인을 거절당한 김용필이 의병 토벌대에서 공을 세워 점점 출세한다는 사건, 그리고 토벌대 대대장이며 김용필의 상관이었던 김참령이 박참봉 부자의 '의병간련(義兵干連)' 혐의를 벗겨주면서 대신 그 딸을 달라고 강요하여 파면되고 만다는 사건을 설정하였다. 첫째 사건은 동학군에 대한 무조건적인 부정을 다소 완화한 경우라고 할 수 있고, 둘째 사건은 작가가 의병 토벌대를 긍정적으로 보고 있음을, 셋째 사건은 의병 토벌대를 완전히 긍정적으로만 본 것은 아님을 일러준다.

이해조의 「화의 혈」과 김교제의 「현미경」은 여러 가지 방법을 통해서 동학에 대한 긍정적 인식을 확보하려 한 경우로 볼 수 있다. 개화기소설들 가운데 이 두 편처럼 동학을 비중 있게 다룬 것도 없으며 간접적으로나마 긍정적 인식의 폭을 넓힌 것도 없다. 「화의 혈」의 후기[110]를 보면 이해조가 허구성·기록성·리얼리즘 등과 같은 현대소설로서의 정신과 효능을 크게 의식했음을 알게 된다.

　「화의 혈」은 평소에 양반으로서의 자부심도 강하고 언변과 지혜도 뛰어난 야심가 리도사가 삼남 시찰이 된 후 본색을 드러내어 저지르는 온갖 횡포를 보여준 것으로, 이 소설은 리도사가 정부로부터 처벌을 받고 옥에 갇혔다가 나와 거지가 되어 전전걸식하게 되는 것으로 끝난다. 후반부에 가면 리도사에게 속아 죽고 만 선초의 동생 모란이 리도사를 궁지로 몰아버린다는 복수극으로 귀결되긴 하였지만, 당시 동학군과 토벌대와 백성들 사이의 긴장 관계를 여실하게 드러낸 점이 가장 주목된다. 당시의 여러 상황과 분위기로 미루어 보면 기생의 여동생이 삼남 시찰을 겨냥한다는 복수극은 권선징악담이나 공안소설과 같은 낭만적인 발상이라고 하지 않을 수 없다.

　벼슬자리에 나아갈 기회를 엿보던 리시찰은 당시의 실력자 신대신을 찾아가 동학군의 횡행을 진압할 수 있는 계책을 털어놓는다. 신대신이 동학군에 대해 유언비어를 잘 퍼뜨리고 도둑질을 잘하고 부녀자와 재산을 함부로 탈취한다고 하면서 "글셰 삼남에는 소위 동학당의 횡힝이 디단ㅎ다는걸 그러치마는 그ᄯᅵ짓 오합지즁을 무슨 심려ᄒᆞᆯ것이잇나 진위디 몃초만 풀어

110) 『화의 혈』, 보급서관, 1912, p. 100.
　　　"긔쟈왈 소셜이라 ᄒᆞ는것은 미양 빙공착영(憑空捉影)으로 인졍에 맛도록 편즙ᄒᆞ야 풍쇽을 교졍ᄒᆞ고 사회를경셩ᄒᆞ는것이 뎨일 목뎍인즁 그와 방불ᄒᆞ 사롬과 방불ᄒᆞ 사실이 잇고보면 이 독ᄒᆞ시는 렬위부인 신소의 진진호 쥬미가 일층 더싱길것이오 그사롬이 회긔ᄒᆞ고 그소실을경계ᄒᆞ는 됴혼영향도 업지안이ᄒᆞᆯ지라 고로 본긔쟈는 이쇼셜을 긔록홈이 스스로 그쥬미와 그영향이 잇슴을 바르고 ᄯᅩ바르노라"

보닛스면 몃칠안이가셔 다 쇼멸홀것일세"[111]라고 하자 리시찰은 동학 발생 배경을 "근일에 각도디방관을 퇴차를못ᄒᆞᆫ탓으로 젹ᄌᆞ갓흔 빅셩을 ᄉᆞ랑홀줄은 모르고 기름과피를 글금이 일반 인민이 억울ᄒᆞ고 원통홈을 참다못ᄒᆞ야 악이ᄂᆞ셔 이리ᄒᆡ도죽고 뎌리ᄒᆡ도죽기ᄂᆞᆫ 일반이라ᄒᆞ고 범죄를ᄒᆞᆫ것"[112]이라고 설명하면서 백성을 위하는 척한다. 비록 리도사의 의견은 감언이설에 불과한 것이기는 하지만 작가 이해조는 리도사의 입을 통해 동학 발생 배경의 필연성을 암시한다. 부정적인 인물 리도사의 입을 빌려 당시의 위정자들 사이에서는 부정되는 경향이 짙었던 동학에 대해 이해의 국면을 열어놓는 결코 단순치 않은 서술 방법을 취했다.

백성들의 불만을 해소할 수 있는 좋은 방안을 내놓아 신대신 형제의 환심을 사 마침내 삼남 시찰이 된 리도사는 온갖 횡포를 저지르기 시작한다.

(가) 몬젼 츙청도로 ᄂᆞ려셧ᄂᆞᆫ디 각읍션치슈령은 아모리 ᄌᆞ긔를 링디ᄒᆞ야 당장 결단ᄂᆡ고십으나 무엇이라 트집잡을 거리가업고 불치슈령은 닷호아 은근히 무릅홀괴여쥬며 가진 쳠을다ᄒᆞ닛가 ᄉᆡ셔부득이 눈을감아 도쳐마다 포계를ᄒᆞ야쥬니 그시찰보ᄂᆞᆫ것이 효험만 업슬뿐안이라 도로혀 민심이 더욱 불울ᄒᆞ야 폭도가 ᄉᆞ면에셔 불이러나듯ᄒᆞᆫ지라[113]

(나) 리시찰이 즉시각진위디에 통쳡ᄒᆞ야 병명을다슈히풀어 원범협종을 물론ᄒᆞ고 동학에간련 곳잇다ᄒᆞ면 다시 됴샤홀여부업시 모조리 잡아죽이ᄂᆞᆫ디 열이면 아홉이나 여덟은 이믜히 참혹ᄒᆞᆫ 디경을당ᄒᆞ니 그원억ᄒᆞᆫ긔운이 구쇼에 ᄉᆞ모치ᄂᆞᆫ즁 뎨일악착ᄒᆞ고 말살시럽기ᄂᆞᆫ 목쳔 임씨의 집일이라[114]

111) 위의 책, p. 11.
112) 위의 책, p. 12.
113) 위의 책, pp. 15~16.

(다) 리시츌이 경상남북도로 도라단이며 동학을 박멸훈다 빙자ᄒ고 인명을 파리쥭이듯ᄒ야가며 지물을엇더케글어드렷던지 빅쳑간두(百尺竿頭)의형셰로 여지업시 지닉던터이러니 졸연히 부즈가되야 일용범졀에 아모것도 구챠훈바히업스닛가 슬몃이흉측훈싱각이 나던지 즉시 젼라남도로 로문을노코 가다가[115]

(라) (션) 에그 그리면 엇더케ᄒ나요 쇼문을드르닛가 동학죄인은 잡는디로 포살을훈다는디 아바지? 동학간련으로 몬다ᄒ니 뒤씃치엇더케될는지 알슈가잇ᄂ요 (츈) 리시찰이 너씨닭에 함혐을ᄒ고 그리는모양인가보다마는 아모럿던지 무죄훈사롬을 싱으로쥭이겟ᄂ냐 ᄒ더니 그말이 졈졈극도에 달ᄒ야 확확 함부루 물퍼붓듯ᄂ온다[116]

(가)는 리시찰이 신대신에게 제안하였던 선치자 포상, 불선치자 징계의 방안과는 정반대로 행동하면서 많은 재물을 긁어들이는 것을 보여주며 (나)는 리시찰이 선무의 노력은 하지 않은 채 죄 없는 백성들을 동학 관련자로 몰아 포살하였음을 보여준다. (다)는 충청도에서 저질러진 행패가 경상도에서도 재현되고 있다고 서술한다. 위 인용문의 앞뒤로 동학당의 횡행이 심하였던 것, 동학간련자를 선무하거나 처벌하는 것을 임무로 하는 리시찰의 횡포가 극심하였던 것, 많은 사람들이 억울하게 '동학간련'의 혐의로 처벌된 것을 서술한다. (라)는 리시찰에게 동학간련의 혐의로 아버지 최호방이 끌려간 것을 알고 큰딸 선초가 아버지가 죽을까 봐 걱정하는 장면이다.

결국 리시찰은 "막즁국셰를 중간환롱한 죄"로 감옥에 갇혀 3년 동안이

---

114) 위의 책, p. 17.
115) 위의 책, p. 22.
116) 위의 책, p. 34.

나 재판을 받게 되고 동학당 수백 명과 한곳에 수감되어 욕설을 듣기도 하고 매 맞기도 한다. 「화의 혈」은 리시찰이 처벌받고 나중에는 거지가 된다는 이야기를 들려줌으로써 리시찰에게 억울하게 죽음을 당하고 재산을 빼앗긴 사람들에 대한 연민을 넓히는 효과를 갖게 된다. 물론 이렇다고 해서 이해조가 동학을 무조건 긍정했다고는 속단할 수 없다. 「화의 혈」은 동학을 확연하게 긍정한 것은 아니지만 동학간련자들을 색출하고 처벌하는 임무를 띤 시찰의 전횡과 잔악상을 폭로하는 데도 힘씀으로써 동학에 대한 긍정적 인식의 폭을 자연스럽게 넓힐 수 있었다.

「화의 혈」보다 10여 년 앞서 나온 『독립신문』의 다음 기사는 「화의 혈」의 내용을 현실 반영의 결과로 보게끔 한다.

당신도 응당 호남에 쇼위 민요라 ᄒᆞᄂᆞᆫ 쇼문을 드럿스려니와 쟈셔이 알지 못 ᄒᆞᆯ듯 ᄒᆞ기에 젼후 ᄉᆞ샹을 다 말 ᄒᆞ노라 근러에 관찰ᄉᆞ와 군슈들이 새 쟝뎡은 ᄒᆞ나도 직히지 아니 ᄒᆞ고 이젼 악습으로 빅셩의 피를 극ᄂᆞᆫᄃᆡ 호포와 결젼을 작뎡ᄒᆞᆫ 외에 ᄆᆞᆷᄃᆡ로 가봉 ᄒᆞ며

죠칙으로 혁파 ᄒᆞ라신 무명 잡셰를 여젼이 밧어 들니미 간악ᄒᆞᆫ 아젼비ᄂᆞᆫ 틈을 타셔 롱간이 무쌍ᄒᆞᆫ 즘 어스니 시찰이니 ᄒᆞᄂᆞᆫ이가 또 나려와셔 빅반으로 침학 ᄒᆞᆫ이 슌령ᄒᆞᆫ 빅셩들이 견듸지 못 ᄒᆞ야 셔로 당을 지여 호원코져 ᄒᆞᆷ이 여눌 (중략) 그 불샹 ᄒᆞ고 가긍ᄒᆞᆫ 젹ᄌᆞ를 동학 여당이니 비도 여당이니 ᄒᆞ면셔 처음에ᄂᆞᆫ 본 디방더 병뎡을 파송ᄒᆞ야 쵸멸 ᄒᆞᆫ다 ᄒᆞ더니 나죵에 또 드른즉 강화 병뎡으로 ᄒᆞ여금 모도 뭇지른다 ᄒᆞ니 인심이 더옥 흉흉 ᄒᆞ야 사름마다 슈풀에 안진 시와 ᄀᆞᆺᄒᆞᆫ지라[117]

이 신문 사설은 동학 여당과 비도여당(匪徒餘薰)을 토벌한다는 명분을 갖

117) 『독립신문』, 1899. 6. 10.

고 지방에 내려온 시찰이니 어사니 하는 사람들의 횡포와 만행이 '동학군에서 백배나 더했음'을 강조한다. 집단적 차원에서는 토벌대의 횡포와 개인적으로는 시찰이니 어사니 하는 자들의 횡포는 1890년대에서 1900년대까지 엄연한 현실이었다. 이 신문 사설은 탐관오리를 고발하는 데 역점을 둔 「화의 혈」 「현미경」 「은세계」 등의 이야기의 기본형을 담아놓은 것이라고 할 수 있다. 이해조가 신문을 보고 「화의 혈」을 착상한 것이 아닐까 싶을 정도다.

김교제의 「현미경」은 김감역의 딸 빙주(氷珠)가 억울하게 죽은 아버지의 원수를 갚기 위해 정승지를 칼로 찔러 죽이려는 데서 시작된다. 「현미경」은 기본적으로 역차적 구성 방법을 취하고 있어, 이 작품의 중간과 후반에서 빙주의 살인 이유를 알 수 있게 된다. 동학군에 의해 크게 보복을 당한 정승지는 빙주의 아버지가 동학 때 무사하였던 것을 알면서부터 압박을 가하기 시작하였다. 「현미경」은 「화의 혈」에 비해 동학군이 인근 사람들에게 준 독해를 좀더 자세하게 서술하였다. 김감역은 평소에 많은 사람들에게 선심을 베풀어온 선인(善因)의 삶을 살아왔기 때문에 동학군으로부터 피해를 보지 않았다. 이에 반해 정승지를 포함한 상당수의 세력가들은 평소 삶의 태도가 악인(惡因)으로 흘렀기 때문에 동학군에게 큰 피해를 보게 된 것이다.

그씨 동학란리에 욕을보아도 참혹히보고 집을 망히도 더럽게 망흔집은 모다 국직국직ᄒ고 셰력잇는 스룸들이라 동학란리가 평졍되고 졍치가 기혁된 후에도 그 스룸들이 다시 졍부일판을 차지ᄒ고 좌지우지를 ᄒᄂ고로 그씨 동학에게 욕보든싱각을ᄒ고 셜치를 한번히볼 계획인지 묵은칙장을 다시 이르집어 방방곡곡이 사츌을히셔 동학여당을   그리 잡아 쥭이ᄂᄃ 졍승지는 천지일시로 이런긔회를 맛나 발을벗고 나셔셔 유무죄간에 평일에 ᄌ긔에게 조곰이라도 거역을ᄒᄃ 스람이면 비록 빅빅 무하흔스룸도 모다 동학으로 몰아 죽이는 판이라 손바닥만흔 보은구셕에셔 슘십리안밧일을 죽이 쓸는지 밥이 쓸는지 엇지 몰으리오 동학통에 유독히 김감역집만 안연무ᄉ 하얏단 말을 듯고 불안당갓흔 욕심이 불갓치 이러나셔 김감역을 넌짓이 쳥ᄒ야 빅방으로 위협을ᄒ고 엽젼십만량을 쳥구ᄒ는지라[118]

이 부분은 동학군에 의해 심대한 타격을 받은 것이 주로 세력가라는 점, 동학 여당 토벌책이 시행된 데는 벼슬아치들의 복수 심리가 크게 작용했다는 점 등을 명시함으로써 동학 문제를 다룬 소설로서의 「현미경」의 위상을 잘 확립시켜준다. 다른 개화기소설에서 유례를 찾을 수 없을 만큼 동학에 얽힌 문제의 정곡을 찌르고 있기 때문이다. 「화의 혈」은 동학군이 일반 백성에게 다소의 피해를 주었음을 암시한 반면, 「현미경」은 동학군이 무고한 백성들은 되도록 건드리지 않은 대신 벼슬아치에게는 큰 타격을 주었다고 밝히고 있다. 또한 「화의 혈」이 동학여당 토벌책이 선무를 주요 동기로 삼았음을 암시한 반면, 「현미경」은 토벌책이 나오게 된 배경을 부정적으로 파악한다. 정부 대신들과 세력가들이 동학당에게 당한 것을 앙갚음하기 위해 잔혹한 토벌책을 강구했다는 서술은 「현미경」을 더욱 가치 있는 작품으로 끌어올린다. 동학이니 의병이니 하는 존재들이 그 당시의 엄연한 현실이었던 만큼, 개화기소설 가운데 리얼리즘소설의 갈래를 세울 수 있다면, 「현미경」은 그 중심에 들어갈 것이다.

정승지는 김감역을 불러 '동학간련'의 혐의를 걸면서 돈 10만 냥을 요구한다. 이에 김감역은 「은세계」의 최병도처럼 도리어 정승지를 향해 "일장론박을 통쾌히ᄒ고" 돌아온다. 정승지는 법부대신인 그의 삼촌과 함께 흉계를 꾸며 "김감역을 동학군의 접쥬로 얽어셔 황쇄 족쇄를ᄒ야 셔울로 잡아올녀다가 심문한번 지판한번도 안이ᄒ고 즉각너로 쌔려죽"[119]인 다음 김

118) 『현미경』, 동양서원, 1912, p. 14.

감역의 재산을 몰수해버린다. 「현미경」은 김감역의 동학간련 여부를 둘러싸고 재판정에서 정대신과 리협판이 논쟁을 벌이는 장면을 설정함으로써 당대 소설 중 시대를 가장 직시한 것이라는 평가를 받게 된다. 복수심에 불탄 빙주에 의해 목이 달아난 정승지의 삼촌 법부대신은 리협판을 향해 자기 조카가 잘못한 일이 있으면 법사에 고발해서 죄지죄 법지법대로 해야 옳지 않으냐고 따진다. 그러자 리협판은 김감역이 농학 괴수라는 증거가 있느냐, 김감역은 정식 재판을 거쳐 사형을 받은 것이냐, 법부대신은 사람을 마음대로 죽이고 살리는 데까지 있느냐, 무슨 근거로 김감역의 재산을 몰수하여 가로챘느냐 하고 반박한다. 정대신은 동학 통에 욕을 보지 않은 집들이 거의 없는데 김감역 집만 무사하고 오히려 동학군들에게 선생님 대접을 받았으니 이것이 동학군 관련 증거가 아니고 무엇이냐고 따진다. 리협판의 반론에 말문이 막힌 정대신도 "리협판은 즉시 법부로가셔 정뎍신의 전후죄목을 로력ᄒᆞ야 샹쇼를 ᄒᆞ얏더라" "본직 법부딕신과 겸직 경무사ᄭ지 익은 감쏙지 돌아쪄러지듯 함쯰 쪄러지고 고살인명(故殺人命) 혼죄로 평리원에 피슈가 돠얏더라",[120] "몃칠후에 평리원 검사실에셔 정뎍신의 전후죄상을 심사ᄒᆞᆫ결과로 판결 션고를 니ᄂᆞᆫ딕 사긔취지와 인명 살히혼죄로 교에 쳐 ᄒᆞ얏더라"[121]와 같이 하루아침에 몰락하고 만다. 이렇듯 정의감이 살아 숨쉬고 약자가 행세하고 권선징악의 기운이 넘치는 이야기는 당시의 정세를 감안하면 현실성이 약해 보인다. 법치주의와 죄형 법정주의 등을 신봉하는 리협판과 불법 사형 실시, 권력 남용, 부정 축재 등의 행태를 보인 정대신 사이의 갈등은 평리원의 심판에 따라 정대신이 사형당하는 것으로 끝나게 된다. 작가 김교제는 외국 가서 법을 공부하고 돌아온 리협판이란 인물을 설정하여 그의 입과 두뇌를 빌려 동학군이라든가 화적 떼 등의 문제에 대

---

119) 위의 책, p. 15.
120) 위의 책, p. 149.
121) 위의 책, pp. 165~66.

한 토론을 펼침으로써 법률적인 차원에서 민요의 일말의 정당성을 획득한 데까지 나아간다. 「현미경」은 동학군도 승리하고 개화주의자도 승리한 것으로 그리고 있다.

비록 필수 모티프로 쓰인 것은 아니지만 의병을 등장시킨 소설로는 이인직의 「은세계」(1908), 안국선의 「공진회」(1915), 최찬식의 「금강문」(1914) 등이 있다. 「은세계」의 앞부분에서는 민요(民擾) 자체에 대해 긍정하는 분위기가 짙다. 최병도가 알부자라는 이유 하나만으로 강원 감사에게 끌려갈 때 그 친구 김정수는 영문 장차들에게 민요의 무서움을 일깨워주면서 민요란 터지기도 쉽고 그 여파도 걷잡기 어려운 것이라고 큰 소리로 외친다. 김정수는 최병도가 강하게 만류하였기 때문에 분을 가라앉힐 수 있었다.

실제로 1890년대 후기부터는 '민요'라는 말이 유행어처럼 떠돌아다녔다. 『대한매일신보』는 창간된 후 몇 달 동안 계속해서 민요, 동학 잔당, 비도 창궐, 토벌대 등에 관한 소식을 전하는 데 힘썼다.[122] 이렇게 보면 개화기 소설들 가운데서 동학이나 의병 또는 도둑 떼 등의 문제를 다룬 것은 민요가 일반화되고 나서도 몇 년이 흐른 다음의 일이었다.

「은세계」에서는 의병이 등장하는 장면이 마지막 부분을 장식한다. 미국에서 공부하고 돌아온 옥순과 옥남 두 남매는 남편의 억울한 죽음으로 인해 오랫동안 정신병을 앓았다가 쾌차한 어머니를 모시고 절에 가는 중에 "의병"을 자칭하는 무리와 조우하게 된다. 이 장면에서 주의해 볼 것은 이인직이 이 무리를 "무뢰지배"라고 표현한 것과 이 "무뢰지배"가 "강원도 의병"을 자칭한 것과 옥남에게 왜 머리를 짧게 깎았는가 하고 물어본 점이

---

122) 『대한매일신보』에서 문경에 도적 출몰(1904. 8. 13), 고양군 민요(1904. 8. 24), 각 지역에서 東學更起(1904. 9. 9), 도적·비도·동학 여당 토벌령(1904. 9. 14), 시흥 민요(1904. 9. 14), 곡산 민요(1904. 9. 26), 강계에서 동학당이 토벌대 격파(1904. 11. 11) 등의 기사를 볼 수 있다.

다. "무뢰지배"라는 표현은 이인직이 의병을 불법적 존재로 파악했다는 표시가 된다. "머리는 왜 깎았는가" 하는 질문은 정부의 개혁 조치의 하나인 단발령에 대한 의병들의 반감에서 나왔다. 당시에는 신학문을 사교(邪教)라고 하면서 머리를 깎기 싫어한 나머지 의병으로 들어가버리는 사람들도 적지 않았다.

또 한 가지 주목해야 할 것은 의병들이 총부리를 겨누고 있음에도 옥남이가 조금도 당황하지 않고 일장 연설을 하는 점이다.

> 의병도 우리나라빅셩이오 나도 우리나라빅셩이라 피츠에 나라위ㅎ고 십흔 마음은일반이나 지식이ᄃᆞ르면 ㅎᄂᆞᆫ일이 ᄃᆞᄅᆞᆫ법이라 이졔여러분 동포게셔 의병을이르켜셔 죽기를 헤아리지아니ㅎ고 ㅎ시ᄂᆞᆫ일이 나라에리롭고자ㅎ야 ㅎ시ᄂᆞᆫ일이오 나라에히를 ᄭᅵ치려ᄂᆞᆫ일이오 말솜좀 ㅎ야주시오.[123]

이런 질문은 작가 이인직이나 주요 인물이며 자동서술자인 옥남이 의병을 긍정적 존재로 보지 않았다는 표시가 된다. 이는 이미 당시의 정치판에서 이름이 널리 알려진 이인직이 눈에 띄지는 않지만 수천수만의 의병들을 향해 공식적으로 설득을 시도한 것이라고 할 수 있다. 옥남은 의병들이 취하는 무력투쟁의 방법은 국민의 생활과 국가의 행정에 해를 끼치는 결과를 낳을 뿐이라고 하였다. "ᄎᆞ라리 닉훈몸이 죽을지라도 여러분동포가 목젼에 화를면ㅎ고 국가진보에 큰방히가 업도록 충고ㅎᄂᆞᆫ일이 오른 터이라"와 같이 의병 활동을 동포의 안위와 국가 진보에 방해되는 것으로 보았다.

> 여러분 동포가 의리를 잘못잡고싱각이 그릇드러서
> 요슌갓흔 황뎨폐하 칙령을거스리고 흉긔(凶器)를가지고 산야로출몰ㅎ며 인

---

123) 『은세계』, 동문사, 1908, p. 137.

민의지산을 강탈ᄒ도가 슈비디일병ᄉ오십명만 맛나면 슈십명 의병이 뎌당치

못ᄒ고 패ᄒ야도라나거ᄂ 그럿치아니ᄒ면 ᄉ망무슈ᄒ니 동포의ᄒᄂ일은 국민

의싱명만업시고 국가 힝졍샹에 히만씻치ᄂ일이라 무어슬취ᄒ야 이런일을 ᄒ

시오[124]

황제 폐하의 개혁 조치로 인해 매관매작이라든가 잔학생령과 같은 많은

악습이 일소될 것이니 갑오경장의 결과를 기다려보자고 하면서 "황뎨폐하

통치하(統治下)에서 부지런히 버러먹고 자식이나 줄가르쳐서 국민의지식이

진보될도리만 ᄒ시오지금우리ᄂ라에 국리민복(國利民福)될일은 그만ᄒ일이

두시업소"[125]와 같이 점진주의를 골자로 한 대안을 제시한 옥남이 의병들에

게 '선유사'로 찍혀 어디론가 끌려가버리는 것으로 막을 내린다. 이는 여

러 가지로 해석해볼 수 있다. 「은세계」가 최병도 집안의 수난사를 엮는 데

역점을 둔 것이라고 한다면 이 마지막 장면은 애국적 신념이 받아들여지지

않은 채 끌려가버리는 옥남의 비극을 펼쳐 보인 것이라고 할 수 있다. 옥

남이 의병들에게 끌려간 것은 이인직이 옥남을 프로타고니스트로 내세우

는 이상, 의병들에 대한 긍정적 인식을 감소시킨 것이라고 할 수 있다.

「은세계」의 작가 이인직이 이완용의 일등 참모로 한일합병을 추진한 막후

협상자였다는 점을 염두에 두면 이 마지막 장면은 의병들을 단순한 오합지

졸이나 폭도로 몰아간 것으로 볼 수 있다. 이인직은 옥남을 내세워 무력투

쟁 노선을 부정하고 문화투쟁 노선을 긍정하는 태도를 취하였다.

　최찬식의 「금강문」에서는 여주인공 이정진의 남편 남규직이 대장이 되어

의병을 일으켰다가 "폭도 토벌대"에 자수하여 목숨을 건지게 된다는 이야

기를 들을 수 있다. 이 작품은 노골적으로 "폭도 토벌 헌병"을 미화하는

---

124) 위의 책, p. 138.
125) 위의 책, p. 140.

데다 의병대장 남규직을 초라하고도 비굴한 존재로 묘사하였다. 이 작품에서 의병을 언급한 부분이 차지하는 비중은 무시해도 좋을 정도다.

안국선의 「공진회」[126]에 실린 세 가지 이야기 중 마지막 이야기인 「지방노인담화」는 「은세계」와 마찬가지로 의병의 존재를 비하하는 동시에 「금강문」과 마찬가지로 의병 토벌대를 미화한다. 「지방노인담화」는 몰락한 김도사 십의 손자 용필의 출중함을 그리는 데 초점을 맞춘 일종의 영웅소설인데, 그가 영웅적인 존재가 된 것은 바로 의병 토벌대에 들어가 혁혁한 전공을 세운 뒤부터였다. 장인 될 사람에게 집안이 몰락하였다는 이유로 파혼당한 용필은 서울로 와 토벌군에 가담하게 된다. 「지방노인담화」는 당시 조선 사회가 각종 난도들에게 시달리고 있었다고 기술한다.

　세상이 차차 소요하여 난리가 난다. 피난을 간다. 서학군(西學軍)을 죽이느니, 동학(東學)이 일어나느니 하고 예제없이 소동하여, 밤이면 좀도적, 낮이면 불한당(不汗黨), 어디 어느 곳이 안정한 땅이 없더라. 동학난리가 지나고 의병(義兵)난리가 일어나서 각 지방이 소동하는 그 동안에 유승지는 강원도의 부자라 하는 소문으로 동학에게 잡혀가서 여간 재산 다 빼앗기고 생명만 겨우 보존하여 집으로 돌아온즉, 실인심(失人心)한 사람은 난리세상에 더욱 살기 어렵도다. 동학이 가장 창궐(猖獗)한 곳은 삼남지방이라. (중략) 철원 고을에 출주한 군대는 대대장이 김참령이요 소대장이 참위 김용필이라[127]

1890년대를 난리의 시대요 혼돈의 시대로 규정한 안국선은 좀도둑 · 불한당 · 동학 · 의병을 구별하지 않은 채 이들을 뒤범벅해버림으로써 동학

---

126) 서문에는 "총독부에서는 물산공진회를 광화문 안 경복궁 속에 개설하였고, 나는 소설 「공진회」를 언문으로 이 책 속에 진술하였도다. 물산공진회는 돌아다니며 구경하는 것이요, 소설 「공진회」는 앉아서나 드러누워 보는 것이라"고 하였다.
127) 안국선, 『애국정신 외』, 을유문화사, 1969, p. 102.

군과 의병을 일거에 격하해버린 결과를 낳는다. 당시의 신분제를 다양하게
보는 대신 이분법이나 삼분법으로 재단하였다.

철원읍 제일 부자인 유승지는 박참봉 딸을 며느리로 맞고 싶어 하여 주
인공 용필을 못살게 구는 인물로, 동학군에게 붙잡혀 가 재산을 다 빼앗기
고 겨우 목숨만 보전해서 돌아온다. 이러한 사건은 안국선이나 소설「지방
노인담화」가 동학에 대해 무조건 부정했을 것이라는 판단을 잠시나마 유보
하게 만든다. 물론, 재산을 빼앗았다는 행위에 초점을 맞추면 동학군이나
의병에 대한 부정적 인식은 더하면 더했지 줄어드는 것은 아니다. 인심을
잃고 사는 부자나 세력가가 동학군이나 의병에게 피해를 보았다는 이야기
는 이미「현미경」이나「화의 혈」에서 들은 바 있다. 용필에게 딸을 줄 수
없다고 한 박참봉은 의병에게 끌려가 재물을 빼앗기고 나중에는 '의병간
련'의 혐의로 토벌대에 붙잡혀 시달리는 이중의 수난을 겪는다.

「지방노인담화」의 후반부는 토벌대 대장 김참령이 공사를 가리지 못하고
비리를 저질러 쫓겨나고 대신 용필이 승진해서 책임자가 되는 과정을 보여
준다. 동학군과 의병의 토벌에 공이 큰 인물이 비극적 결말을 맞는 것으로
플롯을 짠 것은 동학군과 의병에 대한 부정의 강도를 낮춘 것으로 해석할
수 있다. 그럼에도 신소설 작가들이 이렇듯 이중 삼중으로 우회해 가면서
까지 동학군이나 의병에 대한 긍정적 인식을 확보하려 한 것으로 보기는
어렵다.

안국선이「지방노인담화」에서 보여준 의병과 토벌대의 횡포는 당시의 실
상과 거리가 있는 것은 아니다. 기본적으로 항일 의병들 편에 서 있었던
매천 황현(黃玹)도 지방 토벌대의 탐학과 교만이 심해 백성들이 계속 동요
한다고 하면서 동시에 의병장 유인석의 부대가 압록강을 건너 청국으로 들
어가는 도중에 토색질을 일삼아 비난받았다는 기록[128]을 남긴 바 있다.

---

128)『梅泉野錄』, 권 2, 丙申條.

「공진회」의 첫번째 이야기는 「기생」으로, 진주 기생 향운개와 최유만이 부부가 되기까지의 과정을 그린 친일소설이다. "이번 공진회를 구경한 사람은 누구든지 조선의 문명진보가 오륙년 전에 비교하면 대단히 발달되었다고 할 터이라"고 일본 식민통치가 조선을 발달시켰다고 본 「기생」에서 과부 강씨의 유복자인 최유만과 퇴기의 딸인 향운개[129]는 어려서 친하게 지내 정혼한 것처럼 생각한다. 그 후 최유만은 일본군 장교 이토 대좌의 도움으로 청국어 통변으로 있게 된다. 향운개는 모친의 강요로 기생이 되어 김부자와 강제 결혼할 지경이 된다. 향운개는 꾀를 내어 침모를 김부자의 별실로 앉히고 자신은 일본 동경으로 건너가 적십자사 병원의 간호부가 되어 때마침 독일군과 일본군이 전투하는 중국 청도 공위군으로 파견되어 두드러진 활약상을 보인다. 이름도 일본인인 것처럼 가구모상(香雲樣)으로 불리게 된다. 그때 최유만은 중상을 당해 입원하여 향운개와 만나게 되었고 치료받은 후 결혼하여 공진회가 열리는 장소에서 진주 기생들에게 인사를 받게 된다.

두번째 이야기는 「인력거꾼」으로 알코올 중독자이면서 주위의 여러 사람들로부터 빚 독촉에 시달리던 남편 김서방은 3년간 금주하고 인력거를 끌기로 아내와 약조하고 일하던 중 눈 속에서 거금 4천여 원을 줍고 돈 처리 문제로 고민한다. 부인의 충고대로 경찰서에 갖다주고 계속 열심히 일하여 돈을 많이 모으고 나중에는 경찰로부터 주운 돈만큼 포상금으로 받게 된다. 김서방은 모든 돈을 아내에게 맡기고 여전히 인력거를 끈다. 「인력거꾼」의 끝은 다음과 같이 처리된다.

공진회를 개최한다는 소문이 있더니, 서울서 공진회 협찬회가 조직이 되었는데, 공진회는 총독정치를 시행한 지 다섯 해 된 기념으로 하는 것이라

129) 향운개라는 이름은 '춘향'과 '가춘운'과 '논개'의 이름 한 자씩을 따서 지었다고 한다.

하는 말을 김서방의 내외가 들었던지, 경찰서에서 돈을 내어준 것을 항상 고마워하고 총독정치의 공명함을 평생 감사하게 여기던 터이라, 공진회 협찬호에 대하여 돈 이백 원을 무명씨로 기부한 사람이 있는데, 이 무명씨가 아마 김서방인 듯하다더라[130]

　조선인 인력거꾼이 "총독정치의 공명함을 평생 감사한다"는 반응을 보인 점에서 「인력거꾼」도 친일적인 공안소설이 된다.
　최찬식의 「추월색」(1912)[131]은 의병이나 동학군으로 지칭되는 무리를 다룬 것은 아니지만 그렇다고 단순한 비도나 화적 떼를 다루었다고 단정할 수도 없다. 「추월색」에서는 초산군 관아에 쳐들어가 방화하고 돌을 마구 던진 무리를 "난민"이라든가 "폭민"으로 부르기는 하였으나, 이들의 행위가 어느 정도의 분별력과 자제력을 지닌 것으로 서술하여 이들의 존재를 긍정적으로 볼 수 있는 가능성도 열어놓았다. 초산군 습격 보고서는 평북 관찰사의 이름으로 다음과 같이 작성되었다.

　보고셔「관하초산군에셔 거 이월이십팔일 하오삼시경에 란민천여명이 불의에 취집ᄒ야 관아에 츙화ᄒ고 작셕을 란투ᄒ와 관사와 민가수빅호가 연소ᄒ읍고 리민간사상 이십여인에 달ᄒ야 야료란폭흠으로 강계진위되에셔 병졸일소되를 급파ᄒ야 익일상오십시에 초히 진압되엿ᄉ온디 희군수와 급기가족은 힝위불명ᄒ읍기 방금 조사즁이오ᄂ 죵늬죵젹을 부지ᄒ깃ᄉ오며 민요주창자ᄂ 엄밀히 수식ᄒ결과로 장두오인을 포박ᄒ야 본부에 엄수ᄒ읍고 자에보고흠[132]

130) 안국선, 『애국정신 외』, 을유문화사, 1969, p. 91.
131) 다음 논문들을 주목할 필요가 있다.
　　이경훈, 「신소설에 나타난 '남녀이합'에 대하여―「추월색」을 대상으로」, 『비평문학』 6, 비평문학회, 1992. 7.
　　문흥구, 「최찬식의 「추월색」 연구」, 『성신어문학』 9, 1997.
　　임순애, 「「추월색」과 한국적 근대의 이질성」, 『현대소설연구』 32, 2006.

이 보고서에서는 '난민'이라는 표현을 쓰긴 하였으나 그 난민에 대해 나쁘거나 과장되게 쓰지는 않았다. 관찰사 명의의 보고서에서는 민요의 발생 배경이나 이유를 밝히지는 않았지만 사람들의 입을 통해서는 민요 발생 배경이 드러나고 있다. "단지들니는말은 초산군수가 글만조아ㅎ고 술만먹는 고로 정사는 모다간활ㅎ 아전의소미속에셔 놀다가 맛춤니 민요를 맛낫다는 말뿐이라"[133)와 같이 초산군의 아전들이 군수인 김승지가 선량하기만 하고 관료로서는 부적합한 성격임을 이용하여 온갖 비리를 저질렀기 때문에 민요가 일어나게 되었다는 것이다. 난민들은 급박한 상황 속에서도 분별력을 발휘하여 무자비하게 살인하는 행위는 저지르지 않았다. 결과적으로 「추월색」은 민요의 긍정적 측면과 부정적 측면을 다 열어 보여주었다.

개화기소설에는 「추월색」과 같이 화적 떼든 수적 떼든 아니면 청국상 마적이든 도적 떼를 다룬 것들이 적지 않다. 「고목화」(1908), 「소학령」(1912), 「홍도화」(1911), 「朴淵瀑布」(1913), 「한월」(1912), 「雨中奇緣」「화수분」「金의 錚聲」(1913), 「明月亭」(1912), 「劍中花」「洞庭秋月」(1914) 등이 그 좋은 예다. 이상춘(李常春)의 「박연폭포」는 비록 자유 모티프이긴 하지만 규모가 큰 도적 떼를 설정하면서 양반이나 관리가 더 큰 도적임을 암시하였다. 헌헌장부인 데다가 남다른 용기를 지닌 아전 최성일이 상처한 후 방랑 생활을 하던 중 배치진 고개에서 화적에게 붙잡혔으나 나중에 도적 떼의 두목으로 옹립된다는 사건을 설정한다. 도둑 떼 두목인 고대장이 성경책을 읽고 감화되어 선민으로 돌아간다는 것으로 결말 처리하여 기독교 신교의 흔적을 드러내었다. 「박연폭포」가 도저 떼의 발생 원인을 다소 긍정적으로 제시한 반면 「화수분」은 박진사가 청국 마적단에 끌려가 조선

132) 『추월색』, 회동서관, 1912, p. 21.
133) 위의 책, p. 25.

국 양반의 체면을 꾸겨가면서 노동하는 것으로 그리고 있어 도적 떼를 부정적으로 보게 만든다. 「금의 쟁성」「명월정」「검중화」「동정추월」 등은 여주인공이 도적들에 의해 추행을 당하거나 남편을 잃는다는 사건을 설정한 공통점이 있다. 「검중화」에서는 목사의 신분으로 도적 떼 소탕에 큰 공을 세우는 주인공 이담용과 도적 두목이 현실인식의 차이를 보여준다. 이담용은 "지금 성군(聖君)이 재상(在上)하사 왕화(王化)가 아니 미친 데가 없거늘 너는 어찌 왕화를 벗어나 강도가 되어"라고 당시 정치 상황을 긍정적으로 용인하는 데 반해 도적 두목은 우리가 회개하고 양민이 되고자 하여도 받아주는 곳이 없다고 당시 현실을 비판한다. 물론 이 소설도 「화수분」이나 「박연폭포」와 마찬가지로 도둑이 양반의 선무공작에 의해 양민으로 돌아간다는 이야기를 들려준다. 이런 이야기는 공안소설과 마찬가지로 작가의 현실 파악보다는 소망이 더 많이 작용한 것으로 볼 수 있다. 도적 떼 모티프를 설정한 이 소설들은 복수담이나 모험담 중심의 로망스적인 발상에서 벗어나지 못하여 소설사의 중심 자료로 넣기가 어렵다.

이해조의 「月下佳人」(『매일신보』, 1911. 1. 18~4. 5)이 단행본으로 나왔을 때 겉표지에는 "哀情小說"이라는 부기가, 속표지에는 "新小說"이라는 부기가 붙었다. 이 소설은 20대 중반인 심진사(학서)가 평구녁말 앞 포구로 배를 타고 들어오는 것으로 시작된다. 심진사는 충주 목계에서 살며 범절이 소탈하고 지조가 굳은 사람으로 이름났다. "갑오년동학란을당ᄒᆞ야 부랑잡류들이아모조록심진사를쓸어너여압장을셰우고도당을소집ᄒᆞ라고입도ᄒᆞ기를여러번권ᄒᆞ다가종시듯지아니ᄒᆞ닛가도로혀함험을ᄒᆞ고모야무지간엣성군돌입ᄒᆞ야심진사를잡어간다그집에불을논다ᄒᆞ야불의에란리를당흔중 셜상가상으로그부인장씨ᄂᆞᆫ첫아히로수티흔지겨오오류식쯤되얏ᄂᆞ디"[134]와 같이 심진사는 동학당 입도 압력을 받고 처음에는 매를 맞으면서도 호통을

---

134) 『월하가인』, 박문서관, 1911, pp. 1~2.

쳤으나 계란으로 바위 치기라는 생각이 들어 입도를 결심하고 대신 집을 정리하고 돌아오겠다는 약속을 한다. 집이 불에 타 없어져 평구녁에 있는 이강동 댁으로 갔으나 이강동은 서울 교동으로 이사 가버린 후다. 작가에 의해 부정되고 있는 동학란은 여기까지만 기능한다. 이강동 내외는 70대로 두 아들이 높은 벼슬을 지냈으나 결국 유행병에 걸려 죽고 만다. 서울로 온 심진사는 훈장을 하고 장씨 부인은 바느질로 연명한다. 장씨 부인은 아들을 출산하여 이름을 창손이라고 지었고 심진사는 동문수학하던 친구 정윤조가 묵서가(멕시코)에 노동이민을 가면 금방 돈을 모을 수 있다고 제의함에 따라 묵서가개발회사 노동이민을 지원한다. 심진사는 장부인의 만류에도 불구하고 길어야 3년이라고 하면서 정윤조와 함께 인천에 가 배를 타고 멕시코로 간다. 멕시코 노동이민의 존재는 이 소설이 당시의 현실을 직시하려 한 흔적으로 볼 수도 있다.[135]

여기서 이야기의 중심은 심진사 부인 장씨에게로 이동한다. 기생 출신으로 남편을 여럿 갈아치운 바 있는 사기꾼인 방물장사 또성 어미는 재혼 의지가 강한 재산가 장시어를 속현시키기 위해 사람을 물색하던 중 장씨 부인의 자색에 끌리게 된다. 또성 어미는 시외삼촌 댁에서 새 옷과 패물과 신발을 빌려 왔다고 거짓말하고 그것으로 치장하여 잔칫집에 갔다가 온 후 장씨가 뒤를 보고 오는 사이에 슬며시 노리개를 훔쳐 장씨를 곤경에 빠뜨린다. 옷과 패물을 빌려 준 장시어 집에 가서 사과를 드리자고 또성 어미는 장씨 부인을 장시어 집에 데리고 간다. 처음에 장시어는 또성 어미의 계략대로 장씨 부인을 아내로 삼으려고 했으나 장씨 부인의 말을 다 듣고 난 후, 또성 어미를 사기꾼으로 파악하고 경무청에 잡혀가게 한다. 그리고 는 장씨 부인과 의남매를 맺고는 한집안 식구처럼 지낸다.

---

135) 주요섭은 장편소설 『구름을 잡으려고』(『동아일보』, 1935. 2. 17~8. 4)에서 조선 농민 박준식이 개발회사에 속아 멕시코 목화 플랜테이션에 종으로 갔다가 탈출하는 사건을 맨 앞 부분에 배치하였다.

이야기는 다시 심진사에게로 돌아간다. 심진사는 묵서가에서 밥도 제대로 못 먹고 하루 종일 일하고 처소로 돌아오면 덮을 것도 없을 정도로 고생한다. 1년이 다 되도록 돈 한 푼 못 모으고 편지 한 장 하지 못한다. 그런 끝에 심진사는 매매의 대상이 된다. 노동자 중 세력과 자유가 있는 청인 왕대춘의 구제를 받아 좀더 나은 조건에서 일하다가 왕대춘이 미국에 있는 외삼촌에게 연락해서 미국이 멕시코 정부에게 연락하는 식으로 하여 왕대춘이 그동안 몰래 모은 돈으로 토인에게 만오천 원을 주어 두 사람은 석방된다. 심진사는 윤조를 찾았으나 윤조는 이미 지난달에 토인에게 매를 맞아 사망했다고 한다. 워싱턴에 와서 왕씨는 런던으로 가고 심진사는 예수교 목사의 집에서 사환 노릇을 하며 틈틈이 집에 편지를 보냈으나 계속 반송되어 올 뿐이다. 심진사는 귀국하는 것을 일단 보류하고 낮에는 사환 노릇을 하고 밤에는 실업학교를 다닌다. 전 주미 한국 공사의 인정을 받아 서기관이 되어 공사와 함께 귀국한다. 귀국하자마자 처자를 수소문했으나 이미 3년 전에 이사를 갔다는 사실밖에 확인한 것이 없다. 주미 공사가 민 판서의 추천으로 외부대신이 되자 심진사는 참서관이 된다. 심진사는 사나이가 큰 뜻을 가져야 한다고 하면서 처자 생각에서 벗어나 참서관 일을 열심히 하여 국장을 거쳐 협판으로 승차한 후 소안동 근처에 큰 집을 짓고 수하에 심부름하는 남녀 여러 명을 고용하게 된다.

한편 벽동집과 재혼한 장시어를 따라 원주로 내려간 장씨 부인은 이번에는 벽동집에 의해 패물과 돈 5백 원을 훔친 도둑으로 몰려 서울로 쫓겨나게 된다. 횡성 주막에서 도둑을 만나 완전히 빈털터리가 되었을 때 장씨 부인은 농과 함을 팔아달라고 주막 주인에게 부탁한다. 창손이가 제 엄마 몰래 갖고 있던 책을 지나가던 청인이 보고 책 속에 적힌 장씨 부인의 친정아버지 함자에 흥분한다. 그 청인은 바로 심진사의 은인 왕대춘이다. 왕대춘은 영국에서 조선으로 와 장사하기 위해 어떤 사람을 만나려고 횡성에 다니러 온 것이다. 왕대춘의 부친이 북경에 와서 벼슬을 하던 중 국고금을

축내어 거의 죽음을 당할 지경에 있을 때 사신으로 온 장판서가 조선 홍삼 장사의 돈을 빌려 왕씨가 축낸 돈을 갚아준 일이 있었는데 나중에 왕대춘은 아버지로부터 조선의 장판서 집의 은혜를 갚으라는 유언을 들은 것을 실천에 옮기고 있는 중이다. 왕대춘은 장판서 딸 장씨 부인에게 은혜를 갚기 위해 소안동에 집을 사주고 돈 몇만 금이 든 통장을 준다. 한편, 벽동집의 음모를 파악한 장시어는 벽동집을 내쫓고 서울로 와 장씨 부인을 찾으러 다닌다. 이 소설은 왕대춘과 심국장이 만나고 장씨 부인은 남편과 재회하고 이어 장시어를 만나는 것으로 끝난다.

이런 해피 엔딩은 아버지의 유지에 따른 청나라 사람 왕대춘의 보은담이 원인적 사건으로 기능한 결과다. 그리고 심진사의 성실성과 뛰어난 능력과 장시어의 도움을 받은 장씨 부인의 행운도 해피 엔딩을 불러들인 요인이 된다. 기본적으로 해피 엔딩은 감상적 결구sentimental plot를 동반하기 쉬운 것으로 왕대춘이 심진사에게는 구원자로, 심진사 아내에게는 의리 있는 사람으로 나타난다는 것은 아무래도 부자연스럽다. 장시어가 부인과 이혼까지 하면서 장씨 부인을 찾으러 온다는 것도 설득력이 없다. 여주인공이 처음에는 시련을 겪다가 나중에는 조력자의 출현으로 안정과 행복을 찾는다는 플롯은 신소설에서 흔히 볼 수 있는 것이긴 하지만 멕시코와 미국을 시대적 배경으로 설정하면서 청인을 결정적인 조력자로 등장시킨 점은 유례를 찾을 수 없다. 간도를 배경으로 한 「소학령」에서 청인을 사납고 탐욕스러운 존재로 일반화한 것과는 대조적이다.

이해조의 「巢鶴嶺」(『매일신보』, 1912. 5. 2～7. 6)은 간도 지방을 배경으로 조선인 이주민을 선인과 악인으로 나누어 선인이 계속 악인에게 시달리고 협박받고 쫓기는 사건을 설정하였다. 그만큼 당시의 현실을 어느 정도 반영한 것으로 볼 수 있다. 강한영의 부인 홍씨는 경기도 양주군 송산에 살면서 3년 전에 간도로 간 남편으로부터 추풍에서 농업을 하여 돈 좀 모았으니 솔권하여 오라고 하여 17세 된 시동생과 아들과 함께 들어가 조선인 부락 개척지와 소학령에서 돈을 빼앗기고 겁탈당할 뻔하고 죽을 뻔한 시련을 겪게 된다. 개척지에서 홍씨를 제 집으로 유인하여 홍씨 부인을 능욕하려 하고 부인이 도망하여 민장의 집으로 가자 민장을 총으로 쏘아 죽인 것, 홍씨 부인을 데리고 도망하는 박가의 뒤를 쫓아 소학령에서 총으로 쏘아 죽인 것 등 방인철 형제의 악행이 지루할 정도로 길게 서술된 점에서 이 소설은 악인소설의 범주에 들어간다. 결국 방인철의 동생은 홍씨 부인의 시동생 강위영의 총에 맞아 죽고 방인철은 민장 부인의 복수의 칼날을 받는다. 방인철과 부화뇌동했던 안국삼은 강한영의 용서를 받아 회개하고 귀국하여 외사촌 형 향장의 서류 정리 일을 맡고 있던 중 최진사로부터 방화 혐의로 고소당한 강한영을 살려내는 것으로 그려지고 있다.

강한영 집안에 대해 안국삼이 파괴자에서 보호자로 전환한 것은 이 작품의 해피 엔딩을 유도하는 결정적 계기가 된다. 최가는 무고죄로 하옥되고 강한영 형제는 백방되고 그 후 강한영이 아들 동이와 안국삼의 누이를 혼인시키고, 집 한 채에는 민장의 아들 정석이를 홍구여의 질녀와 결혼시키고, 국삼의 딸은 강위영과 혼인시켜 한집안이 되게 한다는 이 소설의 행복한 결말은 경탄의 플롯보다는 감상적 플롯에 가깝다.

감상적 플롯은 홍씨 부인과 그 시동생 강위영이 도착한 조선인 개척지를 묘사하면서 간도를 이상향이나 되는 것처럼 묘사한 데서도 확인할 수 있다. 조선인 간도 이주민이 50만 명이나 될 정도로 간도가 번성한 이유로 마음껏 농사를 지을 수 있을 만큼 땅이 넓은 점, 조선은 가난하지만 이곳은 각국 부상대고가 구름 모이듯 한다는 점 등을 들었다. 홍씨 부인을 보호해주다가 결국 방가에 의해 목숨까지 잃은 유학자 출신의 유씨는 신학문의 수용에는 더디어 사업을 일으키지 못하고 북간도, 서간도, 해삼위로 이주하던 끝에 민장으로 추대받은 인물로, 평소 개척지 조선인들의 생명과 재산을 보호하는 데 힘써왔다. 민장은 여러 사람들을 모아놓고 연설하는 자리에서 생활의 곤란함을 면하기 위해 친척과 헤어지고 조상의 묘도 포기하고 왔는데도 동포 중에는 강도라든가 살인자가 적지 않다고 개탄하면서 대만 생번의 부락들도 모국의 문명을 받아 날로 진화되어 자기네 생명과 재산을 잘 보전한다는 점을 들면서 우리도 열심히 노력하자고 촉구한다. 비록 에피소드로 처리되기는 했지만 강위영이 피로와 허기에 지쳐 쓰러졌을 때 구해준 일본인이 등장한다. 이때의 일본인은 그 행위만 선행으로 묘사된 것이 아니고 그의 안목도 관심 가져야 할 것으로 그려지고 있다. 조도전 대학교 졸업생으로 실질적 지리학 박사가 되기 위해 구주 각국을 돌아다니다가 해삼위까지 온 이 일본인은 개척지에 사는 조선 사람을 관찰하고 나서는 "조선인민들이 정치의 부패와 사회의 문란을 인하여 일찍이 상당한 지식을 배우지 못하고 생활의 곤궁을 못 견디어 남부여대로 이친척기분묘하고 타국에를 저와 같이 유리하여 모여와서 풍설을 무릅쓰고 각자도생을 하는 중, 상당한 관리가 통할하여 생명과 재산을 보호하여 주지 못하고 법 없는 천지가 되어 서로 짓밟고 서로 죽이기로 능사를 삼으니, 어찌 가석치 아니하리요"[136]라고 한다.

이 소설에도 강위영 · 강한영 · 방인철 · 안국삼 등의 시선으로 중간중간 스토리를 요약하는 서술 태도가 나타나고 있다. 홍씨 부인이 방인철에게 겁탈당하려 할 때 시동생이 나타나 형수를 구하는 것, 강한영이 간도에 들어가는 길에 객줏집에서 방가와 안가가 자기 부인과 동생을 소재로 이야기하는 것을 듣는 것, 강한영이 국내에서 최진사와 송사가 벌어졌을 때 향장과 내종 간인 안국삼이 결정적인 도움을 준 것 등은 우연구성의 틀을 벗어나기 어려운 사건들이다. 이러한 우연성의 빈발은 「소학령」이 노벨로 진입하는 것을 가로막는 요인이 된다.

구연학의 번안소설 「설중매」(1908)는 온건파이며 점진주의자인 리태순이 주인공으로 설정된 사상소설이긴 하지만 과격파나 무력주의자를 완전

---

136) 『한국신소설전집 3권』, 을유문화사, 1968, p. 347.

히 부정한 것은 아니다. 연설과 대화를 통해 자신의 사상을 직접 드러내는 주인공 리태순은 독립협회를 향해 "독립의ᄉ상을 연구ᄒ며 자유의권력을 양셩치못ᄒ고 다만 급거히졍부를 공격ᄒᆯᄯᅩᆫ"[137]이라고 하면서 독립협회의 사상적 방향을 온건한 쪽으로 돌리는 독립협회 개량책을 제시한다. 개량책은 문벌과 관계없이 인재를 구해 정부에 배출할 것, 학식이 풍부한 사람들을 모아 활발하게 사업을 펼칠 것, 공격 성향으로 가득 찬 언론을 금지할 것, 입법 행정에 관한 능력을 키워 국가 대사를 담당할 준비를 갖추게 할 것 등 네 가지로 요약된다. 이러한 독립협회 개량책은 리태순이 점진주의적 발전론자의 얼굴과 일본 제국 적응주의자로서의 얼굴을 동시에 갖춘 것으로 판단하게 만든다. 청중에게 박수갈채를 받은 리태순은 오늘날 독립협회가 지지부진하게 된 이유로 학문가와 실지가(實地家)의 극심한 대립, 문벌 중시 풍조, 당파 싸움, 실제 사업에 무관심한 점, 격렬한 언론의 폐해 등을 지적하였다. 연설이 끝나고 동지들과 대화하는 자리에서 "우리도여간운동으로ᄂ 목뎍을 달치못ᄒ리니 결ᄉ당을 죠즉ᄒ야 비밀ᄒᆫ슈단을 쓸밧게업네"[138]라고 주장하는 전성조가 안타고니스트로 등장한다. 리태순은 과격파나 무력주의자들은 정부에게 힘으로 도저히 당할 수가 없다고 하면서 약육강식이나 생존경쟁의 원리가 지배하는 국제 사회에서 살아남으려면 '힘'이 있어야 하고 이 '힘'은 독립협회 개량책과 같은 것에 의지해야 한다는 주장을 펴 전성조를 단순한 선동가로 몰아붙이기도 한다. 리태순이 문전철, 남덕중, 강순현 등 동지들과 모인 자리에서 여성 교육론과 해방론을 주장하자 문전철은 남녀 동등권을 부정하고 여자들은 가정을 지켜야 한다고 하였다. 이에 리태순은 문전철을 단순한 불평분자나 평등주의자로 몰아가면서 "셔양졔국에셔도 하등인민들의 사회당을조직ᄒ야 사회의질셔를 문

137) 『설중매』, 회동서관, 1908. p. 11.
138) 위의 책, p. 20.

란케홈은 다 세상에뜻을엇지못혼 학쟈들이 선동홈을인홈이라 ᄒ나이다"[139]
라고 반박하여 사회주의를 부정한다. 비록 일본을 옹호하고 한국을 격하하
려는 의도가 분명한 번안소설이기는 하지만 독립협회, 과격파와 온건파,
서양의 사회주의 등을 논급한 점에서 자료적 가치가 충분하다.

9. 이인직 · 이해조의 '신소설'의 서사담론

이인직의 『혈의 누』 『귀의 성』이 1907년에 첫 선을 보이고, 이어 그의
『은세계』 『치악산』과 이해조의 『구마검』 『홍도화』 등이 1908년에 간행되고
1910년대 들어 이해조 · 최찬식 · 김교제 · 김필수 등의 창작소설이 줄지어
나온 개화기소설들은 인물 설정 방법, 사건 내용, 결말 처리 방법, 서술
방법 등 여러 측면에서 유사성을 드러내었다. 물론 이때의 유사성은 긍정
적 의미만 담고 있는 것은 아니며 아류성이라든가 모방성으로 대치될 수
있을 정도로 부정적인 면을 담고 있다. 1910년대 들어 소설이 대체로 통속
적인 대중소설로 전락한 것처럼, 유사성은 대중성이나 통속성이라는 함의
도 지닌다. 두드러지게 드러나는 유사성의 하나는 '대체로 여성 주인공이
시부모나 부모로부터 고난을 겪다가 남의 도움을 받아 구출되어 행복하게
잘 살게 된다'는 플롯을 세운 데서 찾을 수 있다. 「은세계」는 최병도가 끌
고 가는 이야기와 옥순 · 옥남 남매가 끌고 가는 이야기로 짜인 소설로, 여
성의 수난사를 중심 구조로 두지 않은 점에서 예외적인 것이 들어간다. 또
「귀의 성」은 강동지의 딸이며 김승지의 소실인 길순의 수난사를 엮어놓은
것으로, 길순이 해피 엔딩을 맞는 다른 작품의 여주인공과는 달리 갓난 아
들과 함께 비참하게 살해당하자 그 아버지가 범인을 찾아 죽이는 것으로

---

139) 위의 책, p. 48.

결말 처리한 점에서 「귀의 성」도 예외적인 것으로 볼 수 있다.

여성의 수난사를 메인 플롯으로 삼은 작품으로는 이인직의 「혈의 누」(1906), 「귀의 성」(1907), 「치악산」(1908), 이해조의 「빈상설」(1908), 「홍도화」(1908), 「九疑山」(1912), 「牧丹屛」(1911), 「월하가인」(1911), 「소학령」(1912), 「琵琶聲」(1913), 「花世界」(1911), 「鳳仙花」(1912), 「昭陽亭」(1911), 최찬식의 「추월색」(1912), 「雁의 聲」(1914), 「금강문」(1914), 김교제의 「牧丹花」(1911), 선우일(鮮于日)의 「두견성」(1913) 등이 있다. 개화기 작가들 중 최다 발표 작가인 이해조의 작품 대부분은 '여성의 수난사'를 중심사건으로 삼고 있다.

이 작품들은 여주인공이 누구에 의해서 수난과 시련의 구렁텅이로 빠져버리는가 하는 점에서 몇 가지 갈래로 나누어진다. 「치악산」의 리판서의 딸 리씨 부인, 「구의산」의 오복의 아내, 「안의 성」의 김판서의 홀며느리 박정애, 「봉선화」의 여승지의 며느리 박씨 부인, 「홍도화」의 리직각의 딸 태희 등은 계모 시어머니로부터 박해받는 경우로 묶을 수 있다. 이들 작품들에 나타나는 계모 시어머니는 재산 욕심 때문에 전처의 아들을 경계하고 미워하기도 하지만 양반의 딸이면서 신학문을 한 며느리에게 상민 출신인 시어머니가 열등감을 가진 나머지 증오심을 드러내기도 한다. 이 작품들은 시어머니가 며느리를 부정한 여인으로 모략하는 공통점이 있다. 「봉선화」에서 "왕십리 똥거름장수"의 딸이며 여승지의 삼취 부인인 계모 시어머니 구씨는 박참판의 막내딸로 용모와 학문이 뛰어난 며느리 박씨를 처음부터 경계하다가 급기야는 살의를 품는다. 구씨는 자기 소생의 아들이 없기 때문에 남편의 사후에 재산 한 푼 물려받지 못하고 산송장처럼 지낼지도 모른다는 불안감 때문에 딸 난옥이와 여종 추월이와 합세하여 며느리 박씨를 부정한 여인으로 몰아갈 작전을 꾸민다. 구씨가 품게 된 불안감과 자구책과 살의는 전실 아들과 그 부인을 적의 개념으로 인식하는 계모 시어머니의 속내를 잘 대변한다.

「두견성」「안의 성」「榴花雨」「해안」 등은 결혼한 여자가 계모 시어머니와 결탁한 연적의 농간에 휘말려 부정한 여인으로 낙인찍히고 결국 이혼당한다는 공통점을 보여준다.

「추월색」의 리시종 딸 정임, 「모란병」의 현고직 딸 금선, 「비파성」의 서주사 딸 연회, 「화세계」의 김이방 딸 수정 등은 혼인 문제 때문에 부모와 갈등을 일으키면서 시련을 겪는 공통점을 지닌다. 작중의 젊은 여성이 정혼한 사이든 결혼한 사이든 첫 남자를 따르고자 하는 데 반해 그 부모는 이익을 위해 다른 남자와의 결혼을 강요한다. 그런가 하면 「빈상설」「귀의 성」 등과 같이 처첩 갈등에서 비롯된 여성 주인공의 수난 과정을 그린 경우도 있다.

음모를 꾸미거나 죽이려고 하면서 여주인공을 괴롭히는 존재, 즉 가해자들은 그 후 어떻게 되었는가 하는 점에서도 이 소설들은 몇 갈래로 나누어진다. 「귀의 성」처럼 오히려 죽음을 당하는 경우도 있고 「빈상설」「구의산」「홍도화」「목단화」「金菊花」「안의 성」처럼 가해자가 법소로 끌려간다는 식으로 결말을 맺은 공안소설도 있다. 정혼했거나 결혼했던 여인이 원래의 남자를 다시 만나게 된다는 '행복한 결말'을 보여준 것으로는 「금강문」「구의산」「안의 성」「비파성」「화세계」「원앙도」 등이 있다.

여주인공의 수난 모티프는 남주인공의 유학 모티프를 유발하거나 해결 방안으로 삼기도 한다. 남주인공의 해외 유학은 대체로 도피성 유학의 성격을 지닌다. 예를 들면 「치악산」에서의 백돌은 완고파인 아버지와 개화파인 장인 사이에서 고민하다가, 또 서모가 자기 처를 구박하는 것을 보다 못해 갑자기 유학을 떠나는 것으로 그려져 있다. 백돌이 "닉기참집에잇다가는 점점마음만 좀쓰러지고 쏘속이상하여 견델슈가업셔 (중략) 어딋든지 멀즉이가셔 집안일을모로고 지낼 작정이오"[140] 하자 부인이 "여보 닉걱정

---

140) 『치악산(상)』, 1908, 유일서관, p. 20.

제2장 개화기의 서사 양식의 다양성과 혼종성 183

은 마르시오 딕장부 몸이되야 쳐자의게만 구구흔마음이잇스면 무슨사업을
흔시깃소"[141] 하고 다시 백돌이 "허허허 기화군의쫄이 다른거시로구 무슨
사업을흐느니 못흐느니흐는소리가 참졔법인걸 나도어셔 신학문공부나 좀흐
여야 마누라의게 업슨녀김을 아니보깃구"[142]라고 응수한다. 원래 홍백돌의
장인인 이판서는 사위를 외국에 유학 보내고 싶어 하던 터였다.

　그후 십년만에 혼인을지넛는디 그쎠는 갑오경장이후라 개화를조아흐던 리
판셔는 풀긔가점점더싱기고 완고로 패를차던홍참의는 몬지가 더욱 폴삭폴삭
나는디 두사돈끼리 쯧이맛지아니흐느 십년전부터 면약흔 일이라 선—쎡 밧
드시 마지맛흐야 지낸혼인이라 그러나 리판셔가 그사돈의게만 마음이불합흐
얏고 빅돌이를 귀이흐던 마음은 사위되기젼보다 십비나빅비나 더흐야 그사위
를 외국에보니 공부시기려는 싱각이 도져흐던터이라
　쯧밧게 그사위가 셔울온거슬보고 아모조록사위를 쏘여셔타국으로 유학시
길 마음이라 리판셔의싱각에는 그사위를 여간쐬여셔는 아니드려니흐고 말
을냅드는디 쳔리힝농에 뫼흔자리 싱기드시 셰상 이약이를무슈히흐다가 외국
에가셔공부흐라고권흐는말을흐니 그러흔말은 홍철식의귀에는귀신의게 쎡소
리흔것갓흔지라 홍철식이가 더번에응낙을흐며 그날그시로 치힝만차려쥬면
쎠나깃다흐니 말이그날이지 시골셔 금방온사람을 그날이야엇지보너리오 불
과슈일에 홍철식이가 일본동경으로 유학흐러갓더라[143]

　홍백돌은 말끝에 나라를 위하여 일신의 사정을 돌아보지 않고 공부하러
가는 것이라고 하였지만, 실제로는 장인의 권고에 따라 유학길에 오르게
된다. 당시 대다수 소설이 현실 문제를 적극 해결하는 남자의 모습을 잘

---

141) 위의 책, p. 21.
142) 위의 책, p. 21.
143) 위의 책, pp. 40~41.

보여주지 못한 것처럼, 유학 동기 중 도피 충동에 가장 무게를 두지 않을수 없다. 「안의 성」의 김상현이나 「금강문」의 이정진이나 「구의산」의 오복이는 긴급하고도 중요한 가정사를 외면해버린 채 외국 유학길을 선택한다.「안의 성」의 김상현은 아내가 시어머니로부터 쫓겨나는 상황이 벌어졌음에도 이 한 몸이 이 세상에 없는 셈 치고 세계 주유나 하여 울적한 심회나 씻어보자 하고는 이튿날로 구라파를 향해 여행을 떠나는 무책임함을 보인다.김상현은 이미 앞부분에서 평등주의와 지식제일주의를 신봉하는 박식한법학도로 그려져 있어 여행을 갔다 온 것이 아니라 유학을 다녀온 것으로볼 수밖에 없다. 「혈의 누」에서 김관일은 전쟁 통에 잃어버린 딸을 여기저기 찾아다니다가 폐허가 되어버린 마을을 보고 약소국 국민으로서의 비애를 느끼면서 갑자기 유학 갈 결심을 하게 된다. 김상현이나 김관일의 유학결심은 현실감이나 필연성을 획득하지 못하여 소설의 완결미를 놓치게 된다. 물론 「혈의 누」에서 김관일이 일본과 청나라의 충돌에 어째서 우리가엄청난 피해를 입어야 하는지 뜻있는 조선인의 입장에서 의문을 갖는 것은당시의 다른 소설에서는 찾아볼 수 없다.

「혈의 누」[144] 상편(『만세보』, 1906. 7. 22~10. 10, 1907년 발행, 1908년발행, 리인즉李人稙, 김상만 광학서포)은 옥련 모 최춘애가 일본군 헌병에게잡혀가는 앞부분에서는 배청친일(排淸親日)의 태도를 드러낸다. "성중에사룸이 진저리닉던 청인이그림즈도업시 다쏙겨나가던놀이오"[145] 하면서 평양

---

144) 다음 논문들을 주목할 필요가 있다.
    최원식, 「「혈의 누」 소고」, 『한국학보』 36, 1984.
    전기철, 「「혈의 누」에 나타난 유민적 삶의 세계」, 『관악어문연구』 11, 서울대학교, 1986.
    김영민, 「신소설 「혈의 누」 「모란봉」 연구」, 『매지논총』 5, 1989.
    임성래, 「신문소설의 입장에서 본 「혈의 누」」, 『신문소설이란 무엇인가』, 국학자료원, 1996.
    김석봉, 「「혈의 누」에 나타난 근대화 담론의 발현 양상 연구」, 『한국학보』, 일지사, 1999. 봄.
    양진오, 「「혈의 누」 문제성 고찰」, 『한국근대문학연구』 2, 한국근대문학회, 2000.
145) 이인직, 『血의 淚』, 광학서포 김상만 책사, 1907, p. 9.

사람들이 임진란 때의 평양성 전투에 대해서는 이야기했으나 청일전쟁 때
의 일본군에 대해서는 언급하지 않았다고 하였다. 평양 사람들은 오히려
청나라 사람들을 피해 피난 갔다가 청나라 군사들의 겁탈과 약탈 행위를
못 견디어 피난길에서 돌아오기도 한 것으로 묘사된다. 29세의 김관일은
부인과 딸을 찾아다니다가 자기 집으로 돌아와서 북문 밖에서 많은 군인들
과 피난민들의 시체를 보고는 "쌍도죠션쌍이오 사롬도죠션사롬이라 시우싸
홈에고러등터지드시 우리나라사롬들이 남의나라싸홈에 이럿케참혹ㅎ일을
당ㅎ는가"라고 개탄하면서 우리나라 사람들이 아무 죄 없이 죽는 것은 "남
은 죽던지 스던지 나라가망ㅎ던지 훙ㅎ던지 졔벼슬문잘ㅎ야 졔살만쩌우면
제일로아는 사롬들"[146) 때문이라고 한다. 김관일은 이러한 탐관오리의 일례
로 평양 감사를 꼽는다. 평양 감사는 인간 염라대왕으로 몸 성하고 재물
있는 사람들은 다 잡아간다고 주장한다.

제손으로 버러노흔제지물을 마음노코먹지못ㅎ고 쳔싱타고는제목슘을 눕의
게미여노코 잇는우리ᄂ라 빅셩들을 불상ㅎ다ㅎ깃거던 더구나남의나라사람이
와셔 싸홈을ㅎᄂ니 질알을ㅎ나니 그러흔셔슬에 우리는피가ㅎ고사롬죽난것이
ᄃ우리나라강ㅎ지못흔탓이라

오냐 죽은사롬은ㅎ릴업ᄃ 사라잇는사롬들이나 이후에이러흔일을 또당ㅎ지
아니ㅎ게ㅎ는것이 제일이라 졔졍신졔가 초려셔우리나라도 남의나라와갓치볼
근셰상되고 궁흔나라되야 빅셩된우리덜이 목슘도보젼ㅎ고 지물도보젼ㅎ고국
도션화당과 국 골동헌우에 아귀귀신갓튼 손-염나디왕과 손-터주도못오게ㅎ
고 범갓고곰갓튼 타국사롬덜이 우리나라에와셔 굽히싸홈할싱국 도아니ㅎ도
록흔후이라야 사롬도사롬인듯십고 사라도순듯십고 지물잇셔도 졔지물인듯ㅎ
리로ᄃ

---

146) 위의 책, p. 12.

처량ᄒᆞ두이밤이여 평양빅셩은 어ᄃᆡ가셔 ᄉᆞ싱중에드럿스며 아귀갓튼렴나ᄃᆡ왕은 어ᄂᆞᆫ구셕에빅엿스며 우리쳐ᄌᆞᄂᆞᆫ엇ᄶᅥ케되얏ᄂᆞᆫ고[147]

김관일은 남의 나라 사람이 우리 땅에 와서 싸우는 것은 우리나라가 약한 탓으로 우리가 강해지려면 우선 문명개화 해야 한다고 생각한 끝에 처자 찾는 일도 포기하고 유학 갈 결심을 하게 된다. 김관일 부인이 남편도 안 들어오고 딸도 못 찾게 되자 대동강에 투신자살했으나 뱃사공에 의해 구조된다는 것은 개화기소설에서 흔히 볼 수 있는 우연한 구조의 한 예가 된다. 최춘애의 아버지는 부산에서 사위의 유학길을 도와주고 평양에 와서 딸이 써놓은 유서를 보고 쓸쓸해하면서 데리고 온 하인 막동이와 우리나라가 강하지 못해 난리가 나고 딸과 외손녀가 죽었다고 탄식한다. 그러자 막동이는 민씨 일파의 한 사람인 듯한 민영춘이 청나라 군사를 불러와 전쟁이 벌어졌다는 요지의 양반책임론을 펼친다.

(목동)ᄂᆞ라ᄂᆞᆫ 양반님네가 다망ᄒᆞ야노셧지오

상놈들은 양반이쥭이면쥭엇고 ᄡᅵ리면마젓고

지물이잇스면 양반의게ᄲᅢ앗기고 계집이어엿ᄲᅳ면 양반의게ᄲᅢ앗기니 소인갓튼 상놈들은 제지물제계집 제목숨ᄒᆞᄂᆞ를 위ᄒᆞᆯ슈가업시 양반의게미엿스니 ᄂᆞ라위ᄒᆞᆯ힘이 잇습닛가

입한번을잘못버려도 쥭일놈이니 살릴놈이니 오굼을끈어라 귀양을보니라ᄒᆞᄂᆞᆫ양반님셔슬에 상놈이무슨사름갑세 갓습닛가 란리가ᄂᆞ도 양반의탓이올시다 일청젼징도 민영춘이란양반이 쳥인을불어왓답듸다 ᄂᆞ리게셔 란리ᄯᅢ문에 ᄯᅡ님앗씨도도라가시고 손녀아기도 쥭엇스니 그원통ᄒᆞᆫ귀신들이 민영츈이라난 양반을잡아갈것이올시다

147) 위의 책, p. 13.

ᄒ면셔 말이이여ᄂᆞ오니 본릭그ᄒᆞ인은 쥬졔넘다고 최씨마음에 불합ᄒᆞ이번
란리중험한길에 사롬이쏙쏙ᄒᆞ다고 다리고ᄂᆞ섯더니 이러한심난중에 쥬졔넘고
버릇업ᄂᆞᆫ소리를 함부루ᄒᆞ니 참날니ᄂᆞᆫ세상이라[148)

청나라 사람들에 대한 비판은 계속되지 않는다. 구완서와 김옥련이 미국
에 도착하여 청인들의 도움을 받아 화성돈에 가서 청인들과 함께 공부하는
것으로 그려지고 있다. 이인직은 상편에서는 김옥련의 입장에서 정상 소좌
와 구완서를 시혜자로, 하편에서는 구완서와 서순일을 조력자로 서술하였
다. 청인들의 도움도 가볍게 여길 수만은 없다. 그나마 「혈의 누(상)」만큼
유학 가서 공부하는 모습을 구체적으로 서술한 유례를 찾을 수 없다. 구완
서와 김옥련은 공부를 위해서 결혼도 미루었지만 공부하는 목적의식은 뚜
렷하게 제시된 편이다. 구완서는 한국을 일본과 만주를 다 합한 문명 강국
을 만들기 위해, 옥련은 남녀평등주의를 실현하기 위해 공부하는 것으로
그려진다.

구씨의목적은 공부를심써ᄒᆞ야 귀국ᄒᆞᆫ뒤에 우리ᄂᆞ라를 독일국갓치연방도을
삼으되 일본과ᄆᆞᆫ쥬를 ᄒᆞ디합ᄒᆞ야 문명한ᄀᆞ국을 맨들고조ᄒᆞᄂᆞᆫ(비ᄉᆞᄆᆞ)갓한마
음이오 옥년이ᄂᆞᆫ공부를심써ᄒᆞ야 귀국한뒤에 우리나라부인의지식을널려셔남
자의게 압졔밧지말고ᄂᆞ조와동등권리를 찻계ᄒᆞ며 ᄯᅩ부인도나라에 유익한빅셩
이되고 ᄉᆞ회상에 명예잇ᄂᆞᆫᄉᆞ롬이 되도록 교휵할마음이라[149)

이 소설은 "아릭권은 그녀학싱이 고국에 도라온후를 기다리오(上編終)"라
고 끝이 난다. 소설이 대화체를 제시한 것은 소설 양식이 희곡체나 대화체

---

148) 위의 책, pp. 27~28.
149) 위의 책, pp. 85~86.

를 본질로 한 것임을 입증해준다.

「혈의 누」 하편은 1907년 5월 17일에서 6월 1일까지 『제국신문』에 연재되다 중단되었다. 최주사가 딸 춘애와 함께 부산에서 횡빈으로 가서 상항으로 가서 화성돈으로 가 구완서와 옥련을 데리고 귀국하려고 했으나 두 남녀는 공부를 다 마치고 가기로 결정하고 김관일 부녀는 최주사 부녀를 전송하러 나온다는 이야기로 되어 있다. 이 하편은 다시 「모란봉」으로 이어졌다.

「모란봉」(『매일신보』, 1913. 2. 5~6. 3)의 줄거리는 다음과 같다. '일로전쟁'이 나 공부를 중도이폐한 옥련은 아버지 김관일과 귀국한다. 구완서는 10년 공부가 끝난 후에 옥련과 결혼하기로 약속한다. 첩의 모함으로 실행(失行) 혐의를 쓰고 장옥련 모친 안씨가 대동강에 투신자살한 사건이 벌어지고 장옥련도 투신자살하러 왔다가 미쳐서 김관일 집으로 들어가 최춘애를 자기 모친으로 오인한다. 최춘애도 장옥련을 자기 딸로 안다. 김옥련을 첩으로 오인하고 최춘애가 대동강에 투신자살하려 할 때 서일순이 구출해준다. 일주일 후에 열린 김관일 환영회 자리에서 서일순은 옥련에게 반하고 최춘애도 서일순을 사위로 삼고 싶어 한다. 서일순의 친구 최여정과 행랑 더부살이 계집 하늘밥도적이 서숙자로 개명하여 남매인 것처럼 위장하고 서일순을 도와주기로 한다. 서일순은 새집 낙성식에 김관일 가족을 초대하고 최여정은 허첨지를 시켜 김관일 집에 방화하여 김관일 식구가 꼼짝없이 서일순 집에 의탁하게 만든다. 서일순은 옥련에게 영어를 배우고 서숙자는 호형호제할 정도로 가까워진다. 부모님을 구해준 서일순의 은혜와 김옥련을 공부시켜준 구완시의 은혜 중 '누'가 더 큰가 하면서 옥련 모두 은근히 서일순을 권하고 아버지도 내심 서일순 쪽으로 기울긴 하나 옥련은 단호하다. 서숙자는 경성 삼청동 구과부 집에 가서 환심을 산 뒤 구과부 동생 구연식, 즉 구완서 부친의 조카가 되기로 한다. 서숙자가 옥련의 행실이 부정하다고 모략하자 구즉산은 원래 옥련이 마음에 들지 않았다고 하면서 동조한다. 구연식은 서숙자를 자기 집으로 데리고 가 아들 구완서와 김옥련의 약혼을 파약시키자고 한다. 원래 구즉산은 줏대 없는 완고배였다. 구완서 모친은 숙자에게 옥련이 어떻게 생겼기에 남자들이 그리 반한단 말이냐고 자세히 이야기해달라고 한다. 유감스럽게도 「모란봉」은 여기서 끝난다. 「모란봉」은 김옥련을 차지하기 위해 서일순이 옥련 부모와 구완서 부모를 미혹시켜 구완서와 김옥련 사이를 갈라놓으려는 것을 중심 사건으로 설정하였다. 「혈의 누(상)」가 개화주의자를 내세워 시대소설이나 사상소설의 가능성을 보인 데 반해 「모란봉」은 중상모략담이나 혼사장애담으로 빠지고 말았다. 거대담론 지향의 성격을 보인 이인직의 소설이 이해조의 중간소설로 연결된 형상이다.

미완의 작 「은세계」의 끝부분에서 옥남은 존왕주의자이며 점진적 개화파로서의 면모를 드러낸다. 옥남과 옥순은 뜻을 한번 펴보지도 못하고 억울하게 죽은 아버지와 동시에 김옥균을 모델로 꼽고 있다. 김옥균은 1884년 일본을 모델로 하여 개혁을 시도하였으나 삼일천하로 끝나고 만 갑신정변의 주역이다.

최병도는 강릉바닥에서 재소로 유명하던 사람이라

갑신년변란나던히에 나히스물두살이되얏는디 그히봄에 셔울로올나가셔기화당에 유명한김옥균을 차져보니 본릭김옥균은 엇더한사람을 보던지넷날륙국시절에 신릉군이 손대접하더시 너그러운 풍도가 잇는사람이라

최병도가 김씨를보고 심복이되아서 김씨를딕단히 사모하는모양이 잇거날 김씨가 또한최병도를 사랑하고 긔이하게녀겨셔 텬하형셰도 몰흔일이잇고 우리나라정치득실도 몰흔일이만히잇스나 우리느라를 기혁할경륜은 최병도의게 몰흔지아니 하얏더라 갑신년십월에 변란이나고 김씨가 일본으로도망한후에 최씨가 싀골로닉려가셔 지물모흐기를 시작하얏는디 그경영인즉 지물을모와 가지고 그부인과 옥슌이를 다리고 문명한나라에가셔 공부를하야 지식이 넉

190

넉한후에 우리나라롤붓들고 빅셩을건지려는 경륜이라

최병도가 동너사롬들의게 지물에는 더단히 굿은사롬이라는 몰을들럿스나 최병도의 마음인즉 훈두스롬을 구계ᄒ자는 일이아니오 팔도빅셩들이도탄에 든거슬 건지려는 경륜이 잇섯더라[150]

김옥균의 뜻을 대신 펼치기 위해 외국 유학을 생각했고 외국 유학을 위해 많은 재산을 모았을 만큼 최병도는 김옥균주의자의 화신이었다. 「은세계」의 작가 이인직은 최병도의 딸 옥순의 입을 통해 김옥균의 죽음을 안타까워할 뿐 아니라 개혁당이 제대로 이해되지 못하는 현실을 개탄한다. 「은세계」에서 수난의 과정은 바로 김옥균주의가 겪는 수난의 과정이라고 할 수 있다.

(옥슌)이이옥남아 셰계각국에 기혁갓흔큰일이업고 개혁갓치어려운일은 업는거시라 우리나라에셔 수십년러로 기혁에쵹수(着手)ᄒ든스롬들이 나라에 충셩을극진히 다ᄒ엿스나 우리나라빅셩은 역젹으로올고 젹국백셩은 반더ᄒ고 원수갓치미워ᄒ고로 기혁당의시조되는 김옥균갓흔 충신도 자긱의암살(暗殺)을 면치못ᄒᄋ얏고 그후에 허다ᄒ기혁당들도 낫낫치 역젹일홈을듯고 셩공치못하얏는더 지금이럿케 큰기혁이 되얏스니 네싱각에 읍일이엇지될듯ᄒ냐[151]

이에 옥남은 70년 전에 개혁이 되었더라면 우리가 러시아보다 먼저 해삼위를 차지했을 것이고 50년 전에 개혁을 했더라면 청나라 만주 땅은 우리나라 세력 범위에 들었을 것이며 40년 전에 개혁했더라면 일본만 못해도 문명국이 되었을 것이고 30년 전에 개혁했더라면 중등 강국은 되었을

---

150) 『은세계』, 동문사, 1908, pp. 55~56.
151) 위의 책, p. 127.

것이고 20년 전에 개혁했더라면 국가의 독립하는 힘은 있었을 것이며 10년 전에 개혁했더라면 국가 보전할 기초가 생겼을 것이라고 하면서 지금의 나라 형편을 엄청난 빚을 지고 형제간은 밤낮 싸움질하고 난봉 피우느라 정신없는 집구석에 비유한다. 이인직은 최병도와 그의 아들딸을 모두 김옥균주의자로 성격화함으로써 친일 개화주의자로서의 면모를 과시하였다. 이인직은 「혈의 누(상)」와 「은세계」를 발표하기 몇 년 전에 「입사설」(1901), 「몽중방어」(1901), 「한국실업론」(1902) 등과 같이 일본을 모델로 하여 개화해야 한다는 논설을 일본 신문에 발표한 바 있다. 이인직의 뇌리에는 '개화' 못지않게 '일본'도 깊게 박혀 있었다.

「귀의 성」은 인간이 돈 앞에서 얼마든지 비굴해지고 추악해질 수 있는 만큼 소유가 곧 힘임을 입증해준 소설이다. 속량(贖良)과 보상금 때문에 살인 행위마저 불사하는 노비 점순과 최춘보가 가장 큰 관심을 끌지만, 춘천댁의 아버지 강동지도 주목해야 한다. 강동지는 옛날에 양반에게 재산을 몽땅 빼앗긴 것에 앙심을 품고 "양반과 돈을 어린 아이 젖꼭지 따르듯" 하는 더러운 행태를 마지않던 중 마침 춘천 군수로 와 있던 서울 양반 김승지에게 딸을 소실로 주었기 때문이다. 중인의 신분으로 힘들여 쌓아놓은 재산을 양반 관료에게 빼앗긴 점에서 「귀의 성」의 강동지는 「은세계」의 최병도와 동일 범주의 인물이 된다. 강동지는 최병도와는 달리 돈으로 양반에게 복수하려는 방법을 취했다.

꿍동지가, 성품은강호고, 심은장스이라, 호놀에서, 써러지는, 벼락도무섭지아니호고, 삼학산에서니려오는, 범도무섭지아니호느, 겁느는것은, 양본과 돈이라

양본과돈을무셔워호면, 피호야다라나느거시아니라, 어린아희젓꼿지짜르듯, 짜른다

짜르는모냥은호가지느

192

싸르는마음은두가지라

양본은보면, 디포로노아셔, 뭇질러죽여, 씨를업시고시푼마음이잇스면셔, 거죽으로싸르고

돈은보면어미이비보다반갑고, 게집자식보다귀이ᄒᆞᄂ는마음이잇셔셔, 속으로싸른다 그러케싸로ᄂᆞ는돈을, 이전시절에남부럽지아니ᄒᆞ게, 가젓더니, 춘천부사인지, 군수인지, 쉽게말ᄒᆞ려면, 인피벳기ᄂᆞ, 불안당들이, 번가라ᄂᆞ려오ᄂᆞ데, 이놈이가면, 살깃다시푸ᄂᆞ, 오ᄂᆞ놈마다, 그놈이그놈이라, 강동지의돈은 양본의창자속으로, 다, 드러가고ㄱᆼ동지ᄂᆞᆫ피쳔혼푼업시, 외자슐이ᄂᆞ먹고, 집에드러와셔, 화푸리로셰월을보ᄂᆞ더니, 셔울양본김승지가, 춘쳔군슈로내려와셔, 지방졍치에ᄂᆞ, 눈이컹컴ᄒᆞᄂᆞ, 어여뿐게집잇다ᄂᆞᆫ소문에ᄂᆞ, 귀가쩍밝은사람이라, (중략) 김승지가길순이를, 쳡으로돌ᄂᆞᄒᆞ니, ㄱᆼ동지의ᄆᆞ암에ᄂᆞ, 이제큰수낫다ᄒᆞ고, 그ᄯᆞᆯ을밧쳣ᄂᆞ던, 일년이못되야, 군수가갈린지라셰력이업셔셔, 갈린것도아니오, 시려셔니노흔것도아니라[152]

이렇듯 겉과 속이 완전히 다른 태도를 보이던 강동지는 딸 길순이 점순의 간계, 김승지 부인의 사주, 점순의 비부 최춘보의 결행에 의해 살해되었음을 알고는 마침내 복수의 칼을 드는 영웅적 풍모를 보이게 된다. 노비 점순과 최춘보가 저지른 악행은 춘천집 아버지 강동지의 복수심을 불러온 점에서 연쇄담이 된다. 「은세계」에서 최병도가 자기 재산을 강제로 빼앗으려는 관리에게 조금도 굴하지 않고 끝까지 버티다가 목숨을 잃은 반면, 「귀의 성」의 강동지는 원래 양반혐오론자였으나 돈이 없어 일단은 양반들이 하는 대로 내버려둔 채 마음속으로 복수심을 키웠다. 이인직은 더러운 시대와 불투명한 미래를 가장 확실하게 헤쳐갈 수 있는 존재로 중인들이 가장 가능성이 있다고 보았다. 최병도나 강동지는 돈이 많은 중인이라고

---

152) 『귀의 성(상)』, 황성 광학서포, 1907, pp. 16~17.

할 수 있다. 앞으로의 세상은 힘이 없는 양반이나 힘은 있는지 몰라도 무식한 하층민으로는 감당하기 어렵다는 생각을 한 것인지도 모른다. 강동지는「귀의 성」의 전반부에서는 패덕한 속물로 그려졌고 후반부에 가서는 부정이 넘치는 영웅적인 존재로 묘사되었다.

물론 김승지 부인의 여종 점순은 면천의 조치를 받아내기 위한 욕심으로 김승지 부인의 지시를 받아 길순의 살인을 실행했다. 여기에는 면천 의지 외에 질투심도 악행의 요인으로 작용했다. 길순이 양반의 소실로 들어와 하루아침에 자신의 상전이 된 것에 대한 점순의 뒤틀린 심사가 선행 요인이 되었다고 볼 수 있다. 최춘보는 춘천집을 없애버리면 속량해주고 마름 자리까지 보장해준다는 김승지 부인의 말을 점순을 통해 듣고 앞뒤 재지 않고 살인 행위를 저지르게 된다.

「귀의 성」 상편은 김승지 부인이 살인의 대가로 점순을 속량해주고 최서방을 황해도 연안에 있는 전장 마름을 시켜준다는 약속을 확인하는 것으로 끝난다. 그의 눈에는 노비를 실질적으로 해방시켜주는 돈밖에 보이지 않았다. 춘천집이 살해되고 난 다음 "김승지의부인은, 점슌의뒤를, 디여주느라고, 쌥쌜흔세간놋츤뒤로, 다, 돌여내고, 김승지는강동지의마음을, 덧드러 너지아니할작정으로, 기동쑤리도, 아니남을, 지경이"[153] 되고 만다. 점순과 최가는 춘천집을 죽이고 나서 김승지 부인에게 얼마간의 돈을 받아 도피해 있었으나 중간에 돈가방을 잃어버린 후 아무리 연락해도 돈이 오지 않자 배신감과 불안감에 휩싸여 지내던 중 강동지에게 목숨을 잃고 만다. 개화기소설에서는 악의 범주에 드는 일을 행한 노비들이 자유와 돈을 반대급부로 요구했으나 단 한 명도 성공하지 못한 것으로 나타난다. 개화기소설의 작가들이 도덕적 상상력과 보수 성향을 덜어내고 사회학적 상상력과 개혁주의적 발상을 좀더 밀고 갔더라면 노비는 선비와 악비로만 대별되지도

---

153) 『귀의 성』(상), 황성 중앙서관, 1908, p. 73.

않았을 것이며 주인의 입장에 직결된 종속변수로만 그려지지는 않았을 것이다.

개화기소설의 문제작의 하나인 「귀의 성」의 서술 방법상의 특징들은 개화기소설들의 공통적인 특징으로 확대 해석할 수 있다. 「귀의 성」에서는 독자와의 거리를 좁히기 위해 각 문장을 대체로 '-더라' 투로 끝냈고 독자들이 읽기 좋게 하기 위한 것인지 쉼표를 과다하게 찍어놓았다. 이야기를 들려주는 과정에서 비약이나 생략의 묘를 살려내지 못한 점, 꿈의 장치를 통해서 주인공의 시련을 막아내는 점, 우연구성이 과다하게 설정된 점, 속담 성어 등과 같은 관용구가 과다하게 원용된 점, 작가에 의해 악인과 선인이 예시된 대로 인물 묘사와 사건 서술이 이루어진 점 등이 한계로 남는다.

개화기소설들 가운데서 「자유종」 「원앙도」 「치악산」 「몽조」 「홍도화」 「현미경」 등은 개화파와 수구파의 갈등을 설정한 공통점을 보이면서도 그 갈등의 해소 방법과 결과에 대해선 각기 다른 내용을 제시한다. 이 중 「치악산」 「홍도화」 「현미경」 등은 개화파가 승리하는 것으로 끝을 맺는다. 개화파의 수구파가 직접 얼굴을 맞대고 의견 충돌을 보이는 것으로는 「치악산」 「홍도화」 「현미경」 정도다. 두 이데올로기가 첨예하게 맞설 수밖에 없었던 원인을 짧게나마 명시한 작품으로는 「몽조」 「홍도화」 등이 있다.[154]

이해조의 「枯木花」(『제국신문』, 1907. 6. 5~10. 4)에 붙어 있는 "최근소설"이라는 이름은 이 소설은 "구소설"이 아니라는 주장을 담은 것으로 볼 수 있다. 보은 삼거리 뒷산 속리사에 황간 수일리 사는 권진사가 갑동이를 데리고 와 그 절 서편 뒷벽에 몸뚱이만 그려진 그림에 새의 머리를 그려 넣사, 30명이나 되는 불한당이 쳐들어와 권진사를 붙들어 가는 데서 이야기가 시작된다. 도둑 떼의 두목 마중군이 군수에게 잡혀 죽자 소실인 괴산집이 원수를 갚기 위해 절에 머리 없는 새를 그려놓고 그것을 채워 넣

---

154) 졸저, 『한국소설과 갈등』, 문학과비평사, 1990, p. 72.

는 사람을 두목으로 모시고자 했는데 바로 권진사가 그 그림을 채워 넣은 것이다. 그러나 권진사는 도둑 떼의 두목을 맡기는커녕 작품이 끝날 때까지 병든 몸을 이끌고 쫓겨 다니면서 생명 보전에 힘쓰는 것으로 그려져 있다.

도둑 두목의 두 소실 중 괴산집은 여러 남편을 거친 후 색주가 노릇 하며 도둑 두목의 소실이 된 후 여러 악행을 저지른 악녀였다가 후반부에 가서 회개하는 여인으로, 박부장의 딸 보패인 청주집은 선한 여인으로 성격화되어 있다. 도둑 떼의 실권자인 괴산집은 권진사에게는 문서 치부를 시키고 청주집에게는 옷 짓는 일을 시킨다. 청주집은 권진사가 칼과 창에 찔려 유혈이 낭자한 꿈을 꾸고 권진사를 구하러 밖에 나가 원수골에 끌려가 전신이 피투성이가 되어 나무에 매달려 있는 것을 발견하고는 도망치게 해주는 구원자 역할을 한다. 청주집에게 함께 가자고 했으나 청주집은 그러면 둘 다 죽으니 나중에 원수나 갚아달라고 한다. 권진사는 밤새 도망하여 자기 집으로 들어가 어머니, 아내, 갑동이 부모와 함께 서울 사는 외삼촌 리경무사 집으로 피신해 간 것이다. 한편 도둑을 쫓던 박부장이 오히려 도둑에게 잡혀왔으나 부녀간은 서로 모른 체한다. 박부장이 딸 청주집에게 그동안의 사연을 다 이야기해주는 데서 상권이 끝난다.

박부장과 청주집은 계속 괴산집의 박대를 받긴 했으나 오도령이 견제하여 사오 년을 버틸 수 있었다. 박부장과 청주집이 서로 피해가 갈까 봐 도둑들에게 잘해 오도령이 감화를 받을 지경이었으나 부녀 사이라는 것이 기어이 들통나 죽도록 매를 맞는다. 청주집이 들볶이고 매를 맞아 우는 소리가 조치원에 사는 박부장 부인의 귀에 환청으로 들리자 박부장 부인은 마침 한 집에 있는 갑동이에게 남편과 딸의 구출을 부탁한다. 이때의 환청은 꿈과 같은 예시 기능을 한다. 갑동이는 보름을 기약하고 권진사 소식을 탐지하고 돌아오겠다고 기찻삯을 받아 서울로 향한다. 갑동이가 처음 기차를 탄 탓인지 멀미를 심하게 하던 끝에 남대문에 도착하자 그 모습을 딱하게 본 어느 양복쟁이 신사가 데리고 간다.

이집 주인죠박ᄉᆞ는 십여년전에 미국화셩돈 가셔 딕학교에셔 공부ᄒᆞ야 의학을 졸업ᄒᆞ고 박ᄉᆞ까지된사롬이라 본국에돌아와 원ᄭᅥ긔계와 약을작만ᄒᆞ야 집에다두고 즁병든사롬이 잇다면 수고를불고ᄒᆞ고 치료ᄒᆞ여주니 이ᄂᆞᆫ 죠박사가 셩이로 그리로ᄒᆞᄂᆞᆫ거시 안이오 자션젹으로만 사업을 삼ᄂᆞᆫ터이라 마참 부산잇ᄂᆞᆫ 친구의병을 보고올나오다가 갑동이 차멀미로 고싱ᄒᆞᄂᆞᆫ 모양을 칙은이보고 다리고온것이라[155]

조박사는 갑동이만 보호해준 것이 아니라 괴산집-청주집, 오도령-박부장, 오도령-권진사 사이의 대립을 한꺼번에 해결하는 '기계로부터의 신' 역할을 한다. 조박사는 훈련원에서 공사립 소학교 춘기 대운동회가 벌어진 것을 구경시키기 위해 갑동이를 데리고 간다. 그곳에서 갑동이는 권진사의 아들 옥남이를 조우하고 권진사 내외가 리경무사 댁에서 필동으로 이사 간 것을 알게 된다. 갑동이는 그 집에 가서 자기 어머니가 조박사 집에 드난 살이하러 다니는 것도 알게 된다. 갑동이가 부모를 만나고 권진사의 그동안의 내력을 설명하니 "죠박사ᄂᆞᆫ 원릭사롬을 사랑ᄒᆞᄂᆞᆫ 마음이 츙만ᄒᆞ그리스도를 밋ᄂᆞᆫ량반이라 악ᄒᆞᆫ병에 ᄲᅡ진사롬을 구원홀 션심이 유연히 나셔"[156] 권진사를 치료해준다.

죠박사ᄂᆞᆫ 본릭 야박ᄒᆞ고 경솔ᄒᆞ기로 픠호ᄒᆞ얏던 사롬인딕 미국을 가셔 셩경공부를 ᄒᆞ후로 독실ᄒᆞ신사가되야 진리를 ᄭᅢ다롬으로 젼에ᄒᆞ실을 낫낫치 회기ᄒᆞ고 도덕군ᄌᆞ가된 사롬이라 날노 션신사를 위ᄒᆞ야 샹데게 긔도도ᄒᆞ고 죠흔말노 병ᄌᆞ를 인도도ᄒᆞ니 권진사병은 사지빅히에 고항지질 안이라 다만

---

155) 『枯木花』, 박문서관, 1908, p. 92.
156) 위의 책, p. 106.

급히 놀남을당ᄒ야 질신에 류통ᄒᄂ 혈분이 번격이되야 신경에 슌환이 잘되
지못흠으로 정신이 상실흔 증세라 죠박사에 약도 신효ᄒ고 졍셩도 간졀ᄒ고
로 얼마안이 되야 완젼흔사람이 다시 되얏더라[157]

조박사가 복음을 전하는 말을 듣자 권진사는 오도령과 괴산집을 향한 복
수심을 털어버리게 된다. 청주 진영 포교들이 여러 해를 수색하고 다니다
가 우연히 도적굴을 찾아 들어가니 그때 박부장 부녀가 거의 죽을 지경에
이른 때였다. 박부장 부녀가 집에 와서 요양할 때 갑동으로부터 편지를 받
고 보패가 혼자 권진사 집을 찾아가는 도중에 리경무사 측근으로 날건달인
복돌이의 꾐에 빠져 권진사 집을 찾아 송도로 가는 경의선에 태워졌는데
기차가 급정거하는 바람에 엎어지다가 우연히 괴산집을 만나게 된다. 이때
의 괴산집과 오도령은 청주집 즉 보패에게는 복돌이의 마수로부터 빠져나
오게 하는 구원자 역할을 한다. 괴산집은 오도령과 청주 감영에 잡혀 있을
때 권진사와 함께 온 조박사가 하나님 뜻을 본받아 회개하도록 하고 아저
씨뻘 되는 청주 원님에게 간곡히 말해 방면이 된 직후였다. 송도 남문 밖
에 객줏집을 찾아가 청주집과 괴산집은 안에다 사처를 정하고 오도령은 봉
놋방으로 들어갔는데 최복돌이 들어와 객줏집 주인 김치문과 계책을 꾸민
다. 이를 듣고 오도령, 괴산집, 청주집 세 사람이 몰래 빠져나가 문산포에
가서 서울행 기차를 타고 가 권진사를 만나게 된다. 이처럼 작중의 구원자
가 '기계로부터의 신'의 성격을 지니는 것, 작중의 구원자가 판관이나 원님
의 친척이 되는 것, 가해자와 피해자가 주로 객줏집에서 조우하는 것 등은
이후에 나온 「구의산」「소학령」「비파성」에서 반복된다.
    갑동이를 구해주고 권진사를 치료해 살려내고 도둑 두목 오도령과 괴산
집을 회개시키고 방면하도록 노력한 조박사의 존재는 「고목화」를 기독교의

---

157) 위의 책, p. 108.

힘을 역설한 소설로 보게 한다. 이처럼 여러 인물들의 어려움을 해결해줌으로써 조박사는 이 소설을 행복한 결말로 몰아간다. 권진사나 박부장 같은 구제도하의 세력가들이 피해자나 무능자로 그려진 데 반해 종교의 힘과 의술을 겸비한 조박사 같은 신흥 지식인이 갈등 해결자로 설정되어 있는 것은 상징성을 지닌다.

박부장이 갑동이를 만난 것, 청주집이 꿈을 꾸고 권진사를 구한 것, 갑동이 부모가 조박사 집에 드난살이하는 것, 소학교 운동할 때 갑동이 권진사 아들 옥남이를 만난 것, 경의선에서 청주집이 괴산집을 만난 것, 송도 남문 밖에 객줏집에서 오도령이 최복돌의 흉계를 알게 되는 것 등은 이 소설이 우연구성에 크게 기대고 있음을 입증해준다.

이해조의 「원앙도」는 거대서사의 한 필수 요소인 정치적 갈등을 원인적 사건으로 설정한 작품이다. 조감사 집안과 민군수 집안은 5대조부터 갈등을 쌓아왔다. 여기에 개혁주의자인 조참판과 그 형 조감사가 갑오경장 이전의 정부로부터 큰 처벌을 받는다는 사건도 설정되어 있다. 조판서 5대조가 척신 세력을 믿고 행동했다가 민군수 조상인 민응교 공이 탄핵 상소를 올려 유배 갔던 것이 이유가 되어 두 집안은 대대로 원수지간으로 지낸다. 이러한 숙원의 관계는 사랑하는 사이인 조판서 딸과 민군수 아들의 재치 넘친 화해의 노력으로 마침내 사돈 관계로 변하게 된다. 조감사 집안의 수난은 여기서 끝나지 않는다. 조감사 아우 조참판은 개혁주의자로 몰려 대역죄 혐의로 죽음을 당하고 연좌제의 적용을 받은 조감사는 파직당하고 수감된다. '개화주의자의 수난 모티프'는 「몽조」 「구의산」 「은세계」 등에서도 나타난 바 있다. 이 소설은 갑오경장이 보수 세력과 개혁주의자들의 생사를 건 싸움을 대번에 해결한 것처럼 서술한다. 전일에 조감사로부터 큰 은혜를 받았던 안경지에게 무엇을 얼마나 받아먹었는지 탐관오리인 법부대신은 "경장 이후에는 연좌제가 없다" "명류의 후예는 심상한 무리와 같은 율을 쓰기 어렵다"는 명분을 내걸어 조감사를 석방한다. 조감사는 석방된 직후 딸 내외와 함께 외국으로 나가 있던 중 다시 체포되는 일을 겪는다. 내레이터는 조감사를 다시 잡아 올리라는 명령을 내린 새 정부를 "이패가 드러오면 뎌패가 물너가고 뎌패가 드러오면 이패가 물너가셔 속담에 엇은 독긔나 일은독긔나 일반쯤되엿는지라"[158]와 같이 안정감도 없고 신뢰하기도 어려운 존재로 본다.

「치악산」[159]은 상하권으로 짜인 것으로 이인직이 상권을, 김교제가 하권을 지은 것으로 되어 있다. 이 작품에서 사돈지간인 개화주의자 리판서와 보수주의자 홍참의의 대립은 원인적 사건으로 기능한다. 홍참의 집 며느리 리씨가 개화파의 거물인 리판서의 딸이라는 점은 계모 시어머니의 비위를 상하게 한 첫째 요인이다. 며느리를 향해 툭하면 서울 사람이니 재상 집이니 들먹거리며 시비를 거는 마누라의 태도에 홍참의도 동조한다. 홍참의도 향반(鄕班)이 경반(京班)에게 갖는 뒤틀린 심정을 지니고 있었기 때문이다. 홍참의의 뒤틀린 심정과 보수주의적 성향은 아들 백돌에게 서울 나들이를 자제하라는 데서, 또 『해국도지』같은 책을 읽지 말고 사서삼경을 읽으라고 강권하는 데서 잘 드러난다. 홍참의는 아들이 서울로 가 장인인 리판서 집에 자주 드나들어 개화꾼이 될까 우려한다. 이미 홍참의는 리판서가 강원 감사 시절에 자기 아들 홍백돌을 사윗감으로 결정했을 때부터 영광으로 알기보다는 반감을 품어왔던 터였다. 갑오경장 이후로 리판서는 "풀기가 점점 더 생기고 홍참의는 몬지가 더욱 풀삭풀삭 나는 것"[160]으로 비유된다. 리판서는 홍참의가 자기에게 반감을 품고 있다는 것을 짐작이라도 한 듯

158) 『원앙도』, 보급서관, 1910, pp. 104~05.
159) 설성경, 「이인직 소설에 나타난 '산'의 의미망 분석―「혈의 누」「귀의 성」「치악산」을 중심으로」, 『연세교육과학』 43, 1994. 12.
　　　강인숙, 「신소설에 나타난 novel의 징후―「치악산」과 「쟝화홍련전」의 비교연구」, 『건국대 학술지』 40, 1996. 5.
　　　장수익, 「봉건적 가정의 모순과 개화 주체의 문제」, 『한국 현대소설의 시각』, 역락, 2003.
160) 『치악산』(상), 유일서관, 1908, p. 40.

사위를 사위 되기 전보다 몇십 배 몇백 배 더 아껴 외국 유학 보낼 결심을 하게 된다. 이에 홍참의는 자기 아들을 사돈이 제 마음대로 못된 곳으로 보낸단 말이냐 하고 불만을 토한다. 리판서는 사위를 앞에 놓고 자네 부친이 허락하지 않으면 도망이라도 보낼 생각이라고 하면서 자신을 포함하여 완고한 늙은이는 모두 죽어야 나라가 된다는 극단론을 서슴지 않고 뱉는다. 여러 가지 시련을 겪은 끝에 가정이 평화를 되찾게 되자 홍참의는 리판서에 대한 그간의 적원과 오해를 풀기는 하지만 보수 이데올로기를 포기하지 않는다.

「치악산」과 마찬가지로 상하권으로 된 「홍도화」에서 주인공 리직각은 사이비 개화주의자로 성격화된다.

리직각이 본러힝셰도 유명ㅎ야 눈치쌘르게 붓침붓침이와 알음알이가 썩 도뎌ㅎ야 언의셰도지상에게 안이긴히본더ㄱ 업더니 갑오경징이후로 시셰ㄱ 혼번변ㅎ닛ㄱ 눔과갓치 머리도 쌱고 양복도ㅎ야 이샤회 뎌샤회로 도루단이며 국ㄱ독립이니 인민ㅈ유니 입으로는 유지자의 흉너를 드 너지만 심중에는 량반도 그더로잇고 교만도 그더로잇고 완고도 그더로잇ㄷ 얼기화군이라 무 눔둘녀 십셰된쌀을 ㅈ긔싱각에는 글ㅈ를 ㄱ르치던지 침션을 ㄱ르치던지 집구셕에 쳐 박ㅇ두고 십흐되 셰상이 모두 학교 학교 ㅎ눈디 만일 눕ㅎ눈디로 안이ㅎ면 샤회에 명예나 못엇을까 ㅎ야 그쏼 틱희를녀학교에보너여 공부를식이니[161]

리직각은 시대의 추세에 맞추어 딸 태희를 학교에 보내기는 했으나 여성의 새로운 역할론에 호응하는 딸의 태도를 용납하지 않는다. 여자는 학교를 졸업하면 시집가서 시댁과 남편 잘 섬기면 된다는 리직각의 생각에 태

---

161) 『홍도화』(상), 동양서원, 1911, p. 6.

희는 여자도 학문을 넓혀 국가나 사회를 위해 봉사할 줄 알아야 한다고 맞선다. 시집간 지 얼마 안 되어 과부가 되어 돌아온 태희는 개화주의자인 외삼촌 김참서가 리직각을 향해 남녀 차별 습속과 개가 금지 풍습이 우리 사회와 국가에 끼치는 피해가 크다고 역설한 것에 크게 고무된다. 리직각이 개가 금지 관습에 찬성하는 태도를 보이자 김참서는 리직각을 향해 "겉 개화꾼"이라고 비난한다. 이 작품은 끝에 가서는 여성해방론자인 태희와 남녀평등론자이며 외래문화 신봉자인 김참서를 승리자로 암시한다.

「금수회의록」「자유종」「홍도화」「은세계」「설중매」 등은 연설 모티프를 담고 있는 공통점을 보인다.[162] 이때의 연설은 당시의 사회가 큰 갈등을 안고 있음을 암시하는 기본 기능을 행사하지만 비판과 당위론적인 주장만 하는 것은 아니다. 새로운 지식과 정보를 공급하는 통로가 되기도 한다.

「치악산」「구의산」「봉선화」「금국화」「재봉춘」[163] 등의 소설은 양반집의 외딸이나 막내딸이 계모 시어머니에게 살인 음모 대상이 된다는 플롯을 취한다. 이러한 작품들에 등장하는 계모 시어머니는 재산이나 현 지위 고수의 욕심으로 전처 아들뿐 아니라 며느리까지도 경계하고 미워한다. 며느리들도 대체로 양반집 소생인 것이 원인이 되어 보잘것없는 집안 출신인 계모 시어머니의 열등감을 자극하게 된다. 이런 시어머니의 눈에는 양반집 딸로 신학문을 배운 며느리는 크나큰 위협자로 다가오게 된다.

「안의 성」「두견성」「봉선화」「해안」 등의 소설이 계모 시어머니가 며느리를 적대자로 보는 일차적 요인으로 재산 다툼을 들었다면, 「빈상설」「치

---

162) 졸고, 「이론과 실제를 겸비한 정경지식인」, 『한국현대작가의 시야』, pp. 112~13.
　　「금수회의록」과 비슷한 시기에 간행된 안국선의 『연설법방』은 웅변가의 최초, 웅변가 되는 법방, 연설가의 태도, 연설가의 박식, 연설의 숙습, 연설의 종결, 연설 등의 항목으로 구성되어 있으며 '연설'이란 항목을 구성하는 "청년구락부에서 하는 연설" "학교의 학도를 권면하는 연설" 등 8편의 연설은 「금수회의록」 여덟 금수의 연설문 내용과 겹치는 부분이 많다.
163) 번안소설로는 「재봉춘」 이외에 「설중매」 「장한몽」 「쌍옥루」 「정부원」 「불여귀」 등이 있다.

악산」, 「구의산」 등은 상민이나 천민 출신의 시어머니가 양반 소생의 며느리에 대해 갖는 열등감에 주목하게 만든다. 재산 다툼이든 열등감이든 시어머니로 하여금 노후에 대한 불안감으로 이어지게 된다.

「빈상설」에서 서정길의 첩인 평양댁은 본부인을 몰아내기 위해 본부인의 여종이 자기를 능멸한다고 모함하고 또 자신을 무지하고 천한 년이라고 계산된 자기비하를 하여 남편의 동정을 사려 한다. 평양댁이 본부인을 향해 악행을 일삼는 데는 본부인 리씨 부인이 못생겼음에도 양반집 딸이기에 대접받고 사는 것에 질투심을 느낀 뚜쟁이 화순집의 뒤틀린 심사가 작용한 것이다. 「구의산」에서는 서판서의 삼취 부인 이동집이 상민 출신이라는 열등감에서 헤어나지 못한 나머지 전실 아들을 죽이려는 음모를 꾸미게 된다는 것을 원인적 사건으로 설정하였다.

「치악산」과 「귀의 성」이 좋은 예가 되는 것처럼, 양반 태생이 아닌 여인이 양반집의 후취나 소실이 되는 경우 양반집 자손에게 갖는 열등감이 원한으로 작용하여 바로 악비가 자라날 수 있는 토양이 형성되는 것을 볼 수 있다. 악비는 악비대로 이러한 반상 간의 갈등 관계를 이용하여 자신의 원한을 해소하고 상승 욕구를 실천에 옮긴다.

악비의 행위 중 청부 살인이나 인신매매와 같은 불법적인 행위가 더 자주 나타나고 있다. 청부 살인에 관련된 노비로는 「귀의 성」의 점순, 「탄금대」의 주오위장, 「현미경」의 또쇠 어멈, 「구의산」의 칠성, 「금국화」의 막쇠와 금년 등을 들 수 있으며 인신매매를 꾀한 노비로는 「치악산」의 옥단과 고두쇠, 「봉선화」의 구두쇠, 「목단화」의 작은돌, 「빈상설」의 금분 등이 있다. 상전을 구타하고 도주하는 「해안」의 경전, 주인아씨와 달아니다 참변을 당하는 「구의산」의 조늦동도 악행을 저지른 것으로 볼 수 있다.[164] 기본적으로 개화기소설은 주인에게 충실한 노비보다는 자기의 욕망을 달성하

---

164) 졸저, 『한국소설과 갈등』, p. 100.

기 위해 불법적이거나 비윤리적인 행동을 꾀하는 노비를 더 자주 내보이기
는 했지만 작가들은 노비의 존재와 행태를 부정적으로 보려 한 색채가 짙
었다.

　신소설을 통해 자주 만나게 되는 악비는 악행evildoing을 저지르고 있으나
동기의 면에서 보면 악한소설의 주인공과 비슷하다. 악비가 저지르는 살
인·인신매매·사기 등은 악행임이 분명하나 악행을 저지르게 된 최초의
동기는 부정적으로만 볼 수는 없다. 노비가 어떤 동기로 악행을 행사하게
되었는가 하는 점은 주목할 필요가 있다. 신소설에 등장하는 노비들은 대
부분 사노비의 경우에 속한다.[165] 가령 「부벽루」 「탄금대」 「모란병」 「송뢰
금」 등의 소설은 흉년으로 상민이 남의 집 노비로 전락했다는 사건을 자유
모티프로 설정했으며 「황금탑」은 채무자의 아내와 딸을 받지 못한 빚 대신
에 노비로 삼는다는 사건을 설정하였다. 문보는 남의 종노릇하다가 자유를
얻어 나중에 인력거를 끌어 돈을 벌게 된다. 「송뢰금」은 본래 강원도 사람
으로 서울에 와 노동으로 생계를 잇던 남편이 갑자기 죽자 아들을 데리고
김주사 집에 고용살이하러 들어간 검동이 모라는 인물의 사연을 들려준다.
「금국화」에서 막쇠가 처음부터 악비로 떨어질 뻔한 유혹을 잘 이겨낸 것에
비해 「구의산」에서 칠성이는 중간에 개심하여 악비에서 충비로 전환한다.
칠성이는 이동집의 부탁대로 상전 서오복을 죽이려다가 마음을 고쳐먹고
이동집이 준 거액을 갖고 오히려 오복 서방님을 잘 모시고 외국행 화륜선
을 탄다. 칠성이는 서판서 집으로부터 "은혜를 잊지 않는 사람"이란 칭찬
을 듣고 생각지도 못했던 속량 조치를 받게 된다. 지배층의 인정과 후원에

---

165) 정석종, 『조선후기사회변동연구』, 일조각, 1983, pp. 209~11.
　　조선조에 노비는 흔히 公奴婢와 私奴婢로 대별되었다. 공노비는 다시 驛奴婢, 校奴婢, 邑
　　奴婢 등으로 세분되었고 士庶之奴이며 양반가의 개인 소유물이기도 했던 사노비는 보통 外
　　居奴婢와 率居奴婢로 나누어진다. 사노비는 재산의 한 형태로 여겨져 매매, 증여, 세전의
　　대상이 되기도 했다. 세전된 노비는 '傳來', 돈 주고 사온 노비는 '買得', 처가나 외가로부
　　터 분재받는 식으로 취한 노비는 '衿得' 등으로 불리기도 했다.

힘입어 사회 이동sponsored mobility[166] 하게 된 칠성이의 경우는 예외적인 것에 속한다.

민준호의 「行樂圖」(1912)는 남종 금돌이를 선비로, 여종 간난 어멈은 악비로 그리고 있다. 황해도 옹진군에 살며 수천 석을 하는 70대의 홀아비 신병사가 임사문의 젊은 딸과 결혼하여 소원대로 아들을 낳아 만득이라고 하였는데 신병사의 큰아들 원식의 부부도 때마침 아들을 낳아 장손이라고 이름을 지으면서 새어머니 임씨 부인과 만득이를 경계하고 증오하게 된다. 임씨 부인과 만득이를 몹시 사랑했던 신병사는 의외로 대부분의 재산을 아들 원식에게 물려주고 임씨 부인에게는 다만 "행락도"라는 그림 한 장을 주고 어려운 때에 옹진 군수에게 보여주라고 유언을 한다. 신병사가 죽은 직후 집 밖으로 쫓겨난 임씨 부인을 3천 냥을 줄 테니 처치하라는 말을 여종 간난 어멈에게 들은 남편 금돌은 살인한 척하고 받아낸 돈을 오히려 임씨 부인에게 주고, 임씨 부인은 자기를 죽이려고 하는 남자들에게 이 돈을 주어 목숨을 보전하게 된다. 두 차례나 있었던 살인 시도 행위는 모두 원식 부부의 지시에 의한 것이었다. 간부와 달아나려고 했던 간난 어멈의 코를 베어버린 금돌은 임씨 부인을 강간의 위기에서 구해내기도 하고 만득이를 청국 사람들로부터 구해내기도 한다. 행락도를 본 옹진 군수가 원식 부부를 잡아들여 죄상을 밝혀내었으나 임씨 부인의 소청으로 벌을 감해주자 원식 부부는 크게 회개한다. 옹진 군수가 행락도에 쓰인 유서대로 집행하여 임씨 부인에게 많은 재산을 물려주고 동네 사람들에게도 나누어 준다. 만득이 과거에 급제하여 청국 가는 동지부사가 되어 소임을 다하고 또 정서방을 만나 데리고 돌아오는 것으로 소설은 끝난다. 이 소설은 끝 부분을 고소설처럼 "긔자왈" 하는 식으로 평을 달아놓았다. 신병사가 죽어서도 전

---

166) Geraint Parry, *Political Elites*, George Allen & Unwin, 1977, p. 84.
　　한 개인이 상향적 사회로 이동하는 데는 contest mobility와 sponsored mobility가 있다.

처 자식을 개과천선케 하여 전후처속이 잘 어울려 지내게 한 것을 높이 평
가하면서 후처 소생은 임씨 부인을 본받고 전처 소생은 개과천선한 후의
원식을 본받으면 될 것이라고 하면서 "또 뎡셔방과 금돌등의 튱실흔 의긔
는 만세에 남의하인된쟈이나 부탁을 들은쟈의 모범이 될만ᄒᆞ도다"[167]고 끝
맺음하였다. 정서방과 금돌은 「구의산」의 칠성이와 마찬가지로 지배층의
인정과 보은을 받아 상향 이동하게 된다. 「행락도」는 임씨 부인의 수난사
를 그린 여성소설이면서 이러한 수난이 옹진 군수의 능력과 신의에 의해
해결된 점에서 공안소설이라고 할 수 있다.

「치악산」에서 홍참의의 후취인 김씨 부인은 여종 옥단을 불러 며느리 리
씨 부인을 처치할 음모를 꾸미게 된다. 이때 옥단은 평소 김씨 부인이 남
의 공을 잘 모르는 성격이기에 리씨 부인을 처치하는 대가로 속량을 해달
라는 요구를 거듭한다.

(부)이이옥단아 너나네나 소원풀기는 일반이지 니속시연흔일을 ᄒᆞ여쥬면
나도네소원더로속냥은ᄒᆞ여쥬마 그러나네가 단구역말압들에잇는보논을 말ᄒᆞ
니 그거슨 네가속알머리업는소리다
네— 싱각ᄒᆞ여보아라 너님의로엇지 너를 논흔마지기를 쥴슈가잇나냐
(옥)쇤네가 논이야 참바라지아니ᄒᆞᆷ니다 속냥이나 ᄒᆞ야쥬시면 그런상덕이
어더잇깃슴닛가
(부)올치그럿치
우리 얼른 무슨작뎡을ᄒᆞ고일을 숫낼도리를ᄒᆞ자
ᄒᆞ더니부인은옥단의게 속냥ᄒᆞ여쥴언약을 단단히ᄒᆞ고 옥단이는건넌방앗씨
를 업시버릴쐬를한다[168]

---

167) 『행락도』, 동양서원, 1912, p. 150.
168) 이인직, 『치악산』(상), 유일서관, 1908, pp. 82~83.

노비가 이처럼 강하게 또 구체적으로 속량 의지를 조건부로 내건 소설로는 「치악산」 이외에 「귀의 성」을 들 수 있다. 그러나 이인직은 이 두 작품에서 속량을 약속받은 종이 끝내 그 뜻을 이루지 못하는 것으로 처리하고 있다.

이해조의 「구마검」[169]은 서울의 부촌인 다동에 사는 함진해가 둘째 부인과도 사별하고 여러 자식을 앞세운 데다 셋째 부인과의 소생인 만득이가 어머니의 무지로 천연두에 걸려 죽는 것을 원인적 사건으로 한다. 함진해는 셋째 부인인 최씨 부인과 안잠자기 노파와 연결된 무당, 지관, 사기꾼 지주 등에게 속아 알거지가 되다시피 하여 함씨 대종회가 열리는 것을 계기로 참회하고 최씨 부인은 양자로 들인 함종표의 지극정성한 간병으로 낫게 되자 과거를 회개한다. 함진해 부부의 어리석음과 악함이 빚어낸 사건을 모아놓으면 바로 「구마검」의 내용이 된다. 구체적으로 말하면 함진해는 자기를 돌보아준 삼촌이 세상을 떠났을 때 3년 동안 한 번도 문상 가지 않은 일, 사촌 동생 함일청을 부정 탄다고 하여 내쫓고 전답을 팔아치워 경작권을 박탈한 일, 일청에게 밥 한번 먹였다고 착한 유모를 내쫓고 무당과 내통하여 무당 금방울의 영험함을 과시하게 한 안잠자기 노파를 절대 신임한 일, 무당 금방울과 임지관과 최옥여 산주에게 속아 많은 재산을 탕진해가며 조상의 묘를 마음대로 이장한 일, 사촌 동생이 충고하는 편지를 보낸 것을 전혀 듣지 않고 내버린 일 등 우행과 악행을 저지른 것이다.

이러한 행태를 보고 사촌 동생 함일청은 두 번이나 편지를 보낸다. 이 편지에는 작가 이해조의 사상이 잘 드러나 있다. 첫빈째 편지는 나라의 진보가 되지 못함은 풍속이 미혹함에 있다, 동양에서는 요괴한 선비들이 오

---

169) 다음 논문을 주목할 필요가 있다.
　성현자, 「신소설 「구마검」 연구」, 『중어중문학』 5, 중어중문학회, 1983.
　곽　근, 「이해조의 「구마검」 연구」, 『동국대학교 논문집』 9, 1990.

행사상을 만들어 길흉화복을 불러낸다고 한 이래 무속이 판을 치게 되었는데 서양 사람의 실지를 밟아 요괴한 말을 물리치면 형님의 댁뿐 아니라 나라와 동포가 다 보존될 수 있다는 등의 내용으로 되어 있다. 두번째 편지는 유모와 같이 착한 사람은 멀리하고 안잠자기 노파와 같은 악한 사람을 가까이한 것, 지관의 말을 곧이듣고 명당을 찾아다니며 많은 돈을 낭비하는 것 등을 집중적으로 성토한 끝에 사람 구원하기는 의원만 한 이 없고 세상을 혹하기는 무녀 같은 것이 없다, 광명한 세계에는 다만 실상만 있고 허황한 지경은 없다, 굿하고 경 읽는 것은 지식 있는 사람의 눈에는 혼암 세계로 보인다, 국세가 저같이 흥왕한 서양에는 어찌 풍수가 행치 않는가 등의 열 가지 잠언을 담아놓았다. 대종회에서는 일청의 아들을 진해의 양자로 정하여 종통을 잇도록 할 것, 진해의 그름과 일청의 바름을 종중에 공포하여 선악에 대해 포폄할 것 등을 결정하였다. 이 소설은 뒷부분으로 가면서 빠르게 공안소설의 형태에 도달한다.

하로는즈긔남편과셕ᄉ촌과ᄉ촌동셔와종표ᄭ지한즈리에모혀안진좌상에셔 최씨부인의발론으로종표를즁학교에입학케ᄒ야ᄉ오년만에픞업훈후에다시법 률젼문학교에보너녀공부를식이ᄂ디싱양명부모의졍셩도도뎌ᄒ지만은종표의 열심이엇지대단ᄒ던지시험마다만졈을엇어최우동으로픞업을ᄒ니함종표의명 예가사회상에헌챠ᄒ야만장공쳔으로평리원판ᄉ를ᄒ얏ᄂ디그셔맛참우리나라 졍치를쉐신ᄒ야음양슐긱과무복잡류비를일병포박ᄒ야ᄎ례로신문ᄒᄂ즁에하 로ᄂ무녀일명을잡아드려오거늘[170]

함종표 앞으로 잡혀 온 무녀는 묘동집 무녀로, 그 진술에 의해 국수당 무장 금방울·임지관·최옥여에게는 "한기신(限己身) 징역"을 선고하고 안

170) 『구마검』, 이문당, 1908, p. 71.

잠자기 노파와 삼랑이는 집 밖으로 추방하였다. 「구마검」의 공안소설적 성격은 이 소설 끝 부분에 가서 함진해 집 벽장 안에 있던 제석 · 삼신 · 호구 · 궁웅 · 말명 · 여귀 등 각색 명목과 터주 · 성주 등의 물건을 모두 마당 한가운데 쌓아놓고 불을 지르는 것으로 완성된다. 이해조는 자기의 감정을 드러낼 때 고전소설 작가에 비해서는 자제한 편이지만 금방울에 대해서는 "녀강도와아귀보다더흉요악간휼흔금방울"[171)과 같이 감정을 속이지 않았다.

10. 개화기 후기의 중간소설적 경향

이인직, 이해조, 최찬식, 김교제류의 신소설에서 공통적으로 자주 설정된 사건의 하나는 젊고 준수한 여성의 수난사이다. 고상한 10대의 여성의 수난이란 소재는 중심사로 처리되었든 주변사로 처리되었든 반드시 문제작을 보증해주지는 않았다. 김교제의 「현미경」, 이해조의 「화의 혈」, 안국선의 「공진회」 등이 잘 입증해주는 것처럼 동학군이나 의병이란 모티프는 어떤 방향으로든 비중 있게 다루어지기만 하면 문제작으로 평가될 수 있었다. 작가가 동학군과 동학군 토벌대 중 어떤 존재를 더욱 긍정적으로 보았느냐 하는 것은 이차적인 문제다. 개화기 당시 젊은 여성의 수난이란 소재는 작가가 어떤 방향으로든 작중 사건으로 바꾸어놓기만 하면 문제작의 가능성을 높일 수 있는 그런 것은 아니었다. 가장 많은 작품을 남겼으며 또 그 대부분이 여성의 수난을 중심사건으로 설정한 이해조가 문제소설과 동시에 중간소설도 여러 편 남겼다는 사실이 이를 잘 설명해준다.
이해조는 「빈상설」(1908), 「구마검」(1908), 「자유종」(1910), 「화의

---

171) 위의 책, p. 58.

혈」(1912), 「원앙도」(1911) 같은 주목할 만한 작품도 남겼지만 『모란병』(박문서관, 1911. 4), 『소양정』(신구서림, 1912. 7), 『구의산』(신구서림, 1912. 7), 『春外春』(신구서림, 1912. 12), 『비파성』(신구서림, 1913. 10) 같은 중간소설middlebrow novel도 남겼다. 그런가 하면 「추월색」의 작가 최찬식은 「금강문」(박문서관, 1914. 8)과 같이 다소 격이 떨어진 소설을 써내었다. 한일병합 직후에 발표된 정통 작가의 중간소설이라는 세 가지의 공통점을 지니는 「모란병」「소양정」「춘외춘」「비파성」「금강문」은 재색을 겸비한 15세 내외의 여학생이 겪는 수난사를 제시한 작품이라는 또 하나의 공통점으로 묶이게 된다.

「모란병」은 무능하고 무계획적인 현고직의 실직, 극도의 가난, 딸 금선이 기생집과 술집 전전 및 탈출, 송순검의 구출, 금선을 향한 수복의 은밀한 짝사랑, 수복 어머니의 금선 보호, 사촌 형 수득의 악행 적발, 수복과 금선의 결혼 등의 내용으로 되어 있다.

「모란병」은 구성 면에서 여러 가지 문제점을 드러낸 나머지 저급소설로 평가되기에 이른다. 첫째, 인물의 성격을 예시(豫示)했다. 작중에서 현고직을 속여 그의 딸 금선을 악의 구렁텅이에 처넣은 변선달은 등장할 때부터 무식하고, 돈 잘 쓰고, 거짓말 잘하고, 노름에 미친 존재로 설명되며 "이웃계집이나 친구의가속을 감언리설로 꾀예내어서시집도보닉고 종으로도 파라 먹는"[172] 인물 거간꾼으로 규정된다. 변선달이 이렇듯 흉악한 사람인 것을 전혀 모르고 현고직이 딸의 중매를 허락했다는 것도 자연스럽지 못하다. 금선이 처음으로 팔려 간 집의 주인 최별감은 신수도 좋고 말도 잘하나 양갓집 여자를 유인하여 소리 잘하고 춤 잘 추는 기생으로 만들어 매음을 시켜 돈을 버는 존재로 그려진다. 이러한 성급한 성격화 방법은 독자들이 소설을 한 페이지씩 넘기면서 작중인물들 사이의 관계를 살펴보고 그

---

172) 『모란병』, 박문서관, 1911. 4, p. 6.

인물들의 운명을 예견해보기도 하는 가운데 소설 읽는 재미를 느끼는 기회를 감소시키거나 빼앗아버리고 만다. 조금씩 진상을 암시하는 식으로 독자들을 계속 긴장감 속으로 몰아가는 소설 양식의 묘미는 찾기가 어렵다.

둘째, 주요 인물을 마음이나 태도가 쉽게 변하는 인물로 그려놓았다. 수복이는 한 번도 직접 상면한 적이 없는 금선이를 찾기 위해 인천으로 내려가 여기저기 돌아다니다가 술집 계집인 벽도로부터 금선이 어떤 순검과 함께 서울로 올라갔다는 말을 듣고 '시속 계집'이라 판단하고는 수색 작업을 포기하고 만다. 그와 동시에, 그가 기왕에 인천까지 왔으니 여기서 배를 타고 일본으로 건너가 한 10년 공부하고 오겠다고 결심하고 나서 홀어머니를 내버려둔 채 유학길을 떠났다는 것은 상식적인 심리 전환과는 거리가 있다. 수복이의 일본 유학은 사촌 형 수득이가 쾌락적인 생활에 빠진 나머지 돈을 구하기 위해 금선을 해치려고 하는 사건을 유발하는 원인으로 작용하기도 한다. 악한 인물이 대체로 미리 성격화되는 데 비해 선한 인물은 부자연스럽고도 가볍게 그려지고 있다.

셋째, 여러 작중인물이 앞서 일어난 사건을 반복 진술하게 하였다. 여주인공 금선이 인천 감리 앞에서 과거사를 진술함으로써 독자들에게 스토리가 다시 한 번 제시되는 것이 그 좋은 예다. 이미 독자들도 잘 아는 내용을 요약이나 생략 없이 그대로 진술하게 함으로써 작중 사건 진행의 템포가 떨어지는 결과가 빚어졌다. 독자들은 지루한 나머지 작품을 덮어버리고 싶은 충동을 느낄지도 모른다. 금선이는 단순한 작중인물의 수준을 지나 화자의 기능을 대리 행사한다.

넷째, 우연구성을 자주 드러내었다. 금선이 로가가 주인인 술집에서 탈출한 후 절망감을 이기지 못해 목을 매었으나 때마침 지나가던 순검이 발견하고 살려준 일, 송순검이 금선을 감리로부터 빼내어 데리고 간 서울 전동의 이종집이 최별감 바로 옆집이라는 사실, 금선의 집에 있었던 병풍이 수복이 집에 팔려 온 일, 수복이 귀국한 날 수득이 사람들을 시켜 금선을 납치해 가려고 한 사건이 빚어진 것 등은 모두 우연구성에 속한다.

이해조의 「구의산」(『매일신보』, 1911. 6. 22~9. 28)은 후덕하고 선량한 서판서의 셋째 부인인 이동집이 노비 칠성이에게 속량과 신붓감과 집 한 채를 약속하며 전실 아들 오복이를 결혼 첫날밤에 죽이라고 밀명을 내린 것을 원인적 사건으로 설정하였다. 이동집은 오복이를 키워서 결혼시킬 때까지는 누가 보더라도 거짓 없는 보호자protector였는데 갑자기 파괴자frustrator로 표변하고 만 것이다. 이러한 표변이 공감을 주려면 평소에 이동집이 갈등에 빠지거나 이중적 성격을 드러내 보이는 것으로 그렸어야 했는데 작중에서 이러한 노력은 잘 보이지 않는다. 이 점이 계모와 아들의 갈등을 다룬 이인직의 「치악산」류의 소설들과 다른 점이라고 하겠다. 이런 예외적인 인물 설정 방법은 칠성이란 노비의 성격화 과정에서도 그대로 구사된다. 오복이를 죽이러 가던 칠성이는 도중에 어떤 신부와 그 간부가 첫날밤에 신랑을 죽이자고 모의하는 것을 엿듣고 순간적으로 분노가 치밀어 그 남녀를 살해하면서 오복이에 대한 살의를 거둔다. 그리고 고양으로 가서 오복이를 깨워 이름 모를 청년의 시체와 바꿔치기 하고 그 목을 이동집에게 건네주고 돈 2만 냥을 받아 서방님을 모시고 인천으로 내려가 배를 타고 외국으로 가버린다. 이동집에게 받은 거액의 포상금을 오복이를 위해 다 써버린 아이러니를 빚어낸다. 오복이와 칠성이는 인천에서 배를 타고 마관으로 향하던 중 풍랑을 만나 무인도로 떨어졌으나 일본인 탐험가 등정수태랑(藤井壽太郞)에 의해 구출되어 삼사 년간 같이 탐험을 한 후, 구주로 건너와 등정수태랑의 집에 머물며 14년 동안을 공부한다. 칠성이는 선주 밑에 선비가 있고 악주 아래 악비가 있다는 신소설 나름의 공식을 깨버리면서 양반집 자제인 오복이의 절대적인 보호자요 지원자가 된 것이다.

이 소설은 작중의 중심적인 갈등을 재판관이 해결하는 공안소설의 형태를 취했다. 법관 앞에서 이동집과 대면한 칠성이는 이동집의 죄상과 자신의 죄상을 있는 그대로 털어놓는다. 법관이 판결을 내리는 부분에서 이 소

설의 제목이 "구의산"으로 설정된 이유와 이 소설의 성격이 공안소설임이
드러나게 된다. 김판서 딸 애중이 옆에 목 없는 시체가 놓이고 칠성이가
사라진 후, 서판서 집 안팎의 모든 사람들이 칠성이를 오복이의 살인범으
로 의심해왔던 것이다.

법관이 더신문홀것업시 구의산에 구름싸이듯ᄒ 의심이 환연히히셕이되여
ᄎ례로 판결을홀터인디 당피ㅅ골 쳔지ᄉ가 칠셩을 디살ᄒ야 ᄌ긔ᄯ올의원슈롤
갑하달나 신소롤 ᄒ얏ᄂ지라 법관이 쳔지ᄉ롤 불너 그ᄯ올의힝실이 부졍ᄒ야
죽엄을당ᄒ 징거롤들어 알아듯도록 확연히 일너 다시 호원을 안이ᄒ게ᄒ후
오복이ᄂ 무죄빅방을ᄒ고 칠셩니ᄂ 쌍명을 고살ᄒ얏스나 의분에셔 나온일이
라ᄒ야 쟉량감경(酌量減輕)여러가지로 감등을ᄒ야 삼기월금옥에 쳐ᄒ고 이동
집은 모살미슈ㅅ범과 ᄌ식죽인강상률의 이죄구발(二罪俱發)로 조률을ᄒ얏더
라.[173]

법관의 판결이 나온 후, 칠성이는 서판서의 집안으로부터 "난망지은"의
인물이란 칭송을 듣고 충성의 대가로 속량 조치를 받는다. 칠성이는 선량
한 상전 오복이에 대한 충성심으로써 노비에게 있을 수 있는 원한을 해소
해버린 경우가 된다. 서판서의 삼취 부인 이동집은 4년 전에 쥐통으로 남
편을 잃고 과부로 지내던 중 서판서가 인력거에 치였을 때 정성껏 치료해
준 것이 인연이 되어 결혼한 후 상민 출신이라는 점에 열등감과 불안감을
느껴왔었다.

오복이에게 절대적인 조력자 된 박칠성도 일본인 등정수태랑의 도움
을 받아 생명을 건졌으며 오복이는 공부까지 할 수 있었다. 일본인을 조선
인에 대한 조력자로 그리는 것은 이인직의 「혈의 누」에서 비롯되어 거의

---

173) 『구의산(하)』, 신구서림, 1912, p. 95.

문학적 인습으로까지 굳어진 신소설 창작방법의 하나다. 이해조는 곧바로 발표한 「소학령」에서도 청인들을 악한과 사기꾼으로 묘사한 반면 일본인은 조력자로 설정하는 태도를 취했다.

이 소설은 신소설이 아직은 노벨로 나아가지 못한 이유의 하나가 우연구성에 있음을 잘 입증해준다. 효손이 15세가 되어 아버지 오복의 원수를 찾아 방랑길에 올랐을 때 전라도 흥양의 팔영산에 있는 팔영사에서 할아버지 서판서를 조우한 것, 서판서가 손자 효손과 상경하던 중 낙안 월평 주막에서 오복이와 칠성이가 동숙객이 된 것을 목격한 것, 오복이와 칠성이가 한라산에 등정할 때 고참봉으로부터 옛날 칠성이가 저지른 살인 사건의 전말을 듣는 것 등이 우연구성의 한 예가 된다. 신소설이 노벨로 접어들지 못한 또 하나의 원인은 화자가 칠성이나 효손이 같은 여러 주요 인물들로 하여금 자기의 시선이나 입장에서 사건의 경과를 말하게 할 기회를 주어 전체적으로 소설의 진행이 더디고 지루하며 소설 건축이 제대로 되지 못한 데서 찾을 수 있다.

「소양정」은 낭천 군수 정세중의 딸 채란과 회양 군수 오승지의 아들 봉조의 정혼, 오군수 내외와 정세중의 잇단 죽음, 채란 모친 조씨 부인과 외삼촌 조학균의 음모, 신생원의 살의, 최이방의 살인 행위, 채란과 봉조의 계속되는 수난, 박어사의 판결, 오봉조의 어사 부임 등으로 짜여 있다.

「소양정」도 여러 가지 구성상의 문제점을 드러낸다. 첫째, 「소양정」은 서두 제시, 인물 소개, 대화 처리, 어미 처리, 장면 전환 등 여러 가지 측면에서 고전소설의 수준을 넘어서지 못한다. 이 소설은 "조선중고 시대에 인재가 많이 나서 조야에 희한한 사적이 한둘이 아닌 중 가장 듣고 본받을 만한 자를 기록코자 하노라"[174]로 서두를 뗀 뒤 바로 이어 정세중의 인물됨을 요약 제시한다. 「소양정」은 새로운 인물을 등장시킬 때마다 그 성격을

---

174) 『한국신소설전집 제5권』, 을유문화사, 1968, p. 273.

미리 제시하는 방법을 쓴다. 아버지 오군수의 부름을 듣고 나타난 오봉조는 등장하자마자 작가에 의해 "각설, 오수재는 오승지의 제 이자이니 이름은 봉조요 자는 기서라. 어려서부터 총명 · 영오하여 범절이 지각난 사람같이 숙성할 뿐 아니라 십세 전에 시서백가를 무불능통하므로 오공 내외가 편벽되어 사랑하는 중……"[175]과 같이 소개되어 독자들의 상상력과 추리는 제한받게 된다. 이 소설에서는 '~가로되' '~왈' 하는 식으로 지문과 대화 부분이 연결되며 각 문장은 '-더라' 식으로 종결된다. 대화는 모두 구어체로 되어 있는 것은 아니다. 채란과 봉조가 나누는 대화는 오히려 문어체로 되어 있어 부자연스러운 느낌을 준다.

둘째, 스토리가 중간중간 반복 제시되어 있다. 채란의 모친인 조부인과 그 남동생인 조학균이 채란이 가출하고 난 다음에 나누는 이야기는 한두 문장으로 요약했어야 했다. 채란이 박어사 앞에서 행하는 과거 회상, 박어사가 채란을 만나게 된 과정의 서술, 너구리에 의한 최이방의 악행 폭로 등이 짧게 처리되었더라면 작품 전체는 박진감 있는 사건 진행을 보여줄 수 있었을 것이다.

셋째, 부자연스러운 사건과 인물의 설정이 여러 군데서 나타난다. 신씨가 채란에게 음심을 품은 나머지 봉조를 처치하기 위해 관찰사에게 거짓 편지를 써서 보낸다는 것도 작위적이고 채란이 신씨가 파놓은 함정에 빠져 위기에 처해 있을 때 금단이 꾀를 내어 해결책을 제시한다는 것도 인물 능력상 앞뒤가 맞지 않는다.

넷째, 우연구성을 자주 내보이고 있다. 채란과 여종 금단이 가출하여 밤에 정처 없이 소로를 가다가 봉조를 만난 일, 채란과 봉조와 금단이 길을 가다가 신세 지겠다고 들어간 집이 봉조의 아버지 친구 신씨 집이라는 사실, 봉조가 교형 당할 시간이 가까워졌는데도 채란이 구출해낼 방안이 없

175) 위의 책, p. 273.

어 소양강에 투신자살하려고 하였을 때 박어사가 살려준 일 등은 우연구성의 대표적인 사례다. 이렇듯 우연구성이 남용되면 작품에 대한 독자의 신뢰감과 기대감이 떨어지기 마련이다.

「춘외춘」은 개진 여학생 한영진의 재색 겸비, 계모 성씨의 학대, 하나다 교사의 영진 보호, 계모와 조소사와 호춘식의 계교에 의한 영진의 수난사, 유모 석이 어멈의 헌신적인 보호, 호춘식 일당 일망타진, 영진과 학수의 결혼 선언 등으로 짜여 있다.

「춘외춘」은 대화를 불필요할 정도로 길게 처리하거나 자주 보여준다. 이 작품 전체에서 조소사와 춘식의 대화는 자주 나타날 뿐 아니라 길게 되어 있다. 조소사와 계모 성씨가 한영진을 없애기 위해 음모를 꾸미는 장면, 조소사와 춘식이 영진을 팔아먹기 위한 계책을 세우는 장면, 석이 어멈과 영진이 춘식의 집에서 탈출 방법을 논하는 장면, 춘식이 석이 어멈을 붙들어놓고 영진이 간 곳을 대라고 취조하는 장면, 석이 어멈이 춘식에게 협박하는 장면 등은 한결같이 길게 처리되어 있다. 대폭 줄이거나 아예 생략해버려야 할 장면들이 많다. 작가 이해조는 작중인물 사이의 긴 대화를 화자의 직접적인 짧은 설명으로 대치하는 방법을 전혀 모르는 작가인 것처럼 구성상의 미숙성을 드러낸다. 이처럼 이 소설에 나타나는 대화 장면은 독자들에게 계속 긴장감을 안겨줄 수 있는 수준으로 처리된 것이 거의 없다.

둘째, 이야기가 반복 제시되었다. 이 작품의 주요 인물들은 한결같이 스토리텔러나 화자를 대행하러 등장한 듯하다. 길이 어멈, 석이 어멈, 금단이, 조소사 등의 입을 통해서 독자들은 중간중간에서 지겨우리만큼 과거사를 떠올리게 된다. 특히 순검이나 서장은 해결사로 기능하고 있을 뿐 아니라 조소사, 석이 어멈, 한주사 등으로 하여금 스토리를 재생하도록 유도하기도 한다.

셋째, 사건 진행이나 인물 설정이 부자연스러운 경우가 많다. 작품의 적절한 템포를 계속 가로막는 대화 장면들에 비하면 영진이 하나다 선생과 편지를 주고받은 끝에 일본으로 공부하러 가는 장면은 너무 급속하고 간략하게 처리된 편이다.

넷째, 인물의 성격을 미리 제시하고 있다. 영진 계모의 생김새를 독자들이 부정적인 편견을 갖게끔 서술하는가 하면 호춘식의 성격도 앞질러 제시된다. 이런 서술 방법이나 구성 방법은 독자들이 악한 인물에 대해 다른 생각을 갖지 못하게 하는 의도가 담긴 것처럼 보인다.

다섯째, 일본인 하나다 선생을 미화한 것이라든가 기본적으로 긍정적 인물인 강학수의 아버지 강참위를 폭도 토벌대장으로 그린 점은 작가의 친일 성향을 뒷받침해준다. 중간중간 "독하도다 성씨와……"(p.38)라든가 "슬프도다"와 같이 작가가 적극적으로 감정 개입을 하면서까지 특정 인물을 미워하는 태도를 고수하는 것과 작가 또는 화자가 일본인을 긍정적으로 그리는 것은 동일한 창작 의도의 산물이라고 할 수 있다. 이때의 창작 의도에서는 정직성이라든가 논리성을 찾아내기가 어려울 것이다.

여섯째, 우연구성을 들 수 있다. 영진이 호춘식의 집에 갇혀 목을 매려는데 때마침 석이 어멈이 들어와 구해준 일, 길이 어멈이 방물장사로 변색해 나갔는데 길에서 호가네 행랑어멈을 만난 일, 영진은 오부인 집에 머물고 오부인 아들은 영진의 담임선생 일본인 하나다 선생 집에 머문다는 사실, 학수가 흉몽을 꾸고 집에 온 시간과 호춘식이 보낸 불량배들이 영진을 잡으려고 쳐들어온 시간이 일치하는 점 등은 우연구성이라는 판단의 근거가 된다.

이해조의 「비파성」(『매일신보』, 1912. 11. 30~1913. 2. 23)에서는 김의관 집안과 서주사 집안을 파괴하려는 19세 황공삼의 끈질긴 악행이 이야기를 끌어간다. 서울 다방골 사는 의관 김창희는 만득자인 영록을 서주사의 딸 연희와 정혼시키기로 약속한다. 가세가 넉넉지 못한 탓으로, 내지인 고목 변호사의 사무원 일을 보는 서주사가 부산으로 장기 출장을 갔을 때 황공삼은 그를 지극정성으로 환대하여 환심을 사면서 서주사의 서체를 본

받아 글씨를 배워 서주사가 병으로 입원해 있을 때를 틈타 서주사의 모친과 부인에게 연희와 영록의 정혼을 파약하고 황공삼과 연희를 이달 안에 성례시키라는 내용의 가짜 편지를 연이어 보낸다. 황공삼은 부모가 물려준 재산을 방탕한 생활로 탕진하고 부산으로 내려와 상밥장사를 하던 중 상처함으로써 과도한 색욕을 지니게 된 것이다. 황공삼의 악행은 아들을 찾기 위해 황공삼을 쫓아 부산으로 기차 타고 내려온 김의관을 살해하고 그를 목격한 옥이 모친을 절벽에서 떨어뜨리는 데서 절정에 달한다. 많은 빚을 져서 황공삼과 주종 관계가 된 것이긴 하지만 옥이가 어머니의 말을 듣고 황공삼을 제압하고 영록이 편을 들어 주인공을 구제하고 도운 점에서 「구의산」의 박칠성과 「소학령」의 안국삼과 비슷한 인물이 된다. 옥이 어머니가 자기를 죽이려고 했던 황공삼을 찔러 죽이고 자결하는 것은 「소학령」에서 민장 부인이 자기 남편을 죽인 방인철을 찔러 죽이고 자결하는 것을 재현했다고 할 수 있다.

연희가 목을 매어 죽으려 하는데 마침 영록이가 나타나 구해주고 쫓아오는 하인들을 피해 숨어 있던 중 고모가 지팡이를 떨어뜨리고 찾은 곳에서 영록이와 만나는 것, 영록과 연희가 강도가 온 것을 황가가 쫓아오는 것으로 잘못 알고 도망 나오다가 뚝섬 근처의 강으로 굴러 빈 배에 떨어진 것, 서주사가 부산에서 퇴원하여 그동안 황공삼이 사기 행각을 저지른 것을 알고 서울로 기차 타고 오다가 딸과 사위가 노돌에서 배를 타고 떠내려오는 것을 보고 독선을 구해 얼른 가서 구해준 것, 남복을 하고 변성명을 한 연희가 삼화항에서 황공삼을 만나 포로 신세가 된 것, 평양으로 가는 새향 장터 못미처 주막에서 영록이 옥이로부터 매 맞아 다 죽게 되었을 때 옥이 어머니가 나타나 아들에게 진상을 다 알려주는 것 등은 이 소설이 얼마나 우연구성에 기대어 있는가를 잘 보여준다. 「고목화」 「월하가인」 「구의산」 「소학령」 등에 이어 이 소설에서도 나타나는 '객줏집 기연' 또는 '주막 기연'은 이해조가 극복하지 못한 우연구성을 상징적으로 일러준다. 이러한

218

기연은 훗날 이광수의 『무정』이나 『흙』에서 나타난 기차 안에서의 우연한 만남을 두고 김동인이 명명한 "차중기연"의 앞선 형태로 볼 수 있다.

최찬식의 「금강문」은 재색을 겸비한 김경원과 적극적인 성격인 이정진의 정혼, 외삼촌 전먹통의 사기 행각, 구소년의 추격과 살인, 이정진과 김경원이 금강산에서 조우함, 폭도 토벌대 헌병대장의 재판 주도, 이정진과 김경원의 결혼 등으로 구성되어 있다.

「금강문」은 위에서 논한 이해조의 소설 여러 편과 유사한 문제점을 지닌다. 첫째, 악한 인물의 성격을 예시하는 방법을 취했다. 여주인공 경원의 외삼촌인 전먹통의 성격을 "그 아우의 위인은 어찌 흉하고 컴컴한지 별명이 전먹통이라고 포천 일경에 유명한 작자"[176]로 미리 제시하고 있어 앞으로 전먹통이 주인공에게 나쁜 짓을 할 것이라고 짐작하게 만든다. 또한 화자는 "못생기고 똑똑치 못한 놈을 양자로 들여" 김교원 집 재산을 통째로 먹겠다는 전먹통의 속셈을 미리 터뜨려 소설의 전개 방향을 가르쳐준다. 그런가 하면 구소년의 경우 소년 상처에 화증이 나서 공부에는 뜻이 없고 여자와 술에 빠져버린 것으로 그리고 있어 독자들을 작가의 의도대로 끌고 갈 계획을 드러낸다.

둘째, 선한 인물은 쉽게 변하는 것으로 그려놓았다. 그런 나머지 작중의 선한 인물은 가벼운 인간으로 비치기도 한다. 이정진은 김경원이 외삼촌의 마수를 피해 도망가버린 것을 찾아볼 생각도 하지 않았지만, 다른 여자와 결혼하라는 부모의 권유도 떨치기 어렵고 경원에게 미안한 마음도 들자 영국으로 유학 가기로 결심하고는 인천으로 가는 배를 타게 된다. 이미 이정진은 고등학생 때 고집이 세고 장난 잘 치고 어른들 말씀 잘 안 듣는 생활을 하던 중 경원에게 야단 한번 맞고 새사람이 되기로 결심하는 가벼움을 보인 바 있다. 구소년이 김경원에게 직접 피해 본 것도 없으면서 그녀를

---

176) 『한국신소설전집 제4권』, 을유문화사, 1968, p. 175.

해치고자 하는 마음을 갖는다는 것도 설득력이 약하다.

셋째, 의병이나 동학을 폭도로 몰면서 폭도 토벌대를 미화하는 태도를 취했다. 최찬식은 헌병대가 남규직 휘하의 의병들을 쫓는 과정에서 구소년이 승려를 살해한 사건을 해결하게 된 것으로 설정한다. 또 헌병대가 남규직의 부인인 이정진 누이에게도 잘해준 것으로 그리고 있다. "이때 폭도가 없는 곳 없이 횡행하여 난폭무비한 고로 헌병대에서는 그 폭도를 진정하기에 진력하여 주야를 물론하고 원근없이 동정서벌을 하는 터"[177]라는 식으로 헌병대의 토벌 행위를 긍정적으로 그린다. 의병을 폭도로 몰아버릴 뿐 아니라 남규직이 "마을에 침입한 강도놈들"의 강요로 의병장을 맡게 되었고 거기서 탈출하여 일본 헌병대에 자수한 것으로 형상화한다.

넷째, 이 소설은 우연구성을 털어버리지 못한다. 신교장 부인이 여학교 운동회에 가서 방물장수 노파가 옆사람에게 전먹통을 원망하는 소리를 듣게 되는 사건, 경원이 산속에서 자살하려고 나무에 목을 매달았을 때 이정진 누이가 구해준 사건, 굴러떨어진 가마에 처박혀 있던 것을 길 가던 여승이 구해주고 남승으로 변한 구소년이 업고 가는 사건, 인천에서 일본으로 가는 배가 난파하여 이정진이 금강산 근해까지 떠밀려 오게 되는 사건, 금강문에서 구소년이 경원을 죽이려고 할 때에 이정진이 나타나 구해주는 일 등은 우연구성의 사례가 된다.

다섯째, 작중에서 여기저기 작가적 개입을 꾀하였다. 전먹통, 그 부인, 구소년, 의병 등에 대한 혐오에 가까운 감정을 표시한 것은 작가적 개입의 한 적례가 되거니와 작품 중간중간에 "슬프다!"로 문장을 시작하여 긍정적 인물을 노골적으로 편드는 것도 작가적 개입의 적절한 실례가 된다.

「모란병」「소양정」「구의산」「춘외춘」「비파성」「금강문」 등은 인물 성격의 선행 제시, 급속한 심리 변화, 스토리 반복 서술, 우연구성 등의 문제

---

177) 위의 책, p. 245.

점을 공통적으로 보여주면서 작중인물들의 갈등이 제삼자나 외부의 힘에 의해 처리되는 공통점을 드러내기도 한다. 외부의 힘은 「모란병」에서는 순검으로, 「소양정」에서는 박어사로, 「구의산」에서는 일본인 탐험가로, 「춘외춘」에서는 김경무관으로, 「금강문」에서는 헌병대 대장으로 구체화된다. 권력을 지닌 존재라는 공통점을 지닌 이들은 당시 현실에서 쉽게 찾아볼 수 있는 존재들이라기보다는 명쾌한 갈등 해결을 향한 작가의 바람이 반영된 가상 존재라고 할 수 있다. 이러한 인물들은 주인공의 입장에서 보면 적대자/조력자나 파괴자/보호자로 대별되는 경향이 있다. 주인공에게 적대자이든 보호자이든 행동의 동기를 분명하게 제시하지 못할 뿐 아니라 과장된 심리를 드러낸다. 이 작품들의 공통된 몇 가지 문제점들은 작가가 인간에 대한 미적 · 심리적 · 논리적 차원의 인식력과 표현력을 제대로 갖추지 못한 데서 빚어진 것이라고 할 수 있다. 이렇듯 이해조와 최찬식이 드러내었던 인물 성격의 예시, 급속한 심리 변화, 스토리 반복 제시, 우연구성 등과 같은 한계는 불과 사오 년 뒤에 나온 이광수의 『무정』에서도 극복되지 않았다.

이들 소설은, 처음부터 선인과 악인을 분명하게 갈라놓으면서 선인은 계속 선인으로 악인은 계속 악인으로 그려내는 신소설의 일반적 경향을 잘 보여준다. 그러나 「모란병」의 수복 모친과 순검, 「소양정」의 금단과 너구리, 「구의산」의 노비 칠성이, 「춘외춘」의 석이 어멈과 길이 어멈, 「금강문」의 헌병대장, 「비파성」의 옥이 어머니 등이 잘 보여주는 것처럼 특정 부류나 신분에서만 선인을 내세우고 있지는 않다. 마찬가지로, 악인도 특정 부류나 신분 안에 가두어놓지 않는다. 이 작품들이 젊고 총명하고 선한 남녀 주인공의 고난을 중심사건으로 설정한 것은 고전소설의 연장선에 올려놓고 볼 수 있으나 우선 주인공의 외양 · 사고 · 행동 등이 작중에서 주도적이지도 능동적이지도 않다는 점 한 가지만으로도 리얼리티는 떨어지게 된다. 이들 작품보다는 문제성이 높은 「치악산」「원앙도」「빈상설」「구의산」

「봉선화」「추월색」「홍도화」 등은 양반이나 벼슬아치의 자녀를 주인공으로 설정했다는 공통점을 지닌다. 이 모든 작품들은 격변의 시기에는 귀족 집안일수록 문제성을 많이 내포하는 것임을 일러준다. 이해조는 이렇듯 주인공을 무력하거나 소극적인 존재로 그리는 태도에서 벗어나 남녀 주인공에게 적극성과 행동성 그리고 문제 해결의 능력을 부여하기 시작하였다. 그렇게 해서 나온 작품이 바로 『비파성』(신구서림, 1913. 10)이다.

제 3 장

1910년대 소설과
노벨 지향성

1. 총론

1910년대 소설은 한일합병을 근원으로 한 역사적 사건을 중심 소재로 삼지 못했다. 일본 제국의 탄압과 통제로 소설 양식은 역사적 상황과 사건을 외면한 채 겨우 명맥을 유지했다.

1910년대의 주요 사건으로 다음과 같은 것들을 들 수 있다.[1]

안중근 뤼순 감옥에서 사형 집행(1910. 3), 이시영 · 이동녕 · 양기탁 등 서간도에 독립운동 기지 경학사 마련(1910. 4), 통감부 헌병경찰제 실시 (1910. 6), 한일합병조약(1910. 8. 22), 대한제국을 조선으로 개칭하고 조선총독부 설치(1910. 8. 29), 매천 황현 자결(1910. 9), 초대 총독 데라우치 마사다케(寺內正毅) 부임(1910. 9), 정인보 · 박은식 · 신채호 등 중국에서 동제사(同濟社) 조직(1910. 12), 『대한매일신보』 총독부 기관지 『매일신보』로 개제, 『황성신문』을 『한성신문』으로 개제(1910. 8~9), 『을지문

---

1) 이만열 엮음, 『한국사연표』(개정판), 역민사, 1996, pp. 196~221에서 중요한 항목을 추렸다.

덕』등 압수, 『신한민보』등 각종 간행물 발매 금지(1910. 11), 최남선 조
선광문회 조직(1910. 12), 신민회 사건(1911. 1), 신민 교육과 일본어 보
급 목적의 조선교육령 공포(1911. 8), 성균관 폐지하고 경학원 설치
(1911. 6), 압록강 철교 준공(1911. 11), 『서사건국지』등 발매 금지
(1911. 7), 토지조사령 및 시행규칙 공포(1912. 8), 윤용규·한규설·유
길준·민영달 등 일 정부에 남작 작위 반납(1912. 12), 황현의 『매천집』
과 김택영의 『창강집』압수(1912. 2), 윤백남과 조중환 극단 문수성 창립
하고 「불여귀」 공연(1912. 3), 최초의 희곡 조일재의 「병자삼인」 지상 발
표(1912. 11), 안창호 샌프란시스코에서 흥사단 조직(1913. 5), 조중환
「장한몽」을 『매일신보』에 연재, 호남선 개통(1914. 1), 경원선 개통(1914.
8), 조선광업령 공포(1915. 12), 조선물산공진회 개설(1915. 9), 『학지
광』 발매 금지(1915. 5), 박은식 상해에서 『한국통사(韓國痛史)』 간행
(1915), 의병장 임병찬 거문도 유배지에서 자결(1916. 5), 대종교 도사교
(都司教) 나철 일본 정부에 보내는 장서 남기고 자결(1916. 8), 일본 육군
대장 하세가와 요시미치(長谷川好道) 조선 총독 부임(1916. 10), 경성의학전
문학교와 경성공업전문학교 설립(1916. 4), 한강 인도교 준공(1917. 10),
서재필·안창호·이승만 등 워싱턴에서 신한협회 조직(1918. 1), 공산당
한국 지부 창립(1918. 1), 토지조사사업 완료(1918. 6), 여운형·장덕
수·김구 등 상해에서 신한청년당 조직(1918. 8), 허영숙 총독부 의사 시
험에서 여자로서 첫 합격(1918. 10), 한용운 불교 전문지 『유심』 창간
(1918. 9), 『태서문예신보』 창간(1918. 9), 최팔용·서춘·백관수·김도
연 등 2·8 독립선언(1919. 2), 민족 대표 33인 태화관에서 독립선언서 낭
독(1919. 3. 1), 상해에서 대한민국 임시정부 수립(1919. 4), 퉁화(通化)
현 소재 서로군정서계 신흥학교를 신흥무관학교로 개편 개교(1919. 5),
『창조』 창간(1919. 2), 안창호 등 임시정부 기관지 『독립』 창간(1919. 7),
홍범도 휘하 대한독립군 활동(1919. 8), 사이토 마코토(齋藤實) 신임 총독

으로 부임하여 헌병경찰제 폐지하고 문화정치 표방(1919. 8~9), 김성수 경성방직회사 설립(1919. 10), 김원봉 등 길림성에서 의열단 조직(1919. 11).

1910년대의 작가들의 창작 활동을 정리하면 다음과 같다.

1910년에 이해조는「박정화」(『대한민보』, 1910. 3. 10~5. 31) 등 2편을 연재했고『자유종』(광학서포, 1910. 7) 등 3종의 소설집을 냈다. 이해조가 절정기에 올라서기 전에, 이광수는「어린 희생」(『소년』, 1910. 2~5),「무정」(『대한흥학보』, 1910. 3~4) 등 3편의 단편을 발표하였다.

1911년에 이해조는「화의 혈」(『매일신보』, 1911. 4. 6~6. 21),「구의산」(『매일신보』, 1911. 6. 22~9. 28) 등 4편을 연재했고『모란병』(박문서관),『원앙도』(동양서원) 등 3종의 소설집을 냈다. 김교제는『치악산(하)』(동양서원) 등 2종의 소설집을 냈다.

1912년에 이해조는「탄금대」(『매일신보』, 1912. 3. 15~5. 1),「소학령」(『매일신보』, 1912. 5. 2~7. 6) 등 창작소설 5편과「옥중화」(『매일신보』, 1912. 1. 1~3. 16),「토의 간」(『매일신보』, 1912. 6. 9~7. 11) 등과 같이 고전을 저본으로 한 소설 4편을 합쳐 무려 9편의 연재소설을 썼다. 소설집 7종은『화의 혈』(보급서관),『소양정』(신구서림),『강상련』(광동서국) 등과 같이 모두 신문 연재본을 저본으로 하였다. 창작의 성격이 강한 것이든 고전 산정한 것이든 연재를 많이 했으니 단행본도 많을 수밖에 없다. 김교제는『현미경』(동양서원)과 번역소설을 포함해 3종의 소설집을 냈다.『현미경』은 우수작의 대열에 들어간다. 신소설 중 두드러지게 많이 읽혔던 최찬식의 소설『추월색』(회동서관)도 나왔다. 현상윤은「박명」(『청춘』, 1912. 12)을 발표했다.

1913년에 이인직은「혈의 누」하편의 연재를 1907년(『제국신문』, 5. 17~6. 1)에 이어 두번째로 시도하여「모란봉」(『매일신보』, 1913. 2. 5~6.

3)이라는 제목으로 발표하다가 중단하고 만다. 이해조는 「우중행인」(『매일신보』, 1913. 2. 25~5. 11) 단 1편만을 연재하였다. 그러나 소설집은 신문 연재본, 고전산정, 번역소설 등을 합해 모두 6종이 출간되었다. 이해조는 작품의 양과 질 양면에서 1911년부터 1913년까지 문단을 주도했다.

1914년에 들어서면서 이인직과 이해조는 연재소설을 쓰지도 않았고 소설집을 내지도 않았다. 최찬식은 『금강문』(박문서관), 『안의 성』(박문서관)과 같은 중간소설 수준의 소설집을 냈고 현상윤은 단편소설 「한의 일생」(『청춘』, 1914. 11)을 발표했다.

1915년은 작품 발표량 면에서 「금상패」(『신문계』, 1915. 4), 「남가일몽」(『신문계』, 1915. 7) 등 8편의 단편소설을 발표한 백대진이 주도했던 시기다. 이광수와 현상윤은 각각 1편씩 발표하였다.

1916년에도 백대진은 「절교의 서한」(『신문계』, 1916. 7) 등 4편의 단편소설을 발표했고, 현상윤은 「청류벽」(『학지광』, 1916. 9)을 발표했다.

1917년에도 백대진은 「금강의 몽」(『반도시론』, 1917. 11) 등 5편의 단편소설을 발표했지만 문제작에 들 만한 것은 별로 없다. 1917년은 단연 이광수의 해였다. 이광수는 장편소설 『무정』(『매일신보』, 1917. 1. 1~6. 14), 『개척자』(『매일신보』, 1917. 11. 10~1918. 3. 15) 등 4편을 발표하였고, 현상윤은 「광야」(『청춘』, 1917. 5) 등 2편을, 김명순은 「의심의 소녀」(『청춘』, 1917. 11)를 발표했다.

1918년에는 이광수가 「방황」(『청춘』, 1918. 3) 등 2편을, 나혜석이 「경희」(『여자계』, 1918. 3) 등 2편을 발표했다.

1919년에는 전영택이 「혜선의 사」(『창조』, 1919. 2)등 3편을, 김동인이 「약한 자의 슬픔」(『창조』, 1919. 2~3) 등 2편을 발표했다.

소설집은 1911년 이후 1914년까지 대폭 증가한다. 1911년에 근 10권, 1912년에 50여 권, 1913년에 40여 권, 1914년에 근 20권이 간행된 것으로 정리된다. 한 가지 주목할 것은 50여 권의 소설집이 간행된 1912년에 작가 미상의 소설집이 무려 20권이 나오는 현상이 나타났다는 점이다. 작가 미상의 소설집이 절반 정도가 되는 현상은 1914년까지 계속되었다. 40여 권이 나온 1913년에는 작가 미상 소설집이 24권, 근 20권이 나온 1914년에는 절반 가까운 작가 미상 소설집이 나왔다. 작가 미상의 소설집은 저급소설이라는 공통점을 지닌다. 1915년에서 1917년까지는 10권 미만의 소설집이 나왔는데 작가 미상의 소설집이 절반을 넘었다. 이광수의 단행본 『무정』이 간행되었던 1918년에는 10여 편의 소설집 중 절반 이상이 작가 미상이었다. 1919년부터 1925년까지는 작가 미상의 소설집이 극소수를 차지했다.

일제는 1910년대 전후로 여러 신문, 잡지, 서적 등을 발매 금지했는데 서적 가운데는 『애국정신』『을지문덕』『이순신전』『금수회의록』『자유종』『혈의 누』『법국혁명사』『이태리독립사』『서사건국지』『이태리삼걸전』『미국독립사』『애급근세사』『월남망국사』『파란망국사』 등이 포함되어 있다.[2] 이러한 전기와 역사서는 국내외를 가리지 않고 대상으로 삼았는데 허구성보다는 기록성이 강하고, 창작소설보다는 번역소설이 많고, 이야기의 성격보다는 교훈담의 성격이 강한 특징을 드러내었다. 친일 언론인으로 한일병합 막후 역까지 해냈던 이인직이 일본인을 분명한 구원자요 조력자로 그려낸 『혈의 누』가 금서 조치 당한 것은 의외라고 할 수 있다.

『매일신보』는 1910년대에는 가장 영향력이 큰 소설 발표지가 되었거니와, 1920년대 이후 해방이 될 때까지 계속 중요한 발표지로 자리했다. 1918년에는 민태원이 사회과장으로, 1920년에는 민태원이 차석으로, 백대진이 사회과장으로, 1925년에는 김기진이 기자로, 1927년에는 김탄실이 기자로 근무했다. 1931년에는 이익상이 국장으로, 최서해가 학예부 주임으로, 1933~35년에는 이익상이 국장대리와 학예부 주임으로, 1936년에는 염상

---

2) 박경식, 『일본제국주의의 조선지배』, 행지, 1986, p. 139.

섭이 정치부장으로, 1937년에는 조용만이 학예부장으로, 1938~40년에는 김기진이 사회부장으로, 조용만이 학예부장으로, 1941~42년에는 백철이 학예부장으로, 1943년에는 조용만이 학예부장 겸 논설위원으로 일했다. 1943년 후에는 조용만이 논설부 차장참사로, 엄흥섭이 지방부 기자로, 조용만이 문화부 부장참사로, 이봉구가 조사부 기자로, 정인택이 출판국 차장으로 재직했다.[3]

2. 시대고와 사회적 각성의 단편소설

이광수(李光洙)[4]가 소설가로 활동하기 시작한 것은 1910년도였다. 일본어로 표기된 이광수의 최초 발표작 「愛か」(『백금학보』, 1909. 11)는 고아이나 총명한 조선인 문길이 어떤 고관의 도움으로 일본 명치학원 중학에 다닐 때 극심한 고독감을 이기기 위해 사귀었던 남자 미사오(操)로부터 버림받고 철로에 누워 자살하려는 것으로 끝난 소설이다. 문길의 사랑의 감정을 파헤친 점에서 심리소설이라고 할 수 있으나 조선 청년의 일방적 사모에서 시작된 동성애의 분출로 민족 감정은 희석되고 말았다. 그는 「어린

3) 정진석, 『인물한국언론사』, 나남출판, 1995, pp. 163~67.
4) 평안북도 정주군에서 출생(1892), 한학 수학(1899), 부모 사망으로 삼 남매 고아(1902), 동학 입도하여 박찬명 대령 집에 기숙(1903), 일진회에서 세운 소공동학교 일어 교사(1905), 오산학교 교원(1910), 미국에서 발행되는 『신한민보』 주필(1914), 와세다 대학 대학부 문학과 철학과 입학(1916), 『학지광』 편집위원(1917), 백혜순과 이혼(1918), 「2·8 독립선언서」 기초, 임시정부 기관지 주관 독립신문사 사장 취임(1919), 일경에 체포되어 서울로 송치 후 석방(1921), 수양동맹회 발기, 「민족개조론」 필화사건(1922), 수양동우회 발족(1926), 신병으로 『동아일보』 편집국장 사임(1927), 조선일보사 부사장(1933), 아들 봉근 패혈병으로 사망(1934), 수양동우회 사건으로 수감, 병보석(1937), 수양동우회 사건 1심 무죄 선고, 조선문인협회회장(1939), 가야마 미쓰로(香山光郎)로 창씨개명(1940), 수양동우회 사건 고등법원에서 전원 무죄(1941), 반민법 제정으로 서대문 형무소에 수감(1949), 납북(1950), 아명은 보경, 아호는 고주, 춘원(한승옥 엮음, 『이광수 문학사전』, 고려대 출판부, 2002, pp. 753~75 참고).

犧牲」(『소년』1910. 2~5)이라는 제목의 번역소설을 연재하고 있을 때 단편소설 「無情」(『대한흥학보』1910. 3~4)을 발표하였다. 「무정」은 40장 정도 길이의 단편소설이다. 당시 기준으로 보면 단편소설이요 오늘날의 기준으로 보면 콩트에 해당된다. 이 소설에 이어 이광수는 같은 해 8월『소년』에 30매 정도의 「獻身者」라는 소설을 발표했다. 「헌신자」이후『소년』에서는 이광수의 소설을 더 찾을 수가 없다. 이광수가 다시 소설을 집중적으로 발표한 것은 약 5년 후『청춘』(1914. 10~1918. 9)에서였다.

단편 「무정」은 16세에 12세의 남자와 결혼한 한 여인이 몇 년이 지나 남편이 첩을 얻고 자기를 냉대하는 것을 참지 못한 끝에 독약을 마시고 남편과 첩을 원망하며 죽어간다는 이야기를 들려준다. 소설의 제목 '무정'은 연상의 본처를 외롭게 죽어가게끔 한 신랑의 태도를 부정한 말이다.

나무는依然히셧고, 밤은依然히 어두우며, 宇宙는依然히默默하도다. 自然(天地萬物, 但人類는除하고)은無情하고 冷酷하여, 우리야 슬허 하던, 즐거워하던 잠잠히 잇고, 또그뿐안니라 其法則은極히嚴峻하야 우리로 하여곰 決코 一步도 其外에나셔게 하디 안이하느니, 卽 우리가 슬퍼한디야慰勞하는法업고, 우리가 一分一秒의 생명을더엇으려 하야도許티한이 하디 안는가······[5]

이광수는 여주인공의 비극적인 삶의 경우를 더욱 음각하는 뜻에서 천지만물이 무정하다고 주장한다. 그럼에도 이 소설은 성급하게 끝맺음을 한 흔적을 드러낸다. 소설 말미에 "作者曰此篇은事實을敷衍하것이니맛당히 長篇이될材料로더學報에揭載키爲하야梗槪만書하것이니讀者諸氏는諒察하시옵"[6]이라는 작가의 변명이 붙어 있어 "무정"이란 제목으로 장편소설을

5) 『대한흥학보』11호. 1910. 3, p. 42.
6) 『대학흥학보』12호. 1910. 4, p. 53.

쓰겠다는 계획을 지니고 있음을 밝혔다. 「무정」에서는 이광수 특유의 인물 설정 방법, 서술 방법, 현실인식 등 그 원형을 확인해볼 수 있다. 이광수는 운명이나 사회 앞에서 제대로 한번 싸워보지도 못하고 나약하게 무너지는 한국적 여인을 제시하며 흥분을 억누르지 않는 식의 작가적 개입을 꾀한다. 화자는 "이婦人으로ᄒᆞ여곰—容姿, 淑德을無備ᄒᆞᆫ이婦人으로ᄒᆞ여곰 이 地境에니르게ᄒᆞᆫ者, 그뉴구? 한사람의生命을破滅ᄒᆞᆫ者가누구?"[7] 하는 식으로 흥분한 채로 묻는가 하면 "난싱 처음 한심이오, 난싱 처음슬품이며, 난싱처음歎息이라"[8]는 데서 볼 수 있듯 완전히 여주인공의 편을 들고 있다. "난싱" "한심" "슬품" 옆에 방점과 같은 강조 표시가 붙어 있다. 이러한 서술 태도는 「무정」을 구소설이나 신소설의 연장선에 놓고 보게 하는 근거가 된다. 이광수는 남편이 첩을 얻고 본처를 구박한다는 사건을 중심 사건으로 설정하는 가운데 여주인공을 배운 것도 없고 능력도 없으나 그저 입이 무겁고 얌전하고 삼가고 그 부모와 지아비에 절대 복종하는, 말하자면 전형적인 한국 구여성으로 그리는 반면에 남편은 철이 없고 탐욕스럽고 이기적인 존재로 그려냄으로써 자연스럽게 조혼 제도와 처첩 풍습의 폐단을 제시하게 된다. 훗날 소설 양식에서도 논설 제시 습벽이 있는 이광수는 이 소설에서는 조혼 제도 비판 담론이나 처첩 풍습 비판 담론은 담고 있지 않다.

「헌신자」는 거상 김광호가 교생 집안 출신으로 상점의 사환에서 출발하여 보부상이 된 후 신용을 쌓아 번 많은 재산으로 학교를 세우고 학생들과 주위 사람들에게 칭송과 존경을 받는다는 일종의 영웅소설이다. 「헌신자」는 잘 알려진 바와 같이 오산학교의 설립자요 서북 지방의 정신적 지주의 한 명인 남강(南崗) 이승훈(李昇薰)의 전기소설이다. 이광수는 이 작품의 제

7) 『대한흥학보』 11호, p. 42.
8) 『대한흥학보』 12호, p. 49.

목 바로 위에 작은 활자로 '사실소설(寫實小說)'이라는 이름을 달았으며 작품의 맨 끝에는 다음과 같은 기록을 덧붙여놓았다.

孤舟曰 이는 寫實이오. 다만人名은 變稱. 이것은 한長篇을 맨들만한 材料인데 업슨才操로 쏠못된 短篇으로 만드럿스니 主人公의 人格이 아조 不完全케 나타낫슬것은 毋論이오. 이罪는 容赦하시오.[9]

"孤舟曰" 하는 식으로 작가의 말을 덧붙인 것은 조선조 후기 한문 단편소설의 답습으로 볼 수 있다. '사실소설'이라는 명칭의 타당성 여부는 둘째로 치고라도 이 명칭도 이광수가 제일 먼저 쓴 것은 아니었다. 『태극학보』 1907년 1월호와 2월호에 분재되었던 백악춘사 장응진의 단편 「다정다한」에서 이미 사용된 바 있다. 「다정다한」의 주인공 삼성선생도 「헌신자」의 주인공 김광호 못지않게 희생정신으로 사회를 위해 좋은 일을 하려고 했다. 장응진이나 이광수는 자기희생을 바탕으로 선구자나 개척자의 면모를 보인 인물의 행적을 사실 그대로 그려냈다는 의미에서 이러한 명칭을 사용한 것이다. 이러한 '사실소설'은 소설을 쓰는 주체의 상상력을 살린 주관적인 서술 태도보다는 소설의 대상이 되는 존재의 비범함이나 특수성을 있는 그대로 기록하고 알리겠다는 정신에 더욱 역점을 둔 소설 유형이다.

「헌신자」의 주인공 김광호는 온갖 고생을 해서 벌어놓은 돈을 학교사업에다 쏟아부은 인물로 그려지고 있다. 김광호는 어느 날 학교 기념식에서 한 신사가 "激切히 削髮說教를 勸告하는" 웅변을 듣고 감동하여 그날 이후로 자기 한 몸의 영달이나 자기 집안의 재산을 돌아보지 않고 "學校狂 · 敎育狂"으로 활동하게 된다. 이광수의 고백대로 「헌신자」는 단편으로 처리할 것은 아니었다. 이광수는 「헌신자」의 한 작중인물인 어옹선생으로 등장

9) 『소년』, 1910. 8, p. 58.

하여 노골적으로 서술자임을 자임하면서 독자들을 가르치려는 태도를 취한다. 작품 서두에 학생 6, 7인이 병든 노인을 아주 정성껏 간병하는 모습을 제시하면서 노인의 정체와 간병의 이유에 대한 궁금증을 더욱 돋우기 위해 "讀者는 次次로알으시리라"(p.51)고 하였고, 노인 즉 김광호의 내력을 털어놓기 시작하면서는 "나는 이사람의 歷史를 말하기를 大端히 조와하난者오"(p.53)라고 하면서 자기는 그 노인과 아무 관계도 없을뿐더러 마음과 주의도 다르기는 하나 존경하지 않을 수 없는 인물이라고 하였다. 그리고 김광호가 상민 출신으로 온갖 고생을 해가며 신용제일주의로 거상이 된 과정을 제시하며 "이를보시는 여러분은 그것이 무슨 特筆大書할일이겟느냐고 우스시겟지오마는 그쌔에人 所謂 상놈으로 所謂兩班에게 이런말듯기는 實노 村人사람이 宰相하기만콤이나 어렵던것이오"[10]라고 하여 독자들이 주인공 김광호의 비범함을 인정하도록 적극 유도하였다.

이러한 작가적 개입은 여러 군데서 노골적으로 행하여지기도 했지만 이 소설의 전반적인 어조가 웅변체 또는 연설체라는 데서 감지되기도 한다. 이 소설은 '-했소' '-하리라' '-이오'처럼 존대법을 사용하면서도 교사가 학생들을 가르칠 때 쓰는 어투를 취한다. 문장들을 종결하는 방법을 보면 이광수가 독자에게 고백하기보다는 독자를 계몽하려 한 것임을 알게 된다. 다음과 같은 대목은 작가 이광수의 전지적 참여가 얼마나 적극적이었는가를 잘 보여준다.

이는 이學校밧게 달은學校에도 힘을쓰고 쏘實業有志며 여러社會에도 參與하야 信仰과 敬慕를 밧으오. 그러나 그信仰과 敬慕를 밧난 바탕은 學識도아니오, 言論이나 文章도아니오, 다만 그참스럽고 쓰거운마음과 한번定한 以上에는 미욱스러히 나가난精神과요.[11]

---

10) 위의 책, pp. 53~54.

『소년』지가 창작소설을 소개하는 데 소극적이었던 것에 반해 『청춘』
(1914. 10~1918. 9)은 적극적이었다. 소성(小星) 현상윤(玄相允)의 「淸流
壁」과 순성(瞬星) 진학문(秦學文)의 「부르지짐cry」이 발표되었던 『학지광』이
있기는 했지만, 『청춘』이 1910년대 단편소설의 가장 중요한 발표 무대였
음은 부정할 수 없다. 『청춘』을 무대로 하여 여러 편의 소설을 집중적으로
발표한 이로는 이광수, 현상윤 등이 있으며 이 잡지를 통해 신인으로 데뷔
한 이로는 유종석(柳鐘石), 이상춘(李常春), 김명순(金明淳), 주낙양(朱落陽)[12]
등이 있다. 단편소설에 관한 한, 이광수와 현상윤은 1910년대의 쌍벽이라
고 할 수 있다.

　현상윤[13]은 1910년대에 「恨의 一生」(『청춘』 2호, 1914. 11), 「薄命」(『청
춘』 3호, 1914. 12), 「再逢春」(『청춘』 4호, 1915. 1), 「淸流壁」(『학지광』 10
호, 1916. 9), 「曠野」(『청춘』 7호, 1917. 5), 「逼迫」(『청춘』 8호, 1917. 6)
등을 발표했다.

　「한의 일생」(『청춘』, 1914. 11)은 집안이 망하는 바람에 나중에는 남의
집 하인이 되고 만 한 양반 자손이 그 집의 젊은 주인이 자기와 어렸을 때
정혼한 사이였던 처자를 차지한 것에 격분한 나머지 두 남녀를 살해하게
된다는 내용으로 짜여져 있다. 한밤중의 살인 장면을 앞에 설정해놓고 살
인자의 내력담을 뒷부분에 깔아놓는 역차적 구성 방법을 취했다. 모두 4부
로 구성되어 있는 이 소설에서 살인 장면을 제시한 1부가 근 절반을 차지
하는 만큼 말하기보다는 보여주기에 힘쓴 것이라고 할 수 있다. 이 소설

---

11) 위의 책, p. 57.

12) 주요한을 가리킨다.

13) 1910년대에 현상윤은 가장 활발하게 시, 소설, 수필, 논설 등 다방면에 걸쳐 글을 발표하였
다. 「寒菊」(1914), 「向上」(1917) 등 20편 가까운 시와 「恨의 一生」(1914) 등 6편의 단편소
설과 「동경유학생활」(1914), 「朝鮮靑年의 覺醒의 第一步」(1918), 「중용과 극단」(1918) 등
20여 편의 수필과 논설을 발표하였다.

은 시간적 배경, 공간적 배경, 주인공의 모습 등을 차례로 묘사하는 고대소설의 서술 방법에서 벗어나지 못하면서도 주로 보여주기에 의존하여 작가적 시선을 차례차례 중심 대상으로 유도해가는 방법을 취한다. 인물의 외부 묘사에 주력한 나머지 한 문장 한 문장이 길어지고 만 결과도 나타나고 있다.

> 머리에는 다쩌러진 學生帽子를 눈깁히 눌너쓰고 몸에는 누덕누덕기운 黑色 두루막이를 입엇는데 찬바람에 툭툭 터진 그의 손에는 검웃검웃 기름째가 말나부터서 二三寸이나 되도록 싹지 못하야 帽子뒤로 담복 느려진 머리털에는 누런 쐬쓸이며 검불이 왜자자하게 들어부터잇스나 血色에 물든 블그스럼한 그의 니마에는 어대인지 여러해동안 愁心과 苦生에 격거온 悲慘한 歷史를 색여서 보이고 슬기게 돌아가는 그의 검은 눈에는 아모리 가리려하야도 가려지지 안는 怒염과 怨氣가 이제라도 밀녀나올 듯이 등등하게 보이는 나이 스물이삼세 되염즉한 强壯한 靑年이라.[14]

위의 인용문처럼 한 문장이 한 단락과 일치하는 경우가 자주 나타난다. 묘사의 치밀함과 정확성에의 기도가 장문 선택의 원인이 되었다. 위 인용문에 나타난 것처럼 장문으로 자세하게 그 외면이 묘사되는 살인자는 바로 김시종 아들 김춘원으로, 김시종 집안은 괴질로 인하여 여러 사람이 죽고 이를 비관한 김시종도 객사하고 하루아침에 춘원 모자는 거지가 되어버린다. 작가는 "世上에 불상한 일이 아모리 만코 慘酷한 일이 아모리 만흐나 春元이가치 可矜한 情境은 다시도 업슬것이라 하늘이 아모리 無心하기로 이다지 甚하리오!"[15] "이러케 層折이 만코 飜覆이 만흔 二十餘年 눈물 生

---

14) 『청춘』 2호, 1914. 11, p. 135.
15) 위의 책, p. 142.

236

涯를!"[16]과 같이 노골적으로 감정적 개입을 꾀한다. 작중화자는 몰락 양반 후손인 춘원이 나중에는 밥 빌러 다니는 신세가 되고 윤참봉 집 하인이 된 것을 불쌍히 여긴다. 윤참봉의 아들 윤상호는 장안에서 소문난 난봉꾼이며 춘원과 어려서 정혼한 영애마저도 빼앗아 가버린 것으로 그려지고 있다. 양반이 몰락하여 다른 양반의 하인이 되어 사랑하는 여자까지 빼앗기고 마침내 복수의 칼날을 휘두른다는 복수극 형태의 이야기는 현실성이 약하기는 하다.

이 소설에서는 이야기 내용보다는 이야기 전달 방법이 새롭다고는 할 수 있지만 작가가 작품 전편에 걸쳐 거의 노골적으로 주인공 김춘원의 편을 드는 것은 이광수에서 더 나아간 것이 아니고 고대소설이나 신소설의 서술 방법을 완전히 뛰어넘은 것도 아니다. 복수나 응징의 한 행위로 그려지면서 작가에 의해서 정당화되는 살인 행위는 1920년대 경향소설에서 자주 나타난 살인 방화 모티프의 원형이라고 할 수 있을 정도다. 화자가 자주 한숨에 젖고 비탄을 토하는 식으로 표현한 것은 1920년대에 감탄부호와 자극적인 색채어를 남용한 소설을 썼던 최서해를 연상케 한다.

「박명」(『청춘』, 1914. 12)은 계모 시어머니 아래 살던 한 젊은 부부의 비극적인 운명을 다룬 것으로, 남편은 일본으로 유학 가 공부를 다 마치고 귀국하기 직전 장질부사에 걸려 요절하고 말았고 부인은 그 슬픔을 참지 못해 자살하고 만다. 이 소설은 동경으로 공부하러 떠나가는 남편이 부인과 이별하는 장면으로 시작한다. 「박명」은 계모 시어머니의 구박이 심하여 남편 백윤옥이 도피 유학을 결심한 점에서, 또 몰래 장인의 도움을 받아 일본 유학길에 오른 점에서 이인직의 「치악산」을 연상케 한다. 사오 년이 지나도록 한 번도 집에 다녀가지 않을 만큼 열심히 공부했던 남편에게서 장질부사에 걸려 위독하다는 전보를 받게 되자 아내 이영옥은 오빠를 대신

---

16) 위의 책, p. 143.

동경으로 보내어 임종하게 한다. 외부 묘사 못지않게 심리 묘사에도 힘을 기울인 점이 긍정적 특질이 된다. 일본으로 떠나가는 남편의 착잡한 심정과 임종할 때의 모습도 잘 묘사했지만 남편의 장례를 치르고 나서 부인이 자살하기 직전에 갖는 슬픔과 허무감을 묘사한 것, 자살하는 장면을 묘사한 것 등은 앞 시대의 소설보다는 더 큰 실감을 안겨준다. 「한의 일생」에서 취한 장문주의가 재현되고 있다.

　　놉게맑은 푸른하늘에 그러안으면 폭은할듯이 튀여오르는 힌구름은 기웃기웃 나무닙사이로 下界를 내려다 보는듯한데, 무덤압헤 맥업시 쓰러져 흐득이던 젊은 婦人은, 와락 몸을 니리켜 두리번 두리번 左右를 살피다가, 무덤 왼쪽으로 열암은거름 나와서, 아름이나 되는 소나무알에 와 돌가치 웃둑서더니, 품속으로서 서너 너덧발 넘즛한 明紬手巾을 내여서, 한싯흔 머리 우로 올니치쳐 엇비스듬하게 느러진 굽은 가지에 느러매고, 또한싯흔 고를매자 바른손에 노즉이 들고서, 무엇을 한참 생각한다……[17)]

　「재봉춘」(『청춘』, 1915. 1)은 제목에서 암시되는 바와 같이 「박명」과는 특히 결말 처리 면에서 대조를 이룬다. 「박명」이 젊은 부부가 사별하고 이어 아내가 자살하는 것으로 끝이 난 것에 반해 「재봉춘」은 사랑하는 두 남녀가 극적으로 재결합하는 것으로 결말처리되었기 때문이다. 이 소설도 앞의 두 작품과 마찬가지로 사실적이면서 화려한 묘사력을 과시하고는 있으나 기본적으로 한 문장 한 문장을 길게 처리하여 독자들에게 부담을 주게된다. 동경 유학생 출신의 교사인 이재춘은 그를 도와주면서 어느덧 사랑하는 숙경과 불의의 사건으로 헤어진 후 서로 10년 동안 찾아다니다가 만나게 된다. 두 남녀가 오랫동안 찾아 헤매고 다니다가 만나는 장면을 앞에

---

17) 『청춘』 3호, 1914. 12, p. 137.

설정하고 그 내력담을 후반부에 들려주는 형식을 취한다. 이러한 구성 방법은 고전소설에서도 많이 취했던 것으로 이것 자체가 새롭다거나 실험적이라고 평가할 수는 없다. 남주인공 이재춘은 "官費留學生에 選拔되야 日本京都에 留學하야 前後八年동안에 京都府立中學校로 高等學校까지를 卒業하고 거츨게치는 世上물결이 이天才에게 激烈한衝動을 주어 하든 工夫를 그만中止하고 니여鄕國으로 돌아오게 되얏는데"[18] 이때 이재춘에게 "격렬한 충동"을 준 "거츨게치는 世上물결"은 민족의식을 자극한 사건으로 볼 수 있다. 왜냐하면 이재춘은 귀국하고 나서는 집안일은 돌아보지 않은 채 "불상한무리들을 暗黑의디경에서 光明의쌍으로 잇그러내기에 熱心하는"[19] 자선사업이나 계몽사업에 뛰어들었기 때문이다. 교사로 있을 때 하숙집 딸 숙경과 사랑하는 사이가 된 이재춘은 "安州로서 집에온지 두어달만에 當時有名한 아무事件에 曖昧하게 범을녀져서 일홈도 몰으는 罪名下에 꼭하고 애닯은歲月을 五年이나 바람치고 비뿌리는 濟州孤島에서 支離하게 보내게 되얏더라"[20]와 같이 묘사된다. 여기서 말하는 "당시 유명한 아무 사건"은 정치적인 큰 사건으로 짐작된다. 비록 불분명하게 처리되기는 했지만 이재춘은 여러 가지 행위로 미루어 당시의 대지식인grand intellectual에 속하는 존재였던 듯하다. 이 소설은 3부로 구성되어 있는데 이 중 제2부는 이재춘을 제3부는 이숙경을 초점화자로 삼았다.

「청류벽」(『학지광』, 1916. 9)은 「박명」처럼 여주인공의 자살로 끝맺었다. 바람난 남편에게 버림받은 아내가 남의 첩으로 갔다가 다시 기생으로 팔려간 후 남편이 뉘우치고 아내를 찾으러 왔으나 몸값 300원을 구하지 못하고 포기해버리자 아내는 청류벽에서 투신자살한다. 남편의 방탕이라는 원인적 사건과 매녀 모티프를 결합시키면서 모험담을 펼치는 이 소설은 주

---

18) 『청춘』 4호, 1915. 1, p. 141.
19) 위의 책, p. 142.
20) 위의 책, p. 143.

제나 구성 면에서 1910년대 전반기의 이해조, 최찬식류의 소설 수준을 넘지 못하였다. 「청류벽」은 작가의 감정적 개입이 과다한 점, 묘사가 화려한 점, 자주 장문을 취한 점 등을 특징으로 한다. 낡은 소재에다가 화려한 묘사라는 옷을 입혀놓은 형상이다. 작가는 군데군데에서 "언으재 아모러한罪를 지엇던지 올치못한일을 한사람은 반다시 良心의苛責에 沈痛한압흠을 避치못하는것은 사람의靈的自然性이라" "그러나씃갓치 못되는것은 어대까지 이世上일의本色이라"[21] "아아애닭다 하늘이아모리 無心하기로 이닷도 甚하며, 八字가아모리 薄하다기로 이갓기야하리오. 열여슷부터 實社會의 길을 써난永恩이는 가는곳마다 不幸이오 맛나는것마다 苦痛이라"[22] 하고 세상 이치를 끌어대며 동정의 시점으로 여주인공의 편을 들더니 마지막에 가서는 "아아 不祥한 少女! 언제는 사람의게 바림을바다서 寃恨을불으적이다가, 언제는 金錢의 拘束을바다서 苦痛을맛보든一生! 엇더케 사람으로 하야곰 밸을쓴게하는고!?"[23]와 같이 아예 노골적으로 편집자적 전지적 시점을 취한다. 현상윤은 여주인공의 비극적인 삶에 대한 독자들의 동정심과 일체감을 적극 유도하기 위해 감상주의를 택했다.

「광야」(『청춘』, 1917. 5)는 부잣집 아들을 가해자로 내세웠다. 신참봉이 술과 계집질에 빠져 살던 중 일가 사람의 아내를 건드리고 홀연히 사라져버린 후 아내는 당숙에게 재산을 다 빼앗기고 화병으로 세상을 떠나 남은 아이들은 고생하게 된다. 이 소설도 장문을 많이 쓰고 3인칭 전지적 작가 시점을 취하고 역차적 구성 방법을 택한 점 등에서 현상윤류의 서술 방법에서 벗어나지 않는다. 이야기의 내용이나 이야기를 들려주는 방법이 바로 앞 시대 소설의 수준을 벗어나지 못했지만 신참봉 딸이 하나님에게 은혜를 베풀어달라고 기도하는 장면 등이 새롭다고 할 수 있다.

---

21) 『학지광』 10호, 1916. 9, p. 55.
22) 위의 책, p. 56.
23) 위의 책, p. 57.

「핍박」(『청춘』, 1917. 6)은 현상윤의 단편소설에서 유일하게 1인칭 주인공 시점을 취한다. 1910년대의 단편소설에서는 작가와는 거리가 있는 1인칭 인물을 주인공으로 한 소설을 찾기란 쉽지 않다. 현상윤은 '나'를 통해 당시 농촌의 모습을 여실하게 그려내었으며 룸펜 인텔리로서의 내면을 파헤쳐 심리소설의 수준에 도달하였다. '나'는 도시에 나가 공부하고 농촌으로 돌아왔으나 할 일을 찾지 못한 채 빈둥거려 농민들에게 비웃음을 사고 욕을 듣고는 마침내 심한 압박감을 느끼게 된다. '나'는 신문, 잡지, 시, 소설도 읽고 "困窮한者를 矜惻이 넉이고 슬픈者에게 써러치는 同情의 눈물도 잇고"[24] 농민들을 이해할 줄도 알고 또 그들과 동화하려고도 한다. 그러나 농민들이 '나'를 받아주려고 하지 않자 핍박을 느끼게 된다.

> 逼迫! 逼迫!
> 도모지 견댈 수가업다. 몸 避할곳이 죤혀 업다― 親舊를 對하여도 旅行을 하여도 말에 散步를 하여도 안자도 서도 조곰도 나를 덥허 둘곳이 업다.
> 「이놈아 弱하고 계른놈아.」
> 하는말은 四方에서 들닌다. 비웃고 꾸짓고 辱하고 미워하고 誹謗한다―이것이 곳 病된 理由로다.
> 아 逼迫! 못살게 구는 逼迫![25]

현상윤이 가장 나중에 발표한 소설답게 여러 가지 새로운 점을 보여준다. 극화된 1인칭을 써서 인물의 내면을 파헤치려 한 점, 이에 따라 작가의 개입이 제어된 점, 장문주의에서 완전히 벗어남으로써 작품 전체가 동적인 인상을 줄 수 있게 된 점, 생략과 비약의 기법에 내포된 가능성을 살

---

24) 『청춘』 8호, 1917. 6, p. 87.
25) 위의 책, p. 90.

려낸 점 등은 이전 작품들에서는 볼 수 없었다. 현상윤은 「핍박」을 통해서 근대소설 쪽으로 확실하게 다가갈 수 있었다. 「핍박」은 1920, 30년대의 우리 소설에서 하나의 갈래가 된 귀농 모티프를 설정한 룸펜 인텔리 소설의 원형적 존재라고 할 수 있다.

이광수는 1910년에 단편소설 「무정」과 「헌신자」를 발표하고 나서 5년 동안 공백기를 거친 다음 「金鏡」(『청춘』6호, 1915. 3), 장편소설 『無情』(『매일신보』, 1917. 1. 1~6. 14), 「少年의 悲哀」(『청춘』8호, 1917. 6), 「어린벗에게」(『청춘』9~11호, 1917. 7~11), 장편소설 『開拓者』(『매일신보』, 1917. 11. 10~1918. 3. 15), 「彷徨」(『청춘』12호, 1918. 3), 「尹光浩」(『청춘』13호, 1918. 4) 등을 발표하였다. 이광수가 1910년대에 발표한 단편소설은 장편소설 『무정』 이전보다는 이후에 더 많이 나타났다.

「김경」(『청춘』, 1915. 3)은 동경에서 중학교를 마치고 고향에 돌아와 모교에서 교편을 잡은 김경이 교사로서 느끼는 회의와 그의 정신세계의 성장과정을 기록해놓은 것이다. 김경이 이광수의 분신임을 부정할 수 없는 만큼 「김경」은 자전적 소설에 해당된다. 기본적으로 단문주의를 취하면서 주로 현재형 어미를 취한 것은 작가가 주인공을 장악했다는 근거가 된다. 그런 때문인지 김경의 성격상 결함과 약점을 쉽게 찾을 수 있다. 어려서부터 다른 사람들로부터 감화를 받은 데가 없어 거만하고 고집스럽다는 김경의 자의식은 바로 춘원의 것이기도 하다. 김경은 톨스토이, 기노시타 나오에 (木下尙江), 바이런, 고리키, 모파상, 베르그송 등으로부터 영향을 받은 것으로 묘사된다. 작중의 여러 인명과 책명을 통해 최소한 1910년대 전반기 이광수의 정신적 지적도를 판독해낼 수 있다. 김경은 자신의 정신적 성장에 자부를 느끼면서도 교사로서는 결코 만족해하지는 않았다. 그는 오산을 떠났다가 다시 돌아와 새로운 생활을 계획하였고 큰 인물을 향한 각오를 다지기도 한다. 그러나 김경은 과연 5년 동안 한 것이 무엇인가를 자문하면서 허무감에 빠져들고 만다. 이때의 5년이라고 하면 「헌신자」와 「김경」

사이의 시간적 거리 바로 그것이다.

「소년의 비애」(『청춘』, 1917. 6)는 사랑하는 종매가 못난 남자에게 시집가는 것을 안타까워하다가 3년 동안 유학 갔다 온 후 현실로 받아들인다는 이야기를 들려준다. 주인공 문호는 난수의 결혼을 막기 위해 계부에게 간청도 해보고 난수에게 혼인 전날 도망가자고 종용도 해보나 다 허사가 되고 만다. 동시대의 현상윤이 아직은 '시공간 배경 제시＋인물 제시'라는 구성 방법과 장문 중심을 벗어나지 못한 것에 비해 이광수는 "蘭秀는 사랑스럽고 얌전하고 才操잇는 處女라. 그 從兄되는 文浩는 여러 從妹들을 다 사랑하는中에도 特別히 蘭秀를 사랑한다"[26]에서 볼 수 있는 것처럼 주로 단문들을 써서 시원스럽게 중심사건으로 달려나가고 있다. 이 소설에서 또 한 가지 주목해야 할 것은 문호와 종제 문해의 토론과 같이 친척 남매들 사이의 사상적 갈등이나 대립을 설정해놓은 부분이다. 문호가 이백·왕창령·톨스토이·셰익스피어·괴테 같은 문인들을 좋아하는 반면 문해는 공자·맹자·주자·소크라테스·워싱턴 같은 위인에게 경도되어 있다. 두 사람은 문학에는 큰 관심을 두었지만 문학관에서는 근본적으로 차이를 드러낸다. 문호가 예술지상주의자라면 문해는 참여문학론자다.

> 그러나 文浩가 美的, 情的文學을 愛함에 返하야 文海는 知的, 善的文學을 愛한다. 即 文海는 文學을 社會를 敎化하는 一方便으로 녀기되 文浩는 쾌 分明하게 藝術至上主義를 理解한다. 그럼으로 文浩는 文海를 幼穉하다하고 文海는 文浩를 放蕩하다한다.[27]

문호는 이씨 문중에 신문단을 건설한 고모의 뒤를 이어 종매들에게 문학

---

26) 『청춘』 8호, 1917. 6, p. 106.
27) 위의 책, p. 109.

을 가르치려고 한다. 문해는 문호와 난수는 시인 지망생으로 묶어버리고 자신과 지수는 도덕가 지망생으로 묶는다. 「소년의 비애」는 고전문학에서의 언지파(言志派)와 재도파(載道派)의 오래된 갈등을, 이른바 순수파와 참여파의 승부가 나지 않는 대립을 우리 소설에서 가장 먼저 확인시켜준 경우가 된다. 3년 후, 유학을 마치고 돌아온 문호와 문해는 과거사를 쓴 웃음 속에 묻어버리고 이제는 아기 아버지가 된 자신들의 입장을 되돌아보는 것으로 그려놓고 있어 이광수는 두 문학관을 다 인정하는 입장에 선 것처럼 보인다. 이 소설은 1917년 1월 10일 아침에 탈고한 것으로 되어 있다. 장편 『무정』을 막 연재하기 시작한 때 「소년의 비애」가 씌어졌다는 사실은 『무정』의 성격과 의미의 형성 과정에서 중요하게 작용한다.

『청춘』에 3회로 분재된 「어린 벗에게」(『청춘』, 1917. 7∼11)는 2백 장이 넘는 분량으로 4신으로 구성되어 있는 서간체소설이다. 서간체소설이 작가 또는 화자의 내면을 털어놓는 데 효과적인 소설 유형인 것처럼 이광수는 각 편지마다 이야기를 제시하면서 자신의 사상을 털어놓는 데도 힘쓰고 있다. 어떤 경우에는, 이광수는 논설을 쓰기 위해 부차적으로 이야기로서의 소설을 쓰고 있는 것처럼 보인다. 이 소설에서 수신자는 '사랑하는 벗'으로 되어 있다. 제1신은 화자 곧 발신자가 상해에서 병을 얻어 외롭게 투병하고 있던 중 청복 입은 젊은 부인과 남자 학도가 와서 간병해주어 몸을 추스를 수 있었다는 내용이다. 제1신에서 발신자는 민족주의라든가 정신주의의 일단을 내보이면서 외로움·사랑·생사관 등의 문제를 논한다. 물론 이러한 논의는 작품 속에서 작중인물의 체험을 통해 우러나온 것이기에 추상적이라든가 관념적인 색채는 상당히 약해지고 말았다. 제2신에서는 '나'가 누구인지 밝혀지고 '나'를 도우러 온 여자는 김일연으로 판명된다. 작중의 '나'는 와세다 대학 정치과 3년인 임보형이며 김일연은 같은 학교에 다니는 친구 김일홍의 누이동생이다. 옛날에 '나'는 일연에게 사랑의 감정을 진하게 느껴 오누이가 되자는 내용의 편지를 보내었다가 '내'가 기혼자라는 이유로 거절당한 아픈 기억이 있다.

제2신에서는 조선인의 애정 표현 방식과 결혼 제도, 육체주의 등이 비판의 도마 위에 오른다. 사랑할 때는 정조를 지키게 된다, 품성의 도야가 이루어진다, 여러 가지 미덕을 배우고 실천하게 된다 등과 같이 세 가지로 사랑의 실제적 이익을 제시하기도 하였다. 이러한 사랑론은 '사랑'을 재해석한 이광수 사상의 한 결실이 된다. 이광수는 발신자 임보형을 사랑 예찬론자로 꾸며 내보내었으나 이때의 사랑 예찬론은 쾌락주의와는 거리가 먼 것이었다. 임보형은 남녀 간의 자유로운 교제를 가로막는 사회 제도와 인습도 비판했지만, 남녀 간의 사랑이 결국 육체적 교섭으로 흐르거나 생식의 수단으로 되어버린 것에 대해서도 비판을 아끼지 않는다. 남녀 간의 사랑을 긍정하되 정신적 사랑 위주로 되어야 한다는 것이다. 결국 이광수는 남녀간의 사랑이라는 문제에서 에피투미아의 형태는 부정하고 에로스의 형태는 부분 인정하고 아가페를 긍정하였다. 상대방을 정신적으로만 사랑하거나 상대방을 위해 자기희생을 아끼지 않는 자세를 가장 긍정적으로 본 것이다. 서간체소설 「어린 벗에게」에서 제시된 남녀간의 가장 고상한 사랑의 형태는 거의 비슷한 시기에 장편소설 『무정』(1917)과 『개척자』(1917~18) 그리고 1930년대의 장편소설 『흙』(1932~33)과 『사랑』(1938)에서도 반복해서 나타났다.

제2신은 논설이 서사성을 압도한 경우가 된다. 임보형은 김일연에게 편지를 주기 전후해서 공상과 상상을 많이 한 점에서 『무정』의 이형식의 선배라고 할 수 있다. 제3신은 미국에 가기 위해 상해를 떠났다가 도중에 폭풍우를 만나 구조되어 해삼위에 있는 병원에서 쓴 편지다. 이 편지에서는 풍랑을 만나 많은 사람들이 배가 기울어지면서 바닷속으로 빠져들어가는 모습을 볼 수 있다. 널빤지 하나에 네 사람이 매달려 사투를 하는 모습을 여실하게 그리고 있는데, 바로 이 대목에서 이광수 특유의 우연구성을 취하였다. 임보형에게 살려달라고 매달리던 사람이 누구냐 하면 바로 김일연이기 때문이다. 제3신은 이야기 중심으로 되어 있고 제4신은 소백산맥을 통과하는 기차 속에서 김일연과 동승객이 되어 쓴 편지다. 여기서 임보형은 본처와 김일연 사이에서 사랑의 갈등을 느끼게 된다. 임보형은 도덕 및 법률을 어기는 한이 있다고 하더라도 '인생의 의지'를 따르겠다고 하는 입장이다. 임보형은 "내가 金娘을 사랑함이 果然 이만한 高尙한 意義가 잇는 지엄는지는 모르나 이믜 내 全靈이 그를 사랑하는 以上 나는 決코 社會를 두려 내 靈의 要求를 抑制하지아니하려하나이다"[28]와 같이 무서운 결심을 하게 된다. 주인공 임보형 아니 작가 이광수는 '일본인의 정사(情死)'를 부러워할 정도로 사랑 예찬론자가 된다.

그러나 이 소설은 임보형이 앞으로 어떻게 될지 자기도 모르겠다는 식으로 태도를 취하는 것으로 결말을 맺었다. 끝 부분에 가서 발화자 임보형은 느닷없이 "나는 모르나이다. 모르나이다"를 대여섯 차례나 반복하면서 바로 앞에서의 용기 어린 확신을 스스로 뒤집어버리면서 졸지에 운명론자가 된다. 도덕이나 법률도 무시하고 세간의 손가락질도 아랑곳하지 않고 오직 사랑만을 위해 살겠다던 사랑 절대론자가 별 뚜렷한 이유 없이 졸지에 초라하고 나약한 운명론자로 바뀌어버린 것이다. 임보형은 바로『무정』의 이형식의 변덕과 경박성을 답습한다.

「방황」(『청춘』, 1918. 3)은 주인공 '내'가 유학생 기숙사에서 며칠 동안 감기를 앓으면서 갖게 된 상념과 정신적 방황을 다루었다. 이 점에서는 바로 앞 시기에 발표했던 「어린 벗에게」 제1신의 내용을 떠올리게 된다. 이 소설에서도 작중의 '나'는 작가 이광수가 극화되지 않은 상태로 등장하여 기숙사에서 병들어 누워 있으면서 고독·추위·고통을 느끼는 가운데 생사란 무엇이며 또 어떻게 살아야 하는가를 깊게 성찰한다. '나'가 등장하지 않으면 「방황」은 수필이나 논설이 된다. '나'는 외로움을 느끼는 가운데서

---

28) 『청춘』 11호. 1917. 11, p. 133.

도 자기에게 도움을 준 사람이 많음을 인정한다. "或 글갓지도 아니한 내 글을 보내라고도 두세번 連하야 電報를 놋는 新聞社도 잇다 이만하면 나는 世上에서 매오 隆崇한 對遇와 사랑을 밧는 것이다"[29]와 같은 감정은 사실은 이광수가 평생 지녔고 또 지녀야 했던 것이다. '나'는 친구의 방문을 받아 이야기를 나누다가 조선 사람을 위하고 가르치는 보람으로 살아야 할 것임을 자임한다.

果然 나는 朝鮮사람이다. 朝鮮사람은 가라치는者와 引導하는者를 要求한다. 果然 朝鮮사람은불상하다. 나도 朝鮮사람을 爲하야 여러번 눈물을 흘렷고 朝鮮사람을 爲하야 이 조고마한 몸을 바치리라 決心하고 祈禱하기도 여러번하엿다. 果然 至今토록 내가 努力하야 온것이 조곰이라도 잇다하면 그는 朝鮮사람의 幸福을 爲하야서하얏다.[30]

이는 한 젊은 지식인으로서의 자임과 각오일 뿐, 이것으로 한 개인으로서 또 자연인으로서 느끼는 고독감과 소외감은 메꾸어지지 않는다. 작중의 '나'는 자기 파악이나 자기 인식은 분명하게 하면서도 결코 낙관적인 태도로 나아가지는 않는다. 소설의 맨 끝을 보면 1917년 1월 17일에 즉 「소년의 비애」보다 일주일 정도 늦게 탈고한 것으로 되어 있다. 「소년의 비애」나 「방황」은 장편 『무정』을 쓰기 위한 습작으로 생각할 수도 있으며 아예 『무정』의 한 부분으로 볼 수도 있다. 물론 『무정』에서는 주인공이 앓아누우면서 인간과 삶의 본질적인 문제를 생각한다는 장면은 찾아볼 수가 없다. 다만 「소년의 비애」나 「방황」에서의 논설 부분, 예컨대 글을 통해 동시대인들을 계몽한다든가 조선은 지도자나 교육을 필요로 한다고 주장하는

---

29) 『청춘』 12호, 1918. 3, p. 78.
30) 위의 책, pp. 79~80.

것은 『무정』에서 찾아볼 수 있다.

「윤광호」(『청춘』, 1918. 4)는 동경 K대학 경제과 특대생이며 모범생인 윤광호가 P에게 반하여 그 마음을 표시하였으나 결국에는 퇴짜를 맞아 발광하다가 급기야는 자살하고 만다는 내용의 이야기로, 제재는 당시 조선인들의 일반적인 삶과는 거리가 있으나 이야기를 꾸려가는 솜씨는 뛰어난 일면을 보여준다. 이광수는 마치 P가 여자인 것처럼 끝까지 독자들을 속이다가 맨 마지막에 가서 P가 남자임을 밝히는 수법을 썼다. 말하자면 윤광호는 동성연애에 실패하여 실망하고 방황하고 발광하다가 자살해버리고 만 것이다. 모파상의 단편소설 「진주 목걸이」를 뺨치는 반전의 묘를 살렸다. 윤광호는 고아나 다름없이 자라나 온갖 고생을 다 해가며 살아왔던 터라 남들의 칭찬과 부러움 속에서도 "보충하기 어려울 듯한 크고 깊흔 공동(空洞)"을 느낄 수밖에 없었다. 윤광호는 바로 이러한 공동을 메꾸기 위해 뜨겁고도 구체적인 사랑을 갈망하게 되었고 또 그렇게 하다 보니 아름다운 소년과 소녀를 가리지 않고 사랑하게 되었다. 윤광호와 절친한 사이인 김준원도 10대에 어떤 청년에게 사랑의 공세를 받았던 적이 있는데 결국 그 청년은 자살을 시도하고 자해한 끝에 병원에 몇 주 입원하기도 하는 신세가 되었다.[31] 이 소설은 1910년대에는 보기 어려운 심리소설의 영역에 넣을 수 있다. 이 소설은 1918년 4월에 발표한 것으로 되어 있지만 실제 글이 완성된 것은 1917년 1월 2일이었다. 말미의 부기를 그대로 믿는다면 이광수의 1910년대 단편소설들 가운데 가장 늦게 발표된 「윤광호」가 실은 가장 일찍 쓴 작품이 된다.

순성(瞬星) 진학문(秦學文)의 「부르짖음」(『학지광』 12호, 1917. 4)은 분량 면에서는 콩트라고 할 수 있다. 사상가요 운동가인 한 젊은이는 하숙집 여

---

31) 심생, 「소설에 쓰인 인물은 누구들인가」, 『別乾坤』, 1927. 1, pp. 75~76. 이광수가 와세다 대학에 재학 중일 때, 유학생 중 徐某라는 자가 동성애에 빠져 죽는다 산다 하고 법석을 떤 사건이 있었다고 한다.

주인의 죽음을 지켜보고 또 친구 임군의 실연담을 듣고 죽마고우 안기섭의 사망 전보를 받고 "삶은 부르지짐"이라고 파악하게 된다. 영어 제목 "cry" 가 한글 제목 바로 옆에 붙은 점이 특이하다. 독자들이 읽기 좋게 하기 위함인지 문장 중간중간에 쉼표를 자주 찍어놓았고 또 독자들의 감정에 적극 호소하려고 함인지 느낌표를 과다하게 사용하였다. 주인공 장순범은 임군과 평소에도 자주 만나 이상적인 이야기를 나누어왔었다. 이때의 사상이 구체적으로 무엇을 뜻하는지는 알 수 없으나 1910년대 소설에서 이념적 인간이라고 할 만한 존재가 주인공으로 등장하였다는 것은 주목할 일이다. 이러한 존재를 내세웠음에도 사상과 연결되지도 않고 동적이지도 않은 사건을 제시하여 좋은 소설로 살아날 수 있는 기회를 놓치고 말았다. 좀더 적극성을 지녔더라면 주의자소설의 원형이라고 할 만한 작품이라는 평가를 받을 수도 있었을 것이다.

백대진(白大鎭)[32]은 발표작의 숫자에 비해 다양한 주제의식을 표출한 편이다.[33]「金賞牌」(『신문계』, 1915. 4)에서 강원도 출신인 강대성은 공립 보통학교를 졸업하고 서울로 유학 와 경성상업학교에 입학하여 사촌형 강순해가 여관을 주선해주고 학비를 대주어 학교에 다닌다. 친구 김수영이 우유를 배달하다가 인력거에 치어 다리를 다치자 대성은 대신 배달하며 월사금을 대주었으나 정작 자기 것은 내지 못해 퇴학당한다. 대성의 선행이 신문에 크게 보도되자 교장이 그를 복학시키고 금상패를 수여한다. 선행에는 반드시 보상이 따른다는 이치를 확인시켜주었다.「南柯一夢」(『신문계』,

---

32) 서울에서 출생(1892), 매동상업학교 졸업 후 한성사범학교 졸업(1912), 인천공립보통학교 교원(1912~14), 『신문계』『반도시론』『매일신보』 기자, 『신천지』 주간(1921), 해방 후『대동신문』 회장. 1967년에 사망. 호는 부지우생(不知憂生), 낙천생(樂天生), 설원(雪園)(김복순, 『1910년대 한국문학과 근대성』, 소명출판, 1999, pp. 181~91 참고).

33) 김복순, 위의 책, pp. 204~05. 입지전적 인물을 통해 문명개화를 예찬한 것, 자본주의 사회의 구조적 모순을 폭로한 것, 신여성의 사치와 몰지각한 행태를 비판한 것, 비천도교 신자의 천도교 입교를 그린 것 등 네 가지로 나누었다.

1915. 7)은 늙은 거지가 노숙하며 옛날에 한 동리에서 키워주다시피 했던 젊은 신사에게 대접받고 결혼하게 되어 조선물산주식회사 간사로 가는 꿈을 꾸었다가 깨어난다는 이야기로 입몽과 각몽의 단계를 둔 거지소설이다.

「愛兒의 出發」(『신문계』, 1915. 9)은 춘천에 사는 일웅이가 서울공진회 관람단 단장인 부친을 따라나서 공진회의 내용과 정신과 역사적 의의에 대해 설명하는 것을 듣는 것으로 시작된다. 아버지는 "우리 朝鮮 十三道 퍼진, 사롬의 數가 千五百萬이라 혼다. 그런즉, 이 會ᄂᆞᆫ 千五百萬이 혼 가지, 손목을 붓잡고 나가자ᄂᆞᆫ 會일다" "이번 共進會엔, 朝鮮 十三道의 物産을 各사롬으로 ᄒᆞ여곰, 出品케 ᄒᆞ야 陳列ᄒᆞ고 이 外에도, 朝鮮에 對혼 各種 事業이며, 其他 우리 朝鮮 固有의 文物制度ᄭᅡ지, 遺漏홈이 업시, 各方面으로 브터 蒐集ᄒᆞ야 陳列히 노코, 우리로 ᄒᆞ여곰, 보게 ᄒᆞ야 生産事業이며, 其他 國利民福될 事業을 獎勵ᄒᆞ기 爲ᄒᆞ야 開催ᄒᆞᄂᆞᆫ 會일다"[34] "共進會ᄂᆞᆫ 百事, 萬事가, 우리 處世上, 或은 利用厚生의 道를 버셔남이 업시, 가장 神聖ᄒᆞ며 ᄯᅩᄂᆞᆫ 가장 價値 잇고, 實益이 잇ᄂᆞᆫ 生産物이며, 徵古館인즉, 너는 아모조록, 이러혼 主意와 感想을 가지고, 구경을 홈이 돗컷다"[35]와 같이 공진회의 긍정적 의미를 설명하고 "아모조록, 나의 일은 말을 잇지 말고, 精誠스러운 마음을 가지고, 上京히, 四萬 가지 되ᄂᆞᆫ 出品物을 보아, 活知識, 活敎訓을 너의 腦 쇽에 집어느어, 一生의 보비가 되게 ᄒᆞ여라"[36]고 충고하였다. 아버지의 설명은 "생산사업" "국지민복" "이용후생" "활지식" 등의 키워드에 주목하게 한다.

「愛!愛!」(『신문계』, 1916. 1)는 결혼한 지 10년도 안 되어 죽은 부인을 그리워한 나머지 본업인 금광업도 팽개치고 먹는 것과 입는 것을 제대로 챙기지 않고 툭하면 산소에 나가는 남자의 경우를 보여준다. 「絕交의 書

---

34) 위의 책, p. 537.
35) 위의 책, p. 539.
36) 위의 책, p. 540.

翰」(『신문계』, 1916. 7)은 무보답과 배신에 대한 분노를 표시한 소설이다. 적은 월급으로 근근이 살아가는 연수는 아내를 여의고 네 살짜리 아들과 백일도 못 된 딸을 키우고 병든 노모를 모시고 살아가는 것이 힘들어, 옛날에 자기네로부터 도움을 받은 적이 있고 지금은 잘사는 친구에게 도와달라는 편지를 보내었으나 거절의 편지를 받고 친구 관계를 끊어버리겠다는 편지를 쓰기로 한다는 내용이다. 이 소설은 한 남자가 생활의 고통 때문에 사회가 불평등하다고 외치게 된 것을 그리는 데서 서두를 연다.

요사이 영슈의 마음은 침졍홈이 날로 더흐여간다. 뿐 아니라, 그는 친흔 친구를 맛날 쩌른 자긔의 셔른 사졍을 베플고 쏘흔 그들 압혜셔, 슯흠의 눈물을 흘니고져 홈이 항샹이엿다. 그의 사졍은 그의 친구들도 항샹 동졍의 눈물로써 그를 위로흐엿다. 그는 멧푼 못되는 월급으로써 그의 가족—다셧 식구를 길넛다. 그럼으로 그는 시시각각으로 물질샹, 싱활상 고통이 극도에 이르럿다. 이럼으로써, 그는 미양 구복에 디한 불평이며, 이 샤회의 공변되지 못홈을 크게 부르즈지지 아니치 못흐게 되엿다.[37]

「三十萬圓」(『신문계』, 1917. 2)은 민담과 비슷한 플롯을 지닌다. 배운 것은 없지만 효자이고 성실한 일웅은 큰 무역상인 경선의 지시로 만주 지점장으로 나아가 열심히 일하다가 그 집 사위가 되고 나중에 경선의 사후에 30만 원을 물려받아 일약 재산가가 된다. 선자필홍소설이긴 하지만 일웅의 착하고 성실한 측면이 약하게 그려져 있어 단순한 행운담으로 이해되기 쉽다. 「金剛의 夢」(『반도시론』, 1917. 11)은 불교의 인과응보론을 일깨워 준다. 여러 사람을 피눈물 나게 하면서 할아버지가 모은 재산을 아버지 세대를 거쳐 받게 된 정수는 건달로 살아가던 중 금강산에 가서 꿈속에서

---

37) 위의 책, p. 565.

지장보살을 만나 할아버지는 남에게 원한을 많이 사 지옥에서 고초를 겪고 있고 아버지도 주색에 빠져 지낸 것 때문에 지옥에 있다고 일러주는 말을 듣고 부처님을 모시어 그들을 지옥에서 구출해야겠다고 생각한다. 이 소설의 끝은 "아! 正洙의 남어지 生이, 仙景에서 사라지겟구나—人傑—은 地靈이라, 數間茅屋을 金剛—에 지어노코 나의—子孫을 기르고 십다—(大鎭)"[38]와 같이 되어 있다.

나혜석(羅蕙錫)의 「瓊姬」(『여자계』, 1918. 3)는 철원군수를 지내고 첩도 두어 명 두었던 이철원의 딸로 일본 유학 도중 방학 때 다니러 와서 어머니, 떡장수 부인, 여종 등이 칭찬할 정도로 요리 · 청소 · 재봉 등에도 뛰어난 능력을 보이는 경희가 김판사 집 아들과 혼인시키려는 아버지의 강압적인 제의를 받고 고민하는 모습을 보여준다. 경희는 자신이 조금씩 성장하는 것을 느끼기 때문에 하루 종일 욕심 내어 일을 하는 것으로 서술된다. 경희는 겉멋과 오만과 방종으로 일반화된 신여성의 입장과 거리를 둔다. 신여성으로서의 안목과 식견이 있으면서 조선 여인이 지녀온 전통적 태도와 덕목도 열심히 익힌다. 경희는 자신을 "백치 같은 감각" "둔설(鈍舌)" "조금만 힘들어도 통곡하는 억병(臆病)" "쇠약한 의지"에서 벗어나지 못하고 있다고 생각한다. 여성이 남성처럼 나서서 일을 하려면 나폴레옹 시대의 스타엘 부인과 같은 이해력과 웅변력, 잔 다르크 같은 백절불굴의 용진과 희생, 영국 여권론의 용장 포드 부인 같은 강고한 의지가 있어야 한다고 자성한다. 돈도 많고 사랑도 많이 받으면서 가기도 쉽고 찾기도 어렵지 않은 탄탄대로와 심한 노동을 해야 겨우 먹고살며 천대와 구박만이 있는 험한 길 사이에서 고민하던 경희는 아버지에게 청빈론 · 노력론 · 진실론 등을 역설하며 자기의 노력으로 삶을 개척하고 사랑을 찾아가는 길을 걸어가겠다고 한다.

---

38) 위의 책, p. 602.

(가) 경희도 여자다. 더구나 조선 사회에서 살아온 여자다. 조선 가정의 인습에 파묻힌 여자다. 여자란 온량유순(溫良柔順)해야만 쓴다는 사회의 면목이고 여자의 생명은 삼종지도(三從之道)라는 가정의 교육이다. 일어서려면 압박하려는 주위요, 움직이면 사방에서 들어오는 욕이다. 다정하게, 손 붙잡고 충고 주는 동무의 말은 열 사람 한 입같이 "편하게 전과 같이 살다가 죽읍시다" 함이다.[39]

(나) 경희도 사람이다. 그다음에는 여자다. 그러면 여자라는 것보다 먼저 사람이다. 또 조선 사회의 여자보다 먼저 우주 안 전 인류의 여성이다. 이철원 김부인의 딸보다 먼저 하나님의 딸이다. 여하튼 두말할 것 없이 사람의 형상이다. 그 형상은 잠간 들씌운 가죽뿐 아니라 내장의 구조도 확실히 금수가 아니라 사람이다.

오냐, 사람이다. 사람으로 보이지 않는 험한 길을 찾지 않으면 누구더러 찾으라 하리! 산정에 올라서서 내려다보는 것도 사람이 할 것이다. 오냐, 이 팔은 무엇하자는 팔이고 이 다리는 어디 쓰자는 다리냐?[40]

이 소설은 전체적으로 부자연스러운 플롯이라는 문제점을 안고 있으나 경희는 삼종지도에 묶여 있는 조선 여성의 현실을 분명히 각성시키는 매개자 역할을 충분히 해내고 있다.

『청춘』은 『태극학보』 『장학월보』에 뒤이어 7호에서부터 마지막 호인 15호까지 매월 현상문예 공모를 실시하였다. 이에 병행하여 7호에서 9호까지는 '특별 대현상'을 실시하기도 하였다. 이광수는 "현상소설고선여언"(懸

39) 이상경 엮음, 『나혜석 전집』, 태학사, 2000, p. 98.
40) 위의 책, p. 103.

賞小說考選餘言)(『청춘』 12호, 1918. 3)에서 20여 편의 응모작을 심사한 후 응모작의 전반적인 특질로 순수한 시문체로 씌어진 점, 전습적(傳襲的)이거나 교훈적인 구투를 탈피한 점, 현실을 제대로 보려는 경향이 있는 점, 신사상의 맹아가 보이는 점 등을 들었다. 소설을 로망스에서 노벨로 끌어올리려는 의도를 분명하게 내보인다.

유종석의 「冷麵한그릇」(『청춘』 10호, 1917. 9)은 경성에 올라와 토지 조사국에서 근무를 하고 밤에는 학교를 다니는 김승종이 냉면을 사 먹으러 들어왔다가 문득 시골에 두고 온 아버지 생각이 나서 냉면을 먹다 말고 나가버렸다는 에피소드를 제시한다. 이 콩트에서는 경성을 전차 · 자동차 · 자전거 등이 오가며 사람들의 내왕이 빈번한 것으로 그리고 있다.

이상춘의 「岐路」(『청춘』 11호, 1917. 11)는 띄어쓰기를 제대로 했더라면 당시의 기준에서는 충분히 단편소설이 되었을 것이다. 이광수가 '원(元)'으로 뽑은 소설이다. 큰아버지와 동생 치명은 개화파요 신학문파이고, 아버지와 형 치선은 보수파로 그려져 있다. "致仙은理想界에서精神上快樂을엇으랴하고 致明은現實界에서肉體的幸苦를免하랴하얏다. 그러함으로兄弟는 恒常言爭하는일이만히잇섯다"[41]는 구절이 보여주는 것처럼 두 형제는 기본적으로 갈등 관계에 놓여 있긴 하지만 처음부터 동생 문치명이 승리자가 될 것으로 암시되었다. 동생이 신학문의 서적을 읽을 것을 권하면 형 치선은 코웃음만 쳤다. 온갖 고생을 해서 공부를 마친 치명은 형의 방탕한 생활 때문에 망해버린 집을 구하고 나중에 형과 힘을 합하여 공장을 차리기로 한다. 그는 형을 위해 "利己를主張하고肉慾으로써滿足하든 그主義와그 野心을打破하고 公共을愛護하야努力을앗기지안코社會를爲하야 獻身코저 하는善良한公民이되게하야주시옵소서"[42] 하고 기도한다. 이 기도 속에 문

41) 『청춘』, 1917. 11, p. 45.
42) 위의 책, p. 52.

치명의 사상이 깃들어 있음은 두말할 것도 없다. 치명과 치선이 유럽 전쟁으로 인하여 염료가 대단히 비싸졌으니 염료 공장을 차리기로 했다고 결말을 맺은 것은 작중 주요 인물을 문치명과 문치선이라고 명명한 것처럼 신구 대결을 상징한다. 주인공 문치명은 문치선과 개화/수구, 전통/서양주의에서 대립되고 김철수와는 성실성/타락성에서 대조가 된다. 한문식 표현을 가급적 억제하고 사건 진행을 빠르게 한 것도 새로운 소설로 한 걸음 더 나아간 요인이라고 할 수 있다.

'부(副)'에 든 작품으로, 주인공이 고향을 버리는 것으로 끝내었으며 조상들의 운명론적 패배주의적 삶의 태도를 부정하는 주낙양의 「마을집」은 1920, 30년대 소설들이 자주 보여주었던 귀향 모티프와 탈향 모티프를 동시에 보여준다. 이 소설은 앞서 말한 이광수류의 소설이 민족이나 조국을 긍정하는 터전 위에서 새로운 생활로 나아가자고 한 반면, 조상과 고향을 부정하고 새로운 세계를 갈망한다. 구어체와 단문주의를 취한 것도 새로운 소설 작법의 성취로 보아야 한다.

3등으로 입상한 김명순의 「疑心의 少女」(『청춘』, 1917. 11)는 어느 양반이 첩질을 많이 하여 그 부인은 죽고 그 딸은 외조부와 같이 살아가면서 아버지를 피해 산다는 이야기를 들려주어 여성 작가답게 양반의 처첩 제도의 한 폐단을 구체적으로 적시하였다. 이어 김명순은 「處女의 가는길」(『신여자』, 1920. 3)에서 여주인공 춘애가 부모의 강요로 결혼하기 전날 인왕산에 올라가 애인을 만나는 것으로 끝낸 내용을 제시하여 자유연애관념을 지지하는 태도를 취할 수 있었다. 유종석의 「母子의 情」(『청춘』 1918. 4)은 부친 따라 서울로 공부하러 떠나간 아들을 그리워하는 어머니의 정을 파헤친 것으로 기본적으로 구성이 긴밀하지는 못하지만 서울 거리와 서울 사람들의 모습을 여실하게 그려낸 일면도 있다.

이상춘의 「白雲」(『청춘』 1918. 9)에서 동경 유학생 출신으로 조선에 돌아와 『야광』이라는 잡지를 내는 임철상은 온갖 사람을 적으로 하여 싸우고

정복하는 것을 표어로 삼는 가운데 우선 아버지와 결혼 문제로 담판하게
된다. 그는 연애결혼을 고집했지만 아버지는 중매결혼을 강권한다. 혼인
문제로 인한 부자의 대립은 마침내 사상 대립으로 번져간다. 여자를 단순
한 생식 기관으로 삼아 그 인격을 인정하지 않는 것도 문제라고 아들이 지
적하자 아버지는 자유결혼론이니 연애신성론이니 하는 것은 서양의 단처
에 지나지 않는다고 하였다. 『청춘』 현상응모 입선작 가운데서도 「기로」
「백운」과 같은 이상춘의 소설은 형제 갈등이나 가족 갈등과 같은 개인 간
갈등을 통해 시대적 갈등을 유추하게 하는 방법을 성공적으로 구사하였다.

3. 비판과 계몽과 역사 통찰의 교직(『꿈하늘』)

신채호(申采浩)[43]의 『꿈하늘(夢天)』의 '서'는 단기 4249년(1916) 3월 18일
에 씌어졌다. 현존 텍스트는 '서'＋6장으로 구성되어 있지만 미완성작으로
남아 있다. '서'에서는 "한놈"이 직접 독자들에게 『꿈하늘』은 "꿈에 지은
글"이며 "아무 계획이 없이 오직 붓끝 가는 대로 맡기어" 쓴 글이며 "너무
사실에 가깝지 않은 시적이고 신화적인 이야기도 있지만" 역사상의 일은
『고기』『삼국사기』『삼국유사』『고려사』를 참조하여 쓴 글이라고 하였다.
제1장은 1907년 조선에 천관 등장, 동쪽 오원기와 서쪽 용봉기 대전에서
오원기 승전, 무궁화 노래, 한놈과 을지문덕의 대화, 을지문덕 단군 사상

---

43) 충남 대덕군 출생(1880), 성균관 입학(1897), 독립협회 참가(1898), 성균관 박사(1905),
　　『황성신문』『대한매일신보』주필(1906~10), 애국단체 신민회 참여(1907), 러시아에서 광
　　복회 조직(1912), 조선사 집필(1914), 북경에서 신한혁명당 조직(1915), 무장투쟁 노선 견
　　지, 대동청년단 조직(1921), 국내 통일단체 신간회 참여(1927), 1920년대에 『조선사연구
　　초』『조선상고사』『조선상고문화사』『역사총론』등을 탈고, 뤼순 감옥에 수감(1928), 1936
　　년에 뇌출혈로 사망. 호는 단재(丹齋)이며 일편단생(一片斷生), 무애생(無涯生), 금협산인
　　(金頰山人), 한놈, 적심(赤心), 연시몽인(燕市夢人) 등 여러 필명을 썼다(김병민, 『신채호문
　　학연구』, 아침, 1989. pp. 17~35 참고).

과 우승열패 사상 강조 등으로 구성되어 있다. 제2장은 한놈의 정체, 꽃송이와 한놈 대화, 주체론, 한놈과 을지문덕의 대화, 조선인 인후론(仁厚論), 수나라 대첩, 중국 정벌 실기론의 이유 제시, 백제인 사법명 소개, 단군에 관한 역사 기록 인멸 이유 제시, 단군 이후 국력 쇠퇴 이유 제시, 님나라론, 역사 기록 잔결이나 왜곡의 다섯 가지 이유 제시 제시, 『진단구변국도(震檀九變局圖)』의 내용, 신앙·정법·정치·종교·사상과 풍속의 대변으로 짜여 있다. 제4장은 일곱째놈 출전, 꽃송이의 '칼부름' 노래, 일곱째놈 고통 끝에 전사, 여섯째놈 유혹 못 이겨 낙오, 질투심의 역사, 최영 장군의 시조, 질투심 극복 방안으로 모든 종교 인정, 오발 사고로 두 명 희생, 님의 나라 패색, 다섯째놈과 셋째놈 희생, 한놈만 생존, 한놈에게 님이 삼인검(三寅劍) 하사, 적장 도요토미 히데요시를 향해 돌진하던 끝에 지옥행 등으로 구성되어 있다. 제5장은 순옥사자 강감찬 등장, 강감찬이 국적(國賊)을 가두는 지옥 일곱 개와 망국노를 두는 지옥 열두 개 열거, 애국심의 본질 설명 등으로 구성되어 있다. 제6장은 님나라(천국)와 지옥 비교, 님의 옆에 앉은 선천·선성·선민 등과 같은 역사적 인물 열거, 하늘이 뽀얗게 된 이유 열거, 종래의 역사기술과 역사해석 비판, 하늘이 푸르게 될 날에 대한 희망의 뜻으로 가갸풀이, 님이 설치한 도령군으로서의 신라 화랑, 고구려 승군의 장사, 상무정신 역설, 나라 사랑과 동포 사랑으로서의 눈물 등으로 짜여졌다.

『꿈하늘』은 1907년 당시의 현실 통찰을 꾀한 점에서 당대소설로, 단군 시대부터 구한말까지의 역사에 대한 비판적 성찰을 실행한 점에서 역사소설로 볼 수 있다. 을지문덕과 강감찬을 한놈의 지도자나 대화 상대자로 내세워 기울어져가는 국운을 바로잡을 방안을 모색한 점에서는 영웅소설의 색채를 지닌다. 을지문덕·강감찬·최영 장군 등과 같은 실존 인물과 "한놈"에서 "일곱째놈"까지의 허구적 인물이 공존한 역사소설로 볼 수도 있으며 님나라를 설정하고 "일곱째놈"까지의 운명이 제각각인 것을 그린 점에서 로맨스에 가깝다. 원형비평 이론의 창시자 노스럽 프라이의 '해부 anatomy' 양식과 '로맨스' 양식이 결합된 것으로 볼 수 있다.

제1장에서 오원기 진영의 한 대장이 "이 꽃을 구경하니 꽃송이 크기도 하더라/한 잎은 황해 발해를 건너 대륙을 덮고/또 한 잎은 만주를 지나 우수리에 늘어졌더니/어이해 오늘날은/이 꽃이 이다지 야위었느냐"라고 노래한 것에 무궁화 송이가 "영웅의 시원한 눈물/열사의 매운 핏물/사발로 바가지로 동이로 가져오너라/내 너무 목마르다"고 화답한 것은 영웅과 열사의 다수 출현으로 식민지에서 해방되어보겠다는 의지를 표현한 것이다. 신채호의 제2의 자아이기도 하면서 『꿈하늘』이 지닌 문학성의 근거 중 하나인 "한놈"이란 존재는 "대개 처음 이 누리에 내려올 때에 정과 한의 뭉텅이를 가지고 온 놈" "사랑이 고되면 근본을 생각한다더니 한놈도 그러함인지 하도 의지할 곳이 없으며 생각나는 것은 조상의 일뿐"이라고 설명되어 있다. 『꿈하늘』에서는 한놈을 포함하여 일곱 명이 님의 나라에 가담했으나 고통, 배금, 자중지란, 전쟁 중 도망, 전사 등의 이유로 여섯 명이 죽은 것은 식민지 극복에 실패하였다는 뜻이 된다. 제5장에서 강감찬이 나라의 적을 두는 지옥으로 고구려의 남생이나 대한 말일의 민영휘, 이완용 같은 매국 역적을 처치하는 "겹겹지옥" "적국의 정책을 노래하고 어리석은 백성을 몰아 그물 속에 들도록 한 연설장이나 신문기자들"을 집어넣을 "강아지지옥", 겉으로 지사인 체하고 속으로 적 심부름하던 놈을 가둘 "야릇지옥", 적국 말을 배우는 데 힘쓰고 걸음걸이나 복식도 적국 것을 본뜨는 데 힘쓰는 자들을 가둘 "나나리지옥", 적국 연놈에게 장가나 시집가는 자들을 절방으로 끊는 "방신지옥" 등 일곱 가지를 제시하였다. 그런가 하면 강감찬은 망국노를 두어야 할 지옥으로 똥물지옥, 맷돌지옥, 엉금지옥, 댕댕이지옥, 어둥지옥, 단지지옥, 지짐지옥, 잔나비지옥, 가마지옥, 쇠솥지옥, 아귀지옥, 종아리지옥 등 12가지를 제시하였다.

（ㄱ）나라야 망하였건 말았건 예수나 잘 믿으면 천당에 간다 하며, 공자의 글이나 잘 읽고 산림 속에서 독선기신(獨善其身)한다 하여 조상의 역사가 결딴남도 모르며 부모나 처자는 모두 남의 종이 된지는 생각지도 않고, 오직 선과 천당을 찾는 놈들은 똥물에 튀기어 쇠가죽을 씌우나니 이는 '똥물지옥'이니라

（ㄴ）정견을 가진 당파는 있어야 하지만 오직 지방색으로 가르며, 종교로 가르며, 개인적 감정으로 가르며, 한 나라를 열 쪽으로 내어 서로 해외로 다니며 싸우고 이것을 일로 아는 놈들은 맷돌에 갈아 없애야 새싹이 날지니 이는 '맷돌지옥'이니라.

（ㅁ）의병도 아니요, 암살도 아니요, 오직 할 일은 교육이나 실업 같은 것으로 차차 백성을 깨우치자 하여, 점점 더운 피를 차게 하고 산 넋을 죽게 하나니, 이놈들의 갈 곳은 '어둥지옥'이니라.

（ㅇ）머리 앓고 피 토하여 가며 나라 일을 연구하지 않고, 오직 남의 입내만 내어 마찌니의 「소년 이태리」를 본떠 회의 규칙을 만들며 손문의 『군정부 약법』을 번역하여 자가의 주의로 삼아 특유한 국민성이 없이 인쇄된 책으로나 일을 하려는 놈들의 갈 지옥은 '잔나비지옥'이니라.

（ㅌ）공자가 어떠하다, 예수가 어떠하다, 나폴레옹이 어떠하다, 와싱턴이 어떠하다 하며, 내 나라의 성현 영웅을 하나도 모르는 놈은 글을 다시 배워야 하나니, 이놈들의 갈 곳은 '종아리지옥'이니라.[44)]

---

44) 송재소·강명관 엮음, 『신채호 소설선——꿈하늘』, 동광출판사, 1990, pp. 35~36.

이 외에도 (ㄹ) 친일주의자 · 사대주의자, (ㅂ) 배금주의자 · 쾌락주의자, (ㅅ) 사이비 지식인, (ㅈ) 보신주의자, (ㅊ) 자포자기적 태도, (ㅋ) 사기꾼 등을 지옥으로 보내버려야 한다고 했다.

신채호는 1905~10년 사이에 『대한매일신보』에서 논설, 잡보, 기사, 시조, 한시 등 여러 양식을 통해 상하, 남녀, 노소를 가리지 않고 공격했던 것[45]처럼 『꿈하늘』에서도 비판 대상을 가리지 않았다. 신채호는 강감찬의 입을 통해 기독교 · 유림 · 산림처사 · 이승만 · 안창호 · 민족개량주의자 · 해외파 · 모더니스트 · 사대주의자 등을 가리지 않고 공격했다. 당시의 한국인 중에 각성할 사람 따로 있다는 식의 생각에서 벗어나 한국인 모두가 자성하고 바뀌어야 한다고 주장하였다. 그러나 신채호는 비판만 한 것은 아니다. 후손들이 본받아야 할 모범적인 인물들을 다각도로 역사 속에서 추려내어 그 목록을 제시하는 작업도 해내었다. "국문에 힘쓰신 세종대왕 · 설총 · 주시경" "강토를 개척하신 광개토왕 · 동성대제 · 윤관 · 김종서" "타국에 가서 왕이 된 고운 · 이정기 · 김준" "한 척의 작은 배로 대해를 건너 섬나라 야만종을 개화시킨 혜자선사 · 왕인박사" "왕실을 지키려 하여 피 흘리던 이색 · 정몽주 · 두문동의 칠십일현" "강자를 제재함에는 암살을 유일한 신성으로 깨달은 밀우 · 유유 · 황창 · 안중근" "넘어지는 큰 집을 붙들려고 의로운 깃발을 올린 이강년 · 허위 · 전해산 · 채응언" "조출한 우리나라의 여자 몸으로 어찌 도적에게 더럽히리요 하던 낙화암의 비빈들 · 임진년의 논개 · 계월향" 등과 같이 남녀, 노소, 문무, 유명, 무명을 가리지 않고 애국자이며 이타적인 인물을 꼽았다. 신채호는 역사가답게 사표가 될 만한 인물을 다각도로 추려내었으며 무력투쟁론자답게 나라를 지키는 업적을 남긴 장군들을 열거했으며 아나키스트답게 암살자, 의병 등

---

45) 「사회등가사의 풍자 방법」, 「사회등가사의 전통요인에 대한 검토」(조남현 편저, 『개화가사』, 형설출판사, 1978), 「개화기 시조의 형식과 의식」(『한국 현대문학사상 논구』, 서울대 출판부, 1999) 등과 같은 졸고에서 자세히 논한 바 있다.

의 존재를 크게 평가했다. 일반인에게는 잘 알려지지 않은 위업과 인물들을 꼽은 것을 보면 신채호의 역사적 지식이 얼마나 풍부했는지를 알 수 있으며 『꿈하늘』의 창작 동기가 역사기술의 동기에 근접해 있는 것임을 알게 된다. 신채호는 『꿈하늘』을 통해 특정 방면의 박식을 늘어놓는 데 적합한 양식인 해부 양식의 대표적인 작가가 되었다. 그는 일찍이 「근금 국문소설 저자의 주의(注意)」(『대한매일신보』, 1908. 7. 8)에서 천하대사업이나 사회 대추향을 가장 잘 만드는 것은 언문소설이라고 주장함으로써 소설의 권능을 무한 확대하려 한 것이다. "소설은 국민의 혼이어야 한다"는 자신의 주장을 실천에 옮긴 결과, 바로 그것이 『꿈하늘』이다.

4. 근대적 인식론과 로망스적 형식의 화음(『무정』)

이광수의 장편소설 『무정』[46]은 1917년 1월 1일 『매일신보』에 연재되기 시작하여 같은 해 6월 14일에 제126회로 끝이 났다. 1916년 9월에 와세다 대학 문과 철학과에 입학하였던 그는 이 무렵에 『매일신보』의 논설위원이라고 해도 좋을 정도로 「문학이란 하(何)오」 「농촌계발(農村啓發)」 「교육가 제씨에게」 「조선가정의 개혁」 「조혼의 악습」 등 여러 논설을 써내었다. 이러한 논설들이 『무정』의 창작을 자극했음은 두말할 것도 없다. 이광수 자신이 여러 차례 고백하였던 것처럼 평생을 통해 그는 서사보다도 논설에 관심이 많았고 이야기꾼보다는 민족의 교사임을 자임했다. 그는 『무정』을 쓸 그 무렵에는 "詩나 小說은 내가 그리尊敬하는 바가 아니었고 글을쓰면

---

46) 다음 논문들을 주목할 필요가 있다.
　　한승옥, 「『무정』에 나타난 시간의식 연구」, 『동아논총』 16, 동아대, 1979. 12.
　　김윤식, 「고아의식의 초극과 좌절」, 『문학사상』, 1992. 2.
　　이재선, 「형성적 교육소설로서의 『무정』」, 『문학사상』, 1992. 2.

堂堂한 論文을 쓸것이라고 自認한것"[47]이었으며 문학이나 소설을 여기(餘技) 또는 부기(副技)라고 하는 생각은『무정』을 쓴 지 20년이 지난 후에도 바꾸지 않았다.

『무정』은 우리 현대 소설사가들로부터 최초의 본격적인 근대소설이요 명작으로 규정되기에 앞서 이미 발표 당시에 신문연재소설로 인기소설이요 대중소설로 수용되었다. 열린 세상에서 현대소설이 지닐 수밖에 없는 상품성을, 또 신문연재소설이 갖출 수밖에 없는 대중성을 우리 현대소설사에서 처음으로 입증해주었다. 이 소설은 당시에는 베스트셀러였을 뿐 아니라 그 후에는 수십 년 동안 스테디셀러가 되었다. 『무정』은 '열렬한 독자 반응'[48] 이 최초로 가시화된 작품이다. 연재소설이라는 이유도 있겠으나 이광수가 당대에 읽히는 소설을 제대로 만들어낸 데도 그 이유가 있다. 『무정』의 창작 동기와 의도를 작가 이광수에게서 직접 들어보자.

無情을 쓰게된 直接動機는 每日申報社에서 新年號小說 하나를쓰라. 그題號를 電報하라는 電報를 받고, 쓰다 말고, 쓰다 말고하던 原稿 뭉텡이에서 映彩에 關한 原稿를 내어서 冬期放學동안에 不眠不休로 約七十回分을 써보낸데서 始作이다.

내가 無情을 쓸때에 意圖로 한것은 그時代 朝鮮의 新青年의 理想과 苦悶을 그리고 아울러 朝鮮青年의 進路에 한 暗示를 주자는것이었다. 이를테면 一種의 民族主義, 自由主義의 이데올로기를가지고 쓴것이다. 그 自由主義란 속에는 淸教徒的 純潔에 對한 憧憬을 나自身이 가지고 있기때문에 그 純潔

---

47) 이광수, 「문단고행 삼십년」, 『조광』, 1936. 5, p. 103.
48)「『무정』 등 전작품을 語하다」(『삼천리』, 1937. 1)에서는 여주인공 박영채를 너무 가혹하게 다루었다는 항의를 여학생들로부터 받기도 했고 유림 세력으로부터는 유교적 가치관을 모독하고 구질서를 파괴한다는 이유로 연재 중단의 압력을 받기도 했다고 밝혔다. 「『무정』을 쓰던 때와 기후(其後)」(『조광』, 1936. 6)에서는 웬 연애 이야기를 써서 젊은이들을 타락시키느냐고 힐난하는 투서를 여러 차례 받았다고 털어놓았다.

도 多分으로 高調되었고 또 民族主義라 하지마는 基督教的博愛思想도 들어 갔다고 믿는다.[49]

이광수의 회고담을 보면 그는 우선 제목을 부랴부랴 정해서 보내주었으며 소설은 절반이 넘는 분량을 미리 한꺼번에 써서 전해준 것임을 알 수 있다. 그는 단편 「무정」을 썼을 때 "무정"이란 제목으로 장편소설을 쓰고 싶다고 한 바 있다. 이미 이광수는 '영채전(英彩傳)'이라는 제목의 소설을 써 놓은 것이라고 볼 수도 있다. 70회에서 주인공 이형식은 주위 사람들에게 사상가니 철학자니 하는 별명을 듣는 가운데 자기는 지식과 수양이 부족하다고 반성하면서도 동서의 많은 책들을 섭렵한 것을 근거로 하여 "됴션에 잇셔셔는 가쟝 진보혼 ᄉ샹을 가진 선각자로 ᄌ신혼다"고 자부하였을 뿐만 아니라 "교육자 즁에 ᄌ긔가 홀로 신문명을 리히ᄒ고 됴션젼도를 통견(洞見)ᄒ는 능력이 잇는즐로 싱각혼다"와 같이 자만심에 빠지기도 하였다. 이형식은 영채를 찾으러 평양까지 갔다가 허탕 치고 돌아와서는 자기 정리를 하고 새로운 생활로 나아갈 각오를 다지는데 바로 70회가 이것을 보여준다. 『무정』 제70회는 이형식과 박영채가 박영채 부친에 의해 장래를 약속한 사이가 완전히 깨어진 것을 보여준다.

이 소설의 표제인 '무정'의 뜻을 알 필요가 있다. 이형식은 더 이상 영채 찾기를 포기하고 돌아오면서 내가 너무 무정한 것이 아닌가 하고 생각한다 (66회). 평양에서 돌아온 이형식에게 하숙집 할머니는 이선생이 10년 만에 찾아온 영채에게 너무 무정하게 해서 가버린 것이라고 나무란다(74회). 평양에 다시 가서 영채의 시신을 찾아보아야겠다는 이형식에게 신우선은 영채의 시신이 자네 같은 무정한 사람을 기다리고 있을 리 만무라고 한다 (77회). 유학을 가기 위해 기차를 탔는데 같은 기차에 영채가 탔다는 이야

49) 이광수, 「문단고행 30년」, 앞의 책, p. 104.

기를 들은 이형식은 자신이 무정했음을 인정한다. 작가도 이형식을 무정하다고 지적한다(105회). 그리고 이 작품은 맨 끝 부분에 가서 "무정"이란 단어를 쓰고 있다.

어둡던세샹이평싱어두울것이안이오무정ㅎ던셰샹이평싱무정홀것이 아니다
우리는우리힘으로 밝게ㅎ고유정ㅎ게ㅎ고 질겁게ㅎ고 가멸게ㅎ고 굿세게홀것
이로다
깃분우슴과 만셰의 부르지짐으로 지나간셰샹을 죠상ㅎ는「무정」을 마치
자……(完)………[50]

이렇게 보면 "무정"이라는 말은 이형식이 박영채를 아내로 맞아들이지 않은 것에 대한 부정적 반응을 가리킨다. 그는 자신이 무정하다는 것을 알면서도 마음이 선형 쪽으로 가버리는 것을 억제하지 못한다. 물론 "무정"이란 어사가 중심이 되는 것이기는 하지만 이 소설은 위 인용문이 암시하는 것처럼 해피 엔드로 처리되었다. 형식과 선형은 미국 시카고 대학 4년생이고, 영채는 동경 상야음악학교 피아노과와 성악과를 우등으로 졸업하고, 병옥은 음악학교를 졸업한 후 독일 베를린으로 유학 가고, 신우선은 화류계와 신문사를 떠나 저술에 힘써 『조선의 장래』라는 책으로 좋은 반응을 얻는 것으로 그려지고 있다. 이형식을 잠시나마 갈등이나 주변성 또는 시련의 구성으로 몰아간 존재는 박영채와 김선형일 뿐 아니라 박응진과 김 장로이기도 하다. 박영채와 이미 고인이 된 아버지 박응진은 '의리'로 잡아당기고 김선형과 살아 있는 부친 김광현 장로는 '이익'으로 유혹한 것이다. 소설은 이데올로기의 표현 양식이며 이데올로기로 사고하고 판단하는 것이라고 레너드 데이비스가 『저항하는 소설들』(1987)에서 제시한 명제에서

50) 『매일신보』, 1917. 6. 14.

출발하면 『무정』 박응진 진사와 김광현 장로를 주목하는 것은 당연하다. 박응진과 김광현에 비하면 이형식은 아직은 이데올로그라고 할 수 없을 정도로 유치하고 변덕이 심한 존재다. 어떤 대상이나 사상을 실제로 인식하는 것보다는 상상하고 공상하기 좋아하는 존재로 그려져 있어 이념인 이전의 존재라고 할 수 있다. 박영채의 아버지 박응진은 중국 상해에서 많은 신서적을 구입해 가지고 귀국하여 개화사상을 실천에 옮긴 개신 유학자(改新儒學者)이면서 실천적 지식인이었다. 선각자이면서 사회운동가로 1920년대 소설에서 자주 출현하는 주의자의 원형적 존재가 되기도 하는 박응진이 사재를 털어 신학문을 가르치는 학교를 경영하다가 망하자 제자들은 보은 차원에서 강도 사건을 저질렀고 박응진은 무고하게 연루되어 옥살이하던 중 세상을 떠난다.

원리일가가 수십여호되고 량반이오 지산가로고러로 안주일읍에유세력ᄌ러니 신미년란역적의혐의로 일문이혹독ᄒ 차살을당ᄒ고 엇지엇지ᄒ야 이박진ᄉ의집만 살아남앗다ᄒ더니 거금십오륙년전에 청국디방으로 유람을ᄀ다가 상히셔출판된 신셔적을수십죵ᄉ가지고도라왓다. 이제셔양의 ᄉ졍과 일본의 형편을 짐작ᄒ고 죠션도이더로가지못ᄒ줄을 알고 시로온문명 운동을시작ᄒ려ᄒ엿다. 위선ᄌ긔 사랑에졀믄사롬을모와다리고 상히서사온칙을 읽히며 틈틈이시로온 ᄉ상을 강셜ᄒ엿다. 그러나 당시사롬의 귀에ᄂ 철도나륜션이라는 말이 들어가지아니ᄒ야 박진ᄉ롤가라쳐 미친사롬이라ᄒ고 사랑에모혓던션비들도 하나식하나식헤어지고말앗다. 이에박진ᄉᄂ 공부ᄒ랴도학ᄌ업셔못ᄒᄂ 불샹ᄒ°히들을 하나둘다려다가 공부시기기롤 시작ᄒ엿다. (중략) 이러ᄒ지 륙칠년에 원러그리만치못ᄒ던 지산도다업서지고 조석ᄭ지 말유ᄒ게되니학교롤 경영홀방척이 만무ᄒ다. (중략) 강도살인교사급 공범혐의로 박진ᄉ의삼부자도 그날아참으로 포박을당ᄒ앗다. 박진ᄉ의집에 남은것은 두며누리와 영치와형식쑨 영치의모친은 영치를낫코 두달이못ᄒ야 별세ᄒ엿섯다.

그 후에 박진亽의亽랑에잇던 학싱도 멋사롬붓들니고 형식도증거인으로 불녀갓섯스나 잇흘만에 노혓다.

두어달후에홍모와 박진亽는 징역죵신 박진亽의아들형뎨는 징역십오년 기타는혹칠년 혹오년의 징역의션고롤밧고 평양감옥에 드러갓다.[51]

이형식은 평양으로 영채를 찾으러 갔을 때 기생 계향의 안내로 박진사 삼 부자의 무덤을 찾아가 "그러고 시딕(時代)의션구(先驅)의비춤(悲慘) 혼운명 (運命)을싱각ㅎ얏다 박션싱은 넘어일쥭씨엇섯다 안이박션싱이 넘어일쥭 것 이 안니라 박션싱의동죡이 넘어씨기가느졋섯다"[52]와 같이 박진사가 선구 자였음을 인정한다.

김장로 즉 김광현은 원래 재산가로, 국장과 감사 등의 벼슬을 지내고 교회에 발을 들여놓은 지 3년 만에 장로가 되었으며 소실인 평양 명기 출신 부용을 본처가 죽자 부인으로 맞은 인물로 그려지고 있다. 김장로는 서양식으로 호화롭게 살면서 교회와 국내에서는 "가장 진보한 문명인사"로 인정받고는 있으나 서양 선교사들로부터는 서양 문명도 기독교도 아는 것이 없이 서양을 흉내만 내는 사람이라고 부정 평가받았다.

박응진을 구질서를 대표하는 인물로, 김광현을 새로운 세계를 상징하는 존재로 파악하는 것은 단순한 시각의 소산이다. 박응진을 보수주의자로 김광현을 개화주의자로 보려면 몇 가지 단서가 있어야 한다. 박응진은 천도교 신자이기는 했으나 단발령을 앞장서서 받아들였고 신학문 교육의 중요성을 누구보다도 크게 깨달은 참된 개화주의자였다. 박응진은 이타적이며 실천적이며 대아적인 인물인 데 반해 김광현은 소아적인 출세주의자며 단순한 외세주의자로 볼 수 있다. 물론 두 인물은 직접 만난 적도 없고 실제

---

51) 위의 신문, 1917. 1. 9.
52) 위의 신문, 1917. 3. 24.

소설 속에서도 단역 정도로 등장할 뿐이다. 이형식은 보수주의자와 개화주
의자 사이에서 고민한 것이 아니다.

『무정』의 인물들은 대립이나 갈등을 보여주기보다는 영향 관계를 더욱
비중 있게 보여준다. 이 소설에서는 사람들 사이에 서로 헐뜯고 싸우는 양
상보다는 가르치고, 배우고, 깨닫는 모습들을 더 만날 수가 있다. 작중의
인물들을 가르치는 자/배우는 자로 묶을 경우, 이형식/김선형, 계월화/박
영채, 박응진/이형식, 함상모/계월화, 김병욱/박영채 등 많은 예가 있다.
이 중 기생 계월화가 참인간이 되는 길을 영채에게 가르치는 것, 김병욱이
영채에게 여자론을 가르친 것 등은 『무정』의 사상의 중심부를 형성한다고
볼 수 있다. 이광수는 이렇듯 이형식 외에도 박응진 · 계월화 · 김병국 · 함
상모 등을 내세워 당시의 독자들을 가르치려고 하였다. "진실한 사람" "정
성 있는 사람" "사람다운 사람"을 대망하던 중 함상모 교장에게서 "깨어
있는 사람" "새로운 사람"을 찾은 기생 계월화나 김병욱은 이광수의 대변
인이다.

> 그의말ㅎ는데목은 죠선사롬들로남과깃치 녯날썹데기를 버서바리고 시로온
> 문명을 시러드려야홀일과 지금죠션사롬은게으로고 긔력이업느니 시롭고잘사
> 는민족이 되랴거던 불가불시정신을가지고서 시용긔를니어야훈다는것과 이러
> 케ㅎ랴면 교육이엇듬이니 아돌이나 쫄이나반다시 시로온교육을바다야훈다홈
> 이라[53]

부정적인 존재로는 경성학교 배학감이라든가 김현수와 같은 존재가 등
장하지만 이들은 어디까지나 단역일 뿐이다. 선인이나 긍정적인 존재로 함
상모 교장, 박응진 진사, 기생 계월화 등이 등장하기는 하나 역시 추상적

---

53) 위의 신문, 1917. 2. 13.

인 수준에 머물러 있고 비중도 작은 편이다. 이처럼『무정』에는 선악관으로는 측량하기 어려운 존재가 다수 등장한다. 단역의 인물들이 일정한 사상의 담지자가 되었다는 것은 큰 서사나 사상소설로서는 한계가 있음을 의미한다. 서사가 논설을 이끌었다기보다는 논설이 서사를 견인했다고 할 수 있다.

『무정』은 호수와 같은 존재다.『무정』으로 여러 소설들과 논설들이 흘러 들어왔는가 하면 여러 소설들과 논설들이 각기 새로운 지류가 되어 흘러나가기도 했다. 발표 연도를 기준으로 해서 보면『무정』이전에 나온 논설류의 글로는「今日我韓靑年과情育」(『대한흥학보』10호, 1910. 2),「余의自覺한人生」(『소년』1910. 8),「敎育家諸氏에게」(『매일신보』1916. 9~12),「朝鮮家庭의 改革—早婚의 惡習」(『매일신보』1916. 12) 등이 있고 소설로는 단편「무정」(『대한흥학보』1910. 3~4),「헌신자」(『소년』1910. 8) 등이 있다.『무정』이후의 논설류로는「天才야! 天才야!」「婚姻에對한管見」(『학지광』12호, 1917. 4),「耶蘇敎의朝鮮에준恩惠」(『청춘』9호, 1917. 7),「今日朝鮮 耶蘇敎會의欠點」(『청춘』11호, 1917. 11),「婚姻論」(『매일신보』1917. 11),「宿命論的 人生觀에서 自力論的 人生觀에」(『학지광』17호, 1918. 8),「子女中心論」(『청춘』15호, 1918. 9),「新生活論」(『매일신보』1918. 10),「民族改造論」(『개벽』1922. 5) 등이 있고 소설로는『청춘』에 발표한 단편소설「소년의 비애」(1917. 6),「어린 벗에게」(1917. 7~11),「방황」(1918. 3),「윤광호」(1918. 4) 등과 장편소설『개척자』(『매일신보』, 1917. 11. 10~1918. 3. 15)가 있다.

이처럼『무정』은 내용이 유사한 선행 텍스트들의 도달점이 되기도 하며 후행 텍스트들의 출발점이 되기도 한다. 박영채의 아버지 박응진 진사는「헌신자」의 주인공 김광호 노인을 떠올리게 하고, 이형식이 경성학교 선생으로 학생들과 가까이 지내면서도 교사로서의 회의에 빠지게 된다는 이야기는「방황」을 연상하게 한다.「방황」은 실제 창작 연대가『무정』과 겹쳐 있다. 이렇게 보면 이광수는 오산학교 교사의 체험을 살려 경성학교를 무대로 한 『무정』의 한 토막과 오산학교를 무대로 한 「방황」을 동시에 써낸 것이라고 할 수 있다. 『무정』에서 이형식이 고아로 자라나 친구의 사랑이든 여성의 사랑이든 갈구한다는 이야기는 「소년의 비애」나 「윤광호」로 연결된다.

이광수는 『무정』에서 여러 가지 크고 작은 사상과 의식을 들려주는데, 이광수가 문장을 계몽의 주요 수단으로 삼았으며 문학을 여기나 부기로 여긴 만큼 이러한 논설 부분은 서사성보다 더 역점이 주어진 것이라고 할 수 있다. 중요한 것을 추리면 민족개조론 · 교육입국론 · 진화론 · 생명중시론 · 자유연애 관념 · 여권신장론 · 개인적 자아각성론 · 출세주의론 등이 될 것이다. 이러한 여러 사상들과 관념들이 작중인물이나 사건들을 통해 자연스럽게 귀납되는 것이 아니라 작가가 직접 논술하여 독자들에게 주입하려 한다. 이러한 생각들은 『무정』을 통해서 실험되었고 그 후 독립된 논설문으로 발전되어나갔다.

「혼인에 대한 관견」(『학지광』 12호, 1917. 4)은 혼인의 목적, 혼인의 조건, 혼인상으로 본 여자 교육 문제, 정조 등 네 부분으로 나뉘어 있는데 이 글에서 이광수는 "妻가 되고 母가 되는것이 毋論 女子의 天職이겟지요—가장 重要혼 天職이겟지오. 그러나 그것은 天職이지 女子의 全體는 아니겟지오. 이믜 天職이라 ᄒᆞ니 그 天職을 가지는 主體가 잇슬것이외다. 그러면 그 主體는 무엇이오? 「사ᄅᆞᆷ」이외다. (중략) 그런즉 女子는 妻나 母가 되기前에 爲先 사ᄅᆞᆷ이 되어야ᄒᆞ겟지오"[54]라고 주장한다. 이러한 주장과 일치되는 주장을 『무정』에서 쉽게 찾아볼 수 있다. 김병욱은 영채에게 아버지의 소유물에서 이형식의 소유물이 되려고 하지 말고 여자이기 전에 우선 사람이 되어야 한다고 역설한다.

---

54) 『학지광』 1917. 4, p. 32.

지금까지 여자는 남즈의 한부속품 한소유물에 지나지못ᄒ야서요 영치씨는 부친의소유물이다가 리씨의 소유물이 되려ᄒ엿서요 맛치 엇던 물품이 이사름의 손에서 저사름의손으로 올마가ᄂ는모양으로……우리도 사름이 되어야 합니다. 녀즈도 되려니와 위선 사름이 되어야 합니다. 영치씨끠셔 홀일이 만치오 영치씨는 결코 부친과 리씨만을 위ᄒ야난 사름이 안이외다.[55]

이광수는 「혼인에 대한 관견」에서 조선에서는 정조라 하면 여자가 한 남자만을 섬기는 것을 의미하는데 정조 관념은 일대 변혁을 요구한다고 주장하였으며 심한 경우에는 약혼만 하였다가 그 남자가 죽어도 재혼을 불허하는 풍습이 있다고 지적하였다. 그중에 재혼을 하는 여자가 있으면 부정(不貞)이라는 딱지를 붙인다고 하였다. 말하자면 박영채는 이 부정이라는 소리를 듣지 않기 위해 이형식을 오랫동안 찾아다니고 기다린 것이었다. 『무정』에서 김병욱은 영채씨는 아버지 말씀 한마디에 사랑하지도 않는 이형식을 위해 공연히 정절을 지켜온 것이며 그에 따라 칠팔 년을 헛되이 보낸 것이라고 영채를 일깨워주었다. 그러나 논설에서나 소설에서나 '절(節)'이라는 개념 자체를 부정한 것은 아니었다.

「卒業生諸君에게 들이는 懇告」(『학지광』 13호, 1917. 12)에서는 여러 가지 고쳐야 할 조선 사회의 폐단을 지적하면서 교육입국론과 산업입국론을 강조하였다. 이 논설에서는 다음과 같이 교육의 중요성을 강조한 대목을 찾아볼 수 있다.

첫재 그네에게 敎育을 주십시오. 現代에 잇서서 富貴하게 잘사는 道理는 文明하는것밧게업고 文明하는 道理는 敎育밧게업습니다. 우리 아부지는 못

55) 『매일신보』 1917. 4. 27.

낫거니와, 우리 형제는 못낫거니와, 將次오는 어엿분우리 아들과 딸은 잘난 사람이 되도록가르쳐야할것입니다. 우리가 三代만 新敎育을 베플면 우리 사롬은 넉넉히 文明을 가지는 사람이될줄압니다.[56]

그런가 하면 위의 논설과 거의 같은 때에 씌어진 것으로 보이는 『무정』 제123회분(1917. 6. 9)에서는 이형식을 비롯한 주요 인물들이 합창이나 하듯이 신교육 보급의 필요성을 역설한 장면을 찾을 수 있다.

「그러치오불상ᄒ지오! 그러면 그 원인은 어듸 잇슬가요?」

「무론문명이업는데 잇겟지오— 싱활ᄒ야갈힘이업는데잇겟지오」

「그러면엇더케히야 져들을……져들이아니라 우리들이외다……져들을 구제홀가요?」ᄒ고형식은병욱을 본다 영치와션형은 형식과병욱의얼골을번갈아본다 병욱은 ᄌ신잇는드시

「힘을 쥬어야지오? 문명을 쥬어야지오?」

「그리ᄒ랴면?」

「가라쳐야지오? 인도히야지오!」

「엇더케요?」

「교육으로실힝으로.」

이처럼 이광수는 '고소설적 서사＋근대적 논설'이나 '신성사＋세속사'와 같이 두 겹으로 서술하였다. 그만큼 작가가 욕심이 많거나 텍스트가 불안하다는 것이다. 소설가 이광수는 논설가 이광수를 끝까지 놓지 않았다. 개화기 신문소설이 논설체를 수용하면서 현대소설이 한 발 다가가고 있는 현상은 이광수의 『무정』에서도 찾아볼 수 있다. 한국 현대소설사의 진정한

---

56) 『학지광』, 1917. 12, p. 10.

기점은 『무정』에서 잡아야 한다는 식의 통념은 이광수가 그 시대에 쓴 논설들로 이루어진 주제의 부면에만 관심을 둔 결과라고 할 수 있다.

이처럼, 『무정』의 창작 의도는 고상하고 진지한 것임에도 서술 방법에서는 많은 문제점을 드러낸다. 우선 편집자적 전지성이 과다하게 행사되는 점을 지적할 수 있다. 기본적으로 이광수는 사건 진행과의 실제적 관계 유무에 신경 쓰기보다는 인물들의 인생과 도덕 등에 대하여 작가가 간섭하고 일반화하려는 데 힘썼다. 이광수는 대개 새로운 인물이 등장할 때면 거의 예외 없이 작품의 줄기와는 관계없는 보충 설명을 가한다.[57] 『무정』에서 하숙집 주인 노파 · 신우선 · 다방골 영감 · 배명식 등의 이력 소개는 사실상 불필요하다. 이광수는 고대소설의 작가들처럼 선한 인물은 한없이 추켜올리고 그렇지 않은 인물에 대해서는 조서 꾸미듯이 부정적으로 서술한다. 예컨대 신우선 기자에 대한 비아냥거림, 동경고사 출신임에도 '페스탈로치'와 '엘렌 케이'를 잊어버려 '푸스털'과 '얼른키'라고 한다는 것처럼 배명식에 대한 의도적인 폄하, "이러한 계집은 어려서부터 가르치고 가르치더라도 악인이 되기 쉬우려든"과 같이 화자가 술집 노파를 향해 경멸감을 표출한 것 등은 노출되지 않았어야 했다.

이형식은 조그만 자극을 받아도 잘 깨달을 뿐 아니라 공상도 잘하고 상상도 즐겨 하는 인물로 그려져 있다. 형식의 경우, 현실적인 행동이나 언사에 수십 줄의 공상이나 회상이 따라다니다 보니 자연 그 인물이 생동감이 결여되는 것은 말할 것도 없고 기본적인 성격 창조도 이루어지지 않고 있다. 특히 이형식이 추측 · 억측 · 의문 · 결심 · 공상 · 감탄 등을 내보이는 장면이 자주 나온다. 이형식은 박영채가 7년 만에 찾아와 이야기하고 가버리자 책상 앞에 앉아 이런 추측 저런 공상을 하기 시작한다. 이후의

---

57) 이광수, 「내 소설과 모델」(『삼천리』, 1930. 5), p. 64. 이철식, 박영채, 김선형 등은 모두 가공의 인물이고 신우선은 당시 M신문 기자 심천풍(沈天風) 군을 각색한 것이라고 하였다.

문장들은 "~그것은 무슨 사정일까" "~한번 만나 보기나 하고 나를 찾았을까" "~남자들의 노리갯감이 되었는가" "~음란한 노래와 음란한 말로 더러운 쾌락을 취하렷다" "옳다, 영채는 과연 나를 믿고 내게 보호를 청하려고 왔던 것이로다" "~나는 그를 구원하리라" "~나의 아내를 삼으리라" 등과 같은 것들로 되어 있다.

『무정』의 구성상의 또 한 가지 문제점으로 우연성과 졸속성을 들 수 있다. 소설 속의 첫날에 박영채가 7년 만에 이형식을 찾아오고 둘째 날에 학교에서 형식에 대한 모함 섞인 나쁜 소문이 퍼지고 박영채가 배명식에게 강간당할 뻔한 것을 이형식이 구해주고 셋째 날에 박영채는 평양으로 가버리고 뒤이어 이형식이 찾으러 떠났다가 포기하고 그날 밤차로 서울에 돌아온다는 식으로 구성되어 있다. 이야기가 기본적으로 졸속으로 이루어졌으니 우연구성을 남발할 수밖에 없다. 이형식, 김선형, 김병욱, 박영채 등이 같은 기차에 올라탔다는 것은 우연구성의 본보기다. 줄거리의 반복적인 진행 방법도 문제가 된다. 가장 많이 반복되는 것은 역시 영채의 고생담이다. 영채의 회상과 형식의 회상 등을 통해 네 번씩이나 그 디테일이 재생되었다. 영채가 자살하러 가기 전에 형식에게 보낸 편지에서는 앞의 줄거리가 지루하리만큼 다시 한 번 나타난다. 이러한 재현이나 반복의 방법은 이해조류의 신소설을 답습한 것에 지나지 않는다.

『무정』은 다음과 같은 점에서 신소설보다 한 걸음 더 나아갔다고 할 수 있다. 첫째, 이형식이 주변인이기는 하지만 신소설의 어느 인물보다도 '성격'을 갖추었다는 점, 둘째, 박영채·김장로·김선형·신우선 등도 어느 정도 시대적 의미나 사회적 가치를 지닌다는 점, 셋째, 충분하지는 않지만 작가 이광수가 시대나 사회를 잘 그려내었다는 점, 넷째, 소설을 교훈적 담론에서 해방시켜주었다든가 인칭이나 시제의 면에서 새로움을 보여주었다든가 하는 점을 들 수 있다.

『무정』은 다음과 같이 끝난다.

나죵에말홀것은 형식일힝이 부산셔 비를탄뒤로 죠션젼톄가만히변혼것이다 교육으로보던지 경제로보던지 문학언론으로보던지 모든문명 스상의 보급으로보던지 장죡의진보를 ㅎ얏스며 더욱하례홀것은 샹공업의발달이니 경셩을 머리로ㅎ야 각대도회에 석탄연긔와 쇠마치소리가안이나 는데가업스며 년러에 극도에쇠ㅎ얏던 우리의상업도 졈ㅊ진흥ㅎ게됨이라

아아 우리짱은 날로아름다워간다 우리의 연약ㅎ던팔쑥에 는 날로힘이 오르고 우리의어둡던졍신에 는 날로 빗치난다 우리 는맛참 너 남과ㄳ치변젹하게될 것이로다 (중략)

어둡던셰샹이평싱어두울것이안이오무졍ㅎ던셰샹이평싱무졍홀것이아니다 우리 는우리힘으로 밝게ㅎ고 가멸게ㅎ고 굿세게홀것이로다

깃분우슴과 만셰의 부르지짐으로 지나간 셰샹을 죠상ㅎ 는 「무졍」을 마치자……(完)……[58]

이광수는 몇 년 만에 귀국한 이형식의 눈을 빌려 조선이 문명화되고 진보되었음을 강조한 끝에 조선이 계속 발전하리라는 확신을 드러낸다.

5. 개척 정신의 명암

『개척자』[59]는 『무정』을 마친 직후, 『무정』에 대한 반응이 컸던 것에 감격

---

58) 『매일신보』, 1917. 6. 14.
59) 다음 논문들을 주목할 필요가 있다.
　　송민호, 「춘원 초기 작품의 문학사적 연구―『무정』, 『개척자』까지는 신소설이다」, 『고대 60주년 기념 논문집』, 1965. 5.
　　구인환, 「『개척자』의 성취의식 연구」, 『국어교육』 44~45, 1983. 2.
　　김은숙, 「『개척자』에 나타난 여권의식 고찰」, 『국문학연구』 14, 효성여대, 1991. 12.

한 『매일신보』 편집국의 부탁을 이겨내지 못하고 쓴 것으로 알려져 있다. 그러나 이광수는 『무정』을 쓸 때보다 더 큰 야심을 갖고 『개척자』를 이데올로기소설로 그리고자 하였다.

나는 開拓者에서 因襲에對한 個性의 反抗과 解放과 當時 新興知識靑年階級의 憧憬과 苦悶의一端을 그려보려고하였다. 사랑의自由와 神聖性도 말해보려고 當時 靑年들이 微弱하고 孤單하나마 朝鮮에 新文化를 自己네 손으로 建設하랴는 熱情도 表示해보려하고 이런것으로 靑年의方向을 暗示해보랴는 分外의野心까지도 가지고 있었다. 이러한 意味에서 開拓者는 一種의 이데올로기 小說이었다. 나는 幼稚한 내民族觀, 人生觀, 文明觀을 무슨 큰 보배만치나 여겨서 이것을 新興靑年層에 傳하랴는 생각까지 가지고 있었다. 어리석었으나 純眞하다고할까.[60]

"化學者 金性哉는 疲困흔드시 椅子에셔 일어나셔 그리 넓지 안이혼 實驗室內로 왓다갓다흔다"로 시작하는 『개척자』는 『매일신보』에 1917년 11월 10일부터 1918년 3월 15일까지 연재되었다. 일본 유학 가서 화학을 공부하고 온 김성재는 귀국 후 7년 동안이나 성순의 보조를 받으며 발명을 위한 실험에 몰두한다. 처음에는 실험 비용을 대기 위해 아버지 김참서가 함 사과에게 진 빚을 갚지 못해 집이 넘어가고 만다. 김참서는 집 차압 소식에 흥분하던 끝에 세상을 떠나고 장례 뒤에 성재네 집은 계동 막바지로 이사 간다. 화가 민은식에게 연애 감정을 느끼는 성순은 성재에게 물질적 도움을 주는 변군이 청혼한 것을 받아들이지 않는다. 이미 민군에게 마음을 주었기에 자신은 처녀가 아니라고 고백하여 집안을 벌컥 뒤집어놓은 성순은 음독자살하고 만다. 이에 민은식은 제문을 지어 바친다.

---

60) 이광수, 「無情을 쓰든 때와 其後(其三)」, 『조광』 1936. 6, pp. 117~18.

이를 보면 김성재 · 김성순 · 민은식 · 변이 주요 인물이며 김참서 · 함사과 · 이일우 · 성순 어머니 · 성재의 처 · 성훈 · 전경 등은 보조 인물이나 단역에 해당된다. 이 소설에 나오는 인물은 대아주의자/소아주의자, 이론적 지식인/실천적 지식인, 인습적 인물/개혁적 인물, 현실적 인물/이상적 인물 등으로 나누어 볼 수 있다. 예컨대 김성재는 대아주의와 개혁을 꿈꾸는 이상주의자로 현실성이 결여된 인물이다. 민은식은 이론은 번듯하나 실천성이 부족하고, 성순은 현실을 제대로 파악하지 못한 채 플라토닉 러브의 희생물로 종결되는 순진한 인물이다. 민은식은 앞으로 자기처럼 많은 화가가 나왔으면 좋겠다고 한다. 성순이 민은식을 사랑했던 것은『개척자』에서 중심사건이긴 하나 성순이 민은식을 사랑하게 된 동기는 불분명하게 처리되었다. 이처럼,『개척자』의 주요 인물들은 어느 것 한 가지를 유지하기 위해 다른 것들을 상실하는 공통점을 내보인다. 성재는 발명가로서의 의지는 굳세게 지켜가고 있지만 한 집안의 가장으로서의 기본 역할과 한 사회의 동량으로서의 역할은 보여주지 못한다. 성순은 사랑을 지키기 위해 결국 목숨을 버린다.『개척자』는 인간은 이것저것 다 갖출 수 없는 존재라는 인식에 닿고 있다. "인간은 불완전하다. 고로 개척한다"는 공식을 제시하고 있다.

『개척자』는 과학입국론을 구체적으로 보여주었다는 점, 일하는 자의 모습을 보여주었다는 점, 사회와 시대에 대한 인식이 비교적 잘 나타났다는 점 등에서 신소설보다 한 걸음 더 나아갔다고 할 수 있다.

그런가 하면『개척자』에서 각 인물들의 성격 창조가 대체로 실패로 돌아간 점, 성재가 하는 일의 결말이 분명하게 제시되지 않은 점, 앞의 이야기가 성재를 중심으로 하여 실험에의 의지와 열악한 환경 사이의 갈등을 보여주었으나 후반부로 가서는 성순을 중심으로 하여 성순이 화가 민은식과 집안 식구들 사이에서 사랑의 문제로 고민하다가 자살하고 만다는 내용으로 넘어가버린 점 등은 설득력이 떨어진다.『개척자』에서 전반과 후반 이

야기의 부조화는『무정』이 이형식 중심의 사랑의 갈등에서 민족주의적 각
성을 통한 화해 시도로 변한 것과는 대조를 이룬다.『무정』이 남녀의 사랑
과 같은 작은 서사little narrative에서 출발하여 계몽주의자의 출현과 같은 큰
서사grand narrative로 바뀐 것과 반대로『개척자』는 과학자가 주인공인 큰
서사로 출발했다가 젊은 여성의 사랑의 실패담과 같은 작은 서사로 바뀌어
버린 채 끝나고 말았다.『무정』에서 드러난 구성, 심리 전개, 시점상의 허
점은『개척자』에서도 반복된다.

　『개척자』는 성순과 민은식이 사랑을 느끼는 가운데 제시한 '개척자론'을
중심으로 하여 새로운 혼인관 · 여성관 · 사랑관 등을 펼치고 있다. 새로운
혼인관은 성순을 두고 연적의 관계에 놓여 있는 변과 민이 대조적인 혼인
관을 보이는 데서 확인할 수 있다.

　　그럼으로 卞과 閔과의 夫婦觀에는 懸殊훈 差異가 잇다. 閔은 어디까지든지
　女性의 人格의 權威와 自由를 認定ᄒ야 夫婦를 完全훈 兩個體의 完全훈 結合
　으로 싱각홈으로 夫婦關係는 完全훈 對等의 關係요 獨立國과 獨立國間의 關
　係로더 卞은 妻를 夫의 여러 가지 所有物「財産, 名譽, 知識, 洋服, 時計 等」
　중에 重要훈 하나으로 싱각홈으로 夫婦의 關係는 主從의 關係요 宗主國과 屬
　國의 關係라. 그럼으로 卞은 母親과 性哉의 許諾을 尊重ᄒ더 閔은 도로혀 그
　것은 眼中에 두지 안이ᄒ고 오직 性淳의 許諾을 重히 녀긴다.[61]

변이라는 사내가 재래의 혼인관과 부부관을 지닌 것과 반대로 민은 새로
운 혼인관과 부부관을 가지고 있다.『개척자』의 주제는 '자녀 중심'과 '장
래 중심'의 시대를 개척하는 정신을 중심에 놓을 때라야 제대로 파악될 것
이다.

---

61)『매일신보』, 1918. 1. 19.

너가 사랑ᄒᄂᆫ 母親이나 兄에게 슬픔과 羞恥를 주는 것은 情에 참아 ᄒᆞ지 못ᄒᆞᆯ 일이다. 그러나 閔의 말과ᄀᆞ치 우리祖上의 父母나 家庭을 爲ᄒᆞ야 自己를 犧牲ᄒᆞ던 것과 싹ᄀᆞᆺᄒᆫ 또ᄂᆫ 그보다 熱烈ᄒᆫ 義務의 念으로 自己를 爲ᄒᆞ야셔ᄂᆫ 父母나 家庭도 犧牲을 ᄒᆞ여야ᄒᆞᆫ다. 自己를 爲ᄒᆞᆷ은 自己로써 代表ᄒᆞᄂᆫ 新時代를 爲ᄒᆞᆷ이니 將來에 無限히 살 新時代와 무한히 繁昌ᄒᆞᆯ 子孫은 부모보다도 重ᄒᆞ다. 안이 모든 過去를 왼통 모와 노ᄒᆫ 것보다도 重ᄒᆞ다. 子女를 父母 所有로 아ᄂᆫ 道德은 決코 新時代에 기칠 것이 못된다. 閔의 말과 ᄀᆞ치 우리ᄂᆫ 父母中心, 過去中心이던 舊時代의 代身에 子女中心 將來中心의 新時代를 세워야 ᄒᆞᆫ다. 그리ᄒᆞ라면 우리ᄂᆫ 爲先 舊時代를 ᄭᅵ트려야 ᄒᆞ고, ᄭᅵ트리라면 ᄭᅵ트리ᄂᆫ 사ᄅᆞᆷ들이 잇서야 ᄒᆞ고, ᄭᅵ트리ᄂᆫ 사ᄅᆞᆷ들이 잇스라면 믠처음 ᄭᅵ트리ᄂᆫ 사ᄅᆞᆷ이 잇서야 ᄒᆞᆫ다. 閔의 말과 ᄀᆞ치 우리가 그 첫사ᄅᆞᆷ이 되어야 ᄒᆞᆯ것이다. 大戰爭의 첫 彈丸이 되고 첫 犧牲이되어야 ᄒᆞᆯ것이다.[62]

이상의 글은 이 소설의 표제인 『개척자』의 속뜻을 잘 일러준다. 재래 인습을 타파하려는 의지는 성순과 민의 가슴속에 뜨거운 사명감으로 고이게 된다. 두 남녀는 부모의 권력과 기존 관념에 대하여 전쟁을 벌일 것을 결심한다. 그러나 이 두 남녀는 결과적으로 "대전쟁의 첫 탄환"은 되지 못하였으되 "첫 희생"은 되었는지 모른다. 『개척자』는 결과적으로는 개척자로서의 모습을 보여주기는커녕 사회나 운명에 정면으로 맞서 싸우는 존재를 제시하는 수준까지도 나아가지 못했다. 성재는 실험을 중단했고, 민군은 성순 한 명만을 대상으로 하여 가르치고 영향을 주었을 뿐이고 전군은 미쳐버리고 말았다.

이 소설에서 또 한 가지 주목해야 할 작가의식은 성순을 통해 드러난 새

---

62) 위의 신문, 1918. 1. 29.

로운 사랑관이다. 성순은 플라토닉 러브에 빠져들었고 급기야 희생물이 된 것이다.

　사랑에 肉이라는 觀念이 안니 석기지 못ᄒᆞ는 것을 도로혀 嫌惡ᄒᆞ게 싱각ᄒᆞ엿다. 自己에게는 진실로 죠곰도 肉에 대ᄒᆞ 請求가 업고 다만 精神的으로 서로 사랑ᄒᆞᆯ수만 잇셧스면 그것으로서 滿足ᄒᆞ리라 ᄒᆞ엿다. 毋論 性淳은 一生 閔과 함ᄭᅴ 居住ᄒᆞ기를 바라지만은 그것은 肉의 欲求를 치오랴고 그러는 것이 안이오 다만 늘 마조 볼 수 잇스랴고 홈이다.[63]

이광수는 『개척자』에서 성재가 대표하는 과학입국의 논리, 성순이 대표하는 자유연애의 관념, 민이 생각하는 예술입국론 등을 형상화했다. 『무정』에서 그려놓은 추상화의 뜻을 이어받아 『개척자』에서는 구상화를 그리려 하였다. 역시 춘원은 구상화에는 약한가 보다. 성재나 성순이 보인 후반부에서의 변화는 그들을 사상 담지자로 평가하기 어렵게 만든다. 가장 근대적이고 선각자적 제스처를 보이던 성재는 막일을 하다가 병을 얻어 한바탕 앓고 나서는 성순의 자유결혼 의지를 가로막는 존재가 되어버리고 만다. 그는 자기네 집안이나 자기 실험의 비용을 대는 변을 지지하게 된다. 비장하고 엄숙한 분위기를 보여주던 성재는 후반부에 가서는 다소 희극적이고 못난 인물로 변해버리고 만다. 경성공전이나 연희전문에서 초빙하는 것도 거절하고 실험에만 몰두하던 인물로서는 상상이 가지 않는 변질이요 전락이다. 처음에는 민은식도 성순에게 새로운 시대를 만들어야 한다는 사명감을 불러일으키고 개척자적인 면모를 보여주으나 결국에 가서는 성순과의 사랑 문제에 매몰되어버리고 만다. 그런가 하면 성순은 교사나 간호원이 되겠다고 하였으나 결국 민의 유혹과 가르침에 빠져 부모와 마찰을

---

63) 위의 신문, 1918. 2. 20.

일으키다 자살하는 것으로 끝나고 말았다. 결국 이 작품의 표제는 '개척자의 시련과 좌절'이라고 했어야 옳다. 아니면 '희생자'라고 하든가. 성재는 돈 때문에 뜻이 꺾이었고, 성순은 어머니와 오빠의 고루한 관념 때문에 그리고 자기 자신의 무지 때문에 개척자로서의 의지가 단순한 희생자로 굴러 떨어지고 만 것이다. 성재가 자유연애를 훼방 놓는 사람으로, 성순이 자유연애의 첨병으로 변한 것부터가 설득력을 얻기 어렵다.

김참서 장례식 날 김참서 허깨비를 보았다고 하는 전경(全敬)은 그야말로 단역에 불과하지만 오히려 시대를 적극적으로 살아온 이데올로그로 볼 수도 있다. 전경은 북간도·서간도·해삼위·상해 등을 돌아다니고 북간도에서는 교사를 하면서 민단을 조직하여 활동한다. 서북파니 기호파니 하는 파벌 싸움에 휘말려 반대파에게 매 맞고 이곳저곳 방랑하며 온갖 고생하다가 ○○ 음모사건에 연루되어 옥살이한 적이 있다. 원래 일진회에서 세운 광무학교 출신인 전경은 김성재네 집에 와 소학교 한문 교사로 일하게 된다. 전경에 대한 설명은 이 소설의 주요 인물에게 다 해당하는 이야기다. 목적은 있으나 달성될 수는 없다는 것이다. 성재의 일의 결말이 없는 점, 함사과의 운명의 전개가 없는 점, 성순의 심리 전개의 비약이 심한 점, 작가의 간섭이 심한 점, 사건 진행이 더딘 점은 문제점으로 남는다. 결국 이광수는 지식인소설을 가정소설이나 연애소설로 가두고 만 끝에 과학자소설로서의 가능성을 줄이는 결과를 낳고 말았다.

1920년대 소설과
리얼리즘

1. 총론

1920년대 작가들은 당대의 역사적 사건들로부터 제약과 영향을 받으면서 신문과 잡지의 활발한 간행으로 발표 무대가 확보되어 본격적인 창작 활동을 보이게 된다. 많은 작가들이 신문·잡지 간행, 사상단체 참여 등을 통해 역사적 사건을 만들어내기도 하였다.

1920년대의 주요 사건을 추리면 다음과 같다.[1]

잡지 『현대』 『수양』 『여자시론(女子時論)』 등 창간, 태형령(笞刑令) 폐지, 『조선일보』 창간(1920. 3), 『동아일보』 창간, 조선노동공제회 창립(1920. 4), 『개벽』 창간(1920. 6, 창간호 경무국에 압수됨), 김좌진과 이청천 대한 의용군 조직, 조만식·오윤선 등 조선물산장려회 창립(1920. 8), 일본군 3,300명 사살한 청산리 대첩(1920. 10), 대한독립군단 조직(1920. 11), 소작쟁의 15건, 노동파업 81건(1920), 서울청년회 조직(1921. 1), 『개벽』

---

1) 이만열 엮음, 『한국사연표』(개정판), 역민사, 1996, pp. 222~43.

필화사건으로 50원 언도(1921. 2), 『신천지』창간(1921. 7), 부산 부두 석탄 운반 노동자 5천 명 임금 인상 총파업(1921. 9), 무산자동우회 결성 (1922. 1), 이광수 등 수양동맹회 조직(1922. 2), 손병희 사망(1922. 5), 『신생활』 필화사건, 월간지『조선지광』창간, 박승희 · 김기진 동경에서 극단 토월회 조직(1922. 11), 동경에서 김약수 · 변희용 등 북성회 조직, 조선물산장려회 창립(1923. 1), 박열 무정부주의자 단체 불령사(不逞社) 조직, 진주에서 형평사(衡平社) 창립(1923. 4), 『신생명』창간(1923. 7), 관동대지진 발생, 한인 폭동설을 조작 유포하여 조선인 5천여 명 학살(1923. 9), 소작쟁의 176건, 노동쟁의 72건(1923), 신흥청년동맹 조직(1924. 1), 김좌진 · 김혁 등 만주 독립군을 규합하여 신민부(新民府) 조직(1924. 3), 서울청년회파와 신흥청년동맹이 조선청년총동맹으로 통합 발족(1924. 4), 경성제국대학교 개교(1924. 5), 암태도 소작쟁의(1924. 7), 홍명희 · 박헌영 등의 신사상연구회를 화요회로 개칭하고 행동단체로 전환(1924. 11), 임시정부 국무총리에 박은식 선출(1924. 12), 소작쟁의 164건, 노동쟁의 45건(1924), 윤백남 프로덕션 설립(1925. 3), 김약수 · 김재봉 · 김찬 · 조봉암 등 화요회 중심의 조선공산당 창립, 박헌영 고려공산당 조직 (1925. 4), 조선총독부 조선사편수회 설치(1925. 6), 을축년 대수해로 군 700명 사망(1925. 7), 조선프롤레타리아예술동맹 결성(1925. 8), 비타협 민족주의자들(백남훈, 백남운, 홍명희, 안재홍 등) 극단의 공산주의를 배격하고 조선사정연구회 조직(1925. 9), 김약수 · 박헌영 · 임원근 등 다수가 검거된 제1차 조선공산당 사건(1925. 11), 소작쟁의 204건, 노동쟁의 55건(1925), 전 총리대신 이완용 사망(1926. 2), 화요회 · 북풍회 · 무산자동맹회 · 조선노동당 등 4개 단체 정우회(正友會)로 통합, 경성제대 법문학부 · 의학부 개설(1926. 4), 6·10 만세운동, 135명이 검거된 제2차 조선공산당 사건, 서원 고농학생 동맹휴학(150명 무기정학), 『개벽』폐간 (1926. 6), 나운규가 제작한 영화「아리랑」개봉(1926. 9), 개벽사『별건곤』창간(1926. 11), 조선공산당 재조직(ML당), 김구 임정 국무령에 취임, 의열단원 나석주 식산은행과 동양척식회사에 폭탄 투척하고 자결(1926. 12), 소작쟁의 198건, 노동쟁의 81건(1926), 홍명희 등 민족주의 좌파 30여 명 신간회 발기, 민족단일당 신간회 창립(회장 이상재, 부회장 권동진, 1927. 1), 조선어연구회 기관지 『한글』 창간, 경성방송국 방송 개시(1927. 2), 신간회 자매단체 근우회 창립(유영준, 김활란 등이 주도), 흥남에 조선질소비료주식회사 설립(1927. 5), 경성 대동인쇄소 직공 임금 인상 요구하고 파업(1927. 7), 나운규 프로덕션 설립(1927. 9), 소작쟁의 275건, 노동쟁의 94건(1927), 조선일보 신춘문예 시작(1928. 1), 제3차 조선공산당 사건(일명 ML당 사건, 김준연 등 34명 구속, 1928. 1), 170명이 검거된 제4차 조선공산당 사건(1928. 7), 한글날 제정(1928. 10. 9), 치안유지법 개정, 사상운동 단속 강화(1928. 12),[2] 전수린 작곡의 가요 「황성옛터」 유행(1928), 소작쟁의 1,590건, 노동쟁의 119건(1928), 원산 총파업(1929. 1), 『조선일보』 소비절약운동과 색의단발운동 전개, 신간회 전국대회 금지, 만주 길림성에서 자치기관 국민부 조직(1929. 3), 김동환 『삼천리』 창간(1929. 4~1942. 4, 통권 150호), 제5차 공산당 검거(1929. 6), 좌파의 신간회 장악(중앙집행위원장 허헌), 좌우 대립 심화, 여운형 상해에서 체포(1929. 7), 사이토 마코토(齋藤實) 제5대 총독으로 부임(1929. 8), 광주학생운동 전국으로 확대(1929. 11~1930. 3), 신간회 간부 44명 검거, 근우회 간부 47명 검거(민중대회 사건, 1929. 12), 소작쟁의 423건,

---

2) 이영철 엮음, 『시민을 위한 사료―한국근현대사』, 법영사, 2002, p. 189.
　　치안유지법(1925. 4. 법률 제46호)의 제1조는 "국체를 변혁하는 것을 목적으로 결사를 조직하는 자 또는 역원, 그 외 지도자로서 임무에 종사하는 자는 사형·무기 또는 5년 이상의 징역 또는 금고에 처한다. 사정을 알고서 결사에 가입하는 자 또는 결사의 목적 수행을 위한 행위를 돕는 자는 2년 이상의 유기징역 또는 금고에 처한다. 사유재산 제도를 부인하는 것을 목적으로 결사를 조직하는 자, 결사에 가입하는 자, 또는 결사의 목적 수행을 위한 행위를 돕는 자는 10년 이하의 징역 또는 금고에 처한다"고 되어 있다. 제2조~7조는 이에 대한 보충 설명의 성격을 지닌다.

노동쟁의 103건(1929).

1920년대 소설의 주요 소재의 하나인 소작쟁의는 계속 급증하여 1928년에 1,590건을 기록한 것을 절정으로 감소세로 돌아섰고 노동쟁의는 매년 조금씩 늘어나는 추세를 보였다.

『조선총독부통계연보』에 의하면 일제는 1920년대에 '조선정치범'을 보안법 위반자, 소요죄, 출판법 위반자, 신문지 법규 위반자, 일본 황실 관련 범죄, 정치범죄 처벌령 위반자, 치안유지법 또는 법령 위반자 등으로 나누었는데 1920년에 621명, 1921년에 1,632명, 1922년에 211명, 1923년에 184명, 1924년에 953명, 1925년에 917명, 1926년에 1,626명, 1927년에 1,158명, 1928년에 2,552명, 1929년에 2,203명이 체포된 것으로 집계된다.[3] 소작쟁의 건수가 1928년에 절정에 달했던 것이 원인이라면 조선정치범 숫자가 1928년에 최고조에 올라선 것은 결과가 된다. 치안유지법은 1925년 5월 12일부터 실시되었는데 조문이 모호하여 총독부에서 즉각 그 석의(釋義)를 발표하였다.[4]

1920년은 「계시」(『신여자』, 1920. 3) 등 2편을 발표했던 김일엽, 「사랑의 절규」(『서울』, 1920. 9) 등 3편을 발표했던 이동원, 「춘희」(『매일신보』, 1920. 1. 24~29) 등 3편을 발표했던 임노월을 중심으로, 민태원 염상섭 전영택 현진건 등이 그 뒤를 이은 해다.

1921년에는 김동인이 「배따라기」(『창조』, 1921. 6) 등 4편으로 가장 많은 작품을 발표했고, 그 뒤를 이어 현진건이 「술 권하는 사회」(『개벽』, 1921. 11) 등 3편을, 전영택이 「독약을 마시는 여인」(『창조』, 1921. 1) 등

3) 박경식, 『일본제국주의의 조선지배』, 행지, 1986, p. 314.
4) 「五月十二日부터 實施된 治安維持法에 對한 政府의 釋義全文」, 『신민』, 1925. 6, pp. 48~56.

2편을, 주요섭이 「추운 밤」(『개벽』, 1921. 4) 등 3편을 발표했다. 이해에는 염상섭의 「표본실의 청개구리」(『개벽』, 1921. 8~10), 김명순의 「칠면조」(『개벽』, 1921. 12~1922. 1), 나혜석의 「규원」(『신가정』, 1921. 7), 민태원의 「음악회」(『폐허』, 1921. 1)가 발표되었다.

1922년에는 나도향이 「별을 안거든 울지나 말걸」(『백조』, 1922. 5) 등 4편, 염상섭도 「제야」(『개벽』, 1922. 2~6), 「묘지」(『신생활』, 1922. 7~9) 등 4편, 현진건은 「타락자」(『개벽』, 1922. 1~4) 등 3편을 발표했다. 염상섭의 발표작은 모두 문제작이라고 할 수 있다. 김동인은 명작 「태형—옥중기의 일절」(『동명』, 1922. 12. 17~1923. 4. 22) 1편을 발표했다. 음악가 홍난파가 「비겁한 자」(『신천지』, 1922. 6) 등 2편의 작품을 발표한 것도 특기할 만하다.

1923년에도 나도향이 가장 많은 작품을 발표했다. 그는 「행랑자식」(『개벽』, 1923. 10) 등 근 10편에 가까운 소설을 썼지만, 범작이 많았다. 장편소설 『지새는 안개』(『개벽』, 1923. 2~10) 등을 발표한 현진건, 장편소설 『너희들은 무엇을 얻었느냐』(『동아일보』, 1923. 8. 27~1924. 2. 5) 등을 발표한 염상섭, 「이 잔을」(『개벽』, 1923. 1) 등을 발표한 김동인이 3~4편을 써서 그 뒤를 이었다. 「거룩한 죽음」(『개벽』, 1923. 3~4) 등을 발표한 이광수는 조선의 위인을 모델로 한 사상소설을 남겼다. 그 외 김명순, 홍사용, 박영희, 박종화, 변영로, 진학문, 채만식, 여러 신인들도 작가로서의 활동을 보였다.

1924년에는 이광수가 「혈서」(『조선문단』, 1924. 10), 장편 『재생』(『동아일보』, 1924. 11. 9~1925. 9. 28) 등 5편으로 가장 많은 작품을 발표하였고, 「떠나가는 날」(『신여성』, 1924. 8) 등을 발표한 신인 최승일, 「운수 좋은 날」(『개벽』, 1924. 6) 등을 발표한 현진건, 「유서」(『영대』, 1924. 8~1925. 1) 등을 발표한 김동인, 「살인」(『조선문단』, 1924. 12~1925. 3) 등을 발표한 방인근, 「만세전」(『시대일보』, 1924. 4. 6~6. 7) 등을 발표한 염상섭, 「악마의 사랑」(『영대』, 1924. 8) 등을 발표한 임노월 등이 4편 내외로 그 뒤를 이었다. 재평가되어야 할 임노월의 작품은 주로 1924년에 발표되었다. 그 외 김명순, 나도향, 박영희, 최서해 등도 2편 이상을 발표하였다. 이해에 이기영과 채만식이 각각 「오빠의 비밀편지」와 「세 길로」로 등단했다.

1925년에는 1924년의 2배 가까운 소설이 활자화되었을 정도로 발표작이 급증했다. 1925년은 최서해의 해로 부를 수 있다. 그가 발표한 「탈출기」(『조선문단』, 1925. 3), 「기아와 살육」(『조선문단』, 1925. 6), 「큰물 진 뒤」(『개벽』, 1925. 12) 등 근 10편 속에는 문제작이 많이 포함되었다. 이어 김동인은 「감자」(『조선문단』, 1925. 1), 「시골 황서방」(『개벽』, 1925. 6) 등으로, 나도향은 「벙어리 삼룡」(『여명』, 1925. 7), 「물레방아」(『조선문단』, 1925. 9) 등으로, 박영희는 「사냥개」(『개벽』, 1925. 4) 등으로, 방인근은 「자동차 운전수」(『조선문단』, 1925. 2) 등으로, 염상섭은 「윤전기」(『조선문단』, 1925. 10) 등으로 5편 이상을 발표했다. 나도향으로서는 거의 말년인 1925년은 「벙어리 삼룡」「물레방아」「뽕」과 같은 문제작을 보여 질량 비례의 결과를 남기게 된다. 주요섭은 「인력거꾼」(『개벽』, 1925. 4) 등으로, 현진건은 「B사감과 러브레터」(『조선문단』, 1925. 2) 등으로, 김기진은 「젊은 이상주의자의 사」(『개벽』, 1925. 6~7) 등으로, 임영빈은 「서문학자」(『조선문단』, 1925. 5) 등으로, 박종화는 「시인」(『조선문단』, 1925. 2) 등으로, 전영택은 「화수분」(『조선문단』, 1925. 1) 등으로 3~4편을 발표하였다. 이어 이광수, 이효석, 이종명, 조명희, 한설야 등도 2편 정도를 발표했고, 김명순, 김영팔, 홍사용, 양건식, 이기영, 박화성, 채만식, 최독견 등이 1편을 발표했다. 한설야는 「그날 밤」(『조선문단』, 1925. 1)으로 등단했다.

1926년에는 전년보다 약 30편이 많은 120여 편의 소설이 발표되었다. 1926년도 가히 최서해의 해라고 할 수 있을 정도로 최서해는 「폭군」(『개벽』, 1926. 1), 「해돋이」(『신민』, 1926. 3), 「그믐밤」(『신민』, 1926. 5), 「저류」(『신민』, 1926. 10) 등 무려 20편 이상을 발표했는데 소품에 머문 자전적 소설이 많았다. 「프로 수기」(『신민』, 1926. 8), 「홍군」(『신민』, 1926. 10) 등을 발표했던 최독견, 「강신애」(『조선문단』, 1926. 6) 등을 발표했던 방인근, 「위협의 채찍」(『문예운동』, 1926. 1) 등을 발표했던 이익상, 「농부 정도룡」(『개벽』, 1926. 1~2), 「쥐 이야기」(『문예운동』, 1926. 1) 등을 발표했던 이기영은 근 10편의 작품으로 그 뒤를 잇는다. 최독견은 이기영 못지않게 문제작을 많이 남겼다. 이익상은 개인적으로 가장 많은 작품을 발표하면서, 여세를 몰아 이해에 문제작을 남길 수 있었다. 최승일은 「봉희」(『개벽』, 1926. 4) 등으로, 김기진은 「본능의 복수」(『문예운동』, 1926. 1)로, 김명순은 「손님」(『조선문단』, 1926. 4) 등으로, 나도향은 「화염에 싸인 원한」(『신민』, 1926. 7~8) 등으로, 박영희는 「사건」(『개벽』, 1926. 1) 등으로, 이종명은 「기아」(『동광』, 1926. 10) 등으로, 임영빈은 「크리스마스」(『동아일보』, 1926. 1. 18~20) 등으로, 조명희는 「저기압」(『조선지광』, 1926. 11) 등으로, 현진건은 「사립정신병원장」(『개벽』, 1926. 1) 등으로 3편 이상의 작품을 발표하였다. 이 외 이광수, 송영, 김일엽, 송순일, 이효석, 전영택, 김동인, 나혜석, 심훈, 이상화, 조용만, 한설야 등이 1~2편을 발표하여 작가로서 명맥을 유지했다. 이해에 이효석은 비교적 문제의식이 높은 6편의 소설을 썼지만 모두 일간지 1회 발표분이어서 웬만한 작가의 단편소설 한 편만도 못한 분량을 발표한 셈이다.

1927년에는 1926년보다 20편가량 소설이 더 많이 발표되었다. 1927년에 최독견은 「화부의 사」(『신민』, 1927. 3), 장편대중소설 「승방비곡」(『조선일보』, 1927. 5. 10~9. 11) 등 10편 이상의 작품을 발표했다. 문제작이 여러 편 포함되었다. 이기영도 「호외」(『현대평론』, 1927. 3), 「해후」(『조선지광』, 1927. 11) 등 10편 이상의 작품을 썼다. 1926년의 경향소설 주도 역할은 1927년에도 계속되었다. 5편 이상의 작품을 발표한 작가로 최서해, 한설야, 방인근, 염상섭, 윤기정 등을 들 수 있다. 최서해는 「홍염」 (『조선문단』, 1927. 1) 등을, 한설야는 「그릇된 동경」(『동아일보』, 1927. 2. 1〜10) 등을, 방인근은 「살인방화」(『신민』 1927. 4) 등을, 염상섭은 「밥」 (『조선문단』, 1927. 2), 『사랑과 죄』(『동아일보』, 1927. 8. 15〜1928. 5. 4) 등을, 윤기정은 「딴 길을 걷는 사람들」(『조선지광』, 1927. 9) 등 5편 이상을 발표하였다. 이어 3〜4편을 발표한 작가로는 이량, 조명희, 조중곤, 최승일, 이익상, 유진오, 이종명, 김영팔 등이 있다. 이량은 「세 사람」(『조선지광』, 1927. 2) 등을, 조명희는 「낙동강」(『조선지광』, 1927. 7) 등을, 조중곤은 「동무의 편지」(『개척』, 1927. 7) 등을, 최승일은 「무엇?」(『조선지광』, 1927. 2) 등을, 이익상은 「어여쁜 악마」(『동광』, 1927. 1) 등을, 유진오는 「파악」(『조선지광』, 1927. 7〜9) 등을, 이종명은 「십육원」(『동광』, 1927. 3) 등을, 김영팔은 「어떤 광경」(『조선지광』, 1927. 3) 등을 발표하였다. 조명희의 창작 기간은 1925년에서 1928년까지 불과 4년이다. 조명희는 1920년대 프로소설의 모델을 남겼을 정도로 질과 양의 모범적인 비례를 보여준다. 이 외 유엽, 김동인, 김영팔, 김운정, 송영, 계용묵, 권구현, 김일엽, 김화산, 이광수, 이효석, 주요섭 등이 1〜2편을 남겼다.

1928년에는 발표작이 60편 정도로 급감한다. 최서해는 「폭풍우 시대」 (『동아일보』, 1928. 4. 4〜12) 등 4편을 써서 가장 활발히 활동한 작가가 된다. 이어 조명희는 「춘선이」(『조선지광』, 1928. 1) 등으로, 이기영은 「고난을 뚫고」(『동아일보』, 1928. 1. 15〜24) 등으로, 송영은 「석탄 속의 부부들」(『조선지광』, 1928. 5) 등으로, 김영팔은 「어여쁜 노동자」(『동아일보』, 1928. 2. 16〜26) 등으로, 한설야는 「인조 폭포」(『조선지광』, 1928. 2) 등으로, 방인근은 「목사 딸 연애」(『동아일보』, 1928. 1. 25〜2. 6) 등으로 3편을 발표했다. 염상섭은 장편소설 『이심』(『매일신보』, 1928. 10. 22〜1929. 4. 24) 등으로, 유진오는 「넥타이의 침전」(『조선지광』, 1928. 4) 등으로, 최독견은 「유린」(『동아일보』, 1928. 2. 27〜3. 8) 등으로, 윤기정은 「의외」(『조선지광』, 1928. 4) 등으로 2편을 발표했다. 김기진, 김동환, 심훈, 유엽, 이종명, 채만식, 이광수, 홍명희 등은 1편씩을 발표했다. 이광수는 장편역사소설 『단종애사』(『동아일보』, 1928. 11. 30~1929. 12. 11)를 연재했고 홍명희는 대하역사소설 『임꺽정전』(『조선일보』, 1928. 11. 21~1939. 7. 4, 『조광』, 1940. 10)을 연재하기 시작했다.

1929년에는 다시 발표작이 2백 편을 상회할 정도로 급증하는 현상이 빚어졌다. 최서해가 「먼동이 틀 때」(『조선일보』, 1929. 1. 1~2. 26), 「무명초」(『신민』, 1929. 8) 등 10편 이상을 발표하며 가장 왕성하게 활동하기는 하였으나 이미 작가로서의 긴장도는 떨어지기 시작했다. 염상섭은 「E부인」(『문예공론』, 1929. 5~6), 장편연재소설 『광분』(『조선일보』, 1929. 10. 3~1930. 8. 2) 등 7편을, 김동인은 「광염소나타」(『중외일보』, 1929. 1. 1~12) 등 6편을 발표하였으나 두 작가는 똑같이 양에 비해 질은 떨어지는 결과를 가져왔다. 송영은 「다섯 해 동안의 조각편지」(『조선지광』, 1929. 2) 등으로, 이태준은 「그림자」(『근우』, 1929. 5) 등으로, 한설야는 「씨름」(『조선지광』, 1929. 8) 등으로, 김기진은 「전도양양」(『중외일보』, 1929. 9. 27~1930. 1. 23) 등으로, 현진건은 「신문지와 철창」(『문예공론』, 1929. 7) 등으로, 이종명은 「배신자」(『조선지광』, 1929. 4) 등으로 4~5편을 발표하였고, 최독견과 이익상도 4편을 발표하였으나 송영과 한설야를 제외하고는 양에 비해 질이 떨어지는 결과를 보였다. 1~2편을 발표한 작가로는 김영팔, 최승일, 김일엽, 이효석, 이광수, 이량, 이무영, 양건식, 전무길 등이 있으나 김영팔의 「송별회」(『조선지광』, 1929. 11), 최승일의 「종이」(『조선지광』, 1929. 1), 이효석의 「행진곡」(『조선문예』, 1929. 6), 전무길의 「미로」(『조선지광』, 1929. 2), 박승극의 「농민」(『조선지광』, 1929. 6), 백신애의 「나의 어머니」(『조선일보』, 1929. 1. 1~6), 유진오의 「오월의 구직자」(『조선지광』, 1929. 9) 등이 주목할 만하다. 이 외에 김명순, 박팔양(김여수), 박태원, 심훈, 안석영, 이기영, 이석훈 등도 작품을 발표했다. 1929년에 1928년도 발표분의 세 배를 넘는 작품이 나온 이유의 하나로 1930년이 다가오면서 작가들이 '팔리는 소설' '읽히는 소설'을 의식하게 된 점을 들 수 있다. 중간소설, 대중소설, 통속소설 등이 고급소설, 정통소설을 압도하는 현상이 나타난 것이 그 좋은 증거다.

한 해를 기준으로 하여 가장 많은 작품을 발표한 작가로 김일엽(1920), 김동인(1921), 나도향(1922, 1923), 이광수(1924), 최서해(1925, 1926, 1928, 1929), 최독견(1927) 등을 추릴 수 있다. 염상섭과 현진건은 1920년부터 1924년까지 두번째와 세번째로 많은 작품을 발표하였고, 1925년에는 김동인과 나도향이 최서해에 근접했고 1926년에는 최독견이 최서해를, 1927년에는 염상섭과 이기영이 최독견을, 1928년에는 조명희와 이기영이 최서해를, 1929년에는 염상섭과 김동인이 최서해를 바짝 따라붙었다.

1920년대에는 문인들 사이에서도 사상운동 · 청년운동 · 노동운동 등에 적극 참여하거나 동조하는 기운이 보였다. 조명희, 이기영 등이 일찍이 일본에서 아나키즘 단체 '흑도회'에 가입하여 활동한 적이 있거니와 문인들은 문인들대로 사상단체를 만들었다. 박영희 · 김팔봉 · 이익상 등이 참여한 '파스큐라'(1923)와 이적효 · 최승일 · 송영 · 김영팔 · 심훈 등이 가담한 '염군사(焰群社)'(1922. 9)를 통합하여 만든 '조선프롤레타리아예술동맹'(1925. 8)이 결성되었다. 김팔봉은 훗날의 회고록에서 초기의 프로예맹의 구성분자들을 나중에 엠엘파로 바뀌는 서울청년회파(김복진, 박영희, 임화, 윤기정, 한설야, 이기영, 박팔양〔후일 자진 탈퇴〕, 이익상〔상동〕, 최승일, 안석주)와 북풍회파(송영, 이적효, 김영팔, 이호)로 나누고 있다.[5] 말하자면 파스큐라는 서울청년회파에서 나온 것이며 염군사는 북풍회와 연결된 것이다. 카프는 1926년 12월 24일 현재 동맹원 22명과 위원 7명으로 구성된 것으로 나타나고 있는데, 동맹원에는 이기영, 김영팔, 이량, 조명희,

---

5) 김기진, 「우리가 걸어온 30년(3)」, 『사상계』, 1958, 10, pp. 278~79.

권구현, 이적효, 김기진, 최서해, 최승일, 박영희, 김동환 등 절반 가까운 소설가가 들어 있다. 위원에는 김기진, 이량, 박영희, 최승일, 안석주 등 5명의 소설가가 포함되어 있다.[6] 카프는 1927년 9월 1일에 조직 개편을 단행했는데 중앙위원회 위원으로 김복진, 박영희, 조명희, 한설야, 최서해, 윤기정(경성), 이북만, 홍양명, 조중곤, 한식, 홍효민(동경), 이상화(대구), 박용대(원산) 등이 선정되었고 중앙상무위원회의 서무부는 윤기정이, 교양부는 박영희가, 출판부는 최서해가 맡았다.[7] 이들의 면면과 또 이들이 써낸 작품들의 수준을 보면 카프는 단순한 실천가보다는 실천가적인 작가writer-activist가 지배했고 이끌어갔던 것이 된다. 카프는 작가들이 집단이나 조직을 통해 자신들이 품고 있는 이데올로기를 실천에 옮긴 경우가 된다. 일본에서는 '제3전선사'(1927. 3), '카프동경지부'(1927. 10), '무산자사'(1929. 5) 등의 단체가 만들어졌다. 카프는 1927년과 1931년에 1, 2차 방향전환을 이루고 1931년과 1934년에 검거 선풍의 된서리를 맞은 끝에 1935년 5월에 공식적으로 해산계를 제출하고 만다. 이 무렵 카프 내에서의 해소파와 비해소파의 싸움은 해방 이후 '조선문학건설본부'와 '조선프롤레타리아문학동맹'의 싸움으로 재연되었고 다시 이 싸움은 북한에서 휴전 직후 남로당이 숙청되는 것으로 끝나고 만다. 1920년대에 보였던 카프의 결성과 활동 그리고 내분은 리얼리즘의 실천이라고 할 수 있는 한국소설의 근대화에 결정적인 영향을 주었다.

'민족' '실력' '타협' 등의 개념을 앞세운 점진주의자들과 '무산자' '혁명' '투쟁' 등의 논리를 중심으로 한 급진주의자들은 온건 대 강경의 대립이 모든 시대의 속성이듯이 대립과 충돌을 보였다. 전자는 후자를 이상주의자들이라고 비난했고 후자는 전자를 타협주의자들이라고 몰아쳤다. 이러한

---

6) 『동아일보』, 1926. 12. 27.
7) 『조선일보』, 1927. 9. 4.

1920년대의 이념 갈등은 당시 작가들 사이에서 그대로 재연되었다. 이광수, 김동인, 염상섭, 현진건, 나도향 등의 작가들이 민족주의나 점진적 개량주의에 뿌리를 내렸다면 최서해, 박영희, 김팔봉, 조명희, 이기영, 한설야, 송영, 윤기정, 이북명 등의 작가들은 사회주의나 급진적 투쟁주의에 터전을 마련하였다. 그러나 이러한 차별화 작업은 의미없는 것으로 떨어질 수도 있다. 소설 자체만을 볼 경우, 1920년대 중기까지 김동인, 염상섭, 현진건, 최서해 등은 하나의 거대한 접점을 이루었다고 할 수 있는데, 바로 이 접점은 한국 현대소설사에서 의식과 미학을 함께 단번에 위로 밀어 올린 원동력이 되고 있기 때문이다.

  1920년대에 한국 작가들과 소설 작품들에 큰 영향을 준 것의 하나로 비평계의 형성을 들 수 있다. 비평계가 소설계를 이끌어갔다는 주장이 나올 정도다. 작가들이 비평문을 읽고 글을 쓰거나 소재를 구하는 것은 아니지만 작가들이 자기 작품을 전문적으로 읽을 사람들과 비평할 사람들을 의식하고 글을 쓰는 것과 그러지 않는 것 사이에 큰 차이가 있는 것도 사실이다. 주지하는 바와 같이, 한국 현대 문학비평의 본격적인 역사는 1920년대에 시작되었다. 실제로 비평의 역사는 시사와 소설사의 형성과 전개에 결정소가 된다. 1920년대에 들어서면서 월평과 같은 현장비평이 생겨나게 되었고 문인들 사이의 논쟁이 증폭되었다. 『창조』『개벽』『조선문단』『조선지광』 같은 잡지에 월평 또는 합평 같은 것이 선을 보였고, 입장이나 시각을 달리하는 평론가들이나 작가들 사이에서 끊임없이 논쟁이 벌어졌다. 1920년부터 1921년까지 염상섭과 김동인이 비평의 역할과 자세라는 문제로 벌인 논쟁, 1926년과 1927년에 있었던 박영희와 김기진 사이의 내용 형식 논쟁, 1927년에 있었던 김화산 · 임화 · 한설야 사이의 아나키즘 논쟁, 1927년과 1928년에 걸쳐 박영희 · 한설야 · 김팔봉 · 조중곤 · 임화 · 장준석 · 이북만 · 윤기정 등이 가담했던 제1차 방향전환 논쟁, 1928년과 1929년 사이에 김기진의 「대중소설론」(『동아일보』, 1929. 4. 14~20), 「프로시가의 대중화」(『문예공론』, 1929. 6), 「예술의 대중화에 대하여」(『조선일보』, 1930. 1. 1~14) 등의 글을 중심으로 하여 임화·안막·권환 등이 반론을 제기한 문학 대중화 논쟁, 1926년과 1927년에 최남선·이병기·이은상 등이 동조하고 김동환이 반론을 편 시조부흥론 논쟁, 1926년에 국민문학파 이광수와 절충파 양주동 사이에 있었던 문학관 논쟁, 절충파 양주동에 대한 김기진·윤기정·임화·박영희 등의 반론, 1929년에 김팔봉에 의해 시작되어 향후 수삼 년간 비평계에서 최대의 쟁점이 되었고 한설야·안막·임화·백철·김남천 등에 의해 전개된 사실주의 논쟁 등이 있었다. 이러한 논쟁들이 직접적으로 당시의 작가들에게 영향을 주었다고 보기는 어려우나 대부분의 작가들이 문학의 기능이 다양하고 때로는 대승적일 수도 있는 것임을 자기도 모르게 깨닫게 되었음을 부정할 수는 없다.

1920년대에 한국 소설이 근대소설로 확실하게 자리 잡게 된 배경 요인의 하나로 소설을 소개하는 신문과 잡지가 다수 발간된 점을 들 수 있다. 신문으로는 『매일신보』『조선일보』『동아일보』『시대일보』『중외일보』 등이 있으며 잡지로는 『창조』『개벽』『신생활』『동명』『조선지광』『신여성』『사상운동』『조선문단』『신민』『문예운동』『동광』『별건곤』『현대평론』『문예공론』『삼천리』 등이 있다. 이 중에서도 한국 현대소설사를 정확하게 이해하기 위해서는 특히 『개벽』(1920. 6~1926. 8), 『조선문단』(1924. 10~1927. 4), 『조선지광』(1926. 11~1930. 4) 등의 사상적 입지를 알 필요가 있다. 『개벽』에는 현진건이 10편 이상을, 박영희·염상섭·김동인·나도향·이익상 등이 5편 이상을 발표했으며 소설가소설·애정소설·빈민소설·서간체소설·농민소설 등이 실렸다. 『조선문단』에는 방인근이 10편 이상을, 최서해가 근 10편을, 김동인·이광수·염상섭·전영택·나도향 등이 5편 내외를 발표했으며 빈민소설·애정소설·지식인소설·대화체소설·간도배경소설 등이 실렸다. 『조선지광』에는 이기영·한설야·송영·조명희·유진오 등이 5편 이상을 발표했으며 주의자소설·노동자소설 · 농민소설 · 빈민소설 · 지식인소설 등이 실렸다.

1920년대에는 양주동, 김안서, 주요한, 변영로 등과 같은 시인이나 이론가뿐 아니라 많은 소설가들이 외국 소설의 번역 작업에 뛰어들었다.[8] 1920년대에 많이 번역되어 읽힌 외국 소설가로는 『테스』의 작가 하디, 『보물섬』의 작가 로버트 루이스 스티븐슨, 에드거 앨런 포, 미국의 경향작가 잭 런던, 프랑스의 기드 모파상, 에밀 졸라, 빅토르 위고, 러시아의 안톤 체호프, 레오 톨스토이, 이반 투르게네프, 막심 고리키, 괴테 등이 있다. 이처럼 1920년대에 들어서자 많은 국내 작가들이 외국 소설의 번역에 매

8) 김병철, 『한국근대번역문학사연구』, 을유문화사, 1975, pp. 414~681.
　　이 가운데 중요한 것을 추리면 다음과 같다.
　　김기진 옮김: 『테스』(토마스 하디, 『중외일보』, 1926. 11. 17~12. 24)
　　김동인 옮김: 「마리아의 재주꾼」(아나톨 후랑스, 『영대』, 1925. 1)
　　김명순 옮김: 「상봉」(에드가 알란 포우, 『개벽』, 1922. 11)
　　나 빈 옮김: 「사람은 무엇으로 사느냐」(톨스토이, 박문서관, 1925), 「동백꽃」(뒤마, 조선도서주식회사, 1927)
　　민우보 옮김: 『무쇠탈』(뒤마, 『동아일보』, 1922. 11~6. 20)
　　박영희 옮김: 「아버지와 아들」(트르게니프, 『공제』, 1924. 4), 「월야」(모파상, 『신여성』, 1925. 6), 「그여자와 애인」(막심 꼬르끼, 『조선문예』, 1929. 5)
　　염상섭 옮김: 「사일간」(까신, 『신생활』, 1922. 6~9), 「밀회」(트르게네프, 『동명』, 1923. 4. 15)
　　유진오 옮김: 「뻐틀러양과 그의 책상」(에드윈 시이버, 『신흥』, 1929. 7)
　　이광수 옮김: 「어둠의 힘」(톨스토이, 중앙서림, 1923)
　　이기영 옮김: 「백만방지페」(마크 트웨인, 『조선지광』, 1928. 3~5)
　　이태준 옮김: 「그전날밤」(투르게네프, 『학생』, 1929. 8)
　　조명희 옮김: 「그 전날 밤」(투르게네프, 『조선일보』, 1924. 8. 4~10. 26)
　　주요섭 옮김: 「보도탐험기」(루이스 스티븐슨, 『동아일보』, 1927. 2. 25~4. 29)
　　최서해 옮김: 「행복」(알쯔이바세프, 『신민』, 1929. 1)
　　최승일 옮김: 「봄물결」(트르게네프, 박문서관, 1926)
　　현진건 옮김: 「행복」(아르치 바아세프, 『개벽』, 1920. 8), 「석죽화」(크르트 원첼, 『개벽』, 1920. 9), 「고향」(치리코프, 『개벽』, 1922. 7), 「가을의 하로밤」(코올키이, 『신생활』, 1922. 6~9), 「나들이」(로슈만대카부, 『동명』, 1923. 4), 「무명영웅」(에드몽 로스땅, 『시종』, 1926. 2)
　　홍난파 옮김: 「애사」(빅톨위고, 박문서관, 1922),
　　홍명희 옮김: 「후작부인」(크라이스트, 『폐허』, 1924. 1), 「다섯치 못」(알부크엔코, 『자력』, 1928. 8. 23) 등

달렸는데 훗날 사회주의 사실주의의 창도자가 된 막심 고리키의 작품이 많이 읽히기도 했다.

2. 예술과 자아와 사랑에의 개안

1919년 2월에 창간되어 1921년 6월에 통권 9호로 종간된 『창조』에는 김동인의 「약한者의슬픔」(1919. 2~3), 「마음이여튼者여!」(1919. 12~1920. 5), 「목숨」(1921. 1), 「배짜락이」(1921. 6), 전영택의 「惠善의 死」(1919. 2), 「天痴?天才?」(1919. 3), 「運命」(1919. 12), 「생명의봄」(1920. 3~7), 「毒藥을마시는女人」(1921. 1), 「K와그어머니의죽음」(1921. 6), 김환의 「신비의 막」(1919. 2), 이동원의 「몽영의 비애」(1920. 2), 「피아노의 울님」(1920. 3), 새별의 「生의悲哀」(1920. 3) 등의 소설이 발표되었다. 전영택이 가장 많은 6편을 발표했고 김동인은 그 뒤를 이어 4편을 발표했다.

김동인(金東仁)[9]의 「약한 자의 슬픔」은 강엘니자베트라는 여학생이 가정교사로 들어갔다가 K남작으로부터 몸을 버리고 고소했으나 패소한 후 다시 강한 삶의 의지를 다지기까지의 과정을 그렸다. 이환이라는 남학생을 짝사랑하면서 겪는 내적 갈등이라든가 남작에게 봉변을 당하고 난 뒤 심각하게 고민하는 모습을 심리소설의 수준으로 깊이 있게 다루었다. 김동인의 서술 의도의 하나는 강엘니자베트의 신여성으로서의 경박한 행동을 묘사하는

---

9) 1900년 평양에서 출생. 부친은 기독교 장로이자 토호, 평양 숭실중학교 자퇴(1913), 일본 메이지 학원 편입(1914), 부친 사망으로 막대한 유산 상속(1917), 김혜인과 결혼(1918), 『창조』 동인(1919), 아우 동평의 3·1운동 격문 초해준 죄로 3개월 수감(1919), 『영대』 창간(1924), 평양에서 관개수리사업에 실패(1926), 방탕과 신경증, 김경애와 결혼(1931), 『조선일보』 학예부장(1933), 천황 모독죄로 반년간 옥살이(1938), 황군위문작가단 참여(1939), 해방 후 우익단체 전조선문필가협회 결성 추진(1946), 1951년 1월 5일 적치하의 서울 하왕십리동에서 사망. 호는 금동, 필명으로는 검시어딤이 있음(강인숙, 『김동인—작가의 생애와 문학』, 건국대 출판부, 1994, pp. 110~16 참고).

데 있다. 강엘니자베트는 "누리의게지고 社會의게지고 삶의게져서 劣敗者의지위에니르지아낫느냐"[10]와 같이 패배자임을 자인한다. 시골 친척 집에 가 있으면서 서러움, 불평, 불만 등은 전부 자기가 약하기 때문에 나온 것이라고 판단한 강엘니자베트는 강하게 살아야겠다는 의지를 다지게 된다.

그러타! 강함을배는胎는사랑! 강함을낫─는者는사랑! 사랑은강함을나흐고, 강함은 모─든아름다움을낫─는다. 여긔, 강하여지고시픈者는──아름다움을보고시픈者는──삶의眞理를 알고시픈者는──人生을맛보고시픈者는 다──참사랑을 아러얀다.

"萬若참강한者가되랴면은? 사랑안에서사라야한다. 宇宙에널녀잇는사랑, 自然에퍼져잇는사랑, 텬진란만한 어린아해의사랑!"[11]

'사랑'이 아름다움과 강함과 진리를 낳는다는 사랑절대론을 보여준 이 소설에서는 비록 인쇄상의 문제이기는 하지만 많은 단어들 옆에 방점 표시를 하였다. 엘니자베트, 파라솔, 코르타르, 올간 등의 당시 외래어 옆에 방점이 찍혀 있는가 하면 니야기, 쉬기, 붓그러움, 두어술, 절조유린, 바람, 위자료 같은 단어들 옆에도 찍혀 있다. 한마디로, 방점이 찍힌 이들 단어들을 눈여겨보라는 것 이상의 의미는 없다. 작중 인물명이나 지명의 표기 방법도 독특함을 보여준다. 강엘니자베트라고 명명한 것도 독특하기는 하지만 혜숙의 친구 S, K남작, H의숙 등이라고 표기한 것은 영어 이니셜로 작중 인물명을 표기하는 당시 유행하던 방법을 따른 것이다. 한국어의 명명법을 쓴 것은 혜숙과 이환이 정도다. 작품에서 혜숙과 이환이 단역 정도의 역할을 보이는 이상, 비중이 작은 인물들에게만 영어 이니셜을 붙

---

10) 『창조』, 1919. 3, p. 17.
11) 위의 책, p. 21.

였다고 기계적으로 판단하기는 어렵다. 구성 면에서 불균형과 일탈을 자주 보여주는 것도 소설을 저평가하게 만든다. 강엘니자베트가 남작에게 임신 사실을 털어놓는 과정도 너무 길게 처리되어 있고 의사에게 진찰받는 장면도 쓸데없이 장황하다. 그리고 여주인공이 다른 인물에 대해 공상하고 상상하는 내용도 이광수의 『무정』만큼 과다하다. 경중, 중심과 부분, 강약에 대한 조절 능력이 결여되어 있다고 할 정도다.

늘봄 전영택(田榮澤)의 「천치? 천재?」는 교사를 관찰자로 내세웠다. 먹고 살기 위해 온갖 고생을 다한 '내'가 시골에 교사로 와 있던 중, 관심을 가졌던 교감 조카 칠성이가 가출하여 평양 가는 길에서 얼어 죽고 마는 일을 겪는다. 여기서 '나'는 주인공이기보다는 관찰자에 가깝다. 아버지가 주색의 여독으로 일찍 죽어 엄마와 함께 외삼촌네 사는 칠성이는 과학적 호기심이 많아 어떤 물건이든지 해부하기 좋아했고 또 물건을 잘 만들기도 했다. 모든 사물에 호기심이 많은 탓으로 칠성은 시계를 훔친 도둑으로 몰리게 되었고 이에 화가 난 '나'는 칠성이를 몹시 때렸다. 칠성이가 죽었다는 소식을 듣고 '나'는 칠성이가 자기 일을 방해하는 모든 사람들로부터 떠나기 위해 평양 쪽으로 가다가 얼어 죽고 만 것이라고 해석한다. '나'는 칠성이의 개성과 재능을 살려주지 못한 채 상식적인 것, 보편적인 것, 일반적인 것에 한 개인을 두드려 맞춘 자기 자신을 깊이 뉘우치게 된다. 이 소설은 어린이를 바르게 키우지 못하는 어른들의 무능과 무책임을 꼬집고 있다.

전영택의 「운명」은 경성 감옥을 주요 배경으로 한 것으로, 죄수 오동준은 어려서 결혼한 아내로부터 소식이 없는 것에는 아무렇지도 않아 하면서 애인인 H로부터 소식이 없는 것에는 초조해하고 분을 삭이지 못한다. 백일 만에 출옥한 후 동준은 편지를 받는다. 신경통과 기침증에 시달리는 동준을 위시하여 감옥 안 죄수들의 외면 묘사도 시도되었다. 오동준이 평양에 있는 친구 C에게 두 차례에 걸쳐 자기 심정을 하소연한 편지, H에게서 온 편지 등 여러 편지를 통해 남녀 주인공의 심정 표백과 행적 고백이 있

는 만큼 이 소설은 서간체소설로 볼 수도 있다. H는 A라는 남자를 간병해
주다 사랑에 빠지게 되었음을 고백한다. 주인공 이외의 작중인물에게 A,
B, C, H 등의 이름이 부여된 것은 당시의 유행을 벗어나지 못한 것이라고
하겠다. 「운명」이라는 표제는 오동준과 H 두 남녀가 보여준 것처럼 자연
발생적인 사랑의 힘이 삶의 방향을 결정지어준다는 의미로 풀이된다.

　김동인의 「마음이 옅은 자여」는 4회에 걸쳐 분재되었던 것으로, 조혼한
아내와 사이가 좋지 않은 교사 K가 동료 여교사 Y를 사랑하다가 실연당하
고 다시 마음을 잡기까지의 과정을 서술한 것이다. 주인공 K가 이루지 못
할 사랑의 번민에 빠지는 것을 파헤치는 데 중점을 두었다. 아내는 쳐다보
기도 싫고 자기 명예가 실추될 정도로 Y를 사랑하면서도 '나'(K)는 아내와
이혼하지도 못하고 Y와 결혼할 생각도 하지 못한다. 이 소설도 작중인물
의 표기 방법에서 이름이 반 정도밖에 드러나지 않는 방법을 취하였다. 주
인공은 K와 Y이고 친구의 이름은 C로 되어 있다. 인쇄상의 문제이기는 하
겠지만 이봐노취, 알프쓰, 오레스트라 등과 같은 외국 인명이나 지명을 쓸
때 방점을 붙였을 뿐 아니라 "겨주" "목청" "몃달동안" "촌무지렁이" 같은
단어에도 방점을 붙여놓았다.

　이 소설은 일기체소설이기는 하지만 서간체라든가 논설체를 수용하기도
했다. K가 남긴 유서가 삽입되어 있는가 하면 C가 K에게 보낸 편지가 들
어 있기도 하다.

　　아—마음이여튼者여—네일홈을女子라하노라! 쉑스피어의女子評, 舊約聖
　經의女子評, 모든哲學者의女子評, 世上經歷만흔늙은이들의女子評, 모도 이
　말이아니냐—
　　마음이여튼者여—네일홈을계집이라하노라![12]

---

12) 위의 책, 1920. 3, p. 26.

이 대목은 "마음이 옅은 자여"라는 소설 제목의 의미를 밝혀준다. 주인 공 '나'의 사랑의 번민은 논설체에 얹히면서 설득력을 얻고 있기는 하지만 기본적으로 사건의 질량에 비해 작품 전체가 너무 길어 구성미의 획득에 실패하고 만다. 거의 끝 부분에서 K와 C가 사랑의 번민을 잊기 위해 금강 산에 가서 유람하는 모습을 장황하게 서술한 것도 일탈이요 사족이다. 물 론 문인인 C의 입을 통해 당시 문단의 문제점이 지적된 것은 주목할 필요 가 있다. C가 당대의 소설을 비판하는 것은 김동인 소설을 향해 부메랑이 되기도 하였다.

왜小說이라는小說은모도 戀愛結婚主唱의武器에만쓰느냐! 대바테竹筒과갓 치 나오는小說은 모도 戀愛結婚主唱의論說뿐이니 아마우리나라에서는 文學 小說이라는것을 그것으로아나보다. 그原因은 맨첫번에 文學小說이란일홈으 로 發表한사람……實노는 通俗小說이지만……創作멧가지를 모도婚姻問題 로만함으로 그中毒을밧앗슴이다. 間或싼問題로 쓰는사람이잇서도 그構想의 더러움, 그背景—內容의 問題—의範圍를좁게잡음, 描寫의幼稚는 참 구역난 다.[13]

문인이며 K의 친구로 되어 있는 C가 작품 내에서 비중이 작지 않다는 점에서 또 주인공 K도 소설을 써본 것으로 묘사된 점에서 「마음이 옅은 자 여」는 문인소설에 넣을 수도 있다. 중심사건으로 보면 연애소설이지만 주 요 인물의 정신적 지향을 보면 문인소설이 된다.

이동원(李東園)의 「피아노의 울림」은 주인공 홍순모가 경성미술학교 학생 이며 웰스여자대학교 영문과 학생인 박마리아가 음악에 풍부한 재주를 가

---

13) 위의 책, 1919. 12, p. 42.

지고 있다는 점에서는 예술가소설의 한 요건을 갖춘 것처럼 보이기는 하나 두 사람의 애정 파탄이 중심사건으로 되어 있어 예술가소설의 범주에 넣기 어려운 것도 사실이다. 홍순모가 청혼하자 박마리아가 '첩의 자식'이라는 이유로 거절하는 것에 대해 홍순모는 박마리아를 원망하기는커녕 오히려 존경심까지 표시하였다. 자기를 첩의 자식이라는 이유로 거절한 것을 "사회에 대한 진정한 태도와 엄격한 기독교주의가 철저한 것"으로 해석하였다. 홍순모는 실망감을 예술적 욕구로 승화시켜 미술 전람회에서 대상을 받고 이태리로 유학을 갔다. 졸업 후 모교에서 교편을 잡은 박마리아는 부잣집 첩의 아들이며 학교도 제대로 다니지 않고 허랑방탕하기만 한 김인환과 가깝게 지내게 되었고 마침내 그의 첩으로 들어간다는 소문이 떠돌게 되었다. 이태리에서 돌아온 홍순모가 그 소문을 듣고 박마리아를 찾아가 그녀를 맹렬하게 비난하면서 마리아가 교편 잡고 있는 그 학교를 "웰스 첩 제조소"나 "첩 양성소"로 이름을 바꾸어야 한다고 주장하자 박마리아는 깊이 반성하게 된다. 이 소설에서는 주요 인물들에게 구체적인 한국식 이름을 부여하며 플롯의 긴밀성을 유지한다. 적정한 속도의 템포도 유지하며 묘사에서도 무리가 없다. 김일엽은 예술을 통해 실연의 아픔을 치료한다는 「惠媛」(『신민공론』, 1921. 5)을 발표한 바 있다.

전영택의 「생명의 봄」은 기독교적 색채가 강하게 나타난다. 주인공 나영순은 비록 적극적이지는 않지만 기독교 전교사업에 뛰어들고 있다. 이 소설은 아예 첫머리에서 제목 바로 다음에 솔로몬의 노래 2장 8절을 인용한다. 목사 P.O.O씨의 장례식을 치르는 장면이 서두를 장식하는 점, 찬송가와 애가가 인용되는 점, 영순이 남매가 기도하는 장면이 설정된 점 등은 기독교 프로파간다의 요소가 된다. 이 소설에서도 외래어라든가 한국어 단어에 방점이 찍혀 있다. 인물의 이름을 붙이는 방법도 K교장, B목사, A전도사, 은순의 친구 S, 창작사 문인 T 등 영어 이니셜로 대치한다. 일기체뿐 아니라 나영순이 옥에 갇혀 있는 아내에게 보낸 편지로 서간체와 대화체도 보여준다. 그런가 하면 전영택 특유의 허점을 드러낸다. 감옥에 가 있는 아내를 그리워하는 사람치고는 나영순이 너무 태평하게 그려져 있는 점, 누이와 대화를 나누는 장면이 쓸데없이 길게 처리된 점, 간호원과 영순과 영선이 이야기를 나누는 장면이 너무 길게 된 점 등은 구성력의 한계를 드러낸다. 스토리의 무게를 서술 방법이 따라가지 못하였다.

1921년에 들어서서 발표한 소설인 김동인의 「목숨」은 시인인 M을 곤충학을 연구하는 '나'가 관찰한 것을 겉이야기로 하고 7개의 조각글로 이루어진 "M의 감상일기(感想日記)"가 속이야기로 되어 있다. 속이야기에서는 예수교 병원인 S병원에서 의사에게 죽음을 선고받은 '그'가 병과 죽음에 대한 공포에 시달리는 모습을 그리고 있다. 갈색 악마가 나타나 대화를 나누는 꿈을 꾸기도 한 '그'는 수술을 받고 병이 완쾌되어 퇴원하였다. '그'는 사람의 목숨을 누가 보증해줄 수 있는 것인가 하고 의문을 갖기 시작하였다. 이 소설에서도 R이라든가 S와 같은 명명법을 구사한다. 「목숨」도 '나'가 서술자가 된 일기체소설이라고 할 수 있다.

김동인의 「배따라기」는 모란봉에 올라가서 영유 배따라기를 부르는 사람과 만나게 되기까지의 과정을 그린 것을 겉이야기로, '그'가 배따라기를 부르면서 여기저기 떠돌아다니게 된 사연을 들려준 것을 속이야기로 삼고 있다. 이미 겉이야기에서 속이야기의 주제가 암시되어 있다. 겉이야기의 화자이며 속이야기의 피화자인 '나'는 열다섯 살부터 동경 생활하느라 대동강과 모란봉 경치를 오랜만에 본다고 하면서 문득 유토피아를 떠올린다.

나는, 이러호 아름다운 봄경치에, 이러케 마음껏 봄의 속색임을 드를째는, 언제던, 유－토피아를생각치아늘수업다. 우리의 시々각々으로 애를쓰며 수고흐는것은—그목뎍은 무엇인가, 역시 유－토피아건셜에잇지아늘가. 유－토피아를생각홀째는, 언제던, 그「위대흔 인격의 소유쟈」며「사람의 위대흠을 끗까지 즐긴」진나라 시황을생각지아늘수업다[4]

'나'는 영유 배따라기를 구슬프게 부르는 그 남자에게 말을 건넨다. 그 남자는 고향 간 지가 20년 되었다고 호기심을 자극한 후 "운명이 제일 세다"고 하면서 19년 전 이야기를 들려준다. 이 소설이 명작의 반열에 오르게 된 요인의 하나로 짤막짤막한 문장에 얹혀 사건이 빠르게 진행된 점과 운명·죽음·슬픔·한 등에 얽힌 서정소설로 이끌어간 점을 들 수 있다. 대화도 「약한 자의 슬픔」「마음이 옅은 자여」「목숨」 등 앞서 발표한 소설들과는 달리 꼭 필요한 곳에서만 나타나 있다. 평소 동생에 대한 열등감과 사교성이 좋고 미모가 뛰어난 아내에 대한 불안감이 한데 어우러져 형수와 시동생이 쥐 잡느라고 옷매무새가 조금 흩어진 것을 간통하다가 들킨 것으로 오해했고, 기어이 이 오해는 아내는 자살하고 동생은 멀리 떠나가버리는 비극을 빚어내고 만다. 이 소설에서는 섬세한 심리 묘사와 박진감 있는 진행이 돋보인다. 『창조』에서는 이 작품의 '내'가 모란봉에 올라 한 사내를 만난다는 겉이야기와 그 사내의 사연을 담은 속이야기 사이의 칸막이를 보여준다. 김일엽도 남녀의 질투심이란 문제를 다루어 남편이 아내의 동경유학시절의 남자관계를 넘겨짚었다가 사과한다는 내용의 「사랑」(『조선문단』, 1926. 4)을 발표하였다.

전영택의 「K와 그 어머니의 죽음」은 진남포에 사는 K가 모친상을 당한 소식을 듣고 S와 그 형과 '내'가 문상 가기로 한 데서 시작된다. K의 집안에서 할아버지의 반대에도 불구하고 K의 어머니가 기독교를 믿겠다고 고집을 피웠던 것, 어머니가 병을 앓고 있을 때 K가 정성껏 간병해준 것 등을 듣게 된다. K는 삶의 허무를 느낀다. K의 어머니라는 인물은 기독교 선전소설의 가능성을 열어준다. 거의 끝 부분에 "以下十五行은原稿檢閲中 當局의忌諱로因ᄒ야削除되엿싸오니그리알고닐거주시기외다"[15]라는 구절을

14) 『창조』, 1921. 6, p. 3.

보여준다. K, S 하는 식으로 작중인물의 이름을 붙인 것은 옛날과 다름없다. 그런가 하면 단 한 번밖에 나타나지 않는 K의 작은누이 동생에게는 순경(順卿)과 일경(日卿)이라는 이름을 붙여주고 있어 중요 인물에게 오히려 영어 이니셜을 부여한 것이 된다.

이처럼, 『창조』에 게재된 소설은 인물의 명명에 영어 이니셜을 쓴 점, 작중인물의 의미와 사건의 무게에 비해 이야기가 길게 처리된 점, 일기체·서간체·논설체 등을 수용하여 작중인물의 내면을 드러내는 데 기울어진 점 등을 공통적으로 보여준다. 사건소설보다는 미숙한 대로 주인공의 내면이나 성격을 파헤친 성격소설로 기울어졌다. 일기체, 서간체, 논설체 등의 적극적 수용은 당시 청년층의 인생고와 시대고를 담아내기 위한 자연스러운 선택이었다. 물론, 송장과 각종 동물들의 회의 장면을 단문과 환상으로 처리하여 그로테스크함을 안겨준 전영택의 실험소설 「毒藥을 마시는 女人」(『창조』, 1921. 1)과 같은 예외가 있기는 하다. 김동인은 남녀의 성이나 사랑의 문제를 다룬 소설을, 전영택은 기독교 색채가 짙은 소설을, 이동원은 신여성의 문제를 다룬 소설을 써내는 데 힘썼다.

1920년대 초에는 '예술가소설novel of artist'에 넣을 수 있는 작품들이 집중적으로 나타났다. 예술가소설은 1922년과 1923년을 경과하면서 문사소설 Schriftstellerroman로 이어지게 된다. 문사소설은 기본적으로 작가 자신의 삶을 소재로 한 것인 만큼, 문사소설의 유행 현상은 작가들의 소재 선택의 폭이 넓지 않았음을 반증해준다.

전영택의 「惠善의 死」(『창조』, 1919. 2)에 등장하는 화가 지망생 안정자는 동경 유학을 다녀오고 난 후 종래의 여성에게 강요되었던 도덕률을 부정하기에 이른다. 안정자는 자유연애의 관념을 합리화하려는 의도에서 재래의 개가 금지 제도를 비판한다. 안정자가 주인공이 아닌 이상, 작가 전

---

15) 위의 책, p. 27.

영택이 안정자와 같은 신여성의 생각과 행동 양식을 긍정한 것이라고 단정하기는 어렵다. 주인공인 혜선이 결혼에 실패하고 난 후 서울 S여학교에 다니다가 마침내 한강에서 투신자살하고 만다는 이야기를 들려주는 만큼, 전영택은 여성의 비극적 운명을 들려주는 데 초점을 맞춘 것이라고 할 수 있다.

백악(白岳) 김환(金煥)의 단편「神秘의 幕」(『창조』, 1919. 2)은 화가 지망생인 주인공 이세민을 "李世民은 靑年畵家이다. 藝術家의흔이하는투로 머리는자라는대로 그냥두어서 所謂自然의美를 나타내는 것이라한다. 世民은 배달의衰退한藝術을 復興식히리라하는 理想을품엇다"16)와 같이 긍정 묘사하는 것으로 시작한다. 전영택과 달리 백악은 화가이기 때문인지 화가 지망생을 긍정적으로 묘사하는 입장을 취한다. 주인공 이세민도 안정자와 마찬가지로 기성 도덕관념을 부정한다. 이세민은 미술을 공부해보겠다는 자신의 뜻을 황해도 갑부인 아버지 이진사가 허락해주지 않자 예술을 경시하는 유교를 국시로 한 조선조를 부정하기에 이른다. 세민은 아버지에게 "儒敎에서는 虛禮만崇尙하고 우리人生과 密接한 關係가잇는 藝術을 賤하게 녁엿슴으로 生存競爭하는 二十世紀活舞臺에서 우리는 落伍者가 된 것"17)이라고 주장하였다. 소작인 김좌수 집에 가서 벼 판 돈을 가로채어 동경으로 도망간 이세민은 미술전문학교 동양화과에 입학한다. 아버지로부터 부자의 인연을 끊어버리겠다는 소리를 들은 이세민은 신문 배달, 조면공장 직공 노릇 등을 해가면서 생활비와 학비를 벌게 된다. 유학 오기 전에는 착실한 교인이었던 그는 미술에 광적으로 심취하면서부터 무신론자로 변하고 자기 양심의 소리에만 귀를 기울이는 독선적인 존재가 된 나머지 "미＝자연" "법률이나 도덕＝부자연"이라는 도식에 사로잡힌 예술지상주의자가

---

16) 『창조』, 1919. 2, p. 20.
17) 위의 책, p. 25.

된다. 이세민은 1910년대 당시 젊은 예술가 지망생들이 기성 사회의 유교주의적이며 현실주의적인 요구와 일부 예술입국론에 가까운 예술절대론 사이에서 고민하고 몸부림치는 모습을 잘 보여준다.

나도향(羅稻香)은 「젊은이의 시절」(『백조』, 1922. 1)이란 단편을 통해 '예술의 정신은 곧 사랑의 정신과 통하는 것'임을 거듭 강조하면서 광적으로 음악가를 지망하는 주인공 철하를 결국 현실성이 없는 존재로 몰아가고 있다. 주인공 조철하가 음악가가 되겠다는 꿈이 허용되지 않자 좌절하는 것을 중심사건으로, 누이 경애와 시인 영빈의 연애의 실패를 주변 사건으로 설정하였다. 처음에는 그의 누이도 예술가의 삶의 자세와 예술 세계의 아름다움을 동일시하였으나 자칭 시인인 애인 영빈으로부터 절교장이 날아들자 곧바로 예술가와 예술을 부정하게 된다. 나도향은 예술은 현실의 문제를 해결해줄 수 있다는 인식, 예술은 고상한 것이라는 관념, 사람은 진보다 미를 추구해야 할 것이라는 주장 등을 분명하게 들려주었다. 예술가의 애정담에 초점을 맞춘 비슷한 시기의 소설로 노자영(盧子泳)의 「漂泊」(『백조』, 1922. 1, 1922. 5)을 들 수 있다. 이 소설은 기자로서 시와 소설을 쓰는 남주인공이 목사의 딸로 이화학당에 다니며 성악을 공부하는 젊은 여성을 사모한다는 단순한 사건을 설정한다.

기본적으로 나도향이나 김환이 예술지상주의자의 편을 드는 반면 이동원(李東園)은 「夢影의 悲哀」(『창조』, 1920. 2)를 통해서 예술절대론자의 허위성을 파헤치는 데 역점을 두었다. 양정고녀의 윤리 교사인 김성희는 미술과 음악에 남다른 관심을 갖고 있으면서 한편으로는 문학을 공부하러 불란서에 가고 싶어 한다. 김성희는 윤리학에 흥미를 갖지 못한 돌파구로 불란서 유학을 생각하게 되었지만 그녀의 꿈은 물질적 후원자의 반대로 이루어지지 못한다. 김성희는 파리 유학병을 합리화하기 위해 나의 것, 조선적인 것, 동양적인 것, 도덕주의 등을 부정하고 남의 것, 서양적인 것, 미술이나 음악과 같은 예술 등을 긍정한다. "今日은朝鮮에서大實業家나大政治

家보다도 大文學家 大美術家가必要하다"[18]고 예술가 대망론(藝術家待望論)을 펼치는 김성희는 결국 지적 허영이라든가 자기 본위적 사고에서 벗어나지 못한 것이긴 하지만 전통적인 도덕률과 예술절대론을 대립 개념으로 놓는 매개가 된다.

김명순(金明淳)의 「七面鳥」(『개벽』, 1921. 12~1922. 1)는 독일인 선생을 수신자로 한 서간체소설로, 피아노 전공 여학생 순길이 일본의 N군 의대생인 남동생을 떠나 K부에 있는 TS여학교에 가입학하여 학비와 보증인 문제로 고생하다가 간신히 해결한다는 이야기를 들려준다. 순길은 여러 사람 앞에서 피아노를 연주해보라는 H선생에게 화를 내어 학비 조달과 신원 보증의 길이 막혀버린 후, 일본에 노동운동 하러 온 박홍국이라는 주의자로부터 학비를 대주겠다는 제의를 받는다. 박홍국은 학교에 가서 공부하는 사람들을 비웃으면서도 전 조선인에게 친절을 베푼다는 앞뒤가 다른 태도를 보인다. 박홍국은 일본에 있는 조선인 노동자를 위하여 회당을 짓고 만국노동회와 상통하는 큰 잡지를 내겠다고 하면서 순길에게 같이 일하자고 제의하기도 한다. 순길은 동생으로부터 이들 노동운동가를 경계하라는 충고와 함께 돈을 받아 학비를 대고 D를 통해 조선어 지도 아르바이트를 소개받기도 하나 소설은 여기서 미완으로 끝나고 만다. 김명순은 일본에 와서 노동운동 하는 존재들을 타자성으로 그려내고 있지만 오히려 이것이 당시 현실의 한 단면을 제대로 그려낸 효과를 발휘하기도 한다. 김명순은 이로부터 3년 후에 발표한 단편소설 「꿈뭇는날밤」(『조선문단』, 1925. 5)에서 여주인공 남숙이 Y라는 남자가 자기를 위해 강단에서 말하는 꿈을 꾼 것을 정희철을 찾아가 해몽해달라고 부탁했다가 Y를 다른 사람으로 오해한 것으로 드러나 망신만 당하고 와서는 "그의게는 자막대기와 저울이쓸데업지안은것임을 비로소알고 단꿈을 그대로쓰는시는역시사람의 생활의한쪽을

---

18) 『창조』, 1920. 2, p. 31.

그려노혼것일지라도 사람의생활에서부터 터를닥거야할이시대에 림박한사람들에게는 아모런도움도못되고다만 절벽틈이라도긔어올나갈만할신앙(信仰)과 그자신(自身)의 거룩한 순정(純情)을옴겨"[19] 놓는 것이 중요하다는 인식에 도달한다. 남숙은 '시쓰기'의 맞은편에 "자막대기" "저울" "신앙" "순정" 등을 놓고 있는 점에서 '문학하기'의 행위를 부정한 것이 된다.

「신비의 막」 「젊은이의 시절」 「몽영의 비애」 등의 단편소설들은 예술을 지망하는 자녀의 의지를 아버지가 반대한다는 사건을 설정한 공통점을 지닌다. 이러한 사건은 부모 세대가 새로운 사조에 이해심이 없다는 점을 의미하기도 하나 젊은 예술가 지망생들이 당시로서는 공감을 사기 어려운 현실 도피적 태도를 지녔음을 뜻하기도 한다. 젊은 예술가 지망생들은 기성 세대의 허락을 받지 못하거나 타협에 실패하자 역공의 태도를 취하여 기성 도덕을 부정하거나 소극적으로는 예수교를 믿기도 한다. 드물기는 하지만 예술절대론이 기독교 신앙의 등에 업혀 있는 것을 주목할 필요가 있다. 예술가 지망생들이 기존 가치관을 부정하는 행위를 통해 예술 행위는 본질적으로 기존 체제에 반항하는 것이라는 명제를 추려내 볼 수 있다.

민태원(閔泰瑗)은 단편 「音樂會」(『폐허』, 1921. 1)에서 예술이나 예술지상주의가 갖는 허실을 잘 파악해내고 있다. 우선, 그는 한 일본 여가수가 경성에 와 독창회를 갖는 것의 의의를 긍정하는 쪽으로 기운다.

이 東洋時報主催의音樂會는 到處에서 리약이거리가되엿스며 京城의有識階級 그中에서도靑年社會에서는多大한好奇心과 반가운맘을가지고 기다리는 事件이엇다.

過去一年동안을 政治運動에汩沒하여서 激昂, 憤怒, 恐懼, 厭忌, 猜疑, 不平, 悲哀 等의 맵고쓴感情과 緊張한神經으로 乾燥無味한生活을 할수밧게업

---

19) 『조선문단』, 1925. 5, p. 37.

던 京城의社會는 事實上音樂會가튼것을 열어볼機會도업섯고 또열어볼生覺도못하엿다. 또設令 그러한일이 업섯슬지라도 沒風致한京城에서난 音樂會가튼音樂會를 열어본일이別로업섯다. 名色音樂會라는것이 間或잇기는하엿지만은 그는흔이耶蘇敎會의主催로 慈善音樂會비스름하게여는 素人音樂會뿐이요 正말音樂다운音樂을듯기爲하야 眞正한意味의音樂會를 열어본일은업섯다.[20]

위에서 "정치운동"은 3·1운동을 가리킨 것으로 민태원은 3·1운동 직후의 사회적 분위기가 부정적으로 흘러 극복되어야 할 것처럼 서술한다. "맵고 쓴 감정" "긴장한 신경으로 건조무미한 생활"을 예술로써 해소하려는 것은 긍정적인 면과 부정적인 면을 다 지닌다. 이 작품에서 일본 여가수 임정자는 외양이 밝고 아름답게 묘사되어 있는 데다 동행한 남편 임정열도 일본 모 대학의 종교철학 전공 교수이면서 "主義上 國境과 民族의差異를介意치안이하며 더욱이朝鮮藝術에對하야난 非常한感興을 가진"[21] 인도주의 문학가로 그려지고 있다.

이 소설은 지한파인 일본 지식인을 설정하고 또 그가 가수인 아내와 조선에 와서 독창회를 갖는 것으로 꾸며 일본과 조선의 공감대 형성을 부추긴다. 예술이 정치적 탄압으로 인한 상처를 치유해줄 수 있다는 친일본적 발상도 감지할 수 있다. 이들 부부를 따라 잠시 고국을 찾는 동경 유학생 안홍석도 실력 있고 멋진 인물로 그려진다. 「음악회」는 결국은 안홍석과 하경자의 애정 문제를 그리는 데 초점을 맞추는 수준에 머물러 예술가소설의 깊이를 확보하는 데 한계를 드러내고 말았다. 친일 조선인 안홍석은 「혜선의 사」의 자기중심적 여성해방론자 안정자, 「신비의 막」의 비정상적

---

20) 『폐허』, 1921. 1, pp. 115~16.
21) 위의 책, p. 117.

인 유미주의자 이세민, 「젊은이의 시절」의 유치한 감상주의자 조철하, 「몽영의 비애」의 허영에 찬 예술절대론자 김성회 등과 마찬가지로 당대의 지식인으로서 지닐 법한 사회의식과 시대고에 등을 돌린 존재가 된다. 이들 주인공들이 내거는 예술가 대망론이나 예술지상주의는 현실인식의 진공상태에 빠져든 자기 자신을 합리화한다. 민태원의 「어느 小女」(『폐허』, 1920. 7)는 시골에서 조실부모하고 민며느리, 하녀의 일을 한 소녀를 애보기로 데리고 와서 그 소녀의 태도를 관찰한 것으로, 소설 앞부분에서 아기가 계속 우는 모습을 "소요"라고 하면서 울음으로만 해결하고자 하는 태도를 "朝鮮사람의 萬歲보다도 有力한騷擾를 하로에도 몃번式 일으켯다"[22]고 비유한 것은 3·1만세사건을 비하한 것으로 볼 수 있다.

예술가소설의 또 하나의 갈래로 자기표현이나 자기완성을 꾀한 예술가를 주인공으로 설정한 작품을 들 수 있다. 김동인은 「목숨」(『창조』, 1921. 1)에서, 전영택은 「생명의 봄」(『창조』, 1920. 3~7)[23]에서 각각 문학의 정신을 다른 분야의 정신세계와 대비해 보고 있다. 김동인은 곤충학자인 '나'의 야심과 친구 M의 야심이 "참 자기를 표현한다"는 공통점을 지닌 것으로 파악했다. 김동인은 일찍이 「小說에 對한 朝鮮사람의 思想을……」(『학지광』, 1919. 8)에서 소설 양식을 최대한 긍정했던 만큼 그가 문학이란 과학만큼 진지하며 생산적인 것이라는 논리에서 출발한 것은 당연하다. 「생명의 봄」에서 주인공 영순은 전도사, 교사, 문학애호가의 세 가지 역할

---

22) 위의 책, 1920. 7, p. 98.
23) 전영택, 「『창조』와 『조선문단』과 나」(『현대문학』, 1955. 2), pp. 80~81.
　　"이때에 만세운농을 지도하다 잡혀가서 복역 중 옥사한 박석훈 목사(감리교)의 장례식이 남산현교회에서 거행될 때에 평양의 각 교회 신자는 물론이고 전 시민이 철시를 하고 이 장례식에 따라 나가서 동교당에서부터 20리 밖에 있는 묘지까지 연달아 나갔다. 남학생들은 상여를 메고 흰옷 입고 흰 댕기를 단 여학생들은 울면서 뒤를 따랐다. 이때에 필자는 추도문을 울면서 낭독하고 온 회중은 다 같이 통곡하였다. 나는 장지에 가려던 발길을 돌이켜 감옥으로 아내를 면회하러 갔다. 이런 사실을 그대로 첫머리에 놓고 시작하여 쓴 것이 『창조』 3호부터 6호까지 연재된 중편소설 「생명의 봄」이었다."

을 조화 있게 수행하려고 애쓴다. 그는 나중에 종교보다도 문학에 더 큰 관심을 갖게 된다. 「생명의 봄」은 실제로 작가 전영택의 내면에서 종교에의 유혹과 문학에의 야심이 계속 상충하고 있음을 확인시켜준다. 물론 결말은 문학이 승리하는 것으로 되어 있다. 감옥에 있는 아내를 면회하러 간 영순은 대기실에서 여러 면회객들을 보고는 이 세상과 사람들은 전부 예술이요 소설이라고 생각하는 여유를 갖기도 하고, 존경하는 목사의 장례식을 치르는 자리에서나 아내의 죽음을 공상하면서 사랑·예술·종교를 긴밀하게 연결시킨다. 근본적으로 영순은 예술을 해야 "생명의 봄"을 맞을 수 있다고 생각한다. 이처럼 전영택은 사랑·예술·종교를 "생명"으로 묶고 있다.

나도향의 「별을안거든우지나말걸」(『백조』, 1922. 5)에서 도향의 영어 이니셜을 따온 DH는 누님에게 보낸 편지에서 자신은 문학가라든가 문사라는 칭호는 원치 않으며 오직 "참사람이되기爲하여 글을봅니다"라고 말하였다. 그는 친구 중의 한 사람이 "DH는 未熟한文士이요 그리고 一介 Bourgeois에지내지못하는사람이요"[24)]라고 모략한 데 대해 자신은 부르주아 소리를 듣든 아니면 프롤레타리아 소리를 듣든 관계없이 그저 참사람이 되려고 글을 쓸 뿐이라는 반응을 보인다. 이 소설은 감동을 주는 데는 실패하였지만 작가 나도향의 작가정신을 잘 일러주는 가치를 지닌다.

장충단 공원에서 열리는 육상대회와 자전거경주대회를 구경하러 갔던 남학생이 미모의 여학생을 보고 속을 끓이는 과정을 다룬 「卑怯한 者」(『신천지』, 1922. 6)를 발표했던 홍난파(洪蘭坡)는 「물거품」(『신천지』, 1922. 12)이라는 예술가소설을 발표했다. 금전 관계로 17세에 21세의 S에게 장가를 든 Y는 정이 없는 결혼 생활을 4년간이나 하다가 동경미술학교 서양화과에 입학하여 4학년으로 진급하는 시험을 보던 중 동경 유학생 사이에 민족

---

24) 『백조』, 1922. 5, p. 19.

운동이 일어나 동맹휴교를 하게 된다. 그 후 귀국했다가 1년 후 재도일하여 자신이 학교에서 제적되었음을 알게 된다. Y는 복교에 실패하고 귀국하여 계속 미술가로서 활동했으나 학력이 모자라 중학교 미술 교사로도 취직할 수 없게 되는 지경에 이른다. 이에 그는 우리 백성들에게 투쟁을 고취하는 반항적 인간으로 급변해버리고 만다. 방랑 화가로 불리는 그는 금강산을 한 달 동안이나 탐승하면서 10여 점의 그림을 그려내는 실력을 과시하기도 했으나 구룡폭포를 그리던 중 폭포 아래로 투신하고 만다. 고인의 모든 작품이 신문사 주최로 전람되었고 특히 미성품인 "구룡폭포"는 어떤 젊은 여자에게 500원에 팔렸고 나머지 그림들도 다 팔린다. "물거품"이라는 제목은 사후에 높은 평가를 받은 미술품을 남기긴 했지만 정작 그 화가의 인생은 기복도 많고 불행했음을 일러주는 것이라고 할 수 있다. 17년 후에 발표한 수필 「焚書의 理由」(『박문』, 1939. 5)에서 홍난파는 1920년대 중반 구정 때 모임에서 변영로로부터 음악이나 하지 소설은 왜 쓰느냐는 핀잔을 듣고 출판 준비했던 창작집의 원고를 불살라 버리고 그 후로는 소설을 쓰지 않았다고 고백하였다.

　이와 같은 1920년대 초기의 예술가소설은 1920년대 중기로 접어들면서 소설은 작가의 시각이나 입장을 반영한다는 의미의 '사실적인 작가der reale Autor'[25]로서의 측면이 한층 강화되어 한결같이 글쓰기의 어려움을 털어놓은 문사소설로 이어진다. 현진건(玄鎭健)의 「貧妻」(『개벽』, 1921. 1), 나도향의 「十七圓 五十錢」(『개벽』, 1923. 1), 조명희(趙明熙)의 「짱속으로」(『개벽』, 1925. 2~3), 최서해(崔曙海)의 「八個月」(『동광』 1926. 9), 「錢迓辭」(『동광』, 1927. 1), 박영희(朴英熙)의 「徹夜」(『별건곤』, 1926. 11) 등이 바로 그것이다. 이러한 작품들은 작가와 주인공이 미분화된 상태에 있는 자전적 소설의 성격을 보여준다. 주로 문사를 주인공으로 하여 가난을 그리

---

25) 졸저, 『소설신론』, 서울대 출판부, 2004, p. 363.

는 데 치중한 이러한 소설들은 소설 양식에 거는 기대를 한껏 높여준 경향소설의 예고편으로 기능하게 된다.

월탄 박종화(朴鍾和)의 단편소설 「詩人」(『조선문단』, 1925. 2)은 이 세상을 성스럽고 깨끗하고 평화로운 것으로 파악하는 시인 K가 집에서 엄숙, 평화, 순결 등을 강조한 시를 쓰던 중 아기가 계속 울어 시상이 깨지자 부부 싸움을 하고 시 원고를 다 불태워버리겠다고 하면서 자신을 조소하는 것으로 끝맺고 있지만 작가 박종화의 태도는 여러 각도로 해석된다. "아아 사람의무리야/鬪爭을 버리자/利慾을 버리자/그리하야 우리의어머님 품속에들자/한번가서 다시못올 인생을/너희는 왜 그리/싸호랴하느냐—"[26]와 같이 주인공이 쓴 시의 초고는 현실 도피나 운명애를 강조한다. 욕망과 투쟁을 드러내고 부추긴 것이 당시 리얼리즘소설이나 경향소설의 정체성의 하나라면 이 소설은 리얼리즘이나 경향성을 반대한 것으로 보일 수 있다. 화가 지망생이 기생을 사랑하다가 헤어진 후 완도의 한 암자에서 친구에게 보낸 편지 형식의 소설인 박종화의 「浮世」(『조선문단』, 1925. 5)도 예술가 특유의 고뇌나 갈등을 그려내고 있지 못하다.

한설야(韓雪野)의 「憧憬」(『조선문단』, 1925. 5)은 화가가 자신이 입원해 있을 때 극진하게 돌보아준 간호부를 그 후에 모델로 하여 초상화를 그린 것을 계기로 두 남녀가 사랑에 빠지게 된다는 내용이다. 한설야는 화가의 입을 통해 대상의 재현보다는 화가의 인상과 주관과 상징을 살리는 것이 중요하다고 주장하였으며 러시아나 일본의 소설보다는 조선의 소설이 낫다고 주장하기도 한다. "동경"이란 표제는 예술가의 생활을 무한히 동경한다는 의미를 담고 있다.

1920년대의 예술가소설을 마무리 지은 것으로 볼 수 있는 김동인의 「광염쏘나타」(『중외일보』, 1930. 1. 1~12)는 당대의 제일가는 음악비평가 K

---

26) 『조선문단』, 1925. 2, pp. 27~28.

가 사회 교화자에게 백성수 아버지와 백성수로 이어지는 광기 어린 천재성에 대해 이야기한 것과 백성수가 K에게 가난, 음악에 대한 열정, 직공 시절, 어머니의 병, 절도, 감옥행, 어머니의 죽음 등으로 이어지는 삶에 대해 이야기한 것과 백성수가 K에게 보낸 편지 등 세 가지 이야기로 나누어진다. K는 예배당에서 백성수의 피아노 소리를 듣고 감동을 받아 그 곡을 '광염소나타'라고 불렀다. 백성수는 자기를 감옥에 보낸 담뱃가게 주인집에 불을 놓고 무서워 예배당에 들어가 피아노를 친 것이다. 백성수는 낟가리에 불을 놓고 불길을 보면서 "성난 파도"라는 곡을 지었고, 다리 아래 내팽개쳐진 늙은이의 송장을 보고 "피의 선물"을 작곡했고 무덤에 가서 여자의 시신을 꺼내놓고 "사령(死靈)"을 작곡하는 광태를 보여왔다. 이처럼 방화, 사체 모욕, 시간(屍姦), 살인 등 여러 가지 범죄를 저지른 백성수가 사형당하는 것만은 막기 위해 K는 백성수를 정신병원에 감금한다. 그리고 교화자에게 천 년에 한 번 나타날까 말까 한 천재를 몇 가지 범죄를 구실로 사형시키면 그것이 더 큰 죄악이 아닌가 하고 묻는다. 김동인은 예술지상주의를 엽기적 행위를 그린 소설 양식을 통해 환기하는 데까지 나아갔다.

이처럼 「광염소나타」는 예술가의 광기에 주목했거니와 이보다 몇 년 앞서 김동인은 「名畵리디아」(『동광』, 1927. 3)에서 3세기 전에 죽은 대화가 벤트론의 유작에 그의 제자 미란이 그렸으나 혹평당하고 쫓겨난 "리디아"가 포함되어 있다는 이야기를 들려주어 예술작품에 대한 평가에는 주관적 요소가 크게 작용하는 법임을 일깨워주었다.

3. 비판적 리얼리즘의 성취(『만세전』「태형」)

김일엽(金一葉)의 「啓示」(『신여자』, 1920. 3)는 인명재천이니 운명이니 하는 말을 떠올리게 한다. 과부 김소사가 큰아들 태원이 병에 걸리자 무당과 판수에게 의존했으나 끝내 잃고 말아 회개하는 뜻으로 3년 동안 매일 예배당에 나간다. 그럼에도 다시 둘째 아들 인원이 병에 걸리자 기도도 하고 병원에도 다니고 하였으나 끝내 세상을 떠나 아들의 소원대로 성경책을 한권 사서 같이 묻어준다는 내용으로 되어 있다. 기독교를 믿으면 모든 것이 해결된다는 식의 광신자적 태도는 나타나 있지 않다. 김동인의 「專制者」(『개벽』, 1921. 3)는 밖에서는 명사로 활약하지만 집안에서는 호색한의 행태를 드러내는 이중성을 보인 끝에 병을 얻어 요절한 남편 때문에 인간 혐오증에 시달리다가 자살하고 마는 젊은 여성을 그려내었다. 여주인공 순애는 자살로써 남성 가부장제에 저항한 결과를 빚어내었다. 이 소설처럼 지식인 비판과 술 마시기 모티프를 연결시킨 작품은 쉽게 찾아볼 수 있다.

이동원의 「사랑의 절규」(『서울』, 1920. 9)는 혼사 장애를 다룬 소설이다. 은순은 영명학교 교감 이영춘과 사랑하는 사이로, 부산에서 큰 회사를 경영하는 상처한 실업가 세환과 결혼하라는 오빠의 압력을 뿌리친다. 은순과 영춘은 서둘러 결혼식을 올리기로 한다. 여기서 은순의 언니인 선순과 그 애인 동춘의 비극적인 애정담이 추가된다. 일본에서 공부할 때 선순과 사랑을 나눈 동춘은 선순 집안의 반대로 결혼을 못 하게 되자 러시아로 가 과격파에 들어갔다가 스파이 혐의를 받아 사형당하고 만다. 은순은 기독교 신자로 암시되기도 하고 실업가들은 노동자의 고혈을 빨아먹는 존재라는 사회주의적 인식을 지닌 것으로 그려지기도 한다.

현진건(玄鎭健)[27]의 「빈처」(『개벽』, 1921. 1)는 중국과 일본으로 유학을 갔다가 돈이 없어 중도에 걷어치우고 돌아와 "報酬업는讀書와價値업는創作

---

27) 1900년에 대구에서 출생, 결혼 후 동경 유학(1915), 귀국 후 대구에서 이상화, 백기만 등과 함께 동인지 『거화』 펴냄(1917), 상해 호강대학 독문과 수학(1918), 「희생화」로 등단(1920), 『백조』 동인(1922), 동명사 입사(1922), 『시대일보』 입사(1923), 『동아일보』 사회부장(1928), 일장기 말소 사건으로 구속(1936), 1943년에 장결핵으로 사망, 호는 빙허(현길언, 『문학과 사랑과 이데올로기—현진건 연구』, 태학사, 2000, pp. 348~53 참고).

으로해가지고날이새며 쌀이잇는지 나무가잇는지茫然케"[28] 모르는 주인공
의 궁핍상과 그에 따른 무기력 증세를 제시한다. 주인공은 일정한 벌이가
없어 주위 사람들로부터 부정적인 평판을 듣게 된다. 가장으로서의 임무를
제대로 수행하지 못하는 지식인은 제아무리 고상한 일을 한다고 하더라도
결국 소외당하고 만다는 이치가 환기된다. 궁금증을 불러일으키는 대화로
시작하고, 영어 이니셜로 이름을 표기하고, 한자어로 쓸 수 있는 것은 다
쓰는 형식상의 특질을 취하였다. '나'는 기본적으로 소외감을 드러내지 않
았지만 감정의 동요를 겪는다. "비소리가 限업는구슮은생각을자아낸다"
"心思가어쩐지조치못하엿다" "나는興奮의度가점점지터간다" "집에돌아와
안해를격거보니 意外에그에게따뜻한맛과純潔한맛을발견하엿다" "나는感
傷的으로허둥허둥하며" "가슴을어둡게하엿다" 등과 같이 화자는 다양한
느낌을 내면화한다.

「술 勸하는 社會」(『개벽』, 1921. 11)는 동경 유학을 마치고 돌아왔으나
뚜렷하게 하는 일도 없이 거의 매일 밤늦게까지 술 마시고 오는 주인공이
자기 합리화 하는 것이 중심사건이 된다. 주인공은 당시 지식인들이 회를
하나 꾸미려고 하면 처음에는 민족과 사회를 위해 목숨을 바치겠다고 하지
만 단 며칠도 못 되어 본색을 드러내고 명예 싸움, 지위 다툼, 권리 다툼에
빠져 밤낮을 가리지 않고 서로 찢고 뜯고 한다고 개탄하면서 "그러니, 무
슨일이되겟소, 무슨事業을하겟소, 會뿐이아니지, 會社이고組合이고……
우리 朝鮮놈들이 組織한社會는, 다그조각이지. 이런社會에서 무슨일을한
단말이오"[29]라고 자기합리화한다. 단합심 부족을 조선인의 고질로 파악한
것은 이미 1890년대 신문·잡지에서부터 볼 수 있었다. 총독부가 문화정
치를 표방하면서 기본권이 부분적으로 허용되어 집회와 결사의 행위가 빈

28) 『개벽』, 1921. 1, p. 165.
29) 위의 책, 1921. 11, p. 144.

번해진 1920년대 초반 조선 사의 문제점의 일단을 잡아냈다. 「빈처」와 「술 권하는 사회」는 사회로부터 소외된 지식인의 심정을 그려낸 공통점을 지닌 다. 「빈처」가 남편이 초점화자가 되어 아내를 바라보는 것에 반해 「술 권 하는 사회」는 아내가 초점화자가 되어 남편을 바라보는 방법을 취한다. 국 한문혼용체이기는 하나 국문식 조어가 많아 자연히 국문체의 비중이 높아 지고 있고 작품 후반부로 가면서 대화체가 많아지고 있다.

나도향의 『幻戲』는 『동아일보』에 1922년 11월 21일부터 1923년 3월 21 일까지 연재된 장편소설이다. 이 소설에는 리상국의 첩의 소생이며 미모인 리혜숙과 그의 이복 오빠인 영철, 영철의 친구이면서 대조적인 환경에서 자란 백우영과 김선용, 기생인 설화 등의 인물들이 서로 뒤엉켜 이루어내 는 애정의 갈등이 펼쳐지고 있다. 이 갈등은 설화의 자살과 혜숙의 자살로 해소된다. 처음에는 혜숙은 일본에서 고학하면서 문학을 공부하는 김선용 에게 쏠렸으나 은행장의 아들로 용모도 준수하고 건달기가 농후한 백우영 에게로 하루아침에 넘어가고 만다. 혜숙의 결혼 생활은 신병과 남편의 방 탕으로 결코 행복하지 못하게 된다. 혜숙은 오빠 영철이 기생 설화에게 빠 지는 것을 막아내던 중 백우영이 설화와 놀아나는 것을 본 영철은 설화에 게서 멀어져간다. 설화가 자살했다는 이 소식을 들은 혜숙도 양심의 가책 을 이기지 못하고 자살하고 만다.

연재 첫 회분이 실린 신문 첫머리에서 "쓴지가 一年이나 된것을지금다 시 펴놋코 읽어 보니참괴한곳이적지안코 만슴니다"(1922. 11. 21)고 한 것과 같이 나도향은 이미 작품을 다 써놓은 상태에서 연재를 시작하였다. 연재가 시작되기 바로 전날 동아일보에서는 『환희』의 창작 의도를 다음과 같이 밝혀놓았다.

새로운사상 새로운리상을적극뎍으로 톄현(體現)하랴는의지강장(意志剛壯)한 엇더한청년과박명한신세를 운명에맛기고 뜻아닌 정조를 팔기는파나 그의가

슴에 쓰거운정을품은가련한 녀성과의얼키는정서(情緖)를 종(縱)으로하고 순
결하고흠업는나어린소녀와 세상에서구박을당하다십히 빈곤에사뭇치엿스나
오히려소지(素志)를 기지 안은 그엇던젊은이의 애사(愛史)를 횡(橫)으로한
것……[30]

영철과 기생 설화의 관계가 한 축이 되고 혜숙이와 김선용의 관계가 또
다른 축이 되기는 하나 실제로는 김선용의 비중은 약하게 처리되어 있다.
이 두 갈등 관계에 백우영이 다 끼어 있다고 설정한 것은 작위적이기는 하
다. 처음에는 티 없고 착한 인간으로 보였던 혜숙은 변덕스럽기도 하고 속
기가 있는 인간으로 형상화된다. 물론 혜숙은 주로 외양을 보고 사람을 판
단하는 어리석은 면이 있기는 했다. 처음에 혜숙은 집안이 가난하여 일본
에 가서 고학으로 문학을 공부하는 김선용에게로 마음이 기울어졌고 또 실
제로 그 뜻을 편지로 알리기도 하였으나 백우영의 재산과 외모에 탐이 나
갑자기 백우영 쪽으로 기울어지고 만 것이다. 앞부분에서 중학교를 졸업하
고 별로 하는 일 없이 소설책과 잡지나 보면서 지내고 남이 쓴 글에 대해
냉소적이기만 한 오라버니를 대단한 인물로 올려 세우는 것을 보면 혜숙도
미숙성을 벗어나지 못한 존재일 수밖에 없다.

　백우영을 맛나보고나닛가 거미줄역듯 공수에 얼거놋는공상이 한낫꿈가치
밧게생각이 되지안는다. 백우영에게서는 모든환희(歡喜)와 열락(悅樂)을 엇을
수는 잇을것갓흘지라도 김선용의 보이지안는 장내에서는 그것을차저 낼것갓
지는아니하엿다. 백우영은 모든 미(美)의 소유자라할수가 잇슬지라도김선용
은그러치못하엿다.[31]

30) 『동아일보』, 1922. 11. 20.
31) 위의 신문, 1923. 1. 4.

혜숙이 이해가 가지 않을 정도로 표변을 했다는 것은 나도향이 인물의 성격 창조에서 성공하지 못했다는 뜻이 된다. 혜숙은 백우영의 재산보다는 그의 멋진 외모에 이끌려 백우영에게 몸을 허락하고 결혼까지 하였으나 결혼한 후에는 백우영의 방탕으로 불행한 생활을 하게 된다. 그녀는 텅 빈 가슴을 문학으로 또 음악으로 채우게 되었고 울음으로 해소하곤 했다. 혜숙과 선용은 나도향의 초기 소설 「젊은이의 시절」의 철하처럼 예술을 통해 새로운 삶을 모색하는 공통점을 보여준다.

"아々 과연 죽어간정월이 설화의원혼을 죽엄으로 위로할수가잇고 이후에 선용이가 이자리를 거칠새에 정월의죽어간자리를 차저넬수가 잇슬는지? 이모두다 우리인생이 한낫환희인까닭이로다"[32]와 같은 결말 처리 방법 하나만 놓고 보아도『환희』가 나도향의 감상주의적 경향, 작위적인 형상화 방법에서 벗어나지 못했음을 알 수 있다. 이러한 감상성은 오히려 당시의 신문 구독자들에게는 인기 요인으로 작용한 것일 수도 있다. 김설화는 영철에게 유서를 남기고 목을 매어 자살한다. 유서를 삽입하고 나서 나도향은 더욱 감상적으로 된다.

혜숙과 영철의 아버지 리상국이 방탕했고 남에게 몰인정하게 굴었던 과거를 기독교를 믿으면서 반성하게 되었고 또 광신도가 되어 영철에게 기독교를 강요하는 것은 기독교를 긍정적으로 보게도 하지만 부정적으로 보게도 한다. 리상국이 긍정적인 인물이면서 비중이 좀더 큰 인물이었다면『환희』에서의 기독교적 색채는 좀더 밝은 쪽으로 방향을 잡았을지 모른다. 작가 나도향의 나이를 감안하면『환희』의 여러 측면의 미숙성이 불가피했던 것으로 이해될 수도 있다.

염상섭(廉想涉)[33]이 자신의 작품들 가운데서『三代』와 더불어 가장 애착을

---

32) 위의 신문, 1923. 3. 21.

보이는 「標本室의 靑개고리」(『개벽』, 1921. 8~10)는 극도의 피로와 권태 그리고 시대고를 앓는 '나'를 주체로 한 이야기와 '나'의 관찰과 입을 통해 나온 과대망상증 환자 김창억에 대한 일화가 액자소설의 형식으로 묶여 있는 가운데 1920년대 한국 사회의 암울하고도 절망적인 분위기를 잘 그려 내었다.

"그러나 君은 무슨까닭에 술을먹는가."

"論理는 업다. 다만 醉하랴고."

"그러게말이야.………君은 아모것에도 부틀수가업섯다. 아모것에도 滿足할수가업섯다. 結局 알코일以外에 아모것도 업섯다. 悲痛하고 悲慘은하나 慰安은 어덧다.………決코 幸福은 아니다. 그러나 알코일의힘을 빌지안하도 알코일以上의效果가———다만 慰安뿐만아니라 幸福을 어들만한것이 잇다하면 君은 무엇을取 할터이냔말야. 하하하……"

"알코일以上의效果?…………狂이냐? 信念이냐?—이두가지밧게 아모것도업슬것이요.……그러나 五官이 明確한以上,……에—, 疲勞, 倦怠, 失望……以外에 아모것도업는以上,—그것도 狂人으로 一生을마츨 宿命이잇다면 하는수업겟지만—할수업지안흔가." 酒氣가 들수록 나는 더욱더욱 興奮이되어 不知不識間에 演說語調로 한마디한마디式 힘을드려 明確한악쎈트를 부텨서 말을맷고, "何如間 爲先 먹고봅시다. A公! 자—." 하며 나는 盞을 A

---

33) 서울 종로구 출생(1897), 조부는 중추원 의관, 부친은 군수 역임, 보성중학 중퇴하고 마포중학 편입(1913), 일본 교토 부립 제2중학교 졸업하고 경웅대 문과 예과 입학(1918), 국내 3·1운동 소식 듣고 오사카 공원에서 거사 기도 혐의로 체포, 재판받음(1919), 요코하마 복음인쇄소 직공 활동(1919), 『동아일보』 정경부 기자(1920), 『폐허』 동인 결성(1920), 『시대일보』 사회부장(1924), 김영옥과 결혼(1929), 『조선일보』 학예부장(1929), 『매일신보』 정치부장(1936), 만주국 『만선일보』 편집국장(1936~39), 해방 후 신의주 거쳐 월남하여 『경향신문』 편집국장(1946), 해군 소령으로 임관(1951~53), 서라벌예대 학장(1954), 가톨릭 입교(1961), 1963년에 직장암으로 사망, 본명은 尙燮, 필명은 想涉, 霽月, 橫步(김윤식, 『염상섭 연구』, 서울대 출판부, 1987, pp. 898~909 참고).

에게 傳하얏다. "그러나 X君! 톨스토이슴에다가 윌손이슴을加味한, 先生의 說敎를 들을際, 나는 부럽던걸." 술에 弱한 Y는, 벌서 쌜개진얼굴을 A에게 向하고 同意를求하얏다.[34]

'나'와 친구들은 시대고를 알코올리즘으로 해소하려는 경향을 보이면서 지식인답게 사상 토론도 잊지 않는다. 이 소설은 김창억이 겪은 4개월간의 옥고, 후처의 배신, 동서친목회 조직, 물질만능 비판, 선교사 비판 등으로 짜인 이야기를 들려주면서도 정작 그 원인 분석은 제대로 하지 않았다. 1910~20년대 한국 사회의 병리 현상을 드러내 보이는 것만으로도 자연주의를 표방한 염상섭의 소임은 어느 정도 이루어진 것으로 볼 수 있다. 「除夜」「萬歲前」 등의 소설은 그나마 염상섭만큼 현상의 배후를 깊게 파헤쳐 내려간 작가도 드물지 않았느냐는 판단과 평가를 낳게 한다. 이 소설은 1인칭 주인공 시점을 취하는 것으로, 자기 자신의 내면적 상황뿐 아니라 친구들과 함께 가서 만난 "北國의哲人, 南浦의狂人 金昌億"을 동서친목회 회장, 세계평화론자, 기이한 운명의 순난자 등과 같이 과대망상증 환자로 성격화했다가 서울에 있는 친구에게 보낸 편지에서 "現代의모든病的 싹싸이 드를 기름가마에 몰아너코, 前縮하야, 最後에 가마밋에, 졸아부튼, 懊惱의 丸藥이, 바지직바지직 타는것갓기도하고 우리의慾求를 홀로具現한 勝利者 갓기도하야보입니다"[35]와 같이 긍정 평가함으로써 "疲勞, 昂奮, 忿怒, 落心, 悲歎, 未可知의運命에對한 恐怖, 不安, —人間의苦痛이란苦痛은 怒濤와 가티 一時에 치밀어"[36] 온 자신의 형편을 좀더 실감 있게 전한다. 친구 Y군이 '내'게 보낸 편지에서 김창억이 집에 불을 놓고 행방불명된 것을 알려오고 '내'가 김창억이 대동강 가에서 일개 걸인으로 돌아다닐 것이라고 추

---

34) 『개벽』, 1921. 8, pp. 127~28.
35) 위의 책, 1921. 10, p. 108.
36) 위의 책, p. 112.

정하는 것으로 마무리된다. X군으로 불리는 주인공 '나'에게 이러한 공포나 불안이 없었더라면 중학교 2학년 때 실험 도구로 썼던 "청게고리"는 떠오르지 않았을 것이다. 이러한 나의 정신적 상황은 바로 난세에서 온 것이다. 이 세상이 물질만능의 시대이며 금전만능의 시대이며 인의예지신도 없고 사랑도 없는 것은 결국 "사람의 마음이 결국 欲에 더럽혀진 까닭이 아니겠는가" 한 것은 현시대가 난세임을 강조한 것이라 할 수 있다. 염상섭은 현실을 직시하고 드디어 입을 열기 시작한다. 여기 나오는 작중인물들도 영어 이니셜로 호명되었다. A, Y, H 등의 인물이 등장하지만 속이야기의 주인공은 김창억으로 되어 있다. 이러한 명명 과정을 보면 「표본실의 청개구리」의 참된 주인공은 김창억이라고 할 수 있다. 이 소설은 현토체라고 과장할 수 있을 만큼 한자로 쓸 수 있는 것은 다 한자로 썼다. 그럼에도 한자와 한글이 대등하게 결합된 것처럼 보이는 것은 그만큼 염상섭이 한글식 조어를 많이 썼음을 뜻한다. 여기에다가 염상섭은 알콜, 니코진, 메쓰, 히스테리, 사쓰, 휘스키, 쏘파, 테블, 투렁크, 레인코트, 악쎈트, 스토프, 포케트, 칼라, 딱 싸이드, 떼스마스크, 타이프, 하모니 같은 외래어를 군데군데 배치하였다. 한자, 한글, 외래어를 잘 배합하여 소설어의 범위를 넓힌 점은 이 소설이 이룩한 성과의 하나다.

A, B, N, Y, X, SK 등과 같은 이름의 인물이 등장하는 「闇夜」(『개벽』, 1922. 1)는 소설보다는 시대고를 앓는 한 지식청년의 에세이에 가깝다. 작중의 '彼'는 생, 사, 도덕, 쾌락, 물질, 정신, 사랑 같은 화두에 골몰한다. 염상섭은 유물론자는 아니지만 당시 진지한 지식청년들의 고뇌와 이의 여러 표현 양식은 결국 물질적 부족에서 나오는 것이라는 인식을 보여준다. 곧잘 비판정신을 구사하며 당시 현상의 배후와 저변을 깊게 파들어가는 태도는 염상섭이 체질적으로 특정 이데올로기에 빠지기 어려운 존재임을 유추하게 만든다.

「암야」에서 일구어놓은 주요 개념들은 「제야」에 가서 구체성을 획득하게 된다. 「제야」는 최정인이 현재의 남편인 안군에게 받은 편지에 대한 답장의 형식으로 쓴 것으로, 안군이 보낸 편지는 이 소설의 맨 끝 부분에 배치되었다. 「제야」는 서간체소설의 양식을 지닌 중편소설로, 학비나 생활비를 벌기 위해 함부로 몸을 굴린 최정인이라는 신여성과 그 남자들의 관계를 그려내었다. 최정인이 화자가 되어 E와 P라는 남자와 사귀었다가 쫓겨나는 사연, P와의 관계가 문제가 되어 안씨에게 쫓겨나는 과정을 보여준다. 서간체를 통해 과거를 회상하는 형식을 취한 것으로 때로는 자기 합리화도 했다가 때로는 참회의 눈물을 흘리기도 하였다. 물론 이 소설은 안군이 친정에 가 있는 최정인에게 편지를 보내 세상의 손가락질을 감수하고 당신을 받아들이겠다는 것으로 반전하기는 하여 도덕이 아닌 사랑의 승리를 구가한 것처럼 보인다. 여주인공이 날카롭게 질문한 것처럼 이 소설은 1920년대의 젊은이들이 새로운 것과 옛것 사이에서 고민하는 모습을 보여준다.

　　大抵 生이란 무엇입니까. 空然히 哲人의 서투른입내를 내느라고하는말슴이아니라, 果然 生이란 무엇입니까. 運命?……그것도 疑心나는 不正確한觀念에不過한 熟語이지만,—의 作亂을 滿足시키랴는 비누물의 거품입니까. 그러면 死란 무엇입니까. 거픔의瞬間的消滅을 이름입니까. 感情이란 무엇입니까. 戀愛란 무엇입니까. 生殖이란 무엇입니까. 神이란 무엇입니까. 道德이란 무엇입니까. 貞操란 무엇입니까. 結婚이란 무엇입니까. 良心이란 무엇입니까. 正邪란? 善惡이란? 罪란? 贖 罪란? ………그리고 社會란, 家庭이란, 血統이란, 緣分이란 무엇입니까?[37]

이 소설은 인간 세계에 대한 근본적인 질문의 내용을 두루 제시해준 셈이 된다. 「제야」는 예술지상주의로 나아갔든 사랑 예찬으로 나아갔든 반도

---

37) 위의 책, 1922. 2, p. 57.

덕주의를 선언한 작품들의 완결편이라고 할 수 있는 것으로, 서사적 공간을 한껏 넓히는 과정을 거쳤다. 이 소설에서 '나'는 주인공이며 화자이며 중요한 초점화자로 기능한다. 물론 작중화자와 작가가 의견 일치를 보였다고 하기는 어렵다. 인칭 표시에서 '나', 귀군(貴君), 피녀(彼女) 등 다소 불안정한 면을 보이며 현토체라고 할 수 있을 정도로 한자식 조어도 많고 어려운 한자도 많이 사용한다. 육체, 정조, 간음, 성욕 등 남녀 관계에 대한 관념을 공리공론이 아니라 여주인공의 체험담을 통해 실질적으로 검토하고 있어 소설은 사회 문제에 대한 토론장임을 입증한 셈이다. 이 소설에서의 서간체는 개화기 토론체소설만큼 깊이 있는 '해부'의 결과를 보여준다. 염상섭은 소설이 사유와 토론의 공간이라는 인식을 우리 소설의 한 갈래로 굳혔다.

우리에게 「만세전」[38]으로 알려져 있는 이 소설은 처음에는 「墓地」라는 제목으로 『신생활』[39] 1922년 7월호부터 9월호까지 연재되었다. 그 후 『시대일보』에 1924년 4월 6일부터 6월 7일까지 59회에 걸쳐 「만세전」이라는 제목으로 연재된 바 있다. 고려공사라는 출판사에서 1924년 8월에 단행본으로 나왔고 다시 해방 후 1948년 2월에 개작되어 나온 바 있다. 『신생활』

---

38) 다음 논문을 주목할 필요가 있다.

이재선, 「일제의 검열과 「만세전」의 개작」, 『염상섭 문학연구』, 민음사, 1987.

김윤식, 「3·1운동 전야의 식민지 현실—염상섭의 「만세전」」, 『낯선 신을 찾아서』, 일지사, 1988.

김상욱, 「「만세전」론—3·1운동의 소설적 평가」, 문학과문학교육연구소 엮음, 『한국 현대문학의 이론과 지향』, 국학자료원, 1997.

김양선, 「염상섭의 「만세전」 연구」, 『서강어문』 13, 1997. 12.

김종균, 「민족현실 대응의 두 양상—「만세전」과 「두 출발」」, 김종균 엮음, 『염상섭소설연구』, 국학자료원, 1999.

서재길, 「「만세전」의 탈식민주의적 읽기를 위한 시론」, 사에구사 도시카쓰 외, 『한국 근대문학과 일본』, 소명출판, 2003.

39) 이 잡지는 1922년 3월에 창간한 것으로, "신생활 제창" "평민문화의 건설" "자유사상의 고취" 등을 주지로 삼았다. 박희도가 사장, 김명식이 주필이었고 신일용, 이성태, 정백이 기자로 있었다.

연재본과 『시대일보』 연재본과 고려공사 출간 단행본이 모두 "朝鮮에 萬歲가 니러나든 前해 겨울이엿다. 그째에 나는 半쯤이나보든 年終試驗을, 中途에 내여던지고 急작시리 歸國하지안으면 안이될일이잇섯다. 그것은 다른 째문이안이엿다. 그해 가을부터 解産後더침으로, 시름시름 알튼 나의妻가, 危篤하다는 急電을 바든짜닭이엿다"와 같이 서두를 열고 있으나, 『신생활』 연재본은 "外套포케트에다가 두손을 찌르고, 어느 짜지 우둑헌이섯는 나의눈에는, 어느덧 쯕근쯕근한눈물이 비저나와서, 上氣가된 左右쌤으로흘너나렷다. 찬바람에 산득산득 슴여드러가는 것을, 나는 씨스랴고도아니하고 如前히섯섯다"와 같이 배에서 목욕하다가 단지 조선인이라는 이유만으로 붙들려 나가 조사받고 소리 없이 우는 것으로 끝났다. 『시대일보』 연재본은 조강지처의 장례를 치르고 난 다음 병화 형네 형수가 을라를 데리고 오고 '나'는 정자의 편지를 다시 한 번 정독하고 정자와의 관계를 정리해야겠다고 하면서 형에게 다시 일본으로 떠날 결심을 밝히는 데서 끝난다. 고려공사 단행본은 '내'가 정자에게 편지를 쓰고 남대문 정거장에서 여러 사람들의 배웅을 받으며 떠나가는 것으로 마무리되었다.

13세에 결혼한 후 15세에 동경 유학을 떠난 이인화는 아내가 아들을 낳고 석 달째 산후더침하다가 위독하다는 소식을 듣고 일본의 교토(京都), 고베(神戶), 시모노세키(下關), 조선의 부산, 김천, 남대문을 거치는 사이에 을라를 만나고 술집을 세 군데 들러 일녀 여급과 혼혈 여급을 만나고 승선 직전, 배 안, 하선 후 등 세 군데서 일본 형사들에게 검문을 받는다.

염상섭은 한일병합 직후의 한국 사회와 한국인의 삶의 모습을 '묘지'의 이미지로 착색하기 위해 또 그 이미지를 강하게 떠받치는 에피소드를 제시하려는 의도에서 이 소설을 썼다. 이 소설에서 일본 유학생인 '나'는 동경을 떠나 경성에 와서 아내의 장례를 치르고 다시 동경으로 돌아가는 그 사이에 일본인 순사들과 조선인 순사들로부터 몇 차례 검문을 당하고 굶주림과 공포심에 찌들 대로 찌든 조선인들의 얼굴을 목격하고 수많은 조선인이 목구멍에 풀칠하기 위해 일본, 간도 등지로 팔려 간다는 일본인들의 이야기를 엿들으면서 불쾌감, 절망감을 억누르지 못했고 다시 이러한 감정들을 토양으로 해서 '나'와 '우리' 그리고 세계에 대해 제대로 눈뜨게 된다. 이러한 개안의 과정은 무관심과 미자각으로 얼룩진 낡은 세계에서 각성과 인식으로 구성된 새로운 세계로 들어가는 입사식(入社式)이라고 할 수 있다. '나'는 조선 사람들을 일본에 저임금 노동자로 팔아먹는 일을 하는 일본인들 사이의 대화를 엿듣고는 그동안 시와 소설을 공부하면서 인생에 대해 아는 척했던 것을 반성하면서 "詩니 小說이니하는것은 (중략) 實人生 實社會의裏面의裏面, 眞相의眞相과는 아모關係도 連絡도업는것"[40]이라고 자조하고는 잠깐 동안이나마 조선 농민들의 비참한 생활상을 떠올리게 된다.

그러나, 저러나 一年열두달, 소나말以上으로, 죽을勞力을 다하고도, 스레기죽에얼골이 붓는것도 詩일가? 그들이, 三伏의 쓸는해빗에, 손등을 듸우면서 홈이자루를놀릴새, 그들은 幸福을 늑기는가?……그들은 흙의奴隷다. 自己自身의生命의奴隷다. 그리고, 그들에게잇는 것은, 다만 쌈과 피뿐이다. 그들이 어머니배ㅅ속에서 쮜여나오기前에, 벌서 確定된 唯一한 事實은, 그들의 毛孔이맥히고 血淸이말으기까지, 흙에 그쌈과 피를 쏫으라는것이다. 그리하야열방울의쌈과 百방울의피는 한알(一粒)의 나락을기른다. 그러나 그 한알의나락은 누구의입으로 드러가는가? 이것이 큰問題다.[41]

일거에 한국 소설의 수준을 자연주의에서 비판적 리얼리즘으로 끌어올린 「묘지」에서 이인화는 '밖'에서 '안'으로 들어오는 그 사이에 '안'의 정세와 실상을 잘 파악하기는 하였으나 '우리'를 목격하고 깨닫는 수준에 머물

---

40) 『신생활』, 1922. 9, p. 145.
41) 위의 책, pp. 145~46.

렀을 뿐 나를 새롭게 인식하고 그 인식 내용을 행동의 차원으로 밀어올리는 힘은 보여주지 못했다. '나'의 의식과 사유의 그물에 걸리는 허망감과 암울함 그리고 자조 충동 등은 바람직한 방향으로 에너지를 뿜어내지 못한 채 오히려 '나'의 내면에 깊숙이 들어앉아 있었던 도피 욕구를 부채질하는 쓰디쓴 결과만 낳고 말았다. 당시의 어느 소설에서 다음과 같은 표현을 찾을 수 있겠는가.

나는 여기까지듯고서 깜짝놀낫다. 그可憐한朝鮮勞動者들이 속아서, 地上의地獄가튼 日本各地의工場으로 몸이 팔리여가는것이, 모다 이런 盜賊놈가튼挾雜浮浪輩의 術中에쌔저서 그러는고나하는生覺을할제 나는 다시한번 그者의相파닥지를 치여다보지안을수 업섯다.[42]

「묘지」에서 또 한 가지 주목해야 할 것은 일본의 한 대학에서 문학을 전공하는 주인공이 각성하는 과정이다. 이 각성의 과정은 '조선의 정체성'을 파악하는 과정이라고도 할 수 있다. 이 소설은 '나'의 피해상, 일본인들의 대화, '나'의 목격, 조선인들의 행태 묘사 등을 통해 조선의 정체성을 파악하고 있다. 물론 지식청년답게 '나'는 조선을 긍정하려고만 한다거나 연민의 눈으로만 보려 한 것은 아니다. 비록 단편적이기는 하지만 조선 사람들의 문제점을 지적하는 것을 잊지 않았다. 1920년대 중기 이후에 나온 경향소설이나 프로소설에서와 같은 흥분이나 지사연(志士然)하는 태도는 찾기 어렵다. 작중의 '나'는 작가 염상섭이 극화의 단계를 거치지 않은 존재라고 할 수 있는데, 여기서 '나'는 자신이 과거에 나라니 민족이니 하는 개념을 잊고 살았다고 고백한다. 배 안에 있는 목욕탕에서 일본 사람들이 조선 사람을 숫제 야만인 취급하는 이야기를 듣고 '나'는 이러한 생각에 젖게 된다.

---

42) 위의 책, pp. 142~43.

事實말이지, 나는 그所謂憂國의志士는아니다. 自己가 亡國民族의一分子이라는事實은, 自己도 間或은 明瞭히 意識하는바요, 짜라서 苦痛을感하는째가 업는것은아니나, 이째ㅅ것── 亡國民族의一分子가된지, 벌서 八年동안이나 되는 오늘날짜지는, 事實 無關心으로지냇고, 또 四圍가 그러하게, 나에게는 寬大하게내버려두엇섯다. (중략) 敵愾心이나 反抗心이란것은 壓迫과 虐待에 正比例하는것이요, 또한 活路를엇는 唯一한手段이다. 그러나 警察官以外에 나에게 그다지民族的觀念을 굿게意識케하지안엇슬뿐아니라, 元來 政治問題에對하야, 無趣味한나는 이째것 別로히 그런問題로, 머리를썩이여본일이, 全然히 업섯다하야도可할만하얏섯다. 그러나 一年二年 歲月이 갈사록, 나의 神經은 漸々興奮하야가지안을수가업섯다. 이것을보면 敵慨心이라든지 反抗心이라는것은, 普通境遇에 自動的 理智의이라는것보다는, 被動的 感情的으로 誘發되는것이다. 다시말하면 日本사람은, 小々한言辭와行動으로말미암아, 朝鮮사람의抑制할수업는反感을 沸騰케한다. 그러나 그것은 結局 朝鮮사람으로하야금 民族的墮落에서 스사로救하여야하겟다는 自覺을주는 가장 緊要한動因이될뿐이다. 함으로 只今도 沐浴湯속에서 듯는소리마다 귀에거슬리지안는것이업지만, 그것은 毒藥이 苦口나 利於病이라는格으로, 될수잇스면 만흔朝鮮사람이듯고, 오랜夢遊病에서 째여날機會를 주엇스면하는 生覺이업지안타……[43]

이인화는 노동자의 장단점과 지식인의 장단점을 고루 제시한다. 지식인을 많이 다루었고 지식인의 입장에 선 염상섭으로는 공정성을 유지한 것이라고 볼 수도 있다.

43) 위의 책, pp. 140~41.

勞動者에 이르러서는, 자랑할것도업고 숨킬것도업고 북그러울것도업는 代身에 赤裸々한 自己와, 同情과, 少數의敵에對한防禦的團結이 잇슬다름이다. 生活의樣式으로는 第一眞實되고 아름답다. 함으로 彼等은 사람과사람끼리만 날째에, 決코 凝視하거나 吟味하거나 摸索하지는안는다. 그러나 그들의病은, 無智한것이다.

하고보면 結局 사람은, 所謂 怜悧하고 敎養이잇스면 잇슬스록, (程度의差는잇슬지모르나) 虛僞를 反覆하면서, 自己以外의一切에對하야, 同意와安協업시는, 손한아도 움즉이지못하는 利己的動物이다. 物的自己라는左岸과 物的他人이라는右岸에, 한발式 걸처노코, 빙글빙글쮜며도는것이, 所謂 近代人의生活이요, 그러케하는 어리광대가 所謂人間이라는것이다.[44]

이인화는 「묘지」의 끝 부분처럼 울고 난 후 인간의 우열이란 문제에 천착하여 "그中에도 多幸한일은 自尊心이만코 意志가强한사람일스록 그屈辱과悲憤으로말미암아밧는바 不幸과 苦痛과 沮喪이, 돌이어 反動的으로 새롭은光明의길로向하야 勇躍케하는 活力素가된다는것이다"[45]와 같이 사고의 전환을 꾀한다.

「만세전」은 일본으로 유학 간 한 조선 청년이 그려낸 조선의 자화상이라고 해도 좋을 정도로 여러 군데서 '조선인론'이 나타난다.

朝鮮사람은外國人에게對하야 아모것도 보여주지안엇스나, 다만 날만 새이면, 자리ㅅ속에서부터 담배를 피어문다는것, 아츰부터 술집이 奔走하다는것, 父母를처들거나 내가 네에비니, 네가 내孫子니하며 弄지거리로 歲月을 보낸다는것, 겨오입을쎄어놋는 어린애가 엇먹는말부터 배운다는것, 주먹

44) 위의 책, 1922. 7. p. 147.
45) 『염상섭 전집』 1권, 민음사, 1987. p. 47.

업는 입씨름에 밤을새이고 이튼날에는 대낮에야 니러난다는것……, 그대신에 科學的知識이라고는 소당쑥겡이 묵어워야 밥이 잘무른다는것도 모른다는 것을, 外國사람에게 實物로敎育을하얏다는것이다. 하기쌔문에 그들이 朝鮮에 오래잇다는것은 그들이 우리를 輕蔑할수잇다는 理由와原因을 만히蒐集하얏다는 意味맛게안이되는것이다.[46]

이인화는 부산에서 내린 후 식당에 들어가 일본 여자 종업원 세 명을 놓고 잡담을 하는 사이에 일본인이 조선 사람을 경멸하는 소리를 들으며 그들의 경멸감은 조선 사람들이 만든 측면도 있음을 부정하지 않는다. 인용문 바로 앞에서 작가 염상섭은 어떻게 해서 그들이 해가 갈수록 열 배 백 배 오만무례한 태도를 지니게 만들었는가를 생각해야 한다고 했다. 이인화는 김천에서 내려 마중 나온 형과 함께 일본인 역 사무원의 부드러운 태도를 대하고 문득 조선인 순사나 헌병이 일본인 순사나 헌병보다도 더 가혹하고 폭력적임을 떠올리며 그렇게 된 심리를 깊이 있게 분석한다. 자신의 처지에 대한 불만과 증오감이 동포를 만나면 동정심으로 바뀌는 것이 아니라 오히려 더욱 커져 분풀이를 한다는 것이다.

이인화는 김천에서 서울로 가는 기차를 타고 가면서 남녀노소 동승객을 보게 된다. 영동에서 올라탄 조선인 갓장수는 이인화와 통성명한 후 옛날 방식으로 의관한 것의 장단점을 이야기하며 옛날 복장을 하면 일본인에게 조사도 덜 받고 매도 덜 맞는다는 고백을 한다.

賤待를 바다두 맛는것보다는낫다! 그두그럴것이다. 미친톄하고 썩목판에 업드려진다는 格으로 미친톄하고 어리광비젓한酬酌을하거나 스라손이 行勢를하야 어쩌튼지 저便의 好感을사고 저便을 웃기기만하면 目前에닥처오는逼

---

46) 위의 책, p. 57.

迫은免할것이다. 속으로는 요놈하면서라도 얼굴에만 웃는빗을쎄이면 當場
의急한辱은免할것이다. 姑息, 彌縫, 假飾, 屈服, 卑怯, ……이러한 모든 것
에滿足하는것이 朝鮮사람의 가장有利한生活方途요, 賢明한處世術이다. ……
朝鮮사람에게 陰險한性質이잇다하면 그것은 아모의罪도안일것이다. 在來의
政治의罪이다. 詐欺取財가 朝鮮사람에게 第一만흔 犯罪라고 日本사람이 흉
을보지만 그것도亦是 出發點은 同一한 것이다.[47)]

갓장수는 공동묘지제 이야기를 꺼내며 반대 의사를 표시하고 '나'는 공동
묘지제면 어떻고 화장제면 어떠냐 하는 식으로 매장제의 허점을 지적하는
논리를 편다. 그러면서 '나'는 장사를 잘 지내고 무덤을 잘 쓰는 것이 효라
는 관념은 버려야 할 것이라고 주장한다. 심천 정거장에서 조선인 헌병보
조원이 기차에 올라 영동에서 갓을 부쳤냐는 질문을 하고 갓장수를 끌고
가버린다. 대전에서 30분 정도 정거해 있을 때 '나'는 조선인 남녀 너덧 명
이 결박당한 채 일본 순사의 감시를 받는 것을 목격하게 된다. 그중에도
때가 잔뜩 낀 치마저고리가 매무시까지 흘러내리고 등에는 아기가 잠들어
있는 젊은 여자를 보고 충격을 받았다. '나'는 기차 승강대로 올라서며 분
노를 느낀 나머지 "조선은 공동묘지"라고 인식하게 된다. 조금 전 갓장수
와 공동묘지제에 대한 의견을 나누었기에 "공동묘지"란 말이 이인화의 머
리를 스치고 지나간 것이다. 멸망과 죽음의 느낌을 표현한 것인 만큼 "묘
지"란 말이 더 잘 어울리는 것일 수 있다.

車間안으로 드러오며,
「무덤이다. 구덱이가 쓸는무덤이다!」라고 나는, 지긋지긋한듯이 입살을악
물어보앗다. 帽子를벗어서 안젓든자리우에 던지고 煖爐압흐로 가서 몸을 녹

47) 위의 책, p. 78.

이며섯々다. 煖爐는 왜달엇다. (중략) 나는 한번 휘돌려다본뒤에,

「共同墓地다! 구덱이가 욱을욱을하는 共同墓地다!」라고 속으로 생각하
얏다.

「이房안부터 어불업는 共同墓地다. 共同墓地에잇스니까 共同墓地에 드러
가기를 실혀하는것이다. 구덱이가 득시글득시글하는 무덤속이다. 모두가 구
덱이다. 너두 구덱이, 나두구덱이다. 그속에서도 進化論的모든 條件은 한秒
동안도 걸으지안코 進行되겟지! 生存競爭이잇고 自然淘汰가잇고 네가 잘낫
느니 내가 잘낫느니하고 으르렁대일것이다. 그러나 早晩間구덱이의낫낫이
解體가되어서 元素가되고 흙이되어서 내입으로드러가고, 네코로 드러갓다
가 네나내나 걱구러지면, 未久에, 또, 구덱이가되어서 元素가되거나 흙이될
것이다. 에ㅅ 되어저라! 움도싹도업서젓버려라! 亡할대로 亡햇버려라! 사
태가 나든지 亡햇버리든지 兩端間에 끗장이나고보면 그中에서 或은 조금이
라도 나흔놈이 생길지도모를것이다.……[48]

집에 와 있을 때 김의관과 아버지가 대낮부터 술판을 벌이고 있는 것을
보고는 조선 사람들이 술 중독에 빠진 사람들이 많은 현실을 확인하면서
그럴 수밖에 없는 요인을 인정하기도 한다.

그들이 刹那的現實에서 벗어나는것은 그들에게무엇보다도 價値잇는努力
이요, 그리하자면 술盞以外에 다른方途와 手段이업다. 그들은 사는것이안이
라 산다는 事實에씰리는것이다. (To live)가안이라, (To compel to live)이
다. 能動이인이라, 被動이다. 그들에게 過去에 人生觀이업고 理想이업섯든
것과가티 現在에도 쏘한그러하다. 그들은 自己의生命이 神의 無節制한 浪費
라고생각한다. 朝鮮사람에게서 술盞을쌔앗어? ―그것은 그들에게 自殺의길

---

48) 위의 책, p. 83.

을 教唆하는것이다. 「마셔라마셔라그리고 이저버려라!」……이것만이 그들의人生觀이다.[49]

이 소설에서는 이인화를 초점화자로 볼 때 아버지는 부정적인 인물로 형은 긍정적 인물로 그려진다. 아버지는 정치광 명예광이라고 할 수 있을 만큼 늘 동분서주하나 많은 재산을 없앤 인물로, 형은 한학과 신학문을 겸비하여 보통학교 훈도로 있으면서 2천 원이나 모으고 동생 유학까지 시키는 인물로 형상화된다. '나'는 이 삼 부자가 극단으로 다른 길을 간다고 하면서 "세상에는 政治 밧게업다는 父親의피를바덧스면서 保守的典型的兄님과 無理想한 感傷的遊蕩的氣分이 濃厚한내가 태어낫다는것이 不可思議의「아이로니」"[50]라고 하였다.

비록 강한 어조는 아니지만 염상섭은 논리적인 근거를 대가면서 조선이 식민지임을 실감할 수 있는 현장을 제시했다. 이런 현장은 적개심이나 반항심을 솟아오르게 할 것임을 작가는 잘 알고 있었다. 「묘지」는 개작 과정을 거쳐 1924년에 『시대일보』에 연재되었다. 「묘지」에서는 그 어떤 작중인물도 구체적인 이름을 부여받지 못하였다. 염상섭도 영어 이니셜로 작중인물을 명명하는 당대의 문학적 통념을 따르고 있다. 「묘지」에서 '나'는 X씨로 불리고, 그 외에 일본 여자로 S자, P자, N자 등이 등장한다. 『시대일보』에 연재된 것이든 고려공사 판이든 「만세전」에 가면 X는 이인화로, S자는 정자(靜子)로, N자는 을라(乙羅)로 바뀌고 있다. 작품 내에서의 비중에 따라 구체적인 이름을 부여하였다.

「표본실의 청개구리」나 「제야」에 비해서는 더욱 짜임새 있는 구성을 보여주었다. 「제야」나 「묘지」가 1인칭 주인공 시점이며 관여자적 화법을 취

---

49) 위의 책, p. 94.
50) 위의 책, p. 62.

하는 것처럼 염상섭 개인의 소설의 역사는 지적 도덕적 충동에서 비롯된 계몽적 소설 양식의 소멸 과정 바로 그것이라고 할 수 있다. 소설 양식을 사상 검증의 공간으로 보는 해부의 형태와 소설 양식을 개인의 내면세계 천착과 솔직한 토로로 보는 고백의 형태가 점점 줄어들고 있는 과정이 바로 그것이다. 「輪轉機」(『조선문단』, 1925. 10), 「밥」(『조선문단』, 1927. 2), 「조그만 일」(『문예시대』, 1926. 11) 등에서 볼 수 있는 것처럼 염상섭은 「만세전」을 분기점으로 하여 '보여주기' '장면 제시' '객관적 시점' 등의 서술 방법으로 바뀌기 시작했다. 작가정신의 후퇴로 보일 수도 있는 이러한 변화는 1930년대에 들어서자마자 「만세전」의 수준을 회복하는 또 하나의 변화로 대치된다.

나혜석의 「閨怨」(『신가정』, 1921. 7)은 평양 감사를 지내고 철원이 고향인 이부인이 16살에 판서 집 13세 신랑에게 시집가 아들을 낳고 잘 살았으나 남편이 25세에 죽고 시아버지의 보호 아래 살던 중 서울 사는 장주사의 술책에 휘말려 두 남녀가 좋아하는 것처럼 보여 매를 맞고 시댁에서 쫓겨나고 친정에서도 받아주지 않는 것으로 끝나는 작품이다. 이부인은 전후좌우를 가리지 않고 예단과 억측과 통념으로 판단하는 남성 중심의 기성 사회를 향해 큰 소리 한번 치지 못하고 당하고 만 것이다.

비록 미완이기는 하지만 성해(星海) 이익상(李益相)의 단편 「生을求하는 마음」(『신생활』, 1922. 9)을 주목할 필요가 있다. 이 소설은 김준경이라는 젊은이가 호남선을 타고 B군을 찾아가는 도중에 만난 인력거꾼을 통해서 현실을 깨닫게 되는 것을 중심사건으로 설정하였다. 이 인력거꾼은 걸핏하면 소작을 떼이고 비싼 도조를 무는 당시 농민의 흔한 현실을 일러주었다. 김준경은 그 인력거꾼에 대해 연민을 느끼다가 각성의 경지로 들어간다. 존댓말을 쓴다고 쩔쩔매는 인력거꾼을 보고는 김준경은 "因循과屈從의 테 밧게한거름도 나가보지못하는 現今의 아니目前의시달키는무리의 슬푼 叫呼"를 확인하면서 "自身도 그人間으로서의 本意를沒覺한무리를 그대로 盲

人을 만드러가지고 그대로酷使하는特權을가즌무리의 한사람이엿다고 생각할재에 그의 그림자에도 一種의憎惡를 ○ 기엇다"[51]와 같이 각성의 상태로 나아간다. 김준경은, 중학 졸업 후에 외국으로 나가 방랑 생활을 하다가 황해도 어촌에 와서 소학교 교사 하는 최우라는 친구를 찾아와 몇 달 쉬었다 가겠다고 온 것이다. 두 젊은이는 무산계급운동을 전개할 조짐을 보이게 되면서 연민→각성→투쟁의 발전 과정을 보인 것이 된다. 이익상은 1920년대에 「狂亂」(『개벽』, 1925. 3), 「흙의 洗禮」(『개벽』, 1925. 5), 「威脅의 채쭉」(『문예운동』, 1926. 1) 등의 경향소설을 써낸 바 있다. 「생을 구하는 마음」은 이익상의 첫 경향소설이면서 초기 경향소설의 중심에 들어간다.

염상섭의 「E先生」(『동명』, 1922. 9. 10~12. 10)은 1920년대의 한 학교를 배경으로 하여 교사들 사이의 갈등 관계를 그렸다. 신념이 있고 철학이 분명한 교사인 E선생은 일본에서 사학과 사회학을 전공하고 귀국 직후에는 잡지 발간에 뛰어들었으나 실패하였고 배금주의가 판을 치는 당시 사회를 비판하는 태도를 취하였다. 그는 사람다운 사람이 모인 단체나 양심적인 청년단체 등에 가고 싶어 교육계에 발을 들여놓게 되었다. E선생이 들어와 학교에 새로운 기운을 불어넣게 되자 여러 선생이 시기를 하고, 선생들 사이에서 인기 다툼 자리 다툼으로 인한 갈등과 대립이 벌어지게 된다. 그는 나중에는 교감에 의해 학감까지 올라갔으나 반대파 선생의 중상모략을 받아 자리를 내놓고 학교도 그만두게 된다. E선생은 학생들에게 "자각 잇는 봉공심(奉公心)"을 가장 중요한 것으로 내세운다.

나는 軍國主義라는것을 極力排斥한다. 그것은 侵略主義이기째문이다. 아모리 힘이세우다하기로 행낭사리하는놈이 남의집안房에들어가서 잣바지지

---

51) 『신생활』, 1922. 9, p. 158.

못할것은 分明한일이아니냐. 그러치만 사람이, 人間業을罷工하기前에는사람답은意氣, 志氣가업스란것은안이다. 自覺잇는奉公心이라는것은 軍國主義의世界에서는 볼수업는것이지만, 사람답은사람이 사는世界에는 업지못할最大한根本要素다. 이것은 비록 社會主義니 共産主義니하는 主義가―여러분은 몰라드를사람도잇겟지만―實現된다하드라도가장必要한것이다[52]

이러한 대목도 1922년이 염상섭이 비판적 리얼리즘을 행사한 해라는 것을 뒷받침해준다. "자각 있는 봉공심"은 E선생에게서 부정을 참지 못하는 태도로 나타난다. "자각 있는 봉공심"은 침략주의를 부정하게 만들지만 사회주의니 공산주의니 하는 것을 새롭게 평가하게 만든다. 사회주의니 공산주의니 하는 것이 "자각 있는 봉공심"과 일치되는 것은 아니라는 생각이 담겨 있다. 그는 학생들에게 시험 볼 때에 부정행위를 하는 것은 매국노나 다름없다고 하였다. 이 소설이 인물에게 이름을 부여하는 방법은 특이하다. 주인공인 E선생도 구체적인 이름이 나와 있지 않다. 체조 선생은 A선생으로, 지리 선생은 T선생으로, 교감 선생은 B선생으로 불린다. 그런데 E선생의 아우는 단역에 불과한데도 창희(昌熙)라는 이름으로 불린다. 이는 염상섭마저도 당시에 유행하던 영어 이니셜 쓰기를 아직 극복하지 못했다는 뜻이 된다.

"옥중기의 일절"이라는 부제가 붙어 있는 김동인의 「笞刑」(『동명』, 1922. 12. 17~1923. 4. 22)은 1920년대의 한 감옥 안을 배경으로 하여 그 극한 상황을 제시하는 데 중점을 둔 것이다. 입감 사유가 구체적으로 밝혀져 있지는 않지만 대략 3·1 만세사건 참가 혐의로 추정되는 '내'가 들어 있는 네 평짜리 방에 41명이 들어가 있어 비좁음, 더위, 갈증, 종기, 수면 부족 등에 시달리는 죄수들의 모습이 여실하게 그려져 있다.

---

52) 『東明』, 1922. 11. 19.

그러나, 지금 그들의머리에는, 독립도업고, 자결도업고, 자유도업고, 사랑스러운 안해나아들이며 부모도업고, 또는, 더위를感覺할만한 새로운神經도업다. 무거운空氣와 더위에게괴로움밧고 학대바다서, 족으마케 頭蓋骨속에웅크리고잇는 그들의피곤한腦에, 다만한가지 바램이잇다하면, 그것은冷水한목음이다. 故鄕을팔고親戚을팔고, 또뒤에 니를모든幸福을 희생하고라도 밧굴갑시잇는것은, 冷水한목음밧게는 업섯다.[53]

극한 상황은 개개인을 뒤틀리고 사악한 심사로 몰아간다. 더위로 인해 대부분의 죄수들은 억울하든 말든 한 사람이라도 형량을 받아 빨리 나가주었으면 하는 마음을 노골적으로 드러내게 된다. 3·1만세 때 아들을 둘이나 잃은 영원(寧遠) 영감은 태형 90대의 형량을 받아들이고 만다. 영감은 90대의 태형이 무서워 공소했으나 '나'는 "이방四十여인이, 당신하나 나가면, 그만큼 자리가 넓어지는건 생각지안소? 아들 둘다—銃마저죽은다음에 뒤상하나 사라이스면 무얼해"[54]라고 공격하여 공소를 취하하도록 유도한다. 이 소설은 영원 영감이 매 맞으면서 내는 신음 소리와 간밤에 영원 영감이 매 맞으러 나가면서 칠십 노인이 태 맞고 살길 바라겠느냐고 한 소리를 떠올리며 '내'가 가슴 아파하는 것으로 끝이 난다. 또 하나 이 소설에서 주목할 것은 죄수들이 둘러앉아 3·1운동 때 헌병들의 만행을 거짓 없이 들려준 대목이다. 이는 김동인이 가장 용기 있게 행사한 비판적 리얼리즘의 소산이다. 3월 8일 멧골작이에서 만세 부를 때 두 아들이 총에 맞아 죽고 아내는 행방불명되고 자신은 잡혀 왔다는 영원 영감의 이야기, 부상당해 헌병들한테 끌려왔다는 40대 말 남자의 이야기, 헌병대 구류장에서 기

53) 위의 신문, 1922. 12. 17.
54) 위의 신문, 1923. 4. 22.

관총으로 난사당해 아버지는 죽고 자기는 살아나 감옥에 오게 되었다는 맹
산 지방의 젊은이의 이야기 등은 3·1 만세사건의 귀중한 자료를 제공할 정
도다. 김동인의 치열한 시대인식도 주목할 만하지만 대화체를 자주 또 적
절하게 많이 쓰는 가운데 간결하고 정확한 문장으로 독자들의 공감을 사고
있는 묘사력도 주목해야 한다.

아즉 작난에취하여서 쏙쏙이몰랏지만, 해는어느덧 쏘무르녹이기 시작하얏
다. 쌈은 왼몸에서 쭉쭉(이라는것보담도좔좔) 흐른다. 빈대죽인피가 여긔저긔
무든 灰壁에는, 鐵窓그름자(모양은 담배와가티 동구러코 기른)가 쏙쏙이 색
이어젓다. 사로는듯한 더위는 등지고잇는窓 밧게서 등을탁치고, 안고잇는壁
에서 返射하여 가슴을탁치고, 겨테쌕쌕 이잇는 사람들의熱氣로 왼몸을쩍인
다. 나―뿐아니다. 왼사람의 몸에는, 腫氣투성이다. 가득차고더위에 一便
蒸發하는 便器에 올라안저서 뒤를볼째마다, 역정나는 毒濕氣가 응뎅이에무
더서, 거긔서생긴腫氣를, 빈대와 니가 왼몸에媒介하여, 腫氣투성이아닌사람
이업섯다. 쏭오즘무르녹은 내음새와, 살썩은내음새와, 오음藥내에, 每日수
업시흐르는 쌈썩은내음새를합하여, 一種의毒瓦斯를이루운무거운 氣體는 방
에 가라안저서 換氣도되지안는다. 우리의피곤하여 둔하게된感覺으로까지 깨
다를수잇는 역한내음이엇다. 看守들이 갓가히와서 드려다보지안는것도 당
련한일이다.[55]

이 부분은 염상섭의 「만세전」에서 이인화가 기차에 호송되어 가는 조선
인 죄수들의 모습을 그린 것과 조선의 현실을 무덤이라고 한 부분을 떠올
리게 한다. 옥중을 배경으로 하고 옥살이를 중심 모티프로 취한 소설의 원
형으로 김동인의 「태형」을 들어야 한다. 1920년대에 옥살이 모티프를 취

---

55) 위의 신문, 1923. 1. 21.

한 중요작으로는 염상섭의 「표본실의 청개구리」(1921), 이광수의 「先導者」(1923), 「再生」(1924~25), 「流浪」(1927), 현진건의 「해쓰는 地平線」(1927), 「新聞紙와 鐵窓」(1929), 나도향의 「물레방아」(1925), 박영희(朴英熙)의 「피의 舞臺」(1925), 송영(宋影)의 「鎔鑛爐」(1926), 「石炭속에夫婦들」(1928), 「우리들의 사랑」(1929), 이기영(李箕永)의 「失眞」(1927), 「邂逅」(1927), 「彩色무지개」(1928), 「苦難을 뚤코」(1928), 조명희(趙明熙)의 「R君에게」(1926), 「農村사람들」(1927), 「洛東江」(1927), 한설야의 「平凡」(1926), 「그릇된 憧憬」(1927), 「뒤ㅅ걸음 질」(1927), 백신애(白信愛)의 「나의 어머니」(1929) 등이 있다.[56]

1920년대의 해당작들이 제시한 옥살이 이유는 3·1운동 가담, 독립운동 가담, 사회주의 활동, 노동운동 가담 등으로 대별된다. 옥살이 이유로 3·1운동 가담을 제시한 것으로는 김동인의 「태형」, 이광수의 장편소설 『재생』 『유랑』, 전영택의 「생명의 봄」 등이 있고, 독립운동이라고 한 것으로는 박영희의 「피의 무대」, 최서해의 「해돋이」, 현진건의 「해 뜨는 지평선」 등이 있고, 사회주의 활동이라고 한 것으로는 조명희의 「낙동강」, 송영의 「R군에게」, 한설야의 「평범」 「그릇된 동경」, 이기영의 「해후」 「고난을 뚫고」 등이 있고, 구체적으로 소작쟁의나 노동쟁의라고 밝힌 것으로는 조명희의 「낙동강」, 이기영의 「채색 무지개」, 송영의 「석탄 속의 부부들」 등이 있다.[57]

이처럼 「제야」 「묘지」 「생을 구하는 마음」 「E선생」 『환희』 「태형」 등의 명작이 줄을 이어 나온 점에서 1922년도는 한국 현대소설의 진정한 기점이라고 볼 수 있다.

56) 졸고, 「반복 모티프의 주제관여 양상」, 『한국 현대문학사상 논구』, 서울대 출판부, 1999, p. 55.
57) 위의 글, p. 56.

4. 종교와 사랑의 서사를 통한 리얼리즘의 확대

1923년에는 김동인의 「이쏣을」(『개벽』, 1923. 1), 「눈을겨우뜰때」(『개벽』, 1923. 7~11), 나도향의 「십칠원 오십전」(『개벽』, 1923. 1), 「행낭자식」(『개벽』, 1923. 10), 현진건의 『지새는 안개』(『개벽』, 1923. 2~10), 「한머니의 죽음」(『백조』, 1923. 9), 이광수의 「거룩한 죽음」(『개벽』, 1923. 3~4), 「선도자」(『동아일보』, 1923. 3. 27~7. 17), 염상섭의 「너희들은 무엇을 어덧느냐」(『동아일보』, 1923. 8. 27~1924. 2. 5), 홍사용(洪思容)의 「저승길」(『백조』, 1923. 9), 채만식(蔡萬植)의 「過渡期」(1923) 등이 발표되었다.

1923년에 이어 1924년에는 이광수, 김기진(金基鎭), 현진건, 최서해, 김동인, 염상섭, 나도향, 이익상, 박영희, 최승일(崔承一) 등이 비교적 활발하게 창작 활동을 하였고, 이기영과 채만식이 등단하였다. 1924년도를 장식한 주요 작품으로 최서해의 「吐血」(『동아일보』, 1924. 1. 28~2. 4), 「故國」(『조선문단』, 1924. 10), 김동인의 「거츠른터」(『개벽』, 1924. 2), 「遺書」(『영대』, 1924. 8~1925. 1), 현진건의 「운수 조흔날」(『개벽』, 1924. 6), 이광수의 「H君을 생각하고」(『조선문단』, 1924. 11), 『재생』(『동아일보』, 1924. 11. 9~1925. 9. 28), 염상섭의 「만세전」(『시대일보』, 1924. 4. 6~6. 7), 박영희의 「結婚前日」(『개벽』, 1924. 5), 「二重病者」(『개벽』, 1924. 11), 나도향의 「電車車掌의日記멧節」(『개벽』, 1924. 12), 김기진의 「붉은 쥐」(『개벽』, 1924. 11) 등을 들 수 있다.

위와 같이 1923, 24년의 주목할 만한 작품들은 '소설은 현실 반영의 충실한 기록'이라는 공식을 잘 뒷받침해준다. 그뿐 아니라, 1923, 24년의 문제작들은 리얼리즘이 소설의 근대화를 가져오는 결정적 계기가 되었다는 세계문학사 내 통념을 잘 입증해준다. 묘사든 반영이든 미메시스든 그 어떤 단어로 표현되든 현실을 충실하게 그렸다는 것은 성공작의 충분조건은 될 수 있다. 소설 양식의 경우, 오히려 형식미가 필요조건이 될 경우가 많다. 그럼에도 1923, 24년에는 현실을 직시하거나 현실의 실상을 충실하게 기록했다는 점 한 가지만으로도 성공작에 한 걸음 다가갈 수 있었다. 이때의 현실이라는 말은 시대나 역사나 사회라는 말로 대치할 수 있을 만큼 1923, 24년도의 소설들은 시대나 역사나 사회에 바짝 다가가고자 하는 노력을 보였다.

김동인의 「이 잔을」(『개벽』, 1923. 1)은 예수 그리스도가 제자들과 최후의 만찬을 갖고 감람산에서 고뇌하다가 진리를 위해 자기 한 몸을 희생하기로 결심하기까지의 과정을 그린 종교소설로 성서의 내용을 바탕으로 삼으면서 예수 그리스도의 인간적 측면을 부각하는 데 힘썼다. 죽음을 두려워하고, 주님을 원망하기도 하고, 제자들에게 욕도 하고 또 애인과의 달콤했던 시절도 잠깐 회상하는 식의 피와 살이 있는 인간으로 예수를 그려낸다. 초자아적인 요소도 자아의 수준으로 끌어내려 인간으로서의 면모를 강조한 점이 바로 김동인다운 점이다. 그럼에도 이 소설은 예수를 격하하려는 데 뜻을 둔 것이라고 볼 수 없다. 오히려 보통 기독교소설보다도 인간적 면모를 강조함으로써 예수에 더 끌리게끔 하는 효과를 가져온다. 꼭 2년 후에 김동인은 「明文」(『개벽』, 1925. 1)을 통해 기독교 광신자를 희화화하였다. 전대감 아들 전주사는 어려서 예배당을 출입하면서 광신자가 된 후 전대감을 전도하려다가 오히려 전대감이 무당과 판수를 불러들여 '예수'와 '인복대감'의 싸움판을 벌이게 하였고 아버지의 죄를 비는 의미에서 아버지 이름으로 예배당 건립에 천 원을 기부하여 아버지의 분노를 샀고 아버지 사후에는 거금 50만 원을 들여 아버지 이름을 딴 성철관이라는 공회당을 지었으며 그 자신도 검소한 생활로 모은 돈을 자선금으로 냈다. 그는 어머니가 노망을 부리자 효도한다는 의미에서 어머니를 살해하여 그 죄로 사형 집행을 당해 여호와 앞으로 끌려가 살아생전에 기독교를 위해 선행하였노라고 진술하였으나 오히려 여호와는 거짓말한 죄와 불효한 죄 두 가지를 들어 지옥행을 명하였다. 김동인은 생활상의 가치와 종교상의 가치는 별개의 것이 아님을 일깨워주었다.

「명문」이 광신자인 아들과 전도를 거부하는 아버지의 갈등을 그린 것에 비해, 박종화는 「아버지와 아들」(『개벽』, 1924. 9)에서 장수와 재산 보호를 위해 기독교를 믿으라고 하면서 의사가 되든지 약제사가 되든지 하라고 강권하는 아버지 원주부로부터 아들 태훈이 독립을 선언하고 미술학교에 간다는 이야기를 들려준다. 아버지가 예수의 위대함을 강조하면서 기독교를 믿을 것을 권하자 태훈은 예수나 공자를 믿는 것보다 확실한 자기 마음을 믿는 것이 더 중요하다고 하였다. 한때 일찍이 예배당을 열심히 다닌 바 있었던 태훈은 목사의 설교로부터 아무런 계시도 자극도 받을 수 없었고 사색의 계기도 가질 수 없게 되었다고 인식하고는 "자아를 믿어라" 하는 쪽으로 바뀌게 된 것이다. 이 소설은 태훈이 친구들과 함께 "조선 구도덕의 반역자"가 되어 새로운 길을 찾자고 맹세하는 것으로 끝난다. 화가 지망생인 청년에 의해 어느덧 기독교도 청산되어야 할 구도덕에 포함되고 말았다. 박종화가 새로운 사상을 무조건 지지한 것만은 아니다. 그는 「黎明」(『개벽』, 1925. 1)에서 서울의 고등보통학교생인 태원이 부모로부터 일방적으로 혼인 통보를 받고 "새시대"와 "새조선"과 "여명"에 맞추어 살겠다고 하며 혼인을 거부하자 이번에는 파혼당한 김생원 딸이 홧병으로 죽는다는 사건을 설정한다.

나도향은 「넷날꿈은蒼白하더이다」(『개벽』, 1922. 12)와 「自己를찻기前」(『개벽』, 1924. 3)에서 목사나 기독교 광신자를 비판하였다. 전자의 소설에서는 소년이 12살 때를 회상하는 화자가 되어 무식하면서 동네 교회 전도부인인 할머니와 무종교인 아버지의 갈등이 집안을 감돌고 있음을 털어놓는다. '나'도 예수교 학교를 다녀 매일 성경을 대한 나머지 나의 영혼은 하느님의 것이고 나의 생은 예수의 생이라고 인식하고 스스로를 약자요 피

정복자라고 인식한다. 할머니가 집에 당장 먹을 것이 없을 때도 이웃집에서 돈 5원이나 꾸어 헌금으로 내거나 구두를 신고 다니는 행태를 보고 아버지는 일반 신자들까지 싸잡아 욕을 한다. 그러나 할머니는 할머니대로 아버지는 아버지대로 일탈된 존재로 그리고 있어 나도향이 기독교 비판을 최종 목표로 삼은 것인지는 판단하기 어렵다. 이에 반해 「자기를 찾기 전」은 분명하게 기독교와 교역자를 비판한다. 방앗간에서 일하는 수님은 20대 말의 정미소 직공감독과 눈이 맞아 결혼식도 올리지 않고 살다가 애를 낳았으나 애는 장질부사에 걸리고 애아버지는 방앗간 돈 2백 원을 들고 도망을 가버리는 극한 상황에 놓이게 된다. 수님은 원래 기독교 신자로 아기가 병에 걸렸을 때도 나중에는 목사에게 기댄다. 친정어머니가 손자를 보고 악담을 퍼붓는 것을 보고 수님이가 하느님 운운하자 어머니는 "누가하누님을보앗다드냐? 너암만한우님을미더보아라 한우님밋는다고 죽을년석이 산다드냐 모두팔자야"[58] 하고 종교를 부정한다. 수님의 아기를 병원으로 데리고 간 오빠도 사람의 병을 고치는 데는 예수님보다는 서양 의술을 전공한 의사가 낫다는 말을 한다. 수님은 열심히 기도했는데도 효험이 없자 이번에는 목사님이 와서 기도해주면 아이의 병이 나을 것이라고 믿는다. 그러나 목사도 전염병에 걸려 수님의 아기보다도 먼저 세상을 떠난다. 이 소설은 병을 고치는 데 기도냐 병원이냐를 놓고 설전을 벌이는 것을 몇 차례 설정하면서도 병원행으로 기울어지는 분위기를 드러낸다.

김동인의 「거츠른 터」(『개벽』, 1924. 2)는 죽은 남편을 못 잊어 하다가 자살한 여인이 남긴 기록으로 된 애정소설이며 액자소설이다. 수신자는 특별히 지정되어 있지 않지만 발신자의 자살 직전까지의 심정을 드러낸 유서 소설로 볼 수 있다. 소설의 앞부분을 차지하는 겉이야기는 영애의 자살 원인을 죽은 남편에 대한 그리움으로 알리고 있지만 속이야기인 "영애의 글"

---

58) 『개벽』, 1924. 3, p. 134.

은 자살 원인을 죄의식에서 찾게 한다. 이 소설의 제목인 "거츠른터"는 남편이 어린 시절 자라난 경주 지방을 가리키는 것으로 영애는 바로 이곳에서 목을 맨 것이다. 영애의 남편은 K인쇄소의 기사인 S로, 술을 좋아하고 불규칙적인 생활을 하였으나 실험광이었다. 실험실에서 일하다가 독가스에 중독사한 남편 장례식에서 친구 Y가 쓴 조문에는 S가 기존 타이프라이터보다 시간은 절약되지만 비용은 감소되지 않는 문제점을 마지막으로 해결하려고 실험실에 들어갔다가 독가스에 중독되어 죽은 것으로 밝히고 있다. 인쇄술이라든가 화학 약품에 대한 작가의 전문 지식이 돋보이는 대목이기도 하다. 남편은 평소에 친구들의 방문을 자주 받으면서 노동 문제, 지식인 문제, 유산자 등과 같은 문제에 대한 토론을 벌이기 좋아하였다. 남편이 죽은 지 거의 4년이 다 되어갈 무렵, 경주에 있는 남편의 고향 집에 갔다가 남편과 너무 닮은 이복동생의 존재를 알게 되어 부산에 사는 서제(庶弟)를 찾아가 한집에 살고 있던 중 친구 유진에게 편지를 쓰던 어느 날 이복동생 H와 접하게 되자 다음 날 경주로 돌아와 며칠 후 자살을 감행한 것이다. 김동인의 「배따라기」에서는 형의 의처증 안에 있었던 형수와 시동생의 불륜이 이 소설에서는 현실화되어 형수의 자살을 빚어내게 된다. 이 소설은 여주인공과 친구 이름만 한국어로 표기한 대신 남성 인물들의 이름은 영어 이니셜로 표기한 특징을 보인다.

　나도향의 「십칠원 오십전」(『개벽』, 1923. 1)에는 "젊은 화가 A의 눈물의 한 방울"이라는 부제가 붙어 있다. 이 소설은 화가인 주인공이 선생에게 보낸 7통의 편지로 짜인 서간체소설이다. 서간체소설의 한 특장을 작가의 자유로운 내면 토로에서 찾을 수 있는 것처럼, 이 소설은 주인공인 젊은 화가의 내면세계를 잘 파헤치고 있다. 주인공 A는 자기도 도화 선생을 해서 겨우 생활해가는 처지임에도 아내를 여읜 친구를 적극 도와주고, 불구자이면서 집세도 못 내 쫓겨날 지경이 된 어느 모녀에게 17원 50전이 남은 월급봉투를 주고 만다. 이 소설은 NC, SO, C선생, M교주 식의 명명법을 취하였다. 1년 전의 발표작 「별을 안거든 우지나 말걸」에서 참사람이 되기 위해 글을 쓴다는 문학관은 이 소설에 와서는 빈자와 불구자에 대한 물질적 지원이라는 예술관으로 바뀐다.

이광수의 「거룩한 죽음」(『개벽』, 1923. 3~4)은 동학소설로, 동학 창시자 수운 최제우가 사교(邪敎)를 포교했다는 혐의로 1864년에 관군에게 붙들려 대구에서 사형당하게 된다는 내용의 이야기를 들려주는 점에서 동학소설, 종교소설, 영웅소설, 실화소설이라고 할 수 있다. "동학선생"으로 불리던 최제우가 동학교도인 김씨 집에 와서 제자들과 며칠 동안 기도하고 강론하는 모습을 생동감 있게 그려놓고 있다. 이 소설에서는 "포덕턴하 광제창생 보국안민지대도 무극대도대덕 지긔금지 원위대강" "시턴쥬 조화뎡 영세불망 만사지 지긔금지" 같은 주문을 여러 차례 들을 수 있고 동학의 교리와 정신을 알게 되며 수운의 초인적인 면모를 확인하게 된다. 이 소설에서는 장면 장면을 핍진하게 그려내는 묘사력도 주목할 만하고, 동학의 정신을 일깨워주려 한 작가적 의도도 높이 평가할 수 있다. 비슷한 시기에 염상섭, 현진건, 김동인 등이 국한혼용에서 헤어나지 못할 때 이광수는 "포덕천하 광졔창생~영세불망 만사지 지긔금지"와 같이 한자로 써야 할 것을 오히려 한글로 표기하였다. 해방 전 한국 소설에서는 「거룩한 죽음」 이후 동학을 전면적으로 다룬 작품은 찾아볼 수 없다. 김동인은 기독교로 눈을 돌린 반면 이광수는 동학 쪽에 시선을 주었다. 김동인이 예수 그리스도를 인간의 모습으로 그리려 한 것과 이광수가 최제우를 초인의 모습으로 그리려 한 것이 대조적이다.

비슷한 시기에 이광수는 신문연재소설 「先導者」(『동아일보』, 1923. 3. 27~7. 17)를 썼는데 이는 이광수가 1919년 중국 상해 임시정부에서 만나 일을 같이했던 도산 안창호를 모델로 하여[59] 정치가소설, 위인소설, 사상

---

59) 이광수, 「내 소설과 모델」(『삼천리』, 1930. 5), p. 64.

가소설 등을 만들어낸 것이다. 주인공 추산 이항목은 독립협회 가입, 부패 관료 비판 연설, 수감, 서양 선교사의 도움으로 출감, 서재필 박사와 미국 망명, 귀국 후 비밀 정치결사 백령회 조직, 백산중학 경영, 이등박문과의 단독 회담, 중국으로의 망명 등으로 점철되는 삶을 보여준다. 이 소설에는 서재필이나 이등박문과 같이 실존 인물도 등장하고 실제 인물을 모델로 한 가공 인물도 나오고 아예 이광수가 만들어낸 인물들도 나온다. 백령회(白領會)나 백산학교(白山學校)는 신민회나 대성학교를 모델로 한 것이고 이항목을 따르는 여자들에 관한 이야기도 작가가 온전히 지어낸 것이며 실존 인물 서재필이 작중인물 이항목을 미국에 데리고 갔다는 것도 지어낸 이야기다. 이 소설을 안창호의 전기라고 하기에는 디테일 면에서 실제와는 다른 데가 많다. 이항목의 사상과 신념은 독립협회 가입, 백령회 조직, 여러 지사들과의 교우, 이등박문과의 대면 등에서 자연스럽게 유로된다. 이항목은 이등박문을 만나는 자리에서 비록 직접적인 비판과 건의는 피하고 있긴 하지만 당시 조선인들의 불만과 기대를 성실하게 대변하였다. 예컨대 이등박문이 "동양평화론"을 내세우며 한국 정벌을 합리화하자 이항목은 그런 것에는 관심 없고 오로지 내 나라에만 관심 있다는 식으로 동양평화론의 부당성을 제시한다. 이등박문이 "한국 문제를 어떻게 해결하려고 하느냐"고 묻자 이항목은 메이지 유신을 본받으면서 "교육으로 민지를 계발하고 산업으로 민력을 함양하는 길"밖에 더 있겠느냐고 답한다. 결국 자강운동의 골자인 교육입국론과 산업입국론을 다시 한 번 주장한 것에 지나지 않는다. 이등박문이 한국의 이익 증대를 위해서는 한일병합이 불가피하다고 하자 이항목은 한국의 이익은 "한국 사람이 스스로 이 모든 것을 할 만한 힘을 얻는 데 있다"고 하면서 "우리는 남의 손에 잘 다스림을 받는 일보다

"정직하게 告白한다면 내가 實在의 人物과 事件 그대로를 取扱하여본것은 「先導者」엿다 倂合의 風雲이 急할째 島山安昌浩氏의 前后를 그리기로한것임으로 그속에나오는 인물들은 실상잇섯든 사람이 全部엇고 톄―마도 그째活躍하든 姿態를 그째로 敍述하엿든것이다."

서투르나마 우리 손으로 우리를 다스리는 힘을 가지고 싶습니다" 하고 우회적으로 반론을 펼친다. 어조는 낮지만 뜻은 강고하여 한국인들의 독립의지와 자주, 자립정신을 분명하게 내보였다. 이등박문과 이항목의 가상 대화는 이등박문과 이광수의 가상 대화 자리 같기도 하다. "결코 남의 힘을 빌리지 말자" "천천히 힘을 기른다는 정경대도를 밟아 나아가자" "나라일은 거룩한 일이니 조금도 부정한 수단을 쓰지 말자" 등과 같이 이항목이 백령회원들에게 강령으로 제시한 것은 흥사단의 무실역행론 중심의 강령과는 다소 거리가 있다. 오히려 이광수 자신의 생각에 가깝다. 이광수는 이 소설을 통해 도산 안창호의 인물됨과 사상이 어려운 시대를 선도할 수 있는 유일한 방안인 것처럼 선전하고 동시에 자기 자신도 선전하고 있다. 자신도 1920년대 한국인들의 한 선도자임을 마음속으로나마 자부한다. 「거룩한 죽음」과 「선도자」는 『무정』에서 박진사와 함교장을 내세워 긍정적이긴 하나 부분적 모티프로 살렸던 동학 세력과 도산 안창호를 주인공으로 하여 위인소설의 형태에 도달했다. 이 두 소설은 최제우와 안창호를 통해 19세기 말과 20세기 초의 우리 역사를 통찰하게 만드는 정치소설로 볼 수 있다. 신채호가 영웅대망론을 내세워 을지문덕·이순신·최영 등과 같은 무인을 주인공으로 한 영웅소설이나 역사소설을 써낸 데 비해, 이광수는 「거룩한 죽음」과 「선도자」를 통해 대체사에 가까운 상상력을 동원하여 위인소설이나 정치소설도 쓸 줄 아는 작가로 자리하게 된다.

김동인의 「눈을 겨우 뜰 때」(『개벽』, 1923. 7, 8, 10, 11)[60]는 기생을 주인공으로 한 소설이다. 금패라는 평양 기생이 자기를 좋아하던 한 젊은이

---

60) 『개벽』, 1923. 11, p. 43.
　　"눈을 겨우 뜰 때의 序編은, 이에 끗낫습니다. 련속하여 쓰고는십지만 한단편을 해를 걸쳐서 쓰는것은, 자미업는 일일뿐더러 겨울이 되면 약하여지는 作者의 몸은, 또다시 약하여지는듯 합니다. 이 序編뿐으로도 한개 獨立한 作品이 되겟스매, 이 긔회를타서, 이것으로 한段落을멧고, 明年이 되면, 다시 쓰기 시작할가 합니다."

가 돈이 떨어져 쫓겨나서 얼어 죽은 이후로 자기네의 삶을 반성하면서 가치 있는 삶을 열망한다는 이야기를 들려준다. 그녀는 사람대접받지 못하는 것에 슬퍼하면서 인생무상도 반추한다. 「배따라기」에서 보여주었던 허무주의와 유려한 문장력과 뛰어난 묘사력이 재현되고 있으나 솜씨에 비해 문제의식이 약하다는 문제점을 드러낸다.

그가운데, 그가, 다만하나 아른바는, 그는 결코 남의게, 온전한사람의 대접은 못밧고 잇다는 심히 不愉快한덤이엇섯다. 손님은 그(기생)들을 「업수히 역일수이슴으로 사랑스러운 動物」로 아럿섯다. 부모는, 「돈ㅅ버리하는 잡은것」으로 대하엿섯다. 예수교인은 마귀로아럿다. 도학자는 요물로아럿다. 로동자는 자긔도 돈만이스면 살수잇는 「물건」으로 아럿다. 어린애들은 「영문압의도상」이라고 비우서 줄 곱게차린 동물로아럿다. 늙은이나 젊은이나 한글가치, 다만 春情을파는 아름다운動物로 아를뿐, 한개人格을가진 사람으로는 보지 아넛다[61]

염상섭의 「해바라기」(『동아일보』, 1923. 7. 18~8. 26)[62]는 실연의 아픔을 겪은 신여성 최영희와 재취 장가드는 건축기사 이순택이 목포로 신혼여행을 가 거기서 얼마 안 떨어진 H군에 있는 최영희의 옛 애인 홍수삼의 무덤에 비석을 세워주고 오는 과정을 메인 플롯으로 삼고 있다. 최영희는 여류 화가 나혜석을, 이순택은 경도제대 법대 출신의 변호사인 김우영을, 홍수삼은 문인 최승구를 모델로 하였다.[63] 홍수삼과 관계있는 사진을 다 태

---

61) 위의 책, 1923. 8, p. 128.
62) 다음 논문을 주목할 필요가 있다.
　　이선영, 「시각상의 진보성과 회고성—「만세전」과 「해바라기」에 대하여」, 『염상섭 전집』 1(해설), 민음사, 1987.
　　김지영, 「'연애'의 형성과 초기 근대소설」, 『현대소설연구』 27, 2005.
63) 김윤식, 『염상섭 연구』, 서울대 출판부, 1987, pp. 269~78.

워버리고 마음 정리를 하게 되는 최영희는 동경여자대학 문과에 재학 중인 24세의 신여성답게 의식 자체를 싫어한다든가 예술지상주의자를 따르는 면모를 보인다.

물론, 최영희는 껍질만 돌아다니는 신여성은 아니지만 그렇다고 신념이 확고한 인물도 아니며 사상이 깊은 인물도 아니다. 그녀는 예술 하나만으로는 늘 어딘가 비어 있고 허전한 것을 해결할 수 없는 상태에 있으며 여기에다가 실연한 아픔까지 가세하여 그녀를 결혼하도록 몰아간 것이다.

영희에게는 예술에서도 어들수업고진리에서도어들수업스며 신앙에서도어들수업고그러타고 단순한성욕의만족으로만으로도 어들수업는 그무엇에 주렷거나 혹은 그무엇이잇다가 업서진 마음속의비인곳을 채이랴거나 또는 잇다가업서지기쌔문에생긴쓰린상처를 고칠만한 무엇인지를 어드랴는 고통이 잇섯다.[64]

최영희는 흔히 여자들이 남자들보다 더 잘 느끼는 결핍감에서 헤어나지 못한다. 그녀는 그 어느 한 가지만으로는 이 결핍감을 메울 수 없음을 잘 알고 있다. 최영희는 "사랑을 바다주는 유쾌한 의무를 다한 보수로 밥을 먹여 달라고 하며 안즌" 경우가 되었다. 이러한 최영희를 통해 결국은 밥과 생활과 세속적 욕망을 중시하는 염상섭 특유의 인간관을 확인해볼 수 있다. 그러나 아직 최영희는 어느 한쪽으로 기울었다고 하기가 어렵다. 실제로, 그녀는 이리 재고 저리 헤아리는 주변적인 성격을 강하게 보이기 때문이다. 이렇듯 앞뒤가 맞지 않고 좌우가 틈이 벌어진 인간형은 염상섭이 인간을 복합적이고 모순된 존재로 본 데서 빚어진 것이라고 할 수 있다. 최영희는 나혜석을 모델로 한 것은 틀림없지만 사상이나 행동 양식 면에서

---

64) 『동아일보』, 1923. 7. 28.

최영희가 나혜석을 완전히 대치했다고 보기는 어렵다. 염상섭은 인간을 복잡하게 보는 만큼 긴 문장을 자주 구사하였다.

소위결혼식이라는것을 당초부터 무시하든 영희로서는 사회와싸우면서라도 구습과 제도에 반항하야 어듸까지 자긔의 주장을 세울만한 용긔가업서서 그리하얏든지 여러사람의눈에 쎄이는 번화한례식을 거행하야 보랴는 일종의 허영심을 익이지 못하야 그리하얏든지 어쩌튼신식으로 례식은하얏다 하드라도 또다시 구식으로 폐백을드리느니다례를지내느니하는것은 의식(儀式)을허례라고 배척하야오드니만치 자긔의생각과 행동을스스로살피고 비평하는눈이 밝고날카럽을스록 영희에게고통이아니될수업섯다.[65]

이는 최영희가 결혼식을 구식으로 할 것이냐 신식으로 할 것이냐 하는 주위 사람들의 논란에 떠밀려 자기 생각대로 하지 못하는 장면을 보여준 것이다. 「해바라기」는 전체적으로는 실패하였는지는 몰라도 부분적으로는 당시 한국 소설의 수준을 끌어올리는 한 결과가 되었다. 염상섭은 인간 존재를 생활이나 사회에 비끌어매놓은 채 요모조모로 따져보는 태도를 취한다. 그 당시에 염상섭만큼 장문을 구사한 작가는 없다. 김동인이나 이광수가 대체로 단문주의인 데 반해 염상섭은 장문주의라고 할 수 있다. 한 문장의 길이와 대상의 인식 방법은 비례 관계가 있다고 볼 수 있다.

「너희들은 무엇을 얻었느냐」(『동아일보』, 1923. 8. 27~1924. 2. 5)[66]는

---

65) 위의 신문, 1923. 7. 21.
66) 다음 논문을 주목할 필요가 있다.
　　김종균, 「염상섭의 1920년대 장편소설 연구」, 서원대학교, 『논문집』 9, 1980.
　　한승옥, 「「너희들은 무엇을 얻었느냐」에 나타난 '빈정거림'」, 『한국현대장편소설연구』, 민음사, 1989.
　　박상준, 「생활과 심리의 대위법—「너희들은 무엇을 얻었느냐」론」, 『1920년대 문학과 염상섭』, 역락, 2000.
　　류이수, 「아리시마 타케오(有島武郎)의 『宣言』과 염상섭의 「너희들은 무엇을 얻었느냐」」,

1920년대 당시 젊은 남녀들 사이의 관계를 다룬 것으로, 상·중·하편으로 짜여 있다. 신문화를 소개하는 잡지를 발행하는 덕순, 청산학원 학생인 경애와 그 애인인 한규, 여학교 선생인 마리아, 신문기자인 중환, 명수, 정옥 등이 주요 인물이다. 이 소설의 표제가 가리키는 것처럼 또 중환의 비판적이고 허무주의적인 태도에서 잘 드러나는 것처럼 당대 사회에서 젊은이들이 얻은 것은 아무것도 없음을 일깨워준다. 개인들이 아무것도 얻은 것이 없다는 데서 결국 그 개인들이 놓여 있는 사회를 부정적으로 보고 있음을 짐작하게 해준다. 1920년 전후 한국의 젊은 남녀 지식인들의 성도덕 문란을 문제 삼은 점에서 이 소설은 「제야」의 연장선에 놓인다. 「제야」에서는 신여성이 자기반성하는 형식을 취하지만 「너희들은 무엇을 얻었느냐」에서는 신문기자가 주위의 신여성들을 비판하는 형식을 취한다.

작가 염상섭에 가장 근접하는 인물은 김중환으로 보아야 한다. 물론 김중환도 작가 특유의 냉소벽에 걸려 더러 모순되는 인물로 그려진다. 그는 덕순이나 마리아와 같이 자유분방한 신여성들을 비판의 눈초리로 볼 뿐만 아니라 종교에 대해서도 그 허실을 잘 파악하여 당대의 교역자와 신자들의 행태는 비판하되 종교의 본질은 긍정하는 태도를 취한다.

물론 신여성들만 방종과 타락의 모습을 보이는 것은 아니다. 남자들도 기생과 신여성 사이를 오가며 타락한 생활을 하고 있다. 남자들은 기생이나 신여성과 놀아나는 한편 여자들을 깔보는 태도마저 취해 이중 삼중의 모순을 드러낸다. 그러나 염상섭은 남성 인물들의 입을 통해 타락한 생활에는 반드시 이유가 있는 법이라고 강변한다. 이미 초기 3부작에서 드러나는 바와 같이 염상섭은 원천적으로 제약받고 있는 당대 조선 사람들의 생활상을 보여주는 데 힘썼다. 그는 당시 젊은이들이 만성 무기력 증세에 빠져 사는 모습이나 타락한 생활에 젖어 있는 모습을 보여줌으로써 간접적으

한국일본학회, 『일본학보』 57, 2003.

로 일제를 자극하였다. 명수와 중환이 같은 남자들 사이에서는 조선 사람들이 무기력, 끈기와 정열의 부족, 의지 박약 등의 문제점들을 드러내고 있음이 지적된다. "조선사람은 련애라는 행복을 타지 못하고 나온 인종"이라는 지적도 나오는 것처럼 염상섭은 남녀의 사랑이라는 문제를 당시 사회 전체를 가늠할 수 있는 안테나로 파악했다. 식민통치가 끝나면, 한국인들은 자유롭게 연애함으로써 무기력이나 우울증에서 빠져나올 수 있을 것이며 무가치하고 타락한 생활상을 청산하게 될 것이라는 전망이 분명 이 소설의 저변에 깔려 있다.

> 「조선사람의심리는 어써킬네요?」
> 「글세요……잇는것갓기도 하고 업는것가기도한것이지요 조선 사람에게는 어쎠튼지영원(永遠)이라거나 심각(深刻) 이라거나확명(確定)이라는것은업스니까요」「그건 조선사람이본질덕으로 그러타는 말씀이애요?」
> 「글세요……하지만 어쎠튼현재로는 그러타고하겟지요 지금 우리조선사람에게는 비애가잇는것도아니요 업는것도 아니며 희망이잇는것도아니요 업는것도아닌 할수업는시대요 할수업는심리에서 꿈을 쑤지요 그러나 그것은 영원을 바라보는아름다운쑴은아니지요」[67]

이상은 명수와 정옥이라는 인물이 나눈 이야기로 1920년대 전후의 젊은이들의 보편적인 사고방식과 행동방식을 지적하였다. 명수와 중환이 연애니 기생이니를 화제로 하여 나눈 이야기 속에서도 이렇듯 부정적 색채가 짙은 조선인 심리론이 반복된다. 만일 춘향이가 실제 인물이라고 한다면 조선 민족은 유망하다는 추론에서 연애를 모르는 개인이나 민족은 가망성이 없다는 주장을 내보이고 있다. 여기서 춘향이는 "정열, 근긔, 의지" 등

---

67) 『동아일보』, 1932. 10. 11.

의 추상명사로 확대된다. 표면상으로는 조선 사람을 탓하지만 이러한 정열이나 근기나 의지를 허용하지 않는 것은 실은 식민통치라는 인식을 숨기고 있다. 정열이나 근기나 의지는 근대적인 각성 속에 포함되는 개념들이다. 당시의 식민통치 아래서 조선의 남녀 젊은이들이 얻을 수 있었던 것은 혐오감, 무력감, 절망감 그리고 타락 충동뿐이었다. 식민통치라는 장벽을 대면할 수밖에 없는 젊은이들의 내면의 흐름을 잘 파악한 염상섭은 당시의 젊은 지식인들에게 과연 너희들은 무엇을 얻었다고 생각하느냐고 심각하게 묻고 있는 것이다. 염상섭은 질문하기 전에 아무것도 얻은 게 없노라는 답을 이미 구해놓고 있었다.

염상섭의 「金半指」(『개벽』, 1924. 2)는 일본 S고등상업학교를 졸업하고 K은행에 가기로 된 '그'(O씨)가 어린 누이동생이 조막염으로 입원한 C병원의 간호부 E자에게 반하여 속으로만 앓으면서 말 한마디 못 하다가 11월 어느 날 전차 속에서 우연히 만난 그녀의 손에 금반지가 끼어 있는 것을 보게 되고 그녀의 남편과 인사를 하게 된다는 이야기를 들려준다. 한마디로 환멸의 결말을 취하였다. 「檢事局待合室」(『개벽』, 1925. 7)은 이경옥이란 여인이 돈 있는 남자를 꼬여 단물을 빨아먹고 팽개친 사건의 진상이 무엇인가를 기자인 '나'도 궁금해하면서 검사들이나 다른 기자들이 피해 남성들의 편을 드는 것과는 달리 오히려 이경옥의 편을 드는 것으로 끝낸다. 신문사 기자답게 '나'는 데라우치(寺內) 총독 암살 사건, 윤치호 사건, 공산당독립당 등과 같은 거대담론에 관심이 있음을 드러내며 작중 기자들은 판검사=절대 권력이라는 도식을 비꼬듯 확인시키고 있다. 이경옥 이외에 Y, K, X, M, C 같은 인명이 부여되는 점도 유행을 따른 것이며 염상섭 소설이 추리소설적인 성격이 강함을 보여준다.

당시에 젊은 남녀의 '연애'는 단순한 에로스적 충동 이상의 의미를 지닌 것으로 보이기도 했다. 최서해의 창작집 『血痕』(글벗, 1926)의 서문에 나타난 다음과 같은 대목을 음미할 필요가 있다.

내앞헤는 두길박게 업다. 혁명(革命)이냐? 련애(戀愛)냐? 이것뿐이다. 극
도의 반역이 아니면 극도의 열애속에 무치고십다. 그러나 내게는 련애가 업
다. 아니 잇기는하나 그것은 사야만된다. 나는 련애를 사려고 하지안는다.
그러나 내게는 반역뿐이다.[68]

여기서 '연애'는 일제 치하의 사방이 막힌 사회에서 유일한 탈출구로 기
대되고 있었다. 연애에 대한 기대는 혁명에 대한 기대만큼이나 크다. 연애
가 소극적인 방책이라면 혁명은 적극적인 해결책이다.

채만식의 「과도기」(1923)는 일제 때에는 발표되지 못했다가 채만식 사
후에 햇빛을 본 5백 매 정도의 중편소설이다. 채만식이 사상 면에서나 기
법 면에서 아직은 미숙성을 벗지 못한 시기에 나온 것이다. 일제가 가혹하
게 검열을 한 흔적이 뚜렷하게 남아 있는 이 소설[69]은 1910년대 동경에 간
조선 유학생들이 여러 측면의 사고와 행태에서 과도기적인 현상을 드러내
고 있음을 보여주는 데 초점을 맞춘 것으로 모두 18장으로 구성되어 있다.
동경 상대 예과생인 23세의 박봉우는 9년 전 결혼한 아내와의 이혼을 결행
하기 위해 집에 다녀오는데 아내는 특별한 흠은 없음에도 남편에게 구박을
심하게 받아오던 터로(1장), 그동안 숨겨온 지랄병이 도지자 아내가 부끄
러워한 나머지 24세의 나이로 양잿물을 먹고 자살했음에도(2장) 박봉우는
일말의 가책도 느끼지 않은 채 어느 양장 미인과 선을 보기까지 한다(3
장). 봉우네 집은 군산으로 이사 가 포목점을 개업하는데(4장), 봉우는 옆

---

68) 『조선문단』, 1925. 11, p. 96.
69) 방민호는 『채만식 문학 원본사진자료집 1—채만식 처녀작 「과도기」』(예옥출판사, 2006)의
   해설 「「과도기」와 식민지 검열 문제」(pp. 421~41)에서 붉은 줄만 쳐놓은 부분 7군데, 붉
   은 줄을 치고 삭제 도장을 군데군데 찍어놓은 부분 8군데, 붉은 꺾쇠 표시로 묶어놓은 부분
   1군데라고 밝혀놓았다. 그러고는 "「과도기」는 그야말로 혹독한 검열을 거치면서 삭제하거나
   바꿔야 할 부분이 너무 많아진 나머지 출판이 포기된 듯 보인다"(p. 426)고 하였다.

집 딸 영순에게 화친회장이며 친일파인 서태문이 장학금을 미끼로 접근하는 것을 알고 말린다(5장). 박봉우는 게이오 대학 의대생이며 고향에 처자가 있는 조선인 임형식과 일본 여자 문자(池田文子) 부부와 함께 정수의 자취방에서 살기로 한다(7장). 문자는 하숙생 임형식에게 적극적으로 접근하여 살림을 차린다(8장). 임형식은 일본 여인 문자와 관계를 유지하기 위해 조선에 있는 조강지처와 이혼할 것이라고 하였으나(9장), 문자는 그 어머니에게 쫓겨나고 만다(10장). 봉우는 조혼한 처와 곧 이혼할 것이라고 하는 와세다 대학 노문과 학생인 김정수에게 '이혼기성회'를 조직하자고 제안한다(11장). 문자는 이번에는 김정수에게 꼬리를 친다(12장). 봉우와 형식이 해수욕을 간 사이 집에 남은 문자는 정수와 문학 · 사상 · 종교 등에 대해 토론을 벌이면서 성욕을 억제하지 못한다(13장). 한편 봉우는 영순으로부터 사랑을 거절하는 편지를 받는다(16장). 잠옷 바람의 문자를 보고 잠시 마음이 뒤흔들렸으나 마음을 다잡고 다음 날 동경을 떠나는(17장) 김정수는 또 한 명의 일본 여자 영자의 전송을 받으며 시모노세키(下關) 행 열차에 몸을 싣는다(18장).

조선 유학생 세 사람에게 노골적으로 추파를 던지는 문자는 어떤 여자인가. 문자는 관청 직원의 외딸로 과부가 된 모친과 단둘이 사는 19세 된 메지로(目白) 여자대학 학생이다. 분량으로 볼 때 가장 길게 삭제 조치된 부분은 문자가 자기 방에 이부자리를 펴놓고 거의 알몸으로 미리 들어가 임형식을 유혹하여 관계를 맺는 장면이다. 일본 여성이 조선 남자를 유혹하는 장면을 음란소설의 수준으로 묘사한 것이 문제가 되어 출판사에서 삭제하였을 것이다. 둘째로 길게 삭제된 곳은 영순에게 학비를 대주며 치근대는 서태문의 정체를 박봉우가 폭로하는 부분이다. 서태문은 본명이 서병욱으로 일본에서 인삼장수, 엿장수를 하면서 메이지 대학 학생을 사칭하였고 일본인에게 들러붙어 "일선융화에 큰 노력을 했다"고 하다가 조선 유학생들에게 들켜 두드려 맞았고 교토에 와 사기 행각을 벌이고 처녀 유인죄를 저질러 감옥살이까지 하고 나온 존재다.

이 소설의 표제인 "과도기"는 정수가 형식과 봉우와 대화하는 자리에서 조선 사회가 온통 이혼 열풍에 휩싸인 것, 이혼남과 이혼녀를 조선 사회가 학대하는 것 등을 지적하면서 이런 현상이 과도기임을 주장하는 데서 내용을 갖추게 된다.

> 시체ㅅ절문애들이걸핏하면리혼을한다지……그래「웨리혼을하려느냐」구물으면열이면아홉은「무식하구얼골이미운것」이그제일큰조건이라구대답을하구……그리면유식하구얼골엡분색신어더무엇하려느냐」구물으면「둘이서갓치활동을해서버러먹구살랴」구그런대나……글세금시제녀편네하구막죠아지나든게그린단말이야……사실정이업서그리는것두안이야……그리니까사회에선그따위ㅅ것들을눈감어볼수가잇겟다구?……만일일유제조소(人類製造所)란게잇다면그쓰레기통에다나모두쓸어담에서서울시기문밧게아쿵쿵파무더바릴ㅅ감들……그것들이모두과도ㅅ기의특산물(特産物)부스럭이들이야……[70]

정수는 문자와 단둘이서 여러 가지 문제를 놓고 대화를 하는 자리에서 이스라엘 민족의 원시 종교가 기독교로 발전한 것을 설명하고 자신은 무신론자라고 주장하면서 종교란 미신이 좀더 진화된 것이 아니냐고 한다. 그러고는 기독교를 여러모로 비난한다. 봉우는 영순으로부터 예배당에 착실히 다니라는 충고와 우리 민족을 위해 열심히 공부하겠다는 각오가 들어 있으면서 봉우 개인의 사랑을 받아들이기 어렵다는 편지를 받게 된다. 그러자 이번에는 형식이 영순이가 지향하는 기독교 신자를 향해 비난을 아끼지 않는다. 형식은 기독교 신자들이 성경이나 보고 찬미가나 부르고 하면 신성한 생활을 하는 것으로 착각하고 다른 사람들을 낮추어 본다고 비난한다.

---

70) 위의 책, pp. 252~53.

저이가무얼난체해……잘나구두잔난체하는것두보기가실흔데못난것들이난
첼하니엇지쟌말이야……저이가무얼쯤안단건모두개닥아리에감투씨운셈이
지……증수말쏜으루그것들이모두과도ㅅ기특산물부스럭이들이야……하고
봉우를흘끔보앗다[71]

이처럼 채만식은 한 번은 정수의 입을 통해, 또 한 번은 형식의 입을 통
해 "과도기의 특산물 부스러기들"을 운운한다. 정수는 이혼을 쉽게 하는 조
선의 남녀 젊은이들을 향해, 형식은 기독교 광신자들을 향해 과도기적인
존재라는 비판의 화살을 쏘고 있다. 정수는 자기가 살 시간을 계산해보고
결국 삶이란 허망하다는 결론에 도달하고는 모든 것을 부정하기에 이른다.

개아미(蟻)짐만두못한사회……어린애작란갓흔과학……구역질나는종
교……그짓부리예술……수박겆할기갓흔철학……갓쟌은도덕……십년묵은
대ㅅ통(煙管)갓흔사상……그래가지군저이끼리자유니평등이니진보니퇴보
니……자연겔(자연계)정복하느니진릴찬느니……선악이엇지니미춰(미추)가
엇지니……국가(국가)니전쟁이니……형명이니개조니……령이니육이니해
가면서저이끼리두잘낫놈못난놈구별을해가지군색댈은놈은달은놈의게터ㅅ셀
하구……그래서서루잡아먹질못해서으르렁거리구……어이구구역난다……
그린데난엇진구?……그럿치만나두그즁에하나야……(중략) 그럿치아무래
두살어잇는동안엔「생활」이란걸면할수가업는데……생활……생활……인생
생활……현실……아!현실……어라이놈에세상이귀찮타……[72]

───────────────

71) 위의 책, p. 390.
72) 위의 책, pp. 404~05.

358

정수는 자신이 살고 있는 사회를 근본적으로 부정하는 가운데 과학, 종교, 예술, 철학, 도덕, 사상 등에 냉소를 보내면서 평등, 자유, 진보, 퇴보, 진리, 선악, 미추, 혁명, 개조, 영육 같은 지식사회의 쟁점들을 날카롭게 지적하였다. 비록 1923년에는 미발표작이긴 하지만 아나키즘으로 이어지는 작가 채만식의 냉소벽을 잘 대변한다. 이렇게 정수가 등의자에 누워 공상하는 때에 변소에 가던 문자가 화들짝 놀란다. 문자는 아랫도리만 가린 속옷 차림으로 변소에 가다가 정수에게 들키고 만 것이다. 이런 극적인 상황에 대해 작가는 뛰어난 묘사력을 보여준다. 노골적인 여체 묘사를 꾀하면서 일본 여성 문자를 조선 청년 유학생들을 유혹하기에 급급한 부정적인 존재로 그려놓고 있다. 바로 이 점이 이 작품의 발행 불가 요인으로 가장 크게 작용했다고 볼 수 있다.

이 작품은 1910년대 조선의 청년 지식인들이 고민하고 그 해결책을 모색한 성, 사랑, 종교, 민족 감정, 출세, 예술 등의 문제들을 다 나열해놓았다. 주로 채만식은 러시아 문학을 전공하는 정수란 인물의 두뇌와 입을 통해 이런 문제들을 하나하나 점검해보고 있다. 이러한 문제들 가운데 '성'과 '사랑'의 문제가 중심을 차지한다. 「과도기」는 소재 면에서 연애소설이지만 형식 면에서는 액자소설과 관념소설의 형태를 취했다. 정수가 지은 것으로 되어 있는 시와 동화를 삽입한 것도 텍스트를 두 겹으로 만든 것이라 하겠다. 「과도기」에 유로된 채만식의 문제의식을 좀더 잘 이해하기 위해서는 여학생에게 관심 갖는 두 남자를 그린 채만식의 「세길로」(『조선문단』, 1924. 12)와 아편을 끊지 못해 절도죄를 저지르고 다시 감옥에 가는 젊은 남자를 주인공으로 내세운 「불효자식」(『조선문단』, 1925. 7)을 보조자료로 삼을 필요가 있다.

제2호가 나온 지 무려 1년 반 후에 간행된 『백조』 제3호(1923. 9)에 실린 나도향의 「여이발사」, 홍사용의 「저승길」, 박영희의 「생」, 박종화의 「목매이는 女子」, 현진건의 「할머니의 죽음」 등은 제1호와 2호에 실린 작품에 비하면 대체로 '현실'에 눈을 크게 뜨고 있다. 『백조』에 내내 소설을 발표한 현진건이나 나도향은 과거보다는 성숙한 기운을 보여준다.

나도향의 「여이발사」는 일본 동경을 배경으로 한 것으로, 전당국에 가서 옷을 맡기고 50전을 받은 한 청년이 이발료가 20전인 이발소를 찾아 들어갔다가 면도하는 여자가 자꾸 웃는 것을 자기에게 호감이 있어서 그런 것으로 착각하고는 돈을 다 주어버리고 나와서 진상을 알고 후회한다는 에피소드를 제시한다. 일본 여자 이발사는 조선 청년의 머리에 쑥 자국이 난 것을 보고 웃은 것이었다.

홍사용의 「저승길」은 기생인 희정의 순애보다. 위와 십이지장에 이상이 생겨 수술을 받았으나 의사가 수술 도중 덮어버릴 정도로 병이 깊어 임종을 맞게 된 희정은 "만세꾼"인 황명수를 숨겨준 것이 인연이 되어 5년 동안 황명수와 사랑하는 사이로 지냈던 과거를 지닌다.

사랑한다는 그동안에, 사랑한다하는 그만콤, 희정은 괴로웠슬것이다. 고생도 만핫고, 눈물도만핫섯다. 가정의 풍파도 만핫스며, 심지어 만세꾼인 명수를 숨기어두엇다하는 그죄로, 경찰서유치장구경도 멋번이엇섯다. 쏘한 죽을번한곳에도 수업시갓섯다. 그러할째에마다, 명수는 넘우도 감사에 견듸다못하야 "넘우 미안하다"하면은, "당신의일이면은 죽어도 조하요"하며, 희정은 늘 깃거운웃음으로 모든근심을 지워버리엇다.[73]

전반부는 3인칭 화자가, 후반부는 희정을 가리키는 1인칭 화자가 이야기를 끌어가고 있다. 후반부에서는 죽어가는 희정의 공포와 회한으로 가득찬 심정이 잘 펼쳐져 있다. 백조 동인을 이끌었던 낭만파 시인으로서의 홍사용은 기생을 주인공으로 내세웠고, 동시대의 현실을 바로 보려 한 소설

---

73) 『백조』, 1923. 9, p. 80.

가로서의 홍사용은 황명수라는 '주의자'의 한 원형을 제시해놓았다. 전반부의 화자는 사건을 중시하는 작가적 안목이 설정한 것으로 후반부의 화자는 감정을 중시하는 시인의 가슴이 설정한 것으로 볼 수 있다.

박영희의 「생」은 어머니가 영양실조로 세상을 떠난 후 아버지는 전전걸식하고 '나'는 배고픔과 슬픔을 이기지 못한 나머지 자살 충동마저 느낀다는 내용을 들려준다. "배가 고파서 견딜 수가 없다"는 말이 여러 차례 반복되는 만큼 어머니를 여읜 슬픔보다는 배고픔이 더욱 큰 것으로 다가온다. 배고픔으로 인한 불안감은 결혼에 실패하고 가벼운 정신병을 앓고 있는 정순이를 향해 불분명한 태도를 취하게 한다. 「생」은 박영희가 그의 평론에서나 소설에서 계속해서 다루어온 궁핍상을 처음으로 형상화했다는 의미를 지닌다.

박영희는 처녀작인 「생」에서부터 빈궁을 문제 삼았다. 박영희가 강조하고 싶은 것은 배고픔으로 인한 고통과 또 이에서 빚어진 불안감과 절망감이었다. 어느덧 박영희는 항산(恒産)이 없으면 항심(恒心)이 없다는 맹자의 가르침에 고개를 끄덕이는 형상이 되고 만다. 그런가 하면 물질이 의식을 결정한다는 유물론을 긍정하고 있다. 가난의 문제를 다룬 만큼 「생」은 원형의 의미를 갖게 된다.

이광수의 신문연재소설 『재생』(『동아일보』, 1924. 11. 9~1925. 9. 28)은 김순영과 신봉구와 백윤희의 삼각관계를 메인 플롯으로 설정했다. 순영에게 배신당한 봉구는 미두 시장에 진출했다가 사장 살해 혐의로 체포되어 재판을 받게 되었으나 무혐의로 석방된 후에는 귀농하여 농촌사업에 전념하게 된다. 순영은 백윤희와 헤어진 후 여공살이 등 온갖 고생을 하면서 사회 적응을 꾀하였으나 실패한 나머지 독약을 먹고 자살하고 만다. 이 소설에서 미두 중개소 소장 아들인 김경훈은 한때 봉구에게 혐의를 갖다 씌운 악인이었으나 항일 무력투쟁의 대열에 뛰어들고 봉구의 혐의도 벗겨주는 긍정적 인물로 전환한다. 김경훈이 주체가 된 이야기는 비록 에피소드에 불과하지만『재생』에서 작가적 진지함을 강화해주는 결과를 보인다.

순영의 셋째 오빠인 순홍과 그의 처는 경훈과 마찬가지로 저항적인 인물로 그려져 있다. 순홍은 기미년 만세사건 때 징역 5년을 살다가 나온 인물로, 그의 처는 서대문 감옥에 폭탄을 던지고 자기도 거기서 죽은 열혈 투사로 그려져 있다. 작가는 신봉구의 삶의 경우를 이 소설의 표제에 가장 잘 부합하는 것으로 설정했다. 김경훈은 작가로부터 부분적으로만 긍정되거나 작품에서 차지하는 비중이 약한 것으로 그려지고 있기는 하지만 아이러니컬하게도 김경훈이 가장 뚜렷하게 '재생된' 인물이라는 느낌을 준다. 원래 작가는 승려가 된 순홍, 사회로부터 버림받자 자살하고 만 순영, 독립단 요원으로 활동하다가 감옥에 갇힌 경훈은 재생 모티프와는 거리가 있는 것으로 처리했다. 경훈은 나중에는 긍정적으로 그려지기는 하지만 기본적으로 처음부터 이광수의 사상과는 거리가 있는 인물이다. 이미 이광수는『재생』에서 신봉구를 귀농 모티프와 연결 지음으로써『흙』에서의 허숭을 예시한다. 이광수가『흙』의 작가임을 염두에 두면, 이 소설의 제목 '재생'은 신봉구를 가리키는 것이 된다.

지나간 삼년ㅅ동안에 봉구는 과연 긔계와가치 랭랑한생활을 하여왓다 나제는 로동하고밤에는자고, 겨울에는 이동네저동네 돌아다니며 농사하는 백성들의 편지도써주고 쏘 원하는이들을 모와다리고 가갸거겨 국문도가르치어주고 그들과가치 새끼쏘고 신 삼으며 니야기도하여주고 그리하다가 봄이 되면 다시농사하기를 시작하엿다. (중략) 그처럼봉구는아주 일신상의 모든행복을쎄어버리려고 애를써왓다 ─쏘그대로실행도하여왓다 그러나 그리하는 삼년의 긴세월에 그는일즉순영을니저 버린일이잇섯던가[74]

---

74)『동아일보』, 1925. 9. 18.

그는 순영이 죽은 후에 "나는 혼자다. 이제부터 조선의 강산이 내 사랑이다. ……불쌍한 조선백성에게로 가자! 농부에게로 가자!"고 결심하게 된다. 이광수는 이 소설에서도 첫 장편 『무정』에서 보여주었던 주인공의 심리적 급전이나 비약을 드러낸다. 식민지 치하 양심 바른 청년 지식인으로 3·1운동 때 활동했다가 감옥살이하고 돈에 욕심이 나서 살인한 것으로 혐의를 받아 법정에 섰던 신봉구는 이제 사랑을 잃고 복수심마저도 내팽개친 채 귀농하여 농민 지도자가 된다. 신봉구는 대승적이며 실천적인 계몽주의자로 '재생'한 것이다. 신봉구가 강한 긍정→강한 부정→약한 긍정의 길을 걸은 것이라면 김경훈은 강한 부정→강한 긍정의 길을 밟은 것이라고 할 수 있다. 이 소설에서도 인물에 대해 긍정이나 부정을 미리 드러내는 작가적 태도가 극복되고 있지 않다.

이 무렵에 이광수는 『조선문단』에 「혈서」(1924. 10), 「H君을 생각하고」 (1924. 11), 「엇던 아츰」(1924. 12), 「사랑에 주렷던 이들」(1925. 1) 등 단편소설을 줄지어 발표하였다. 「혈서」는 한 일본 여학생이 동경 T대학 법학 전공자인 조선인 동경 유학생을 사모하였으나 한 번도 만나지 못하고 병에 걸려 죽으면서 아예 '나'를 남편으로 간주하는 유서를 남겼고 '나'도 승낙한다는 다소 현실성이 떨어지는 이야기를 들려준다. 일본 여학생의 오빠이면서 나중에 미국 대사관 서기관으로 가는 송전신일의 중개자 역할이 비중 있게 그려지고 있다. 일본 여자와 조선 남자의 사랑, 조선 지식인에 대한 일본 지식인의 호감 등은 보기 드문 소재이다. '나'는 감기를 앓았을 때 하숙집 노파가 정성껏 간병해준 것에 고마워한 나머지 다음과 같은 생각을 하게 된다.

만리 타향에서와잇는 외로운 손이된 나는 선조대대로 서로알지도못하는 사람들에게 이러케 극진한 사랑을 밧는다 할째에 눈물이 아니흐를수가업섯다. 국가와 국가와의 관게! 그것은 껍데기ㅅ것이다. 사람과 사람은 언제나 인정이라는 향긔롭고도 아름다은 다홍실로 마조멜수가 잇는것이다. 이러케 생각할째에 나는 평소에 항상조치못한감정을품고 잇던 일본사람들이 다 사랑스러워짐을 깨달앗다. 비록 우리를 쳐들어오는 병정과 정치가라도 그울긋불긋한 가면을 볏겨버리고 벌거버슨 한낫사람이될째에 우리는 서로쩌안으며, "사랑하는 형제어! 자매어!" 할수가 잇는것이라고 생각하엿다. 이째에 이러케 어든 생각은 오늘날까지도 내 생각의 긔조(基調)가 되어잇다.[75]

이광수는 "그것이 십오년전일이다. 나는 그동안에하나도 일어노흔것은 업거니와 (三十七字削除) 류리표박하노라고 다시는 사랑할새도 업섯고 사랑할 생각도업시 사십이갓가워지고말앗다. 그러터라도 혹은 시베리아벌판에 혹은 양자강 어구에, 혹은 감옥의 철창ㅅ속에, 혹은 몰래넘는 국경의 겨울ㅅ밤에 일즉 노부쓰를니즌일은업섯다"[76]와 같이 조선인 남자가 일본인 여자의 사랑을 끝내 잊지 못한다는 식으로 끝낸다. 이 소설에서는 이광수 특유의 공상벽과 추측벽이 자주 나온다. 15자 삭제, 25자 삭제, 37자 삭제 등과 같은 상처가 여러 군데서 보인다. "H군이 죽은지가 벌서 넉달이 되엿다"로 시작하는 「H군을 생각하고」는 광부, 막벌이꾼, 대서업 등을 거치며 유학을 마친 후 학교 교사로 일하다가 폐병에 걸려 죽어가면서 애인인 동경여자대 학생 C와 맺는 관계를 그려놓은 것이다. C는 H에게 학비도 지원받고 사랑도 받았으나 와달라는 H의 부탁을 처음에는 받아들이지 않는다. 염상섭의 「제야」의 여주인공처럼 C는 유학생들 사이에 많은 애인을 두고 번잡한 관계를 맺을 정도로 음분한 여인으로 그려져 있다. H는 배신감과 살의를 느낄 정도였으나 마침내 C는 돌아와 "혼인도아니하고 정식 약혼조차아니한 애인을 짜라 저시골ㅅ구석 빈궁한 농가에 가서 일년동안이나 그 애인의 혈담과 대소변을 손소 치르고 마츰내 자긔의 품ㅅ속에 안

75) 『조선문단』, 1924. 10, p. 20.
76) 위의 책, p. 30.

고 운명을 보고온 C는 결코 세상ㅅ사람은 아닌듯하엿다"[77]와 같이 반전한다. H가 중간중간 자기의 신세와 감정을 하소연하는 대상인 '나'는 이광수가 극화되지 않은 존재라고 할 수 있다. 기독교 신자로 사람을 믿으며 살려고 했으나 C의 배신을 당하자 그런 마음이 없어졌다고 하면서 편지 속에서 "선생님 사람은 거짓됩니다. 적더라도 조선ㅅ사람은 거짓덩어리입니다. 선생님께서 조선민족이 부활할길이 거짓을 버림에 잇다고 하시엇거니와 인제야 저도 그 뜻을 깨달엇습니다"[78] 하고 고백한다. 이런 구절은 이광수가 「조선민족개조론」에서 조선인의 문제점으로 유달리 강조한 '거짓말하기'의 대목을 떠올리게 한다. 이 소설은 H, C, K같이 영어 이니셜로 명명하는 당시의 유행을 따르고 있다. 「어떤 아침」에서는 학생들을 인솔해 백운대 쪽의 사찰에 온 교사가 새벽에 혼자서 신라 진평대왕 경계비가 선산꼭대기에 올라가 하나님에게 이 백성을 건져달라는 기도를 드린다. 마치 조선 백성을 하나님께 인도하려는 듯하는 '그'는 교사임에도 기독교 교역자와 계몽주의자의 태도를 보인다.

모든것은 오늘아츰에 다 작뎡이 되엇다. 지금까지 머뭇거리던것은 다 바려야한다. 재산도 명예도 내몸의 안락도 다 바려야한다. 밝아버슨 몸으로 불덩어리와갓흔 정셩 하나만 들고 동포들속에 뛰어들어가야한다. 그래서 그네와 가티 굶고 헐벗고 채우고 어더맛고 울어야한다. 그래서 사랑의 불로 이천만 조선사람에게 세례를 주고 다시 텬국의 법률로 그네를 묵거 한덩어리를 만들어야한다. 지금까지는 그네와 짜로 써러져서 한층 놉흔곳에서 입으로만 부르지졋다. 마치 물에 빠저 죽어가는 무리를 보고 쌍우헤 편안히 안저서 나오라고 소리만 치는심이엇섯다. 물을 먹어 정신을 못차리고 팔다리

77) 위의 책, 1924. 11, p. 19.
78) 위의 책, p. 8.

에 맥이돌지도아니하는 무리더러 나오라고 소리치는것이 그얼마나 어리석은 일이랴. 내가 활々 버서바리고 그네와가티 물에 뛰어들어야한다. 들어가서 한사람식이라도 건지어내자[79]

이 소설은 이광수 특유의 전지자적 시각과 계몽주의자적 태도가 어우러진 에세이소설이다. 미완성 소설인 「사랑에 주렸던 이들」은 동경에서 목사가 되기 위해 신학교에서 공부하던 중 사랑하던 여인의 방에 들어가 범하려고 했던 것으로 오해를 받아 조선으로 오게 된 '내'가 발신자가 되고 그 여인의 오빠가 수신자가 된 서간체 형식의 소설이다. '나'는 같은 방을 쓰는 김씨라는 인물이 잘난 척하고 거짓말 잘하고 사치스럽고 경솔한 존재임을 파악하였기에 그 친구가 '형'의 매씨에게 접근하는 것을 막고자 어느 날 밤에 매씨 방에 김씨가 들어간 것을 확인하고 덮쳤다가 오히려 매씨를 범하려 한 꼴이 되었고 변명도 통하지 않아 쫓겨나다시피 한 것이라고 고백한다. 그 후 발신자는 계속 기독교 신앙을 갖고 예수님을 모델로 하여 마니산에 올라가 금식 기도도 한다. 이 소설은 기독교적인 것이 무엇인가를 설명한다. 한 여인을 사랑은 하면서도 성경 구절을 실천에 옮기기 위해 음욕은 갖지 않으려고 애썼다는 발신자의 고백은 『무정』『개척자』『흙』『사랑』 등의 장편에서 나타나는 이광수의 육욕부정론의 출처가 성경에 있음을 암시한다. 1924년도 『조선문단』 발표작이라는 공통점이 있는 「H군을 생각하고」 「어떤 아침」 「사랑에 주렸던 이들」은 이광수가 기독교에 사상적 뿌리를 두었음을 보여주는 소설로 묶이기도 한다.

1920년부터 1924년까지 이광수, 나도향, 염상섭 등과 함께 다작의 작가에 드는 현진건의 소설은 남녀 간의 사랑 문제를 다룬 것과 빈궁 문제를 다룬 것으로 나누어 볼 수 있다. 남녀의 사랑을 다룬 소설로는 「희생화」

---

79) 위의 책, 1924. 12, p. 5.

(『개벽』, 1920. 11), 「타락자」(『개벽』, 1922. 1~4), 「유린」(『백조』, 1922. 5), 「피아노」(『개벽』, 1922. 11), 「그립은 흘긴 눈」(『폐허이후』, 1924. 1) 등이 있고 빈궁 문제를 다룬 소설로는 「빈처」(『개벽』, 1921. 1), 「운수조흔 날」(『개벽』, 1924. 6), 「불」(『개벽』, 1925. 1), 「사립정신병원장」(『개벽』, 1926. 1), 「정조와 약가」(『신소설』, 1929. 12), 「신문지와 철창」(『문예공론』, 1929. 7) 등이 있다. 「簾」(『시대일보』, 1924. 4. 2~5)은 기생 노릇하다 그만둔 여관집 주인 딸에게 온통 마음을 빼앗긴 성실하고 착한 순사가 그녀의 요구대로 발을 사러 가 흥정하는 과정에서 싸움이 벌어진 끝에 발가게 주인을 죽이고 만다는 사건담이다. 남동생이 누님을 관찰하는 시점을 취하여 목사의 딸로 미색인 누님과 K라는 남학생 사이의 연애가 울산의 재산 많은 양반가의 딸과 혼인시키려는 K 부모의 고집 때문에 성사되지 못하고 누님이 병을 얻어 시름시름 앓다 죽기까지의 과정을 그린 「犧牲花」(『개벽』, 1920. 11), 동경 유학을 중도에 그만두고 귀국하여 회사에 취직한 김소정이 아내의 만류에도 명월관 기생 춘심과 계속 가까이 지내던 끝에 임질에 걸려 임신 중인 아내에게 옮겨준 사건을 과다하게 다룬 「타락자」(『개벽』, 1922. 1~4)는 「빈처」 직후에 발표된 것으로 국어식 조어가 많아졌으나 국한문혼용이고 비록 단역이지만 영어 이니셜로 명명된 인물들이 다시 등장한다. 현진건은 자기 경험과 자아의 굴레에서 벗어나지 못하였다.[80] 어느 부잣집 아들이 기생에게 미혹해 재산을 탕진한 끝에 자살한다는 「그립은 흘긴 눈」(『개벽』, 1924. 6), 명월관 기생이 열다섯 살 때 팔뚝에 먹실로 새긴 사랑의 맹서를 칼로 파내어 피로 물든 팔을 자기에게 살림을 차려준 만석꾼 남자에게 보여준다는 「새빩안 웃음」(『개벽』 1925.

---

80) 『개벽』 1922년 4월호 뒤에 부록으로 현진건이 독자 투고에 흥분해서 답한 내용이 실려 있다. 소설 「타락자」가 작가의 오입을 광고한 것으로 편집자가 무책임하다는 익명 독자의 투고에 현진건은 "文藝의作品이修身教科書가아니고 倫理說明이아닌以上에는 우리社會에잇는그대로 描寫하는것도 과히妄發이아닌줄안다"(p. 36)고 답하였다.

11), 허영에 찬 여학교 3년생인 정숙이 남자와 포도주를 마시고 취한 끝에 성관계를 한 후 자신을 허위, 비열, 추악의 존재로 규정하여 후회한다는 「蹂躪」(『백조』, 1922. 5), 재산가의 아들로 많은 재산을 물려받았으나 첫 아내를 잃고 재혼한 수만 원 재산가 단 두 식구인데도 "궐(厥)"이 '이상적 가정'을 꾸미느라 찬비(饌婢)와 침모도 따로 두고 전혀 칠 줄 모르는 피아노를 들여놓는다는 내용을 콩트로 처리한 「피아노」(『개벽』, 1922. 11), 두 전문교생이 춘기 대음악회가 열리는 종로 청년회관에 가서 여학생들에게 접근하였으나 냉대받는다는 내용으로 된 「짜막잡기」(『개벽』, 1924. 1), 추한 외모로 말미암아 그동안 남성의 데이트 신청이나 프러포즈를 한 번도 받지 못한 40대 노처녀가 보이는 기태(奇態)를 현진건으로서는 예외라고 할 정도로 해학미를 살려 그려낸 「B숨監과 러브·레타」(『조선문단』, 1925. 2) 등이 바로 '사랑 이야기'로 묶인다. "C녀학교에서 교원겸 긔숙사사감노릇을 하는B녀사라면 쌕장재요 독신주의자요 찰진야소군으로 유명하다. 四十에갓가운 로처녀인 그는 죽음째 투성이얼굴이, 처녀다운 맛이란 약에 쓰랴도 차질수업슬 뿐인가 시들고 써칠고 마르고 누러케 쓴픔이 곰팡슬은 굴비를 생각나게한다"[81]로 시작된 「B사감과 러브레터」에서 남학생들의 러브레터와 면회 신청을 병적으로 싫어하는 주인공은 소외감이 빚어낸 이중성을 여학생들한테 들키고 만다. 웃음과 독설을 교직해놓은 문체는 그 후 채만식에게 이어졌다. 그는 「운수 좋은 날」을 발표하면서 '성욕'보다 '식욕'에, 지식인과 기생보다 노동자와 빈민에게 더 큰 관심을 보이기 시작했다.

미완 장편소설 『지새는 안개』(『개벽』, 1923. 2~10)는 13세에 조혼한 몸으로 동경 유학생 출신인 김창섭과 사촌 여동생 영숙의 친구 이정애의 사랑을 그린 연애소설(1923. 2~7)과 김창섭이 반도일보사 기자로 취직하여 기

---

81) 『조선문단』, 1925. 2, p. 19.

자들을 마음속으로 비판하며 기생과 가까워지는 지식인소설(1923. 8~10)로 나누어진다. 김창섭은 개화주의자였으나 몰락한 삼촌에게 기자 제의를 받고 흥분한다. "붓한자루를 휘둘러 能히 社會를 審判하야 죄잇는놈을 버히고 애매한이를 두호하며 世界의大勢를 推測하야 能히 宣傳도하고 能히 講和도하는 無冠帝王이란 尊號를 가진 新聞記者!"[82]를 생각하며 가슴이 뛰는 것을 어쩔 수 없었으나 얼마 가지 않아 김창섭은 실망하고 만다.

제가 하는일에對하야 興味를 일키시작하얏슬재, 昌燮은또 가티잇는이에게도 幻滅을 늣기기비롯하얏다. 제가 일즉이 想像하든, 高潔한人格과 該博한 知識과 偉大한思想을 구경도할수가업섯다. 모두들平凡하고 庸劣하얏다. 거긔는 朝鮮어느社會나, 아니 人間어느社會나 마찬가지로 追從과 利己와 阿勢와 詭譎과 엉터리와 태가락이 잇슬뿐이엇다. 더욱이 怪常한 일은 時代에 압서야할 그들이―압섯다고 自處하는 그들이 時代에 뒤저가지고 저먼저 달아나는 時代를 咀呪하고 誹謗하고 嘲笑하고 猜忌하고 慨歎하는것이엇다.[83]

논설위원은 낡아빠진 글을 쓰고 사회부장은 전문 지식이 없이 매사를 눈치로 해결하고 있고 젊은 평기자들은 상식도 부족하고 지적인 노력도 하지 않으면서 특권의식을 벗어나지 못하기 때문이다. 이 소설은 학력 위조라든가 특권의식의 행사라든가 공갈 협박과 같은 기자들의 부정적 행태를 구체적으로 그리는 데도 힘썼다. 이광수, 염상섭, 최서해 등 다수 작가들이 신문기자의 경력은 있지만 이렇듯 구체적으로 신랄하게 비판한 작품은 유례를 찾기 힘들다. 앞서 나온 단편소설들에 비하면 한자식 조어와 한자식 표현이 격감하고 명명법도 영어 이니셜로 표현하는 것에서 벗어나 "그 여자"

---

82) 『개벽』, 1923. 8, p. 139.
83) 위의 책, 1923. 9, pp. 130~31.

"그 처녀" 하는 식으로 되어 있다. 『지새는 안개』가 압축미와 구성미의 부족을 드러낸 것은 작품에 대한 고평의 기회를 줄이며 조직체 비판 모티프는 「술 권하는 사회」를, 기생 모티프는 「그리운 흘긴 눈」 「타락자」 「새빨간 웃음」을 떠올리게 한다. 현진건은 「새빨간 웃음」에서도 15세 때 동네 총각과 사랑을 맹세하여 문신을 새긴 기생을 부잣집 아들이 욕하자 대들기도 하고 자조하기도 하는 모습을 보여준다.

현진건은 결코 다작의 작가는 아니었음에도 이미 1920년대에 『타락자』(한성도서, 1922. 11)와 『조선의 얼굴』(글벗집, 1926. 3)이라는 두 권의 창작집을 낸 바 있다. 전자는 「빈처」 「술 권하는 사회」 「타락자」 등 3편의 소설을, 후자는 「사립정신병원장」 「불」 「고향」 「동정」 등 11편의 소설을 묶었다. 단편집으로 묶이는 과정에서 「고향」으로 개제된 아주 짧은 소설 「그의 얼굴」(『조선일보』, 1926. 1. 4)은 대구에서 서울 가는 기차에서 '나'의 동승객인 '그'는 동척의 착취, 서간도행 이민, 부모의 아사, 일본 규슈(九州) 탄광 노동자, 수년 만의 귀국, 고향의 폐동화(廢洞化), 전락한 여자 소꿉친구와의 이별 등의 비극적 역정을 통해 1910년대의 뿌리 뽑힌 조선 농민의 전형적 초상을 보여주었다. '나'는 '그'의 얼굴에서 "음산하고 비참한 조선의 얼굴을 똑똑히 보았다"고 기술한다. "두루막 격으로 기모노를 둘렀고 그안에선 옥양목 저고리가 내어 보이며 알에돌이엔 중국식 바지를 입엇다"는 외양 묘사는 자주성과 자립심을 잃은 조선인을 상징한다.

「빈처」 「까막잡기」 「술 권하는 사회」는 대화나 독백으로 소설의 서두를 뗀 공통점이 있다. 그리고 「郵便局에서」 「그의 얼굴」 「발」은 작품에서 들려주고자 하는 이야기의 성격이나 골자를 암시하는 식으로 소설을 시작한다. 그런가 하면 「할머니의 죽음」은 "조모주병환위독"이라는 전보 내용으로 시작하여 "오전세시 조모주별세"로 끝맺음을 하고 있어 스타일리스트로서 현진건의 면모를 과시한다. 현진건은 「불」(『개벽』, 1925. 1) 「유린」 「貞操와 藥價」(『신소설』, 1929. 12) 「연애의 청산」 「희생화」 「B사감과 러브레터」「타락자」 등 여러 편에서 볼 수 있는 것처럼 막바로 주요 인물의 성격이나 모습을 드러내는 식의 서술 방법을 가장 애용하였다. 「사공」「운수 좋은 날」「새빨간 웃음」「동정」 등의 소설은 시간적 배경이나 날씨를 그리는 데서 시작하는 공통점을 지닌다.[84] 현진건은 「불」 이후에 발표된 「B사감과 러브레터」「새빨간 웃음」「시립정신병원장」「그의 얼굴」「戀愛의 淸算」「정조와 약가」 등의 단편소설에 와서 1921~22년 발표작인 「빈처」「타락자」 등이 취했던 국한문혼용체라든가 1924년 발표작인 「운수 좋은 날」「까막잡기」 등에서 잘 나타나는 한자 병기와 같은 표기 방법을 답습하지 않고 한글 전용체를 기본적인 표기 방법으로 택하는 변화를 보인다.

『지새는 안개』에서는 기자들이 비판 대상이 되는 반면 임영빈(任英彬)의 「序文學者」(『조선문단』, 1925. 5)와 유진오(兪鎭午)의 「三面鏡」(『조선지광』, 1928. 1)은 엉터리 학자의 빗나간 태도를 희극적으로 묘사한다. 「서문학자」의 주인공 선용은 어려운 한문 책, 영문 책만 들고 다니면서 진짜 학자인 척하고, 뜻은 모르면서도 크로포트킨 · 마르크스 · 케말 파샤 등을 입에 달고 다니는 허위성을 보인다. 임영빈은 개인뿐 아니라 잡지사 출판사 같은 지식사회도 유행 심리와 사기 행위가 판치고 있다고 비판한다. "서문학자"는 무식하기 짝이 없는 선용이 몇 달 동안 서문을 쓰는 데서 더 나아가지 못했다고 해서 주위에서 희롱조로 붙인 별명이다. 유진오의 「삼면경」은 만물박사를 자칭하는 사람이 갑자가 죽었을 때 그의 골을 해부한 의사가 그의 머릿속에 한 방울의 골도 없다고 놀라는 다소 비현실적인 장면을 보여준다. 이런 소설은 작가들에게 사이비 지식인은 타자로 여겨지고 있다고 고발한다.

염상섭의 「電話」(『조선문단』, 1925. 2)는 3백 원을 주고 전화를 놓은 하물계 주임인 주인공이 전화질해대는 기생 눈치 보랴 부인 눈치 보랴 김장

---

84) 졸고, 「현진건의 단편소설, 그 비의」, 『한국현대소설연구』, 민음사, 1987, p. 244.

값, 속적삼 한 벌, 외상 술값 걱정하랴 정신을 못 차린다. 더는 유지할 수 없어 김주사를 중개인으로 하여 전화를 5백 원에 팔고 남은 돈 170원으로 술 먹고 놀 궁리를 하였으나 전화 매입자 김주사 아버지로부터 7백 원 영수증과 차용증서를 써달라는 연락을 받고 김주사에게 2백 원을 사기당한 것을 알게 된다. 이 소설은 대화체가 큰 비중을 차지하는 점에서 대화체소설이라고 할 수 있고 기생이 주요 인물로 등장하는 점에서 기생소설이라고도 할 수 있고 속물소설이라고도 할 수 있다.

　염상섭의 「밥」(『조선문단』, 1927. 2)은 명색이 주의자이지만 돈 한 푼 벌지 못하는 집주인 창수, 구루마꾼으로 밥값 정도는 내놓는 동생 창희, 창수의 친구로 일할 생각을 하지 않는 채 툭하면 공밥을 먹으러 오는 원삼, 한 달에 18원씩 하숙비를 내며 무위도식자와 탁상공론자를 냉소하는 '내'가 창수의 아내가 차려놓은 초라한 밥상머리에 모여 앉은 장면을 펼쳐 보인다. 창수는 고향을 떠난 지 10년 만에 빈털터리로 귀향할 수도 없고, 마름 노릇은 소작인에 대한 이중 착취라 할 수 없다는 자기 합리화의 주장을 한다. 이에 '나'는 창수를 향해 생활력 박약, 관념 성향, 자기 합리화 습벽 등을 지적한다.

「그도 그러하지만—이 아니라, 창수씨로부터 실행을하야 자긔생활이나 위선안정을 해노코나야, 남의일도할힘이 쌧지안켓소. 가령 당신이 지금 당신의아들이나 누구버러다가주는것을 먹으면서 당신의사업을한다하면, 그것도 이중착취인가 무엇인가하는게아니요?! 그는그러라하고, 하여간가튼 이중착취고보면 촌에가서 마름이고 무엇이고하면서, 정말 소작인들을 즉접가리키고 당신의의견이나 주의를 펼처놋는것이 정말일다운일이아니겟소? 나는 그주의라는것은 자셰히는 모르지만, 지금들은이약이만가지고생각해도 조흔생각이라고는생각하지만, 그러고보면 웨 이런서울에서, 마치 담안에안겨서 막대기를 내어휘둘으는것가튼일을하면서 붓들려가고 밥을굶고할것이

무에잇느냐는말이요?」 하며, 나는 자긔말에대한자신은업스나마 이러케공격
을하야보앗다. [85)

창수가 원삼에게 시골로 가 아무 일이라도 해야 하지 않느냐고 야단치는
자리에서 '나'는 주의자 특유의 허영심과 자부심을 확인하게 된다.

아짜 창수(주인)의말은, 자긔는 한사람 열사람 백사람의불합리한생활을
위하야 싸우는게아니라, 전조선의무산자, 전세계의무산자를 위하야 싸우라
니까, 조고만한한촌락에서부터 시작한다는것은 다른사람에게 맛겨도조흔일
이라고하얏지만, 나의아즉유치한머리로는 그러면 대통령이되랴는사람은 월
급쟁이가되어서도아니되고 조고만관리가되어서는 안된다는말인가? 그것은
창수의말맛다나, 쓸데업는허영심이아닌가? 사람은누구나 그런자부심을가지
는것이 필요할짜? 하는생각도하야보앗다. [86)

최소한 수신은 해나가고 있는 '내'가 제가를 제대로 하지 못하는 창수에
게 느끼는 거리감은 원삼에게 아까워 노잣돈 3원을 줄 수 없다면서 그 돈
을 형수에게 주는 창희의 태도의 뒷받침을 받아 더욱 심각성을 지니게 된
다. '나'나 창희는 할 수 있음에도 체면이나 이기심에 가려 "일을 하지 않
는" 존재를 곱지 않은 시선으로 볼 뿐 "일을 할 수 없는" 빈자는 연민의 대
상으로 보고 있다. '내'가 방으로 돌아와 동숙객의 초라한 몰골을 보면서
"이세상은 엇더케되는세음인가?" 하고 한숨을 짓는 마지막 장면은 빈자를
향한 연민을 잘 확인시켜준다. 「밥」에서 무위도식자와 탁상공론자를 거의
사기꾼으로 몰아간 염상섭의 태도는 어리석을 정도로 순박한 물지겟꾼이

85) 염상섭, 「밥」, 『조선문단』, 1927. 2, p. 119.
86) 위의 책, p. 125.

아내와 그 간부에게 사기당하는 과정을 그려낸 「똥파리와 그의 안해」(『신민』, 1929. 11)를 빚어내게 된다.

김동인의 「시골 黃서방」(『개벽』, 1925. 6)은 벽촌에 사는 황서방이 도회지 사람 하나가 흙냄새가 그립다고 벽촌에 들어와 살다가 일을 열심히 해야 하고, 돈 없고, 책과 기생과 요리가 없다는 이유로 서울로 가버리자 그를 따라 시골 살림 정리하고 서울로 갔다가 이번에는 황서방이 취직도 못하고 먹고살 길이 없어 도로 하향한다는 이야기로 되어 있다. 김동인은 콩트 분량이긴 하지만 날카롭게 도시와 농촌, 귀농과 상경을 대비시켜 보고 있다.

방인근(方仁根)의 「마지막 편지」(『조선문단』, 1925. 8)는 도시를 동경한 나머지 시골에 있으면 패배한 것이라고 생각하는 지식인과 무조건 이농하려고만 하는 농민들을 비판한다. 이 작품을 전후하여 방인근은 평소 도벽이 있는 학생이 길에서 주운 돈을 그냥 제것으로 쓰려다 감옥에 간다는 「비오는 날」(『조선문단』, 1924. 11), 생감장수 동업자가 푸대접하는 친구의 부인을 능욕하려다 두들겨 맞고 도망갔다는 「노총각」(『조선문단』, 1926. 4)을 발표하였다. 나도향의 「꿈」(『조선문단』, 1925. 11)은 서두에 과학과 리얼리즘만으로는 세상의 이치가 다 설명되지 않는다는 주장을 하였다. 마름 집 딸 님실은 지주 아들인 '나'를 좋아하지만, 그런 줄을 모르는 엄마가 부자 홀아비 후실로 시집가라고 하자 충격을 받아 며칠 앓다가 죽는다. 님실은 '나'의 꿈에 나타나기도 하고 귀신이 되어 다녀가기도 하는데, 정성을 다해 추모하자 다시 나타나지 않는다는 민담 수준의 이야기다. '내'가 서울로 와서 공부하던 해부터는 기일이 되어도 님실은 '나'의 꿈에 나타나지 않는다는 식으로 꿈 모티프를 색다르게 처리하였다. '나'는 님실이 죽은 후에 그녀를 사랑하는 마음을 다채롭게 표현한다.

주요섭의 「영원히사는사람」(『신여성』, 1925. 10)의 주인공은 천진행이나 봉천행 급행열차가 지나가는 연산촌 정거장 기수 아쩨로, 그는 도적 떼가

침입하여 역사를 점거하고 급행열차를 습격할 계획을 세우자 잠시 자기집 식구와 급행열차 승객 사이에서 갈등하다가 서서히 역사로 들어오는 기차에 신호를 보내 기차가 뒤로 가게 하고 자신은 총을 맞고 죽는다. 이 소설의 제목은 아찌가 많은 사람들의 목숨을 살리기 위해 자기를 희생했다는 의미를 지닌다.

유진오[87]의 「把握」(『조선지광』, 1927. 7~9)은 노비의 자식으로 고등보통학교를 졸업하고 소학교 훈도 노릇을 하다가 소작농이 된 태호라는 주인공이 고민하던 끝에 새롭게 또 적극적으로 살기 위해 출세한 친구를 찾아 상경한다는 이야기를 들려준다. 신태호는 자신을 합리화하며 안분자족의 삶의 태도를 제일로 알았다가 적극적인 적응주의의 길로 들어선 것이다. 작가 자신도 주인공을 긍정하는 것은 아니지만 당시의 사이비 운동가, 가짜 주의자, 출세주의자, 이론주의자 등을 모두 부정한다. 작가는 프티 인텔리의 눈을 빌려 당시 지식인들 사이에 짙게 깔려 있던 새것주의, 허영, 가벼움 등의 풍조를 예리하게 짚어낸다.

　　그마진쪽, 회관에는 「자선」 음악회가열니어 「자선」 보다는살진궁둥이를쫏는 「문화」 남녀의겻쌈내와합한향수내가 안개갓치자옥하엿다.

---

87) 서울 출생(1906), 경성제일고등보통학교 입학(1919), 이재학 · 김주경 등과 시 잡지 『십자가』 발행(1924), 경성제국대학 예과 입학(1924), 경성제국대학 법문학부 법문과 입학, 철학과로 전학을 지원했으나 불허됨(1926), 좌익 계열 독서모임인 경제연구회 조직 및 활동(1926), 소설 「여름밤」, 「스리」(1927), 「삼면경」(1928), 「오월의 구직자」(1929), 「송군 남매와 나」(1930) 등 발표, 카프의 가맹 권고에 불응하여 동반자작가로 불림(1930), 경성제국대학 법문학부 법리학 연구실 조수(1931), 논문 「추상과 유물변증법」 발표(1931), 죄익 계열 조선사회사정연구소 설립 및 활동, 강제 해산(1931), 보성전문학교 교수(1936), 대동아문학자대회 참석(1942), 조선문인보국회 상임간사(1943), 경성대학 법문학부 교수(1945), 고려대학교 교수(1946), 대한민국 법제처장(1948), 고려대학교 총장(1952), 신민당 총재(1967), 국정자문위원(1980~87), 사망(1987), 호는 현민(玄民)(이영록, 「유진오헌법사상의 형성과 전개」, 서울대학교 박사학위 논문, 2000, pp. 272~74; 유진오, 『養虎記』, 고려대 출판부, 1977, pp. 345~62).

시인 사상가,

기자 평론가,

학자 운동가,

화가 음악가.

어두컴〻한골목에서야 학비에궁한녀학생이 배똥〻이신사의 두루막이를 잡어단이거나말거나 가장 「자각」 한게집애는 小쑤르청년의 척〻하고써늘한 손바닥갓흔러브레터에 침을배텃다.

사람아! 귀를기우려들으라 이소리를. 이도회의 피 도라가는소리를!

생장! 약진! 전투! 분기!

약진 약진 약진

돌격 돌격 돌격[88]

유진오는 소지식인의 자기성찰을 주의자로의 전신 대신 출세주의 지향으로 바꾸는 태도를 취하는 동시에 당시 지식사회 분위기의 외연을 그려낼 줄 아는 능력도 갖추고 있었다. 「파악」을 큰 서사로 만들려고 했던 유진오는 작은 서사로 방향을 틀어 「甲洙의 련애」(『현대평론』, 1927. 9~10)를 만들어낸다. 이 소설은 부청서기인 갑수가 사모했던 전화교환수 명순이로부터 농락당하자 그녀와 그 애인과 친구가 탄 보트를 전복시킨다는 섬뜩한 결말을 취하였다.

나혜석의 「怨恨」(『조선문단』, 1926. 4)은 15세의 이판서 집 딸과 11세의 김승지 아들이 결혼하여 아들을 낳았으나 신랑이 주색 방탕에 빠져 술병을 앓다가 19세에 사망하자 이소저는 시댁 맞은편에 사는 박참판의 꾐에 빠져 셋째 첩이 되어 나중에는 본부인의 몸종처럼 전락했다가 그 집을 나와 행상꾼이 된다는 이야기를 들려준다. 여성 작가 나혜석은 박참판의 폭행에 소

---

88) 『조선지광』, 1927. 7, p. 52.

리 한번 내지 못하고 무너진 이씨도 어리석다고 하였지만 박참판에 대해서는 "금수"라고 표현하였다. 이 소설은 이소저가 장사 갔다가 와서 다리가 아파 신음 소리를 내는 장면을 앞뒤에 배치하는 수미쌍관법을 취하였다. 이 신음 소리는 여성으로서의 한을 표출한 것이다.

임노월(林蘆月)의 「惡魔의 사랑」(『영대』, 1924. 9)에서 남자 주인공은 살림을 잘하는 충실한 본처 정순이와 요부 기질이 있고 미인인 영희 사이에서 석 달간 밀고 당기기를 하다가 두 여자가 떠나버린 후 편지를 하였으나 둘 다 무소식이었다. 영희와 새로운 삶을 시작하자고 언약한 후 뒤늦게 온 본처 정순이를 당황한 나머지 우물에 빠뜨려 죽인 것을 보고 영희가 "악마"라고 하면서 달아나버린다. 「惡夢」(『영대』, 1924. 10)은 연애소설과 심리소설과 추리소설의 요소를 종합해놓았다. '나'는 여인 S를 두고 H와 연적 관계에 있었으나 H가 자살하자 세상 사람들이 '나'를 의심하는 것에 괴로워한다. S도 H는 본래 염세주의 철학만 골라 연구했으니 실연 때문에 비관 자살한 것은 이상할 것 없다고 생각한다. 임노월은 불안감, 불쾌감, 복수심, 욕정, 변덕 등과 같은 심리 현상의 분석에 능한 일면을 염상섭 못지않게 보여준다. '나'는 S와 난징으로 가기 전날 경찰서로 붙들려 가 H를 염세주의자로 몰아 지능적으로 독살하고 유서까지 꾸며놓았다는 식으로 추궁당한다. 형사의 추리는 그럴듯했지만 결국 '나'는 한 달 후 증거 불충분으로 석방된다. 「凄艶」(『영대』, 1924. 12)은 요부 기질이 있고, 사교성이 많고, 고혹적인 A라는 신여성의 사랑을 구하려는 한 남자의 욕망, 초조감, 불쾌감 등을 잘 드러낸다. 이 소설의 제목인 "처염"은 꿈에 나온 A가 강가에 가 강을 보고 지은 처염한 표정에 '내'가 끌린 것을 가리킨다. 임노월의 소설에는 그로테스크 모티프가 잘 나타나고 있거니와 '내'가 명치정 철물점에 가서 단도를 사 갖고 그녀를 협박하여 키스하는 것이나 A의 꿈을 꾸고 난 이튿날에 '나'의 병이 중해진다는 마지막 대목도 그로테스크 모티프에 속한다. 「처염」은 사건의 복잡성에 비해 서술이 긴 편이기는 하지만 심리소설로 한 걸음 나아간 점은 주목해야 한다.

5. 경향소설의 뜻과 갈래

(1) 경향소설의 성격과 방법

1920년대 후반기는 경향소설(傾向小說, tendentious novel)의 시대다. 1920년대에 표면화되어 1930년대에 강화, 저변화, 침체 등의 변화를 겪었던 리얼리즘, 프롤레타리아 문학, 카프 등과 같은 한국 현대문학의 주요 개념들의 출발점에 바로 경향성이 있다. 경향소설의 내포와 외연은 경향성의 뜻을 제대로 파악한 후에야 정리될 수 있을 것이다.

19세기 유럽 전반에서 법률 용어나 경찰 용어로 사용되었던 '경향성'이나 '경향적'이라는 말은 언제부터인가 예술 용어로 전용되기 시작하였다. 지배 세력이 반대 세력을 탄압하거나 경계하는 뜻에서 혐의와 비슷하게 사용했던 말이 1920년대 조선에서는 제국과 그 동조 세력에 저항하는 기운을 총칭하는 것으로 나타났다. '~적 경향'이라는 말과 같이 '경향' 앞에 여러 사조 이름이 붙을 수 있다고 보는 것은 광의론자의 입장이고, '경향'은 '사회주의적 경향'을 줄인 것이라고 하는 것은 협의론자의 주장이다.

경향성, 경향예술, 경향운동이란 용어를 제대로 처음 사용한 사람은 임정재(任鼎宰)였다. 그는 「문사제군에게 여(與)하는 일문(一文)」이란 논문에서 "在來의쑐쪼와藝術學上으로는傾向藝術을倫理, 敎會, 宮殿, 藝術등으로分析하고藝術의價値를完全하게 보지안이하얏다. 쏘한現代의쑐쪼와藝術學者들은階級藝術卽社會主義藝術을在來傾向藝術部內에合해가지고藝術的價値가업다고한다"[89]고 강조한 것처럼 경향예술과 부르주아예술을 대립 관계

---

89) 『개벽』, 1923. 9, p. 30.

378

로 파악했으며 경향예술을 계급예술과 사회주의예술을 포괄하는 개념으로 보았다. 임정재의 글에서 또 한 가지 주목해야 할 것은 경향운동을 소부르주아 자유운동과 계급운동으로 나눈 점이다. 경향예술을 계급운동에 경사된 것으로만 보는 시각에 고착되어 있지 않았다. 임정재는 경향예술은 신낭만주의, 다다이즘, 형이상학파, 입체파 등 여러 사조에서 볼 수 있다는 식으로 광의론자의 입장을 취했다. 확대 해석하자면 임정재는 경향운동＝예술운동, 경향예술＝예술이라고 주장한 것이 된다.

비록 "신경향파문학"이란 애매모호한 용어를 쓰기는 했지만 '경향문학'을 '사회주의적 경향문학'의 약자로 사용해야 한다는 협의론을 가장 먼저 보여준 이는 박영희다. "금년은 문단에 잇서서 새로운 첫거름을 시작하엿다"는 부제가 붙어 있는 「신경향파(新傾向派)의 문학과 그 문단적 지위」(『개벽』, 1925. 12)에서 박영희는 "생활을 위한 문학" "무산적 조선을 해방하기 위한 문학"의 건설에 힘쓰자는 주장을 서두에 펼치면서 김팔봉의 「붉은 쥐」(『개벽』, 1924. 11), 조명희의 「땅 속으로」(『개벽』, 1925. 2～3), 이기영의 「가난한 사람들」(『개벽』, 1925. 5), 이익상의 「광란」(『개벽』, 1925. 3), 주요섭의 「殺人」(『개벽』, 1925. 6), 최학송의 「飢餓와 殺戮」(『조선문단』, 1925. 6) 등과 자신의 소설 「戰鬪」(『개벽』, 1925. 1) 등을 꼽고 난 다음, "遊蕩을쩌나고 情緒至上을쩌나고 壓迫과 搾取의 氣分을쩌나 生活에, 思索에, 解放에, 民衆으로 나아오려고하는 새로운傾向은 前無한新現象이라고안이할수업다"[90]와 같이 이 소설들이 새로운 '경향'을 보인다고 하였다. '경향' 대신 줄기차게 '신경향파'라는 말을 쓴 박영희는 '새로운 경향'은 무신계급문학을 목표로 하면서 부르주아문학, 자연주의, 낭만주의 등에서 벗어나 생활, 사색, 해방, 민중을 위한 문학 쪽으로 나아온 것을 뜻한다고 하였다. 박영희는 '신경향파문학'의 대립 개념으로 "쁘르조아문학"을, 지향

---

90) 위의 책, 1925. 12, p. 4.

점으로 '무산계급문학'을 들었다.

경향문학은 없는 자나 억압받는 자와 같은 존재와 가난이나 억압 등과 같은 개념에 관심을 집중하면서 이른바 무산계급의 물질적 정신적 해방을 목표로 삼은 것이라고 규정할 수 있다. 경향문학은 목적 지향적인 성격을 분명하게 드러내는 것이기에 목적문학의 본보기로 평가되어왔다. 경향문학은 못 가진 자의 편을 드는 당파성으로 구체화되기도 하였고 민중 해방의 이데올로기를 바탕으로 한 사상성으로 드러나기도 한다. 뿐만 아니라 사회주의 같은 급진 사조를 선전하는 도구로 구체화되기도 하였다.

1932년도에 발표되었던 「경향성이냐 당파성이냐Tendency or Partisanship」에서 게오르그 루카치는 선동적 경향seditious tendency이란 말이 19세기 전반에 검열 지침이나 금서로서의 기준으로 사용되었던 것처럼 '경향성'이나 '경향문학'은 주관적이며 상대적인 용어라고 하였다. 루카치는 경향문학에 대한 여러 개념 규정을 소개하였다. 부르주아가 지배 세력에게 적대감을 품고 있는 문학을 경향적이라고 부른 것, 진보적 부르주아 문학의 잔재라고 본 것, 프롤레타리아의 관점from the class standpoint of the proletariat itself에서 대상을 서술하고 묘사한 것, 반예술적inartistic이거나 예술적대적인 것hostile to art과 동일시한 것, 작가가 현실에 맞서서 설정한 하나의 요구, 당위, 이상 등과 같은 정의를 들었다.[91] 이렇듯 여러 설명들이 공통적으로 일러주고 있는 것처럼 루카치는 경향성과 당파성을 동일한 개념으로 파악하는 태도에는 반대했다. 그는 당파성은 진정한 변증법적 객관성의 전제라는 식으로 긍정적으로 파악한 반면 경향성은 어떤 것을 이상적으로 숭배하는 태도idealistic glorification와 파괴하고 왜곡하는 태도를 다 포함한다고 하였다.[92] 경향성을 당파성으로 발전해가는 과정의 현상으로 보았다. 경향성은 특정 존

---

91) György Lukács, *Essays on Realism*, ed. Rodney Livingstone, trans. David Fernbach (M.I.T Press, 1971), pp. 33~37.
92) 위의 글, p. 42.

재나 대상을 향해 이제 막 신앙 같은 것을 갖기 시작했다는 것을 뜻하며 당파성은 신앙 같은 것이 이데올로기로 고착화된 것을 말한다. 우르스 예기가 「경향성Tendenz」이란 소논문에서 "경향성은 하나의 도덕적 범주eine moralische Kategorie이며 작가가 현실에 맞서서 갖는 당위Sollen이며 이상Ideal"[93] 이라고 한 것은 루카치가 말한 총체성Totalität의 실현 과정과 유사한 것으로 볼 수 있다. "사회주의적 경향소설은 현실에 대한 진실한 묘사를 통해 지배적 인습적 환상을 깨버릴 때 적극적으로 그 임무를 수행하는 것"[94]과 같이 경향소설의 임무의 하나를 기성 체제의 파괴에서 찾을 수 있다.

박영희(朴英熙)의 경향문학론은 경향문학이라는 말 대신에 신경향파문학이라는 용어를 고집한 점과 경향문학의 과도기적 성격을 강조한 점을 특징으로 한다. 신경향파문학은 그 자체로 독립할 수 없는 것으로, 초기 신경향파의 인생관 내지 사회관은 허무적, 개인적, 절망적, 감정적인 수준에서 벗어나지 못하였는데 이러한 색채들은 성장적, 집단적, 사회적, 투쟁적인 성격으로 해소되고 발전되어야 한다고 주장했다.[95] 이러한 주장은 카프의 제1차 방향전환론을 소설 양식 쪽으로 옮겨놓은 것에 불과하다.

이미 전향 선언을 한 김팔봉(金八峯)은 1934년에 들어서면서 「조선문학의 현재의 수준」(『신동아』, 1934. 1)에서 한국 문인들 78명을 대상으로 하여 계보 작성을 시도하였다. 그는 조선 문단을 크게 '민족주의'와 '○○주의'로 대별한 후, '○○주의'를 '동반자적 경향파'와 '갶프파'로 나누었다. '동반자적 경향파'에는 유진오, 장혁주(張赫宙), 이효석(李孝石), 이무영(李無影), 채만식, 조벽암(趙碧岩), 유치진(柳致眞), 안함광(安含光), 안덕근(安德根), 엄흥섭(嚴興燮), 홍효민(洪曉民), 박화성(朴花城), 한인택(韓仁澤), 최정희(崔貞熙), 김해강(金海剛), 이흡(李洽), 조용만(趙容萬) 등을 넣었는데, 이들 작가의 면

---

93) Urs Jaeggi, *Literatur und Politik*, Suhrkamp Verlag, 1972, p. 93.
94) 위의 책, p. 95.
95) 박영희, 「신경향파문학과 무산파의 문학」, 『조선지광』, 1927. 2, pp. 59~61.

면을 보면 '동반자적 경향파'는 '동반자작가'로 대치되어도 무방하다. 이렇게 보면 '동반자적 경향파'라고 했을 때의 '경향파'는 박영희의 '신경향파'와 마찬가지로 성향이나 사조나 유파 등의 유사어로 사용된 것이 된다.[96]

임화(林和)는 '신경향파문학'과 '경향문학'을 분명하게 가려서 사용했다. 그는 「사실주의의 재인식」이란 평론에서 경향문학은 기본적으로 리얼리즘을 떠날 수 없는 것이라고 하면서 "주지와같이 쏘시알이즘적 레알이즘까지에 각발전계단은 조선경향문학의 사실적예술로서으 자기완성의 과정이었을 뿐만 아니라 실로 당파적 문학으로서의 성장과정을 구체적으로 표시하는 각계단이었다", "이과정에는 경향문학의 상승운동이 아니라 그 정체, 혼돈, 후퇴의 와상운동(渦狀運動)이 표현되어 있다"[97] 등과 같이 '경향문학'을 프로문학으로 대용어로 사용했다.

김남천(金南天)은 「모던문예사전」(『인문평론』, 1940. 1, pp.114~15)에서 아예 경향문학과 신경향파문학은 다른 말이라고 주장하였다. 김남천의 설명에 의하면 1920년대와 1930년대의 경향문학은 신경향파문학의 별명, 프로문학의 별칭, 카프작가와 동반자작가가 쓴 문학의 총칭 등 대략 세 가지 의미로 사용되어왔다.[98]

---

96) 졸고, 「동반자작가의 성격과 위상」, 『한국현대문학사상연구』, 서울대 출판부, 1994, pp. 170~72.
　　"동반자작가를 일컫는 말로는 혁명의 伴侶(염상섭), 隨件者 또는 隨件作家(권환, 박영희), 사회주의동반자, 프로레타리아同伴者(유수춘, 안재좌), 同伴者의 傾向作家(김팔봉), 傾向作家(박승극), 中間派作家(홍효민, 임화), 外廓의 作家(안함광), 伴侶者(김우철) 등이 있었다. 그리고 보다 더 구체적이면서 길어진 용어로는 '雜階級的 進步的 作家', '進步的 小市民作家', '진보적 인텔리 작가', '자유주의적 중간파 작가' 등이 있다"(p. 170).
　　"동반자작가에 대해 1930년도의 朴英熙부터 1946년도의 林和에 이르기까지의 많은 논객들이 내린 정의는 첫째, 동반자작가의 바탕이 소부르나 인텔리라고 밝힌 것, 둘째, 동반자작가는 카프 측이나 프로문학에 근접해 있음을 강조한 것, 셋째, 동반자작가는 본질적으로 자유지향적임을 밝힌 것, 넷째, 예술성이나 사상의 문에서 프로작가와 동반자작가를 비교한 것 등으로 나누어진다. 물론 모든 정의가 이 중 어느 한 가지만으로 짜여 있는 것은 아니다"(p. 172).
97) 임화, 『문학의 논리』, 학예사, 1940, pp. 70~71.

김남천이 우려했던 것처럼 세번째의 뜻을 확대하면 경향문학은 전향문학은 말할 것도 없고 국민문학이나 생산문학까지 가리킬 수 있다. 이에 비해 신경향파문학은 김팔봉, 박영희가 1923~25년의 문학을 지칭한 것이된다. 김남천 논리대로라면 신경향파는 경향이라는 상위 개념 속에 들어가는 하위 개념이다. 1930년대에 경향문학 또는 경향소설이라는 말을 가장 빈번하게 사용하면서 경향문학을 가장 폭넓게 통찰한 임화는 똑같이 경향문학이라는 말을 쓰면서도 그때그때마다 약간씩 다른 의미 영역을 지시하는 것으로 보았다. 경향문학의 외연에 대해서는 임화와 김남천이 약속이나한 듯이 동일한 견해를 표명하였다. 광의의 경향문학에는 1930년대 전반기의 동반자문학과 1930년대 후반기의 전향소설이 들어갈 수 있기는 하지만 이렇듯 적절한 명칭이 있는데 이를 군이 경향문학 제3기니 제4기니 하는 말로 바꿀 필요는 없을 것이다.

실제로 경향소설이 다수 발표되었을 때인 1920년대 말에 김팔봉이 '변증적 사실주의'라는 용어를 내걸면서 프로작가의 실천 논리를 일곱 가지로제시한 것도 경향소설의 조건을 설정하는 데 참고가 된다. 김팔봉은 「변증적 사실주의」(『동아일보』, 1929. 2. 25~3. 7)에서 프로작가에게 첫째 현실 사물을 있는 그대로 객관적으로 현실적으로 보는 태도를 가져야 한다,둘째 사건의 발단과 귀결을 추상적 원인에서 끌어오지 말아야 한다, 셋째온갖 사물을 운동 상태로 또 전체 중에서 보아야 한다, 넷째 추상적 인간성의 묘사에 중점을 두지 말고 물질적 사회생활의 분석·대조·비판에 중점을 두어야 한다, 다섯째 귀족 자본가나 소시민들의 생활을 그릴 때에는노동자나 농민의 생활과는 대조적으로 그려야 한다, 여섯째 묘사 수법은필연적으로 객관적·현실적·구체적이어야 한다, 일곱째 프롤레타리아의전위의 태도를 유지해야 한다고 요구하였다.[99] 물론 김팔봉은 신경향파작

98) 졸고, 「경향과 '신경향파'의 거리」, 서울대학교 『인문논총』 24집, 1990, p. 10.

가와 프로작가를 다르게 본 것이지만, 이러한 요구의 상당 부분은 경향작가에게도 해당된다고 할 수 있다.

실제로, 1920년대 한국 경향소설은 주인공, 소재, 구성 등 여러 측면에서 공식성을 보인다. 1920년대 경향소설에 관한 한, 이론과 실제를 모범적으로 겸비한 존재답게 박영희는 그 공식성을 다음과 같이 파악한다.

> 妓生, 不良漢, 쁘르즈와의生活, 理想主義를高調하는靑年, 人道主義를高唱하는主人公은, 農夫, 勞動者, 無産者의生活, ×××憧憬하는主人公, 鬱憤한急進的靑年으로서交換되엿다. 新傾向派文藝에나타난主人公인 農夫, 勞動者, 無産者의生活은社會的原因에서서 卽階級的××과社會的不安에서出現되는主人公의生活은 文學上에主觀强調的으로展開되니 그主人公은鬱憤과苦悶끝헤 ××, ××, 暴行, 號叫로서 終結를짓고 말엇다.[100]

이처럼 박영희는 경향소설의 주요 인물을 다섯 가지로, 인물의 행동 방식을 네 가지로 정리하였다. 윗글에서 맨 마지막 줄의 복자는 '살인'과 '방화'로 추정된다. 대체로 농부, 노동자, 무산자가 주인공으로 등장하는 소설은 당시의 비참한 삶의 모습을 그리는 데 주력하였으며 박영희의 말처럼 급진주의나 이상주의에 빠진 지식청년을 주인공으로 한 소설은 가난하고 억압받는 현실을 극복할 수 있는 방책을 제시하는 수준까지 나아갔다. 전자가 리얼리즘소설의 기본 모형을 제시한 것이라면 후자는 소설 양식을 토론장으로까지 넓힌 것이 된다. 위에서 소설의 결말로 살인, 방화, 폭행, 절규 등을 든 것은 그 당시에 실제로 일어났던 사건을 반영하는 것이기도 하겠지만 '의도적인 과장deliberate exaggeration'을 써서 독자들에게 충격을 주

---

99) 『동아일보』, 1929. 3. 7.
100) 박영희, 「신경향파문학과 무산파의 문학」, 『조선지광』, 1927. 2, pp. 57~58.

자는 것으로도 해석할 수 있다.

　이미 경향적이라는 말 자체에 '의도적' '편파적' '지향적' 등의 뜻이 내포되어 있는 이상, 경향성은 동적 개념으로 운명 지어진 것이라고 하지 않을 수 없다. 경향성을 순수성이나 초월성의 반대로 파악한다든가 참여성이나 현실주의의 동질적 개념으로 설명한다든가 하는 수준에서 더 나아가지 못하는 것은 바로 경향성을 고정된 현상이나 정적인 개념으로만 본 데서 나온 결과이다. 경향성이 어디까지나 동적인 개념이라는 말은 경향성은 그 논자의 문학적 체험의 내용, 역사인식, 사회적 전망 등에 따라 다른 내용과 빛깔을 지니고 나타난다는 의미가 된다.[101]

　1920년대 명작의 대열과 경향소설의 목록은 크게 겹친다. 경향소설의 외연과 내포를 정리할 때 주의해야 할 점은 경향소설은 있어도 경향작가는 실제로 상정하기 어렵다는 점이다. 카프와 관계없는 현진건이나 이효석에게서도 경향소설에 넣을 만한 작품은 만들어졌지만 카프의 핵심 멤버인 이기영, 조명희에게서도 경향성과 관계없는 작품이 나왔기 때문이다.

　경향소설의 기본 요건은 다음과 같이 정리될 수 있다. 경향소설은 노동자, 농민, 빈민, 진보적인 청년 지식인 등을 주인공으로 하면서 궁핍상이나 경향성을 드러낸 소설로 정의내릴 수 있다. 이때의 경향성은 의식이나 감정이나 행동 방식 면에서 일대 변화를 일으키는 것을 의미한다. 의식의 변화는 주로 사회주의 사상이나 계급의식으로 기울어지는 것을, 감정의 변화는 가진 자나 짓밟는 자에 대한 증오심이나 파괴 본능을 쏟아내는 것을, 행동 양식의 변화는 극한 상황을 맞아 파괴 · 살인 · 방화 · 자살 등 공격적이면서 극단적인 행동으로 나아가는 것을 말한다. 경향소설은 주인공의 측면에서 지식인소설 · 주의자소설 · 농민소설 · 노동자소설 · 빈민소설 등으

---

101) 졸고, 「'경향'과 '신경향파'의 거리」, 『한국현대문학사상연구』, 서울대 출판부, 1994, pp. 145~46.

로 유별화할 수 있다.

(2) 지식인소설
(가) 빈궁과 갈등의 재현

부지암(不知菴)의 「인텔리켄치아」(『개벽』, 1925. 5)에서는 지식계급을 과학자와 예술가를 가리키는 "비평적 지식계급", 과거의 봉건제도를 동경하는 일부 종교가와 교육자와 관리와 학자를 가리키는 "반동적 지식계급", 자본주의 대변자를 가리키는 "부르주아적 지식계급", 무정부주의자와 테러리스트와 회의주의자를 가리키는 "허무적 지식계급", 개혁적 성향의 "소부르주아적 지식계급", "마르크스주의자와 공산주의자를 지칭하는 "무산계급적 지식계급" 외에 "중간적 지식계급"을 들었다. "중간적 지식계급"은 대다수 지식인을 포함하고 있는 만큼 지식인의 성격을 가장 잘 드러낸다.

4. 中間的 知識階級 이것은 知識階級이 多分을包含한階級이니 新聞記者, 辯護士, 小官吏, 著述家, 技術家또는 急進的知識階級을包含하고잇스니 階級協調主義, 平和主義, 民主主義를標榜하는階級이니 그들의 特色은 獨立한見解, 主張, 勇氣等이缺如하고한편으로는資本的反動과融和하고 한편으로쌜으쏘아를牽制하야無産階級과, 緩衝地帶에處하려는階級이오[102]

성해 이익상(李益相)의 「戀의 序曲」(『개벽』, 1924. 4)은 기숙사 생활을 하는 동경 유학생 남녀의 연애 문제를 다룬 것으로 남주인공이 여주인공에게 소유 · 빈곤 · 불평등의 문제를 여학생의 눈높이에 맞추어 계몽하는 장면이 나타난다. 남녀 학생의 대화거리에 사회주의가 포함되어 있다는 서술을 통해 당시 동경 유학생들 사이에서 사회주의가 유행 사조였음을 암시한다.

---

102) 부지암, 「인텔리켄치아」(『개벽』, 1925. 5), p. 17.

한자로 쓸 수 있는 것은 다 썼을 정도의 국한문혼용체를 취하였고 B, C, K, Y 등과 같이 영어 이니셜을 따오는 인물 명명 방법을 썼다.

최승일(崔承一)의 「안해」(『신여성』, 1924. 6)에서는 10년간 같이 살던 아내가 1년 전에 가출했다가 돌아오는 것을 문사인 '내'가 받아들일 것인가 말 것인가 하고 고민하다가 아내를 받아들이기로 결정한다. '나'는 애인이 있기도 하고 친구 S로부터 투쟁 대열에 뛰어들라는 권유도 받았던 터다. 철수의 고민을 듣고 S가 "흥 여보게 자네도 그런지엽(枝葉)의고통을버서바리고 인제는 확실한강한사람이 되어 ××만되면 모든문뎨가 다 — 해결될걸 외그러나?"[103]라고 하자 철수는 S를 "사회주의자 허무주의자" "민중의 고통을 알아보랴고 하는 자"로 생각한다. 철수가 술의 효능을 고통의 망각, 시대병의 회피에서 찾는 반면 더욱 강해진 S는 술 먹으면 고통이 커지니 술을 먹지 말라고 충고한다.

조명희(趙明熙)[104]의 「땅속으로」(『개벽』, 1925. 2~3)는 동경 유학을 마친 한 시인 지망생이 가족의 끼니를 해결하기 위해 구직운동을 하고 시집을 출판사에 팔러 다니며 지식인으로서 하고 싶은 바를 포기하는 가운데서도

---

103) 『신여성』, 1924. 6, p. 82.
104) 충북 진천 출생(1894), 사립문명학교 입학(1906), 서울중앙고등보통학교 진학(1911), 고보 재학 중 북경 무관학교 입교차 가출했다가 평양에서 돌아옴(1914), 성공회 신명학교에서 교사로 근무(1915), 3 · 1운동 가담 혐의로 구속, 동경 동양대학 인도철학윤리학과 입학(1919), 김우진 등과 극예술협회 창립(1920), 희곡「김영일의 사」를 창작, 동우회 회원들과 전국 순회공연(1921), 생활난으로 귀국(1923), 『조선일보』 기자로 활동(1924), 카프 창립회원으로 활동(1925), 불개미 극단 조직, 『낙동강』 발표(1927), 소련으로 망명(1928), 연해주 고려인 마을 육성촌에 거주하며 조선어 교사로 근무(1929~30), 우수리스크로 이주, 조선사범전문학교에서 조선어문학 강의(1931), 제1차 소련작가인합회의에 소련작가동맹 맹원으로 등록, 연해주 한글 신문 『선봉』에서 근무(1934), 소련작가동맹 원동지부에서 활동(1936), 소련 내무인민위원회 기관원에게 연행됨(1937. 9), "반혁명그룹 가담자 및 이르쿠스크 푸락치"라는 죄목 확정(1937. 12), 사형 선고 받고 총살됨(1938), 스탈린 사후에 복권(1956), 호는 포석(抱石, 包石), 필명으로 목성(木星), 노적(蘆笛) 사용(이명재, 『그들의 문학과 생애—조명희』, 한길사, 2008, pp. 187~90; 이인나, 「조명희 문학연구」, 서울대학교 석사학위 논문, 2006, pp. 71~72 참고).

현실·사회·민족 등에 대해 총체적으로 사고하는 모습을 그려놓은 것이다. 문인인 '나'는 자신과 처자가 처한 고통스러운 현실을 서울 사람들 전체의 고통과 등치시켜 생각한 나머지 '나'의 가족의 상황은 곧 우리 사회의 축도라는 인식으로 나아간다.

배보다 배ㅅ곱이더크다는셈으로 이십오만인구에 걸식자(乞食者)가십팔만! 나도 물론 이거대(巨大)한 걸식단(乞食團)가운대 신래자(新來者)의한사람이되엿다. 남촌이라는 이방인집단지(集團地)인특수지대(特殊地帶)를 제해노코 그외는다 퇴락(頹落)하여가는옛건물(建物), 영쇄(零衰)하여가는 거리거리 밧삭말는먼지냄새로쏴찬듯한긔분(氣分)속에서 날로날로 더패멸조잔(敗滅凋殘)의운명의길로드러가는 서울이란쌍, 아니 전조선(全朝鮮)이라는이쌍, 그속에굼질대는 백의인(白衣人)──빈사상태(瀕死狀態)에쌔진긔아군(飢餓群).

그들에게는 아모것도업다. 사랑도업고 밥도업고 ××도업다. 쏘는로력(努力)도 반성(反省)도 용긔(勇氣)도 반발력(反撥力)도업다. 그러타고 쏘는 침통(沈痛)한인내(忍耐)의자의식(自意識)도업다. 굿센미듬도업다. 잇다는것이라고는 허위(虛僞), 긔만(欺瞞), 폭압(暴壓), 긔아(飢餓)……이밧게는아모것도업다. 아모것도업다! 아모것도업다! 이사막(沙漠)에는 이초지(焦地)에는 아모것도업다!┃105)

배고픈 생활이 좀처럼 타개되지 못하자 '나'는 문학 창작에 대한 꿈이라든가 환상을 다 버리고는 "우로말고 알에로파드러가자. 개도야지의고통속으로! 왼세계무산대중(無産大衆)의고통 속으로! 특(特)이 백의인(白衣人)의고통속으로!"106)라고 속으로 부르짖게 된다. 이러한 심리 전환은 이기영이나

---

105) 『개벽』, 1925. 3, p. 15.
106) 위의 책, p. 18.

388

최서해 소설에서 자주 볼 수 있는 것이거니와, 이 소설에서 어린 딸이 아양 떠는 모습을 보고 하도 굶주린 생활을 하던 끝이라 오히려 미운 생각이 나 모든 것을 다 부숴버리고 싶다는 식의 파괴충동에 빠진다는 대목은 이기영의 「가난한 사람들」이나 최서해의 「홍염」이나 「기아와 살육」 등의 결말 부분과 흡사하다. 조명희는 극한 상황에 빠지면서 조선인에 대한 비판이나 일본인에 대한 혐오감을 감추지 않는다. '나'는 지난번에 맡긴 시집 원고를 찾으러 간 책사 주인으로부터 검열 미통과를 통보받고 "서울깍쟁이" "조선사람에게는 여호성과 생쥐성이 만타" "리성민족의 망골자손의 타락" 등과 같이 속으로 욕을 한다. 그런가 하면 조선인 지게꾼이 모르고 스쳐 지나간 것을 좀처럼 용서하지 않고 욕을 퍼부어대는 일본인 고리대금업자를 향해서는 "우순(愚順)한 백의의피를 제멋대로쌔라먹고 제멋대로학대한 관 의표정이 그얼골에인(印)박혀잇다"[107]고 부정 묘사한다. 독충 같은 생각이 들었고 바로 으깨어 죽이고 싶은 충동을 느끼게 된다고 서술하였다. 최서해 소설에서 주인공이 살인 충동이나 죽음을 앞둘 적에 회상에 빠지는 것과 비슷한 심리 메커니즘이 여기서도 나타난다.

주인공이 강도질을 하고 나오다가 순사들에게 붙잡히는 꿈을 꾸는 것으로 마무리 짓고 있는 이 소설은 한자를 괄호 안에 넣은 점, 외면 묘사와 내면 서술의 조화를 꾀하면서도 내면 서술 쪽으로 기운 점, 처를 W로 표기한 점 등의 특징을 보인다. 다른 소설에서 볼 수 없는 것은 "내집이라고와서보니(그집이란것도실상 내집이아니요 내형님집이다)" "이러한 광경을본나는(다섯해전 내가집에잇슬째에는 물론이지경은아니엿다) 무슨산지옥, 아귀수라장(俄鬼修羅場)을연상(聯想)하게되얏다" "밤이되여 여러식구는 안방(간반이나되는)에다 한대모라늣코(모여안저잇는모양만보아도 시루속에자라난콩나물대구리갓다) 나는쓸아래ㅅ방으로내려가게되엿다"[108] 등과 같이 보충 설

107) 위의 책, p. 26.

명을 괄호 속에 넣은 구절들이 1925년 2월호분에 십여 군데 나타난다는 점이다. 괄호를 베껴내어 앞이나 뒤에 배치해도 무방한데 마치 각주 달린 논문 쓰듯이 썼다.

이익상의 「광란」(『개벽』, 1925. 3)은 1930년대 박태원(朴泰遠)의 장편소설 『천변풍경』과는 대조적인 시선으로 청계천을 바라보는 것으로 문을 연다.

이름조흔淸溪川은 京城三十萬生靈이 더러펴노흔 쏘장물이란쏘장물을 다 바더내는길이다. 약을대로 약어바린 都會人의 째ㅅ국이란째ㅅ국은다 그리로 흘녀들어간다. 大便, 小便, 생선썩은물 茶蔬썩은물 곡식썩은물 더럽다하야사람이바리는 모든汚穢는 다 그리로 흘녀들어간다. 그래도 都會人은이것을淸溪川이라한다. 神經이銳敏 할대로銳敏해진都會人은 오히려淸溪라한다. 淸溪라부르면서 아모矛盾도 不調和도 늣기지안는다.[109]

회사원인 영순이 총독부 병원 앞에서 창경원을 바라보며 삶, 가난, 욕망, 고독 등을 문제 삼으며 자문자답하는 형식을 취한다든가 영순이 회사에서 돈을 훔쳐낸 과정이 구체적으로 그려지지 않은 한계를 드러낸다. 그는 친구들을 데리고 요릿집에 가서 기생들에게 돈을 뿌리며 스스로 "청계천"이라고 부른다. 경찰이 잡으러 오자 돈뭉치를 허공에 던지며 거지들에게 주워 가지라고 소리를 지르는 것으로 이 작품은 끝나고 있다.

이익상의 「흙의 세례」(『개벽』, 1925. 5)는 도시에서 활동하던 명호가 아내와 일단 귀농은 하였으나 여러 날 적응하지 못하고 고민하다가 억지로 농사를 지어보고는 이제 "흙의 세례를 받았다"고 하면서 농촌 생활에 대해

---

108) 위의 책, 1925. 2, pp. 30~32.
109) 위의 책, 1925. 3, p. 35.

확고부동한 것은 아니지만 대체로 희망을 갖는다는 결말을 보여준다. 아내 혜정은 남편의 뜻과 행동에 순종적인 태도를 보이는 것으로 그려지고 있다. 이 작품은 이광수의 장편소설『재생』만큼 일찍이 지식인의 귀농 모티프를 설정한 의미를 지니기는 하지만 톨스토이의 경우를 떠올리며 지식인의 삶의 자세와 연결 지어 자신의 농촌 생활의 의미를 되짚어본 대목도 주목할 만하다.

　　그리고 또는 自身으로—엇더한 槪念生活에 熱中하엿든그로서 한편호주머니에 爆彈을 너코다니는 「테로리스트」가 되지못한것은 큰遺憾이엇다. 그의天然의 柔懦한 性格이 그것을 허락치아니하엿다. 그는 恒常 混沌한 社會에서 몹시刺戟 바들째에는 엇더한 「테로리스트」가 되던지 그러치안흐면 極端이라 할말한 隱遁的生活을 하는것이 自身에 胚胎한生命力을 伸張식힘이라하엿다.

　　明浩는 이두가지를두고 오래ㅅ동안 생각한결과 그는T이라는 남쪽나라의 짜뜻한地方으로 도라오게된것이엇다. 이러한 意見에 대하여는 妻도찬성하엿섯다. 이와가티 「테」냐 「退」냐하는 갈림길에서 「退」를取한그로서도 오히려 다른사람의 직업冒瀆함이라하는데에서 그동안오래꽹이 잡기를 躊躇하게된 것이엇다[110)

이익상만 해도 테러리스트 아니면 은둔거사라는 양극의 존재를 상정해 본다. 어느 정도 띄어쓰기를 하면서 국한문혼용을 하되 한자어를 줄이고자 하였고 주인공에게 영어 이니셜을 부여하지 않은 점에서 새로운 표기법으로 나아갔다고 할 수 있다.

김동인의 미완 연재소설 「정희」(『조선문단』, 1925. 5~1925. 9)에서 동경 유학생 출신인 정희는 1년간 교제했던 문인 최성구에게 다른 여자가 있

---

110) 위의 책, 1925. 5, p. 53.

는 것으로 의심하고 그에 대한 반감으로 실업가인 남영식과 약혼하였으나 최성구가 신문에 정희를 원망하는 글을 쓰고는 행방불명이 되자 머리를 식히러 동경에 간다. 이 소설은 정희가 동경에 가서 옛 친구가 이혼하고 중이 되겠다는 말을 듣고 놀라는 것으로 일단 끝맺음하였다.

김팔봉의 「젊은 理想主義者의 死」(『개벽』, 1925. 6~7)는 양잿물을 먹고 자살한 최덕호가 남긴 일기를 '내'가 추려 보인다는 겉이야기와 최덕호가 남긴 일기와 애인에게 보낸 편지로 구성된 속이야기로 짜여 있다. 일본의 여기저기를 떠돌아다니는 형은 "코레안 에란"이란 별명이 붙은 방랑자이고 아버지는 50대의 나이로 지방에서 월급 7, 80원을 받아 식구들 거둬 먹이기에 정신이 없고 최덕호는 24세의 나이로 구직 끝에 하급 관청 고원으로 취직하였고 영애라는 여자에게 구애하나 잘되지 않는 형편에 있다. 최덕호는 "하는수업시 살기위하야서「개」가되겟다는생각은잇스나 그래도 갓흔개의 種類일지라도「산양개」는되고십지안타"[111]든가 "온갓不幸은 오늘날의資本主義制生産組織과 이에따라서同伴되는 軍國主義에 그災禍의原因이잇다는것을생각하엿다. 이쌍은植民地다. 그植民地라는말을색이여보아라, 神妙한글字가아니냐? 可憎스러운글字가아니냐?"[112]는 생각을 하게 된다. 어떻게 이런 표현이 삭제되지 않았는지 궁금하다. 최덕호는 자신이 취직해서 50일 동안 해왔던 일을 "모든것은, ○○○의, 쑤르좌—의 城廓을持久케하는道具를讚美하고, 그것에服從하고 그것을保護하는 所任을 차근차근하게 記錄하여놋는것이다"[113]라고 해석하고는 스스로를 주체가 없다는 의미에서 "펜"이니 "철필"이라고 자조한다. 최덕호는 노동신성설을 부정하고 자신은 부르주아지의 끄나풀이 될 수 없다고 결심하는 차에 영애에게서 절교장을 받고 다시 한 번 자신의 사명감이 무엇인지 곰곰 생각하는 기회를 갖는다.

---

111) 『개벽』, 1925. 6, p. 22.
112) 위의 책, p. 23.
113) 위의 책, 1925. 7, p. 35.

최덕호는 "그使命은進化學으로써保證바든 人類의進化를促成하는崇高한理想의世界를地上에建設하도록活動하는것이다"[114]라고 하면서 자신이 품은 점진적 이상주의에 대해 주위에서 "安價한精神主義者의한개의유토피아"라든가 "톨스토이안"이라든가 "로―란디스트"라고 비난한다고 한다. 이는 실제의 평론가 김팔봉에 대한 비판을 재현하거나 요약한 것이라고 할 수 있다. 이미 김팔봉은 급진주의자들에게 비난을 받고 있었거니와 작중 최덕호의 친구 동인(烔仁)이 이원 철학을 설교하며 "共産主義는自由로운奔放한人生本然의天性을無視하엿다", "共産主義의原理라는平等이라는것은 可能하지못한것이다. 웨그러냐하면사람이라는것은慾望의動物인데, 그慾望이 잇는以上에는平等은實施되지못한다"[115]고 설파한 것에 찬동을 표시하였다. 영애가 철수에게 시집가버렸다는 소식을 들은 것이 하나의 계기가 되어 최덕호는 자신에게는 희망, 이상, 쾌락, 위안, 민족, 국가, 인도, 정의, 자유, 평등 등 그 모든 것이 없다고 판단하고는 니힐리스트로 자임하면서 자살을 생각하게 된다. 최덕호는 영애가 다른 남자와 결혼한 것 때문에 자살을 생각한 것을 부정하였지만 이것이 계기가 된 것임은 부정할 수 없다. 최덕호는 영애 앞으로 유서 몇 줄을 쓰다가 찢어버리고 만다. 이 소설처럼 일기체를 쓴 것으로는 이익상의 「흙의 세례」, 유진오의 「파악」 등이 있다.

염상섭의 「윤전기」(『조선문단』, 1925. 10)는 몇 달째 월급을 받지 못한 노동자들이 돈을 주지 않으면 신문 제작을 할 수 없다고 파업하다가 천 원의 긴급 자금이 유입되었다는 소식을 듣고 제작에 돌입하기까지의 과정을 그렸다. 신문사 경영진이 A, P, K 같은 이름을 부여받고 노동자들이 덕삼이, 성칠이, 츈식이라는 본명과 "모주"니 "총통"이니 하는 별명으로 불리는 점에서 얼핏 작가는 노동자 편에 서 있는 것처럼 보일 수도 있다. 그러

---

114) 위의 책, p. 40.
115) 위의 책, p. 42.

나 "그러나저러나 오지도안흐면 어쩌나? 삼십여명직공을—제멋대로 날쮜
는주정군이들에게 봉욕하는것은 고사하고 인제는 무어라고 말대답을하여
야한단말인가?……"[116]고 고심하는 장면이라든가 "알에칭에서는 쏘다시
퉁탕대인다. P가 간신히진정을시켜노흔주정군들이 쏘 교의를집어치고 난
로를부시는모양이다. 련방 「제—밀부틀!」소리와 「이사람 이거 미첫나?」하
며 말리는소리가 뒤석겨 어우러진다. A는 참다못하야 붓대를 집어던지고
쫵 일어섯다"[117] 같은 장면을 보면 작가는 기자든 신문 경영자든 지식인 편
에 서 있다고 할 수밖에 없다. A는 신문사 직공들의 처지와 생각을 이해하
려고 하면서도 일부 '사원회 위원'들의 물질적 여유를 마땅치 않게 보기도
한다. 그럼에도 그는 신문 제작의 사명감을 잊어버리지 않는다.

"신문이 아모리 중하야도 먹어야하지! 지당한말이다. 그러나 굶고라도 신
문을 죽여서는아니되겟다는것은 허영심에서 나온말인가? 야심인가? 달관
인가 봉공심인가? 훌륭한령혼에서 나온 의지(意志)의활동이라할까? 누구에
게 무러볼까? 예수는 무어라구하얏나? 카—ㄹ 맑쓰는 무어라구하얏누? 아
니 세상에서는 무어라구들하는구?……하지만 신념(信念)만은 모든것을 초
월할수잇고 모든것을 포화할수잇는것이다!"[118]

지식인이 노동자들을 비판 반 타협 반 한다는 염상섭 특유의 관점은 지
식인이 노동자들을 동정하거나 지원하는 것으로 그려놓는 당시 경향소설
의 일반적인 관점과는 거리가 있다. 염상섭과 달리 최서해는 지식인들이
사용자에 맞서 싸우다 승리한다는 이야기를 제시하였다. 「序幕」(『동아일
보』, 1927. 1. 11~15)은 잡지사 사원들이 사장을 윽박질러 월급을 받아내

116) 『조선문단』, 1925. 10, p. 11.
117) 위의 책, p. 13.
118) 위의 책, p. 14.

며 이것은 서막일 뿐이라고 말한다는 내용을 담고 있다. 대화체가 과다하여 서사 구조로서의 짜임새는 약하지만 최서해 소설에서 「서막」처럼 약자가 투쟁 끝에 성취감을 맛본다는 유례를 찾기는 어렵다.

현진건의 「사립정신병원장」(『개벽』, 1926. 1)은 은행원으로 일하다가 정리 해고되어 처자를 먹여 살릴 길이 없게 된 W가 수천석군의 외아들로 결혼하고 이른바 공인증 증세가 더욱 심해진 P의 간병인이 된 후 술자리에서 친구들에게 망신당한 분을 이기지 못하는 것을 원인적 사건으로 설정하였다. W는 귀가한 후 아내를 닥치는 대로 구타하고 자식들은 모두 기둥에 묶어두고 불을 지르려 한 지 다섯 달 후에 "P군의 미친 칼에 죽을번하든 그는 돌이어 P군을 죽이고 마는" 사건을 저지르고 만다. 다섯 달 전 술자리에서 W는 아들에게 가져다주려고 술안주를 쌌다가 비아냥거리는 기생의 뺨을 때렸고 친구 K군으로부터 미친놈하고 같이 있더니 같이 미쳤나 보다 하는 소리를 듣자 분노가 폭발하여 싸움을 벌였었다. W는 굶주림 탈피와 자존심 유지라는 두 가지 욕망을 다 충족하려다가 갈등에 빠진 끝에 정당방위이긴 하지만 기어이 살인을 저지르게 된 것이다.

이기영(李箕永)[119]의 「五妹 둔 아버지」(『개벽』, 1926. 4)는 이기영의 20대 삶의 내용이 반영된 자전적 소설이다. 은행소 근무, 동경 유학 생활, 관동 대진재로 인한 급거 귀국, 『개벽』지를 통한 등단, 무직 등 작중 '그'의 이력

---

[119] 충남 아산군에서 출생(1895), 아버지 이민창은 영진학교 설립자, 조병기와 결혼(1908), 군 임시고원(1912), 논산 영화여학교 교사(1918), 호서은행 천안지점 근무(1921), 일본 유학하여 아나키즘 단체에서 조명희와 만남(1922~23), 「오빠의 비밀편지」로 등단(1924), 조선지광사 입사, 카프 가맹(1925), 키프 중앙위원, 서기국 신하 출판부정(1930), 카프 제1차 사건으로 피검되어 불기소 처분(1931), 카프 제2차 사건으로 피검되어 3년 집행유예(1934), 창씨개명과 일어 집필 모두 거부(1944), 해방 후 조선프롤레타리아예술연맹 창립(1945), 월북하여 조소친선협회 중앙위원회 위원장(1946), 작가동맹 중앙위원회 상임위원(1953), 제2기 최고인민회의 부의장(1957), 조선문학예술총동맹 중앙위원회 위원장(1967), 1984년 사망(졸저, 『이기영—이야기꾼 · 리얼리즘 · 이데올로그』, 2002, pp. 185~87 참고).

은 작가 이기영의 것과 일치한다. 자기 가족들을 보살펴줄 사람이 없게 되자 서울 생활을 접고 '그'가 낙향해버리는 사건도 이기영이 직접 체험한 것이다. 그러나 후반부에 오면 굶어 죽거나 태독으로 죽은 세 딸이 귀신이 되어 대화를 나누는 장면을 설정하여 자전적 소설의 허울을 벗게 된다. 작중 세 딸은 굶어 죽은 것을 강조하는 장치로 기능한다. '그'가 아들과 함께 나무하러 갔다가 오는 것을 아내가 보고 만족해하는 것으로 끝나고 있다. 이와 같이 자전적 소설, 소설가소설, 빈궁소설 등이 결합된 이 작품을 통해 이기영은 지식인과 가장의 역할을 제대로 하지 못하는 자신을 돌아볼 기회를 갖는다.

「朴先生」(『별건곤』, 1926. 11)은 6개월 후에 발표된 「復興會」(『개벽』, 1926. 8)와 대동소이한 작품으로 신자들 사이에서 인기 높은 점을 악용하여 목사와 전도사와 일반 신자에게 사기 치는 박선생을 주인공으로 내세워 기독교를 비판적 시선으로 보게끔 유도하는 부수적 효과를 거둔다. 부지런한 사람은 잘살고 게으른 사람은 못산다는 이치를 내세우면서 은근히 사회주의를 비난하는 김목사를 사기 치면서 동시에 사기당하는 존재로 그려놓고 있다. 이기영은 사기꾼소설Hochstaplerroman을 통해서 사회주의를 비판한 기독교 세력을 부정하는 태도를 취해 보인다.

조명희의 「低氣壓」(『조선지광』, 1926. 11)은 신문기자를 주인공으로 하여 절망과 답답함으로 가득 찬 1920년대 한국 사회의 모습을 그려내는 데 중점을 둔 것이다. 기자와 그 가족들의 가난하고 답답한 생활상은 1920년대 조선 사회의 축도가 되고 있다. "생활난, 직업난으로 수년을 시달려 왔다. 이 공포 속에서도 값있는 생활—무위한 생활로부터 흘러 나오는 권태는 질질 흐른다. 공황의 한계를 넘으면 권태. 또 한재를 넘으면 권태"와 같은 서두는 이미 창작 의도를 다 드러내 보이고 있다. 「저기압」은 작품의 여러 군데서 의도적으로 거친 표현을 보여준다. "밤낮 그 늘어진 개꼬리 모양으로 질질 끌고 가는 생활의 꼴이란 것은 참 볼 수 없다" "모두 왜 이

모양들이여…… 수채에 내여 던진 썩은 콩나물 대가리 같은 것들이" "계집을 굶기고 헐벗기는 대신에 밟아 죽이려 드는구나!" "주린 개 떼가 주둥이를 한데 모으고 제 주인 올 때만 기다리듯 하는 집식구들의 꼴이 눈에 확 지나간다" "저 몹쓸 아귀들, 내 육신과 정신을 뜯어 먹는 이 아귀들 하며 염오증이 왈칵 나던 생각이 다시 난다" 등과 같이 분노가 그대로 욕설에 가까운 표현으로 나온다. 최서해의 초기 소설들에서 막다른 골목에 다다른 주인공이 광기에 찬 행동으로 현실을 돌파하는 것과 유사하게 조명희도 「저기압」에서 욕설과 불만을 직접 표출하는 방법을 택하였다. 주인공 '나'는 석 달 만에 한 달 월급도 안 되는 30원을 받아 밤새 술을 먹고 다음 날 아침 일찍 들어가는 행동을 보이기도 한다. 집주인 노파에게 몇 달째 집세를 내지 못해 온갖 모욕을 다 겪는 처지에 비추어 보면 '나'의 행동은 이미 광태에 속한다. 이 소설에서 또 한 가지 주목해야 할 것은 작가가 당대 지식인들의 일반적인 모습과 그들이 놓여 있는 한계 상황을 잘 요약해서 보여준 점이다.

이 땅의 지식계급—외지에 가서 공부깨나 하고 돌아왔다는 소위 총준자제들 나갈 길은 없다. 의당히 하여야만 할 일은 할 용기도, 힘도 없다. 그것도 자유롭게 사지 하나 움직이기가 어려운 일이다. 그런 가운데 뱃속에서는 쪼로록 소리가 난다. 대가리를 동이고 이런 곳으로 데밀어 들어 온다. 그러나 또한 신문사란 것도 자기네들 살림살이나 마찬가지로 엉성하다. 봉급이란 것도 잘 안 나온다. 생활난은 여전하다. 사지나 마음이나 다 한 가지로 죽 늘어신다. 눈만 멀뚱멀뚱하는 산 진렬품들이 죽— 늘어 앉았다.[120]

「저기압」은 「땅속으로」와 마찬가지로 '나'의 암울한 심정을 농민이나 빈

120) 『조명희 선집』, 쏘련 과학원 동방도서 출판사, 1959, p. 230.

자들과 같은 '우리'의 문제에 눈을 뜨는 계기로 활용한다.

이익상의 「그믐날」(『별건곤』, 1927. 1)은 신문기자인 성호가 늘 적자로 살다가 두 달 치 월급을 한꺼번에 받고 처자와 함께 과자집, 서점, 장난감 가게, 백화점, 레스토랑 등을 거쳐 밤 10시에 집에 와 다음 날 여기저기 밀린 외상값을 주기로 하고 잠자리에서 신세를 한탄한다는 이야기를 들려 준다. 아침밥 먹는 자리, 빚에 졸려 아침 일찍부터 동소문동 집을 나와 아 내가 아들을 데리고 창경원 전차 정류소에서 동대문행을 기다리는 모습을 지루할 정도로 길게 서술한 것이 결정적인 흠이다. 아내는 성호에게 당시 의 지식인들 대다수의 운명을 대변하듯 신세 한탄을 한다.

> 「글세 지금형편으로는 별도리업지요 글줄이나쓴대야 그것으로는 한달집세
> 도 못되고 또는 자본업서 장사도할수업고 자본이잇다고해도 장사치로 나설
> 텬성을 타지못하엿고 그러타고 굶어죽을수도업고 한 「테로리스트」나 「니희
> 리스트」가튼 행동은 마음이 약해 할수업고 결국월급량이라도버더가지고 어
> 린것배나 안골리도록해보는수밧게 별도리가 업겟지요」[121]

신문기자인 주인공이 소설가, 상인, 주의자 그 어느 것도 해낼 자신이 없다고 하면서 월급쟁이나 할 수밖에 없다고 한 것은 1920년대 당시 지식 인의 갈 길이 협애하기 짝이 없는 현실을 제시한 것이라고 할 수 있다.

최서해[122]는 모두 자전적 소설이라고 할 수 있는 「白琴」(『신민』, 1926.

---

121) 『별건곤』, 1927. 1, p. 155.
122) 함경북도 성진군에서 빈농의 아들로 출생(1901), 『학지광』 등의 잡지와 신소설과 이광수의 『무정』 등을 닥치는 대로 읽음, 간도 이주(1918), 셋째 처와의 사이에서 첫딸 백금 낳음 (1921), 귀국 후 춘원 소개로 경기도 양주군 봉선사에서 문학 수업(1924), 조선문단사 입 사(1925), 카프 가맹(1925), 시조시인 조운의 누이 조분려와 결혼(1926), 『현대평론』 기 자(1926), 『조선문단』 복간으로 재입사, 편집 책임(1927), 『중외일보』 기자(1929), 카프 탈퇴(1929), 『매일신보』 학예부장(1931), 1932년에 위문협착증으로 사망, 아명은 쑤쑴, 본명은 鶴松, 필명으로는 설봉, 설봉산인, 풍년년 등이 있음(곽근 엮음, 『최서해 전집

2), 「八個月」(『동광』, 1926. 9), 「餞送辭」(『동광』, 1927. 1) 등의 작품을
통해서 작가는 지식인이기 전에 당시의 용어대로 무산자에 속하는 존재라
고 주장했다. 특히 「전아사」에서 화자이자 주인공 '나'는 닥치는 대로 글
을 쓴 자신을 매문 문사라고 비하하였다. 제아무리 지식인의 꽃인 문인이
라고 하더라도 끼니 잇기도 어려운 지경이 되면 정신도 황폐해질 수밖에
없는 법임을 일깨워주긴 하였으나 "전아사"라는 제목이 가리키는 것처럼
'내'가 매문 문사를 청산하는 과정을 그리는 데 초점을 맞추었다. 주인공
변기운은 직업 문사라는 자신의 위치에 대해 깊은 회의를 가진 끝에 실제
작가 최서해가 카프에 몸담았던 것처럼 사회주의 단체에 드나들면서 운동
의지를 갖기도 하였으나 그 단체에서 내거는 개조, 혁명, 프롤레타리아 해
방 운운의 구호도 단시일 내 실현될 것 같지 않다는 판단이 들어 발길을
끊는다. 이 소설에서 특이한 것은 사회주의 사상은 단순히 외국에서 들어
온 유행 사조가 아니라 "다만 내 환경이 내게 가르친 것이엇습니다"라고
진술한 바와 같이 생활 환경이 이념을 불러들였다고 본 점이다. 변기운은
매춘부 같은 작가가 되느니 차라리 양심껏 육체노동 하면서 살겠다고 하면
서 마침내 구두닦이로 하향이동하게 된다. 최서해는 「전아사」에 앞서 빈궁
을 강조한 「五圓七十五錢」(『동아일보』, 1926. 1. 1~5)과 「담요」(『조선문
단』, 1926. 5)를 발표한 바 있다.

　최승일의 「콩나물죽과 小說」(『별건곤』, 1927. 1)은 끼니를 걱정할 정도
로 가난한 소설가가 아내가 찬물에 빨래하다가 체했으나 약 한 첩 쓰지 못
해 고민하다가 의사한테서 약을 받아 가지고 나오는 꿈을 꾼다는 이야기를
들려준다. 소설가는 하루하루 날이 밝아오는 것이 지겨울 정도로 곤궁한
처지에 놓이게 되었다.

〔하〕』, 문학과지성사, 1987. pp. 440~41 참고).

"비러먹을밤이 외밝아!? 아조 구더바리지—." 하고 나는역시 속으로중얼 거렸다. 얼마잇다가 말숙이 개인 쌀살한한울에엔 햇비치보인다. 지붕마두턱 이 남싯하고 햇빗은와서안는다. 또—병—의사 령신환—주림—이모든것의 걱정이혼선(混線)이되여가지고 나의머리에 와부딋는다.

"엥이 햇쓰는게 원수다"[123]

염상섭의 「宿泊記」(『신민』, 1928. 1)는 변창길이라는 동경 유학생이 조 선인이기 때문에 하숙을 구하기 어려운 현실을 그려낸다. 창길은 조선인이 기 때문에 하숙비를 선지불해야 하거나 조선인이라는 것이 밝혀져 쫓겨나 거나 하였다. "진재이후에는 동경인심이 더야박하야진것갓기도하지만은 더구나 조선사람이라면 오륙년전시절과는 딴판가튼눈치를 도처에서 당하 야본"[124] 창길은 의도적이든 그렇지 않든 간에 조선인이라는 신분을 속일 수밖에 없을 정도가 되었다. 두번째로 옮긴 하숙집에서는 숙박기를 일본어 로 썼는데도 조선인인 것이 밝혀져 하녀에게도 망신을 당하나 하녀를 통해 주인 여자에게 반감을 표시하는 태도를 취한다. 창길은 처음부터 아예 자 신을 조선인이라고 밝히고 허락을 받는 방법을 택하였다. 이 소설은 친구 하숙집에서 점심을 얻어먹고 낮잠을 자고 나온 창길이 비 오는 거리를 나 서면서 "쓸쓸하고 설흔증이 붓적 목밋까지 치바치는것을깨다랏다"[125]로 끝 난다. 수년 전에 「만세전」에서 이인화가 도처에서 느꼈던 '망국민'의 슬픔 을 느끼고 있다.

최서해의 「무명초」(『신민』, 1929. 8)는 『반도공론』이 3년 만에 폐간된 후 1년째 월급을 받지 못한 박춘수 기자네 집안이 매일같이 굶주림과 질병 에 시달리는 모습을 그려내었다. 박춘수는 학질에 걸리고 딸은 설사를 계

123) 『별건곤』, 1927. 1, p. 139.
124) 『신민』, 1928. 1, p. 150.
125) 위의 책, p. 157.

속하자 수표동에 있는 단골 병원에 간다. 이 병원에는 7, 80원의 외상값이 있는데도 의사는 웃으면서 또 약을 지어 준다. 최서해의 과거 작품 「朴乭의 죽엄」에서 한의원을 부정적으로 그린 것과는 대조적이다. 이 소설 앞부분에서는 『반도공론』이 사상가요 문학자로 이름이 높은 사장이 만든 덕분에 조선 독자들의 기대에 부응하여 인기를 누렸으나 자본주들 사이의 알력으로 경영난에 빠지면서 3년 만에 폐간된 사연이 소개된다. 최서해 소설은 작가의 직접 체험을 그대로 살려내는 것이 소설이라는 인식을 입증해준다. 박인화는 거의 매일같이 술을 먹으면서 괴로운 현실을 잊어버리려고 하나 현실은 면할 수도 없고 돌아갈 수밖에 없다는 생각에 젖는다. 채만식은 1920년대 끝판에 발표한 「산적」(『별건곤』, 1929. 12)에서 아내가 수시로 전당포에 드나들고 매일같이 집세 독촉에 시달리는 인텔리의 비참한 일상성을 그려내었다.

(나) 각성과 실천의 서사

박영희의 「二重病者」(『개벽』, 1924. 11)는 출판사 편집사원인 윤주가 임금 투쟁을 위한 동맹파업에 참여하던 중 불면증을 얻어 입원하였을 때 간호원 운경과의 사랑에 드는 비용과 입원비 때문에 동료들 몰래 사장과 타협하고 돈 50원을 지원받은 것 때문에 동료들로부터 용서할 수 없다는 편지를 받는다는 내용으로 되어 있다. 이 작품의 끝 부분에서 윤주는 편집사원 일동이 보낸 편지, 간호원 운경으로부터 자신은 박의사를 사랑하여 애정도피 한다는 편지, "우리의 사랑은 치명적인 생활의 연합"이라는 박의사의 편지를 한꺼번에 받는다. 결국 윤주는 사랑, 우정, 명예 그 모든 것을 놓치고 만 셈이 된다. 간호원 운경을 두고 연적 관계에 있는 윤주와 박의사가 운명개척론과 운명수용론으로 맞서면서 벌이는 토론을 주목할 필요가 있다. 윤주는 의사들을 향해 생명을 고치거나 구해주는 기술은 갖고 있지만 생명의 가치를 이해할 만한 힘은 없다는 생각을 품고 있었다. 윤주의

운명론을 '혁명적 운명론'이니 '유동적 운명론'이니 하고 설명한 것은 작가의 자기 합리화의 소산으로 관념의 유희에 가깝다. "약과 병자 사이에서 생기는 현상에만 취미를 가진 그"라고 하면서 박의사를 타자로 보는 초점 화자로서의 윤주가 한 말 속에는 당시 지식인들의 머릿속을 떠다니는 키워드가 망라되어 있다.

사람에게는 생활이잇고 생활에는 로동이잇고 자유가잇고 쾌락이잇고 반항이잇고 개혁이잇고혁명이잇고 파괴가잇고 건설의 적극력(積極的) 요소가잇스며 또한편으로는 구속(拘束)이잇고 속박이잇고 굴복(屈服)이잇고 불행이잇고 노예(奴隷)가잇고 탐욕이 잇고 살인(殺人)이잇고 비루한타협(妥協)이잇다. 그런고로 전자는 후자로부터 쮜여나와서 인생생활의 근본되는원리를 건설하려하는것이다. 이에서전자와후자사이에 싸홈이잇고 쟁투가잇는것이다. 이쟁투에참가하는사람이라야 그의운명을개조할수잇스며 그의현재의문명을 파괴하는사람이라야 그의완전한생활을 건설하러나아가는 용사(勇士)가될수잇는것이다.[126]

인간의 삶을 노동, 자유, 쾌락, 반항, 개혁, 혁명, 파괴 등의 적극적 요소와 구속, 굴복, 노예, 탐욕, 살인, 타협 등의 부정적 요소로 나누고 있다. 이론만 발달되었지 실천력은 바닥인 지식인을 주인공으로 설정한 것은 경향소설가로서의 한계라고 할 수 있다. 소설의 내용은 이 무렵 박영희가 쓴 평론의 내용[127]과 유사하다.

---

126) 『개벽』, 1924. 11, p. 153.
127) 박영희는 1924년에는 본격 평론으로 「자연주의에서 신이상주의에 기우러지려는 조선문단의 최근경향」(『개벽』, 1924. 2) 등 7편을, 1925년에는 「문학상 공리적 가치 여하」(『개벽』, 1925. 2), 「고민문학의 필연성」(『개벽』, 1925. 7), 「신경향파의 문학과 그 문단적 지위」(『개벽』, 1925. 12) 등 16편을 썼다. 1926년에는 「문학의 초월의식과 현대적 의의」(『문예운동』, 1926. 5) 등 14편을, 1927년에는 「신경향파문학과 무산파의 문학」(『조선지광』,

이동원의 「厭人病患者」(『조선문단』, 1925. 4)는 구한국 시대에 구미에 주재한 외교관을 지낸 명문거족의 아들로 청년 화가이며 스포츠맨으로 이름난 윤병오가 계급의식을 갖고 염인증 환자가 될 정도로 자책하고 고민하다가 마침내 가출하기까지의 과정을 보여주었다. 윤병오는 호의호식하는 자기 부모와 집안의 남녀 하인들을 비교한 뒤 다음과 같은 사상 변화를 겪게 된다.

애써서 죽을힘을드리며 일하는사람은 잘먹지못하고 잘입지못하고 잘살지 못하고 그렇치안코 번々놀며 아모일도하지안코 남의하야노은것이나 거저먹고입는사람은 비단옷을입으며 잘먹고 잘사는것이 尹에게는 큰煩悶거리가되야서 그가只今까지 二十餘年이나 남의일한것만먹고 잔써가굴거진것을 無限한罪惡으로 깨다랏다. 그런재에는 그는근심을 등에질머진것처럼 무거운것갓고 모든下人들을 보기가얼마나 未安하얏다. (중략) 只今까지배운것은 一分價値가업고 도로혀 남의것을 쌔앗는奸計을 배운대不過하다. 그런즉 이教育을 더밧는것은 이奸計을 더길으는대 지내지안코 남한태 罪을 더크게지을 짜름이다.[128]

그러나 이 소설은 주인공이 변해가는 과정은 보여주었지만 변화의 이유는 구체적으로 제시하지 않았다. 지주나 부자의 아들 중에서 사회주의자가 나온다는 속설을 거의 처음으로 보여준 원형적 가치를 지닌다.

이기영의 「가난한 사람들」(『개벽』, 1925. 5)은 동경 유학을 다녀온 성호가 집에 있는 마지막 돈을 털어 경성에 사는 친구에게 취직을 부탁하는 편지를 부치는 것으로 시작한다. 성호의 정신적 무늬는 "예수를밋고서 제청

1927. 2), 「문예운동의 목적의식론」(『조선지광』, 1927. 7) 등 14편을 발표하여 개인으로서도 가장 활발하게 또 비평계에서도 가장 많은 비평 활동을 하였다.

128) 『조선문단』, 1925. 4, p. 96.

과혼백을불사르기도수년전일인데 지금은예수도불사르고 無信者 無産者 無
識者맨 "無" 字로만노는판이다"[129]로 설명된다. 조혼, 아내와의 불화, 방랑
벽, 일본 유학, 무직, 가난 등의 모티프들로 이어지는 이 작품은 이기영
전기의 주요 자료가 되기도 한다. 성호는 가장으로서의 기본 역할을 하지
못하자 불안 · 수치 · 절망 · 탄식 · 분노 등과 같은 악감정을 품는다. 성호
는 아내가 육촌 형 집에 쌀을 꾸러 갔다가 인격 모독을 당하고 거절당하고
왔다는 말을 듣자 증오심을 갖게 된다. 성호는 가진 자를 향한 배신감과
증오감이 이데올로기의 씨앗ideologeme이 되어 계급의식과 계급투쟁 의지
로 발전하는 것을 입증해주는 존재가 된다.

> 그兄님에게 이런感情을가지랴는것은無理한일이다마는 그러나이번일은 그
> 兄님과의사이를銳刀로싹베혀논것가튼무엇이잇다. 그는분명한階級意識이엿
> 다. 잇는자와업는자의편의 南極과北極가티相距가씩여잇는資本主義時代의絶
> 頂이지금이다. 비록親子兄弟間이라도 '잇고' '업는' 그편을짜러갈너섯다. 그
> 럼으로倫氣보다階級의對敵이다. 이까닭에親子兄弟間에 殺傷이잇고 仇讐가
> 되지안는가? 잇는자는업는자의敵이다. 업는자는잇는자의敵이다. 일가이니
> 親戚이니 그게다무엇이냐? 오즉 有無가서로싸워서지던지이기던지勝負를다
> 툴것이다. 그러나! 階級鬪爭이다! 하고그는부르지젓다. 이!大革命이닐어나
> 서 新人生의洗禮를밧지안코는 人間에는決코 幸福이업슬것을그는直覺的으로
> 째다럿다.[130]

성호의 내면 속에서 증오심은 빠르게 복수심, 살인 충동, 계급투쟁 의
지, 혁명의식 같은 감정이나 의식으로 확대된다. 느낌표와 물음표의 빈번

---

129) 『개벽』, 1925. 5, p. 63.
130) 위의 책, p. 80.

한 배치는 빠른 속도로 심리의 과장과 전환이 이루어지고 있음을 일러준다. 직접 체험이 시대정신의 하나인 사회주의적 발상과 접맥되는 현장을 느낌표와 물음표가 장식해준다. 성호는 취직이 어렵다는 친구의 편지를 받고는 "아! 인제는고만이다. 나의배우고저하든학문은 영영絶望이다! 絶望! 自殺! 苟且偸生! 家族! 放浪! 絶望! 自殺!?!"[131]과 같이 급격하게 절망감에 빠지면서 정상 심리로부터 일탈하게 된다. 아내와 계수가 동시에 애를 낳고 누워 있고 애들은 배고파 우는 데다 집세 독촉을 받은 성호는 급기야 아내가 갓난애를 팽개치고 빚쟁이를 칼로 찔러 죽이는 환상에 빠진다. 이 소설은 마침 폭풍우가 퍼붓는 속에서 성호가 다 죽어라 죽어라 하면서 절규하는 것으로 결말 처리된다. 이기영은 최서해와 함께 '극한 상황→환상→극단적 행동'이라는 공식으로 나타나는 경향소설의 구성 방법을 보여준다.

박영희의 「事件」(『개벽』, 1926. 1)은 경향소설, 관념소설, 저항소설 등의 면에서 모범이 된다. 수위가 높은 발언이 자주 나오는데도 삭제 조치된 곳이 한 군데도 없다. 술집을 돌아다니며 행상을 하는 젊은 여성이 처음 다녔던 곳인 정미소의 악덕 주인은 일본인이라는 표현도 그대로 살아나 있다. 신문기자인 P와 Y는 R과 자주 술을 마신다. 박영희는 당시의 지식 청년들의 불만과 암울함과 답답함으로 가득 찬 분위기를 제시하는가 하면 의식화되어가는 과정도 잘 그려내고 있다.

그런데 술을 웨먹을까? 그들에게는 조선청년들이 흔이당하는고민이 쏘한 잇섯다. 그것은 개인의생활로나, 사죄뎍환경으로나, 민족, 혹은 계급뎍 압박으로나, 하로 하로 파멸을 당하고잇는것을보면서 쏘한 자긔 자신도 파멸을당해가는데 그들은 반항하는대신에 술을먹어보앗다. 술을먹엇든째만은

---

131) 위의 책, p. 83.

제4장 1920년대 소설과 리얼리즘 405

괴로운중에 모든것은 니저버린다는평계로, 그리하엿섯다. 그러나 엇지조선
의젊은사람으로써 꿈엔들 그들의반항을 이저버리겟느냐?[132]

당시 소설에서 술 모티프는 자주 제시되었던 것으로 생활고나 시대고를
잊기 위해 술을 마시는 것으로 의미화된다. 현진건의 「타락자」「술 권하는
사회」, 최서해의 「전기」「전아사」「무명초」 등이 술 모티프를 기생 모티프
와 연결시켜 쾌락적이며 타락한 생활을 영위하는 것으로 처리한 데 반해,
박영희는 술 모티프에 토론의 시공간이라는 의미를 부여하였다.

　"안이, 참말이야. 나는 지금 저 깁흔구렁텅이에 잇는놈과갓흐이. 쩌(屑)를
주러단이는 개모양으로 날마다 퇴폐와 악독이, 압박과 착취가 심하여가는
사회안에서생기는일을 넘우도 객관덕으로 주스려단이기에, 나는 이사회와
는 퍽도 인연이 먼것갓흐이"
　"하는수잇나? 살려니싼!"하고 R이 뒤밋처말을하엿다.
　"글세. P군, 자네가 상해서 울째에는 자네도 사회운동자의 하나로유력하
지안이하엿나?"하고 Y가 쩌들엇다. 그째에 P는문득 지내간일을생각하여보
앗다. 무엇보담도 H군의 "서울에오래잇스면 일을 못하고마네. 사람이 타협
성이만허지는곳이야. 한편에서는 나리누르고, 자신의생활은 극도로빈궁할
째, 혼이 극도에반역운동이생기지안으면 극도로타협하게되는싸닭에. 자네
도 두고보게"하든 말이생각이낫다.[133]

이 세 사람은 여성이 정미소 주인에게 당한 착취와 성적 학대를 받고 공
장에서 쫓겨나 매춘부가 되었다가 행상으로 연명해가는 처지가 된 과정을

---

132) 위의 책, 1926. 1, p. 14.
133) 위의 책, pp. 15~16.

들고는 "부르조아박멸론"을 외친다. P는 "두려운 조선의 장래! 무서운 조선의 현재"를 외치면서 주먹을 불끈 쥐었다. 그러나 그들이 술집을 나서기 전에 그 여자가 손님의 지갑을 훔치는 절도범이란 실체를 알아차리게 된다. 그럼에도 주인공 P는 "타락한 녀직공의생활과 즘승가튼 쓰르즈와 청년들의 악회"라는 기사를 썼고 그 기사가 압수되기는 하였으나 투쟁하는 생활을 다짐하는 것으로 끝나고 있다.

송영[134]의 「煽動者」(『개벽』, 1926. 3)에서 홍원에 있는 C신문 지국 기자 리필승(李必勝)은 자신이 추천하였으나 아무 잘못 없이 쫓겨난 Y학원의 K선생을 학생들이 복직시키라고 주장하며 동맹휴학하는 사건이 벌어졌을 때 반대파 선생들과 학생들에게 '선동자'라는 비난을 받으며 집단 구타를 당한다. 그로부터 5개월 후에 리필승은 자기 성명이 가리키는 것처럼 더욱 전의에 불타는 표정으로 나타난다. 후반부로 갈수록 전투적인 태도를 취했지만 사건 진행도 더디고 앞뒤 연결도 잘 안되어 있는 한계를 보인다.

탄실(彈實) 김명순(金明淳)의 「손님」(『조선문단』, 1926. 4)은 서울 서대문 밖 심장로 집의 사교적이고 남성 편력이 많은 음악도인 둘째 딸 을순이가 동경에서 사귄 주인성과 윤변호사를 저녁 초대하였으나 오히려 막내딸 삼순이와 주인성이 의기투합하는 바람에 을순이가 동생에게 남자를 양보한다는 내용으로 되어 있다. 삼순은 "사회주의자와 사업가를 겸한" 유명 인

---

134) 서울 출생(1903), 배재고보 입학, 소년문예구락부 조직 및 『새누리』 간행(1917), 3 · 1운동 가담, 배재고보 중퇴 후 잡역부 생활(1919), 도일하여 유리공장 견습공 등 노동자 생활, 재일조선노총을 통해 사회주의 사상 습득(1922), 귀국 후 염군사 조직, 『염군』 간행(1923), 『개벽』 현상 모집에 「늘어가는 무리」가 당선되어 등단, 카프 결성에 참여(1925), 카프 서기국 책임자로 활동(1930), 카프 1차 검거 사건으로 피검(1931), 카프 2차 검거 사건으로 피검, 집행유예로 석방(1934), 동양극장 문예부장으로 극작 활동에 주력(1937), 월북하여 북조선 문학예술총동맹 중앙상무위원으로 활동(1946), 한국전쟁 때 북한 종군작가로 활동(1952), 제2기 최고인민회의 대의원, 조국전선 중앙위원(1957), 「밀림아 이야기 하라」로 초대 인민상 계관인이 됨(1958), 대외문화연락위원장(1959), 노동당 중앙검사위원, 조국평화통일위원회 상무위원(1961), 최고인민회의 대의원(1967), 사망(1979), 본명 송무현(宋武鉉)(박정희 엮음, 『송영 소설 전집』, 현대문학, 2010, pp. 548~49).

사 주인성이 어떠한 사람인지 궁금해하면서 "무슨일로나는그조와하든 피아노가 치기시려젓는고 엇재서외국사람마다흥보는 이조선사람의 마음들과 부딋처보고, 서로 알게되자고생각이드럿노?"[135]와 같이 '민중'이니 '조선'이니 하는 개념에 눈뜨게 된다. 삼순이는 동경여자대학 인문과 2학년으로 피아노도 잘 치는 것으로 이름이 나 있다. 작가 김명순은 삼순이를 주의자로 부각하기 위해 대조적으로 그 언니 을순이를 방탕하고 가벼운 인간으로 그리고 있다. 이미 "사회주의자와 사업가를 겸한" 인물로 부자연스럽게 그려져 있는 주인성도 을순이의 초대를 받아서는 삼순이를 만나자마자 동지나 만난 것처럼 태도를 취하면서 크게 자각하는 인물로 표현된다. 이때의 각성의 수준은 바로 작가 김명순의 것이기는 하다. 을순이가 비약이니 초월이니 꿈이니 하는 말들을 들먹거리자 반박하면서 자각과 역사 비판을 내보인 주인성과 삼순의 토론은 유치한 수준은 벗어나 있다.

다만착실히 우리의지식을 더욱이자연과학을힘써나아가야할것임니다. 나도 아짜삼순씨를맞나기전짜지는 우리에게깨트려버려야할것이잇슬줄아럿지만 우리에게는 사실상아무것도 남어잇지안엇섯슴니다. 우리는리조에이르러서 조약과개혁과 독립으로합병에 그동안 아무의식업시당햇다가 남은것이라고는아무것도업슬것임니다. 다만한업는락담뿐이겟지요 그후에「월손」씨의민족자결론(民族自決論)이 우리를번민식혓지만 첫재 철학적무지는고사하고과학적무지이고 경제적(經濟的)무지인우리는 그번민의자최를 남겻다하기도 붓그러움니다. 이제우리압헤쏘한번 아니오래동안우리를번민하게할것이잇지요 그러나무지한우리가 건성쮜여든다기로서니 자각이업스면서야 무슨위로가잇겟슴닛가, 우리가 다― 쮜여드러편한세게이면 우리보담우월한민족들도쮜여들겟지요[136]

---

135) 『조선문단』. 1926. 4, p. 73.

삼순은 주인성의 생각에 동조하면서 "선생님께서 우리를썽 청쒸여들고싶게 오래번민식히리라는것은 소비엣트리상국이겟지요, 선생님 거긔는 먼저 제가말한 조곰한덕의와감정상 그릇될염려를 가지지안한사람들이래야 능하지안을가요"[137]와 같이 신흥 러시아를 이상국가로 꼽는다. 작가 김명순은 소설집 『노령근해』를 묶은 이효석보다 몇 년 앞서 러시아 이상국가론을 제시한 셈이다. 이 소설은 언니 을순이가 "그러면너는 졸업밧고 주씨의직조공장에가서 녀공감독노릇을하겟니?"라고 하자 동생 삼순이 "그보담녀공으로그들의 동무가될터야 언니! 내생각이 올치요?"[138]라고 삼순이가 의도적으로 하향이동을 계획하는 것으로 끝난다. 김명순의 소설 중 가장 무게 있고 심각한 내용으로 짜여 있다.

최독견(崔獨鵑)의 「洪君」(『신민』, 1926. 10)은 일본 유학을 중도 포기하고 고향에 돌아와 이미 결혼한 못생긴 마누라를 내쫓을 궁리를 하다가 서울에 가서 여러 여자와 바람피우고 기생방을 무시로 출입하다가 임질에 걸려 실명한 끝에 귀향한다는 이야기를 들려준다. 이 작품에서는 방탕한 주인공보다는 기자나 주의자로 활동하는 홍군 친구들의 모습에 더욱 관심을 갖게 만든다.

모ー 든문제의해결을 서울에다붓치고 집을쩌나낫다. 밤낫다칠줄을모르는 남대문이 홍군을마저드럿다. 쏘락구상회의색뎐등이 눈부시게번쩍어럿다. 그것은 어김업는 도회처이엿다. 자기가살든시골과는 모든것이달낫다 뎐차자동차가 어지럽게다라나고 모든사람들이 기운차게 활발하게 분주하게 쏘대엿다. (중략) 그의 려관에는 동향친구인 ××일보기자 최군(崔君)이단장소리를

136) 위의 책, p. 80.
137) 위의 책, p. 81.
138) 위의 책, p. 83.

내며 차자오는외에 머리길게기르고 맛득지못한 양복을입은 무슨주의자인듯한 청년이 두세사람도차자오군하엿다. 그는 최군을반기여맛고 다른청년은 억지로조흔낫을 하고대하엿다. (중략) 홍군은 최군을 몹시조와하엿다. 최군의 주의와사상에공명하엿다 최군이가진 가벼운 데카단이 홍군에게는조왓다. 그리고 최군의 처지가 자기와흡사한데 홍군은반햇다. 일본서 사립대학을중도에 끗친것이라든지 리혼하려고 애를쓰는것이라든지 그의모든것이 자기와 대동소이하엿다.[139]

박영희의 「徹夜」(『별건곤』, 1926. 11)는 주인공 명진이 최서해의 「전아사」에서의 변기운과 마찬가지로 생활고와 작가적 양심의 틈바구니에서 심각하게 고민하는 것을 첫 장면으로 배치한다. 명진은 어느 잡지사로부터 "인생문제"에 관한 원고 청탁을 받아놓고 원고 쓸 걱정과 배고픈 고통이 겹쳐 고민하던 끝에 원고 쓸 것을 포기해버린다. 글쓰기의 포기는 붓끝으로 자기 한 몸과 가족을 돌보는 대신 자신처럼 헐벗고 굶주린 사람들을 위해 투쟁해보겠다는 각오로 비약된다. 이처럼, 이 작품에서도 경향소설이 곧잘 내보이는 논리의 비약이나 심리의 일탈을 확인하게 된다. 「철야」의 주인공 명진이 가난의 고통을 변화의 계기로 삼아 주의자가 될 것같이 암시하는 반면, 「전아사」에서의 변기운은 하향이동이라는 구체적이며 생활적인 전환을 시도하는 대조를 보인다.

김덕혜(金德惠)라는 필명을 쓴 한설야의 「그릇된 憧憬」(『동아일보』, 1927. 2. 1~10)은 일본인 남편과 조선인 아내의 관계를 설정한 데서 출발한다. 사회운동을 하다가 수감된 오빠를 수신인으로 하고 조선인 누이동생을 발신자로 한 서간체소설이다. 누이동생은 오빠가 주의자인 것 때문에 이혼당한 후 만주로 건너가 교사로 활동한다. 일본인 남편이 자기를 속였다고 하

---

139) 『신민』, 1926. 10, pp. 174~75.

자 조선인 아내는 오빠가 한 일은 2천만 동포가 명예롭고 거룩하게 생각하는 일이라고 맞선다.

　걸핏하면 조선인은 야만이다 동물과가튼 학대를바다야할인간들이다하고 욕질이엿나이다.
　림시정부니 민족주의니 해가지고 주제넘게 덜넝대지만 그것은다 어름업는 작난이다. 어림업시덤비다가는 그만낫든바람도 업시쓰러저버릴것이다. 야만인이란할수업다. 학대하고 절대지배를하지안으면 그못된근성(根性)이업서 질날이업다. 그근성을 쎼내어야 동화도가능한것 이다 하고 제찜에성이지요. (중략) 나는알앗나이다. 총과칼이세력잇는 시대에는 어데를물론하고 강한자가 문명인이요 약한자가 야만인인것을 나는 알앗나이다. 제가바라든자유를 남에게서 쎼앗고 제가사랑하든 민족사상을 남의민족에게서죽이려하는심사가 과연문화인의심사오며 정당한생각일가요[140]

　'현상응모 2등 당선작'이라고 표시된 이 소설의 내용이 한 곳도 검열받은 흔적이 없이 고스란히 소개된 것은 당시로서는 의외의 일이었다. 1920년대 일본의 지식인들이 조선을 일방적으로 비하하는 내용이기에 일부러 통과시켜준 것인지 모른다.
　윤기정(尹基鼎)의 「미치는 사람」(『조선지광』, 1927. 6~7)은 김철이라는 소설가 지망생이 구직운동에 실패하여 가난에서 벗어나지 못하게 되자 갖게 되는 심리적 반전을 보여준다. 마침내 김철은 이 세상과 굳세게 싸우겠다고 결심한 후 먼저 처자를 죽이고 처자를 죽이게 한 제도나 사람들을 처치하자는 계획을 하고 잠든 처자를 칼로 찔러 죽이려 하다가 미수에 그치고 만다. 김철은 미치광이가 되어 이곳저곳을 돌아다니며 "일어나라" 하고

---

140) 『동아일보』, 1927. 2. 8.

선동하기도 하고 좋은 세상이 올 것이라고 예언하기도 하고 그의 아내는 먹고살 수가 없어 어린것을 데리고 다른 사내에게로 가버리는 것으로 결말을 맺고 있다.

최서해의 「轉機」(『신생』, 1929. 1)는 출판사 직원인 박인화가 전날까지 같이 술 마시고 놀던 연극배우 최일천이 새벽에 급사하자 엄습해오는 허무감, 가불하거나 책을 내다 팔아 하루하루 끼니를 이어가는 삶의 구차스러움, 영도사에 가서 술 먹고 집에 와 계속 토하는 데서 오는 굴욕감 등을 쇠사슬처럼 묶어놓았다. 그런데 이 굴욕감을 느낀 후에 갖는 각오는 최일천이 죽은 직후에 터득했던 것과 흡사하다.

"내일은 바람(望)이요 지금은 힘이다. 지금의 힘을 잃으면 내일의 바람도 허무한 것이다. 사람은 일분이면 일분, 일초면 일초, 그 일분 일초를 살았거든 살아있는 그 「힘」을 소홀히 녀기지 말라, 뒤로 밀우지 말라, 버리지 말라, 그것이 참말로 그대가 소유한 유일무이의 생명인줄 모르는가" 하고 어제 시신을 보면서 느낀 생각이 다시 그의 머리를 지나갔다.[141]

다시 한 번 열심히 살아보자는 이런 각오는 현실성이 약한 것이 문제다.

이종명(李鍾鳴)의 「背信者」(『조선지광』, 1929. 4)는 전문학교 여섯 명의 대표위원 가운데서 배신자인 시인 S군을 찾아내기 위해 다른 대표위원들이 짜고 연극하는 과정을 그린 추리소설이다.

유진오(兪鎭午)의 「五月의 求職者」(『조선지광』, 1929. 9)는 전문교 졸업반 학생인 찬구가 일본인 교수 우에무라의 지능적인 훼방으로 결국 취직을 하지 못하고 노동자의 길로 들어서기까지의 과정을 보여준다. 학교 강의는 일주일에 세 시간밖에 하지 않으면서 학생들의 사상, 가정 형편 등을 조사

---

141) 『신생』, 1929. 1, p. 44.

하고 졸업 후 진로 문제에 대한 후보자 추천 권리를 한 손에 쥐고 있는 우에무라는 찬구를 밉게 본 나머지 한 군데도 추천하지 않는다. 성적·품행·사상 등에 관계없이 우에무라는 우선 일본 학생들만 추천한다. 찬구는 시골의 살림을 완전히 정리하고 4월에 올라오겠다는 아버지로부터도 압박감을 느낀다. 찬구는 우에무라에게 항의도 하고 집안 사정도 호소하지만 달라진 것이 없자 마침내 자존심을 버리고 과일과 비스킷을 사들고 우에무라 집을 방문해서 호감을 사긴 했으나 결국 들러리 서는 전기회사 추천을 받았을 뿐이다. 찬구는 블라디보스토크 출생의 한 여자와 주의상으로 잠깐 교제가 있었던 것 때문에 엥겔스걸의 애인이라는 놀림을 받았고 메이데이 참가에 큰 의미를 두었다.

시위운동에나참례하여 긔운을좀내여보랴고긔둘느든메이데이도 그대로지나갓다. 이런새는동경이나대판만잇서도 얼마나유쾌할것인가. 묵고싸혓든울ㅅ한심사를맘껏피는날 맘껏소리질으고 맘껏뛰노는날─더구나지금갓흔새에 메이데이의시위행렬이잇스면 그것에참가하여붉은긔발을휘들느고뛰고소리치고 그리해살째고 써를부시고 그대로곤드박질을 해버려도 조금도원한이업스리라생각하엿다. 그러나서울서는메이데이도 찬란하게 번득이는위엄밋헤 죽은듯이그대로지나가고말엇다.[142]

우에무라는 찬구라는 조선인 학생이 뻣뻣한 것도 마음에 들지 않았지만 '주의'에 관심을 가진 것도 알아차리고 있었다. 우에무라에게 속은 것을 알고 또 아버지에게 모든 가솔을 거느리고 서울에 올라가니 서울역으로 마중 나오라는 편지를 받은 찬구는 급격한 심리적 전환을 겪는다.

---

142) 『조선지광』, 1929. 9, pp. 50~51.

그렷타. 과연그것은 "진상층건축"의 몰낙의한개조각지엿다. 찬구는 눈압 헤쪽々히 완전한샛밝안푸로레타리아로전락한 자긔자신을보는것이엇다. 그리고 쏘묵어운목도를메이고비틀거리는그의아버지를! "고쏘—"로넘어가는 그의동생을! 돗백이안경을도다가며 쌀의돌을골나내고안젓는그의어머니를! 손긋을호々부러가며 씰는물속의고치를만적어거리는그의안해를!

"—그렷타! 이리해 새로운변혁으로의모순은닉어가는것이다!"

찬구에게는 이왕에연구하엿든지식의하나하나가녯 날하느님의 "십계" 갓치 차례차례로나타나는것이엇다.

— 쑤르즈와지—의대두와함께 종내의특권계급은 —

— 이 싀골로부터오는 부랑노동자의대군은 —

— 모든조건의 성숙과함께 량분해버리는 지식계급은 —

— 이리해 비약이………으로의비약이 —

"오냐! 아버지를마중하러가자!"

그는힘잇게니러섯다. 삼분후 그는 푸른직공복에몸을싼자긔를마음속에그으려가며 낫닉은단성사압큰길을 동대문으로 동대문으로 걸어가는것이엇다.[143]

조선인의 사회 진출의 키를 일본인이 쥐고 있다는 사실, 일본인에게 기만당하고 차별 대우받는다는 사건, 조선인이 은밀하게 사회주의를 지지하는 태도 등은 5년 후에 나온 「김강사와 T교수」에서 재현되었다. 「오월의 구직자」에서 찬구가 일본인 교수와 결별하고 노동자로 하향이동downward mobility할 결심을 한 반면, 「김강사와 T교수」에서 동경제대 출신 김만필은 전문학교 교수직을 유지하기 위해 일본인 관리와 교수에게 굴복하는 태도를 보인다. 「오월의 구직자」와 「김강사와 T교수」의 거리는 유진오의 동반

143) 위의 책, p. 56.

자작가로서의 한계를 일러준다.

(3) 주의자소설[144]

(가) 모색과 좌절의 결구

김팔봉의 「沒落」(『개벽』, 1926. 1)의 주체는 부인이라고 할 수 있다. 부인의 영감은 첩살림을 하느라 시골에 남아 살고 있고, 딸은 지금은 일곱 살 된 딸을 낳고 삼칠일도 되기 전에 세상을 떠났고, 사위는 2년 전에 양반집 자손으로 방탕을 일삼다가 감옥에 들어가버렸고, 아들은 다니던 은행을 그만두고 룸펜으로 지내면서 조강지처를 내쫓겠다고 하는 판이다. 이 부인은 청렴하게 관리 생활을 해온 남편 덕분에 큰 걱정 없이 잘살아왔고 시골에 논밭이 있었으나 일본 유학 간 아들 학비 대주느라 재산이 줄어들기 시작했다. 부인과 아들의 갈등을 표출해놓은 것이 작중에서 가장 큰 비중을 차지한다. "어짠놈의자식이 엇더케배워먹은셈인지그목숨가튼월급자리도 내노코지금은무어육체로동하겟다는둥 외국으로다라나겟다는둥 개돼지가튼 소리만하고잇스니 싹한일이아닌가?" "더구나근자에와서는 실성한 사람모양으로무슨주의가엇더니 두루막이가엇더니 이놈의쌍뎅이가얼른깨어저버리어야만하느니하는 알수업는수작이 자라게된까닭으로 그놈의 주의인지 망하게하는것인지재문에 돈잇는사람들의눈에밧게난것이분명하다" "저만태산가티밋고바라는늙은어미가고생사리할것도 생각하지안코 그따위

---

144) 사설 「甲申年來의 '思想'과 壬戌年來의 '主義'」, 『개벽』, 1924. 3, p. 3.
　　"만일 억지로 朝鮮民族主義란 말이 유행된다하면 그것은 근래에 새로히 社會主義를 말하는 한편에서 종래의 一部紳士式 微溫運動을 急攻하기위해서 便宜的으로 做出한 말이거나, 그러치아느면 社會主義(外來의)란 純然히 우리와 관계가 업다고 認하는, 즉 光武隆熙年間의 心性을 그대로 祖述하는 一部 士林(强稱曰 士林)의 自稱하는 말에 불과할 것이다. 엇재 그러지 말하기가 심히 거북살스럽다. 우리는 다못, 우리사람들이 과거 한참동안에는 '思想'이란 말을 제일 만히 하는 동시에 제일 즐겨하더니, 이제는 '主義'라 하는 말을 제일만히하고 또제일됴와하며, 여긔에 따라서 종래의 '思想家'라하는 말에는 '主義者'라하는 말이 代身되는 듯하다는말을 지적하는 것뿐이다."

낫븐책을읽고서 함부로날쒤리치가업지"[145] 등과 같이 부인은 아들이 사회주의에 동조하는 것에 불만을 표출한다.

　모자의 갈등은 아들이 조강지처를 버리겠다고 하는 것을 두고 설전을 벌이는 것으로 구체화된다. 부인은 신분제·삼강오륜·충효사상 등이 무너지는 것을 안타깝게 생각하는 보수주의자의 전형으로 형상화된다. 부인은 아들이 며느리를 내쫓은 지 사흘 만에 아무 잘못도 없는 딸을 내쫓으면 죽어서라도 한을 품을 것이라는 사돈댁의 편지를 받는 봉욕을 겪기도 한다. 부인은 외손녀만을 의지하며 살아야겠다고 하면서 예배당에 나가기도 하고 찬송가도 부르고 이 집 저 집 전도하러 다니는 모습을 상상하면서 마침내 울음을 터뜨린다. 부인은 보수적 제도나 가치관 대신 기독교에 의지하는 기미를 보인다. 사는 방법이라든가 사상의 문제로 갈등이 생기는 경우 대개는 부자 갈등으로 처리하는 데 비해 모자 갈등으로 처리된 것이 특이하다.

　최승일의 「鳳姬」(『개벽』, 1926. 4)는 당대 작가들 사이에서 보편화된 후일담소설(後日譚小說)의 범주에 드는 것인 만큼 선구자적인 데가 있다. 이적(李赤)이라는 주의자인 '나'와 아버지의 뒤를 이어 진실하게 투쟁하면서 살겠다고 한 봉희라는 여자가 타락해가는 과정을 그리는 데 치중하였다. "비교적 리지(理智)의 움지김이만코 테로의기분이 적은" 존재이기는 하지만 관찰자의 성격이 짙은 이적은 이름부터가 심상치 않다. 원래 봉희의 아버지는 "만주 ××현에 근거를 둔 ××단의 단장"으로 1919년 이후 여기저기서 5년 동안 활약하던 중 고향에 잠깐 다니러 나왔다가 붙잡혀 감옥에 갇히게 된다. 그 후 봉희는 ××회 가담→부잣집 가정교사→의학 전문교 학생인 그 집 조카와의 사랑→병자의 몸으로 만주행→배우 양성소 입소→청국 남방 쑤저우(蘇州)로 이주 등과 같은 전락의 과정을 밟는다. 처음에 '빵' 문

---

145) 『개벽』. 1926. 1. p. 27.

제를 해결하기 위해 공장으로 가겠다는 것을 '나'는 공장에 가면 노예밖에 되지 않는다든가 미래를 위해 힘을 길러야 한다든가 하는 이유를 내세워 공장으로 가는 것을 만류하였다.

봉희가 '나'에게 보낸 두 통의 편지 가운데 창작 의도를 잘 드러낸 첫번째 편지에서 봉희는 "아버지는 다만 우리민족만을생각할짜름이엿슴니다"고 하면서 슬며시 민족주의 노선을 비판한 다음 "선생님의 가르치심을 힘입어 책도읽고 실디로 제가 당해보기도하고 지내 보기도한결과 오늘날 세계는 두계급(階級)으로 난호여잇다는것을 아는동시에 또한 오늘날의조선은 그우에더—남과도 유달리달는처디에 잇는것을 발견하엿슴니다"[146]고 하면서 계급투쟁의 대열에 뛰어든 것에 보람을 느낀다고 고백한다. 그러면서 여자로 느끼는 한계가 너무나 커 남자도 하나의 자본이라고 파악하게 된다.

> 물론 남자본위의이현실이니까. 그러키도하겟지마는 남자라는한자본가(資本家)를 의지하지 안으면 우리의생활은 제로임니다그려. 그러나 그역우리의생활이란 엇더함니까. 사회적으로 「엇지되엿든」소위 활동과지반을 가젓든 저—남자들도 생활이업는데 더구나 우리녀자야 말할것이 무엇이겟슴니까? ××회에잇는녀자동지제군도말이못됨니다. 재봉틀두채. 잡지멧권. 이것이 그안에잇는 이십명의생명을유지시키는 유일한생산긔관이올시다.[147]

봉희가 이런 지적을 한 것은 자기가 "어느 쑤르조아집가정교사로" 가게 된 것을 합리화하기 위해서다. '나'는 봉희가 가지고 있었던 강철 같은 의지, 중석과 같은 믿음, 반역의 힘이 '현실'에 눌리고 말았다고 하였다. '내'

---

146) 위의 책, 1926. 4. p. 13.
147) 위의 책, p. 14.

가 봉희의 패배를 안타까워하면서 봉희가 다시 재기하기를 바라는 것으로 끝나고 있다. 투쟁심과 빵 사이의 갈등으로 얼룩진 당시 주의자들의 내면 세계를 잘 보여준다. 기본적으로 행동보다는 이론에 치우친 '나'는 단순히 한 여성 투쟁가의 입문과 적응 실패와 좌절의 과정을 지켜보고 있을 뿐이다. 봉희가 '나'에게 보낸 두 통의 편지는 '나'와 봉희 사이에 전개될 법한 토론의 공간을 대신한 것일 수도 있고 작가 최승일이 운동계의 현실이란 제목을 갖고 강론한 것쯤으로 생각할 수도 있다.

이상화(李相和)의 「淑子」(『신여성』, 1926. 7)는 처음에는 무산계급을 위한 투쟁의 대열에서 동지요 애인이었던 최숙자에게 배신당하고 러시아에 가 있는 이성신이 과거를 회상하는 편지를 쓴 형식에서 출발한다. 숙자는 성신 부모의 결혼 반대에 부딪히자 평양의 훈도로 가 그 지방의 갑부요 장로의 아들에게 시집갔으나 이혼당하고 만다. 그 사이에 성신은 W군 사건에 선동자가 되어 감옥살이를 하고 출옥하여 러시아로 건너가 더욱 강하게 투쟁하는 인물이 된다. "성신이가모스코에온지도벌서일년이다. ×××대학 압헤나서는성신의두눈에는 이전보다더한층강한광채가번득이엇다. 그는우리조선에헐벗고못먹으며 쏙학대를밧는동무들을 생각할째에는「넘려마라! 우리의째가온다」는듯이 빙긋이웃고 다시주먹을 부르쥐며 쏘쩔엇다"[148]고 기술되어 있는 점에서 이 소설의 제목은 차라리 '성신'이라고 하는 것이 나을 뻔했다.

최독견의 「黃昏」(『신민』, 1927. 8)에서 기미년 만세에 참가했다가 처자와 떨어져 중국 상해 등지를 방황하던 주의자 박진은 국내에서 교사로 있으며 네 살 난 아들을 키우는 아내와 상해 여관에서 만나서 조선으로 돌아가자는 제의를 받는다. 조선으로 가보았자 감옥살이밖에 더 하겠냐는 남편의 말에 아내는 다음과 같이 반박한다.

───────────────

148) 『신여성』, 1926. 7, p. 73.

"그게 고집이라는것이애요 당신이참으로 안해를 사랑하고 자식을사랑하시는 샷듯한아버지요 남편이라면 그만한 … 은 참으실수잇지안어요 그러한 … 을 참는이가 … … 에도 당신뿐이겟서요 병적고집을 가진 해외의 불평객을 제한외에는 모-두가 그만한 …환경을 위하여 참는것이아니겟서요 그들도 칼 씃갓치 날카로운 감정도 가젓고 바위갓치굿은 결심도 가젓고 주정불갓치 쓰거운 사상도 가젓서요 해외에서 불평만 부르짓고 댕기는것이 반드시 … … 하는 본의가안이겟지요 생각해보서요 모-두가다 당신갓치내지에잇는 동포도모루고 심지여 처자도 모루고 남의쌍에와서 불평만 부르짓고잇다면 장차 어느지경이되겟나 우리에게 무슨리익이잇겟나 냉정한 두뢰로 깁히 생각해보서요"[149]

이처럼 아내와 남편이 팽팽하게 맞서고 있어 어떤 방향으로 결말이 날지 모르는 것으로 끝나고 만다. 집요하게 설득하는 아내의 말을 들으면서 박진은 조선, 시베리아, 모란봉, 간도골작이, 한강 등을 떠올리기도 하고 자기의 장례식을 공상하기도 한다. 뒷부분은 반 페이지 정도가 활자 자체가 깎여 나갔을 정도로 이 소설은 복자소설의 본보기가 된다.

한설야의 「뒤ㅅ걸음질」(『조선지광』, 1927. 8)은 겉으로는 '주의'와 '사랑'을 동시에 추구하지만 속으로는 '사랑'을 따르다가 전락한 여성을 주인공으로 내세운다. 주인공 C는 처음에는 모임에 열심이었고 동경에서 "피차 주의뎍으로 공명이 깁허갓섯던" S와 약혼설이 돌 정도로 깊게 사귀었으나 동지들이 모두 체포되고 C만 석방되는 사건이 벌어진다. C는 옛 동지들이 모임에 나오라는 소리는 듣지 않고 부협의원이면서 부자인 K와 사귀다가 K가 다른 여자와 만나면서 버림받는다. 여주인공이 동지들과 주의 ·

---

149) 『신민』, 1927. 8, p. 160.

계급·물질·사랑 등에 대해 토론하는 장면도 주시할 필요가 있다. 이기영이 「해후」「채색 무지개」 등에서 남성을 사이비 주의자로 설정한 것과 달리 한설야는 여성을 사이비주의자로 설정한 것이 특징이다. 이주홍(李周洪)의 「結婚前날」(『여성지우』, 1929. 12)은 하숙집 주인의 딸이 주의자이며 미술학도인 하숙생을 사모하였으나 뜻을 이루지 못하고 어디론가 가버린다는 이야기를 들려주었다.

최서해의 「葛藤」(『신민』, 1928. 1)은 "모지식계급의 수기"라는 부제가 붙어 있는 것으로, 일주일 전에 함경북도 어느 마을의 여관으로 일자리를 옮겨 간 어멈에게서 온 편지를 읽는 것으로 시작된다. 식구는 늘어나고 일손은 달려 어머니와 아내가 제의하여 어멈을 두기는 했으나 '나'는 갈등을 느끼기 시작한다. 어멈에게 상전 대접받는 것부터가 부담스럽기 짝이 없었다. 평소에 '나'는 어멈 계급이 주인아씨나 서방님에게 온몸을 던져 아첨하고 굴종하는 언행이 상스럽게 보이기도 하고 얄밉게 보일 때도 있었다. '나'는 "그네들도 그 행동, 언어, 표정이 그네의 삶을 옹호하는 무기일 것"이라고 인정하면서 "오히려 우리네는 지식계급이라는 간판알에서 가진 화장과 장식으로써 세상을 속이지만 그네들은 표리를쏙가티 가지고 잇지안은가. 그것이 우리보담도 귀할런지몰은다"[150]와 같이 지식계급 비판론으로 나아간다. 빈민은 지식계급의 경멸 대상이 아니라 거울이 될 수 있다는 주장이 작품의 저변에 흐른다.

백신애(白信愛)의 「나의 어머니」는 "영천읍 박계화(永川邑 朴啓華)"라는 필명으로 조선일보 신춘문예에 당선되어 1929년 1월 1일부터 1월 6일까지 분재된 소설이다. 이 소설은 "××청년회회관을 건축하기 위하야 회원끼리 소인극(素人劇)을 하게되엇다는 문예부(文藝部)에 책임을지고잇는 나는 이번 연극에도물론 책임을 지지안홀수가업게되엿다"와 같이 '내'가 지금 하는 일

---

150) 『신민』, 1928. 1, pp. 163~64.

을 소개하는 것에서 시작하여 "그러나 아! 그러나 나의어머니여 나는어머
니가조화하시는 김가에게도 이몸을 밧치지안흘것입니다 쏘래일밤도 쌔지
지안코 가야합니다. 가엽슨나의어머니여"와 같이 어머니를 가엾게 여기면
서도 어머니가 바라는 김가와 결혼할 수 없음을 또 자신은 그동안 해온 주
의자로서의 일을 계속할 것을 다짐하는 것으로 끝나고 있다. 이처럼 「나의
어머니」는 자식으로서 어머니를 고맙게 생각하고 효도하리라고 마음먹으
면서도 자신의 결혼관이라든가 신념을 포기할 수 없는 내적 갈등을 중심사
건으로 설정한다. 백신애의 수기라고 할 정도로 자전적 성격이 짙다.

> 쌀자식은 의례히 싀집갈 째까지 친정에서 먹여주는것이 옛부터해오든 습
> 관이라면 나도아즉쉬집가지안흔 어머니의 한낫쌀이니 놀고먹어도 아모럿치
> 도안흘것이엇마는 옵바가××사건으로 감옥에들어가고 보통학교교원으로잇
> 든 내가 여자청년회를 조직하엿쨔는리유로 학교당국으로부터 일조에 권고사
> 직(勸告辭職)을 당하고나서는 그대로할닐이업스니 부득이 놀수밧게업시되엇
> 다 그래서 날마다먹고는식구가 단출한 얼마안되는 집안일이긋나면 우리어머
> 니의 말슴맛다나 빈둥빈둥놀아대인다 엇던째는 회관에도나가고 쏘엇던째는
> 갓가운곳으로 단이며 녀성단체(女性團體)를조직하기에애를쓰기도하고 그러치
> 안흐면 하로종일 쏘는 밤이새이도록 책상압헤서 책과씨름을 하는것쑨이다
> 한푼도벌러들이지는 못하지마는 엇전지나는나대로조금도놀지는안는것갓기
> 도하엿다[151]

실제로 백신애는 조선여성동우회와 경성여성청년동맹에 가입한 것이 탄
로나 경산군 자인보통학교 훈도를 강제 사임한 것으로 되어 있다. 백신애
는 훈도에서 쫓겨나자 곧 상경하여 두 단체의 상임위원이 되고 1926년 2

---

151) 『조선일보』, 1929. 1. 1.

월에는 천도교회에서 경성여성청년동맹 2주년 기념식을 단독으로 치르는 투쟁정신을 보이기도 하였다.[152]

윤기정의 「짠길을 것는 사람들」(『조선지광』, 1927. 9)에서 작가는 사회주의자인 주인공 준식을 지지하는 입장에 서서 그에게 재산을 나누어 줄 수 없다는 태도를 버리지 않는 아버지와 형과 아내를 타자로 설정한다. 이 소설은 주인공과 가족들 사이의 논쟁을 중계한 대화체소설이라고 할 정도로 대화 부분이 과다한 것은 작품 전체의 구성미를 훼손시킨다. 분재를 해 주면 준식이 자기 재산을 못사는 사람들에게 다 나누어 주겠다는 포부를 지닌 것을 아버지와 형은 다 알아차리고 있다. 이 소설은 준식이 이 집을 나가 자기 하고 싶은 일을 하겠다고 하자 아내는 따라가지 않겠다고 하는 것으로 마무리된다. 복자가 많은 소설이기는 하지만 골자는 추려낼 수 있다.

(나) 관념소설과 영웅소설의 성취

"미정고(未定稿)"라고 표시되어 있는 김팔봉의 「붉은 쥐」(『개벽』, 1924. 11)는 관념소설로, 주인공 박형준은 여러 가구가 세 들어 사는 집에서 집세도 몇 달째 밀려 있고 오랫동안 실직 상태로 살아와 이제는 자포자기하는 지경에 이른 젊은이다. 그는 심심하면 "아아, 五十년만 자다가나러낫스면죠켓다!"고 푸념한다. 형준은 자신이 몸담고 있는 현실과 세계를 추하고 모순으로 가득 찬 것으로 파악한다.

그러나, 그가살고잇는이세상은 너머도 아름답지못하고너머도깨끗하지못하고, 너머도반듯하지못하얏다. 거짓투성이다. 째투성이다. 어대를가든지 도적놈이잇섯다. 행세하고다니는 신수조흔도적놈이잇다. 어대를가든지 점잔은도적놈의발아래에짓밟히는불상한사람이잇섯다. 사람의탈을쓴 이리의무

---

152) 金潤植 엮음, 『꺼래이』, 조선일보사, 1987. pp. 331~34 참고.

리가쎄를지여가지고 그우에서춤을추고잇다. 눈가는곳마다, 발가는곳마다, 곳곳마다 사람의목아지가비틀니는광경뿐이다. 아니다. 사람이아니다. 벌러지다. 강아지다. 그러타 강아지에 지나지못한다.[153]

극도의 궁핍과 무능에서 헤어나지 못하는 자신의 형편에 대한 절망감은 "신수 조흔 도적놈"으로 표현되는 '가진 자'를 향한 증오감으로 급전하였다. 감정이 논리의 껍질을 뒤집어쓴 것이며 결핍감이 이데올로기의 고전적 의미이기도 한 허위의식false consciousness으로 발전한 것이다. 관념소설이 흔히 그러한 것처럼 작가 김팔봉은 작중인물 박형준의 두뇌와 입을 빌려 "자본주의(資本主義)의문명은 사람들에게잇서서 양재ㅅ물이나 비상가튼것이다" "현대인(現代人)의모든재앙(災殃)은 이 문명병에서나온것이다"[154] 등과 같이 자본주의를 공격하였지만 정작 자본주의의 본질이 무엇이며 자본주의가 시작도 안 된 것이라는 현실인식으로 나아가지 못하였다. 형준은 자본주의의 유사 개념인 "콤머써알이즘" "코렉티비즘", 대량 생산, 식민지 정책 등을 부정하면서도 자본주의의 대안이 있느냐는 질문으로 나아간다. 인생을 해결해줄 수 있는 프로그램으로 종교·이상향·사회주의, 신비적 계시, 점쟁이의 주문 등을 예로 들기는 하면서도 사회주의에 무게를 두지는 않았다. 작가의 전지적 관점의 조종을 받아 때로 앞뒤가 서로 맞지 않고 핵심도 흐릿한 공상과 관념의 늪에서 헤어나지 못하던 형준은 배고픈 것을 깨달으면서 "현실은 어듸싸지든지 포악무도잔인(暴惡無道殘忍)하다"는 판단과 "너희들이 도적질하면, 나도도적질하면서 사러갈테다. 네가 나에게 밥한사발을 거절할경우이면, 나는네밥의한사발을 쌔껫다"[155]는 결의에 다다르게 된다. 생리적인 배고픔을 정신적인 결핍이나 박탈감으로 전환한

---

153) 『개벽』, 1924. 11, p. 137.
154) 위의 책, p. 140.
155) 위의 책, p. 142.

과정이 드러나 있다.

어느 인간에게든지 다 있다고 하는 공격 본능을 달구는 쪽으로만 치달리던 형준의 생각은 피 묻은 쥐를 목격하는 것을 계기로 광증으로 나타나게 된다. 그는 붉은 피로 뒤엉킨 채 죽어 있는 쥐의 처참한 몰골을 통해서 '밥'을 구하기 위해 "눈깔이 빨개 가지고 도라다니는" 민중의 생태를 유추할 수 있었다. 형준은 "쥐새끼다!"를 계속 중얼대면서 흥분에 빠져들어 식료품 상회와 귀금속 상점에 들어가 물건을 훔치고 총을 쏘고 하다가 질주하는 소방차에 치여 즉사하고 만다. 박형준의 존재 방식은 배고픔→적극적인 응전 결의→허무주의적 사고→붉은 쥐를 매개로 한 연민과 흥분→광증→죽음과 같이 정리된다. 박형준의 행위는 광기의 한 본보기가 되기는 하나 "붉은 쥐"를 매개로 극단적인 행동으로 나아가다가 죽고 만다는 것은 아무래도 부자연스러운 구성이다. 형준의 친구이자 지식인인 C와 A의 토론 장면은 "차간삭제(此間削除)"로 처리되었다. "차간삭제"는 133, 134, 135페이지에 걸쳐 세 번 나타나는데 이는 다 합치면 무려 두 페이지나 된다. 특히 134페이지와 135페이지는 각각 2행에서 4행만 남아 있어 거의 백지나 다름없이 되었다. 『개벽』에 수록된 소설 중 처음으로 "차간삭제"가 나타난 것이다. 김팔봉은 박형준이 사고하는 대목에서는 한자를 많이 쓰긴 했지만 모두 괄호 안에 집어넣었다.

방인근(方仁根)의 「살인」(『조선문단』, 1924. 12～1925. 3)은 주의자인 여성이 동경에 가서 호색한인 유학생의 애를 임신하고 복수심으로 그 남자와 부인을 칼로 찔러 죽인다는 이야기를 들려준다. 1회에서 3회까지는 같이 동경으로 가는 조숙희-최석찬-리경자의 암투를 그리는 데 치중했다. 작가는 심리 묘사에 치중했으나 조숙희는 공상과 추측을 많이 한다. 3회에서 세 남녀는 부산에 도착하여 다시 시모노세키로 가는 배를 탔는데 이미 최석찬은 리경자에게 기울어져 있었다. 두 남녀가 이등칸에 타 밖을 보며 노래를 부르고 있을 때 3등칸에 탄 조숙희는 염상섭의 중편소설 「만세전」의

한 장면을 연상시키는 장면을 만나게 된다.

　이상한 여러가지 냄새 로동자의 고리터분한 냄새 혹근혹근한 김이 확 씨
친다. 흰옷닙은—이보다 째무든 드러운 흰옷닙은 남녀들이 무엇을 먹겟다
고어듸를 가는지 퍽만히 탓다. 숙희는 그삼등실의 광경을 볼째 경자와 셕찬
으로 하여곰 나온 눈물은 다시 닛대여 다른 의미로 더운눈물이 왈칵나온다.
'불상한 나의동무들 삼등탄빈민들로동자들—흰옷닙은 사람들!'하고 숙희는
자긔도 그군중에 가치 던져 노코 그사람 들과 부터안고 엉々울고 십헛다.[156]

　숙희가 동경에 도착하여 여관방에 들어가 친구가 준 여러 겹의 종이 뭉
텅이를 몇 시간에 걸쳐 펼쳐본즉 시퍼런 칼 한 자루와 "조선녀자동맹회회
측"이란 제목의 취지서와 세칙이 나온다. 이 취지서는 방인근의 소설로서
는 드물게 경향소설에 들어갈 수 있는 근거를 제공해준다.

　숙희는 그 취지셔를 닑엇다.
　"우리됴선녀자는 불상하다. 그야 됴선사람 전톄가 다 불상하지마는 그중
에도 녀자는 불상하다. 여러 가지 의미로 보아 지금 됴선녀자의 처지는 비
참하다. 우리의게는 아모것도 업다. 사회적지위와 권리도 업고 개인으로나
가뎡으로나 아모 보잘것이 업는것이다. 우리의게 학문이 잇느냐, 경제의힘
이 인느냐, 자유가 잇느냐, 인격과 의지가 튼々하냐. 우리스사로를 도라보
아도 한심하고 붓그럽고 분할뿐이다. 그래셔 날마다 사회와 가뎡의 압박을
밧으며 울고 가삼치고 헤매이는 신녀자와 구녀자가 얼마나 이 쌍에 가득한
가. 쯧잇는 여자의 눈물감뿐이다. 우리는 새로운 각성으로 우리자신을 도라
보며 우리녀자게를 반성하야 서로 권하고 힘써셔 분발하는마음과 혁명의태

156) 『조선문단』, 1925. 2, p. 37.

도로 나가보자는 적은 뜻에셔 우리 동맹회가 생긴것이다. (중략) 우리동맹
회에셔는 만명에하나라도 쯧잇는 동지를 모와 지금현상에셔 자긔도 구원을
밧고 남도 구원하자는 깁흔 취지가잇다. 우리는 세상업셔도 전문학교까지
졸업하도록 하고 그전에는 절대로 혼인을 하지안을것이다. 우리회에 경제부
에셔는 다소의 적립금이 잇셔 물질로도 도와주게된다. 우리회원의 표랄지
증거이랄지는 칼이다. 우리회의 '막크'를 색인 칼이다. 지금셰상에는 셔로
사람을 죽이는 판이다. 이 지구덩어리는 살인장(殺人場)이다. 서로 잡어먹지
못해 안달하는 인종이다. (중략) 이칼로 반드시 사람을 죽이라는 것은 안이
다. 물론 우리를 방해하고 우리인격을 무시하는 자의게는 이칼을 써야하겟
다. 지금녀자는 극도의 붓그럼과 놀님을 밧고도 거긔에 항복하고 만다. 그
러나 우리는 갓치 싸호고 대적하자. 그러고 항상 칼날과갓흔 생각을 우리가
품고지내자. 우리회원은 이칼을 몸에 늘 진이고 단이자는 결의가잇다. 우리
품에칼을 품고 다니는 만치 우리마음도 늘 굿세고 날카롭고 매섭자는 뜻도
잇다."[157]

이렇듯 여자동맹회의 결성 취지와 구체적인 운동 방법을 적시한 취지서
는 이 소설을 문제작의 대열에 밀어넣는 힘을 발휘한다. 숙희는 여자동맹
회의 정신을 새기면서 동포를 긍휼히 여기는 마음을 가지면서도 석찬을 잊
지 못한다. 그러던 차에 석찬이 자주 숙희의 집에 오면서 둘의 사이는 급
격히 가까워져 숙희는 임신하게 되었고 석찬이 이미 경자와 혼인 생활을
하다가 싫증이 나서 여러 여자를 건드리는 호색한인 것을 알게 되었다. 숙
희는 석찬과 경자를 찔러 죽이고 광증을 보이게 된다.

김태수(金泰秀)의 「殺人未遂犯의 告白」(『동아일보』, 1925. 5. 11~6. 9)은
살인미수범인 '내'가 발신자이고 새 학교의 운영을 부탁받은 X군이 수신자

---

157) 위의 책, 1925. 3, pp. 14~15.

인 서간체소설의 외형 안에 실질적인 주인공 K군이 쓴 일기 몇 구절이 포함된 특이한 형식의 소설이다. '나'와 K군은 친구이면서 악덕 교주인 임교장의 학교 동료 교사로, '나'는 비범하면서도 자기희생적인 K군의 행동을 관찰하는 자세를 취한다. K는 교장의 반대에도 불구하고 백정의 자식을 입학시키고 교장의 아들에게도 직접 청소하라고 시키고 아이들을 열심히 정성껏 가르친다. 그는 일기에 "오늘의 조선을 어떻게 살릴 수가 있느냐? 오직 믿을 곳은 새사람뿐이다. 그들이 허위와 나태에 물들지 않고 허위와 시기에 빠지지 않게 해야 한다. (중략) 그들을 가르치려면 나부터 참사람이 되어야 한다"[158]와 같이 투철한 교육 철학을 표방하고 실천에 옮기느라 애썼다. 처음에는 임교장이 제시한 2천 원을 모아 학교를 인수하려 하였으나 연극 공연 수익금과 성금을 합쳐 천 8백 원밖에 안 되자 아예 새 학교를 세워 낮에는 아이들을 가르치고 밤에는 노동자들을 의식화하는 교육을 하였다. 마침내 임교장의 밀고로 K는 붙잡혀 가 1년 6개월 금고형을 받는다. 이에 격분한 '나'는 임교장의 목을 칼로 찌르고 5년형을 선고받는다. 그러면서 '나'는 X에게 부디 학교를 잘 운영해달라고 부탁한다.

노작 홍사용(洪思容)의 「烽火가 켜질 쌔에」(『개벽』, 1925. 7)는 폐병에 걸려 죽어가는 귀영이와 취정이 부산 영성산에 올라 앞바다를 내려다보는 것으로 시작한다. 귀영 부친은 백정으로 양반들에게 몹시 천대받다가 백정도 인간이라고 대들어 몹시 얻어맞고는 야반도주하여 부산으로 간다. 아버지는 계속 소고기 장사하고 딸 귀영이는 서울로 유학 가서 아버지에게는 백정 노릇 그만하라 하고는 자신은 투사의 길에 들어선다.

긔미(己未)년 만세운동이 일어날쌔에, 귀영이는 서울서 고등녀학교를 졸업하얏다. 고요함에 반동은 움즉임이라, 수백년동안 학대에 지질리여 잠자코

---

158) 김태수, 『황혼에 서서』, 부안문화원, 2010, pp. 102~03.

잇든, 귀영이의피는, 힘잇게 억세이게 쓸어올럿다. 몸이 옥에 드러가, 일년 반을 예심에 잇다가, 일년증역을 삼년집행유예로, 세상에 다시나왓다. 그재에 그가, 옥에서나온 바로뒤에는, 가장즐거운재엿스니, 옥에도 가티들어갓든 김씨(金氏)라는 사나희 동지와, 사랑이 집헛슴이다.[159]

그러나 귀영이 백정의 딸이라는 사실을 알게 되자 "한창시절에는「동포다, 형뎨와, 자매이다, 이나라사람들은, 눈물에서 산다, 약한자여! 모듸이라, 한세인살림을 찾기위하야…」하며 뒤셔들든"[160] 남편은 가버리고 만다. 귀영은 부산에 와서 자포자기하여 난봉꾼이 되어 병을 얻게 되었으나 다시 상해에 있는 열사단에 들어가 활동하던 중 병이 깊어져 다시 귀국하였다. 얼마 안 있다가 귀영은 그동안 자기를 정성껏 돌보아준 취정에게 열사단의 강령과 암호, 그리고 자신이 앞으로 하려고 했던 일이 적혀 있는 수첩을 주고는 세상을 떠난다. 취정은 귀영의 정신을 이어받아 밤마다 영성산 봉우리에 올라가 봉홧불을 올린다. 홍노작은 시인답게 이 봉홧불에 큰 의미를 부여한다.

약한자의 불으지즘, 설어운이의 목놋는울음! 평안치안은곳에는, 봉화(烽火)를 든다. 고요하든 바다는, 물결처 불으짓는다. 오래ㅅ동안 길고길게, 논개울산돌채로 쑤겨저 소리업시 흘으든물은, 큰바다를이루워, 바람이 일재에, 바위에 부듸칠재에, 소리처큰설음을 불으짓는다. 그소리를, 온짜의 사람과귀신이, 다─알어듯기전에는, 이봉오리는 저봉오리 놉흔곳마다, 서로 응하야 성히붓는 마음의불꼿은, 기리기리번적어리여 써지지안이하리라. 그것은, 곳곳마다 난리를보도하는 봉화(烽火)가, 켜질재에.[161]

---

159) 『개벽』, 1925. 7. p. 24.
160) 위의 책, p. 26.
161) 위의 책, p. 33.

홍사용은 『백조』를 간행했을 때 병시인(病詩人)이라고 불릴 정도로 시를 쓸 때에는 약한 모습을 보였지만 소설을 쓸 때에는 가장 수위가 높은 메시지를 전달한다. 시인으로서의 감상주의가 이상주의를 거쳐 작가로서의 반항적 태도antagonism로 이어질 수 있음을 입증해주었다.

박영희의 「피의 무대」(『개벽』, 1925. 11)는 주의자의 딸이 아버지의 유지를 받들어 가난한 사람의 벗을 자임하며 여배우 노릇을 하다가 무대에서 피를 쏟고 죽는다는 내용으로 되어 있다. 주의자로 활동하다가 아버지가 옥사하고 그 충격으로 어머니가 죽자 고아가 된 숙영은 한 청년과 두 달 동안 동거하다가 임신한 채 쫓겨나는 신세가 된다. 연극하는 과정에서는 자기 설움을 연극에 투사하여 연극을 여러 번 망치기도 하였다. 숙영은 극 중에서 집세를 독촉하는 청년에게 "당신들의 모흔돈이 다 무엇인지를 알으시요? 모다 가난한사람의피, 약한사람의짬으로된것이요. 우리아버지도 약한사람이기째문에 권리잇는쟈에게 죽임을당하엿소. 나도 돈잇는놈에게유린을당하엿소"[162]같이 대본에도 없는 강경 발언을 하여 임석 경관이 무대에 뛰어올라오는 일이 벌어지게 된다. 피를 토하고 죽어간 숙영의 품속에는 "약한사람의벗 너의아비로부터"라는 글귀가 적힌 아버지의 작은 사진이 들어 있었다.[163]

조명희의 「R君에게」(『개벽』, 1926. 2)는 감옥에 있는 교사 출신인 '내'가 친구인 문사 R군에게 보낸 네 통의 편지로 구성되어 있는 서간체소설이다. 제1신은 자기 식구를 돌보아주어 고맙다는 말과 감옥 속에 같이 있는 동지들 소식을 전하며 제2신은 감옥에서의 괴로움 즉 배고픔과 성욕을 하소연

---

162) 위의 책, 1925. 11, p. 27.
163) 박영희는 「싸홈의 재료로」(『별건곤』, 1929. 1, pp. 123~24)에서 「사냥개」 「철야」 「지옥순례」 등은 논쟁의 도화선이 된 공통점을 지니고 있으며 「피의 무대」의 여주인공 숙영은 울기 잘하는 연극배우를 모델로 한 것으로, 이 작품도 염상섭과의 논전의 불씨가 되었다고 했다.

한다. 이 편지에서는 '내'가 사랑 문제로 기독교 학교 교사직에서 쫓겨난 배경을 밝히며 그 후 동경에 가서 뛰어들었던 사상운동의 양태를 소개하면서 동지들 간에 불신 사조가 깊어진 것이 가장 큰 문제였다고 지적한다. "내 사상의 니히리스틱하고 테로리스틱한 경향을 띄게 된 것도 그때부터 일세. 닥치는 대로 죽이고 없새고 십흔 생각이 나데"라 적고 있다. 동지들 간에 불신감이 깊어지면서 한 사람 한 사람의 행동이 더욱 과격해졌다는 것에서 급진 사조의 한 생성 과정을 짐작하게 된다. 제2신이 전하는 바에 의하면 '나'의 아내는 딴놈의 애를 배어가지고 와서 자살하겠다는 것을 '내'가 용서했다고 한다. 제3신은 어째서 아내는 소식이 없는가 묻고 있으며 제4신에서는 아내는 옛 애인에게로 완전히 가버렸으나 '나'는 꿋꿋이 살겠다는 각오를 들려준다. 기본적으로 애정소설적인 내용과 사상소설적인 형태가 잘 어우러져 있는 「R군에게」는 작가 조명희의 일본 유학 시절의 생활과 사상의 성장 과정을 잘 보여준다. 한 개인의 사상적 경향이나 운동의 성향은 주위 사람들에 대한 개인적인 감정이나 체험에 따라 결정되는 것임을 잘 일러준다.

경향소설 중 「R군에게」처럼 서간체를 전체적으로든 부분적으로든 취한 작품으로 최서해의 「탈출기」 「전아사」, 송영의 「다섯 해 동안의 조각 편지」, 최승일의 「봉희」, 김태수의 「살인미수범의 고백」 등이 있다. 작중에서 편지를 보낸 사람들은 대체로 사회나 시대가 자신에게 무엇을 요구하는가를 잘 알고 있는 인물로 설정되어 있다. 서간체는 작가를 극화했든 하지 않았든 한 인물의 도저한 내면세계를 토로하는 데 적합한 형태다. 뿐만 아니라 특정한 사상이나 이념의 종횡을 엮어나가는 데도 적합하다. 마르크시즘 선전을 중심으로 한 관념소설이 독자들에게 안겨주기 쉬운 거리감을 서간체가 어느 정도 덜어줄 수 있다는 판단에서 최서해, 조명희, 송영 같은 작가들은 서간체를 취택하게 되었다.

할머니 김소사와 손녀 몽주가 간도에서 고향 성진으로 돌아오기까지의

과정을 회상하는 것을 중심사건으로 하는 최서해의 「해돋이」(『신민』,
1926. 3)에서 김소사의 아들 만수는 3·1운동 참가, 함흥 감옥에서 1년 복
역, 조강지처와의 이혼, 큰 뜻을 품고 결행한 북간도 왕청행, 독립군 대열
가담, 재혼, 체포, 징역 7년 언도, 서대문 감옥 수감 등의 이력을 거친다.
만수 처는 다른 사내와 함께 노령으로 달아나버리고 김소사는 6년 만에 성
진으로 환향하여 아들 친구들과 딸의 보호를 받아가며 사는 것으로 끝난
다. 만수는 함흥 감옥에서 오히려 투쟁 의지를 가다듬을 정도로 잃어버린
것보다 배운 것이 많은 것으로 그려지고 있다.

　　처음에는 막연하게 나라나라 하였으나 점점 개성이 눈뜨고 또 감옥 생활
　에서 문명한 법의 내막을 철저히 체험하고 불합리한 사회 역경에 든 사람들
　의 고통을 뼈가 저리도록 목격함으로부터는 그의 온 피는 의분에 끓었다. 그
　의식이 깊어질수록 무형한 그물에 걸린 고통은 나날이 심하였다. 그 고통이
　심할수록 그는 자유로운 천지를 동경하였다. 뜨거운 정열을 자유로 펼 수
　있을 천지를 동경하는 마음은 감옥에서 나온 후로 더 깊었다. 그는 그때 강
　개한 선비들과 의기로운 사람들이 동지를 규합하고 단체를 조직하여 천하를
　가르보고 시기를 기다리는 무대라고 명성이 뜨르렁하던 상해, 서백리아와
　북만주를 동경하였다. 남으로 양자강 연안과 북으로 서백리아 눈보라 속에
　서 많은 쾌한들과 손을 엇걸어가지고 천하의 풍운을 지정하려 하였다.
　　"건져라. 뼈가 부숴져도 이 백성을 건져라. 그것이 나의 양심의 요구요 동
　시에 나의 의무다."
　　그는 이렇게 부르짖으면서 주먹을 쥔 때가 한두 번이 아니었다.[164]

만수는 간도에 가기 전에 공부도 하고 싶고 연애도 하고 싶었으나 큰일

164) 곽근 엮음, 『최서해 전집』 상권, 문학과지성사, 1987, p. 200.

을 하려니까 자꾸 어머니가 걸린다는 "어머니사상"에 갈등을 느끼게 된다
는 것이다. 만수 모자가 간도 왕청 다캉재에 가서 겪은 고생과 그 지방의
분위기를 자세히 그린다는 특징도 지닌다. "이때 만주 서백리아 상해 등지
에는 ×××이 벌떼같이 일어나서 그 경계선을 앞뒤에 벌렸다"[165]는 서술이
나온 뒤에 '공산당'인지 '독립군'인지 모르는 복자가 계속 나온다. 만수는
집에 들어왔다가 어머니의 간청으로 결혼하고 다시 가출하여 단체에 가담
한다. 이 소설은 만수가 토벌대에게 잡혀가는 모습을 자세하게 그리고 있
으며 김소사가 딸 운경이 내외와 아들 친구들이 차려준 환갑상을 받는 것
으로 "감옥에 가면 공부하고 나오면 또 주의선전한다"[166]는 말을 하면서 투
쟁 의지를 다져가는 만수 선배 경석이 석양을 바라보며 "아아 조선의 해돋
이여" 하고 외치는 것으로 끝낸다. 소설 끝 부분은 경석을 초점화자로 하
여 만수와 어머니와 친구들을 모두 동일체로 보면서 느낌표가 여러 번 나
오는 문장을 써서 동질감과 기대와 각오를 강조하는 효과를 갖는다. 소설
은 끝났지만 주인공의 투쟁의지는 끝나지 않았다. 「해돋이」는 옥살이 모티
프를 통해서 불굴의 저항소설로 나아갈 수 있게 되었다. 주인공 만수가 어
머니 생각을 많이 하는 점에서 선행 작품 「고국」이나 「탈출기」의 속편 같
은 의미를 지닌다.

　최독견의 「푸로手記」(『신민』, 1926. 8)에서 폐병으로 신음하는 K라든가
새벽까지 술 마시고 온 P와 회관에서 같이 지내는 '나'는 끼니를 해결하기
위해 시골서 신문 지국을 경영하는 L, 안국동에 사는 C, 정동에 사는 T에
게 돈을 꾸려다가 실패하고 우미관 근처에서 H를 만나 청진동에 가서 술
을 얻어먹었으나 H 역시 50전도 꾸어 주지 않는다. '나'는 "나갓흔 상승(上
乘)푸로는 전당포와도몰교섭이다 하고 나는 푸로 철학전당철학을 해석하며

---

165) 위의 책. p. 207.
166) 위의 책. p. 222.

안동네거리를나와서 제삼차계획을세워보앗다"[167]고 할 정도로 무기력한 상 태이고 우미관 호떡집 앞에서는 정가 20전짜리 "사회주의대요"라는 책을 맡기고 먹고 싶은 충동을 느끼게 된다. 프로철학자를 자임하면서 "사회주 의대요"라는 책을 지닌 점에서 '나'는 주의자의 범주에 들어간다.

최서해의 「底流」(『신민』, 1926. 10)는 간도 이주 모티프를 필수 모티프 로 취한 최서해의 상당수 소설과는 달리 간도 이주 모티프를 자유 모티프 로 쓰고 있다. 만주에 살고 있는 한국 노인들은 당시 국내에서 사회운동을 하다가 법에 저촉되어 간도로 도망간 젊은이들을 가리켜 철없다고 나무라 기는 하였지만 바로 이러한 비난을 한 꺼풀만 벗기고 들어가면 '영웅대망 론'이니 '실력양성론'을 지지하는 작가의 목소리를 들을 수 있다. 최서해는 "만센지 껙센지 부르구" 하는 식으로 표면상으로는 3·1운동의 의미를 깎 아내리고는 있지만 그의 소설의 전반적인 추향을 감안하면 이러한 표현은 자기 비하를 매개로 한 타자 비판의 수법을 쓴 것이 될 수도 있다. 노인들 은 독립운동의 정신을 부정하는 것이 아니라 그 방법의 비현실성을 안타까 워하는 것이다. 「저류」의 밑바닥에는 '아기장수 설화'가 상징하는 실력양성 론이 깔려 있다. 그들은 현실을 타개할 수 있는 힘을 기다리고 있다.

"나오기는 어느째던지 나올썰? 에구 어서 나와서……"
이마버서진 녕감은 말쯔틀 뚝 끈허버린다.
"나오구말구! 하지마는 다째잇는겐데……시방 시속사람들은 괜히 위야하 고 우리네 ××이나 거더가든 소용이 잇서야지……다째가 돼서 장쉬가 나야 지!"
김도감은 무릅에서 자는 어린것을 내려다보고 다믈치어다보면서 시속을 한탄하고 새○○을기다린다는듯이 말하엿다.

---

167)『신민』, 1926. 8, p. 114.

"이제 보오마는 쌔는 싹잇슬게오!"

미래를 보는듯이 힘잇게 말하고 달을 처다보는 김서방의 눈은 빗낫다. 다른 늙은이들도 신비로운 꿈에 쌔인듯이 멀거니 안저서 달을 처다 보앗다.[168]

카프작가로서 급진적인 투쟁 방법에 회의를 표시하면서 아기장수 설화로 비유되는 실력양성론을 믿는 것은 예외적인 일로 볼 수 있다. 사실상 최서해는 추상적인 관념보다는 자신의 직접 체험이 가리키는 대로 글을 쓴 점으로 정체성을 지녔던 존재였다. 최서해의 「돌아가는 날」(『신사회』, 1926. 12)은 북간도 한 구석에 부락을 이루고 감자와 강냉이 농사를 지으며 살던 조선인 이주민들이 시도 때도 없이 괴롭히는 마적떼를 더 이상 참지 않고 시베리아까지 추적하여 싸우다가 8명이 죽자 고국으로 돌아간다는 비극적 결말을 제시한다.

이기영의 「天痴의 論理」(『조선지광』, 1926. 11)는 누가 과연 천치인가 하는 질문을 계속 던지고 있다. 작중에서는 남편이 동경 유학 가서 오랫동안 소식이 없는 주인아씨를 충직하게 모시는 학성이 '천치'로 불린다. 아씨의 남편 장곤이 갑자기 돌아와 부부 싸움할 때 개입하면서 학성은 '큰일을 하는' 장곤 편에 서면서 새로운 '천치론'을 펼친다.

그다리를볼째마다 모다 「에이 저다리잘노앗다!」고 칭찬하지안소? 그러나 그다리밋둥을칭찬하는사람은 업단말이지.―나는 그다리놀째에 구경을가밧다우.―그다리밋헤는 이만한아름드리강나무토막이 만히처박히고 무수한돌멩이로다져진 멧길이나깁히드러간 주초(柱礎)가쩌밧치고잇는것이라우 그런데 우에잇는다리가 밋헤잇는주초보고 천치라니말이지!―이세상만흔잘낫다는이가다리라면 우리는주초인데! 그러닛가동시에 리진사도천치요 우리도천

168) 위의 책, 1926. 10, pp. 199~200.

치요 잘낫다는이도천치요이세상사람이 모다천치란말이지![169]

이 소설은 거의 끝 부분에 가서 학성이 장곤과 아씨에게 "우리무지한사람은 인간의 거름(肥料)이나 됩시다. 압날의 새싹이나오는 새인간은 붓돗기위하야 다리밋헤 주초가됩시다"[170]고 북돋는 장면을 원인적 사건으로 삼는다. 거의 교육을 받은 바 없는 학성이 장곤과 아씨를 의식화한다는 것은 부자연스럽다. 이 소설은 "장곤은 그길로서울로올나와서 북쪽으로 먼길을 써나갓. '땅의 도적이되지말자!'하던 소리는 비단그의 한사람의일로만 돌릴것은아니겟다. 그는참으로 이제까지, 민중을위하야무슨일을한다고, 도로혀그들의피와쌈을, 간접으로 쌔라먹으며 큰소리를하든 자긔자신이압흐도록붓그러웟다"[171]같이 결말 처리되어 성장소설이요 주의자소설에 들어가게 된다. 당시의 일반적인 경향소설에서는 지식인인 장곤이 하인 학성을 가르치는 것으로 설정되었을 법한데 이 소설에서는 거꾸로 하인이 지식인을 가르치는 것으로 그리고 있다. 「천치의 논리」는 배우는 자나 약한 자의 입장에 있었던 사람이 나중에 오히려 가르치거나 강자가 된다는 점에서 「해후」 「채색 무지개」 등과 유사하다. 이기영은 진정한 주의자는 노동자나 프롤레타리아에서 나오는 것이라는 인식을 드러내 보였다.

이량(李亮)의 「세 사람」(『조선지광』, 1927. 2)과 그 속편 「새로 차저 낸 것」(『조선지광』, 1927. 3)은 본격적인 토론체소설이며 이데올로기소설이다. 같은 사상단체에서 일하는 두 인물을 대비하면서 두 인물이 취하는 운동 방법을 변증법적으로 통일하여야 한다는 결론을 내리고 있다. 그래도 작가가 더욱 애정을 기울이고 있는 신호(信鎬)라는 인물은 M사상단체 집행위원이자 빈민으로 그려져 있다. 그는 전기회사 운전수, 신문배달부 등을

---

169) 『조선지광』, 1926. 11, p. 31.
170) 위의 책, p. 39.
171) 위의 책, p. 39.

거쳤으나 그때마다 스트라이크를 일으켜 쫓겨나곤 하였다. 신호는 인천에 취직하러 갔다 온 사이에 어머니가 세상을 떠나는 비극을 겪는다. 광수는 신호의 어려운 형편을 잘 알면서도 도와주지 않는다. 신호와 광수는 표면 상으로는 똑같은 주의자이면서도 속으로는 분명한 대조를 보인다.

그러나 어데까지던지 집행위원의소임으로 능동적(能動的)이요 진실적(眞實 的)인 신호의일상생활에비하여서는 광수의 생활은 말할수업는귀족적이며 뿔조아적이엿다. 신호가 저녁도 어더먹지못하고 차에서내린그대로 집행위원 회에왓슬째에 광수는 곰국과기름진저녁밥에, 한참방안에서 연설공부와론리 학을펴들고잇다가 집행위원회에왓고 신호가페회된후 집에가서어린동생들을 보고한숨을지을적에 광수는 하인이쓰려다가주는미음과 과물(果物)노배를불 키엇고, 신호가 살을어여내는듯한추위에 총독부병원으로달녀갈째 광수는 "왜, 이제오시우――사람이애타서죽게――"이러케아양쩌는미인의품안에단숨이 깁헛다.[172]

집안이 여유가 있는 광수는 이론 중심으로 활동하여 공명심을 노리는 존 재이자 낮의 생활과 밤의 생활이 다른 인물로 그려진다.

광수는매일도서관문압과 진고개를휘―돌나서, 이책저책뒤져보고새로운술 어(術語)와노풀노, 포―를 비판적비판의비판(批判的批判의批判)과 리론적리농의 새로지를 노트북에적어두기와 넥타이치레가광수의낫생활이요 연극장구경과 기생토벌이 아마대부분광수의밤생활일것이다. 각금동지를만나서선술집가기 와, 운동에대한이야기――이것은행세의첨화(添花)요 약쌔른자의처세술이다. 각금신문지와 무슨잡지에광수의일홈이뵈이고 쓴글구가뵈이는것은 참말엇더

172) 위의 책, 1927. 3. p. 18.

한리익을 민중에주고운동에도움이되라는것보다, 공명의충동과리기의야심—
이것이 글을쓰게되고붓을잡게되는것이요[173]

작가 이량은 집안이 어려워 운동에 성과를 잘 내지 못하기는 하나 진실
을 잃지 않는 신호를 동정적으로 보는 편이다.

가면자의집행위원, 긴장에날쮜는무리의배회(徘徊)—신호의생활은 더욱더
욱감정화(感情化)가되엿다. 어린동생들과아버지는 이럭저럭시골노내려보냇
스나 밤낫보내는편지는돈어더보내라는 편지와편치안타는기별이올쑨이요 아
직직업도업시 이친구저친구의집으로도라단이면서 그날그날을보내는 푸로레
타리아의신호는 자긔의주위가초조한만콤 자긔의신경은 극도로예민하여저서
오직발악과욕설만남엇다. 그러나 삼사년이라는단체의훈련과 여가잇는대로
배어온사상의지남(指南)은 충분히푸로레타리아의의식(意識)을가젓고 훈련(訓
鍊)을가지고잇슴에 그는룸펭(襤褸)푸로레타리아가아니고 건달푸로레타리아
가아니다.[174]

어느 날 집행위원회가 열리면서 "단체 선언은 구체적 내용이 없으므로
비난한다" "사상단체 해산 문제는 시기상조다" 등과 같은 결의를 하고 논
쟁을 벌였는데 이 자리에서도 신호는 파괴적이며 감정적인 주장을 했으며
광수는 이론을 위한 이론을 펼쳤다. 이 소설은 이론도 밝고 경험도 많은
데다 전 회원들의 신임도 많이 받는 A라는 M사상단체의 지도자가 논리와
행동, 실천과 이론, 감정과 이지 등을 통일해야 한다는 웅변을 하는 것으
로 결말을 처리한다.

---

173) 위의 책, p. 19.
174) 위의 책, p. 20.

그러니가 김군의감정에서차저낸행동과, 리군의리론에서리론을캐어낸, 두 주장이엇더한행동을 가저온다고하면, 그것은참말, 투쟁을압헤한리론으로, 맑 쓰주의의 방법론(方法論)을기초(基礎)한, 유물변증법(唯物辨證法)에, 천명(闡明) 한 동력의 과정방법(動力의 過程方法) 즉「움지기는 法則」(Bewegungsgesetz) 이라고, 추론(推論)을엇는것이요, 또는이것이, 가장××적주의에 론쟁에서, 력사적적용(歷史的適用)으로보는것이요. 자—밤도집헛스니 집으로가는것이엇 덧슴니싸?[175]

　작가 이량은 결국 변증법적 통일이라는 논리를 따라간 것으로, 작중인물 신호와 광수의 주장이나 자세에 대해 정확한 평가는 하지 못하는 것처럼 보인다. 특히 광수와 같이 분명하게 모순되는 인물을 신호가 단순히 감정 적이요 테러적이라고 하여 대등한 자리에 놓고 보는 것은 아무래도 부자연 스러운 일이다. 제목이 가리키는 "새로 찾아낸 것"은 "변증법적 통일"을 말한다. 1920년대 후반기의 소설들 가운데서도 이렇듯 중간의 입장에 서 서 이론파와 실천파를 똑같이 바라보는 소설은 결코 흔하지 않다. 이량은 카프작가로서 마땅히 이신호와 같은 테러와 감정과 행동을 주장하는 인물 에게로 기울어져야 함에도 결과는 그렇지가 않았다. 「세 사람」과 「새로 찾 아낸 것」은 마르크시즘을 중심으로 한 이데올로기를 제시한 토론체와 아나 토미의 메스를 갖다 대고 있지만 당시의 조선 사회나 조선인을 명찰한 것 으로 보기는 어렵다.

　김동인의 「쌀의 業을 니으려고」(『조선문단』, 1927. 3)는 "엇던 부인기자 의 수기"라는 부제가 붙은 것으로 여기자인 '나'는 신문에 난 최봉선 사건 을 심층 취재하러 가서 최봉선이 금광업에 손댔다가 몰락한 최판서의 딸이

---

175) 위의 책, p. 22.

며 동창생인 최화순인 것을 알게 된다. 화순은 바람피우는 남편에게 무언과 인종으로 대하다가 시어머니의 장난으로 화순이 괴한과 통정한 것으로 오해되어 친정으로 쫓겨나게 된다. 화순이 강물에서 투신자살한 것에 충격을 받은 부친은 급격한 변모를 겪는다. "그째부터 半十년, 그의 소식은 업서지고 마럿습니다. 뒤에서 오는 사람의 말을 드르면 그는 혁명당의 괴수가 되여잇단 말이 잇슴니다. 지금 세상에서 쩌드는 ××團의 수령이 그-라 함니다"[176]라는 구절이 없었더라면 고부 갈등을 자주 다룬 신소설의 수준에 머무르고 말았을 것이다. 전 판서인 화순 아버지는 이인직의 「귀의 성」의 강동지처럼 복수심의 화신이 된 점은 같으나 복수심을 행사하는 방법에서는 분명한 차이를 보인다.

조명희의 「同志」(『조선지광』 1927. 3)는 기본적으로 짧은 단편인 데다가 그나마 앞부분이 "이상 삼매 약제(略除)"라는 조치를 받아 15장 정도의 짧은 소설이 되고 말았다. '나'라는 주의자가 경찰에 쫓기면서 기차 안을 왔다 갔다 하던 중 동지를 만난다는 것이 중심사건이다. 여기서 '내'가 만난 '김'이라는 친구는 원래 동지였으나 여자 관계로 금이 가 상피하던 사이였다. '김'은 다시 옛날의 자세를 취해 전날의 동지로 돌아온다. 이 소설에서 특기할 것은 "그 김(金)은 동경유학당시에 픽친하던친구다. 우정도 상당히 잇섯다. 그다음에는 피차에 환멸(幻滅)이닥첫다. 우정이째여젓다. 그다음에는 연애의적이되얏섯다. 나는 실련을당하얏다. 그와도아조 절교가되얏섯다"[177]와 같이 단문주의의 모범을 보여주는 점이다. 작가는 문장 하나하나를 단문으로 처리하여 작품의 양감(量感)을 늘리는 결과를 가져왔다.

나는 내달엇다. 이 사람에게 치밧첫다. 저사람을 치바덧다. 그래도 달넛

---

176) 『조선문단』, 1927. 3, pp. 24~25.
177) 『조선지광』, 1927. 3, p. 34.

다. 붓들넛다. 격투다. 곡글트럿다. 또 쒸엿다. 줄다름이다. 죽을힘을 다하
야줄다름이다. 가위눌닌쑴속갓치 암만거러가도 제곳을휘여나지못하는거름
갓다. 지독하게도 추격을당하다가 연지동골목을접어들어쇠뚤어서낙산솔밧
속으로 몸을파뭇치자 휘하고 털퍽주저 안젓다.[178]

기본적으로 단문주의를 구사함으로써 사건 진행이 빠른 느낌을 주고 있
을 뿐 아니라 상황의 효과적인 시각화를 가져다주기도 한다. 조명희의 주
제의식의 투철함은 서술 담론상의 뛰어난 능력이 뒷받침되면서 이루어진
것으로 볼 수 있다.

지주 아들로 사회주의자가 된 아들이 그 아내와 부부애에서 한 걸음 더
나아가 동지애로 묶이게 되기까지의 과정을 그린 한설야[179]의 「그 前後」
(『조선지광』 1927. 5)는 작가의 당파성과 경향성이 분명하게 드러난 작품
이다. 한설야는 이 소설의 앞부분을 은행 빚을 갚지 못해 저당 잡혔던 땅
이 다 넘어가고 그 충격으로 아버지가 쓰러지는 것을 그리면서도 아버지를
동정하는 태도는 보여주지 않는다. "망종, 패덕자, 징역군하고욕하던 아버
지! 사상이엇지구 주의가엇지구 하며 남버러논걸 갈나먹자는 못난자식하
고 쏘차가며 미워하든"[180] 그 아버지가 죽어가면서 아들을 찾은 것이다. 아

178) 위의 책, p. 33.
179) 함남 함흥 출생(1900), 함흥공립보통학교 입학(1906), 경성제일고등보통학교 입학, 동기
인 박헌영과 친교, 함흥고보로 전학(1918), 함흥법전 입학, 동맹휴교 사건에 연루되어 제
적, 북경 익지영어학교에서 사회과학 공부(1919), 귀국 후 북청 학습강습소에서 교원 생활
(1921), 일본대학 사회학과 입학(1921), 동경 대지진으로 휴학 후 귀국(1923), 이광수의
추천으로 『조선문단』에 「주림」 발표, 만주 무순으로 솔가하여 이주(1925), 카프 가입
(1927), 함흥 『조선일보』 지국 경영(1928), 조선지광사 입사, 『신계단』 편집(1932), 신건
설사 사건으로 투옥(1934), 집행유예로 석방되어 귀향, 인쇄소 경영(1935), 조선문인보국
회 가담(1940), 북조선예술총동맹 결성(1946), 숙청 후 노동교화소로 보내졌다고 알려져
있음(1963), 본명은 한병도(韓秉道), 필명으로 만년설, 한형종, 김덕혜 등을 사용(서경
석, 『한설야—정치적 죽음과 문학적 삶』, 건국대 출판부, 1996, pp. 101~02).
180) 『조선지광』, 1927. 5, p. 118.

버지가 사업에 실패하여 땅이 다 채권자의 손으로 넘어간다는 내용은 10년 후에 발표된 중편소설 「귀향」(『야담』, 1939. 2~7)에서 비극적 분위기를 고조시키며 더욱 구체적으로 재현된다. 처음에는 남편을 이해하지 못하였던 아내는 공장에 취직하여 여공 생활을 하면서 비로소 각성하게 된 것이다. 마침내 남편은 아내를 동지로 인정하게 되었다.

한설야의 「그 전후」와 마찬가지로 이기영의 「맛며누리」(『조선지광』 1927. 6)나 「해후」(『조선지광』 1927. 11)도 여성이 투쟁적 인물로 전화해가는 과정을 보여준다. '금순의 소전(小傳)'이라는 부제가 붙어 있는 「민며느리」에서 13세에 20년이나 연상인 남자에게 시집간 금순이는 자기네 집에 세 든 동경 유학생인 복남 아저씨를 사모한 것 때문에 남편에게 두드려 맞고 복남 아저씨로부터도 미친 여자 취급을 당하게 된다. 온갖 학대를 받다 쫓겨난 금순은 친정아버지와 함께 고향을 떠나 여러 곳을 전전하던 끝에 S제사공장 여공으로 들어가게 되었다. 그녀는 미인인 데다 주경야독한 끝에 공장 사람에게 주목받는 인물이 된다. 금순은 과거를 돌아보며 자신의 억울함과 어리석음을 인정하기도 하면서 사람의 생활에서 사랑의 문제가 중요한 것이 아니고 "안이 그가 격근 인생 비극 그 원인을 캐어보면 모다 가난한 때문"이라는 인식에 도달하였다. 그리고 다시는 복남이 아저씨를 생각하지 않고 열심히 공부하고 "무산계급의 한 투사가 되기로" 결심하게 된 것이다. 봉건 제도에 복종하면서 팔자론을 곱씹고 살던 10대에서 가난한 사람들을 위해 투쟁하는 20대로 바뀐 점에서 이 소설은 여성을 주인공으로 한 성장소설이 된다. 무자비한 시댁 식구들과 냉정한 동경 유학생이 간접적으로 매개적 인물이 된 것이라고 할 수 있다. 이 소설은 이기영의 소설로는 대화보다는 서술이 훨씬 더 많은 편이다. 황선달의 큰아들이 감옥에 잡혀간 부분을 서술한 곳과 같이 복자 처리된 곳이 여러 군데 나타난다. 끝 부분에서 가난한 사람들을 위해 싸우겠다는 각오를 중심으로 한 금순이의 무산계급 중심의 투쟁론의 골자는 복자 처리되었다.

조명희의 「洛東江」(『조선지광』1927. 7)은 장편의 콘텐츠를 단편의 구조로 처리하였다. 조명희는 이 소설에 사회주의의 대두 과정과 1920년대 사상운동의 문제점, 박성운의 일대기, 박성운의 투쟁 과정, 박성운이 죽은 뒤 애인 로사의 각오 등 많은 것을 담아놓고 있다. 「낙동강」이 소설 양식인 이상 박성운의 역사가 중심을 이루면서 전면으로 나서야 하는데 오히려 공적인 역사가 개인적인 서사 구조를 압도한다. 박성운은 농민의 아들이며 어민의 손자로 도립 간이농업학교를 마치고 군청 농업조수로 일하다가 3·1운동을 계기로 하여 열혈 투사로 활약한 것 때문에 1년 반 동안이나 감옥살이를 한다. 감옥에서 나온 후 서간도, 만주, 러시아, 중국 등지를 돌아다니면서 투쟁하였다. 5년 후 국내로 돌아와서는 경상도에 가서 사회운동을 일대 망라하기도 하였다.

그는 몬저 ××(일할)프로그람을세윗다. ××(선전), ××(조직), ××(투쟁) — 이세가지로. 그리하야 그는 몬저 농촌야학을설시하야가지고 농민교양에힘을썻섯다. 그네와감정을갓치할양으로 버서부치고들어덤비여 그네들 틈에씨여 생일도하고, 농사일터나, 사랑구석에모힌좌석에서나, 야학시간에서나, 긔회가잇는대로 교화에 전력을썼섯다. 그다음에는 ×××××××××××××(소작조합을맨들어가지고) ××(지주) ×××(더구나) ×××××××××××××(대지주인동척의횡포와착취에) 대하야 ×××××××××(대항운동을일으켰)섯다.

첫해××(소작쟁의)에는 다소간××××××(희생자도내엿지)마는××(성공)이다. 그다음해에는 아조실패다. ×××××(소작조합)도××××(해산명령)을바덧다. 야학도××(금지)다. ××(동척)과××(관영)의××(횡포), ××(압박), 이로말할수가업섯다. 아모리 열성이잇스나, 아모리 참을성이잇스나, ××××(이땅에서)는엇지할수업섯다. 모든것이 침체되고말뿐이엿다.[181]

이 소설은 박성운이 검사국으로 넘어가서 두 달 있다가 병을 얻어 보석 출옥하는 것을 동리 사람들이 환영하는 장면에서 시작하여 성운이가 죽은 후 북으로 가는 기차에 로사가 타고 앉은 것을 묘사하는 것으로 끝이 나고 있다. 박성운은 마을 사람들이 낙동강 가에 있는 갈밭을 베다가 수직꾼과 충돌이 생기자 선동자라는 혐의를 받아 잡히고 말았다. 갈밭이 있는 땅은 원래 국유지였다가 일본인의 소유가 된 곳이다. 로사는 형평사원의 딸로 박성운이 형평사원을 편들어 싸웠을 때 알게 된 사이로 그 후 박성운의 애인이자 동지가 된 사이다. 이 소설에서 주목할 만한 형식상의 요소는 박성운이 지은 낙동강 민요가 삽입되어 낭만적 분위기를 돋우는 점, 복자가 유달리 많은 점, 개인의 역사에 공적인 역사가 중복되거나 적극 개입하는 점 등이다. 이 조그만 서사 공간을 통해서 사회주의 유입 과정과 1920년대 사상운동의 양태를 알 수 있다. 그만큼 1920년대의 소설들 가운데서 응집도가 높은 수정체소설의 본보기로 볼 수 있다. 조명희는 「낙동강」을 발표하고 조선에서 사라졌다.[182]

이기영의 「邂逅」(『조선지광』, 1927. 11)는 어리석은 여자가 여성 투사로

---

181) 위의 책, 1927. 7, pp. 22~23.
　　복자 처리된 바로 뒤 괄호 안에 들어간 말은 조명희가 러시아로 망명 간 후 1930년에 철필로 다시 써넣은 것을 드러낸 것이다(황동민 엮음, 『포석 조명희 선집』, 소련과학원 동방도서학회, 1959, p. 319).
182) 『동아일보』, 1990. 5. 1, "蘇 망명 카프문학 지도자 趙明熙" "스탈린 때 간첩 누명 씌워 처형" "새로 발견된 조명희의 소련 정부 공식 사망신고서에 따르면 그는 1938년 4월 15일 총살당했다는 것이다. 사망신고서는 조명희의 딸 왈렌치나(성아) 씨가 하바로프스크 시 안전위원회 고문서과에서 찾아낸 것으로 이 문서에는 「조명희는 일본을 위한 간첩 행위를 하는 자들을 협력한 죄로 헌법 제58조에 따라 취조와 재판 없이 최고형 사형 선고를 빋았다」고 기록돼 있다는 것. 〔……〕 조명희는 일제 시대 국내에서 카프문학의 지도자로 활동하다가 1928년 일제의 탄압과 검열을 피해 소련으로 망명했다. 소련에서는 1934년 소련작가동맹 요동지부에서 활동하면서 소설 「낙동강」을 쓰는 등 한인문학 건설을 위해 정력을 기울이다가 소련 정부의 탄압으로 억울한 누명을 쓰고 사망한 것. 그는 56년에 명예가 회복되고 소련작가동맹 맹원으로서의 지위도 되찾아 현재는 사회주의 리얼리즘 문학을 조성한 공로를 높이 평가받고 있다"(金次洙 기자).

성장한다는 구성을 취한 점에서 「민며느리」와 비슷하다. S는 3년 전 시골 구석에서 보통학교를 나와 전화 교환수로 일하다가 서울의 한 카페에서 온갖 굴욕을 참아가며 일을 하여 돈을 조금 모을 수 있었다. 그 돈으로 집을 사 모친은 하숙을 치게 되었고 그녀는 ××녀자 청년회에 가입하여 열심히 공부하고 활동하여 마침내 중앙집행위원회 상무위원이 되었다. 여주인공 S가 온갖 고생 끝에 남들에게 주목받는 인간이 된 과정을 들려주는 자리에서 작가는 흥분하여 "독자제군! 고통은 다갓튼 고통이라 하지 마라! 다갓튼 고통이라도 희망을 가진 고통과 절망을 가진 고통과는 판연히 다른 것"이라고 작가적 간섭을 꾀하였다. 처음에는 S를 대수롭지 않게 보았던 B는 3년 후 그녀의 비약적인 발전에 놀라면서 그녀를 대등한 자리에 놓고 운동 방법에 대해 토론하게 된다. 시골에 있을 때의 S에게 농장 소작쟁의를 ××총동맹 특파원의 자격으로 조사하러 내려와 연설하던 B는 우상으로 비쳤었다. 여기서 B의 연설 내용은 "以下十五行略"이라는 조치를 받고 있다. S가 보낸 편지에는 메아리가 없었다. 이제 3년 후에 두 남녀는 대등하게 토론하는 자리에서 운동이 대개는 기분적으로 흐르는 경향이 있고 옛날보다는 조직화가 잘 이루어진 것 같고 계급투쟁운동과 연애는 물과 불 같은 것이라는 의견을 나눈다. 「해후」는 주의자를 주인공으로 한 토론체 소설의 한 모델이 된다.

윤기정의 「압날을 위하야」(『예술운동』, 1927. 11)에는 "착취" "압박" "투쟁" 같은 말이 자주 나오고 사회주의자의 활동상이 노골적으로 그려졌음에도 복자나 삭제 조치당한 흔적이 보이지 않는다. 1927년에 동경 유학생 김영호는 하기 방학을 맞아 귀국하여 사회주의운동을 하고 다시 일본으로 가 공장 여공이 된 동지 정일군 누이동생을 찾으러 다니면서 계속 활동한다. 두 젊은이는 동경으로 돌아와 두 번이나 검속당하는 시련을 겪었으나 국내 동지들로부터 투쟁을 고취하는 서신을 받고 투쟁 의지를 더욱 굳게 다진다.

두젊은이는 東京으로 도라온지 채한달도못되어 두번이나 檢束을당하엿다. 한번은 「朝鮮總督政治暴壓反對同盟演說會」時에演士가되엿다는까닭이요 또 한번은 「震災同胞追悼會」째문에 豫備檢束(八十餘名中)을당하여섯다는말을 朝鮮잇는同志들에게알려주엇다 그래 朝鮮잇는 同志들에게서는 아래와가튼 意味의書信이 永鎬에게 到着되엇다. 「金永鎬君! 同志의健鬪를빈다. 씃씃내 굴하지말고 싸워나가자! 그러면 오고야말날은 반듯이 오고야말터이지…… 누구가 이儼然한事實을否定하겟는가. 同志여! 우리의날이 오는째까지 굿세 게 싸와다구!! 이곳의組織도……」[183]

이기영의 「彩色 무지개」(『조선지광』, 1928. 1)는 소작쟁의에 가담한 죄 로 감옥에 간 김선달의 아내와 딸 옥숙이 대화를 나누는 자리, 김선달 아 들 경식과 딸 옥숙이 정진사 아들로 일본 유학을 갔다 온 정형조의 허위성 을 공감하는 자리, 동생 옥숙이 정형조를 만나 입장 차이를 확인하는 자 리, 오빠가 옥숙을 야단치는 자리 등의 대화장으로 구성된 대화체소설이 다. 옥숙은 "정진사집 움물 속에 박힌 채색무지개"에게 홀려 형조에게 자 기편이 되어달라고 간청했던 자신을 용서해달라고 하며 형조를 "채색무지 개"라고 한다. 오빠의 가르침에 의해 또 아버지의 실천력 제시에 의해 옥 숙이 부르주아지와의 사랑에서 빠져나오는 것으로 마무리된다. 「민며느 리」의 금순, 「해후」의 S, 「채색 무지개」의 옥숙은 사랑에 실패한 것이 프롤 레타리아 운동에 뛰어든 계기가 되었다는 공통점을 지닌다.

이기영의 「苦難을 뚤코」(『동아일보』, 1928. 1. 15〜24)는 노동자에서 주 의자로 변신하여 투쟁심을 늦추지 않는 한 주의자가 겪는 개인적인 불행과 비극을 그려내는 데 힘쓴 작품이다.

---

183) 『예술운동』, 1927. 11, p. 66.

그가 맨처음으로 그속에들어가기는 아마 긔미년 만세통이든가보다……
그째의 비극은 철모르는누이에게로썰어젓다……그다음 둘재번으로 들어가
기는 관동대진재통이엇다……그째의 비극은 무엇이엇든가? 미결수로 두해
동안가처잇다가그리운고국이라고 나와보니 사랑하든 안해는 그사이에 다른
산애를사랑하지안햇든가……그다음셋재번으로들어간것이삼년전○○사건째
엇다……그째의비극은무엇이엇든가?……그안해가쏘다시 다른산애를사랑
하얏는데 그가곳정군이아니엇든가?……그러나 그는 자긔의한일을 결코 후
회함은아니엇다 쏘는 그런비극이 압흐로도 쏘잇슬가하야 두려워함도아니엇
다.[184]

실제로 김종은 관동 대진재 때부터 ○○사건까지 감옥에서만 5년을 복역
했고 열 차례도 넘게 유치장 출입을 했다. 김종은 18세에 일본으로 가서
온갖 고생을 하였고 배에서 떨어져 죽을 뻔한 적도 있었고 용광로에 타 죽
을 뻔한 적도 있었다. 김종은 자기 때문에 어머니와 누이동생도 뿔뿔이 흩
어져 고생한다고 자책하는 마음을 버리지 않는다. 자기가 주의자가 되지
않았더라면 또 감옥에 가지 않았더라면 어머니, 누이, 아내, 딸이 각자도
생하는 일은 없었을 것이라고 반성하는 데서는 희생자로서의 숭고한 인간
미마저 느끼게 된다.

그에게는 무시로 긔아가닥처오지안흐면 털쇄가 그의몸을얽어갓다 그러나
그는 세삼스레그것을슯허할것은업섯다 그럴수록 ×에대한복수심이 쓸어오
를쑨이엇다 〔중략〕 아니그보다도 지금 조선사람의 살수가업는것은 무슨까닭
일가……이에그는최후로닥칠곳을 단두대로목표하고 그사이의가시밧혈로(血

184)『동아일보』, 1928. 1. 17.

路)를 걸어갈쑨이겟다

　그럼으로 지금그가 사는것은 오즉이길을것기위해서만의의가잇다 그러치
안흐면과연그는무엇하러살것인가? 무엇을바라고 무슨소망이잇서서더살고
저하는가? 그에게는 다른것은아모것도업다―그에게는 벌서 아모히망도 성
공도 행복도 긔회도 업다! 잇다면오즉 자긔해방운동이잇슬쑨이엇다 장래 인
류의행복을 동경할것쑨이엇다 그것은자긔하나쑨아니라 왼무산계급이 모다
그러할터이겟지 참으로 그들은 자긔몸을결박한텰쇄를쓴는일밧게 더급한일
이 무엇이랴?[185]

　김종은 아내를 일찌감치 포기해버리고 딸의 행방을 수소문하는 데 주력
하여 마침내 딸이 잘 살고 있는 집을 알아내어 처음에는 고민하였으나 딸
의 장래와 행복을 위해 포기하고 만다. 김종은 동지 H와 함께 북행 열차를
타고 최후의 목표를 수행하러 길을 떠나게 된다. 김종이 겪는 가족 해체는
주의자로서의 활동이 빚어낸 결과이긴 하지만 앞으로의 대승적 투쟁 활동
의 새로운 동력으로 작용하기도 한다. 사건 묘사와 내면 서술을 조화시키
는 가운데 주의자를 '피'와 '살'이 있는 인간으로 잘 형상화해냈다.
　송영의 「印度兵士」(『조선지광』, 1928. 2)는 중국 한커우(漢口) 지방을 배
경으로 한커우사상단체 CK단 단장이며 국민군 제일군 정치부 선전부장인
진응시가 영국 조계로 쳐들어갔다가 체포되자 간수로 있는 인도 병사에게
중국과 인도는 같은 처지라고 호소하여 감옥 문을 열게 하여 탈옥한 후 불
시에 영국 영사관을 습격하여 점령한다는 긴장감 넘치는 내용으로 되어 있
다. 송영은 중국과 인도는 같은 처지라는 중국 국민군 간부의 주장을 경청
하라고 암시하고 있다.
　비록 미완성작이긴 하지만 최서해의 「容身難」(『신민』, 1928. 8)은 마르

---

185) 위의 신문, 1928. 1. 19.

크시즘에 감응되었음을 분명하게 드러낸다. 전라남도 영광의 청년회 회원이며 노동동맹지부 회원이기도 한 조인현은 아내가 죽은 지 한 달 후 의주로 가 운동하고 공부하기 위해 청년 동지들과 누님의 전송을 받으며 떠난다. 차 속에서 조인현은 빈민운동에 적극 뛰어들어야겠다는 각오를 다진다.

> 부자연한 인습 도덕 가난 학대의 희생자는 아내나 자식뿐만이 아니었다. 그의 눈앞에는 어둑한 구름 속 지저분한 진흙밭에서 어물거리고 고함치는 수많은 생령들의 그림자가 떠올랐다. 그네들과 함께 되궁구는 자기의 그림자도 발견되었다.
> '응 나는 싸우라! 사람은 고통을 벗으려고 함으로써 귀한 것이 아니라 그 고통과 싸워 이김으로써 귀한 것이다. 고통과 싸워서 고통을 이길 수는 있어도 그것을 벗을 수는 없으니 사람은 어느 때나 사람이라 현실을 벗을 수 없는 까닭이다. 나는 싸우라.'
> 그는 이렇게 가슴속으로 뇌이면서 또 한 번 가슴을 쳤다.[186]

소설의 앞부분은 호남선 열차의 풍경을 그린 작중의 현재이며 뒷부분은 주인공이 어째서 호남선에 올라탔는가 하는 이유와 배경을 밝힌 작중의 과거다. 열차 안에는 두루마기를 입은 청년, 어린애를 데리고 가는 젊은 부인, 농부의 아내와 아들, 쉴 새 없이 대화를 나누는 뚱뚱한 양복쟁이와 말라깽이 등이 타고 있다. 뚱뚱이가 돈이 제일이라고 거듭 주장하자 말라깽이는 듣기 싫다고 이제 좀 자자고 한다. 이에 뚱뚱이는 자기도 "막스"를 읽어보았지만 돈을 모으려면 남에게 욕을 먹어야 한다고 했다. 조인현은 서울에 도착하여 잠깐이긴 하였지만 부와 명예와 아름다운 여인을 모두 차

---

186) 곽근 엮음, 『최서해전집 · 상』, 문학과지성사, 1987, p. 398.

지한 것 같은 공상에 빠지다가 곧 자책하면서 냉정하게 자기 파악에 도달하게 된다.

이태준(李泰俊)의 「幸福」(『학생』, 1929. 3)은 대구에 사는 군밤장수 노인이 주의자인 아들과 경성역에서 만나는 순간 형사에게 붙잡히고 만다는 이야기를 들려준 것으로 노인은 아들 내외와 함께 살 것을 생각하면서 잠시나마 행복에 잠겼었다.

이효석의 「行進曲」(『조선문예』, 1929. 6)은 주의자를 영웅적인 존재로 부각하려 한 소설로, 봉천행 열차 안과 만주의 어느 한 도시에 있는 노동자 숙박소 등을 공간적 배경으로 삼으면서 한 청년주의자가 그 뒤를 쫓는 호인들에게서 빠져 달아나는 모습을 그려 보이고 있다. 서두에서 "그만콤 그의전생활은 말하자면 초조와불안의련쇄엿다" "지혜를짜고 속을태우고 용긔를내고 힘을쓰고 하로면스물네시간 일년이면 삼백륙십오일의 모험이 잇고 죽엄이잇다. 이것이 그의생활이엿다"[187]고 주인공의 생활상을 설명한 이 작품은 그 후 기복이 뚜렷한 사건도 없을뿐더러 작가의 시선이나 인식이 직접 체험이나 구체적인 현실 인식의 뒷받침을 받지 못해 피부에 닿는 이야기는 되지 못하고 말았다.

이량의 「燃戀」(『조선지광』, 1929. 8)에서 문사이며 사회주의자인 명수는 보화와의 연애가 생각대로 되지 않자 하느님 앞에 기도 드리는 자신을 참회하고 자학하게 된다. 마침내 명수는 "오냐, 自然은 殿閣이안이요 宇宙는 神秘가안니다. 모든것이 工場이요 勞働이요 싸홈이다"[188]와 같이 새출발할 것을 다짐한다. 작품 전체에 걸쳐 나오는 한자는 전부 괄호 안에 들어 있는데 주인공 명수가 다짐하는 이 부분만은 한자가 노출되어 있다. 그만큼 작가가 역설한 대목이라고 할 수 있다.

---

187) 『露領近海』, 동지사. 1931, pp. 69~70.
188) 『조선지광』, 1929. 8, p. 144.

전무길(全武吉)의 「審判」(『조선지광』, 1929. 9~1930. 1)에서 농민조합 대표 김영진은 부호 리수만이 불망비를 세우려는 것을 저지하다가 상해 치사한 죄로 5년 징역 살고 석방되어 나와 유곽에서 연화라는 기생이 박성근의 누이임을 알게 되었고, 그녀를 통해 박성근은 1년 전에 40명 결사인 P사건에 관계한 것이 탄로나 모진 고문으로 죽음을 당하였음을 또 삼총사 중의 하나인 최치순이 밀정임을 알게 된다. 최치순은 박성근의 누이 성희를 아내로 삼으려다가 잘 안 되자 2백 원에 유곽에 팔아넘긴다. 김영진이 2백 원을 갚아 성희는 자유의 몸이 되었고 그 후 두 남녀는 거의 부부처럼 지내면서 장수산에 올라갔다가 학교장이 되어 부자가 된 최치순을 우연히 만난다. 당황한 최치순은 도망가다가 추락사하고 만다. 김영진은 최치순의 죽음을 심판이요 천벌이라고 생각한다. 단편소설 규모의 이야기가 중편소설의 그릇에 담긴 형상이다.

송영의 「白色女王」(White Queen, 『조선지광』, 1929. 11~1930. 1)은 뉴욕을 배경으로 하여 조선인 남자와 러시아 여자가 연인이자 동지가 되는 과정을 그려놓았다. 공간 배경과 인물이 외국이라는 점에서 이들이 취하는 노동운동이 국제적인 것임을 암시한다. 이 소설의 앞부분에서는 서울 출신으로 갓 서른 살의 노동총동맹 중앙집행위원인 주홍기가 갑신정변 주역의 한 사람인 노홍철의 막내아들로 아버지를 가장 존경하는 전문학교 출신인 오익현과 함께 미국에 유학 오게 된 과정을 볼 수 있다. 뉴욕에 와서 주홍기는 전기발전공장에 취직하였고 오익현은 경제학 박사가 되어 금의환향할 것을 목표로 세웠다. 두 사람은 절친하면서도 자신의 이념은 굽힐 줄 모를 정도로 화이부동의 사이였다. 오익현의 소개로 화이트 퀸 홀에 가서 러시아에서 온 댄서 리지아를 보고 처음에는 부정적으로 생각하던 주홍기는 리지아가 노동운동가임을 알게 된다. 이 소설은 메이데이에 참여했던 두 남녀가 검거되는 것으로 끝난다. 메이데이가 벌어지는 광경이나 체포되는 과정이나 시적인 표현과 압축된 표현을 쓰고 있다. 소설에서 화자가 열정을 감추지 못하는 것을 부정적으로만 볼 수는 없지만 호소력이 떨어지는 것은 부정할 수 없다.

(4) 농민소설[189]

(가) 농민의 시련담

나도향의 「뽕」(『개벽』, 1925. 12)은 강원도 철원 용담에 사는 노름꾼 김삼보의 부인 안협집이 미모를 무기로 하여 마을의 여러 남자들과 관계를 맺으나 유독 냉대를 당하는 머슴 삼돌이가 화가 나 오랜만에 다니러 온 남편 김삼보 앞에서 다 불어버려 남편은 한바탕 안협집을 구타하고 또 어디론가 가버린다는 내용으로 되어 있다. 무단으로 뽕을 따다가 걸리자 뽕지기에게 몸을 바치고 무마한다는 사건은 김동인의 「감자」를, 노름꾼 남편이 아내를 때리는 행위는 김유정(金裕貞)의 「소나기」를 떠올리게 한다.

최독견의 「淨化」(『신민』, 1925. 12)는 간통 모티프가 원인으로 홍수 모티프가 결과로 작용한 소설이다. 14년 전 25세에 11세 된 간난이 집 데릴사위로 들어가 부농이 된 성팔은 아내가 26세 된 더부살이 돌이와 간통하는 아픔을 겪는다. 돌이가 성팔을 죽일 약을 구하려 할 때 홍수가 나자 배를 갖고 와서 간난이는 구했으나 성팔을 구하려다가 둘 다 물결에 휩쓸리고 만다. 두 남자의 시체를 본 간난이의 눈물은 '정화'의 의미를 갖게 된다.

---

189) 한빛, 「田園文學과 農民文學」(『농민』, 1932. 12), pp. 27~28.

"이제부터는 田園文學은 없어질 運命에 다닫앗고 農民文學은 必然的으로發生될 過程에 일으럿다 그것은 田園文學의 主要한 精神은 田園讚美에 잇섯거니와 只今의田園과 農村은 讚美할 아모것도 가지지못하고 오직疲弊, 衰頹, 破滅뿐 남아잇다―田園文學의 基本材料가 根絶된셈이다.

農村의 疲弊, 衰頹, 破滅―이것은 田園文學의 沒落을 意味하는反面에 必然的으로 農民文學을 産出하게되나니―一般農民의 過重한負擔, 都市文明의×× 外來資本의 土地兼併, 自作農層이 急激沒落 地主階級의 無理×× 小作農民의 窮民化, 窮民의遊離―等々의 이모든慘狀은 벌서 現狀그대로가 훌능한 文學인것이다.

여기서 農民들은 「우리도 살아야겟다」는 切實한부르짖음이 없을수없나니 本來藝術은 生의 表現이라하거니와 이와같은 慘狀, 이와같은 부르짖음이어찌 表現되지 않을 수가 잇슬것인가."

최독견이 10편이 넘는 많은 작품을 발표했던 『신민』의 창간호(1925. 5) 권말에는 소설 현상 모집 광고가 실려 있다. "小作人의悲哀를主題로하고 地主, 舍音의橫暴, 勸業官吏其他地方人士의無理解를描寫하되 悲哀中에悔悟가잇고咀呪에서奮發에轉하야 刻苦勉勵하야 自作農이되여가는曙光과 前日의地主와舍音이零落하는眼前報應으로써終結할 일"이라든가 저급 농민 (머슴)이 읽을 수 있을 정도로 할 것을 조건으로 제시하였다. 결국 최독견은 반지주, 반사음, 친소작인을 표방한 『신민』의 문학관을 가장 적극적으로 대변한 셈이 된다.

최서해의 「큰물 진 뒤」(『개벽』, 1925. 12)는 선량하고 성실하게 살던 한 농부가 홍수를 맞아 여러 가지를 잃고 급기야 도둑으로 변하고 만다는 이야기를 들려준다. 윤호는 농토가 홍수에 휩쓸려 내려가고 아내는 더욱 병이 깊어지는 궁경을 맞자 할 수 없이 공사판으로 나갔으나 일이 서툴러 일본인 감독으로부터 매 맞고 쫓겨나게 된다. "선한일을하면 복을 밧는다. 부즈런하면 부자가 된다. 남이 욕하든지 째리든지 감안이 잇서라……이러한 것을 자긔는 조곰도 어긔지안코 직히여왓다. 그러나 오늘날 이째까지 자긔에게 남은 것은 풀막……그것도 제손으로 지흔것……병, 굶음, 모욕 밧게 남은것이업다.……" "오히려 이째까지 자긔가 본경험으로 말하면 욕심만코, 울악불악하고, 못된즛잘하는 무리들은 잘입고 잘먹고 잘쓴다. 자긔에게 남은것은 이제 실낫가튼 목숨뿐이다"[190]와 같은 쓰디쓴 각성에 도달하게 된다. "남을 안죽이면 나는죽는다……죽어서 천당보다 악한짓이라도 해야! 살아서 잘먹자!"와 같이 윤호가 새로운 결심을 하게 된다는 식의 급격한 변화는 최서해 소설의 공식이나 다름없다. 그가 부잣집에 들어가 강도질을 결행하는 데 병든 아내와 굶주림은 근인(近因)으로 작용했으며 "욕심만코, 못된 즛 잘하는" 부자들에 대한 증오심은 원인(遠因)으로 작용

---

190) 『개벽』, 1925. 12, p. 27.

하였다. 최서해는 바로 이 근인과 원인을 다 주목하라고 동시대 독자들에게 요구하였다.

　최서해는 단문주의, 감탄사의 남발, 빠른 템포의 사건 진행 등을 특징으로 하는 작가다. 아내가 아기를 낳고 또 다른 한쪽에서는 홍수 때문에 둑이 무너지고 있는 상황의 설정은 극적 효과를 자아내기에 충분하다. 둑이 무너지는 모습을 최서해는 그 특유의 박진감 넘치는 방법으로 묘사해낸다. '극한 상황→자기 집착이나 자기 합리화와 같은 심리 변화→충동적 행동'과 같은 변화 과정을 보여주는 「큰 물 진 뒤」는 작가 자신의 「홍염」 「기아와 살육」 「박돌의 죽음」, 이기영의 「실진」, 박영희의 「산양개」, 현진건의 「사립정신병원장」 등과 마찬가지로 주인공이 급전을 꾀하는 것으로 결말을 맺는다.

　1926년 12월에 탈고한 것으로 되어 있고 "「농민의 집」 속편"이란 부제가 붙어 있는 이기영의 「餓死」(『조선지광』, 1927. 2)는 돌짐 지는 품을 팔던 중 다리를 다친 데다 빚 독촉에 시달리던 정첨지가 딸을 지주 최주사 집 첩으로 보내려는 아내와 다투던 끝에 허락하고 마는 것으로 마무리된다. 정첨지는 "죄를 짓고 사느니보다 올흔 도리로 굴머죽자"고 하면서 빚 때문에 딸을 파는 것을 죄라고 생각하지만 그 아들은 이런 죄를 저지르지 않으면 살 수 없게 만든 이 세상이 더욱 큰 문제라고 주장한다. 이기영은 농민과 농촌을 사랑했던 작가답게 극한 상황 앞에서도 끝까지 정신의 타락을 경계했던 농민의 입상을 제시한다.

　최서해의 「暴君」(『개벽』, 1926. 1)은 아버지가 세상을 떠나자 술, 계집, 골패, 투전, 싸움으로 나날을 보내어 재산을 탕진하고 아내가 온갖 일을 다 해 번 돈을 모두 술값과 노름 밑천으로 쓰고는 오히려 틈만 나면 아내를 펑펑 때리는 춘삼이를 주인공으로 설정한다. 춘삼이 폐인이 된 구체적인 이유를 그려내는 대신 지루할 정도로 춘삼의 행패를 묘사하는 데 치중했다. 춘삼이 술주정하다가 방치돌을 던져 아내의 허리를 찍어 죽게 하여 순검에게 끌려가는 것으로 끝난 이 소설은 긴밀한 플롯을 제시한 데 실패했지만 홍글멍글, 빙글빙글, 이리홍글저리멍글, 얼넝얼넝, 홍떵멍떵, 거불거불, 스륵스륵 빠드득 등 많은 의성어와 의태어를 제시하여 실감 넘치는 묘사를 꾀한 흔적을 남기고 있다.

이익상의 「쫓기어가는 이들」(『개벽』, 1926. 1)은 전북평야에 있는 C촌으로 온 득춘 내외가 농사일을 하다가 많은 빚을 지고 최소한의 빚만 갚은 채 떠나 대전에 가서 술장사를 하는 것으로 이야기를 풀어간다. 자기 아내의 미모에 반한 부잣집 서방이 밤늦게 와서 술을 팔라 하고 억지를 부리자 득춘은 장작개비로 마구 패고 "그러한굴종에서 버서나서 이러케복수할재의 깃븜이 엇더케큰줄을 비로소 알엇다. 아! 그부자놈! 나를업수히녀기는 부잣집서방님이라는놈! 내의한주먹에걱구러져 씽씽 대는그약한자를 볼재의 유쾌한마음—이것이다! 이것이다"[191]와 같은 통쾌감에 젖는다. 이 장면은 최서해의 「홍염」「기아와 살육」「박돌의 죽음」 등을 연상케 한다. 작가 이익상은 불법적인 일을 하거나 비윤리적인 일을 하기는 하지만 농민들의 편에 서서 당시 농민들의 일반적 행태를 묘사한다.

> 또한가지 득춘으로하여금 용단을내어 결국이일을 실행케한것은 득춘이 방금실행하랴는그러한일가튼것이 이전북평야(全北平野)디방에는 비교뎍만흔것이엇다. 만흔가난한사람들은 도조로칠을수업고 다른어더쓴빗도갑흘수업서 집을지니고 살수업는경우이면 그대로 농사진것을 얼마되던지 몽동거리어가지고 다른먼디방으로 도망을하던지 그러치안흐면 집안식구가 다각긔허터저 박아지를들고 걸식을하엿다. 이것이 그들의 이세상을살아가는 계책의하나이엇든것이다. 그리하야 그들은 그와가튼 정쳐업시 류량생활을하는것을 자긔네의운명처럼녀기든것이다.[192]

---

191) 위의 책, 1926. 1, p. 58.

454

최서해의 「異域冤魂」(『동광』, 1926. 11)은 중국인 지주 유가가 평소에 흑심을 품어온 조선 여자와 그녀를 돌보아준 조선 노인을 도끼로 찍어 죽이는 것으로 결말이 난 소설이다. 그녀는 조선에서 가뭄과 홍수에 모든 것을 잃고 남편 형선이와 재작년 봄에 간도로 와 중국 사람의 소작인으로 온갖 고생을 다 하면서 겨우겨우 연명한다. 지주 유가가 그녀에게 음심을 품고는 어서 빚을 갚으라는 식으로 압력을 가하여 남편에게 화가 미치자 그녀는 몸 바칠 생각까지 한다. 남편은 죽으면서 고국으로 돌아가 다시 다른 남자에게 시집가라고 유언하여 중국인 지주에게 복수하고자 한다.

> 고국이 그리웠다. 굶으나 먹으나 낫닉은 고향에서 살고 시펏스나 그조차 뜻대로 되지 안핫다. 아무것도 모르는 그는 고국이 어대 부텃는지 길이 어써케 낫는지 들어내 노아도 못차저갈 것이다. 백두산 아폐는 자기를 나하서 길러준 조선이 잇거니 생각할 뿐이다. 그것도 "저게 백두산이오. 저 아픈 죄선(朝鮮)이오" 하고 죽은 남편이 살아서 집뒤 산 바테서 기음맬째 가르쳐 준 기억이 남아잇는 싸닭이엇다. 그러나 고국으로 간다한들 무슨 재미 잇스랴? 천애만리에 남편을 뭇고 참아 발ㅅ길이 돌아질싸?[193]

배 속에 든 유복자와 죽은 남편을 생각하면서 고국으로 가보았자 별 대안이 없다고 생각하며 슬픔에 젖어 있는데 중국인 지주 유가가 방 안으로 들어와 반항하는 그녀를 살해한다. 「홍염」이 딸을 데리고 간 중국인 지주를 죽이는 것에 비해 「이역원혼」은 중국인 지주의 피해자가 되고 만다.

조명희의 「農村사람들」(『현대평론』, 1927. 1)은 오랫동안 가뭄이 계속되

---

192) 위의 책, p. 44.
193) 『동광』, 1926. 11, pp. 65~66.

면서 농민들이 머리를 맞대고 걱정하다가 마침내 서간도로 이주하는 것으로 결말을 처리한 소설이다. 일 잘하고 마음씨가 바른 원보라는 농민이 지주 김참봉 아들과 싸운 것 때문에 감옥 갔다 와서 타락한 생활을 하게 되는 것이 중심사건이다. 조명희는 웬만한 농민들은 정상적으로 생각하고 상식적으로 행동하면서 살아가기 어려울 정도로 당시의 농촌이 피폐해 있었음을 고발하고자 하는 의도를 지녔던 것으로 하소연이라도 해보고 싶었을 것이다.

계용묵(桂鎔默)의 「崔書房」(『조선문단』, 1927. 3)은 삶의 뿌리가 뽑힌 당시 농민의 전형적인 초상을 보여준다. 1년 내내 애써 농사지으면서 각종 빚에 시달리는 최서방이 송지주가 남은 빚 10원 대신에 솥과 독으로 가져가라고 하자 도끼로 다 깨버린 것 때문에 소작권을 떼이고 노동으로 겨우 차비를 마련하여 서간도로 떠나간다. 이 소설은 박서방이 여러 빚쟁이들에게 시달리는 모습을 대화체를 써서 중계한다. "이지방풍속에 의례히 소작인이 먹을것이업스면 추수를할째까지 식냥을 지주가 당해주는법이엿만 유독 송지주만은 몬저 당해준 식량에 고가의리자를기워 게산을틀어가다가 추수에넘치는 한이잇게되면례사로 그째에는 잡아쎄고 작인은굴머죽든지마든지 그것을 상관하지안코 다시는 주지안는것이엿다"[194]와 같이 지주의 잔인한 행태를 폭로하는가 하면 송지주에게 자기네들은 피를 빨리고 사는 존재라는 반항과 증오심을 여러 번 표출하였다.

조명희의 「春先伊」(『조선지광』, 1928. 1)는 「농촌 사람들」과 마찬가지로 간도로 떠나가고자 하는 사람들과 가보았자 고생하는 것은 마찬가지라고 하는 사람들 사이의 대화 내용을 대화체소설이라고 할 수 있을 만큼 자세하게 제시한다. 춘선이는 일본인 야마모도에게 딸을 맡기고 노자나 얻어 간도로 가자고 아내를 조른다. 춘선이의 간도행 결심을 끊임없이 뒤흔들

---

194) 위의 책, 1927. 3, p. 42.

어놓는 것은 같은 농민이며 사회주의에도 일가견이 있는 응칠이다. 응칠이는 죽으나 사나 여기서 같이 있으면서 자기가 하는 운동을 도와달라고 간청한다. 이 소설에서 작가는 춘선이가 수확한 곡식이 어떻게 나누어지는지를 소상하게 밝혀놓음으로써 농촌 사정에 정통한 작가라는 평판을 이끌어 낸다.

이기영의 「元甫」(『조선지광』, 1928. 5)는 부제가 "서울"로 되어 있어 서울이 단순한 공간적 배경에서 벗어나 주인공의 삶과 운명에 결정적으로 작용했음을 암시한다. 시골에서 교통사고로 다리를 다친 원보는 부인과 함께 서울로 치료받으러 와 여관에 머물고 있을 때 실직청년 석봉이로부터 다리도 절단해야 하고 돈도 많이 든다는 말을 듣고 치료를 포기하였으며 '서울사람=자본가=일하지 않는 사람=착취자'라는 공식을 주입받게 된다. 원보 부부의 입을 통해 당시 농민들의 가난, 압박, 모순 등을 알 수 있다. 그러나 원보 부부는 여기서도 속고 저기서도 속고 만다. 여관방과 다리 밑에서 원보 부부와 석봉이가 나눈 대화가 작품을 거의 채우고 있어 박진감 있는 서사 진행은 어렵게 되었다.

(나) 농민의 투쟁담

이효석의 꽁트 「荒野」(『매일신보』, 1925. 8. 2)는 동승객이 기차 속에서 농민 세 명이 나누는 이야기를 엿듣는 형식을 취하였다. 농민들은 세상이 점점 살기가 힘들다는 점에 동의한다. 늙은 농민의 다음과 같은 말은 당시의 시대상을 잘 꿰뚫어 본 것으로 음미할 만한 대목이다.

그리고 근년재화가작구일어나서사람은점점 망해가네 그전에도포식가는 복종관계(服從關係)를 우리에게 요구하고덕자생존(適者生存)을입에하고되지못한영웅주의(英雄主義)를부르지지안나?이것이다! 그들의포만한식후의작란이지면가 그러는동안에약자부터점점멸망하야가지[195]

이효석이 경성제대 학생 시절에 쓴 것답게 정의감이라는 안경으로 시대와 사회를 본 결과를 담아놓았다.

이기영의「農夫 鄭道龍」(『개벽』, 1926. 1~2)은 금융조합장을 지낸 지주 김주사가 정도룡에게 항복하는 것으로 끝난다. 서두에 자세히 묘사된 "더위"는 강자를 비유하는 것임을 쉽게 짐작할 수 있다. 이기영은 농부와 노동자가 땀과 눈물을 많이 흘린다는 점을 유달리 강조한다. 아내는 백정과 무당 사이에서 태어나 교전비 노릇을 했던 천출이었고 청지기의 아들로 날품팔이와 머슴을 다녔던 정도룡은 마을에서 일약 영웅적인 존재가 된다. 초기작인 탓인지 이 과정이 자연스럽게 처리되지 못하였다. 정도룡은 학교 교육을 제대로 받지 못했음에도 부정적인 것에 대한 비판의식과 긍정적인 것에 대한 계몽 의지를 분명하게 내보인다. 기본적으로 한 인물의 사상은 그가 부정하는 것과 긍정하는 것을 합쳐놓은 것이라고 할 수 있다. 물론 정도룡은 긍정하는 것보다도 부정하는 것이 훨씬 더 많다. 우선 그는 부자나 양반의 존재를 탐욕스러움과 게으름 그리고 무위도식을 근거로 하여 부정한다. 가난 때문에 딸을 팔아먹는 용쇠네, 현실을 모르는 학교 선생, 살기 어려운 이 세상에 은혜만 강조하는 목사, 악덕 지주 등도 부정한다. 그리고 문명, 법률, 학교, 교회 등의 존재와 제도도 부정한다. 정도룡은 자기가 최대한 긍정하고 보살피려 하는 약자와 빈자 그리고 자기 가족에게 직간접적으로 피해를 주는 존재나 제도에 대해 부정 판단을 꾀하였다. 문명은 허위이며 법률은 부자나 권력자를 위해 있다는 정도룡의 생각은 작가 이기영의 것이었다. 자기 딸들을 팔아먹는 용쇠를 응징하는 바람에 정도룡은 "계룡산 명도룡"이라고 불리게 된다. 용쇠네의 잘못된 태도를 고쳐주었다고 해서 갑자기 마을에서 존경의 대상이 된다든가 정도룡의 아들 금순과

---

195)『매일신보』, 1925. 8. 2.

금석이 아버지에게 동조하여 김주사를 죽여야 한다고 단도나 낫을 품고 있다든가 김주사가 정도룡이 무서워 타협하는 태도를 보인다든가 하는 것은 부자연스럽다. 「농부 정도룡」은 정도룡 입장에서 보면 '성공의 플롯'을 취한 것으로, 김주사 입장에서 보면 '개심의 플롯'을 취한 것으로 정리된다. 또한 작중의 일반 농민들은 농민소설을, 주인공 정도룡은 영웅소설을 만들어낸다.

이기영의 「民村」(1925. 12. 12 작으로 창작집 『민촌』[1927년 4월 초판]에 소개)은 평소 온건한 생각을 가지고 살던 점순과 순영, 그리고 점순 오빠 점동이 서울댁 창순에 의해 차츰차츰 각성된다는 이야기와 민촌 최대 지주 박주사의 아들이 빚 대신에 점순을 첩으로 데리고 가기까지의 과정을 들려준 이야기로 연결되어 있다. 앞부분에서 인물들의 각성은 뒷부분의 비극을 해결하지 못하는 한계를 드러내고 만다. 그리 과격한 선동자는 아니지만 끈질긴 면이 있는 창순은 민부자가 기민(飢民) 구제에 돈 천 원을 기부한 것은 사탕발림이며 더 짜먹으려는 수작이라고 하면서 생산자의 노고는 생각지 않는 자본가, 자본주의 제도, 돈으로 무장된 양반 등을 비판하는 것을 서슴지 않았다. 창순은 점순과 순영에게 노동하는 자가 소유해야 한다는 인식을 일깨워준다. 농민들이 처한 비참한 현실의 원인 하나로 소수의 악한 놈들이 돈을 독차지한 점을 꼽는다. 점순은 장릿벼를 달라고 사정하고 애원하는 자기네 사정을 나 몰라라 하는 부자들의 비정함과 이기심을 부정하면서 이러한 비정함을 부자들의 착취 행위로 해석한 다음, 이렇듯 소수의 부자가 다수의 빈민들을 착취하는 세상을 외면하거나 찬미한다는 이유로 교회의 존재를 부정하기에 이른다. 김첨지는 박주사 아들이 장릿벼를 주는 대가로 점순을 원한다고 하자 고래고래 소리를 지르다가 기절하고 만다. 마을 사람들은 이 소식을 듣고 십시일반으로 먹을 것을 가져다준다. 이 소설은 작가 자신도 영탄하고 있듯이 "아! 그러나 벼 두섬 값은 대체 얼마나 되는가? 점순이는 이 벼 두섬에 팔리어서지금 박주사 아들 집으로

가마에실려갔다.………"[196] 같이 매녀 모티프로 마무리된다. 매녀 모티프
는 지주가 소작인이나 농촌운동가를 이겼다는 의미가 된다. 이처럼 여러
층의 인물을 내세워 당대 농촌의 풍경을 제시하긴 했으나 결말에 이르기까
지 '서술하는 시간'이 '서술된 시간'에 비해 길어져버린 나머지 독자들의 공
감을 이끌어내는 데는 한계를 드러내고 말았다.

최승일의 「바둑이」(『개벽』, 1926. 2) 결말은 개가 패덕한 주인을 물어
죽인 점에서 박영희의 「사냥개」를 연상케 한다. 탐욕스럽고 잔인한 부자에
대한 작가 자신의 증오심을 개가 살인 행위로 대리 행사한다. 「바둑이」에
서는 바둑이가 주인공이고 바둑이의 친구가 화자로 되어 있다. 8줄로 된
서두에서 화자가 소설의 줄거리, 창작 의도, 서술 태도 등을 밝힌 것은 특
이한 방법이다. 가장 친한 친구 바둑이가 온갖 학대를 받는 것을 두고 볼
수 없어서 썼고 "어서 어서 인간이 각성이 잇기를 재촉한다"고 하였다. 그
만큼 주제를 드러내려는 의욕이 강하기는 하지만 능숙한 창작 방법이라고
는 보기 어렵다. 주인은 춘보가 빚을 갚지 못하게 된 딱한 사정은 들어볼
생각도 하지 않고 대신 집을 빼앗아버리는 횡포를 부린다. 여기서 바둑이
는 주인이 소작인을 무자비하게 착취함을, 또 거짓말을 하고 있음을 알게
된다. 부자는 평소에 방탕한 데다가 장사가 실패한 것 때문에 또 부자간
신구 사상이 충돌하여 늘 시끄러운 것이 겹치면서 하루아침에 망해버린다.
물론 이 과정이 자연스럽게 되지는 못하였다. 그러던 어느 날 바둑이는 끼
니가 없어 자기를 팔아야겠다는 주인 내외의 이야기를 듣고는 자신과 춘보
를 동일시하면서 "생물(生物)이다—가튼동류로써 누구는 그를위해서 의생
이되고. 아니다 맛당이 반녁해안될일이다"[197] 하면서 동네 개들을 다 모아
주인을 물어 죽인다. 개들이 모였다는 것은 빈자나 약자, 또는 피지배자

---

196) 『민촌』, 건설출판사, 1946, p. 73. 이 소설은 탈고 일자가 1925. 12. 13로 되어 있다.
197) 『개벽』, 1926. 2, p. 38.

들이 집단을 만들어 행동하였다는 것을 의미한다. 전체 구성이 긴밀하게 되어 있지 않은 데다 군데군데 부자연스러운 장면이 없는 것은 아니나 주제 전달에는 적극성을 지녀 우화소설로 나아가게 된다. 이 소설과 마찬가지로 김팔봉의 「붉은 쥐」, 박영희의 「사냥개」, 이기영의 「쥐 이야기」 등은 우화소설적 성격을 지니면서 사실적 상징realistic symbol으로서의 기능도 행사한다.

최독견의 「乳母」(『조선문단』, 1926. 6)는 소작농 박서방이 1년 내내 고생해서 농사를 짓고는 지주, 조합 서기, 고리업자 등에게 빚을 다 청산하고 남은 것이 없자 아내가 읍내 부잣집에 유모로 갔으나 주인 영감의 강압에 못 이겨 성관계한 것 때문에 주인마누라로부터 쫓겨난다는 비극적 구성을 취한다. 사건 진행은 빠른 대신 주인공의 고난과 그에 따른 악감이 제대로 표현되지 않았다.

최서해의 「紅焰」(『조선문단』, 1927. 1)은 공격의 동기와 대상이 분명하게 드러난 소설이다. 주인공 문서방은 소작료를 제대로 내지 못한 것 때문에 딸 용례를 중국인 지주 인가에게 빼앗기고 게다가 화증이 생겨 아내가 세상을 떠난 것에 한이 맺힌다. 이 한은 고여 있지 않고 복수심이라는 이름으로 분출하여 인가 집에 불을 지르고, 황망하게 뛰어나오는 인가의 머리통을 도끼로 내리찍는 행위로 나타나게 된다. 그리고 문서방은 "적다고 미덧든 자기의 힘이 철통가튼 성벽을 문허트리고 자기의 요구를 채울째 사람은 무한한 깃븜과 충동을 밧는다"[198]와 같은 심리 전환을 맞게 되었다. 화자도 이 소설의 맨끝을 "불ㅅ길은—그 붉은 불ㅅ길은 의연히 모든것을 태여버릴것처럼 하늘히늘 올럿다"고 맺음으로써 더러운 것의 정화(淨化)라는 불의 상징적 기능을 확보한다. 당대 유행어인 '살인방화소설'의 모델이 된 것으로 공간상으로는 간도소설이며 주인공의 면에서는 농민소설이며

---

198) 『조선문단』, 1927. 1, p. 92.

지배적인 서술 형식 면에서는 대화체소설이 된다. 그런가 하면 간도 이주민의 실상을 잘 일러주는 기록으로서의 가치도 지니고 있다.

언제나 이놈의 소작인노릇를 면하여볼까? 경기도서도 소작인 십년에 겨죽만 먹다가 그것도 자유롭지 못하야 남부녀대로 쌀하나 압세우고 이 서간도로 차저 드럿더니 여기서도 그네를 마저주는 것은 지팡사리(小作人)엇다. 일홈만 달럿지 역시 소작인이다. 들오는 해는 풍년이엇스나 늦게 드러와서 얼마 심ㅅ지 못하엿고 그 이듬해에는 흉년으로 말미암아 일년내 쑤어먹은 것도 잇거니와 소작료도 못가파서 인가에게 매짜지 맞고 금년으로 밀엇더니 금년에도 흉년이 젓다. 다른 사람들도 빗을 지지 안은바가 아니로되 유독히 문서방을 졸르는 것은 음흉한 인가의 가슴ㅅ속에 문서방의 쌀 룡녜(금년 열일곱)가 걸린까닭이엇다.[199]

이 소설은 서간도를 배경으로 하고 또 중국인 지주를 안타고니스트로 여기는 만큼, 중국인의 사고와 언어의 자료를 많이 보여준다. 1920년대 소설에서는 가장 많은 중국어를 들려준다. 또 한 가지 이 소설에서도 최서해 특유의 환상 장치가 설정된 점을 들 수 있다. 딸 용례를 빼앗긴 후 용례의 엄마는 인가에게 학대받고 짐승 취급받는 광경을 떠올리게 된다. 최서해 소설에서는 환상 장치가 돌발적인 행동의 예고 장치가 된다. 소설이 한 시대나 상황이나 존재에 대해 이성적인 차원의 반응만을 보이는 것이 아닌 이상에는 최서해가 자주 보여준 격정적이면서 즉각적인 응전의 형식도 있을 수 있다. 한국 소설은 최서해에 와서, 부당하지만 힘센 자들을 향해 비록 종이 위에서나마 통쾌하게 응징하는 존재들을 처음으로 보여주었다.
「토혈」「기아와 살육」「박돌의 죽음」「큰물 진 뒤」 등은 최서해가 가난하

---

199) 위의 책, pp. 78~79.

고 암담한 현실을 뛰어넘기 위해 "피" "불" "붉은색" 등 자극적인 것에 크게 기대었음을 알게 한다. 그의 소설들은 당대 어느 소설들보다도 많은 감탄부호와 의문부호로 장식되어 있다. 그만큼 작가 자신이 늘 분노와 흥분 그리고 의문을 억누르지 못했던 증거라고 할 수 있다. 최서해는 소설 양식을 억눌린 감정을 담아내는 그릇으로 인식했는지 모른다.

방인근도 '살인방화소설'의 유행에 감응된 적이 있다. 「살인방화」(『신민』, 1927. 4)에서 악덕 고리대금업자가 그에 의해 삶의 뿌리가 뽑힌 머슴에게 죽게 되는 사건을 설정했다. 충청도 온양 땅 쇠일의 최서방은 머슴 출신으로 아내와 열심히 일했지만 동네 고리대금업자의 마수에 걸려 농사지은 것을 다 빼앗긴다. 피눈물 없는 구두쇠 리곱돌이라는 사내는 4~5년 전에 돈 천 냥 빌려주고 3천 냥을 받아내고도 부족하여 일본 순사와 함께 집을 강제 명도하는 절차를 밟는다. 엄동설한에 쫓겨난 최서방의 아내는 낫으로 리곱돌을 죽이고 자기 집에 불을 지르고 광증을 일으킨 후 통곡한다. 최서해의 「홍염」 「박돌의 죽음」 「기아와 살육」, 이기영의 「가난한 사람들」 등과 같이 살인 모티프와 방화 모티프가 결합된 소설의 범주에 들어간다.

조중곤(趙重滾)의 「빼앗기고만 살가?」(『예술운동』, 1927. 11)는 콩 두 말을 갚지 못해 계약서대로 소를 빼앗긴 농민 정서방이 채권자 면장에게 대들고 따지다가 일본 순사에게 끌려가는 것을 보고 동네 사람들은 정서방 편을 든다는 이야기다. 면장과 일본 순사를 노골적으로 비난하는 마을 농민들의 각성을 유도하는 결말 부분은 작가 조중곤과 발표지의 투쟁성을 입증해준다.

이조고마한이약이는 현금의조선각처에서 흔히볼수잇는종류의것이다. 그런데도불구하고 모도가 묵살되고말엇섯다. 그러나우리는 「그까지일!」하고 웃어버릴일일가 그런일을당하고도 그면장의손아귀에서(오즉면장뿐이랴) 버서나려고 노력을하지안어도 조흘것인가 안이다 우리들은 그것을뭇질너야한

다. 더구나 그것과똑갖흔××제국주의의밋에서 버서나려고 그것을뭇질느지 안어서는안될 것이다.[200]

이러한 선동적인 태도는 작가의 직접적인 계몽 의도에서 나온 것으로, 이기영이나 최서해가 작품 끝에서 보여주었던 복수극과 비슷한 효과를 갖는다.

최서해의 「暴風雨時代」(『동아일보』, 1928. 4. 4~12)의 주인공 조병구는 「고국」의 주인공 나운심을 좀더 성스럽고 적극적이고 비극적인 인물로 만든 결과라고 할 수 있다. '나', 장일선, 리백천 등이 보조적 인물로서 역할을 다하지 못했더라면 조병구는 구체적인 인물로 살아나지 못했을 것이다. 이들 세 사람은 만주 소사허에 들어가서는 ×적단의 정탐꾼으로 오해되어 곤욕을 치르다가 조병구의 덕택으로 살아나 할 일을 찾게 된다. 조병구는 10여 년 전에 이곳에 들어와 줄곧 학교 설립과 운영에 온갖 힘을 기울여왔던 것으로. 이 세 인물은 그를 도와 학교 후원금을 모금하러 다닌다. 조병구는 봄부터 가을까지는 농사, 아편과 산삼 재배 및 판매로 돈을 벌었고 겨울에는 학교 사업에 전념하는 식으로 살아온 것이다. 최서해는 초기작과는 달리 상록수형의 인간을 제시하였다. 원래 조병구의 조부는 "난리에 가담했다가 전사했고" 부친은 조부의 가르침을 아들에게 옮기느라 힘쓴다. 비록 상록수형 인간의 활동을 더 펼쳐 보이지 못한 채 비극적인 죽음으로 끝을 맺기는 하였지만 최서해의 작품으로서는 이색적이라고 할 수 있다. 최서해는 자신의 유일한 장편소설 『호외시대』(『매일신보』, 1930. 9. 20~1932. 8. 1)에서 상록수형 인물의 좌절을 원인적 사건으로 설정하였다.

카프 가맹 직후에 발표된 박승극(朴勝極)[201]의 등단작 「農民」(『조선지광』,

---

200) 『예술운동』, 1927. 11, p. 81.
201) 수원에서 출생(1909), 배재고보 입학, 박팔양의 영향 받음(1924), 공태옥과 결혼(1928), 일본대학 정경과 중퇴, 카프 가입(1928), 신흥학당, 『조선일보』 수원지국 운영, 신간회 수

1929. 6)은 '고향(농촌)'에서 '타향(도시)'으로의 이주 과정과 '농민'에서 '주의자'로의 전신 과정을 보여준다. 1920년대 말의 농민소설이 다 그러했던 것처럼 일단은 농민의 빈궁을 강조하는 데서 시작한다. 주인공 이강춘은 소작농으로 일하면서 부업으로 가마니 짜는 일을 하였으나 계속 늘어나는 빚을 감당하지 못한 나머지 입을 줄이기 위해 12살 된 큰딸은 남의 집 민며느리로 둘째 딸은 일본인 집 식모로 보내는 비극적 선택을 한다. 가난해서 딸을 민며느리로 파는 사건은 1920년대 이기영 · 조명희 · 최서해 등의 소설에서 볼 수 있었다. "흉작을면치못하야 이곳저곳에서는 소작쟁의와농민의소동이 심하엿다"[202] 같은 구절은 복자 처리될 법도 한데 다 살아났다. 이 소설은 가난을 지주의 착취, 고리대금업자의 횡포와 같은 인재에서 비롯된 것으로 파악하였다. 끝 부분에 가서 농민인 주인공은 고향을 떠나 농민→노동자 →주의자로 전화되는 과정을 요약해서 보여준다.

강춘이는 머슴살어 멧푼남은돈으로 차비를장만해가지고 써나기어려운 정들은 고향산천을 등지고 안애와 출생한지돌지난아들과 세식구가 먹을것을차저서 눈물을씨어가며 멀니○산으로향하야갓다. 강춘이는 가는즉시로 S의소개로 당지로동조합에입회한 후에 해보지안은 도회로동을 피곤함을무릅쓰고 매일계속하엿다. 이리하여 세식구의 밥을 갠신이대여왓다. 밤에는 조합에가서 글자도배우고 이얘기도듯고해서 강춘이는 전보다 탁월한 견고한의식(意識)을 갓게되엿다. 그러는대로그는 차차세상형편을알게되고 자긔의지위를

원지회 주도(1928), 수원청년동맹 위원장(1930), 수원적색농민조합 사건으로 투옥(1931), 소설가와 평론가로 활동(1931~40), 첫 평론집 『시대와 문학』 섬일로 출판 취소(1937), 해방 직후 수원군 인민위원회 위원장, 군정포고령 위반으로 구속된 문인 1호(1945), 남로당 수원군당 위원장(1946), 민전 중앙위원(1947), 월북(1948), 조선민주주의인민공화국 최고인민회의 대의원 피선(1949), 한국전쟁 시 수원군 인민위원장으로 활동(1950), 개성시당 고위 책임자로 복무(1970년대)(박승극 문학전집 편집위원회, 『박승극 문학전집 1』, 학민사, 2001, 홍일선 조사 · 정리, pp. 445~56 참고).
202) 『조선지광』, 1929. 6, p. 36.

깨닷게되엿다. 말하자면 한자각한로동자로 눈쓰게되엿다.

5

그해 일년을지나서 미증유의 ······························한사람으로활동
하게되엿다.[203]

박승극의 「농민」에서 농민은 가난에 시달리며 겨우겨우 연명하는 농민도
아니고 할 수 없이 간도로 이주해 가는 농민도 아니고 지주에게 당장 복수
심을 행사하는 농민도 아니다. 박승극의 농민은 배우고, 강성하고, 투쟁하
는 농민이다. 농민에서 주의자로 전신한 것이 중심사건을 이룬 만큼 이강
춘은 성장소설적인 요소를 이끌고 간 것이 된다.[204]

최인준(崔仁俊)의 「暴風雨前」(『조선농민』, 1929. 10~1930. 1)은 "농촌사
람들의 생활기록"이라는 부제를 달고 있는 중편소설이다. 소작인들 가뭄
과 더위 아래 농사(1장), 보통학교 4년으로 학업 끝낸 경호, 3년째 반신불
수로 누운 송첨지 아내의 사연 소개(2장), 경호가 사랑하는 서분녀가 표농
감의 아들 정국과 결혼한다는 소문(3장), 지주 박진사가 지난 봄 고치장수
에게 크게 손해 보아 돈을 융통해 줄 수 없다는 조치를 표농감이 전하자
농민들이 절망(4장), 일요일 예배당에서 표정국과 서분녀가 나란히 앉은
것 본 후 경호 체념, 경호의 형 상호가 폐병쟁이가 된 사연, 경호 가출(5
장), 아버지에게 붙잡혀 오긴 하나 패배의식에 젖어 술에 의존(6장), 30
년 만의 흉년으로 농민들의 누대에 걸친 원한 폭발 직전, 최서방이 신식
도급기에 손가락 절단, 추수는 했으나 농민들 쌀 한 톨 못 갖게 되자 경호
는 분노 표출(7장), 표농감의 쌀 창고를 노가다들과 순사가 경비(8장), 표
정국과 서분녀의 결혼, 면장과 농감과 보통학교장과 순사부장 참석(9장),

---

203) 위의 책, pp. 37~38.
204) 졸고, 「박승극의 실천 · 비평 · 소설」, 『한국 현대문학사상 탐구』, 문학동네, 2001, pp. 150~
    51.

송첨지 아내가 출산 후 아무것도 먹지 못하자 창고 털다가 노가다에게 붙잡힘, 송첨지의 아내 아사(10장), ××농민사 간부 리철혼이 농민들에게 계몽 강연하던 중 표농감과 노가다와 순사부장이 들어와 경호와 함께 피체(11장) 등으로 구성되어 있다.

이 소설은 "신고산이 우루루/기차가는소리/구고산 큰애기/치마반봇침만 싼다/에랑 에랑 에헤랑/어랑탕바람에 다불러먹구/북간도로 가잔다"와 같은 신고산타령의 한 구절을 인용하면서 이 타령에 큰 의미를 부여한다. 신고산은 경원선 연변에 있는 산 이름으로 가을만 되면 강원도 방방곡곡에서 남녀노소를 막론하고 이 노래를 부른다는 것이다. 이 타령은 "오!이소리가 멧천년멧만년이래로 거저잘밟히며빼앗기며, 그래도굴종밧게할줄몰으든무지(無知)하고 선량한그들에게얼마나한위안이엿으랴!" "원한 — 써에사모치는원한 — 이모든것을그들은자긔네들의목청을마음대로쏩아불으고잇는소리가락의굿굿마다실리워서 아득한먼하날로시름업시날러보낼뿐이엿섯다"[205]와 같이 의미화된다. 조선농민사에서 파견 나온 운동가 리철혼과 그를 이 마을에 불러들인 경호가 붙잡혀 갈 때에 비록 행동을 취하지는 않았지만 움직이지 않고 침묵만 지키는 소작인들을 "폭풍우전"으로 의미화하는 이 소설의 결말은 암시적이며 열린 것이라고 하지 않을 수 없다.

(5) 노동자소설

(가) 노동자의 시련담

현진건의 「운수 조흔날」(『개벽』, 1924. 6)은 하루하루 연명해가기에 급급한 인력거꾼의 초상화를 그려내어 1910년대와 1920년대 경성의 풍경화를 보여주는 방법을 취하였다. 인력거꾼은 주인공이면서 가장 비중 있는 초점화자가 된 만큼, 이 소설에서는 욕설을 자주 들을 수 있다. 아내를 향

---

205) 『조선농민』, 1929. 12, p. 58.

해서는 툭하면 "오라질년" 하고 거기에 "젠장마질년" 하고 욕하는가 하면 같은 인력거꾼들에게는 "오라질놈" "네미부틀오라질놈들" 하고 욕하고, 돈을 향해서는 "원수엣돈" "륙시를할돈" 하고 부슬부슬 내리는 비를 보고도 "제할미를부틀비" 하고 욕을 해댄다. 김첨지는 누구에게나 언제나 불만투성이다. 현진건은 "추적추적" "어정어정" "쿨룩거리기" "잉잉" "어슬어슬" "실근실근" "뻐지짓" 등의 의성어와 의태어를 많이 사용함으로써 실감을 더해준다. 이 소설은 풍속소설, 사건중심소설, 비극소설, 빈민소설 등의 유형이 중첩된 결과를 빚어내었다. 나도향의 「銀貨‧白銅貨」(『동명』, 1923. 1. 1)는 인력거꾼 김첨지가 새벽에 들어간 선술집에서 거스름돈으로 10전 짜리 백동화가 하나 더 오게 되자 횡재하였다 좋아하는 장면을 설정하였다.

나도향의 「電車車掌의 日記 멧節」(『개벽』, 1924. 12)은 제목이 가리키는 것처럼 전차 차장이 관찰자가 되어 본 사건을 일기체 형식으로 쓴 소설로, 한 달 전에 무임승차할 정도로 초라했던 한 젊은 여인이 이 남자 저 남자와 번갈아 가며 관계를 맺고 그 대가로 살아가는 타락녀로 변한 것을 목격하는 내용으로 되어 있다. 관찰자는 동정 반 증오 반의 태도를 취하다가 맨 나중에 두 남녀가 여관에 들어가는 것을 보고는 모든 것이 더럽다는 식으로 침을 뱉는다. 이미 현진건은 전차운전수를 주인공으로 한 「사공」(『시사평론』, 1923. 6)을 발표한 바 있다. 전차운전수는 풍랑을 만나 사공들이 죽었다는 신문기사를 보고 풍랑과 사투하는 꿈을 꾼 후 삶에의 의욕을 갖게 된다.

박화성의 「秋夕前夜」(『조선문단』, 1925. 1)는 3년 전에 과부가 되었고 고등과 1년인 딸과 유치원 다니는 딸을 둔 영신이 일당 50전을 받으며 방적공장 여공을 다니는데 추석 전날 공장에서 5원 받아온 것에서 집주인 서울 영감의 강요로 석 달 치 집세 4원 50전을 주고 남은 돈 은화 50전을 내팽개친다는 이야기를 들려준다. "瑛信은前日부터貧富와階級에對한反抗心

을 잔득가지고잇섯스며"²⁰⁶⁾와 같이 성격화되어 있다. 영신에게는 큰애의 월사금, 집세, 추석빔, 추석 차례상 비용 등 11원이 필요한데 달랑 50전만 남은 것이다. 이 소설에서는 두 군데가 삭제 조치 당했으며 방점 친 곳도 여러 군데 나타나고 있다. 영신이 우선 집세 두 달 치밖에 줄 수 없다고 하고 주인은 석 달 치 달라고 하자 영신은 "미움과怨망과더러움과憤함에몸을쩔엇다"²⁰⁷⁾고 묘사되는데 바로 이 문장 전체에 방점이 찍혀 있다. 결국 집주인이 인정사정없이 집세 석 달 치를 받아 가자 영신은 땅에 펄썩 주저앉으며 "아—世上은이러쿠나아—사람은이러쿠나아—더러워이世上"²⁰⁸⁾ 하는 데도 방점이 있다. 박화성은 독자의 머리 속에 주입하고 싶은 인식이나 감정을 드러낸 문구 옆에 방점을 찍는 방법을 취했다. 이종명은 사생아를 내버려 죽인 죄로 징역 5년을 선고받은 여공을 그린 「棄兒」(『동광』, 1926. 10)를 발표했다.

최서해의 「拾參圓」(『조선문단』, 1925. 2)은 22세의 노동자 류원이가 백리 떨어진 산골 사는 어머니가 솜 살 돈 13원만 부쳐달라는 편지를 받고 고민하다가 회계 K에게 부탁하여 돈을 보내기까지의 과정을 그려낸다. 류원이는 평소에 K에게 사랑과 신뢰를 받아오기는 했지만 "자기는 셰샹에 아모 권리도 업는 약하고도 천한 무능력한 자라는 모욕적 감정이 그의 의식을 흔들엇다"²⁰⁹⁾고 할 정도로 돈 부탁을 했다가 거절당하면 어떻게 하나 고민한다. 전체 길이가 콩트 정도밖에는 안 되지만 주인공을 빼놓고는 모두 영어 이니셜로 이름을 표기하였다. 최서해 특유의 단문주의로 서술되어 있어 사건 진행이 빠른 편이다. 지게꾼이 가난을 견디지 못해 네 살 난 아들을 남의 집 문앞에 버렸다가 도로 찾으러 갔으나 거절당한다는 「棄兒」

---

206) 『조선문단』, 1925. 1, p. 197.
207) 위의 책, p. 206.
208) 위의 책, p. 207.
209) 『조선문단』, 1925. 2, p. 42.

(『여명』, 1925. 9)를 통해 최서해는 하층민에 대한 동정심을 고조시켰다.

주요섭의 「人力車軍」(『개벽』, 1925. 4)은 중국 상해를 배경으로 한 것으로 인력거꾼 아찡이 몸살이 나 무료 병원에 가서 의사를 기다리나 의사는 오지 않고 예수를 믿으면 천국에 갈 것이라고 큰 소리로 설교하는 뚱뚱보 신사만 나타났다가 사라진다. 아찡은 지난 8년 동안의 인력거꾼 생활을 돌이켜 보던 중 급사하고 만다. 공무국에서 온 순사와 의사는 검시하더니 과로사라고 기록하면서 인력거꾼들은 대개 8년에서 10년 사이에 과로사한다는 말을 덧붙인다. 아찡은 죽기 직전 기독교를 선전하는 신사의 말을 들으면서 "죽은후에금거문고타려면웨살아서는 고생을해야되는가? 죽어서텬군텬사와노래하려면 왜살아서는 맛날쭝쭝한사람을태우고 쌈을흘녀야하며 발길에채와야하고 순사몽둥이로어더마자야하는가? 죽은다음에 생명수가에잇는생명과를배부르게먹으려면 왜살아슬적에는남다먹는아츰죽한그릇도못어더먹고 쏘 으로요기하여야하는가? 그것을아찡이는깨달을수가업는것이엿다"[210)와 같이 의문을 품는다. 주요섭은 빈민들에게 빈부와 불평등은 도무지 이해되지 않는 것임을 드러냄으로써 노동자나 빈민에 대한 동정을 표시하였다.

송영의 「鎔鑛爐」(『개벽』, 1926. 6)는 동경시 교외 오오지마의 한 철공장에서 벙어리라는 별명으로 불리는 견습 직공 김상덕이 공장에서 임금 감하와 노동 시간 연장 조치를 취한 것에 맞서 불복종을 선동하다가 경찰이 들이닥쳤을 때 여공 기미꼬가 용광로가 무너져 불길에 휩싸이게 된 것을 구해내고 다시 붙들려 간다는 이야기로 되어 있다. 용광로는 기미꼬를 죽음으로 몰아갈 뻔한 즉물(卽物)에서 민중의 들끓는 투쟁 의지를 상징하는 존재로 바뀌는 것으로 볼 수도 있다. 김상덕은 조선에서 중학교만 졸업하였지만 성숙한 주의자와 같은 태도를 보인다. 이 작품은 주목할 만한 대목을

---

210) 『개벽』, 1925. 4, pp. 15~16.

여러 군데 남겼다. 김상덕은 공장에 들어와 일하면서 젊은 사람에게는 '싸움'만이 유일한 길이라고 생각할 정도로 성장의 길을 걸어가게 된 것이다.

착수하여야겟다는리론을가지고 김이 이일에착수햇다느니보다 흘너가는물과가티 그의환경은 그로하여금 그러케하지안으면아니될 경우를준것이다. 김은 리론가진싸움군이아니다. 역경…방낭 최하층으로타락, 긔갈, 식욕, 여긔에서니러나는반역적정렬 이것이 김으로 자연스런싸움군을맨든것이요 짜라서 자연스런싸움꾼이업서서는안될이러한 큰공장의직공견습으로된것이다.[211]

이 소설은 재일 조선 노동자의 발생 과정에 대해 귀중한 자료를 제공한다. 조선의 고소(小僧)를 다룬 소설은 당대의 소설에서 그 유례를 찾기 힘들다.

그아희들은 조선서갓건너온 고소(小僧)이다. 건너왓다느니보다 새로사온 것들이다. 저들은 마음조치못한 조선직공과 또는공장주인의 간계(奸計)에쌔저서 아즉말도잘못하는나희에 저희들의고향을버리고온것이다. "일본에만가면 공부를식혀준다 옷주고밥주고 일가르키고 공부식혀준다"고. 아모것도모르는쇠골농군을속혀서 나무나하고 아희보와주고하든 모든어린아희를다려오는것이다. 그리고 계약서에는 삼년이니사년이니하여가지고 려비니 의복비니해서 五六十원식을주어서다려오는 것이다. 오기만하면 물론가지못한다. 마치 창기모양으로 여긔올째까지의 비용은주인에게빗을진세음이니짜 일거일동은주인이좌우하게되는 것이다. 그리하야 인정과풍속이다른 이곳에서 평생에해빗ㅅ도보지를못하고 어린몸둥이를 왼통 대자본가의자본확충의로예(資本擴充의奴隸)노릇을하는것이다.[212]

211) 『개벽』, 1926. 6, pp. 49~50.

마침내 김상덕은 조선에서 갓 건너온 고소들을 보면서 울음을 터뜨렸고 이런 울음은 투쟁의 불꽃으로 이어지게 된다.

조중곤의 「産婆役」(『조선문단』, 1927. 2)은 외딸을 둔 35세의 쓰레기 청소부가 부인이 애를 낳던 중 애가 나오지 않아 병원에 갔으나 거절당하고 이웃의 도움도 받지 못한 채 겨우 애를 낳고 기뻐하는 모습을 그려놓았다. 이 노동자는 밥을 굶어가면서 돈을 모은 돈으로 나무를 사고 딸에게 사탕을 사주고 아내의 비위를 맞춘다. 대화체가 과다해져 구성의 긴밀도가 떨어지고 말았다.

최승일의 「무엇?」(『조선지광』, 1927. 2)은 화자가 존대법으로 서술한 것으로 서간체이기도 하고 연설체 같기도 한 소설이다. 전신국 문서계실에 근무하는 한 청년이 가난에서 벗어나지 못하는 신세를 한탄하면서 석탄을 잔뜩 싣고 회초리를 맞아가며 빙판 비탈길을 올라가는 말과 고장 난 강력전선을 고치려고 전주에 올라가 작업하다가 감전되어 떨어져 죽은 노동자를 희생자나 약자로 묶는 것으로 끝난다. 그만큼 노동자의 심경을 잘 드러내 보였다.

최독견의 「火夫의 死」(『신민』, 1927. 3)는 일본인이 주도하여 철도가 깔리고 기차가 다니게 된 다음의 변화상을 그려놓는 데 중점을 두었다. 조선인이 일본인에게 땅을 팔자 초가집이 헐리고 함석집과 이층집이 들어서는 외관상의 변화가 일어난다. 주인공 삼손이는 실수로 기차에 치어 왼발을 절단하였으나 조선철도주식회사에서 1천 원이나 되는 보상을 받고 다시 화부로 일하게 되지만 화병이 생겨 죽고 만다. 일본인들이 주도하여 철도가 깔리고, 초가집이 없어지고, 전화(電化)가 이루어지고 라디오 소리가 높아지고, 마을에 낯모르는 사람들이 많이 들어오는 식의 근대화가 이루어지

---

212) 위의 책, pp. 56~57.

는 것을 긍정적으로 그려낸다.

이량의 「古鎭洞」(『조선지광』, 1927. 6)은 광업, 광산, 광부 등에 대한 전문 지식을 이따금 노출시키면서 농부들이 광부로 변하여 열심히 일하지만 도로 농민으로 돌아가야 하는 것이 아닌가 하고 앞날에 대해 불안해한다는 결말을 맺고 있다.

최승일의 「罪」(『별건곤』, 1927. 7)는 지게꾼인 남편과 바람피우다 들킨 아내가 서로 죄를 인정하면서 과거사를 드러낸다는 이야기다. 다음과 같은 대목에 스토리가 요약되어 있다.

　　그는말쑹말쑹한정신으로 생각해보앗다. 자기가 수원어느촌에서 머슴노릇을하다가 저녀자를 어더—그뒤에남의집소작인노릇을해 그리고 살아갈수가 업서서 서울이나오면날짜해서 우선영등포에서 얼마동안 지내봐그래다 살수가업서서 자기도하고십지아니한양심에 쎄리기는짓을하고 서울로도망을해와 그래도 살수가업서 나종엔 자기의안해를 서방질까지식히게돼 그러타 그는 자기의안해가서방질을하게된것은 자기기식힌것갓치생각이되엿다. 그러나 쏘다시생각할째 자기는 하느라고 하고 사느라고 애를쓰는데도 그런일까지 생기게되는것을 생각을하면 웬일인지 자기가 식혓다는것보다 더—큰—살아간다는것이 식히엿다는것을쌔닷게되엿다[213)

남편은 아내의 한때의 잘못을 용서해주기로 하고 이 세상은 죄를 안 짓고는 살 수가 없다고 하면서 네 죄도 내 죄도 아니라는 식으로 대범하게 용서하게 된다.

이량의 「쏘어대로가오?」(『조선지광』, 1927. 10)는 10여 년 전 김여수가 대동신문사 직공으로 있으면서 어느 귀족 살인 기도 사건의 주모자로 몰려

213) 『별건곤』, 1927. 7, pp. 166~67.

10년간 감옥살이하는 것으로 시작한다. 김여수 아내는 남편에게 한 끼라도 차입하기 위해 재봉소 일, 가정교사, 잡지사 책 팔기 등의 일을 닥치는 대로 하다가 시어머니가 죽은 후에 다른 남자에게로 떠났으나 실패하여 다시 돌아와 살다 김여수가 재차 폭행 사건에 휘말리게 되자 충격을 받아 그 자리에서 죽고 만다. 이량은 이 작품을 발표하기 직전에 「올야 비시모」(『현대평론』, 1927. 7)에서 한 주의자가 사랑과 이념 사이에서 고민하던 끝에 이념 쪽으로 기우는 과정을 제시했다.

한설야는 당시의 작가들이 간도 이민을 소재로 하여 객관적 묘사에 힘쓴 것과 달리 「合宿所의 밤」「인조폭포」「과도기」 등의 작품들을 통해 간도 이민에 얽힌 여러 가지 문제점을 끄집어내는 수준까지 나아갔다. 「합숙소의 밤」(『조선지광』, 1928. 1)은 만주에 있는 한 탄광에서 일하는 사람들이 기아를 면하기 위해 혹은 전쟁터에 끌려 나가지 않기 위해 3백 척 지하에서 일하는 모습을 그려놓고 있다. '나'라는 광부를 내세웠지만 전반부는 재만 광부들의 보편적인 모습을 그려 보이며 후반부는 5년 전에 함경도서 들어와 돈 한 푼 벌어놓은 것 없이 자식을 사고로 잃고 할 말은 다 못 한 채 한을 품고 '나'에게 겨우 차비 한 푼 얻어 고국으로 돌아가려는 노인의 경우를 들려주는 데 치중하였다. 결국 노인은 합숙소에 있는 광부에게 반면교사로 작용하는 것으로 끝난다.

「人造瀑布」(『조선지광』, 1928. 2)는 1920년대 당시 백만여 명으로 급증한 간도 이주민들이 현지에 가서 살아남기 위해 고투하는 모습을 보여주는 데 힘쓴다.

그러나횐옷입은사람은 뒤으로뒤으로 물밀듯몰여들엇다. 소백산 로령 차령 철령 언진 마식 랑림 적유산맥의 줄기줄기 들춰서마즈막 태백산 백두산으로 큰넓은폭포가쏘다저내리는것이엇다. 그것은 발서 급류(急流)가아니다. 확실히폭포가올핫다. 폭포라도사람이지은사람의폭포다. 그러타 그것은사람이맨든――――――그사람이맨든야바우폭포다. 발서백만이라는수량이 이 만주에밀여넘어오지안엇는가!――――――이십분의하나이 이쌍에불니어 왓다고생각하면 누구나그야바우를놀날것이다. 무서운폭포는 백의의무리를 ―――――――――기고잇다. 저이가맨든조화를힘쩟 재조쩟거세게놀니며 한 손으로――――――――――다.[214]

이 소설의 전반부가 간도 이주민을 집단으로 또 역사적 존재로 파악한 것이라면 후반부는 한 개인의 경우를 들려준다. 수돌이는 추수가 끝나자 노천굴을 돌아다니며 일을 하던 중 노동자 두목인 홍장궤라는 별명의 남자 를 만나 의지하게 되었고 유곽에 갔다가 어렸을 때의 친구로 만주 유곽 지 대로 팔려 온 은순이를 만나게 되어 같이 도망치다가 붙잡혀 경찰서에 붙 들려 가서 일주일 있다가 나오게 되었고 은순이는 도로 유곽으로 끌려가고 만다. 뒷부분에 오면 복자가 많아 정확하게 디테일을 파악하기가 힘들다. 수돌이는 동지들에게 가서 작은 일에 몰두한다고 욕을 먹고는 용서를 받는 다. 복자 처리된 전후 문맥을 연결시켜 보면 작중의 '그'는 앞의 홍장궤를 가리킴을 '그들'은 그를 두목으로 한 노동자 집단임을 짐작하게 된다.

송영의 「石炭속에夫婦들」(『조선지광』, 1928. 5)은 동경에서 제일 큰 가 스공장에서 일하는 두 조선인 노동자를 주인공으로 한 것으로, A가 조선 에 있을 때 운동에 너무 깊게 빠진 나머지 직업도 떨어지고 처의 옷가지나 반지까지 다 팔아먹는 극단적 행동을 보였음에도 그의 아내는 아무런 불평 도 하지 않았다. 동지들이 감옥에 가고 해외로 달아나고 할 때 A는 일본 가스공장의 탱크 화부로 숨어버린다. A는 처음에는 가정에 충실하였으나 "공장 안의 공긔가 정치화하니 만치" 적극적으로 운동 대열에 뛰어들게 된 다. 아내는 운동을 하든지 집안 건사를 하든지 열심히 하라고 한다. 이런

---

214) 『조선지광』, 1928. 2, pp. 116~17.

아내를 A는 "감격한 동모"보다는 "귀여운 방해"로 본다. B와 뜻을 같이하면서 인쇄공장 제본실에서 일하는 일본 여직공이 나타난다. 결국 A와 B는 반대동맹 전국대회와 ×× 탄핵연설 대회에 연사의 한 명으로 참가하였다가 경찰에 잡혀가게 된다. 두 여자는 표면상으로는 남자들에게 동지로서의 얼굴을 보여주었지만 속으로는 잠 못 이루며 남편의 안녕을 빌며 오열한다. A와 B의 아내는 아내와 동지의 두 얼굴을 지닌 것으로 형상화되었다. 대화체가 주도하면서도 자주 복자 처리된 흔적을 보여주나 작품 전체의 흐름을 이해하는 데는 불편하지 않다.

이러한 내용은 「우리들의 사랑」(『조선지광』 1929. 1)에서 재현된다. 조선에 있을 때 ××회 맹원이었던 영노라는 청년이 일본에 가서 노동자가 되어 계속 운동하자 약혼녀 용희가 일본에 와 두 남녀는 동지가 되기로 한다. 용희는 이미 대도정 모슬린 공장에 취직을 하고 영노를 찾으러 온 것이다. 그 후 한참 있다 온 용희의 편지는 메이데이 때 히비야 공원으로 조합원들과 함께 지나갈 것이라는 소식을 전한다. 일본을 배경으로 하여 조선인 남녀 노동자가 투쟁적 인물로 전환하는 것을 보여준 소설들은 별로 없기는 하지만 1920년대 한국 소설의 넓이를 일러준다.

한설야의 「한길」(『문예공론』, 1929. 6)은 말미에 "이것은 滿洲잇슬째들은實話에다 力線을집어너은것이다. 그리고 短篇「明暗」의 一部分으로썻든 것을 다시좀느려서만든것"이라는 부기가 있는 작품으로, 만주를 배경으로 조선 노동자가 겪는 비극을 들려주었다. 주인공 C는 만주에 가서 농촌으로 와 아내가 이웃 마을에 가 방아를 찧어준 대가로 옥수수를 받아 갖고 오다가 눈보라를 만나 동사한 사건을 겪는다. 이에 C가 빈민으로서의 원한을 되새기며 가진 자를 향한 복수심을 다지는 데서 소설 제목 "한길"의 내용이 갖추어진다.

조선서도 붓처먹든밧돼기를 지주에게쎄우고, 만주와서도 역시 그러한쏠

을 당하지안을수업섯다. 미욱하다든증국인도 아모뒤업는 조션사람을짜서 제
배를불니는데에는 제법쏠쏠하엿다. 배경이업고 방패가 업는조션의사람을 구
박하는 안전(安全)도 그들은 발셔잘알고잇섯다. 쇠어미역중에 개뱃쟁이차기
르「히오리」구박밧고는 밋지지말랴는 장사ㅅ되쏀으로 툭하면「짜오리」에게
그봉창(갑)을 하는것이엿다.

— 어데든지 리치는 매일반이다. …… 잇고업는사람의××는 —

이러면서 그는 살앗다. 이재에 가장힘잇게 그의맘을 도아준것은 일천의벗
— 온로장자엿다. 그들을 생각할재에 그의주먹은 쥐여젓다. 힘이낫다. 거의
서밧게 살길을차줄수가업섯다. 오즉길은하나이다. 한길쑨이다.

「오냐 보아라, 이몃갑절더갑고야만다……」[215]

김영팔(金永八)의「送別會」(『조선지광』, 1929. 11)는 긴축 시대의 도래를
명분으로 하여 평소 자기에게 반항적인 노동자 12명을 해고한 후 송별회
술자리에서, 노동자 12명을 대표하는 주인공이 사장을 향해 독설을 토하
는 장면을 보여준다. 이 작품의 화자는 사장을 묘사하는 대목에서는 "쥐색
기가튼 눈" "양재물에다가 사탕을 발너서 먹여주엇다" "가증한 태도" "씨
레기통에 드러갈 사장의 송별사" "입에서나오는 가짓말 그것에 곱게분바른
말이엇다"와 같이 묘사함으로써 사용자를 향한 반감을 노골적으로 드러낸
다. 이러한 반감이 노동자에 대한 일체감의 표시인 것은 두말할 것도 없다.
이미 김영팔은 첫 발표작「解雇辭令狀」(『매일신보』, 1924. 1. 1)에서부터
노동자의 해고를 중심 모티프로 제시했고「불상한 사람들」(『매일신보』,
1925. 1. 25)에서는 조선에 있는 공장에서 조선인과 일본인이 정리해고되
는 것을 중심사건으로 세웠다.

---

215) 『문예공론』, 1929. 6, p. 17.

(나) 노동자의 투쟁담

최서해의 「飢餓와 殺戮」(『조선문단』, 1925. 6)은 북만주를 공간 배경으로 한 것으로, 주인공 경수는 나무꾼으로 하루하루 연명하는 처지에 있으면서 집세 독촉에 시달리고 아내가 풍에 걸려 누워 있게 되자 절망감에 빠진다. 식구들이 냉방에서 자고 부황 든 얼굴을 하고 있는 것에 자신의 무능을 탓하다가 가진 자를 향해 증오심을 터뜨린다.

"흥! 공부를 하고도 먹을수업서서 더궁항에 들게되니, 이것도 내허물인가? 일을 하잔는다구? 일—무슨일? 농촌으로 도라든대야 내게 밧이 잇나? 도회로 나간대야 내게 자본이 잇나? 교사노릇이나 사무원 노릇을 한대야 좀 쌔루퉁한 말을 하면 단박 집어세이고………그러면 나는 죽어야 올흔가? 왜 죽어? 싯퍼러케 산놈이 왜 그저죽어? 살구멍을 뚜루다가 죽어두 죽지! 왜 거저 죽어? 세상에 먹을 것이 업나? 입을것이 업나? 입을것 먹을것이 수두룩하지! 몃놈이 혼자 가젓스니 그러치! 잇는놈은 너머잇서서 걱정하는데 한편에서는 없어서 죽으니 이놈의 세상을그저두나?"[216]

위 인용문은 감정 변화가 이성적 판단을 매개하는 것임을 잘 입증해준다. 살길이 막막하다는 절망감을 거친 끝에 사회 불평등을 깨닫게 된다는 것이다. 경수는 더 참아보자고 하면서도 자기처럼 처지가 절박한 사람들을 보았을 때의 눈길과 느낌이 옛날과는 달라지면서 내 식구에 대한 집착과 연민에서 벗어나 "이것저것 다 돌볼것업시 모든 인류가 다가티 살아갈운동에 몸을 바치자!"[217]고 각오하게 된다. 이러한 각오는 당장 눈앞에 닥친 현실은 해결해주지 못한다. 의채 50원을 한 달 만에 갚지 못하면 머슴을 1년

---

216) 『조선문단』, 1925. 6, p. 30.
217) 위의 책, p. 30.

동안 살겠다는 약속을 하고 다섯 차례 통사정한 끝에 겨우 최의사의 진찰을 받게 하였으나 약값이 없어 약국 주인에게 거절당하고, 월자를 풀어 가지고 쌀을 팔아 오던 어머니는 중국집 개에게 물려 업혀 오고, 세 살 난 딸은 젖 달라고 보채자 마침내 경수는 광증을 보이게 된다. 그는 식구들 모두가 악마들의 칼에 난자당하는 착란에 빠지다가 아예 자기가 식구들을 괴로움에서 구해주겠다는 마음으로 식칼을 들고 닥치는 대로 찔러 죽인다. 의사와 약국 주인의 비정한 태도는 주인공을 급속히 극한 상황으로 몰아가는 근인(近因)으로 작용하였다. 이 소설의 제목에서 "기아"는 원인이요 "살육"은 결과가 된다. 이 소설에는 다른 최서해 소설보다 물음표와 느낌표가 많이 나오는 편이다. 물음표의 과다 배치는 세상에 대해 회의와 불신을 품고 있는 주체의 기호적 표시일 터이고 느낌표의 과다 배치는 새로운 느낌이나 결단의 표시일 터이다. 「기아와 살육」은 최서해의 최초 발표작 「토혈」의 증보판이라고 할 수 있다. 「토혈」의 주인공이 목구멍에서 피를 쏟는 것으로 끝이 난 데 비해 「기아와 살육」에 와서는 주인공이 식구들을 다 죽이는 것으로 되어 있다. 두 소설에 설정된 극한 상황은 사실상 별 차이를 보이지 않았지만 극한 상황에 대한 반응은 「기아와 살육」에 와서 더욱 강해졌다.

방인근의 「自動車運轉手」(『조선문단』, 1925. 6)는 한 자동차 운전수가 월급 60원을 받아 30원이나 하는 비싼 양복을 해입고는 아내 앞에 내놓지도 못하고 고민하다가 잠든다는 에피소드를 제시한 것으로 세상에 대해 불만을 갖는 것으로 끝을 내고 있다. 집안 형편에 비해 호의호식하는 것에 자책하다가 "여러 가난한 동포들이 울며 불며 애를 박々쓰는데 여러부자들은 잘닙고 잘먹는다. 왜 이러케 세상은 괴롭고 괴로울쑨인가"[218] 하고 불평등론을 되뇐다. 이런 불평등론은 비상식적인 행태를 보인 인물의 입에서

---

218) 위의 책, 1925. 6, p. 23.

나온 것이기에 설득력을 갖지 못한다.

나도향의 「池亨根」(『조선문단』, 1926. 3~5)은 영락한 지주 아들인 22세의 지형근이 먹고살 것이 없어 고향을 떠나 강원도 철원의 공사장에서 일하던 중 술집에서 동향인인 리화를 만나 정을 나누다가 무일푼이 되자 남의 돈을 훔쳐 다시 술집에 갔다가 싸움에 휘말려 경찰에게 절도죄로 체포된다는 사건들을 보여준다. 다음과 같은 결말은 이 소설이 거대서사를 지향하면서 문제작으로 나아갈 가능성이 큰 것을 일러준다.

그째 강원도철원군에는 팔도사람이 다모혀들엇섯다. 그모혀드는종류의사람인즉 엇더하냐하면 대개는 싀골서 소작롱(小作農)들을 하다가 동양척식회사에게 소작권을 일혀버린사람이 아니면 일확천금에 꿈을 꾸고 허욕에 덤빈사람들이엇다.

그것은 철원에 수리조합이 생기며 그개간공사로 로동자를 사용하는까닭도잇지마는 금강산전긔철도(金剛山電氣鐵道)가 노이며 철원은 무서운속력으로 발전을하는데짜라서 다소간의금융이 윤택하여지매 멀리서 듯는불상한사람들의 마음들을 충둥이여 「나도 철원 나도 평강(平康)」하고 덤비게된것이다.

로동자가 모히여 주막이 늘고 창기가 느럿다.

자본잇는자들은 로동자가 만히모혀들사록 님금을 나처서 얼마든지 그들의 기름을 짜내엇다. 그러나 그러케 기름을짜낸돈은 또 주막과창긔가 짜내엇다. 남은것은 언제든지 부인주먹이엇다.[219]

이 인용문 마지막에는 "평화스런철원읍에는 전긔철도라는 괴물이 생기더니 풍긔와질서는 물난할째로 물난하여젓다"와 같은 구절이 뒤따른다. 주인공 지형근은 전기철도공사장이라는 일터 대신 동향인이 작부로 있는 술

219) 위의 책, 1926. 3, p. 90.

집의 문란한 풍기와 관계를 맺게 된다. 그러면서 이 소설은 앞부분에서의 독자들의 기대를 깨뜨리고 노동자와 동향인 술집 여자와의 관계담으로 떨어지고 만다. 작가 자신도 지형근에게 술집에 팔려 온 동향인 리화에 대한 연민에서 출발하여 계급의식으로 나아갈 수 있는 지적 능력을 부여하지 않았음을 투명하게 보여준다.

그는 녯날일로부터 오늘 이자리까지 이리화라는창녀의신변을 들르고싼환경의물결이 엇더케 엇더한자극과영향을주고 또는 질질쓰을어다가 여기까지 왓는지를 해부하고 관찰하고 판단할능력이업섯다. 그는 다만단순한직관(直觀)과박약한추측으로 경솔한독단(獨斷)을나리어 인간을 평정(評定)하여버릴뿐이엇다.

리화가 오늘 이자리에 안젓는것도 그것이 다른 사회적으로 더 큰원인이 잇는것은 생각할여지도업시 리화자신의말할수업는잘못 죄악을 범행한까닭으로 오늘 이러케된 것이라고밧게생각지못하엿든것이다.

그러한관념으로 리화를 볼째 형근의눈에는 리화라는 창긔가 녯날 이야기에 나오는 음부독부로밧게 보이지안엇든것이다.[220]

박영희의 「사건」, 이효석의 「기우」, 강경애(姜敬愛)의 「동정(同情)」에서와 같이 불우한 여자에 대한 연민이 계급의식을 매개하는 심리적 메커니즘이 이 작품에서는 작동하지 않는다.

적구(赤駒) 유완희(柳完熙)[221]의 「英五의 死」(『개벽』, 1926. 5)에서 "제공한 기능에 대하야 보수가 상당치 못한 때에는 싸워야 한다"는 신념을 갖고 H

---

220) 위의 책, 1926. 4, p. 5.
221) 유완희는 「여직공」(『개벽』, 1926. 4), 「희생자」(『개벽』, 1926. 4), 「무제」(『시대일보』, 1926. 5. 17), 「나의 행진곡」(『조선일보』, 1927. 11. 5), 「민중의 행렬」(『조선일보』, 1927. 12. 8), 「오즉 전진하라」(『조선일보』, 1928. 1. 19) 등의 경향시를 발표하였다.

인쇄소에서 동맹파업을 단행하고 2백여 명의 직공들과 함께 퇴직한 후 D 인쇄소에 들어갔다가 해고당한 영오는 경찰서와 인쇄소 주인들에게 '선동자'나 '주모자'로 찍혀 취직 길이 원천 봉쇄되고, 젊어서부터 가난에서 헤어나지 못한 채 온갖 고생을 해온 어머니는 병에 걸려 누워 있는 극한 상황에 몰리자, 어머니에게 영실이와 함께 살라는 유서를 남기고 자살하고 만다. 영오는 죽기 직전 생각을 정리하는 과정에서나 유서에서나 투쟁정신을 중도에 꺾어버린 소극성을 벗어나지 못한다. 시인이 쓴 소설인 때문인지 시적인 터치가 자주 보이고 죽으면 만사 해결이라는 식의 충동적이고 감정적인 심리 전환이라든가 상황 대처 방법이 두드러진다. 구한말 때 조선군 해산 시절에 비참하게 최후를 맞은 아버지와 기생으로 있다가 영오로부터 감화를 받고 동대문 밖 염직공장 여공으로 취직한 애인 영실 등이 문제적 인물이라고 할 수 있다.

송영의 「石工組合代表」(『문예시대』 1927. 1)는 평양 대동강 가에 있는 한 비석공장의 노동자인 창호가 서울 구리개 광무대 안에서 열리는 전국석공조합대표 대회에 참석하러 가기까지의 과정을 그렸다. 창호의 처는 고무공장 여공이었으며 창호의 아버지는 "북만주로 도라다니면서 학교도 세우고 회도 모흐고 하였으나" 지금은 공장장의 과원지기 노릇을 하고 있으면서 아들이 전국 대회에 가는 것을 반대하지 않는다. 그러나 공장 주인은 가지 말라고 하면서 그 대회에 참석하기만 하면 가만히 있지 않겠다고 협박한다. 그 주인은 조합의 존재에 대해 "남들이 피땀 흘려 모아 논 것을 빼서 먹는-도적놈들"이라고 하면서 사회주의를 비난한다. 창호가 서울로 가버리자 주인은 창호의 아버지가 용서를 비는 것을 듣지도 않고 과원 관리인을 그만두게 한다. 이 소설은 창호의 아버지가 해고 충격을 이기지 못해 쓰러지고 바로 그 시간에 전국석공조합대표 대회가 열리는 것으로 끝난다. 작가 송영은 이 작품 끝 부분에서 창호의 처 옥순이를 두고 "옥순이는 적어도 돌진성과 모험성을 가진 서북녀인이다. 그보다 똑바른 정신 가진

사람이다"[222]라고 앞질러 긍정적으로 묘사한다. 이미 작품 중간중간에서 석공이며 조합 대표인 창호와 익진은 긍정적으로, 석공회사 주인은 외모부터 부정적으로 그리고 있다. 이 작품은 서두에서부터 작가가 미리 흥분하여 영탄조를 취한다. 작품을 몇 줄 읽지 않아도 프로타고니스트와 안타고니스트를 알게 되는 것은 송영 소설의 한계의 하나다.

김영팔의 「엇던 光景」(『조선지광』, 1927. 3)은 두 달 치 밀린 월급을 지불할 것, 조합원 무단 해고 금지할 것, 인격 유린하는 신체검사를 철폐할 것 등을 내세우며 노사가 대립하는 장면을 그려놓은 것으로 노동자들이 대화하고 토론하는 장면을 그리는 데 치중한다. 노동자들이 이기는 듯한 분위기를 제시하기는 했지만 복자가 너무 많아 앞뒤를 연결시키기가 어렵다.

이기영의 「號外」(『현대평론』, 1927. 3)는 제철소 노동자들이 최연장자인 장수백의 집에 모여 조합 결성, 조합 운영 방법, 노동운동 방법 등에 대해 의견을 나누는 장면을 그리는 데 힘쓰고 있다. 이 과정에서 "우리 무산계급-아니 왼인류해방-에 공적(公敵)이되는놈은 엇던놈이던지 사정업시 박멸을해야되겟지요"[223]와 같이 프락치나 스파이 경계론이 오가기도 한다. 이 작품의 화자는 가족의 희생까지 각오하면서 자기네 집에서 노동조합 회의를 열게 하는 늙은 노동자 장수백을 은근히 칭찬한다.

독자제군! 과연 인간에는 종교(宗敎)이상의 신앙(信仰)을 갓게할것이업슬가? 다만 관념(觀念)과 형식뿐으로 우상(偶像)을 숭배하는 위선적미신(僞善的迷信)보다는 계급투쟁의 제일선에서셔 인류해방을 목표로삼는 싸홈이야말노 진실한 신앙의 움지김이엿다. 인간으로서 인간의맨밋층에서 동물이상(動物以上)의학대를밧고 로예의철쇄에억매여서 모든인간고(人間苦)에 강철갓치 단련

222) 『문예시대』 1927. 1, pp. 15~16.
223) 『현대평론』, 1927. 3, p. 193.

된 그의심신(心身)은 그리하야 사십년이나 오십년동안 오래도록숨죽엇던 그의정렬(情熱)은─감격과 용맹에 불부터서 활화산터지드시 그로하야금 새힘을 내쎄치게하엿다. 과연 로당익장하는 그의 씩씩한 활동(活動)에는 보는이로하야금 눈부시게하엿다.[224]

이기영 소설에서 이처럼 한자까지 병기하면서 엄숙하고도 신중하게 한 인물을 송(頌)의 형식으로까지 처리한 유례는 찾기 힘들다. 훗날 이기영 소설에서 사회주의자를 찬미하는 방법의 원형을 찾아볼 수 있다. 거의 끝 부분에서는 직공 한 명이 부당하게 해고당하고 감독 스파이를 색출하여 몇몇 직공이 폭행한 죄로 붙들려 가자 파업이 발생한다. 제철소 공장 문을 닫게 한 파업의 내용을 보도한 호외가 주위의 전기회사를 비롯한 여러 공장에 자극을 준 것으로 결말을 맺고 있어 투쟁은 계속될 것이라고 전망할 수 있다. 이 소설은 노동자들 사이의 대화나 토론에 큰 비중을 둔 점에서 토론체소설이라고 할 수 있으며 노동자들을 단일체로 보지 않고 조합원과 감독 편으로 가른 것도 노동자의 실체를 제대로 파악한 입체적인 소설이라고 할 수 있다. 이런 창작 방법은 당대 공장노동자들의 의식 세계를 깊게 파헤치는 효과를 거둔다. 또 하나 큰 특징은 주요 언어에 방점을 찍어놓은 데서 찾을 수 있다. 방점이 찍힌 단어로는 계급의식, 정의, 냉정, 파업, 지상운동, 권위, 투사, 착취, 향락, 기생충, 자취, 투쟁, 승리, 당연, 지위, 신생명 등이 있는데 이는 중요한 단어들 옆에 괄호를 치고 한자를 병기한 것과 같은 의미를 지닌다. 소설을 논설의 대체 양식으로 꾸미고자 한 의도가 엿보이는 만큼 소설 양식을 넓게 본 증좌라고 할 수 있다.

조명희의 「아들의 마음」(『조선지광』, 1928. 9)은 일본에 있는 값싼 노동자 병원에 산업 재해로 입원하여 한쪽 팔을 잘라낸 공장 직공이 어린 시절

---

224) 위의 책, p. 196.

동무였던 금순이가 여류 비행사가 되어 중국 혁명 대열에 낀 것을 신문에서 보자 투쟁심을 불태우면서 큰일을 위해 어머니의 딱한 사정을 저버릴 수밖에 없지 않느냐는 생각을 하는 과정을 그려놓았다. 주인공이 꿈에서 메이데이 행렬에 참가하는 그 시간에 금순이는 남중국 공중에서 적군을 향해 무섭게 비행하는 것으로 그려지고 있다. 노동자의 의식화 과정에 초점을 맞춘 소설이다.

송영의 「다섯 해 동안의 조각편지」(『조선지광』, 1929. 2)는 만주 봉천에서 세탁 직공으로 일하는 이한천이 밥도 빼앗기고 동무도 빼앗기고 애인마저 빼앗긴 삼중고를 겪으면서 그날그날 술과 잠과 싸움에 젖어 산다는 소식을 알린 1924년도의 편지에서 시작된다. 이한천은 봉천역에서 외바퀴 밀기를 직업으로 하면서 매춘부 집에 드나들다가 얼굴은 못생겼지만 심지는 굳은 보패라는 여인을 만나 사랑하고 일을 하는 사이로 발전한다. 보패의 오빠는 노동운동 하다가 붙잡혀 총살당하고 이한천은 보패와 아이를 낳고 부부 교사로 일을 한다. 이한천은 1928년에 조선에 있는 노동자 친구들에게 보낸 편지의 끝을 선생 노릇에 자족하는 것이 아니니 조금만 기다려 달라는 것으로 맺는다. 보패는 오빠의 죽음이 준 의미를 외면한 것도 망각한 것도 아니다. 이 소설은 서간체소설, 만주배경소설, 노동자소설 등의 유형이 혼성된 것으로 볼 수 있다.

한설야의 「過渡期」(『조선지광』 1929. 4)는 만년설이라는 필명과 「새벽」이라는 다른 작품명으로 되어 있으며 "창선이는 사년만에옛쌍으로도라왓다"로 시작하여 "창선이는 요행공장로동자로쏩혓다. 상투짜고 감발치고 부삽들고 콩크리-트반죽하는 생소한사람이되엿다"로 끝난다. 이 중간 부분은 처자를 데리고 귀향한 창선이가 마을 안팎이 크게 변한 것을 확인하고 놀라는 것으로 채워져 있다.

그러나지금은모든것이달나젓다. 산도그러코 물도그러타. 철도ㅅ길이고개를갈나먹고 창리포구에어선이슨어젓다. 구수한흙냄새나는마을이업서지고 맵짠쇠냄새나는 공장과벽돌집이 거만스러히배를부치고잇다. 손수래가슨어지고 부수래(긔차) 가왱왱그런다. 농군은산비탈으슥한곳으로밀녀가고 노가다(로동자)패가 제노라고쏘댄닌다 쌍은석탄몬지에씸엇케절고 배짜라기요란하든포구는 파도ㅅ 소리 홀노쓸々하다. 그의눈에는 쌍도바다도한결가티 죽은듯햇다. 긔게ㅅ간 벽돌집 쇠사슬 쩨굴쭉이 아모리야단스러워도 그저하잘 것업는 짜닭모를것이엿다.[225]

창선의 고향 창리는 공장 지대로 바뀌었고 창리 사람들은 구룡리로 옮겨 갔다. 관청과 회사가 짜고 헐값에 땅을 빼앗고 제2의 인천항을 만들어주겠다고 약속하고 창리 주민들을 강제 이주시킨 것이었다. 그런가 하면 "장진물이넘어서 수력뎐긔되고/내호바닥긔게속은 질소비료가되네/아-령 아-령 아라리가낫네/아리랑고개로 넴겨々々주-소 //논밧ㅅ간조흔건 긔게ㅅ간이 되고/게집애잘난건 요리ㅅ간만가네"[226]와 같이 시대의 변화를 탄식하는 민요와 노동요가 인용되어 있다. 한설야는 농촌에도 새로운 시대의 바람이 불고 있음을 감지하면서 그 변화가 시대의 대세임을 인정한다. 그는 리얼리즘을 기본 태도로 한 반항적인 작가답게 변화의 그늘에 더욱 눈을 크게 뜨고 있었다.

한설야는 「씨름」(『조선지광』 1929. 8)의 서두에서 이 작품을 쓰게 된 동기와 이 작품의 의미에 대해 스스로 해설한다. 「씨름」은 「과도기」의 속편으로 쓴 것이며 「과도기」에서는 "농촌의몰락과工業都市의勃興 짜라서農民의勞動者化의過程을그리려한 것"[227]이라고 하였다. 「과도기」가 의식과 형식 등 여러 면에서 부족하여 「새벽」이라는 작품을 써서 잡지 『문예공론』에

225) 『조선지광』, 1929. 4, p. 177.
226) 위의 책, p. 185.
227) 위의 책, 1929. 8, p. 145.

발표하려 했는데 삭제 조치당한 것 때문에 다시 「새벽」을 대신할 만한 작품을 써서 「씨름」이라는 제목을 붙였다는 것이다.

「씨름」의 주인공 명호는 힘과 재간이 빼어나고 내호 바닥 삼천 명 공장 노동자의 지도자로, 노동자 생활과 주의자와의 교우를 통해 지도자로 떠받들어지는 과정을 구체적으로 보여주고 있다.

명호는힘으로서도 여러사람의우이될만하엿지만 그보다내호에서는 수천명로동자의쑥지로일홈이놉핫다. 그가한번눈을부릅쓰고소리를질으면 수다한로동자들은 엇잘바를모르고 々매엿다.

그는 창리의과히간구하지안은농가에태여나농사도조곰씩도앗지만 틈々이글자나배우고 함흥가튼대처에가서 여러가지보고들은바도만앗고 그보다도여러운동자들과접촉하야 거게서어든바가썩만앗다. 그리하야촌에도라와야학도설치하고 「농민회」도만들엇섯다. 그리고그후더욱선배들께뭇고배우고 또실지에서조곰씩엇고해서 농촌에서는 「일꾼」이니 「덜넝이」니하는 별명까지들엇다. 비웃는사람도만앗지만 그러나늘남보다하자는맘과 하는일이만앗든것이다. 농민회라는간판을걸고 야학외에는별것이업섯지만 그래도 농민도무슨일이던지모아서 가티의논해서 가티조토록하는것만이라도 다소선전햇든것은 사실이다. 막연하나마「농민」회라는 전신이업섯드라면 오늘날그후신인창리의 「소작조합」이 그러케급히또는틈々이는 되지못하엿슬것이다.[228]

명호는 남의 일 돌보다 자기네 살림이 갈수록 줄어드는 것을 몰랐던 만큼 자작농에서 소작농을 거쳐 마침내 공장의 잡인부로 들어가게 되었다. 이 소설은 제목이 가리키는 것처럼 씨름판이 계기가 되어 구사대 대장인 요시다가 그 부하 150명과 함께 명호 중심의 내호 노동회로 들어오게 되는

228) 위의 책, pp. 147~48.

과정을 그리고 있다. 바로 새벽에 두 세력은 하나로 녹아들게 된다. 원래 붙이고 싶었던 「새벽」이라는 제목이나 이 소설의 「씨름」이라는 제목은 각각 희망이나 집단의 힘을 상징한다. "이하략(以下略)"이란 작품 끝의 표시를 보면 「씨름」이라는 소설마저 난산이었음을 알 수 있다.

「씨름」은 1920년대의 경향소설에서 어렵지 않게 볼 수 있는 '영웅소설'의 형태를 지닌다. 영웅적 존재인 명호는 씨름꾼으로 나설 정도로 힘이 세면서도 농민 노동자를 위해 적극적으로 여러 가지 활동을 펼쳐온 경력도 있다. 또 한 가지 특이한 것은 명호는 농촌과 공장에서 여러 가지 운동을 해오는 사이에 자생적으로 성장한 지도적 인물이라는 점이다. 이 소설은 이러한 명호와 같은 영웅적 존재를 보여줌으로써 단순한 현실 반영의 태도에서 한 걸음 더 나아갈 수 있었다. 한설야는 이미 「인조폭포」에서 명호의 전형이라고 할 수 있는 홍장궤란 영웅적인 인물을 제시한 바 있다. 일본인이 두목인 구사대가 조선인이 리더인 노동회로 흡수되었다는 이야기를 들려준 것도 한설야가 노동운동에 거는 희망이 얼마나 큰지 일깨워준다. 박영희도 「春夢」(『조선일보』, 1929. 3. 1)에서 공장주와 노동자들 사이에서 고민하다가 노동자 편으로 가는 한 남성을 제시하였다.

윤기정의 「양회굴뚝」(『조선지광』, 1930. 6)도 동아제사공장 여공 3백 명이 노동 시간을 늘리고 임금은 크게 깎는 조치에 대해 파업을 결행하자 회사가 닷새 만에 굴복한다는 작가의 낙관이 섞인 결말을 제시한다. 뒷부분에서 결정적 자료인 편지도 복자 처리되어 뒷부분의 내용을 알기 어렵다.

(6) 빈민소설
(가) 뿌리 뽑힌 자의 고난의 기록

나도향의 「행낭자식」(『개벽』, 1923. 10)은 보통학교 4학년 급으로 어머니는 박교장 집 행랑채 일을 보며 아버지는 인력거꾼인 진태가 하루에 두 번이나 아버지에게 얻어맞는다는 사건을 설정하였다. 아침에는 눈을 치우다가 교장 선생님 오는 것도 모르고 발치에 눈을 뿌린 것 때문에 엄마에게 꾸중 듣고 아버지에게 여러 차례 얻어맞고 저녁에는 엄마의 은비녀를 전당 포에 맡기고 산 쌀과 나무를 갖고 급히 오던 중 선생님을 피해 골목을 내 지르다가 아버지와 부딪혀 쌀 봉지가 터지는 바람에 아버지한테 몇 대 또 맞는다. 대화체가 과다하여 사건 진행이 더디고 구성력이 이완된 결과를 낳았다. 한글로 된 조어를 되도록 많이 가져다 쓰는 식의 한글 전용에 다 가간 점은 긍정 평가할 수 있다.

최서해의 「吐血」(『동아일보』, 1924. 1. 28, 2. 4)은 극한 상황에 놓인 한 무력한 개인의 응전 방식을 기록한다. 아버지는 '내'가 강보에 있을 때 해 외로 나가 그 후 소식이 없고 처는 풍에 걸려 누워 있고 세 살 된 몽주는 배고프다고 울고 있다. 어머니가 월자를 풀어 쌀을 가지고 오다가 개에게 물려 등에 업혀 들어오면서 엎친 데 덮친 격의 극한 상황에 몰린다. 이미 '나'는 아내를 치료하기 위해 100원이란 거액을 지불할 것을 약속했으며 약국에 가서는 돈이 없어 거절당한 수모를 겪은 터였다. 「토혈」에서 제시 된 가족 상황은 「기아와 살육」에서 재현되었으나, 마지막 장면이 달라진 것을 볼 수 있다.

닥치는대로처부시고막밋처뛰고십다. 나는精神이갑작히앗즐하면서숨이꽉 맥힌다. 목구멍으로나오는비린냄새가코를찌른다. 呼吸이갑브다. 가삼이무 여지는것갓다. 나는윽윽하면서가삼을주먹으로두다렷다. 누구인지등을처준 다. 나는욱하고吐하엿다. 그것은한덩이붉은피엇다. 아—괴로워……妻의울 음소리……夢珠의울음소리……귀가의얼푸름이………[229]

이 소설의 주인공은 피를 토하는 선에서 끝나고 말았지만, 이렇듯 한계

---

229) 『동아일보』, 1924. 2. 4.

상황을 만나 분노가 솟구치고 앞뒤 가림 없이 흥분하면서 극단적 행동을 보이는 것이 최서해 소설의 큰 특징이다. '연애'로 나아가지도 못했고 '혁명'으로 나아가지도 못했던 최서해로서는 피를 쏟거나 불 지르거나 죽이거나 할 수밖에 없었다. 보통 사람에게는 파괴와 전율의 빛깔인 붉은색은 최서해에게는 일시적으로나마 구원의 빛깔로 나타나고 있다.

박영희의 「結婚前日」(『개벽』, 1924. 5)에선 돈이 없어 학교를 중간에 그만둔 영순이가 돈 많은 상호를 사랑하지도 않으면서 아버지의 강요로 결혼을 결심하는 척하다가 남동생 영철이 강하게 만류하자 결혼 전날 가출해 버리고 만다. "우리의생활은 결코편안하고 웃음만을생각할수업슴니다. 놀이와가튼 不安과苦痛을당하는것이 지금우리의 生活입니다. 이곳에서 가장 明晳하게생각하는 사람이 이 苦痛을잘支配할사람이라고함니다"[230]는 영철의 말은 영순을 각성의 수준으로 이끌어 돈만 보고 억지로 하는 결혼에서 벗어나게끔 한다. 한 처녀로 하여금 돈과 사랑의 틈바구니에서 고민하게 한 구성 방법은 당대에 대한 적절한 인식의 산물이라고 할 수 있다. 작중 인물이 쓴 노래와 시를 여러 차례 인용한 점, 평론가의 소설임에도 한자 사용을 최소화한 채 한글 전용에 힘쓴 점 등이 형식적 특질로 남는다.

최서해의 「故國」(『조선문단』, 1924. 10)은 「탈출기」(『조선문단』, 1925. 3)와 마찬가지로 만주 이주 모티프의 활용 범위를 최대한으로 넓힌 작품이라고 할 수 있다. "바로 삼일운동(三一運動)이 이러나든해 봄이엇다. 그는 셔간도로 갓섯다. 처음 그는 백두산뒤 흑룡강가 '청시허'라는 그리크지안은 동리에 잇섯다" "운심은 동리어린아이들을 모아노코 이약이도 하고 글도 가라첫다. 그러나 그네들은 운심의 가라침을 리해치 못하엿다. 운심이는 늘 슬헛다" "그러나 피끌는 청춘인 운심이는 그저잇지안엇다. 독립군에쮜어들엇다. 배랑을지고 총을메엿다. 일시는 엉병병한것이 깃벗다." "운

---

230) 『개벽』, 1924. 5, p. 155.

심이가 회령오든 사흘재되는날이다. 회령려관에는 도배장이라운심(塗褙匠羅雲深)이라는 문패가 걸렷다" 등과 같은 대목들을 연결 지어 보면 「고국」은 가난에서 벗어나는 방법으로 간도행을 택했으나 간도에서도 생활의 안정을 찾지 못한 나머지 투쟁 대열에 가담했다가 한계를 느끼고 고국으로 돌아온다는 내용으로 요약된다. 1920~30년대 만주 이주를 중심 모티프로 취한 소설들이 보여줄 수 있는 경우의 수를 망라했다고 할 수 있다. 최서해는 소설의 첫 부분을 한 간도 이민이 패배감, 수치심, 새로운 기대와 희망 등을 뒤섞은 채 고국으로 돌아오는 것으로 구성하여 간도 이주를 출발점으로 간도에서의 귀국을 결과로 삼았다. 간도에서의 귀국이라는 모티프는 간도 생활을 부정적으로 내다보게 한다.

　　이곳에 사는 사람은 함경도 평안도 황해도 사람이 만타. 거기 생활골난으로 와잇고 혹은 놈이 돈지고 도망한자 놈의 게집 쌔가지고 온자 순사단이다가 횡령한자 놀음질하다가 쫏긴자 살인한자 의병단이든자 별별 흉한것들이 모혀서 군데군데부락을 일우고 산양도하며 목축도하며 농사도하며 불한당질도한다. 그런짜닭에 륜리도 도덕도 교육도 업다. 힘센자가 웃듬이오 장수며 패왕이다. 중국 관청이 잇스나 소위 경찰부장이 아편을 먹으면서 아편장사를 잡아다 쌔린다.[231]

생활난 타개, 빚쟁이로부터의 도주, 애정 도피, 노름쟁이, 살인자, 의병 다니던 자 등과 같이 간도 이주 동기를 종합적으로 제시하기는 했지만 정치적 동기는 제시하지 않았다.

　　김동인의 「감자」(『조선문단』, 1925. 1)는 "싸홈, 姦通, 殺人, 도적, 求乞, 징역, 이, 세상의 모든 비극과 활극의 出源地인, 이 七星門밧 빈민굴

---

231) 『조선문단』, 1924. 10, p. 59.

로 오기전까지는 福女의 夫妻는 (士農工商의 第二位에 드는) 農民이엇섯
다"[232]로 시작하여 농사에 실패하고 막벌이와 행랑살이를 거쳐 빈민굴로
가서 "칠성문밧글 한 부락으로 삼고 그곳에 모혀잇는, 모든 사람들의 正業
은 거라지오, 부업으로는 도적질과, (자긔네끼리의) 賣淫, 그밧긔 이세상
의 모든 무섭고 더러운 죄악들이엇섯다. 복녀도, 그 正業으로 나섯다"[233]
와 같이 변한 다음 기자묘 솔밭에서 송충이 잡는 일을 하지 않아도 "일안
하고 공전 만히밧는 인부의 한사람"이 되는 일을 겪으면서 "복녀의 인생
관, 내지 인생관은, 그째부터 변하엿다."[234] 그 후 복녀는 칠성문 밖 여인
들과 마찬가지로 중국인의 밭에서 감자를 한 바구니 도둑질해 가지고 나오
다가 왕서방에게 붙들렸으나 몸을 준 대가로 오히려 돈을 받아 나온다. 남
편의 묵인 아래 복녀는 왕서방의 첩이 되어 빈민굴의 부자가 될 정도였으
나 왕서방이 새로 부인을 얻은 것을 질투하고 칼을 휘두르다가 오히려 죽
임을 당하고 만다. 이 소설은 복녀의 시체 앞에서 남편이 왕서방으로부터
무마 조로 돈 30원을 받고 복녀가 그다음 날 공동묘지로 가게 되는 것으로
마무리를 짓는다. 김동인은 강자의 횡포와 약자의 불의와의 타협을 다 같
이 문제 삼았다. 매녀 모티프로 시작하여 간통 모티프를 거쳐 살인 모티프
와 협잡 모티프로 마무리된 이 소설은 단문주의와 간결성으로 박력 있는
사건 전개를 해내는 김동인 특유의 서사 담론을 보여준다.

같은 호에 발표된 전영택의 「화수분」(『조선문단』, 1925. 1)은 가난하지
만 순박한 행랑채 아범의 별명으로, 화수분 부부는 아홉 살 난 큰딸은 잘
사는 집으로 보내버리고 세 살 난 딸은 얼어 죽을까 봐 두 부부가 꼭 껴안
고 대신 얼어 죽는다는 비극적인 이야기를 들려준다. 춤과 노래는 잘하나
주인에게 대들기 잘하는 피붙이 하나 없는 70대 노파를 사직골에 버린다

232) 위의 책, 1925. 1, p. 18.
233) 위의 책, p. 19.
234) 위의 책, p. 22.

는 전영택의 「바람부는 저녁」(『영대』, 1925. 1)도 동정심을 유발한다.

박영희의 「貞順이의 설음」(『개벽』, 1925. 2)에서 열한 살 때 팔려 와 열다섯 살부터 집의 살림살이를 도맡은 정순이는 몸살이 나 젊은 의사에게 치료를 받고 난 후 그 의사를 사모하는 마음을 이기지 못해 건강한데도 병원에 갔다가 냉소를 산다. 정순이가 집에 돌아와 개똥 어미로부터 "행랑년"이라는 욕을 듣자 개똥 어미의 뺨을 때리고는 가출하기 위해 짐을 싼다는 결말 부분에서 정순에게는 의사를 사모하던 것이 실패로 돌아간 것보다는 행랑년이란 소리가 죽어도 잊지 못할 슬픔이었음을 알게 된다.

「정순이의 설움」이 여자가 남자로부터 버림받은 것과 반대로 「愛의 挽歌」(『개벽』, 1924. 6)는 못생겼다는 이유로 정팔이가 은순이에게 버림받는다는 내용을 들려준 것으로 정팔이가 은순이를 사모하여 부르는 노래를 여러 번 제시하여 서정소설의 분위기를 조성하고 있다.

염상섭의 「孤獨」(『조선문단』, 1925. 7)은 회사를 다니다가 사주와 싸우고 실업자가 된 문철이가 식구들과 헤어져 여관방을 전전하며 계속 밥값 독촉을 받던 중 주인아씨와 가까워진다는 평범한 내용으로 룸펜소설이 애정소설로 연결되어 초점이 무너진 채 지루하리만큼 길게 서술된 작품이다.

이익상의 「拘束의 첫날」(『개벽』, 1925. 8)에서 회사원인 창호는 아기를 보게 되면서 잘 못사는 아내에 대한 미안감과 구속감을 느낀다. 이 소설은 A동, C네거리, K동, D문행 면차 등 영어 이니셜로 고유명사를 표기하는 방법을 취했다.

나도향의 「계집하인」(『조선문단』, 1925. 5)은 관청 사무원인 서른 내외의 청년이 추녀인 데다 말버릇도 없고 눈치도 없는 양천댁과 일은 조금 서툴지만 얼굴은 반반하고 말버릇도 괜찮은 점순 어멈을 두고 고민하다가 후자를 어멈으로 택한다는 희비극적인 내용으로 되어 있다. 두 여인의 암투와 부부 사이의 갈등이 겹쳐 있는 것으로 나도향의 소설 중 사건 진행이 빠르고 자연스러운 편이다. 나도향의 「물레방아」(『조선문단』, 1925. 9)는 마을의 가장 부자요 세력 있는 자인 신치규가 그 집의 막실(幕室) 사는 방원의 처를 유혹하여 정을 통하고 방원을 추방하였으나 방원이 두 남녀가 물레방아에서 나오는 것을 목격하고 신치규를 상해하여 3개월간 징역을 살고 나와 재결합을 거부하는 아내를 살해하고 자살한다는 비극적인 내용을 담았다. 대화체가 과다할 정도로 많이 나오는 것이 흠으로 남는다. 작가는 "그는 주먹이나 발길이 계집의몸에 다을째 거기에 으더맛는 계집의살이압흔것보다 더 찌르르하게 가슴복판을 찌르는 압흠을 방원은깨닷는 것이다"[235]와 같이 기본적으로 방원의 편을 들고 있다. 임영빈의 「亂倫」(『조선문단』, 1925. 1~3)은 난륜을 저지른 천석꾼 감역의 며느리는 친정으로 내쫓기고 일꾼은 집밖으로 내쫓기는 결말을 보여준다.

「화수분」보다 1년여 후에 발표된 전영택의 「순복이 소식」(『조선문단』, 1926. 5)은 "화소분네가 나간다음에는 우리 행랑은 봄내 여름내 뷔어잇다가 지난가을에야 사람이 드럿다"고 시작한 점에서 「화수분」에 이은 연작소설이 된다. 행랑채 아범은 열세 살 난 큰딸은 민며느리로, 아홉 살 난 둘째 딸과 세 살 난 셋째 딸은 부잣집으로 보내버리고 나서 늘 슬픔에 젖어 살다가 발진티푸스에 걸려 순화원으로 끌려가 비참한 최후를 맞는다. 소설 전체가 콩트 정도의 길이밖에는 되지 않지만 아홉 살 난 순복이가 부잣집에 가서는 밥상에만 앉으면 식구들의 비참한 모습이 자꾸 떠올라 밥이 넘어가지 않는다고 하는 것에서 충분히 감정적 반응을 사고 있다.

방인근의 「康信愛」(『조선문단』, 1926. 6)는 부모가 죽고 오빠도 간도로 가버린 강신애가 전직 기생이었던 집에 양녀로 갔으나 노동·굶주림·학대에 시달리던 끝에 서울로 탈출하여 이화학당에 고학으로 다니다가 간도에서 성공한 오빠로부터 일본 가서 공부하자는 편지를 받는다는 이야기이다. 화자는 강신애를 양녀로 데리고 온 여자를 전직 기생이며 남포 부호의

---

235) 위의 책, 1925. 9, p. 7.

첩으로 냉정하고, 간교하고, 허영심이 많고, 요사스러운 존재로 묘사함으로써 빈민의 피해상을 강조하는 효과를 갖는다.

최서해의 「누가 망하나?」(『신민』, 1926. 7)는 서울 관훈동 주택가에서 도적으로 오인받아 순사에게 매 맞고, 전라남도 법성포에서 온 '내' 친구 K군과 B군이 처음에는 시비가 붙다가 나중에는 친구처럼 술 마시게 된 거지 박서방에게 거지가 된 사연을 듣는 것이 이 소설의 후반부를 구성한다. 거지 박서방은 부모와 부인이 누구의 도움 하나 받은 것이 없이 비참하게 죽는 비극을 겪고 자살까지 시도한다. 세상의 비정함을 지적하면서 세상이 망하나 누가 망하나 두고 보겠다고 악담을 뱉으면서 가버린다. '나'는 그후 4년 동안 박서방을 만나지 못했다는 것으로 끝맺음된 거지소설이요 빈민소설이요 액자소설이다. 「설날밤」(『신민』, 1926. 1)은 동방신문사 사장이며 청구은행장인 한남윤이 설날에 부하직원들을 모아놓고 잔치를 벌이는 그 시간에 강도가 이것저것을 훔쳐간다는 아이러니한 상황을 제시한다.

최서해의 「안해의 자는 얼골」(『조선지광』, 1926. 12)은 빈민이 주인공인 소설로, 월급이 잘 나오지 않는 직장에 다녀 늘 양식 걱정을 하고 집세 독촉에 시달리는 기선은 겨울이 오면서 더욱 가난을 실감하게 된다. 기선은 나뭇바리, 의복, 쌀이 생활의 3대 요건인데 자기에겐 그것이 하나도 없다고 하면서 자기 비하하던 끝에 자본주의 제도를 탓하게 된다.

어떤 사람은 삼대 요건이 그 돗수에 넘어서 걱정인데 어떤 사람……나같은 놈은 돗수에 못 차기는 고사하고 아주 텅 빈 판이며 ×본론을 읽지 않아도 ×스의 머리를 가지게 된다. 프롤레타리아 운동자와 접촉을 못 해도 자연 그렇게 된다. 이래서 이 세상은―소위 자본 문명 중심의 이 제도는 제이세 제삼세―백세 천세의 많은 ×스를 만드는 것이다. 하여튼 제도는 묘하다. 꽤 고솝하게 되었다. 염통에 고름 든 줄은 몰라도 손톱눈에 가시 든 줄은 안다고 자본 문명은 속 썩는 줄은 모르고 겉치장 자랑에 비린 냄새나는 웃음을

금치 못한다.[236]

과격한 결말을 보여준 「홍염」과 비슷한 시기에 발표된 것처럼, 주인공은 수척해진 아내의 자는 얼굴을 보고 칼이나 도끼로 죽이고 자기도 죽고 싶다는 충동을 느끼긴 하면서도 눈물을 흘리며 아내를 꼭 껴안는 것으로 이 소설은 끝난다. 21세에 간도에서 낳은 딸 백금이가 최서해 자신이 서울에 와 조선문단사에서 일할 무렵에 네 살의 나이로 죽었다는 소식을 듣고 서울 생활의 고통과 오버랩해서 큰 슬픔을 느끼게 된다는 내용의 단편소설 「白琴」(『신민』, 1926. 2)도 마르크스의 『자본론』을 탐독한 흔적을 보여주었다.

경매가 벌어지는 재판소 법정을 공간으로 제시한 최승일의 「競賣」(『별건곤』, 1926. 12)는 주인공 순구의 아버지 리호정이 시골 부농이었으나 서울에 와 첩을 얻고 부동산 사업을 하다가 사기를 당해 나중에는 집을 경매에 부치게 되기까지의 사정이 밝혀져 있는데 평생 실직자이기는 하지만 아들 순구도 여기저기 돌아다니며 도움을 요청했으나 냉대만 당할 뿐이다. 아버지는 소유권이라는 것을 주장하고 아들은 노동자나 소작인의 편에 서서 노동신성론을 주장한다.

웃지되엿던지 자기네는몰락(沒落)이되여서 인제는 단전히 푸로레타리아가 되엿것마는 그의아버지는 푸로레타리아이면서도 쑤르즈아 이쪼로기를 가젓기째문에 푸로레타리아의비애를 완전히맛보고잇는순구의게는 의심을주고 또한 순구로하여곰한층더―세상일에대한생각을 집히하도록 맨든것이엿섯다.[237]

236) 곽근 엮음, 『최서해전집 · 상』, pp. 318~19.
237) 『별건곤』, 1926. 12, p. 152.

마침내 집은 넘어가고 리호정은 식구들을 데리고 만주로 갔다는 불분명한 소문을 남기고 사라졌을 뿐이다.

이기영의 「어머니의 마음」(『현대평론』, 1927. 1)은 생선장사 하는 정첨지 내외가 가난을 벗어나지 못해 딸을 안집 주인인 일본인에게 판 지 10년 후에 그 딸이 개고기를 먹는다고 생모를 망신 준다는 발생하기 어려운 사건을 설정하였다. 이기영 소설에서는 「민촌」 「아사」 등과 같이 농촌을 배경으로 하여 매녀 모티프를 취한 작품들이 여러 편 있기는 하지만 딸을 일본인에게 판다는 사건은 유례가 없다. 결국 정첨지 내외는 고통을 이기지 못하고 그 집을 떠나고 만다.

최독견의 「고구마」(『신민』, 1927. 2)는 서소문, 정동, 태평동 쪽으로 구경하러 다니는 금화산 골짜기의 소년 거지들이 군고구마장수한테서 고구마를 훔친다는 에피소드를 들려준다. 김운정(金雲汀)의 「라라라아쌔쌔」(『조선지광』, 1927. 2)는 월급쟁이였다가 실업자가 된 뒤 굶기를 밥 먹듯 하는 주인공의 가족이 한 겨울밤에 벙어리 거지가 굶주림과 추위를 견디지 못하고 죽어가면서 내는 "라라, 라, 아쌔, 쌔"를 표제로 취하였다.

최독견의 「무엇 때문에」(『신민』, 1927. 4)는 미두 중개업 하던 아버지가 왜감기로 갑자기 세상을 떠나면서 집안이 몰락하자 여공을 다니던 순덕이 아버지 친구의 농간으로 3백 원에 청진동 주점으로 팔려 왔다가 탈출하는 데 성공한다는 내용으로 되어 있다. 팔려 간 여성이 탈출에 성공했다는 식으로 처리한 소설은 많지 않다. 최독견의 「樂園이 부서지네」(『신민』, 1927. 5)는 조강지처를 버리고 신여성과 새로 결혼하여 상해로 갔으나 생활고에 시달려 여자가 돈을 벌어 오고 남자가 주부 노릇을 한다는 다소 독특한 상황을 설정한다. 여자가 양말을 빨아놓으라고 하자 '그'는 모욕감을 더 이상 참지 못하고 석회로 빚은 비너스 인형을 아내의 머리를 향해 던지고 가출해버린다. '그'는 상해에서의 생활을 "을종낙원"이라는 신조어로 부를 정도로 환멸의 상태에 빠진다.

유진오의 「스리」(『조선지광』, 1927. 5)도 산책자 모티프를 취하였다. 자신의 계급적 정체성이 "소쒸르, 쒸르, 프롤레" 중 어디에 있는지 고민하는 주인공은 저녁밥을 먹고 집을 나서 산보하던 중 제금을 켜가면서 책을 파는 상인의 돈을 스리군 소년이 훔치다가 들키는 모습을 목격한다. '나'는 제금 소리를 듣고는 중세 유럽의 표박시인을 떠올리는 여유를 보이다가 제금가가 악쓰다시피 소리 지르며 책을 파는 모습을 보고는 "조직의 순난자, 계급의 밥"이라는 말을 떠올리면서 책을 팔아주려고 했다가 "동정이란 우월감의 반쪽"이라는 말을 떠올리고는 책 사는 것을 포기한다. 행동 하나하나 할 때마다 지식인답게 생각이 많은 것으로 그리고 있다. 그러다가 스리군 소년이 책장수에게 붙잡혀 뺨을 맞고 파출소로 끌려가는 모습을 보게 된다. 소설가판상인 점순아비가 열두 살인 점순이를 남의 집에 팔아버리려고 하는 것을 반대하자 후처가 가출해버린다는 최승일의 「소설이싸구료」(『매일신보』, 1928. 1. 1)는 길이는 꽁트 분량이지만 구조는 복합적이다.

조명희의 「한 여름밤에」(『조선지광』, 1927. 5)에서는 고무신 직공으로 있다가 실직하고 가족들을 시골집으로 내려 보내고 취직자리를 알아보는 중인 '내'가 여름밤에 경무대로 자러 갔다가 거지들과 수직꾼이 다투는 소리를 듣기도 하고, 장안에 소문난 어머니 거지로부터는 과부가 된 후 시골 술장수와 연초공장 직공을 거쳐 결국 매독 환자와 거지가 된 사연을 듣게 된다. '나'는 목이 메면서 구빈 제도, 자본가 등을 상징하는 "서울"을 원망한다. 신문에 "경성시가에 거지가넘어만어서 도회의미(都會美)를손상함으로 거지쎼를 모다내여모라야하겟다는말이 어너편에서나온말인지는몰나도 써잇섯다"[238]는 기사가 나올 정도다. 김유정은 「심청」(『중앙』, 1936. 1)에서 서울이 깨끗해지려면 거지들을 추방해야 한다고 주장하는 건달을 내세

---

238) 『조선지광』, 1927. 5, p. 101.

웠다. 이 소설에서 작가 조명희는 추성문 안의 대청에 낮이면 몰려와 이야기하고 지내는 사람들을 다음과 같이 묘사하였다. 다중이나 우리를 향한 시선을 취할 줄 알아야 거대서사의 작성이 가능함을 암시한다.

여긔에모이는무리들은 참가관이다. 적어도 조선근대에서최근까지 시대시대의역사긔록을 산표본(標本)으로 이곳에진열하야노은듯싶다.―케ㅅㅅ묵은소리만탕ㅅ하는 봉근유물(封建遺物)인 늙은이들 이것들이 지금은죽게되얏슬망정 한삼사십년전에는 승지니참판이니하며 놉히거리안저서 민중을 호령하며――――――――――――.

그다음에는 또 중늙은이들―옛날에는 궁속(宮屬)시정앗치 벼슬사리 무관퇴ㅅ물 개화ㅅ군 지금은무직업자―자본주……×××××××× ××××××
이땅에침입하여들어올무렵에 새물갈이웅덩이에 쏘리치는올챙이쎄갓던무리.
지금은 지난밤비바람에 버레먹은대추갓치몰낙당한무리들. 또그다음에는 밧그로들어오는×××××본주의 세력이팽창함을짜라 그밋헤서 ××××××
×다가 그나마――――――――――――나서 히매는실업자의무리들.
더한층쎠려져서 그다음에는 이 ×××××밋헤서 ×××××××× 인자는―――――――――거리에내여던진폐물갓흔병신거지들.
그들은 모다 온전히 생활권외(生活圈外)로 ――――――――무리들이다.[239]

검열의 흔적이 많아 디테일을 충분히 파악할 수는 없지만 자본주의 시대의 도래로 거지가 양산되었다는 주장은 확인할 수 있다.

김영팔의 「社稷團」(『조선지광』, 1927. 8)은 사직공원을 배경으로 하여 폭풍우가 쏟아지는 한 여름밤에 아내를 전염병으로 잃고 자기도 병들어 동냥하는 신세가 된 중늙은이 거지, 절름발이 애꾸눈 거지, 끊임없이 기침하

---

239) 위의 책, 1927. 5, p. 94.

는 아편쟁이 김서방, 구한국 시절에 헌병으로 있던 중 강간미수 혐의로 본부에게 얻어맞아 꼽추가 된 리서방, 정신이상자인 여자 거지 등이 지내는 모습을 그려낸다. 거지들의 여러 가지 사연을 들려준 끝에 미친 여자 거지는 파출소로 보내고 늙은 거지는 죽는 것으로 결말 처리했다.

방인근의 「어썬 女子의 片紙」(『신민』, 1927. 9)는 집안의 반대를 무릅쓰고 C와 결혼하여 하얼빈에 가 처음에는 곡물 무역을 하여 잘살다가 남편이 노름으로 재산을 탕진하고 아편장사 하던 중 자기를 겁탈하려는 중국 남자를 죽이고 남편도 죽이고 자신은 아편을 먹고 자살한다는 파란만장한 여성담이다. 발신자는 여주인공이며 수신자는 조선에 있는 오빠인 서간체로 유서의 성격을 지니기도 하였다.

김기진의 「三等車票」(『동아일보』, 1928. 4. 15~25)는 상인소설의 외형을 지녔다. 은행의 시골 지점을 사직하고 중병에 걸린 아버지로부터 모물전 광흥상회를 물려받은 아들 조인호는 매일같이 은행과 고리대금업자의 빚 독촉에 시달리던 중 공주 읍내의 상인에게 받은 3천 원짜리 약속수형이 부도나면서 하루아침에 망하고 만다. 조인호는 빚과 재산을 정리하고 만주 봉천행 삼등 차표를 샀으나 포기하고 ××회의 회원으로 일하게 된다. 김기진이 조선 상계의 흐름과 한계를 잘 파악하고 있음은 특기할 만하다. 김기진은 정치적 탄압보다도 더 무서운 것이 당시 조선인들 사이에서 부도 · 폐업 · 파산 · 몰락 등이 일반화된 것처럼 경제적 탄압임을 잘 인식하였다.

이효석[240]의 「都市와 幽靈」(『조선지광』, 1928. 7)은 이효석으로는 거지의

---

240) 이효석은 한집에 사는 두 동서가 가난해서 매일같이 싸우는 것을 관찰하는 '내'가 죄는 두 사람에게 있지 않고 다른 데 있다고 생각한다는 콩트 「나는 말 못했다」(『매일신보』, 1925. 9. 13), 자기 처가 추위와 주림으로 시달리는 것을 보고 이웃집 장작더미에 가서 나무를 도둑질하려다가 그냥 떨고 있는 모습을 그린 콩트 「필요」(『매일신보』, 1926. 2. 7), 혹독하고 잔인하기로 소문난 산림기수에게 몰래 나무하다가 걸려 매 맞은 김노인이 이튿날 자살한다는 콩트 「노인의 죽엄」(『매일신보』, 1926. 2. 14) 등을 통해 빈자와 약자를 형상화하는 안목과 서사적 능력을 키웠다.

문제가 매우 중요한 사회 문제임을 환기한 작품이다. 미장이인 '나'는 동묘 안 도깨비불의 정체를 밝히러 가서는 도깨비불은 어머니 거지가 다리가 아파 약을 찾기 위해 성냥 한 갑을 다 썼을 때 나온 불임을 알았으며 어머니 거지는 불량배와 기생들이 가득 찬 자동차에 치어 다리병신이 되고 만 사연을 들려준다. 이에 '나'는 "「동정은우월감의반쪽」일넌지 아닐넌지는모르지만"[241] 있는 돈을 다 주고 그 자리를 벗어났다. 이런 이야기를 전한 다음 화자는 "독자여"를 여러 번 내뱉으면서 유령이 늘어가는 현실의 해결을 촉구한다. 이효석은 "그러면 어쩌케하면 이유령을늘어가지못하게하고 아니 근본덕으로 생기지못하게할것인가? 현명한독자여! 무엇을주저하는가. 이 중하고도 큰문데는 독자의자각과 지혜와 힘을기다리고잇지안는가!"[242]라고 함으로써 동반자작가라는 이름을 듣게 된 것이라고 할 수 있다. 이효석은 이미 「주리면」(『청년』, 1927. 3)에서 무전취식 모티프를 중심 모티프로 취하였다. 조명희의 「한 여름밤에」에 비하면 얼마나 단순하고 감정적인가. 「도시와 유령」에서 "그러나 장안의여름밤은 아름다운쏨으로만생각하는것은 큰실수이다. 거긔에는 생활의무거운짐이잇다. 잔체집마당가치 들복가치는아시에는 하로면스물네시간의쯴임업는생활의 지긋지긋한그림이벌녀저잇섯다. 거긔에는 낫과다름업시 역시 부르지즘이잇고 싸홈이잇고 쌈이잇섯다"[243]라는 구절은 유진오의 「스리」에서 주인공이 제금사와 스리군 소년의 행태를 목격하면서 생활이니 가난이니 하는 것을 각성하는 것과 흡사하다. 비슷한 시기에 나온 걸인소설로 최서해의 「누가 망하나」, 최독견의 「고구마」, 조명희의 「한 여름밤에」, 김영팔의 「사직단」 등이 있다.

전무길의 「迷路」(『조선지광』, 1929. 2)는 종교 서적을 파는 행상인 젊은 여성이 종로 여관으로 들어갔다가 두 남자가 책 팔아준다고 술을 잔뜩 먹

---

241) 『조선지광』, 1928. 7, p. 120.
242) 위의 책, p. 121.
243) 위의 책, p. 118.

여 취하게 하고 돈도 훔쳐가고 몸도 유린하였다는 여성 수난사다. 이태준의「그림자」(『근우』, 1929. 5)는 소련이라는 기생의 불우한 삶을 그린 것으로, 소련은 어린 딸을 독살한 혐의로 체포되어 옥살이하고 난 다음 거지신세가 되고 만다.

이효석의「奇遇」(『조선지광』, 1929. 6)는 비참하게 전락한 한 조선 여자를 내세움으로써 이국에서 착취만 당하고 사는 조선인 전체의 실상을 자연스럽게 보여주게 된다. '나'는 어렸을 때 친구였던 계순이가 어른이 되면서 전락하는 사이에 우연히 세 번이나 만나게 된다. 표면상으로 '나'는 외항선 선원으로 보이기는 하나 여러 대목을 통해 '나'도 많은 사람들을 위해 일하는 존재임을 짐작하게 만든다. "여름도 차차 늙어 가는 작년 구월 ××총동맹의 위원의 한 사람인 나는 엇던 사건을 묘사의 책임을 지고 합이빈까지 갓섯다" "나의 샛밝안 심장에는 무서운 저주와 구든 신념의 년륜이 또 한 박휘 색여젓다" 등과 같이 '나'의 실체를 암시해주는 구절을 읽을 수 있다.

(나) 뿌리 뽑힌 자의 현실 응전기

현진건의「불」(『개벽』, 1925. 1)은 "싀집온지 한달남짓한, 금년에 열다섯살밧게안된 순이는 잠이 어릿어릿한가운대도 숨길이 갑갑해짐을늣기엇다"[244]로 시작하여 "풍세를 어든 불길이 삽시간에 왼집웅에 번지며 훨훨 타오를제, 그뒤집담모서리에서 순이는 근래에엽시 환한 얼굴로 깃버못견듸겟다는듯이 가슴을 두근거리며 모로쥐고 세로쥐엇다………"[245]로 끝나고 있다. 도입부는 과도한 노동과 남편의 지나친 성욕으로 인한 순이의 고통스러운 모습을 열어 보이며 결말부는 "원수의 방"에 불을 질러 고통으로부터의 해방감을 만끽하는 모습으로 마무리했다. 이처럼 현진건은 간단한 사

---

244) 『개벽』, 1925. 1, p. 55.
245) 위의 책, p. 61.

건을 앞뒤가 잘 맞는 구성법에 얹어 밀도 높은 작품으로 만들어놓았다. 이러한 고밀도의 결과를 가져온 요인들로 한글 전용, 띄어쓰기, 정확한 묘사력 등을 들 수 있다. 정확하고도 치밀한 묘사력은 가믈가믈, 노랏노랏, 번들번들, 싸늘싸늘, 올망졸망, 질번질번, 파릇파릇, 널으게널으게, 동실동실, 욜랑욜랑, 파득파득, 엇질어실, 아실랑아실랑 같은 의성·의태어의 과다 사용으로 뒷받침된다. 순이가 지른 불은 「홍염」에서 문서방이 지른 불과 같다.

"싸호라! 싸호라!" 하고 선동적인 서두를 떼고 있는 박영희의 「戰鬪」(『개벽』, 1925. 1)는 아버지의 사업 실패로 집안이 망해 학교도 다니지 못하고 만두 팔러 다니는 순복이가 자기를 깔보는 부잣집 아이들을 향해 적개심을 갖는 과정을 그려놓았다. 학교 다니는 자유, 유쾌하게 뛰어놀 수 있는 자유, 배불리 먹을 수 있는 자유를 박탈당하자 순복이는 적개심을 갖게 된다. 차별과 불평등이 판을 치는 세상에는 싸움이 필연적으로 올 수밖에 없다는 논리가 펼쳐지고 있다. 순복이, 칠성이, 정애가 자기네들처럼 가난한 집 아이들을 위해 싸우기로 하고 "소년불온단"을 만들자 경찰서에서 이 세 아이들을 붙잡기 위해 많은 돈과 인력을 동원한다는 것은 다소 부자연스럽기는 하다. 순복이, 칠성이, 정애가 한편이 되어 기복이와 행랑사람과 싸우게 된 것을 묘사하면서 싸움의 의미를 장황하게 논하였다. 투쟁원인론과 투쟁방법론으로 요약되는 다음의 대목은 당시 경향소설의 한 정신을 잘 대변해준다.

싸움! 사람과사람이 싸우지안는다함은 그보다 더큰싸움을 생각하는동안을 말함이다. 세상에는 남을시기하는싸움도잇고 사랑으로해서싸우는것도잇스며, 명예를위한싸움도잇고, 욕심을위한싸움도잇다. 긔운을자랑하는싸움도잇스며 위염을위한싸움도잇다. 그런고로 나라와나라의싸움도잇고 사람과사람의싸움도잇다.

그러나오즉싸움할한가지가잇다. 그것은 인간의 자유가업서지는째에 닐어나는 치명뎍으로부르지지는싸움이며, 생활의안락을여지업시 쌔앗길째에 닐어나는 붉은피마당에서 싸움이비롯되는것이다. 그런고로 약쟈여! 너는 달아나려고하지말고, 쏘한종교나 도덕을요구하지말라! 오즉싸움만이 너의훌륭한종교이며, 그의생활의진리를위해서싸우는마당에서 피를쑤리면서 서로먹을것을난호우는데 비로소 위대한도덕이잇다. 너희의생명이 업시 도덕이어듸잇스며 기갈들린사람의종교가 어듸잇겟느냐?

싸우라! 싸우는사람에게는승리가잇다. 그러치안으면 실패가잇다. 실패를당한사람에게는 늘 미래가잇고 늘 승리를생각할수잇는것이다. 그러나 아모것도하지안코 운명을기다리는사람에게는 "無"가잇슬뿐이며, 줄어드는 붉은피의 자저가는 구슬푼소리를 웨칠뿐이다.

인간의권세여! 사람마다잇을지어다! 노예를면하려는싸홈이여! 쌍우에서거룩할지어다. 그런고로 참된사람이되기위해서싸우며, 너희들한가지로 창조하신한우님의마음을 즐겁게하기위해서 싸우라[246]

물론 이 소설은 이러한 관념론과 실제 사건담 사이의 괴리 때문에 작품 전체가 실감을 안겨주는 데는 한계를 보였다. 박영희는 서사담론에는 미숙하고 관념의 제시에는 능한 편이어서 뜨거운 독자 반응을 사지 못하였다.

서간체소설인 최서해의 「脱出記」(『조선문단』, 1925. 3)는 「고국」을 보완한 것으로 간도 이주 모티프를 매개로 하여 던질 수 있는 질문에 대한 답을 골고루 들려준 것이라고 할 수 있다. 「탈출기」는 "군은 ××단에 몸을 던저서 ×선에 섯다는 말을 일전 황군게서 듯기는 하엿스나 그러타하여도 나는 그것을 시인할수업다. 가족을 못살리는 힘으로 엇지 사회를 건지랴. 박군! 나는 군이 돌아가기를 충정으로 바란다. 군의 가족이 사람들 발아래

246) 위의 책, pp. 52~53.

서 짓밟히는것을 생각할 새! 군의 가삼인들 엇지 편하랴!—"[247]와 같이 김
군이 탈가를 말리는 내용의 편지를 여러 번 받은 '내(박군)'가 탈가할 수밖
에 없는 이유를 서간체 형식으로 또 전형적인 역차적 시간 구조로 서술해
놓았다. '나'는 5년 전에 절박한 생활고를 해결하기 위해 어머니와 아내와
함께 고향을 떠나 간도로 들어와 "농사를 지어서 배불니먹고 뜻々이 지내
자. 그리고 깨긋한 초가나 지허노코 글도 읽고 무지한 농민들을 가라처서
리샹촌을 건설하리라. 이러케 하면 간도의 황무디를 개척할수도잇다"[248]와
같은 이상을 품었으나 농민으로 자리 잡는 데 실패하고 옹돌쟁이, 삯김매
기, 삯심부름하기, 삯나무하기, 대구어장사, 두부장사 등과 같은 막노동과
장사로 생계를 이어가던 중 도적나무를 하다가 붙잡혀 경찰서에 가서 온갖
고초를 겪은 끝에 저절로 세상을 보는 눈이 바뀌게 된다. "그러나 세상은
우리를 속엿다. 우리의 충실을 밧지안엇다. 도로혀 충실한 우리를 모욕하
고 멸시하고 학대하엿다. 우리는 여째까지 속아 살앗다. 포학하고 허위스
럽고 요사한 무리를 용납하고 옹호하는 세상인것을 참으로 몰낫다"[249]와
같이 가진 자들이 만들어놓은 제도 아래서는 아무리 노력해도 살길이 없을
것이라고 판단하고는 적극적인 탈출 방법을 생각한다.

　나는 나에게 최면술을 걸려는무리를 험악한 이 공긔의 원류를 처부시려고
　하는것이다. 나는 이것을 인간의 생의 충동(衝動)이며 확충(擴充)이라고 본
　다. 나는 여긔서 무상의 법열(法悅)을 늑기려고한다. 아니 벌서부터 늑겨진
　다. 이사상이 드듸어 나로하여곰 집을 탈출케하엿스며 ××단에 가입케하
　엿스며 비바람 밤낫을 헤아리지안코 베랑긋보담 더험한 ×선에 서게한것이
　다.[250]

247) 『조선문단』, 1925. 3, p. 24.
248) 위의 책, p. 25.
249) 위의 책, p. 31.

박군은 "이민중의 의무를 리행한까닭"에 설사 실패한다고 하더라도 원한이 없다고 하면서 할 말을 다 했기에 "정은 그저 가슴에 넘치누나" 하고 끝을 맺었다. 최서해 소설로서는 비교적 설득력 있게 '빈궁→노동→굶주림→각성→이념단체 가입'의 이행 과정을 설명한다. 이 소설은 경험 법칙이 관념적 사고와 일치할 수도 있음을 보여주었다. 그런 탓인지 최서해의 다른 소설에 비해서는 느낌표나 물음표 등 문장부호를 자제한 결과를 보이고 있다.

박영희의 「산양개」(『개벽』, 1925. 4)에서 구두쇠인 부자 정호는 첩을 다섯 명이나 두었으면서도 기부금이나 찬조비를 내달라는 각종 부탁은 거의 들어주지 않는 것으로 악명이 나 있는 만큼 늘 불안하게 살아간다. 기부금 달라고 온 사람에게 총 맞아 죽거나 칼로 살해당하는 환상에서 벗어나지 못할 정도다. 그는 거금 60원을 주고 산 사냥개만 믿을 정도로 옆에 아무도 없다. 정호가 큰마누라 옆에 가 자려고 검은 두루마기를 뒤집어쓴 채 금고를 들고 나선 것을 사냥개는 도적인 줄로 알고 공격하여 주인의 목숨을 끊어버리게 된다. 실은 사냥개도 인색한 주인을 만나 제대로 먹지 못해 늘 배가 고픈 상태였다. 사냥개가 정호를 의도적으로 공격한 것은 아니지만 너무 배가 고픈 것이 주인을 향한 공격 충동으로 폭발한 이상, 정호가 부메랑 효과를 가져온 것이라고 볼 수 있다.

최서해의 작품들 가운데서 원한에 의한 살인을 저지르는 것을 가장 먼저 보여주는 것이 바로 「朴乭의 죽엄」(『조선문단』, 1925. 5)이다. 12살이 된 박돌은 가난해서 학교도 다니지 못할 형편인데 하도 배가 고파 쓰레기통에 있는 상한 고등어를 주워 먹고 식중독을 일으킨다. 아들 박돌을 데리고 그 엄마가 와서 나중에라도 꼭 치료비를 갚겠다고 약속을 하며 매달렸으나 한

---

250) 위의 책, p. 32.

의사 김초시는 치료비를 받기 어렵겠다는 생각이 들자 아예 진찰도 약 처방도 거절한다. 결국 약 한 첩 쓰지 못하고 박돌이 죽자 박돌 어미는 김초시가 박돌이를 불구덩이에 처넣는 환영에 사로잡힌다. 마침내 박돌 어미는 김초시를 깔고 앉아 김초시의 머리와 몸을 마구 난타하고 낯을 마구 물어뜯어 잔인하게 복수한다. 최서해는 경향작가답게 박돌 어미만을 초점화자로 삼아서 김초시의 시선이나 변명은 들을 기회를 갖지 못하게 되었다. 최서해가 간도에서 모시고 산 어머니를 내레이터로 설정하여 쓴 이 소설은 단문주의, 대화체의 과다 배치 등을 서술상의 특징으로 한다. 단문주의는 작중 사건의 진행을 박력 있게 끌고 가지만 대화체의 과다 배치는 그 반대로 템포를 처지게 하는 효과를 갖는다.

주요섭의 「殺人」(『개벽』, 1925. 6)은 3년 전에 호남 지방에 큰 기근이 들었을 때 16세의 나이로 보리 서 말에 팔려 그 후 상해로 끌려가 3년간 갈보 생활을 하던 우뽀가 잘생긴 청년을 사모하면서 더러운 인생으로 자기 정체성을 파악한 다음, 뚱뚱한 주인 노파를 칼로 찔러 죽이고 도망가는 것으로 끝나 있다. "죠롱을버서난종달새가 파―란하늘우흐로노래하며춤을추며울드시………영원히 영원히 우쏀는다름질햇다"[251]는 끝 대목을 보고 독자들은 우뽀가 탈출에 성공할지 추측할 뿐이다. 창녀 생활의 구체적 묘사, 띄어쓰기 포기, 독자가 모를 것 같은 한자만 표기하는 방법 등의 독특한 서술 방법을 보여준다. 특히 띄어쓰기를 하지 않은 것은 1930년대 이상(李箱) 소설의 모델이라고 해도 과언이 아니다. 맨 앞부분을 보면 맨 뒷부분이 연상될 정도로 인과로 묶은 점은 현진건의 「불」을 떠올리게 한다.

이기영의 「失眞」(『동광』, 1927. 1)은 원래 농민이었으나 서울에 와서 지게꾼이 된 경식이 벌이도 시원치 않고 집에서 끼니를 제대로 잇지 못하고 사는 식구들을 생각하며 모멸감과 분노를 삭이지 못하는 것으로 앞부분 이

---

251) 『개벽』, 1925. 6, p. 9.

야기가 전개된다. 이런 감정은 복수심으로 발화하였으나 우선 굶주림 문제부터 해결해야겠다는 충동을 억제하지 못한 나머지 지나가는 노인을 죽이고 쌀자루를 빼앗는 범행을 저지른다. 굶주림 모티프가 실진 모티프를 거쳐 살인 모티프로 이어진 점에서 「민촌」의 김첨지나 「아사」의 정첨지와는 다르다. 이 소설은 요약과 장면 제시를 병행하였으나 살인을 저지르고 난후, 아들과 어머니의 대화 부분이 지나치게 길게 처리된 것이나 결말이 감상적으로 끝난 것도 작품 효과를 반감시킨다.

최독견의 「바보의 震怒」(『조선문단』, 1927. 3)는 주인에게 대대로 절대 충성하던 하인이 의사를 불러달라는 요청을 주인이 거절하여 아내가 해산하다가 죽자 진노하여 주인을 다듬잇방망이로 때려 죽인다는 사연을 들려준다. 배서방은 자신이 불평등한 대접을 받고 있음을 37세에 깨닫고는 최소한의 자존심을 살리기 위해 살인하고 만 것이다. 주인공 배서방이 김참봉 집에 종의 자식으로 태어나기까지의 과정을 설명해놓은 점에서 노비 문제를 다룬 신소설을 떠올리게 하고, 아내가 죽자 미쳐서 주인 내외를 때려 죽인다는 것은 최서해의 「박돌의 죽음」「홍염」 등을 떠올리게 한다.

계용묵의 「人頭蜘蛛」(『조선지광』, 1928. 2)에서 경수와 창오라는 두 농민은 소작농일 때와 소작권이 동척으로 넘어가 간도 이주할 때까지는 행동을 통일했으나 방랑을 거듭하다가 헤어져 경수는 고국으로 돌아오고 창오는 감옥 생활을 한 후 광부 생활을 하던 중 탄광이 무너져 두 다리가 절단되는 바람에 여기저기 돌아다니다가 박람회장 앞에서 인두지주 노릇을 하는 신세가 된다. 경수는 자신도 품팔이를 하고 있지만 "내가튼 우리………에는 수백명의 건강한동무가잇슴으로 그들과함께………배우는것이 나의 지금 통쾌한생활일세. ─그러면 자네도 나하고 갓치가세"[252] 하면서 창오를 새로운 길로 이끌어준다. 결정적인 대목이 이 인용문처럼 복자 처리된

---

252) 『조선지광』, 1928. 2, p. 147.

것은 계용묵이 현실 기록의 작가정신을 포기하지 않았다는 증거가 된다.

최승일의 「鍾이」(『조선지광』, 1929. 1)는 "제군-여기에도 한개의빈궁(貧窮)의이야기가 쏘씨여지노니 이웃지함이냐? 그것은 오늘날의우리들의생활긔록(生活記錄)이 그러키째문이라 하로밤에서 쌍우에구렬(龜裂)이생기여 튀여나온지레이 갈바를모르고쑴틀거리듯―우리의생활은 저주의 뭉치이기째문이다"[253]와 같이 서두를 떼어 독자들의 궁금증을 불러일으키고는 있으나 실제로 전달한 이야기는 종이라는 주인공이 취직을 못해 처자가 끼니 걱정에서 해방되지 못한다는 단순한 사건담의 수준을 벗어나지 못하였다. 그만큼 선동 의도가 드러난 작품이다.

최서해의 「먼동이 틀 째」(『조선일보』, 1929. 1. 1~2. 26)는 한 실직자가 취직자리와 전직의 딱한 사정 사이에서 갈등하다가 결국은 가난한 사람들 사이의 연대감에 없는 자들 사이의 동지의식을 가장 큰 것으로 생각하게 된다는 것을 들려주었다. 쇄말주의라고 할 수 있을 정도로 각 등장인물의 심리에 섬세한 촉수를 갖다 대고 있으며 사소한 사건도 세밀하게 그려놓는 데서 벗어나지 못하였다.

살인으로 결말을 끝낸 작품으로는 김동인의 「감자」, 나도향의 「물레방아」, 최서해의 「홍염」 「기아와 살육」, 주요섭의 「살인」, 이기영의 「실진」, 현진건의 「사립정신병원장」, 최독견의 「바보의 진노」 등이 있다. 문제 해결을 포기해버린 채 자살로 매듭지은 것으로는 유완희의 「영오의 사」, 김팔봉의 「젊은 이상주의자의 사」, 조명희의 「농촌 사람들」 등을 들 수 있다. 아사를 보여준 것으로는 전영택의 「화수분」, 이기영의 「아사」 「원보」, 김운정의 「라라라 아빠빠」, 최서해의 「박돌의 죽음」, 주요섭의 「인력거꾼」, 홍사용의 「피의 무대」 등이 있다.

---

253) 위의 책, 1929. 1, p. 186.

(7) 검열의 상흔에 내재된 의미

경향소설의 형식상 큰 특징으로 일제 총독부의 검열을 받아 전면 삭제 또는 부분 삭제되거나 복자 처리된 작품들이 결코 적지 않다는 점을 들 수 있다. 검열을 받아 삭제 조치를 당하기 전에 사전 조정한 경우까지 합친다 면 상처 난 작품들이 훨씬 더 많다고 할 수 있다. 완전 삭제의 조치를 받은 것으로는 이기영의 「호외」(『현대평론』, 1927. 3), 김팔봉의 「Trick」(『개 벽』, 1925. 11), 최서해의 「農村夜話」(『동광』, 1926. 8), 윤기정의 「氷庫」 (『현대평론』, 1927. 5), 한설야의 「새벽」(『문예공론』, 1929. 5) 등이 있다. 일부 삭제된 것으로는 김팔봉의 「붉은 쥐」(『개벽』, 1924. 11), 조명희의 「동지」(『조선지광』, 1927. 3) 등이 있다. 예컨대 김팔봉의 「붉은 쥐」는 133 페이지의 8행, 134페이지의 17행, 135페이지의 19행이 "차간삭제(此間削 除)"라는 조치를 당했다. 일찍이 전영택의 「K와 그 어머니의 죽음」(『창조』, 1921. 6)도 27페이지에 "以下十五行은 原稿檢閱中當局의忌諱로因ㅎ야削除 되엿싸오니그리알고닐거주시기외다"와 같은 상흔을 남겼다. 작품 중간중 간에 복자 처리된 흔적이 뚜렷하게 남아 있는 것으로 조명희의 「농촌 사람 들」(『현대평론』, 1927. 1), 「낙동강」(『조선지광』, 1927. 7), 「춘선이」(『조 선지광』, 1928. 1), 「아들의 마음」(『조선지광』, 1928. 9), 송영의 「선동자」 (『개벽』, 1926. 3), 「석탄 속의 부부들」(『조선지광』, 1928. 5), 「다섯 해 동 안의 조각 편지」(『조선지광』, 1929. 2), 윤기정의 「미치는 사람」(『조선지 광』, 1927. 6~7), 「딴 길을 걷는 사람들」(『조선지광』, 1927. 9), 「양회 굴 뚝」(『조선지광』, 1930. 6), 한설야의 「그 전후」(『조선지광』, 1927. 5), 「인 조폭포」(『조선지광』, 1928. 2), 이기영의 「민며느리」(『조선지광』, 1927. 6), 계용묵의 「인두지주」(『조선지광』, 1928. 2), 박승극의 「농민」(『조선지 광』, 1929. 6) 등 많은 작품이 있다.

(가) 그의 머리속에는 사상상으로 적대시하든 모든××××者들의 초최한

모양이 어린거렷다. (중략) 교장도 항상 미워하든리필승이—더욱히 ×××
×자— 을생각하고 흥분이되엿다.(p. 12) 더군다나 자긔는 법률짜지
도…………몸이다 그러면 가면죽는다.(p. 16)

—송영,「선동자」(『개벽』, 1926. 3)

(나) 평양아, 아니 조선아, 네가 하눌에 오를듯십흐냐? 아! 아! 나는 엇
더케 이 쎈텐쓰를 마저말하랴!

(此間三行削除)

평양! 평양! 과연 훌륭해젓다. 류만밧게 아니되는 인구가 십만이상이나
되엿다. 밀차가 업서지고 면차가 뇌엿다. 싯 건 벽돌집들이 수십개 더생겻
다. 시—퍼런 대동강 텰교가 웃둑하다. 비행기가 서너개식 매일 써돌아단닌
다. 아, 이십세기덕 대도회로 붓그러움이 업슬것이다. 늙은이들은 입을벌니
고 젊은이들은 머리처들고 횡행한다.(以下二十一行削除)(p. 146)

—주요섭,「첫사랑값」(『조선문단』, 1927. 2)

(다) "아, 나를 모르나, 김정이 아니, 김○○이라야알겟군. 아니 김정이라
야 밋겟지. 이 마당에서는………이번 모임에 ○○××××××××××김정
이가 낼세. 자네도 ××이겟지? 나도 ××일세"

아, 알엇다. 나의 동지임을 인자알엇다! 나는 댓듬 그의 손을 움켜 잡엇
다.(p. 35)   —조명희,「동지」(『조선지광』, 1927. 3)

(라) 그는 몬저 ××프로그람을 세웟다. ××, ××, ××……이세가지
로. 그리하야 그는 몬저 농촌야학을설시하야가지고 농민교양에힘을썻섯다.
그네와감정을갓치할양으로 버서부치고들어덤비여 그네들틈에끼여 생일도하
고, 농사일터나, 사랑구석에모힌좌석에서나, 야학시간에서나, 긔회가잇는대
로 교화에 전력을썻섯다. 그다음에는 ××××××××××××××××××

××××××××××대하야 ××××××××××섯다.

첫해××에는 다소간×××××마는 ××이다. (pp. 22~23)

　　　　　　　　　　　　　　　　　—조명희, 「낙동강」(『조선지광』, 1927. 7)

(마) "아니여. 생각을 다시곳처해볼노릇이야. 고대 박천서하고도 자네이 약이를무던이하얏지마는 자네가 아직××××경험이적고 싸라서 ×××× ××××이 아직선명히서지를못해서그러치 사람인즉슨 압흐로 매우유망한일ㅅ군이되겟다고 박천서도 매우말하데"

"앗다, 이사람. 그박인지 천서인지말두말게. ××의××이 ×××××××
××그런지도몰나도……………………작년가을의××××쯤해서는 팔을쏩내고 발이달토록도라다니며………………………그래서 참 작년에는 구실도×
××고 도지도훨신××되야서 우리네가 한결좀낫지안엇섯나. 그러더니마는, 녜미를할, 올가을에한일을보게. 전일갓흐면 얼느고××× ××××××××
들과갓치얼녀다니며, ××××가나도 공연히 설々도라다니기만하며 말로만 어벌정하고×××들을 타일느는체하고 그래올해는 ××××가 아주실패만당하고말엇지, 도지는작년보다 굉장하게더되고 ………………………아 그놈의
×××라는것이무엇이야. 조선××××하고 친해서놀기만하자는것이야.
(pp. 58~59)　　　　　　　　　　—조명희, 「춘선이」(『조선지광』, 1928. 1)

(사) "너혼자그런다기로무슨효과가나겟늬? 그래 우리가리긔덕으로각々
제조흘대로흘여먹는다면 일치한행동을취할수업지안느냐? ………………
…………먹는데야 그게역시……………장이지 그런사람을가르켜…………
……라고할수는업지안느냐? 위선계급일을생각하고 …………………에두어야지 우리는…………………………수잇는것이아니냐?"

"난 그래도할수만잇스면……………엇지라고가만두어?" (p. 43)

　　　　　　　　　　　　　　　　—한설야, 「뒷걸음질」(『조선지광』, 1927. 8)

(아) "그렂치요 앗가 로인의말슴에도 ×××라도 제먹을것은 잇다하시지
안엇슴닛가? 그러면 ××××먹을것은잇는데 엇재서 ×××××하다는사람
으로서 ×××××으로서 ———아니 밤낮일하는 사람으로서 ———먹고살
수가 업슴닛가?"

"글세 와그런지……내사알수잇능기오!"(p. 101)

———이기영, 「원보」(『조선지광』, 1928. 5)

(자) "그러면 나를짜라 나갑시다"

"그것은 더구나 못하겟소"

(十五行略)

나는 당신의 하는일을 어듸짜지 반대해요. 웨 잘살아갈수잇는길을 버리고
못살길은 차저드러갈일이무엇이오.

(以下六頁略除) ─ 編者 (p. 31)

———윤기정, 「딴 길을 걷는 사람들」(『조선지광』, 1927. 9)

압수, 삭제, 복자 처리는 1920년대 한국의 작가들이 일제에 정면으로 맞
서 싸우면서 얻은 상처뿐인 영광이다. 이 상처가 큰 작품일수록 사실과 진
실을 제대로 기록하려 한 것으로 평가할 수 있다. 삭제 조치는 경향소설의
특질일 뿐 아니라 일제 치하에서 생성되고 전개되어온 한국 현대소설의 특
질이기도 하다. 결국 검열을 받는다는 것은 침묵을 강요당하는 것을 말한
다. 『자유론』의 저자 존 스튜어트 밀에 의하면 침묵을 강요당하는 의견은
어떤 의견이든지 간에 진리일 가능성이 높은 것을 의미하며 혹 침묵을 강
요당하는 의견이 틀린 것이라고 할지라도 그것은 일정 부분 진리를 담고
있을지도 모른다.[254]

경향소설의 문학사적 의미를 제대로 밝히기 위해서는 경향소설 이전, 경향소설, 경향소설 이후를 연결하는 가운데 분절해야 하고 거꾸로 분절하는 가운데 연결할 수 있어야 한다.

경향소설은 현대소설 사상 처음으로 소설 쓰기를 통해 적극적으로 현실 참여를 꾀하였다는 의미를 갖는다. 또한 경향소설은 소설이란 현실 반영의 기록임을 하나의 공식으로 굳혔으며 소설은 어떠한 내용의 것이든 이데올로기의 표현 양식임을 입증해주기도 하였다. 물론 일부 경향소설은 사회주의 같은 급진 사조를 선전하는 데 창작 목표를 두기는 했지만 경향소설은 비판적 리얼리즘에 뿌리를 둔 것으로 보아야 한다. 비판적 리얼리즘은 엄숙한 리얼리즘austere realism이라는 별칭으로 불리기도 하며 작가가 가치 중립적 입장이나 객관적 리얼리즘의 태도에서 벗어나 자신의 철학, 이데올로기, 도덕적 신념 등을 내세워 작품을 만드는 것을 말한다. 자본주의 사회에서는 비판적 리얼리즘을 리얼리즘의 도달점으로 여긴다.[255] 경향소설은 진정한 반제국주의와 반봉건주의를 동시에 실천에 옮김으로써 처음으로 세계문학적 문제의식에 뛰어들게 된 것으로 볼 수 있다.

경향소설은 여러 측면에서 김팔봉·이량과 같이 관념 개진에 중점을 둔 것과 최서해·윤기정·김영팔과 같이 체험 서술에 중점을 둔 것, 이기영·한설야같이 경향성을 심화하여 사회주의 문학 쪽으로 나아간 것과 유

---

254) 존 스튜어트 밀, 『자유론』, 서병훈 옮김, 책세상, 2007, pp. 100~01.
255) 졸고, 「비판적 사실주의의 성격」, 『한국현대문학사상연구』, pp. 188~90.
　　　　루카치는 「비판적 사실주의와 사회주의 사실주의」에서 사회주의 사실주의를 일단 중심축으로 놓고 보는 입장에서 비판적 사실주의를 향해 밖에서의 묘사, 갈등사회학적 시각, 미래에 대한 인식의 결핍, 역사 파악의 미숙성, 외연적 총체성에의 안주 등등의 문제점들을 제시하였다. 루카치는 비판적 사실주의와 사회주의적 사실주의의 공통점으로 진실에 대한 사회주의적 관심, 프롤레타리아 혁명의 논리와 운동에 대한 지지, 역사적 통찰력의 중시, 민족문학 지향성(pp. 99~100) 등을 들었다. 루카치는 비판적 사실주의가 사회주의적 사실주의를 지향한다고 주장하였으나 후대의 이론가들에 의해 비판적 사실주의의 대변자로 여겨지고 있다.

진오 · 이효석 · 이무영과 같이 경향성을 확대하여 동반자문학을 표방하면서 리얼리즘을 지킨 것 등으로 나누어 볼 수 있다. 이처럼 경향소설은 분화되거나 발전된 것으로 인식하여야 한다. 경향문학을 프로문학을 준비하거나 지향한 것으로 도식화한 이제까지의 통념은 경향소설의 성격을 부분적으로 지적한 것에 지나지 않는다. 또는 이러한 통념은 경향소설을 비평사적 시각에서만 다른 태도의 산물일 수 있다.

6. 이데올로그의 다양한 초상과 사회 풍경: 후기 장편소설

주요섭은 리유경이 자살했다는 사건으로 시작된 미완의 일기체소설 「첫사랑 값」(『조선문단』, 1925. 9〜11, 1927. 2〜3)에서 리유경이 중국에 유학 가 동맹파업 할 때 알게 된 중국 여학생과 플라토닉 러브를 나누다가 그녀를 잊기 위해 평양으로 돌아와 장로 딸로 일본 유학을 마치고 유치원 교사를 하는 여성과 선을 보고 결혼 날짜까지 잡았으나 사랑의 확신이 서지 않아 괴로워한다는 이야기를 들려주면서 유경이 남긴 일기를 통해 기생 긍정론을 펼치기도 한다.

남녀교제라는것이 사방으로 쏙 둘너맥힌 이사회에서 남녀교제가 가장 공공연하게 시인된데는 쏙 한고듸잇다. 거기는 기생사회일다. 시대는 내가 이곳을 써날째보다도 말할수업시 변햇다. 지금에와서는 란봉이나 상인들은 말도말고 학생모쓴 학생까지도 기생과 사괴는 것은 셧셧한 일인것만침 그것도 한류행이되엿다. 쏘 기생으로서는 아모러한남자와도 마음놋코 사괴는것은 특뎐이잇다. 려염집처녀로는 꿈도쑤지못하리만치 담대하고 활발하다. 누구를 쩌리랴? 무엇에 구속을 밧으랴? 기생은 종달새처럼 지져괴며 자유스럽게 몸치장하고 남자들과사괸다. 이뎜에 잇서서 기생은 조선녀성(女性)의 반

역자(叛逆者)일다. 인습, 도덕, 구속, 관념 모—든것에서 쮜여난 자유주의자
일다. 기생에게 잇서서 다못 한가지의 흠덤은 곳 이 공공연한, 자유스러운
교제로써 그들의 생계(生計)를 삼는 한가지 일일다. 정당한 교제보다도 매춘
(賣春)을하는 한가지일일다. 만일그것만 아니한대면 조선의 기생은 훌륭한
반역자, 훌륭한 선도자들이 될이라. 조선의 모—든녀성은 돈 안밧는 기생이
될 필요가잇다. 조선녀자들은 넘우 보수뎍일다, 그러고쏘 넘우 남의시비를
무서워한다. 녀성혁명의 봉화를 들고저하는 녀성이업다. 남의욕이 무서워
서, 남의오해가 무서워서. 그러나 남의오해를 안밧는 영웅이 어듸 잇드
냐?[256]

기생의 존재를 통해 신여성의 자유연애가 촉진된 일면이 있음을 인정하
면서 남의 눈치를 보지 않는 기생들의 태도에서 여성혁명을 배울 필요가
있다는 색다른 주장으로 나아가기도 한다. 대체로 기생의 존재를 부정하는
시대적 분위기 속에서 이처럼 기생을 진보적 가치관의 매개자로 여기는 태
도는 유례를 찾기 어렵다.

염상섭의 『眞珠는 주엇스나』(『동아일보』, 1925. 10. 17~1926. 1. 17)는
힘 있는 불의의 존재와 힘없는 정의의 세력 사이의 대결을 중심사건으로
설정하였다. 매국 검사를 거쳐 친일 변호사 노릇을 하며 고리대금업자로
악명을 떨치는 진형석, 진형석의 치정과 사기에 대한 폭로 기사를 정정하
도록 기자에게 압력을 넣는 신문사 사장 태추관, 미두왕으로 소문나 있으
면서 진형석에게 조인숙을 소개받아 첩으로 삼으려는 리근영, 진형석과 태
추관을 이어주는 안남작 등은 불의의 세력가들이다. 진형석의 처남으로 진
형석과 리근영과 조인숙 간의 음모를 알아내기 위해 계속 그들을 추적하는
경대생 김효범, 이들 사이의 불륜과 추악한 거래를 신문에 폭로하고 나서

---

256) 『조선문단』, 1927. 3, pp. 61~62.

끝까지 정정 기사 작성을 거부하고 동료들 앞에서 정의의 정신을 웅변하였고 그 후 리근영과 조인숙의 결혼식장에 나타나 리근영의 중혼을 폭로하는 신영복 기자, 계속 김효범의 편을 들어주다 상전인 진형석과 등을 돌리게 된 지성룡 등은 힘은 없지만 정의를 구현하기 위해 애쓰는 존재들이다. 진형석은 남이나 다름없는 조인숙을 키워오고 동경 유학까지 보낸 대가로 조인숙의 몸을 요구했고 나중에는 거액의 돈을 받고 팔려고 하였다. 조인숙은 김효범의 정보 제공으로 이러한 음모를 알고 있었으면서도 돈이 탐나 리근영의 첩이 되기로 한다. 이를 보면 조인숙은 불의의 편까지는 가지 않는다 하더라도 정의의 편이라고 하기도 어렵다. 나중에 염상섭 고유의 소설 기법의 하나가 된 추리소설 기법의 원형이 담긴 이 소설은 정의파의 승리 쪽으로 분위기를 몰아가고 있지만 끝에 가서 필연적인 이유 없이 김효범과 문자가 정사를 기도하는 것으로 처리한 것을 보면 작가 염상섭은 해피 엔딩을 피해 간 것이 된다. 일면, 정의파의 좌절로 소설의 결말을 처리한 것에서 오히려 염상섭다운 점을 확인하게 된다.

이 소설에서 흥미를 끄는 존재는 구한국 시대에 칠팔 년 동안 검사로 활동하면서 많은 사람들을 사지로 몰아가 많은 조선인들에게 공분을 사면서도 자신의 물욕과 성욕을 채워가는 진형석 변호사다. 진형석이 전형적인 악인이라고 한다면 전형적인 정의파는 신영복 기자에게서 찾을 수 있다. 그는 정의에 관한 한 이론도 투철할 뿐 아니라 실천력도 뛰어난 것으로 그려지고 있다. 그는 동료들을 모아놓고 일장 연설을 하는 자리에서 "파워 이즈 오라잇"이라는 경구가 역사를 지배하여 오늘날 역사가 타락한 지경에 빠진 것을 상기시키면서 "신문기자의 유일하고 존귀한 사명은 세상이 버리고 인류가 구박하는 정의라는 사생자를 옹호하고 발육시키기 위하야 의검(義劍)을 들고 나서는 데 잇는 것으로 권력과 금전이 간통을 하는 추악한 기록이 신문일 수는 업습니다"고 주장한다. 이러한 대목은 합리주의를 바탕으로 한 염상섭의 냉철한 현실 파악이 가져온 결과라고 할 수 있다. 또는 수년간 기자이자 소설가로 활동해온 염상섭이 자기를 돌아보며 기자의 당위적인 소임을 제시한 것으로 볼 수도 있다. 염상섭은 신문기자 신영복의 입을 통해 사회적인 차원에서 파사현정 정신의 구현을 고창한다. 정의구현을 위해서는 우선 더러운 현실을 타파하거나 최소한 동화되지 않을 필요가 있다고 하였다. 먹고사는 것이 가장 중요하고 생존과 생활이 최우선 과제임을 계속 강조해왔던 염상섭이 정의의 실천을 주장한다는 것은 예외적인 일이 아닐 수 없다. 이 소설은 악한소설과 고등사기꾼소설과 범죄소설의 유형이 합성된 것이라고 할 수 있다. 그뿐 아니라 이러한 관심의 표백과 이에 따른 논술체의 서술 방법의 취택은 『진주는 주었으나』가 통속소설로 격하되는 것을 막아주게 된다.

이광수의 역사소설 『麻衣太子』(『동아일보』, 1926. 5. 10~1927. 1. 9)는 이광수의 첫 역사소설로 볼 수 있다. 마의태자는 신라 마지막 경순왕의 아들로 제목만 보면 신라의 멸망 과정을 서술하는 데 역점을 둔 것으로 기대할 수 있다. 그러나 실제로 이 소설은 신라, 태봉국, 후백제의 관계를 서술하는 데, 또 태봉국의 창건자 궁예의 일대기를 쓰는 데 역점을 두었다. "궁예왕은국호를태봉(泰封)이라고고치어 년호를수덕만세(水德萬歲)라고치어 텬하를다스리는가장놉흔 님금이되고, 쏘자칭미륵불의 화신이라하야 금후 오만년억조창생을 교화할 부처님으로 자처하엿다"[257]와 같이 기인이면서도 초인으로 기록되어 있다. 부차적으로는 궁예의 밑에서 착실하게 실력을 쌓은 왕건이 고려를 세우는 과정을 그리는 데 역점을 두기도 하였다. 궁예가 처녀 천 명을 매일 한 명씩 잠자리를 같이한 나머지 기력이 떨어져 서너 달 동안 자리에서 일어나지 못했다든가 왕건이 궁예의 왕후를 사랑했다든가 왕건의 딸 낙랑공주가 마의태자를 사랑했다든가 낙랑공주가 돈도암에서 마의태자를 만나 머리를 깎고 베옷을 입고 경순왕의 부인 백화부인과

---

257) 『동아일보』, 1926. 9. 4.

평생을 같이하였다든가 하는 것은 다 설화의 수준을 벗어나지 못한다. 태자가 돈도암에 찾아온 왕건을 만나 칼을 겨누었을 때 백화부인과 낙랑공주가 극구 말려 칼을 떨어뜨렸다고 하는 것도 상상력의 산물로 보아야 한다. 이광수는 망국의 왕자 마의태자만 쇠락과 죽음과 사라짐의 이미지로 그린 것이 아니다. 막 새로운 왕조를 세운 고려 태조 왕건도 쇠락과 허무의 이미지로 몰아갔다. 이러한 서술 태도는 역사 허무와 인생무상을 일깨워주면서 불교의 필요성을 인정하게끔 한다.

이러한생각을 하게되엇섯다.

텬하를다 내마음대로할지존(至尊)의디위에잇다는것도 다헛쑴이아니냐. 어두워가는눈, 멀어가는귀, 쇠하여가는몸을 엇지하지 못하고 쌀 락랑공주의 한번재어진깃붐을다시 엇지할수 업지아니하냐. 몟만사람의 다시못올청춘과 다시엇지못할생명과다시회복할수업는 깃붐을 희생하고이왕업인고. 한번죽어지면 패한궁예나흥한왕건이나 모도 한줌흙이아닌가. 게다가만일 이생에서지은업이래생에과보(果報)로돌아온다하면, 수십만의 생명을죽이고, 수백만의맘을 아프게한자기는어찌될것인고 이러한 생각을하엿던것이다. 이러케 생각할째에왕의눈에 비최이는것은 넷날에왕위(王位)도다내어던지고 삼계중생(三界衆生)을제도(濟渡)하기로대원을세운 석가모니불의자비뿐이다. 그래서 뎔을세우고그래서 금강산에를왓다.[258]

이미 1920년대 후반부터 이광수는 불교에 의지하는 태도를 보이기 시작했다. 이 소설은 단편소설 「무명」(『문장』, 1939. 2), 장편소설 『사랑』(박문서관, 1938), 역사소설 『이차돈의 사』(『조선일보』, 1935. 9. 30~1936. 4. 12), 『원효대사』(『매일신보』, 1942. 3. 1~10. 31)의 출현을 예고하였다.

---

258) 『동아일보』, 1927. 1. 7.

심훈(沈熏)259)의 「탈춤」(『동아일보』1926. 11. 9~12. 16)은 영화소설이다. 모두 34회로 되어 있는데 작중인물 림준상과 리혜경이 결혼하는 장면을 설정한 26회부터 29회까지만 시나리오 형식을 밟고 있을 뿐 다른 부분은 여느 소설처럼 서술되어 있다. 물론 심훈이 모든 부분 부분과 장면 장면을 촬영을 의식하고 쓴 것임은 부정할 수 없다. 매회가 끝날 때마다 말미에 배역을 밝힌 것이 그 좋은 예의 하나다.

「탈춤」의 주인공은 친구의 사랑을 성사시키기 위해 온갖 어려움을 무릅쓰고 노력하는 강홍렬이라고 할 수 있다. 강홍렬 역은 당시의 스타 나운규가 맡았다. 1920년대에도 소설을 읽는 독자들보다는 영화를 보고 그 원작의 내용을 익힌 관객들이 더 많았을 것으로 추측되기 때문에 이 작품은 당시의 어느 소설보다도 많이 알려졌을 것으로 보인다.

심훈은 '머리말'에서 모든 인간은 온갖 모양의 탈을 뒤집어쓰고 계속해서 춤추고 있다고 하면서 '돈'의 탈, '권세'의 탈, '명예'의 탈, '지위'의 탈에 대한 비판정신의 칼날을 세울 것임을 암시하였다. 이 소설은 림준상과 리혜경이 강제 결혼하는 식장에 강홍렬이 아기를 안고 들어와 림준상에게 주고 신부는 데리고 사라져버리는 '현재'의 제시로 시작된다. 이후의 이야기는

259) 서울 출생(1901), 교동보통학교를 거쳐 경성제일고등보통학교 입학(1915), 일본인 선생과의 불화로 유급(1917), 3 · 1운동 가담, 방정환 · 유광렬 등과 '경성청년구락부' 활동을 한 것으로 추정됨, 헌병대 투옥 및 학교 퇴학, 집행유예로 석방(1919), 중국 망명 및 유학(1920), 상해 · 남경을 거쳐 항주 지강(之江)대학 입학, 연극 공부를 한 것으로 추정됨(1921), 염군사 가입(1922), 귀국 후 '극문회(劇文會)' 조직(1923), 『동아일보』기자로 입사(1924), 카프 가담(1925), 사회부 기자 모임인 '철필구락부' 가입, 임금 인상 투쟁 사건으로 해직됨(1926), 영화 공부차 도일, 하반기 귀국하여 『먼동이 틀 때』를 원작 · 감독하여 개봉(1927), 『조선일보』기자 입사(1928), 『조선일보』퇴사, 경성방송국 문예 담당으로 이직했으나 사상문제로 해직(1931), 생활고로 충남 당진행, 당진은 『상록수』의 모델인 장조카 심재영의 거처로 알려져 있음 (1932), 『조선중앙일보』학예부장(1933), 『조선중앙일보』퇴사(1934), 『동아일보』특별 공모에 『상록수』당선(1935), 『상록수』의 영화화 좌절, 출판 작업차 상경하여 한성도서주식회사에서 기거하다 장티푸스로 급서(1936), 본명 심대섭(沈大燮), 호는 해풍(海風)(박헌호 편, 『상록수』, 문학과지성사, 2005, pp. 457~62).

이러한 상황이 나타나기까지의 '과거'를 보여준다. 원래 리혜경은 오일영의 애인이었으나 림준상이 지주의 아들인 점을 악용하여 마름인 리혜경의 아버지에게 압력을 넣어 리혜경을 자기 집에 와 있도록 한다. 강홍렬은 리혜경을 계속 쫓아다니며 림준상을 골탕 먹이나 일영은 준상이 중역으로 있는 회사에 취직하였다가 림준상과 리혜경의 관계를 알고는 회사를 사직하고 부랑자의 신세가 된다. 결혼식 날 여러 사람에 의해 림준상의 더러운 과거가 폭로되고 홍렬은 기절한 리혜경을 데리고 나와 병원에 입원시키나 지병이 악화되어 리혜경은 죽고 마는 것으로 결말 처리된다. 이렇듯 「탈춤」은 기본적으로는 통속적인 이야기를 들려주고 있지만, 리얼리즘에 완전히 등을 돌리는 것도 아니다. 홍렬이 이렇게 친구를 위해 활약하고 있을 때 오일영은 낮에는 이리저리 배회하고 밤이면 일본인 동네로 가서 기타를 쳐주고 돈을 받아 먹고사는 짓을 한다. 영화를 의식할 수밖에 없는 탓이기는 하지만 센티멘털리즘으로 화장한 흔적이 역력하다.

그러나 「탈춤」은 1920년대의 시대상과 그 시대를 살아간 인물의 전형적인 삶의 모습을 잘 보여준다. 오히려 전형적인 인물의 설정에 힘쓴 것으로 보이기도 한다. 전형적 인물을 설정하였다는 것은 대중성을 획득하였다는 의미이기도 하나 동시에 1920년대의 풍경화를 대치하였다는 뜻이 되기도 한다. 다른 말로 하면 대중성과 사상성을 잘 섞었다는 뜻이 된다. 전형적 인물들은 그 자체가 긍정적이든 부정적이든 시대적 초상이 될 수 있다. 오일영의 경우, 시골에 조혼한 처가 있는 데다 학교를 졸업하면 집안 형편이 금방 달라질 것으로 기대하는 식구들도 있다. 그는 올봄에 법전을 졸업하였으나 전공보다는 시 쓰기를 더 좋아하여 "법시인"이라는 별명을 얻기도 하였다. 오일영은 현실을 직시하지 못하고 시와 연애에 몰두하며 사는 룸펜 인텔리의 한 예가 된다. 아내가 있는데도 신여성과 연애를 한다는 것은 그 당시에는 일반화되다시피 한 행태에 속하기는 하나 비도덕적임도 부정할 수 없다. 림준상은 지주의 아들이라는 위치를 악용하여 마름을 은근히 협박한 끝에 마름의 딸을 자기 것으로 만들려고 하는 속물이다. 그는 회사의 중역이라는 지위를 활용하여 연적인 오일영이 회사를 그만두게 하였고 급기야는 전락의 길을 걷게 만드는 등 악덕 지주의 모습을 보여준다. 리혜경이 오랫동안 폐병을 앓고 있다가 결국 요절하고 만다는 것도 상투적인 처리 방법이다. 이렇게 보면 오히려 강홍렬이라는 인물이 예외적이면서 문제적인 인물일 수가 있다. 강홍렬은 다음과 같이 비범한 인물로 묘사된다.

칠년전 그가 중학교삼학년급에 다닐재에 그해 일흔봄의 온조선의 젊은사람의 피를끌게하든사건이 니러나자 한번분한일을당하면 물불을사리안코 날뛰는과격한 성격을 가진홍렬이는 울분한마음을 억제치못하고 자긔고향에서 일을 꾸며가지고 성난맹수와가치 날뛰다가사람으로서는 참아 당하지못할고초를 격글재에 그는가치일하든 동지를위하야 혀를깨물어서 일조에 반벙어리가된후에도 삼년이란긴세월을 자유롭지못한곳에서 병신이되다 십히한풀이 겨 나왓다 그동안에자긔의집은 파산을당하야 류리걸식을하고다니는 가족을 길거리에서 만나게되엿든것이다.[260]

강홍렬은 3·1운동에 가담하였다가 심신이 다 망가지는 신세가 되고 만다. 이후 강홍렬은 약간 정신 이상이 생겼고 특히 불을 보면 발작하고 춤을 추어 주위 사람들을 당황하게 만들었다. 그런데 강홍렬은 친구 오일영의 애인 리혜경의 뒤를 계속 따라다니며 위기 때마다 구출해주는 과정에서는 오히려 정의감이 뚜렷하고, 용기가 넘치는 청년상을 보여준다. 성격 창조의 면에서 심훈은 일관성의 결여라는 한계를 드러낸다. 강홍렬은 광인과 고결성을 다 지닌 존재로 그려져 있다. 작가 심훈은 "정치력으로나 더구나 경제력으로 나날이멸망에 싸져가는 비참한조선의 현실"[261]을 강조하기 위

260) 『동아일보』, 1926. 11. 12.

해 강홍렬과 같이 만세 한번 부른 것이 화가 되어 폐인이나 광인이 된 존재를 내세웠다. 그러나 강홍렬을 피해자로만 내버려둘 수는 없었다. 심훈은 림준상을 일제의 대리자로 보고 강홍렬로 하여금 그를 파멸시키도록 플롯을 짜놓았다. 작가의 현실비판 정신이 주인공의 내면에서 출세주의자들을 향한 복수심으로 고조되어 강홍렬은 '돈'의 탈과 '권세'의 탈을 뒤집어쓰고 있는 존재들을 향해 복수심을 행사한 것이다.

염상섭의 『사랑과 罪』(『동아일보』 1927. 8. 15~1928. 5. 4)[262]의 연재 예고 기사에 붙어 있는 "작자의 말"에서 염상섭은 "사랑은 백행의근원"이라든가 "생명의근원은 사랑"이라고 폭넓게 해석한 후 "리긔의탐욕을버리고 나설째 전심 전령 전정(全心, 全靈, 全情)은 자긔이외의모든것에 향응하야 이를용납하고포용하랴함니다 그럼으로사랑은 결국에 희생뎍정신(精神)의 나타남임니다"[263]와 같이 희생정신과 이타심을 사랑의 핵심으로 파악했다. 이 소설의 작중인물들 중 특히 김호연과 최진국이 희생정신으로서 사랑의 정신을 적극적으로 구현한다. 이 소설은 몇 가지 디테일에서 『삼대』의 예고 지표라고 하기에 충분하다. 『사랑과 죄』에서 리해춘과 김호연의 관계는 『삼대』에서 조덕기와 김병화 사이의 역학 관계를 떠올리게 한다. 『사랑과 죄』에서 류진이란 인물의 행동 양식과 사고방식은 『삼대』의 조상훈이란 인물을 통해 구체화된다. 그런가 하면 『사랑과 죄』에서 성욕과 물욕에 눈이

261) 위의 신문, 1926. 11. 13.
262) 다음 논문들을 주목할 필요가 있다.
　　조남현, 「갈등론으로 본 염상섭의 『사랑과 죄』」, 『한국 소설과 갈등』, 문학과비평사, 1990.
　　김경수, 「식민지 삶의 조건과 윤리적 선택 ─ 『사랑과 죄』」, 『염상섭 장편소설 연구』, 일조각, 1999.
　　임영천, 「염상섭 『사랑과 죄』 연구」, 『한국문예비평연구』 4, 한국현대문예비평학회, 1999. 6.
　　박상준, 「풍속묘사의 전면화와 리얼리즘의 길 ─ 『사랑과 죄』론」, 『1920년대 문학과 염상섭』, 역락, 2000.
263) 『동아일보』 1927. 8. 9.

먼 류택수와 친일배이면서 자기 지위의 보존 욕구에 혈안이 된 리판서는 『삼대』에 가서 평생을 '사당'과 '금고'의 지킴이로 살았던 조의관으로 합성되어 나타난 것으로 볼 수 있다.

『사랑과 죄』는 리해춘과 지순영이 류택수와 그의 하수인들의 온갖 방해와 협박에 시달리면서도 마침내 장래를 약속하는 사이가 되기까지의 과정을 서술하는 데 역점을 두었다. 여기서는 "김호연의 말" "니취" "수색" "밀담" "평양공판" 등의 소제목을 구성하는 인물들과 사건들이 양적인 면에서 지류를 이루고 있기는 하지만 바로 이 부분이 염상섭의 사회의식과 역사인식의 고도를 대변한다. 돈이나 성욕의 포로가 되어 인륜이니 도덕이니 하는 것을 거추장스럽다고 내팽개쳐버린 류택수, 정마리아, 해주집, 지덕진 등의 인물들과 순심과 자유 의지에 의한 사랑의 결합을 가장 바람직한 것으로 보는 리해춘, 지순영, 윤선 등의 인물들 사이의 갈등이 겉으로는 중심을 이룬다. 이러한 두 부류의 인물들 사이의 대립이 구체적으로 그려지는 데 비해 이념분자로서 인물들 사이의 갈등은 이론 투쟁의 차원을 벗어나지 못한다.

『사랑과 죄』의 인물들 대부분은 건강하지 못한 성애의 행위를 보여준다. 리해춘은 폐병에 걸려 위중한 상태에 있는 아내를 지방에 내려 보내고 나몰라라 한 채 지순영과 사랑에 빠져 있으며, 홍산주식회사 사장 류택수는 일본 여자와 결혼하여 류진을 아들로 두었으나 상처한 다음에는 정마리아를 포함한 여러 여자들과 놀아나면서도 지순영과의 결혼을 꿈꾸고 있다. 순영의 생모 해주집은 리판서의 소실로 나중에 뇌매독으로 죽는 청지기인 지원용과 눈이 맞아 순영을 낳았으며 아편쟁이 신세로 전락하였다. 지덕진은 이복 누이동생 지순영을 류택수와 결혼시키는 대가로 큰돈을 바란다. 정마리아는 외국 가서 성악을 공부하고 돌아온 후 총독부 관리라든가 류택수라든가 리해춘과 성관계를 맺는 타락한 인물로 그려진다. 소설은 일탈된 남녀 관계의 기록이라는 정의가 성립될 수 있을 정도다.

524

아버지가 판서였으며 그 자신은 자작이나 대감으로 불리는 리해춘은 아버지가 친일 성향을 지녔다는 점과 자신은 현실 도피 성향이 강한 화가의 길을 걷고 있는 점 등이 콤플렉스가 되어 평소에 김호연의 충고를 잘 받아들여오던 터였다. 김호연은 동경제대 법과 출신으로 변호사 노릇을 하고 있으나 변호사로서 "긔썻 마타한다는것은 독립운동이니 사회주의운동이니 하는 돈한푼 아니 생기는 형사문뎨뿐이라한다."[264] 『사랑과 죄』의 변호사 김호연은 『진주는 주었으나』의 변호사 진형석과 삶의 자세 면에서 완전히 마주 보는 자리에 서 있다. 리해춘과 김호연이 상호 이해와 지기 상통에 바탕을 두고 교우 관계를 지속해나가는 것은 『삼대』의 조덕기와 김병화 간의 관계 역학을 떠올리게 해준다. 그러나 이 두 인물은 이따금 사회운동 방법, 물질과 정신 등의 문제에 대해 이견을 노정하곤 했다. 김호연이 주로 요릿집에서 사회운동이니 농민운동이니 하는 것을 펼치는 사람들을 조소하자 리해춘은 그래도 안 하는 것보다는 낫지 않겠냐고 가볍게 반론을 펼친다. 또 김호연은 유물론과 유심론의 결합을 바람직한 것으로 생각하며 이런 점에서 신흥 로서아에 관심을 가질 필요가 있다고 하였다. 물질주의적 방면은 서구에서 구하고 정신주의적 방면은 동양 문명에 토대를 잡게 되겠지만 한편으로는 인류의 새로운 시험이란 면에서 신흥 로서아를 가볼 필요가 있다고 역설하였다. 이에 리해춘이 유물주의의 로서아에서 유심적 경향을 찾는 것은 모순이라고 하자 김호연은 공산주의에서 정신적인 것을 찾자는 것이 아니라 신흥 국가에서 그 기상과 정신을 배우자는 것이라고 응수하였다.

리해춘의 매제이면서 거부 류택수의 아들로 무위사상과 연결된 니힐리즘의 징후를 보이는 류진이라는 인물에 주목할 필요가 있다. 그는 어머니가 일본 여자라는 것을 깊이 의식한 탓인지 스스로를 "무국적주의자"라고

---

264) 위의 신문, 1927. 9. 9.

부르기도 한다. 발표 시기로 보면 단편소설 「南忠緒」(『동광』, 1927. 1~2)는 장편소설 『사랑과 죄』의 예고편이라고 할 수 있다. 「남충서」는 서울서 셋째 손가락 안에 드는 거부이며 젊어서는 혁명가였으나 지금은 친일분자인 남상철과 셋째 첩인 일본 여자 미좌서(美佐緒) 사이의 첫째 아들인 남충서가 아버지의 뜻대로 정희라는 조선 여자와 결혼한 것 때문에 생모에게 시달리는 것을 중심사건으로 설정하였다. 미좌서는 남상철의 민적에 올라 남충서의 모친으로 당당하게 상속권을 행사하고 싶었던 것이다. 야노(矢野)도 아니요 미나미도 아니요 남(南)씨도 아니라는 의식에 눌려 지냈다. 남충서는 어려서부터 P · P단의 일원으로 활동할 때까지 열등감과 무소속감에 젖었다. 아버지는 친일파고 어머니는 일본 여성인 만큼 P · P단에 재정을 부담하는 것도 동지들의 경계심을 사게 되었다. 이러한 남충서는 장편소설 『사랑과 죄』에 와서 조선인 거부와 일본 여자 사이의 아들로 니힐리스트이며 나중에 '평양 사건'에 연루되어 조사받고 나와서는 만주로 도망가는 류진으로 재현된다.

류진은 리해춘과 대화를 나누는 자리에서 자신의 사상을 잘 털어놓곤 하였다. 류진은 '평양 사건'에 연루되어 조사받고 나온 다음, 리해춘을 만난 자리에서 개인주의 태도로 옮겨 앉을 것을 약속하였다. 마침내 그는 리해춘과 지순영과 함께 왜경의 눈길을 피해 봉천으로 달아나고 만다.

류진은 평양 사건이 터지기 전에는 적토(赤兔)라는 별명을 가진 공산주의자, 야마노라는 아나키스트와 한동안 어울려 다닌 적이 있다. 이 세 사람은 우연히 술집에서 리해춘과 김호연을 만나 격렬한 사상 토론을 벌이게 되었는데 리해춘이 코뮤니스트와 아나키스트와 니힐리스트가 삼각 동맹이라도 맺은 것처럼 어울려 다닌다고 냉소하자 적토가 발끈한다. 바로 이 토론 부분은 『사랑과 죄』가 사랑과 돈을 문제 삼은 단순한 통속소설로 굴러떨어지는 것을 막아내는 힘을 발휘한다.

사실상 이째쯤은 공산주의와 무정부주의사이에확연한분계선(分界線)이잇
지못하얏다. 차라리 분계선이업다는니보다도 무정부주의라는것이널리알리
어지지도안핫섯다 그뿐만아니라 사회운동자의 대부분은 그러한구별은 장래
에는잇슬일이나 위선은 「반항」이라는 일뎜에서 지긔상통하는것만에 만족하
야 청탁을 가리지안는형편이엇다더욱히조선사람의 처디로서는 자본주의—
뎨국주의에대하야반긔를드는 일본청년이고보면 공산주의자는 물론이거니와
허무주의자거나 무정부주의자이거나 일례로환영하얏고 또그들중 에서도 먼
저눈쓴자는 조선을 활동무대로하야 차츰차츰건너오게 되엇든째이다[265]

　염상섭은 일본 제국주의 타도라는 목표 아래서는 사회주의, 무정부주의,
허무주의를 가르는 데 열을 낼 필요가 없다는 생각이다. 리해춘은 적토의
반박에 굽히지 않고 "민족주의와 사회주의의 중간을 타고 나가는 것이 오
늘날의 조선청년으로는 올흔 길로 들어서는 줄 안다"고 자기 역사의식의
핵심을 털어놓기에 이른다. 리해춘은 작가 염상섭을 가장 잘 대변하는 인
물이 된다. 김호연이 유물론과 유심론 사이에서 집중 양용(執中兩用)의 태도
를 취하려고 했던 것처럼 리해춘은 민족주의도 사회주의도 아닌 제3의 길
을 상정한다. 적토는 적토대로 지지 않고 리해춘에게 "예술의 상아탑"이나
"귀족의 궁전"에서 나와야 이념 문제를 제대로 논할 수 있을 것이라고 소
리 지른다.

　적토군은 해춘이더러 자작이라는도금(鍍金)을벗겨버리고제바탕의납덩이
(鈉)가되어서 무산전선(無産戰線)으로나오되 민족주의라는 녹초가된 비단두루
막이도버서저치고 나와야한다고 권고를하얏다(납덩이라는말은 덕진에쏘는
탄환의긋헤 물린것인가?

265) 위의 신문, 1927. 11. 30.

여기에대하야해춘이는 「납덩이가되는것은필요한일이다—도금장식은갈보의(머리의)뒤쪼지에나 필요한것이다! 그러나 민족주의라는것은날근비단두루막이가아니라 입지안흘수 업는 수목두루막이가튼것이라」고 주장하얏다[266]

위 부분을 통해서 1920년대 민족주의자와 사회주의자 사이의 갈등이 빚어진 배경의 일단을 짚어볼 수 있다. 사회주의자 적토는 민족주의를 이데올로기로 파악하는 반면, 빈민에 대한 이해와 사회주의에 대한 부분적 긍정을 지닌 리해춘은 민족주의를 본유적 관념으로 암시한다. 리해춘이 김호연이나 류진이나 적토와 논쟁하는 장면은 『사랑과 죄』가 단순한 애정소설로 치부되는 것을 막아버리는 장치가 된 것이라고 할 수 있다. 이러한 이데올로기와 이데올로그는 작중에서 소금의 역할을 한다. 이러한 소금기는 그 후 『삼대』에 가서는 더 많은 양으로 나타나게 되었다. 『사랑과 죄』의 리해춘은 『삼대』의 조덕기를, 『사랑과 죄』의 적토는 『삼대』의 김병화를 예고한다.

김동환(金東煥)의 장편소설 『戰爭과 戀愛』(『조선일보』, 1928. 3. 10~11. 20)[267]가 연재되기 전 2월 22일, 3월 2일, 3월 6일 세 차례에 걸쳐 "차회소설예고"라는 사고(社告)가 나간 바 있다. 김동환은 '작자의 첫 인사'를 통해 우리의 가슴에 있는 세 개의 화살은 첫째, 큐피드가 보낸 사랑의 화살, 둘째는 오늘날의 모든 제도가 보낸 가난의 화살, 셋째는 지배욕에 끓는 허영의 화살이라고 하였다. 그는 오늘날 사회의 모든 살인, 강도, 자살, 기아, 음모, 유랑, 투옥 등 온갖 희비극이 일어나는 것은 이 세 개의 화살을 받으면서부터 시작되고 세 개의 화살을 뽑으면서 끝나는 것이라고 하였다. 이

---

266) 위의 신문, 1927. 12. 1.
267) 다음 논문을 주목할 필요가 있다.
　　김성수, 「김동환의 소설 『戰爭과 戀愛』와 서사시 「國境의 밤」」, 반교어문학회, 『반교어문연구』 13, 2001.

미 김동환은 1925년도에 장형서사시 『국경의 밤』 『승천하는 청춘』, 단형서사시 「우리 사남매」 등을 집중적으로 써냄으로써 이런 문제들을 제대로 다룰 수 있는 작가적 안목과 기술을 지니게 되었다. '전쟁과 연애'라는 제목과 연관지어 보면, '사랑'의 화살은 '연애'로 '가난'과 '지배욕'의 화살은 '전쟁'으로 연결된다. "차회소설예고"를 보면 김동환은 강한 주제의식을 가지고 이 소설의 연재에 임했던 것임을 짐작하게 된다. 민요시인과 서정시인 그리고 서사시인으로 문명을 떨쳤음에도 소설 창작에 그만큼 자기의 문학 생명을 걸었다는 의미도 된다.

이 소설은 독립운동 하러 만주로 건너가서 독립운동 기금 20만 원을 모아 10년 만에 국경을 넘어오다가 중국 파수병에게 총 맞아 죽은 아버지 이교장의 정신을 이어받은 큰딸 칠련의 모험과 시련을 중심내용으로 한다. 칠련은 아버지가 잃어버린 20만 원을 마련하기 위해 호색한인 금광왕 김창재의 소실로 들어앉는다. 거의 끝 부분에 가서야 세복은 칠련의 자기희생에 뿌리를 둔 숭고한 정신을 이해하게 된다. 그녀는 일제와 제대로 "전쟁"하기 위해 세복과의 "연애"를 희생하였다. 칠련은 피도 눈물도 없는 부호 김창재와 전쟁하기 위해 아예 그와 연애하는 길을 택한 것으로 보일 수도 있다. 칠련은 김부호에게 몸을 처음으로 허락하고 나서 자청해서 받은 천 원짜리 소절수를 "오월제 준비에 써 달라"고 하며 세복에게 보냈고 동생 팔련에게도 학비를 보내준다. 이 소설은 칠련의 희생에 초점을 맞추면 한 여인의 희생담이 되지만 희생한 내밀한 목적이 어떤 것이었는가에 관심을 두면 여러 인물들의 투쟁담이 된다. 칠련은 자신을 심청이보다는 논개나 계월향으로 생각했을 만큼 자신의 행동에 큰 의미를 부여한다.

김동환은 『전쟁과 연애』의 주제를 독자의 상상력에 맡기지 않고 직접 설명하고 주입하는 방식을 택하였다. "『전쟁과 연애』라는 이야기도 칠련이가 이같이 김부호의 집에 뛰어든 오늘 아침부터 비로소 전개되는 것"이라고 하였으며 작품의 여러 곳에서 '전쟁과 연애'의 함의를 직접 설명하였다.

칠런은 김부호에게 시집가기 전에 세복과 경회루에서 만나 사랑을 나누고 저녁때는 오인구락부라는 술집에 가 벽에 다음과 같은 시가 써 있는 것을 보게 된다.

싸홈과연애
큰것을연애하라
연애는 한사람이사는
사업 큰일은만사람이사는
사업
구라파청년은 연애할년지
모르지만 조선청년은
연애에바치는그정력과돈과
정성을 다른데바처라
연애는할일 하고서하여라
연애! 하하하[268]

대체로 상식적인 의미로 사용된 연애의 대립 개념으로 "큰일"이 제시된다. 카프의 동맹원인 김동환이 말한 것인 만큼 "큰일"의 내용을 짐작하는 것은 어렵지 않다. 방법과 태도는 조금씩 다르기는 하지만 이교장, 칠런, 세복, 팔런 등이 함께한 현실 타개 운동이 바로 "큰일"의 내용이 된다.

간밤에 재령 광산촌에서 세복이 팔련을 칠련의 대리 존재로 보고 성욕을 억제하지 못한 채 건드리고 난 그다음 날, 팔련은 오히려 자기가 세복을 어떻게 대해야 하나 하고 걱정한다. 문득 팔련은 "전쟁과 연애"라는 화두를 떠올리게 된다.

---

268) 『조선일보』, 1928. 5. 3.

연애가 뜻대로되지아니하더냐성욕의무조화로고민하느냐팡문뎨로모든인류
가 우느냐 그것이모다원인은한곳에잇다 그큰원인만업새면모든것은평화의세
계로돌아간다 지금은그원인을업새기전임으로누구에게나비극이잇지안이한가
모든개인은 이비극을참으며그를업새기에로력하는마당이아닌가 팔련이나칠
련이나세복이나 지금에 행복을찾는것은 틀넌수작이다 그러면엇절것인가[269]

연애 즉 남녀 사이의 사랑이 잘 이루어지지 않는 것은 바로 "그 큰 원인"
에 있다는 것이다. 여기서 "전쟁"이라는 말에 대해서 언급하지는 않았지
만, 김동환은 "그 큰 원인"을 없애기에 노력하는 것을 가장 큰 전쟁이라고
한다. 전쟁하기에 연애할 틈이 없으며, 또 암울한 역사적 상황 때문에 개
인의 사랑과 또 그를 중심으로 한 생활이 없다는 것이다.

거의 끝 부분에 가서 칠련이 김부호의 집에 있으면서 자신의 생활과 각
오를 기록해놓은 "승전곡"의 내용 일부가 세복에 의해 공개된다. 이 기록
은 주인공 칠련이 한 것이면서 동시에 작가 김동환이 한 것이라고 할 수
있다. 이 내용 가운데 "전쟁과 연애"의 문제에 대해 언급한 것이 있다.

전쟁과련애! 우리들의 할일의전부다. 아니인생생활의 전부가 이다섯글자
속에 잇지안을가? 그래서혹세상에는 연애만하는사람 전쟁만하는사람 전쟁
과 연애를 아울러하는사람, 전쟁하기위하여 연애쓰지 희생할뿐더러 전쟁의
무긔로 연애까지쓰는 구별이 잇슬따름이다. 그런데나는그맨쓰트머리에속하
는사람이아닐가? 세복씨가 마즈막날까지 이일을 량해못하여 주신대도 나는
하늘짜에 부끄러운것이업서………[270]

---

269) 위의 신문, 1928. 11. 11.
270) 위의 신문, 1928. 11. 17.

칠련은 자기 자신을 전쟁하기 위해 연애까지 희생한 경우로 또 연애를 전쟁의 무기로까지 쓰는 경우로 확신한다. 칠련은 자기가 벌이는 전쟁은 아버지가 잃어버린 독립운동 자금 20만 원을 김창재와 3년 동안 같이 살면서 그로부터 받은 돈을 모아 만들어내는 것이라고 생각한다. 칠련은 세복에게 자신은 "금광을 캐기 위해" 김부호의 집에 들어가는 것이라고 하면서 돈은 수단이요 좋은 일은 목표라는 말로 자신의 선택을 합리화한다. 세복이 재령으로 떠나기 직전에 만난 자리에서 칠련은 자신을 잔 다르크나 논개나 계월향에 비유하면서 자신은 "세복 씨 앞에서는 육체가 없고 김부호 앞에서는 정신이 없는" 여자라고 웅변한다.

이 소설에서 육신으로 등장하는 것은 잠깐이지만 정신은 오랜 시간 남아 있는 존재로 이교장을 들 수 있다. 이교장은 "전쟁"이라는 말에 실천으로써 최대의 의미를 부여한 존재이면서 동시에 자기희생을 아끼지 않은 영웅적 존재다. 당시의 작가들이 주로 사회주의자로 투쟁적인 존재를 설정하려한 반면 김동환은 독립운동에 뛰어든 민족주의자를 내세우고 있다. 무력투쟁 노선을 걷는 민족주의자는 이데올로기를 전파하는 데 힘쓴 사회주의자보다 더 강한 존재임을 암시한 이교장은 20년 전까지 평양 대성학교 교장으로 있으면서 청년자제들에게 큰일을 대비하는 힘을 기르도록 교육했던 인물이다. 그러던 중 3·1운동에 적극 가담하여 쫓기는 몸이 되어 두만강까지 와서는 급한 대로 처와 두 딸을 남겨두고 자기 혼자 국경을 넘어간 것이다. 그는 국경을 넘어가서도 운동을 계속했다.

그래서그는 양의쎄가티여기저기흐터저잇는만주벌의흰옷입은사람들을 차저글도가르키고 논푸는법도가르키고엇던때는디도와긔와흙을보이면서연설도 하고-이리하야 그가지나는곳곳 마다무슨 회가생기고 또무수한 생도가 생기엿다 그대신에 리교장의머리에는힌털이 늘어가고 쇠막대굣이달아업서지는 것은물론이엇다 이러기를삼사년하엿다—

그러나 이러한 일로어느천년에그큰쯧을풀어볼수잇스랴 이러한일을 다른 동무에게 모다맛기어버리고크나큰자금을엇을생각을품고서그는서백리아로향하엿다

금광아! 금광아—[271]

이교장은 "지금 고국은 돈을 요구한다"는 판단에 닿아 캄차카의 알로시카 금광에 가서 조선 광부들을 계몽하고 그들의 협조를 얻어 목표액을 채워가기 시작한다. 이교장은 여기서 조선인 광부 4백여 명의 생활 습관까지 완전히 바꾸어놓는다. 김동환은 시인답게 소설은 현실 반영의 기록이라는 관념에 머물지 않았으며 꿈을 살려내어 낭만적이거나 이상주의적 경향을 보이기도 하였다. 이교장의 자기희생적이며 투쟁적인 실력양성론자로서의 모습은 김동환의 꿈이 빚어낸 면이 강하다. 무력투쟁소설과 민족개량주의가 만난 지점, 영웅소설과 연애소설이 교차된 지점에 소설 「전쟁과 연애」가 서 있다.

염상섭의 『二心』[272]은 『매일신보』에 1928년 10월 22일에서 1929년 4월 24일까지 연재되었던 장편소설이다. 『이심』은 염상섭이 1920년대의 마지막에 쓴 장편소설이다. 이 소설은 박춘경의 남편 이창호가 감옥에서 나와 일본인 좌야가 춘경에게 쓴 편지를 갖고 가는 장면에서 시작하여 이창호는

---

271) 위의 신문, 1928. 3. 20.
272) 다음 논문들을 주목할 필요가 있다.
　　유종호, 「소설과 사회사」, 『염상섭 전집』 3권, 민음사, 1987.
　　김창식, 「염상섭 소설 『이심』과 '돈'의 사회학」, 『한국 현대소설의 재인식』, 삼지원, 1995.
　　오양호, 「염상섭의 초기 소설 연구—『이심』을 중심으로」, 문학과문학교육연구소 엮음, 『한국 현대문학의 이론과 지향』, 국학자료원, 1997.
　　김경수, 「염상섭 통속소설의 세계」, 『염상섭 장편소설 연구』, 일조각, 1999.
　　송하춘, 「『이심』과 『취우』의 상황적 갈등구조」, 김종균 엮음, 『염상섭소설연구』, 1999.

아내 춘경을 술집에 팔아먹은 죄로, 좌야는 춘경에게 사기 친 죄로 붙들려 가는 것으로 끝이 난다. 명문가의 딸인 춘경은 고등학생 때 테니스 선수로 코치인 이창호와 연애하는 것으로 몰려 퇴학당하고 반년 있다가 재동에 살림을 차린다. 창호는 주의자 혐의로 옥살이를 하였고 그 사이에 20대 중반인 춘경은 50대의 좌야가 지배인으로 있는 패밀리 호텔에 취직하여 생활을 꾸려나간다. 감옥에서 나온 창호는 춘경의 이러한 생활을 보고 두 남녀 사이를 의심한다. 좌야에게 행패를 부리다가 다시 감옥에 가게 된 이창호에게 춘경은 거의 면회를 가지 않은 채 여전히 방종과 쾌락을 일삼는 생활을 하게 된다. 좌야는 석유회사 서기장이며 조선 총영사의 아들인 28세의 커닝햄을 춘경에게 소개하였다. 커닝햄이 춘경에게 사랑을 고백하는 편지를 보내자 좌야는 호감 있는 것처럼 답장을 위조하여 보낸다. 잔뜩 몸이 단 커닝햄을 속여 만 원짜리 소절수를 가로챈 좌야는 마침내 1만 4천 원이나 되는 거금을 갖고 도망가버린다. 일본에서 신혼살림을 차렸던 춘경은 커닝햄이 돈이 떨어지자 서울로 와버린다. 석방이 된 창호는 춘경에게 복수하기 위해 그녀를 술집에 팔아먹고 술집에 갇힌 춘경은 약을 먹고 자살한다. 창호와 좌야는 경찰에 잡힌다.

이 소설의 주인공은 박춘경이다. 박춘경은 양심도 바르고 자의식도 있는 편이기는 하나 현실에 재빨리 적응하는 한편 허영과 방탕기가 농후한 여인이다. 이에 비해 남편 이창호는 비록 조직에 뛰어들거나 이론에 바탕을 두었거나 한 것은 아니지만, 주변 사람들에게 '주의자'로 낙인찍힌 존재다. 그러나 그는 실제로 능력이 없으며 거기다가 고집이 세고 즉흥적인 면도 있다. 이창호는 비중 있게 다루어지지도 않았으며 때로는 앞뒤가 맞지 않는 주변적인 성격을 드러내는 존재로 그려지고 있다. 창호는 주의자라고 불렸을 뿐이지 이 소설 안에서는 실제로 주의자로서 최소한의 행동도 보여주지 못하였다. 창호가 이 소설의 사상성을 지키는 유일한 존재라고 한다면 창호의 이러한 존재 방식은 오히려 『이심』을 통속소설로 끌어내리는 것이 되기 쉽다. 좌야는 호인이고 친절한 척하면서 춘경에게서 쾌락을 탐하고 춘경을 이용하여 미국인 커닝햄의 돈을 빼앗으려 한다. 1920년대 소설에서 좌야와 춘경의 사이 같은 인간관계를 설정하는 것은 특이하다. 이 소설에서 일본인 좌야가 일본 제국주의를 상징하고 박춘경이 식민지 치하의 조선을 상징하는 것으로 판단하는 것은 어려운 일이 아니다. 1920년대의 한국 소설에서 이렇듯 부자이고 낭만적이고 남의 말 잘 듣는 미국인 청년이 등장한다는 것은 아무래도 이색적인 일이며 그만큼 현실성이 떨어진다. 미국인 커닝햄은 일본인 좌야의 교활함과 조선 신여성 춘경의 성적 매력과 방종을 음각해주는 기능을 행사하게 된다.

『이심』은 인간 감정의 모순, 태도의 이중성, 생각의 혼란을 의미한다. 인간을 단색이나 단선으로 보지 않는 것이 염상섭 문학의 한 특질이다. 염상섭은 아무리 미천한 존재라 하더라도 그 속생각이 금방 드러나지 않는 구절양장 같은 존재로 파악한다. 주인공 박춘경은 자기와 관계있는 모든 남자, 즉 남편 창호, 상사인 일본인 좌야, 새로운 애인 커닝햄 등을 대할 때 단일한 감정이나 태도를 취하는 법이 없다. 가령, 좌야가 춘경을 매춘부 다루듯 할 때도 불쾌한 반응을 드러내는 동시에 교성을 지르며 몸을 비비 꼬며 남자를 유혹하였다. 그런가 하면 결국 자기의 방종과 타락이 한 원인이 되어 감옥에 간 남편에게도 춘경은 이중 감정을 지니고 있었다.

춘경이가 남편을 야속하게 생각하는마음뒤에는 자책지심이 아조업는 것은 아니엇다. 적어도 남편이 저디경이된것도 근본을ᄶ지면 자긔죄인것을 모르는것은아니다. (중략) 그중간치로 고집이나 악지가 세이고, 그러면서도 자긔반성의 량심이 다소간 남아잇는사람은, 뉘우치고 새길을 들어선다는것이 자긔의인격이나위신을 제풀에 무시하는것가타야 도리어 모든도덕에대하야 반항뎍태도를 취하거나, ᄯᅩ는 자긔량심의가책을 익일수가업서서 한칭더 자포자긔로 타락하는것이다. 춘경이는 말하자면 이러한 「타입」의 위인이다.

남편에게대하여 미안하다 잘못하얏다는 자책지감과, 이 모양으로 나가다가는 어데까지 타락할지모르겟다는 불안과 반성이업지안치만은, 남편이 넘어나 야속하게굴고 그처럼 맵살스럽게 구는것을보고는 슬멋이 배심이 들고, 헐대로 해보라하는 내던지는 태도를 자연히취하게되 것을 자긔도 엇지하는 수가없섯다.[273]

창호가 감옥에 있으면서 춘경을 오해하여 멀리하고 위영애와 가까워지려 한 것도 한 원인이 되었겠지만 춘경의 이러한 이중적 태도는 좌야와 계속 만나고 커닝햄에게 다가가게 하는 더 큰 원인이 된다. 커닝햄을 대하면서 남편을 향한 양심과 복수심이 교차하는 것을 자주 느낀다.

얼핏 보기에 이 소설은 박춘경이 여고생 때부터 23세에 약을 먹고 자살하기까지 남자들에게 시련을 겪은 이야기일 수도 있다. 그러나 춘경이가 이와 같이 이심의 소유자라고 한다면, 또 그 이심이 춘경이 맞는 비극의 한 원인이 되었다면 『이심』을 박춘경의 피해의 역사라고 하기는 어렵다. 박춘경은 불행한 여인이기는 하지만 순결하고 정조가 굳센 여인은 아니었다. 그러나 박춘경의 삶의 자세를 어떻게 보든 『이심』이 줏대 없고 세상물정 모르는 춘경, 타락한 주의자 조선인 창호, 교활한 사기꾼 일본인 좌야, 어려움 없는 낭만주의자 커닝햄 등의 관계가 드러나는 상징성 위에 얹혀 있고 바로 이 상징성이 『이심』의 사상성을 수준 이상으로 끌어올린 것도 부정할 수 없다.

단재 신채호(申采浩)의 「룡과 룡의 대격전」[274]은 "1928년 자북경기 연시

---

273) 『매일신보』, 1923. 1. 3.
274) 다음 논문들을 주목할 필요가 있다.
　　　송재소, 「민중문학과 노예문학—단재 신채호의 문학에 대하여」, 『창작과비평』(1980년, 봄호).
　　　표언복, 「단재의 문학과 형성에 미친 양계초의 영향」, 『목원어문학』, 목원대 국문과, 1989.

몽인(自北京寄 燕市夢人)"이라고 말미에 부기가 달려 있어 『꿈하늘』(1916)에 이은 망명문학이라고 할 수 있다.

헐벗고 굶주린 백성들이 미리님께 정성을 다해 음식을 바치고 여러 가지 소원을 빌었으나 미리님의 입에서 나온 황제, 재산가, 대지주 등의 존재들이 빈민을 모조리 잡아먹는다는 "1. 미리님의 나리심", 상제가 미리를 칭찬하여 잔치를 열며 그동안 인민을 억누르기 위해 공자, 석가, 예수를 내세웠으나 지금은 과학자와 문학자를 내세워 지배계급의 장엄을 구가했다는 "2. 천궁의 태평연, 반역에 대한 걱정", 미리가 상제에게 식민지 백성을 속이는 무단정치, 문화정책, 자치주의, 공산당 대조류 등의 아이디어를 내는 "3. 미리님이 안출한 민중진압책", 30만 년이나 된 천국신문의 호외에 상제의 외아들 야소기독이 상제의 도를 역설하다가 오해를 받아 드래곤이 수범인 민중에 의해 참살되었음과 야소기독의 역사를 그린 "4. 부활할 수 없도록 참사한 야소", 상제가 드래곤 체포령을 내려 천경의 활동이 개시되었으나 지민신문(地民新聞)에 난 드래곤의 진영은 0으로만 설명되었고 금일의 0은 명일에는 어떤 것으로 될 수도 있으며 미리는 상제에게 충실하고 지배계급의 이익을 대변하는 동양의 총독으로, 드래곤은 서양의 용으로 혁명과 파괴를 즐기고 근자에는 허무주의에 빠져 야소기독을 참살한 흉범이 되었다는 "5. 미리와 드래곤의 동생이성(同生異性)", 미리와 드래곤이 형제라는 것이 신문에 나자 상제는 미리의 직함을 빼먹고 민중이 공자, 석가, 마호메트를 죽이고 지배자의 권리를 옹호한 서적을 불 지르고, 교회, 정부, 관공서 등을 파괴하여 지배계급이 멸망하고 천국에 더 이상 아무것도 바치지 않기로 하자 상제의 천사가 대책을 세워 민중에게 구걸하기로 한다는 "6. 지국의 건설과 천국의 공황", 미리가 상제의 바가지 사신으로

김경복, 「단재 신채호 문학과 아나키즘론」, 『국어국문학 30』, 부산대 국문과, 1993.
김주현, 「신채호—계몽과 저항, 전복으로서의 글쓰기」, 『백세노승의 미인담(외)』, 범우출판사, 2004.

내려가 식민지 민중의 소멸을 꾀해보겠다고 한다는 "7. 미리의 출현과 상제의 우려", 천궁은 울음바다가 되었으며 울음소리는 "왔다 왔다, 드래곤이 왔다, 인제는 천국의 말일이다"로 나타나 실수로 천국에 불을 낸 상제는 어디론가 가버렸다는 "8. 천궁의 대란, 상제의 비거(飛去)", 유럽과 중국으로 상제를 찾으러 갔다가 시대착오적이라고 봉변당한 천사가 점쟁이로부터 쥐구멍에 가서 상제를 찾으라는 말을 듣는 "9. 천사의 행결과 도사의 신점(神占)", 천사가 쥐구멍을 찾아가 초라하고 무기력하게 있는 미리를 발견하고 상제가 망하면서 그동안 상제의 이름을 팔아 지낸 제왕 귀족, 총사령관도 몰락하여 이제 억만 민중이 고양이가 된 반면 과거 모든 세력자는 쥐가 되었다고 깨닫는 "10. ×××"으로 구성되었다. 「용과 용의 대격전」은 상제의 신하로 동양의 총독을 맡은 미리와 서양의 드래곤의 대결도 제시하였지만 미리·드래곤과 민중의 대결을 본질적인 것으로 파악했다. 상제의 지시를 받은 미리와 드래곤이 지배하던 체제가 이제 민중이 지배하는 세상으로 바뀌어갈 것이라고 예견한 것이다. 그러면서 미리를 초점화자로 하여 민중을 강국의 민중과 식민지 민중으로 나눈 다음, 식민지 민중의 비참한 모습을 제시하는 데 역점을 두었다.

식민지의 민중은 그 고통의 정도가 다른 민중보다 만 배나 되지만 매양 그 허망한 요행심을 가져 굶어 죽는 놈이 요행의 포식을 바라며, 얼어 죽는 놈이 요행의 따뜻한 옷을 바라며, 교수대에 목을 디민 놈이 요행의 생을 바랍니다. 그래서 반항할 경우에도 반항을 잘 못합니다. 그런즉 식민지의 민중처럼 속이기 쉬운 민중이 없습니다. 철도·광산·어장·삼림·양전·옥답·상업·공업……모든 권리와 이익을 다 빼앗으며 세금과 소작료를 자꾸 더 받아 몸서리나는 착취를 행하면서도 겉으로 '너희들의 생존 안녕을 보장하여주노라'고 떠들면 속습니다. 채찍질·몽둥이질·죽창질·단근질·전기 뜸질 심지어 입가에 올리기도 참혹한……[여섯자 약함—편집자]……같은

538

형벌을 행하면서도 군대를 출동하여 부녀를 찢어 죽인다, 소아를 산 채로 묻는다, 온 마을을 도륙한다, 곡식 가리에 방화한다……하는 전율한 수단을 행하면서도 한두 신문사의 설립이나 허가하고 '문화정책의 혜택을 받으라'고 소리하면 속습니다. 학교를 제한하여 그 지식을 없도록 하면서도, 국어와 국문을 금지하여 그 애국심을 못 나도록 하면서도, 저들 나라의 인민을 이식하여 그 본토의 민중을 살 곳이 없도록 하면서도, 악형과 학살을 행하여 그 종족을 멸망토록 하면서도, 부어터질 동종동문(同種同文)의 정의(情誼)를 말하면 속습니다. '건국'·'혁명'·'독립'·'자유' 등은 그 명사까지도 잊어버리라고 일체 입이나 붓 끝에 오르지도 못하게 하지만, 옴 올라갈 자치 참정권 등을 주마 하면 속습니다. 보십시오. 저 망국제를 지낸 연애 문단에 여학생의 단 입술을 빠는 청년들이 제 세상을 자랑하지 안합니까. 고국을 빼앗기고 쫓겨나 천 리 먼 외국에서 더부살이하는 남자들이 누울 곳만 있으면 제2고국의 안락을 노래하지 안합니까! 공산당의 대조류에 독립군이 떠나갑니다. 거지 정부의 연극에 대통령의 자루도 찢어집니다. 속이기 쉬운 것은 식민지 민중이니, 상제시여 마음 놓으십시오. 세계 민중들이 다 자각한다 하여도 식민지 민중만은 아직 멀었습니다. 우리가 식민지의 민중만 잡아먹더라도 몇십 년 동안은 아무 걱정 없을 것이올시다."[275]

이처럼 신채호는 미리의 입을 통해 일제가 조선인을 대상으로 착취와 만행과 살인을 일삼는 것을 폭로하면서 문화정책, 동종동문, 참정권 부여 등은 전부 기만책이라고 주장하였다. 아나토미의 방법을 거친 이러한 폭로와 규탄은 망명문학이기에 가능한 것이다.

"드래곤은 무엇이냐? 상제가 태고 인민들의 미신적 추대를 받아 제위에

---

275) 송재소·강명관, 『신채호 소설선―꿈하늘』, 동광출판사, 1990, pp. 103~05.

오르던 제5년에 허공 중에서 탄생한 일태쌍생(一胎雙生)의 괴물이 있었던바, 하나는 드래곤이 곧 그것이요, 또 하나는 곧 현금 천궁의 시위대장으로 동양 총독을 겸한 유명한 미리니, 미리나 드래곤이 한자로는 다 용이라 번역한다. 그 뒤에 미리는 늘 조선·인도·중국 등의 나라에서 성장하여, 드디어 동양의 용이 되어 석가·공자 등의 소극적 교육을 받아 상제의 충신이 되어, 늘 복종을 천직으로 알므로 지배계급의 주구(走狗)인 종교가·윤리가들이 모두 미리를 인간 세상 모범의 신으로 받들어왔으므로, 조선의 신화에나, 중국의 유교 경전에나, 인도의 불경에 다 용을 비상히 찬미하여 상제에 짝하였다. 그래서 상제께서 미리를 발탁하여 동양을 지키라는 대임을 준 것이요, 드래곤은 늘 희랍·로마 등지에 체재하여 드디어 서양의 용이 되어 늘 반역자·혁명자들과 교류하여 '혁명'·'파괴' 등 악희를 즐기어 종교나 도덕의 굴레를 받지 않는 고로 서양사에 매양 반당(叛黨)과 난적(亂賊)을 드래곤이라 별명하여왔었다.

근세에 와서는 드래곤이 또 허무주의에 빠져, 더욱 격렬한 혁명 행위를 가지더니 마침내 야소기독(耶蘇基督)을 참살한 흉범이 된 것이다."

하였다. 이 신문을 받은 천국의 궁신들이 비로소 미리와 드래곤이 본래 형제임을 알고 놀라지 않는 이가 없었다.[276]

신채호는 드래곤과 미리가 형제임을 밝히는 과정을 통해 동서양의 민중 탄압 역사를 자연스럽게 개관할 수 있게 되었다. 신채호는 근본적으로 영웅사관을 부정하고 민중사관을 지지하였다.

벽초 홍명희(洪命熹)의 대하역사소설 『林巨正傳』은 1928년 11월 21일에 『조선일보』에 연재되기 시작하여 투옥과 신병 등의 이유로 3차의 휴재를 거쳐 『조광』 1940년 10월호에서 미완인 상태로 연재가 끝났다. "봉단편(鳳

---

276) 위의 책, pp. 108~09.

丹篇)"·"피장편(皮匠篇)"·"양반편"은 1928년 11월 21일에서 1929년 12월 26일까지 『조선일보』에 연재되었을 때 '제1편종(第一編終)'·'제2편(第二編) 갓바치 종(終)'이라고 두 개로 나누어졌던 것이 해방 후 을유문화사에서 1948년 2월 15일자로 간행되었을 때 세 개의 이야기로 재편성되었다. 『임꺽정전』은 "봉단편"·"피장편"·"양반편"·"의형제편"·"화적편(火賊篇)" 등 다섯 부분으로 구성되어 있었으나 앞의 세 가지는 1939년 말 조선일보사에서 단행본으로 출간되었을 때나 해방 후 을유문화사에서 출간되었을 때도 연재본의 형태를 벗어나지 못했다. 마지막 이야기인 "화적편"도 "자모산성편"의 일부만 연재된 채 종료되어 결국 해방 이전 최대 소설인 『임꺽정전』은 미완성과 함께 부분적인 미수정이라는 한계를 드러내었다.

이 소설은 "자—림꺼정이의 이야기를 붓으로 쓰기시작하겠습니다"고 서문을 열어젖힌 뒤 『임꺽정전』을 오랫동안 구상했음을, 어려서부터 소설 읽기를 좋아했으나 우리 고대소설처럼 시작하기도 꺼려지고 『수호지』나 『삼국지』만큼 쓸 재료 능력도 없음을 고백하면서 태조 이성계에서 성종·연산주·중종·인종·명종에 이르는 과정을 정사 위주로 간단간단히 서술하였다.

"봉단편"의 역사적 배경은 연산군 즉위(1494), 무오사화로 군오복 등 처형, 김종직 부관참시(1498), 갑자사화로 김굉필·권일수·윤필상 등 수십 명 처형(1504), 중종반정(1506)으로 정리된다. "봉단편"(제1편 종)의 줄거리는 다음과 같이 정리할 수 있다. 연산주 때 홍문관 교리 리장곤(李長坤) 임금의 실덕을 직언한 죄로 거제도로 정배, 인수대비 사망, 내시 김처선 피살, 리교리 유배지 탈출하여 함흥마을행, 봉단 부친 양주삼에게 구출, 백정학자로 소문난 양주팔의 도움, 29세의 리교리 변성명하고 18세의 봉단과 혼인, 중종반정, 원에게 리장곤 자신의 실체 밝히며 고리백정도 사람이니 천대하지 말라고 충언, 리장곤 리급제를 거쳐 동부승지로 제수, 봉단은 숙부인 승차, 상경하여 양주팔은 리승지 곁에 기거, 양주팔 금강산에서 이천년 선생의 가르침 받음, 봉단 외사촌 동생 임돌이 리승지 방문, 양주사는 양주팔 집에 감, 임돌이 양주 백정 피선의 딸과 혼인, 피선은 대낮에 취해 양주 목사 앞에서 비틀거린 죄로 하옥, 돌이 리승지에게 힘을 써 피선 석방, 양주팔의 첩 득남, 임돌이의 아내 딸 분만, 리장곤 예조참판으로 승진, 아들 함동이로 명명.

"피장편"의 역사적 배경은 유생 조광조 정계 진출(1511), 기묘사화로 조광조 사사(1519)로 요약할 수 있다. "피장편"(1929. 6. 27, 제2편 갓바치 종)의 줄거리는 다음과 같이 정리할 수 있다. 혜화동 갓바치(양주팔)와 조광조 3년간 교유, 리장곤 이조판서로 제수, 희대의 술객 김륜의 불길한 예언, 김륜의 스승 이천년은 정허암으로 밝혀짐, 남곤이 꾸며낸 기묘사화로 대사헌 조광조, 형조판서 김정기, 대사성 김식 등 귀양, 리장곤은 남곤 일파에게 제동을 걸어 조광조 구명 시도, 조광조 사사, 리장곤 삭직, 창녕으로 낙향, 심의와 서경덕과 황진이 대면, 섭섭이와 남동생 꺽정이 출생, 공부는 싫어하고 양반집 아이들 잘 때리는 꺽정이의 성장담, 갓바치 꺽정이를 큰 인물로 예언하고 서울로 데리고 감, 꺽정이 봉학이와 유복이와 의형제 결의, 갓바치 임꺽정 지도, 갓바치 꺽정이를 대동하고 묘향산·백두산행, 천왕동의 누나 은총과 임꺽정 결혼, 갓바치 금강산 절에 들어가 병해대사가 됨, 병해대사 보우를 질책, 양주·창녕·제주도를 유람한 갓바치 죽산 칠장사에 들어가 생불 대접받음.

"양반편"의 역사적 배경은 인종의 짧은 재위(1544. 11~1545. 7), 조광조의 작위 복귀(1545. 6), 명종 즉위(1545. 7), 을사사화로 윤임 등 사사(1545), 승려 보우에게 판선종사 도대선사 제수(1551), 문정왕후 섭정 중단(1553), 전라도 달량포에 왜변 발생(을묘왜변, 1555. 5) 등으로 정리된다.[277] "양반편"의 줄거리는 다음과 같이 정리된다. 인종 즉위, 유생들 조

---

277) 이만열 엮음, 『한국사연표』, 역민사, 1996, pp. 96~98.

광조 복직 상소, 인종 승하, 조광조 복직, 윤원로 윤원형 형제의 횡행 발호, 리황의 형 리해 국문 받고 사망, 백정들이 시신 거둠, 리황 벼슬 사의, 임돌이와 임꺽정 형장 맞음, 윤원형의 모함으로 형 윤원로 유배지에서 사사, 관비의 딸 정란정 윤원형의 첩이 되어 대왕대비의 총애 받음, 남명 조식이 윤원형 비난하고 사직, 대왕대비 보우 총애, 승려들 과거 응시 자격 획득, 봉단 별세, 보우 내탕고 자의로 사용, 윤원형과 보우 갈등, 경복궁 중수, 77세 된 병해대사 35세 된 임꺽정 수행하고 유람, 임꺽정 아들 백손 출생, 임꺽정과 어린 이순신 조우, 전라도에 왜변 발생, 꺽정 군총 지원했으나 백정 아들이라는 이유로 거부당함, 활 잘 쏘는 봉학은 도순찰사 휘하 아병으로 대활약, 돌팔매질의 명수 배돌석도 대활약.

"봉단편"은 실존 인물 리장곤이 귀양 중에 백정의 딸 봉단을 부인으로 취하고 난 후 중종반정을 계기로 출세 가도를 달리는 것이 중심사건인 양반소설이자 정치소설이라고 할 수 있으며 "피장편"은 허구적 인물인 양주팔이 죽산 칠장사의 생불로 추앙받기까지의 과정과 양주팔과 교유했던 조광조의 세력이 사화를 만나 몰락하는 과정을 병행해놓은 것으로 양주팔을 주인공으로 볼 경우 기인소설이 된다. "양반편"은 문정왕후, 윤원형, 보우 등을 중심으로 한 궁중소설이자 정치소설이라고 할 수 있으며 임꺽정에 대한 이야기는 부차적이라고 할 수 있을 정도다. 홍명희는 "봉단편" "피장편" "양반편"에서 기본적으로 조선 왕조사와 조선 팔도 지리에 박식함을 보여주었다. 뿐만 아니라 정치·군사·농사·유학·불교·궁중 제도 등에 대해서도 풍부한 지식을 지니고 있음을 알게 된다.

염상섭의 장편소설 『狂奔』[278]은 1929년 10월 3일부터 1930년 8월 2일까

---

278) 다음 논문들을 주목할 필요가 있다.

정호웅, 「염상섭의『광분』연구—염상섭 소설에서의 '돈'과 '타락한 성'의 의미해명을 위한 시론」, 국어국문학회, 『국어국문학』 95, 1986. 5.

김양선, 「『광분』 자세히 읽기」, 한국문학이론과비평학회, 『한국문학이론과 비평』 10,

지 『조선일보』에 연재된 것으로, 작가 염상섭은 1929년 10월 2일자에 실린 "작자의 말"에서 이 작품은 '성욕' 문제를 중심으로 하여 모던걸의 생활상, 이데올로기, 생활철학, 길, 운명 등을 그리는 것을 목적으로 삼는다고 하였다. 고무신공장과 방직공장을 경영하는 거부 민병천의 딸로, 일본에서 음악학교를 졸업하고 주정방이 단장으로 있는 적성단의 공연작 「카르멘」의 프리 마돈나로 출연하기로 한 경옥과 계모 숙정이 주정방을 사이에 놓고 암투를 벌이다가 숙정이 건달 변원량을 시켜 경옥을 살해하는 것이 중심사건을 이루고, 민병천 집안의 가정교사로 있던 제국대 의학과 학생 이진태가 불온문서 살포 혐의로 체포되었으나 민병천이 힘을 써 집행유예로 나오게 되는 것이 부차적 사건을 이루고 있다. 중심사건은 세속사요 부차적 사건은 투쟁사로 구체화되곤 하는 신성사로 엮는 염상섭 특유의 소설 담론이 제시된다.

주정방은 심정적으로 민경옥 편으로 기울기는 하였으나 경옥과의 사랑을 계속하면 숙정이 중개하는 민병천의 돈줄이 막혀 적성단의 활동이 어렵게 될 것을 알기 때문에 분명한 태도를 취하지 못한다. 민병천은 주정방의 연극 활동을 지원하기는 했으나 딸 경옥과 주정방의 결혼 문제에 대해서는 주정방이 기혼자이며 호색한이라는 점을 들어 인정하지 않는다. 작중에서 주정방은 두 여자 사이에서 고민하는 모습은 별로 드러내지 않는다. 연구단체 적성단의 단장으로서의 활동상이 보다 많이 서술되었다.

이진태는 제국대학 동창회 대표의 한 사람으로 "전조선학생친목회"의 간부가 되어 학생의거 사건을 알리는 유인물을 박람회가 열리는 경복궁 앞에서 뿌리려다 체포된다. 이진태가 잡혀가자 민경옥과 하녀 을순이도 잡혀가 조사받고 민병천 집안이 가택수색 당하는 정도로 사건이 비중 있게 다루어

2001.

곽원석, 「염상섭 장편소설 『광분(狂奔)』 연구」, 『현대소설연구』 20, 2003.

김경수, 「염상섭 소설과 연극」, 『현대소설연구』 31, 2006.

졌음에도 정작 이진태는 당시의 흔한 '주의자' 식으로 그려지지 않는다. 이진태가 전조선학생친목회에 가담하여 삐라 살포 사건을 저지르게 된 근인과 원인은 자세하게 제시되었다. 진태는 원래 "비사교적이요 또 사회의 표면에 나서려는 사람이 아니었으나 침착하고 과묵하고 공부 잘하는 것으로 해서 대학의 조선인 동창 간에는 신임을 받고 또 동창회의 간부였으며" "관립학교 학생인 것, 정치나 사회운동 방면과는 연이 먼 의학생인 것, 따라서 당국자가 그리 주목하는 인물이 아닌 점" 때문에 적임자로 꼽히게 된 것이며 동시에 침착하고 명민한 점 때문에 비밀 행동에 적당한 것으로 인정받은 것이다.

(가) 칠월에드러서는 전조선학생계에 대동란이 니러낫다. 여전히신문에는 한줄도 보도할자유가없엇다 박람회- 동요- 선전- 잡입- 불온- 정보……이러한 다각형(多角形)의 프로씀은오즉혼란과란무(亂舞)의그림자를비처내엇다

드디어 전조선의 중등학교와사립전문학교는 네일학긔시험을페지하고 불야불야 하긔방학을선고해버렷다

진태도 사립학교를 다녔드면 그중에한목보앗슬것이다 그러나 그는제국대학 의과이년생이다. 류월 금음께는 벌서 방학을하고 놀앗엇다 [279)]

(나) 진태는 두말없시승락하엿다 그는침착하고 냉정하고 단순하면서도 한편으로는 민감(敏感)하고 진순하니만치 싸고싸둔 정열이 고대로잇는것이엇다 그정열의 한조각도 이성에게 쌔앗겻다든지 하지는안앗든것이다 쪼그만치 무슨일에든지 열중하기쉬운성정이엇다 더구나 병텬이집에서 그러케하고 튀어나온뒤로는 은연중 사상의 동요긔(動搖期)가왓든것이다 자긔의처지가처지이니만치 불평도잇고 사회에대한 관찰도 업든것은 아니지만 쑤르조아의

---

279) 『조선일보』, 1930. 1. 19.

퇴패광분한가뎡속에서 보고들은것이 그의량심과 결벽을은연중에 상케하야
비위가 뒤집혓든것도 그의사상의 동요를 이르킨 한원인이엇든것이다[280]

(가)는 이진태의 행동의 원인을 제시했고 (나)는 근인을 파헤치고 있으
며 (가)가 공적인 명분을 제시하였다면 (나)는 사적인 원인을 제시하였
다. 이진태가 학생의거를 알리는 삐라를 살포했다가 체포당했다는 사건은
3·1운동 직후 염상섭이 일본에서 삐라를 뿌리려다 잡힌 적이 있던 사실을
반영한 것인 만큼 주목할 필요가 있다. 특히 (나)에서는 이 소설의 표제인
"광분"이 당대 부르주아의 타락한 생활을 뜻하는 것임을 확인할 수 있다.

단원 두 사람이 학생단과 연락해왔다는 점과 적성단의 악대가 군중 선동
목적으로 주악을 했다는 점 때문에 주정방은 이진태와의 밀약 혐의도 받게
된다. 경찰부에서는 정방의 일단을 검사국으로 넘기고 적성단의 해체를 명
령하고 박람회장 안에서 조선 사람 주관의 흥행을 일체 금지하는 조치를
취한다. 평소에 적성단을 좌경단체라고 파악했던 경찰부는 이참에 뿌리를
뽑자고 계획한 것이다.

적성단이란 원래 동경의축지소극장을 본쎠서한것이요 또 축지소극장이 원
시 좌경단톄를 배경으로한것은아니나 묵계로서는 일종의 항쟁뎍정신으로
지도되여온것인데 정방이는 거기서 한거름 더나가서 푸로레타리아운동정신
을약간가미하얏슬쑨아니라 그산하(傘下)에 모혀들은 배우들이며 주위의인물
들이 더한층그런 긔운에 쎠있는사람이잇기쌔문에 당국에서도 벌서부터그런
냄새를 맛고잇섯든것이요 짜라서 언제든지 걸려들기만기다리고잇섯든터이
다[281]

280) 위의 신문, 1930. 1. 19.
281) 위의 신문, 1930. 1. 25.

그러나 이 사건의 주동자인 이진태는 삐라 살포 미수가 인정되어 보안법이 아닌 출판법을 위반한 혐의로 징역 1년 6개월을 구형받았고 집행유예 3년의 판결을 받는다. 이진태를 아무 조건 없이 도와준 민병천은 뒷부분으로 가면서 사업이 기울어가는 것으로 그려진다. 작가는 민병천의 공장에서 만드는 고무신이 일본제에 밀리는 원인을 자세하게 파헤치는 식으로 풍부한 경제적 지식을 잘 활용하였다. 여기에 딸 경옥이 그 계모에게 살해당하는 사건이 겹치면서 민병천 집안은 완전히 난가가 되고 만다. 경옥은 변원량의 지시를 받은 적성단원 김진수와 그 친구 최태식에 의해 살해되어 자기 방으로 옮겨진다. 경찰은 경옥이의 옷, 입을 틀어막았던 휴지 덩이, 범인의 것으로 보이는 흙 묻은 양말, 가죽장갑 등을 증거로 삼아 이들을 검거하게 된다. 변원량이 체포되자 범행에 가담했음을 자백한 숙정은 그날 새벽에 유치장에서 목을 매다가 발각되어 미수에 그치고 만다. 『광분』은 고열로 대학병원에 입원한 을순을 밤새 간호한 진태와 정방이 정신 차리고 깨어난 을순과 함께 한바탕 우는 것으로 끝나고 있다. 이러한 끝장면은 이진태와 주정방이 의기투합했거나 동지가 되었음을 뜻한다.

『광분』은 전조선학생친목회 간부로 삐라 살포 사건을 주도한 이진태, 프롤레타리아운동에 동조해온 연극 단장 주정방, 주정방을 지원해온 사업가 민병천 등과 같은 존재들을 주요 인물로 배치함으로써 큰 서사에의 지향성을 높이게 된다. 『광분』은 『사랑과 죄』『이심』과 『삼대』『무화과』의 중간 지점에 있다. 시간적으로 보아 중간에 있다는 의미를 넘어서서 작은 서사를 큰 서사로, 중간소설을 고급소설로 이어주었다는 의미를 지닌다. 『광분』이 없었다면 『삼대』의 출현이 가능했을까. 『광분』도 염상섭 특유의 추리소설적 기법을 써서 독자들의 흥미를 자아내는 효과를 거둘 수 있었다.

찾아보기

작가명

ㄱ

ㄴ

ㄷ

ㅁ

ㅂ

작품명